Angela Huth
Meeresleuchten

Zu diesem Buch

Sie sind beste Freundinnen, seit sie als kleine Mädchen in ihrem Heimatdorf an der schottischen Küste miteinander spielten – Annie Mcleoud und Myrtle Duns, zwei Mädchen, wie sie unterschiedlicher nicht sein könnten, denn Annie ist ebenso schön wie flatterhaft, Myrtle dagegen tugendhaft und verläßlich. Aus den Mädchen werden Ehefrauen, die sich der Lebensmitte nähern, Annie ist Mutter einer Tochter, Myrtle bleibt kinderlos. Ein mysteriöser Unfall wird zum Wendepunkt ihrer scheinbar unerschütterlichen Freundschaft. Jahrelange Eifersucht, geheimer Kummer und gegenseitige Vertrauensbrüche werden enthüllt, und die Frauen müssen feststellen, daß sie das kostbarste Gut, ihre Freundschaft, verloren haben. »Meeresleuchten« ist eine bewegende Geschichte von Liebe und Verlust. Mit Zartgefühl, Klugheit und Verständnis erforscht Angela Huth die komplizierten Mechanismen einer Freundschaft zwischen zwei Frauen.

Angela Huth schreibt Romane und Kurzgeschichten sowie für Rundfunk, Fernsehen und Bühne und hat sich als Journalistin, Kritikerin und Filmemacherin einen Namen gemacht. Ihr Roman »Brombeertage« (1996) wurde von David Leland erfolgreich verfilmt. Zuletzt erschien von ihr auf deutsch »Quartett für zwei« (2000). Angela Huth lebt mit ihrem Mann und zwei Töchtern in Oxford.

Angela Huth

Meeresleuchten

Roman

Aus dem Englischen von
Regina Keller und Angelika Felenda

Piper München Zürich

Von Angela Huth liegen in der Serie Piper außerdem vor:
Brombeertage (2607)
Das verheiratete Leben (2749)
Quartett für zwei (Piper Original, 7011)

Taschenbuchsonderausgabe
Piper Verlag GmbH, München
Februar 2002

Titel der englischen Originalausgabe:
»Wives of the Fishermen«, Little, Brown and
Company, London 1998

Umschlag: Büro Hamburg und ZERO, München
Foto Umschlagvorderseite: Martin Johnson Heade
Foto Umschlagrückseite: Clare Park
Satz: Wirth, München
Druck und Bindung: Clausen & Bosse, Leck
Printed in Germany ISBN 3-492-26023-3

www.piper.de

Für Prue Penn

Was tat die Frau, daß du sie fliehst
Und Land und Haus und Herd verläßt
Und mit dem alten Witwenmacher in die Ferne ziehst?

RUDYARD KIPLING

Teil I

Fischerfrauen sind es gewohnt, viele Male am Tag zum Horizont zu sehen, doch nur eine von ihnen wird die verstohlenen Blicke wahrnehmen, dieses Anwachsen der Sorge hinter Augen, die vom Hinausstarren aufs Meer vorzeitig gealtert sind.

Etwas zu spät wendet Myrtle Duns die Augen vom Fenster. Annie, die von ihren Karten hochblickt, hat es gesehen.

»Ach, hör auf, dich zu ängstigen«, sagt sie.

Sie sieht zu, wie Myrtle den schwarzen Kessel vom Herd nimmt, das kochende Wasser in eine braune Kanne gießt. Der bewölkte Himmel, vom Sprossenfenster in kleine Rechtecke zerlegt, ist mit so viel Helligkeit aufgeladen, daß die alte Teekanne aufleuchtet, als sei Benzin auf Wasser geschüttet worden: Fäden von Gold und glänzendem Zartlila. Annie weiß, daß Myrtle jetzt zwei Becher vom Haken, zwei Blechlöffel aus einer schmalen Schublade nehmen, Milch in den Andenkenkrug aus Dundee gießen wird. Sie wird die Kanne mit beiden Händen hochheben, ihr Gewicht prüfen, feststellen, daß die Wassermenge stimmt, bevor sie die Kanne in einer Haltung zum Tisch trägt, die die Falten ihres langen Wollrocks knicken und wieder aufspringen läßt. Der Rhythmus des Teemachens ist von Hunderten solch gemeinsam verbrachter Nachmittage her vertraut.

Während Annie zusieht, tanzen die Karten unentwegt in ihren Händen. Manchmal spreizt sie sie zu Fächern auf. Dann wieder lassen ihre flinken Finger, als mißbilligten sie diese dürftige Fertigkeit, sie wieder in ein adrettes Häufchen zurückschnellen. Das seidige Geräusch der Karten ist der einzige Laut im Raum, denn nun zischt auch der Kessel nicht länger. Myrtle steht reglos am Herd und wartet, während der Tee zieht.

Sie ist eine hochgewachsene Frau, mit Händen so rauh wie gepökelter Kabeljau. Zwischen ihrem Kopf und der Küchendecke sind es nur wenige Zentimeter. Sie schlängelt sich mit geübten Bewegungen durch den engen Raum und schwenkt ihre Hüften mit Würde. So wie sie dahingleitet, sagt Archie, erinnere sie ihn manchmal an eine Opernsängerin. Als hätte sie Räder unter ihren Röcken. Mach dich um Himmels willen nicht über deine Frau lustig, Archie, antwortet sie dann und freut sich über seine Bemerkung, über die Bewunderung hinter dem Spott. Und dann macht sie eine Faust und schlägt ihn sanft hinters Ohr, bis er sie bei ihrem breiten Handgelenk packt und festhält. Dabei schwellen die Muskeln seines Arms wie ein Wellenkamm an.

»Archie«, sagt Annie und knallt die Karten auf den Tisch, »ist der beste Kapitän, den ein Boot haben kann. Das weißt du.«

»Hm.« Myrtle setzt sich. Sie baut das Teegeschirr schützend vor sich auf. Die scheinbare Ausdruckslosigkeit ihres Gesichts verstärkt sich. Leere Augen. Weder Mund noch Nase zucken. Sie muß sich nicht extra in Erinnerung rufen, daß jede Bemerkung, die Annie über Archie macht, mit regloser Miene quittiert werden sollte.

»Wie geht's Janice?« fragt Myrtle nach einer Weile.

»Prächtig. Wieder gute Noten in der Schule.«

»Wie schön.«

Annie fällt es schwer, Myrtle nicht mehrmals in der Woche über die guten Noten ihrer Tochter zu informieren.

»Ich glaube, sie beginnen ihre Qualitäten zu entdecken«, sagt sie.

»Das ist gut.«

Annie mischt die Karten.

»Es ist noch keine zwei Tage her, da hat Mrs. Singer zu mir gesagt: ›Mrs. Mcleoud‹, hat sie gemeint, ›Ihre Janice entwickelt sich nicht nur zu einer großen Schönheit, sondern auch zu einem sehr klugen Kind.‹« Sie hält inne, schlägt die Augen nieder. Bescheidenheit oder das, was sie dafür hält, liegt nun in ihrem Blick. »Ich könnte es niemand außer dir erzählen, Myrtle. Aber ich glaube, da ist etwas Wahres dran.«

»Oh, ganz gewiß«, sagt Myrtle warmherzig. Sie nimmt einen

Stapel Karten, speckig vor Alter. Der Tee ist noch nicht soweit. Ihr Blick wandert von Annies schmalen, geschäftigen Händen zu ihrem Gesicht: der winzigen Nase mit Nasenlöchern, die wie horizontale Blütenblätter aussehen, den milchig blauen Augen, dem Mund, der, wenn er schweigt, eine so zart geschwungene Linie bildet – einem Mund, der mit erstaunlicher Geschwindigkeit von feierlichem Ernst zu Lachen wechseln kann. Im Gewirr der dunklen Locken entdeckt Myrtle einige graue Haare. Aber ihre Freundin hat sich im Laufe der Jahre sehr wenig verändert. Sie war das hübscheste Kind gewesen, in der Schule, im Dorf, die halbe Küste hinauf. Ihre Schönheit hatte Bewunderer von Fife bis Dundee in Versuchung gebracht. Kein Wunder, daß ihr einziges Kind Janice der Mutter nacheifert. Myrtle fragt sich manchmal, ob Janice wohl bei ihren Freunden ebensoviel Chaos, ebensoviel seelisches Leid anrichten wird. Sie fragt sich, ob sie wohl auch die Fähigkeit geerbt hat, andere von ihrer Unschuld zu überzeugen, ob man auch ihr stets verzeihen wird. Alle haben Annie stets verziehen, Myrtle noch häufiger als alle anderen.

Als Kinder gingen Myrtle und Annie Hand in Hand zur Schule. An kalten Morgen trug Myrtle fingerlose Handschuhe aus kratziger Wolle. Annie trug richtige Handschuhe. Myrtles kalte Fingerspitzen vergruben sich dann in der Wärme von Annies Angorahand. Sie wünschte sich auch richtige Handschuhe. Aber für ihre haushälterische Mutter war das eine Extravaganz, die überhaupt nicht in Frage kam. Myrtle gab schon bald die Hoffnung auf, daß ihre Mutter einlenken würde. Dot Stewart war keine Frau, die ihren Sinn änderte, nur um es anderen recht zu machen. Eingesperrt in die Beschränktheit eines harten Lebens, war ihr Glaube in jeder Hinsicht – angefangen vom himmlischen Lohn nach dem Tod bis zur Anzahl der Decken, die einem gesunden Menschen im Bett zustanden – unwandelbar. Die Festigkeit ihrer Überzeugungen war eine Frage des Stolzes. Mochte ein Argument auch noch so einleuchtend sein – sich bei einer Sinnesänderung ertappen zu lassen, wäre ihr als eine verächtliche

Schwäche erschienen. Myrtle und ihr Vater begriffen bald, daß es einfacher war, Dot zuzustimmen und zu tun, was sie wollte. Jeglicher Widerspruch führte zu Szenen, die so belastend und seelisch so aufreibend waren, daß sie lieber die Kälte gefürchteter Winternächte ertrugen, als zu versuchen, Dot davon zu überzeugen, daß sie mehr Decken brauchten.

Im Klassenzimmer saßen Myrtle und Annie an einem Pult. Myrtles Hälfte war sparsam bestückt: Kugelschreiber, Lehrbuch, Übungshefte. Annies war chaotisch: Über den verachteten Schulbüchern lagen interessantere Dinge verstreut. Da gab es Wollstränge in elektrisierenden Farben, die Annie gerne zu einer langen Röhre verflocht: Aus einer Strickliesel wuchsen sie zu einem häßlichen Wurm an.

Da waren Plastikhaarspangen und Bonbons, deren schauerliche Farben von dem gedrehten durchsichtigen Einwickelpapier kaum gedämpft wurden, und aus Zeitschriften ausgeschnittene Bilder – Shampoo-Reklame, Löwenbabys, Sonnenuntergänge aus Reiseprospekten. Mit zehn schnitt Annie mehrere Monate lang zwanghaft alles mögliche aus. Die ausgewählten Bilder verrieten nichts über ihre Vorlieben. Sie schnibbelte ohne System, angezogen von leuchtenden Farben, die Myrtle in den Augen weh taten.

Häufig wucherte das Durcheinander auf Annies Seite über die Grenze. Myrtle schob das Zeug dann sachte zurück. Sie war geduldig, ohne Vorwurf, wenn es um Annies Unordentlichkeit ging. Und wenn Mrs. Williams durch die Gänge zwischen den Pulten schritt, mit ihren kurzsichtigen Augen angestrengt jedes etwaige Anzeichen von Regellosigkeit zu entdecken suchte, dann versteckte Myrtle die Sachen der Freundin getreulich unter ihren Büchern. Manchmal wurde sie belohnt. Einmal, als Mrs. Williams besonders wenig geneigt war, Annies Entschuldigungen für den Kuddelmuddel auf ihrem Pult Glauben zu schenken, hörte Myrtle sich plötzlich äußerst überzeugt erklären, daß die meisten der beanstandeten Dinge ihr gehörten. Auch wenn es die übliche Drohung gab, daß Mrs. Williams' Geduld nun bald am Ende sei, erfolgte keine Bestrafung.

Als es dann zum Ende der Stunde läutete, drehte Annie sich Myrtle zu und umarmte sie.

»Du bist meine Freundin, Myrtle« flüsterte sie. »Auf dich kann ich mich verlassen.«

Ganz aufgeregt vor lauter Dankbarkeit und Stolz, grübelte Myrtle nicht darüber nach, ob das mit der Freundin auch wirklich stimmte. Wenn Annie in Höchstform war – und in Höchstform war sie unwiderstehlich liebenswert –, fiel es leicht, andere Vorfälle zu vergessen. Myrtle stand am Pult und rieb sich die immer noch eiskalten Hände. Die Glocke verkündete ihr heimliches Glück. Annie belohnte ihre Treue häufig mit dem Vorschlag, sie könnten doch im Pausenhof etwas gemeinsam machen. Myrtle hoffte, dies würde heute geschehen. Sie hielt sich an der Stuhllehne fest, deren Holz noch warm von ihrem Rükken war. Sie wartete, hoffte. Sah, wie Annies Augen zu den anderen wanderten. Als Ross Wyatt vorbeikam, überreichte er Annie ein smaragdgrünes Radiergummi.

»Für dich«, sagte er.

»Danke«, sagte Annie. Sie schenkte ihm jenes halbe Lächeln, das die Jungen, trotz Zahnspange, unwiderstehlich fanden.

»Kommst du raus?« Ross schniefte und wischte sich die Nase am Handrücken ab.

»Sofort.« Annie wandte sich an den Jungen, der hinter Ross stand. »Kommst du auch mit, Archie Duns?«

Der Junge nickte, ohne sie anzusehen. Sie reihte sich hinter Ross und vor Archie ein. Derart von den zwei bestaussehenden Jungen der Schule eingerahmt, rückte Annie in der Schlange zur Tür vor. Im Nu hatte sie den Raum durchquert und Myrtle vergessen.

Als alle Kinder den Klassenraum verlassen hatten, setzte Myrtle sich wieder hin. Sie sah zu den Balken hoch, die die gewölbte Decke trugen und sie häufig zu Ideen anregten. Ihr fiel auf, daß die Spinnweben, die das Oberlicht verdunkelten, im letzten Jahr dichter geworden waren. Das war Mrs. Williams' üblicher Scherz, wenn ihr Blick einmal von der Tafel zur Decke wanderte: Wie lang ist ein Besen? Niemals lang genug, um bis ans Oberlicht zu reichen ... In jener Frühstückspause damals im Winter kam der zehnjährigen Myrtle, während sie allein im Klassenzimmer saß und die Stimmen draußen auf und nieder wogten wie im Wind flatternde Wäsche, plötzlich ein schmerzlicher Gedanke: Annie, ihre beste Freundin, wollte manchmal lieber mit Jungen als mit ihr zusammen sein.

Einige weitere Partien Rommé sind gespielt, einige weitere Tassen Tee getrunken. Myrtle möchte, daß Annie geht. Sie möchte ihren Abend fortsetzen – Kartoffeln schälen, die zusammengefaltete Wäsche, die zum Lüften auf dem Bord liegt, in Archies Schublade einräumen. Aber Annie macht keine Anstalten zu gehen. Obwohl ihre Küche doch viel schmucker als Myrtles ist – weiße Fliesen, zwischendurch immer wieder eine mit Seepferdchendekor, resopalbeschichtete Arbeitsflächen, gesprenkelt und glänzend wie Eierschalen –, scheint sie die schäbige Küche der Duns vorzuziehen. Gelegentlich schlägt sie zwar vor, Myrtle solle zu ihr kommen. Aber gerade, wenn Myrtle im Begriff ist loszugehen, kommt Annie zufällig vorbei. Sie wolle Myrtle »abholen«, sagt sie. Aber da Myrtle noch nicht ihr Tuch umgelegt hat und Annie schon dabei ist, ihre Jacke auszuziehen, scheint es unsinnig, den Hügel zum Sozialwohnungsblock hochzuwandern, während der Wind ihnen ins Gesicht peitscht. Also bleiben sie. In einer Freundschaft, so betont Myrtle, wenn Annie schlechten Gewissens hin und wieder ein Geschenk in Form von Haferkeksen oder einem Gerstenmehlkuchen mitbringt, geht es nicht darum, in wessen Haus man sich trifft.

»Müßte Janice nicht längst zurück sein?« fragt Myrtle. »Haben wir beim Kartenspielen die Zeit vergessen?«

Annie lächelt beruhigend. Vielleicht bemerkt sie Myrtles Ungeduld nicht. Wahrscheinlicher ist, daß sie es doch tut.

»Sie geht zum Tee zu Joey Brick. Ich hole sie dann später ab.«

»Der Rothaarige?«

»Genau der. Sie mag Jungen mit Sommersprossen, meine Janice.«

Myrtle wartet einen Augenblick, sie ist auf der Hut. Sie hat gelernt, daß Annie bei allem, was sie über Janice sagt, nur zu gern einen kritischen Unterton heraushört.

»Fängt früh an«, sagt sie schließlich.

»Heutzutage sind sie schon mit zwölf erwachsen. Wissen lange vorher, was sie wollen. Sie sind nicht zu bremsen.«

Myrtle denkt, wenn sie eine Tochter hätte, wüßte sie sie schon zu bremsen.

»Schade«, lautet ihr Kommentar.

Sie hört Schritte draußen auf der Treppe: Archie mit seinem Seemannsgang. Die Tür geht auf. Ein Geruch von Meer dringt mit dem Wind herein. Archies dunkler Pullover glitzert vor Regentropfen. Manche leuchten wie Pailletten, andere sehen auf der groben Wolle wie die verwischte Spur einer vom Weg abgekommenen Schnecke aus. Archies Gesicht wirkt abgezehrt, erschöpft. Er riecht nach Kabeljau, Tauen und Pfeifenrauch. Seine Augen wandern sofort zu Myrtle. Annie steht auf.

»Ken ist schon zu Hause«, sagt er zu ihr. Die Schärfe in seiner Stimme bleibt nicht ohne Wirkung auf die beiden Frauen. Die Widerborstigkeit, die bei Archies Eintritt reflexhaft in Annies Augen aufgeflammt ist, schwindet wieder.

»In der Mikrowelle ist sein Abendessen im Nu fertig«, sagt sie. Ken und sie haben die Mikrowelle vor wenigen Monaten als Sonderangebot gekauft. Myrtle und Archie sind bestens darüber informiert, auf welch wundersame Weise sie ihr Leben verändert hat. »Aber jetzt gehe ich.«

Nachdem Archie die Tür hinter ihr geschlossen hat, geht er zum Herd und hält seine Hände an die angeschlagene Emaillewand. Dann hebt er die angewärmten Hände und umschließt damit das Gesicht seiner Frau. Er prüft den Boden, der nicht schwankt, und mit den Augen eines Mannes, den eine Kirmesschaukel oder die stürmische See durchgeschüttelt hat, sieht er sie schweigend an. Küssen wird er sie später. Erst einmal läßt er sich vom Gefühl des Daheimseins durchfluten. Die Wärme seiner Küche ist es, an die er sich auf dem Meer erinnert, sofern er einen Augenblick Zeit zum Denken hat. Wenn das Boot wie wahnsinnig auf den Riesenwellen tanzt und der Regen ihm hart wie Glas in die Augen prasselt, schießt ihm ein Bild durch den Kopf: der alte Herd, daneben seine Frau, die weiß, daß er jetzt nichts gefragt werden will, und darauf wartet, ihm Tee einzuschenken.

Die Küche war immer schon der wärmste Ort im Haus. Bis 1953, bis kurz vor Myrtles Geburt, war sie der Ort, wo Dot Stewart die Leinen mit Ködern bestückte. Sie breitete dann eine Persenning auf den Steinfliesen aus, und Sandy, der die Leinen in seiner Karre hoch fuhr, schleppte stets eine derart riesige Ladung an, daß ihr der Anblick manchmal die Tränen der Verzweiflung in die Augen trieb, sagte Dot. Die Leinen mit ihren tödlichen Haken führten ein bösartiges Eigenleben – sie verhedderten sich, stachen, rissen Wunden. Dots Hände hatten so häufig geblutet, daß das Narbengeflecht die rauhe Haut kreuz und quer mit abstrakten Strichmustern überzog. Wenn ihre Hände ruhten, erschlafft in ihrem Schoß lagen, sahen sie für Myrtle, die gegenüber am Tisch saß, wie Bündel silbriger Zweige aus. Sie erinnerte sich, daß sie das schon als ganz kleines Kind gedacht hatte. Die Hände taten ihr sehr leid, sie hätte sie gern geküßt. Aber sie wagte nicht, sich dem Schoß ihrer Mutter zu nähern. Dot Stewart war keine Frau, die freundlich auf solche Gesten von Trost oder Mitgefühl reagierte.

Sobald die Leinen auf dem Boden aufgeschichtet waren, schleppte Sandy die Säcke mit Muscheln herein. Wenn sie beim Abladen über die Steine schürften, machten sie ein knirschendes, schabendes Geräusch – ein Geräusch, sagte Dot, das ihr in den Ohren weh tat: ein Geräusch, das sie genauso wenig vergessen konnte wie ihre eigenen Schreie bei Myrtles Geburt. Oft hatte sie die Arbeit ganz allein zu bewältigen, manchmal allerdings erschien ohne jede Vorankündigung die alte Cecily, Dots Mutter, und wollte helfen. Noch in ihren Achtzigern konnte Cecily die Leinen schneller bestücken als Frauen, die nur halb so alt waren wie sie – und währenddessen machte sie sich auch noch über die Langsamkeit der modernen jungen Mädchen lustig. Dot hatte es lieber, wenn Veronica ihr zur Hand ging – die einäugige Veronica, die bei einem Angelhakenunfall als Kind ein Auge verloren hatte. Veronica setzte mit einer Rücksichtslosigkeit Köder, die alle Frauen im Dorf irritierte: Klaglos verletzte sie sich, machte die Muscheln blutig, wenn sie sie an den Haken befestigte, und beschmierte sich den ganzen Mund mit Blut, wenn sie die Wunden an ihren Fingern ableckte. In ihren kurzen Pausen brachte Veronica Dot mit ihren anschaulichen, frechen Geschichten über die Fischer zum Lachen. Zwar ließen sich diese durch nichts belegen, aber sie waren so skurril, daß für Dot die Erfindung eindrücklicher wurde als die Wirklichkeit. Danach fiel es ihr schwer, jenen gestandenen Männern in die Augen zu sehen. Veronicas spitze Zunge heiterte die langen Morgen auf.

Beim Ködersetzen saßen die Frauen auf niedrigen Holzstühlen, die dickbestrumpften Beine weit gespreizt, so daß der Schoß Platz für ein Bündel Leine bot, die auf den Boden glitt, sobald sie mit Muscheln bestückt war. Sie waren geschickt mit ihren Messern. Jahrelange Erfahrung hatte sie gelehrt, die Schwachstellen in der Schale zu finden, bevor das Auge sie entdeckte. Eine schnelle Bewegung mit dem Handgelenk (kein Anzeichen von Widerstand in der Schale), und sie sprang auf. Zwei nasse Flügel lagen für einen Moment in einer Handfläche. Dann wurde das silbrig glitzernde Fleisch mit einer weiteren schnellen Messerbewegung mitleidlos herausgeholt und über den nächsten Haken gestülpt. Die leere Schale wurde mit einer Bewegung des Knies auf den Boden geschleudert, um später zusammengefegt zu werden. Die Finger der Frauen arbeiteten automatisch, flink wie Maschinen, in ihrem Rhythmus nur durch eine blutende Stelle, das schnelle Saugen an einem verletzten Finger, unterbrochen. Sie sprachen kaum: Veronicas Redefluß brach nur selten hervor. Das leichte Plumpsen von Schalen auf die Persenning und das Schaben der Leine, wenn sie bis zum nächsten Haken gezogen wurde, waren die einzigen Unterbrechungen in der fischig stinkenden Stille. Der Geruch war nicht wegzubekommen: Er saß im Haar der Frauen, in ihrer Kleidung, ihrer Haut. Selbst an Freitagen, Backtagen, wenn Brot im Ofen war, überlagerte der schwarze Geruch der Meerestiefen, aus denen der rohe Schellfisch stammte, den warmen, braunen Geruch von ausbackendem Brot. Es fiel ihnen nicht ein, während der Arbeit Radio zu hören. Musik kam ihnen nicht in den Sinn. Außerdem stand das Radio mit seinem kunstvollen Bakelitgehäuse in Form eines Miniatur-Odeons an einem Ehrenplatz auf der Kommode im Vorderzimmer. Das Radio war für Wetterbericht und Nachrichten da: etwas für den Abend. Doch wenn das Fenster offenstand und ein starker Wind wehte, konnten sie das Wasser gegen die Hafenmole klatschen hören. Das war Musik genug.

All das hatte Myrtle ihre Mutter viele Male erzählen hören – Dot genoß es, ihrer Tochter all die kleinen Einzelheiten zu beschreiben und die Gerüche und Empfindungen für Myrtle heraufzubeschwören. Dot las ihr nie Geschichten vor, sie war nie eine große Leserin gewesen. Aber sie war eine gute Beobachterin, mit kleinen, glänzenden Augen, und die eindrücklichen Schilderungen waren ihr Vermächtnis an die Tochter. Jetzt war Myrtle selbst erwachsen, und wenn sie allein in ihrer Küche und Archie auf See war, hatte sie häufig das Gefühl, daß die Zeit sich in sich selbst zurückkrümmte und sie eben noch mit Dot und Veronica Leinen mit Ködern bestückt hatte. Sie wußte, wie es aussah, wenn aufgesprungene Finger hundertmal in der Stunde dieselbe Bewegung machten; sie konnte den Schmerz fühlen, den die Frauen in ihren Schultern spürten, wenn sie Stunde um Stunde über ihre Arbeit gebeugt waren. Manchmal stieß sie beim Fegen auf eine kurz aufblitzende Muschelschale, einen winzigen Diamanten, der in die Rillen zwischen den Fliesen geraten war. Dann erfüllte es sie mit Ehrfurcht, daß sie sich an jene harte Zeit so genau erinnerte. Heute war das Leben, verglichen mit damals, körperlich viel weniger anstrengend, wenn auch nie ohne Sorge. Die Angst war all die Jahre hindurch dieselbe geblieben – kein Fisch, kein Geld. Wie oft war es vorgekommen, daß Myrtle und Archie, wenn das Wetter zu schlecht zum Auslaufen war, bis auf ein paar wenige Pfund völlig blank dastanden. Und die Furcht davor wurden sie nie ganz los. All die Frauen, deren Männer ihr Geld auf See verdienten, hatten sie von Generation zu

Generation weitervererbt. Diese Angst war wie eine Motte, die in ihrer Brust gefangen war und flatterte und gegen die Wände schlug und niemals freikam und fast niemals ruhte. Wenn ein Fang beendet ist und die Fischer für einige Tage daheim sind, kommt diese Angst nur so kurz zur Ruhe, daß die wunden Stellen nicht auf Heilung hoffen dürfen. Sobald die Fischerfrauen saubere Wäsche für eine weitere Woche auf See in eine Tasche stopfen, beginnt der innere Aufruhr erneut. Der Versuch, ihn zu verbergen, strafft ihre blassen Gesichter, und man glaubt unter der Haut die nackte Angst durchscheinen zu sehen.

Archie schläft am Tisch. Er hat den Kopf auf die Arme gebettet. Ein Becher mit Tee wird neben ihm kalt. Myrtle berührt sein Haar. Der Wind hat es in einzelne salzverkrustete, steife Büschel zerteilt. Sie streichelt seine Wangen. Auf dem Boot hat er wenig Zeit zum Rasieren, auch wenn er am Tag der Heimkehr sein Bestes tut. Die Stoppeln auf seinem Kinn sind dicht. Über der Oberlippe ist er sauber rasiert, so daß man die gesprungenen Lippen sieht: kleine Fetzen trockener weißer Haut, die Myrtle kratzen werden, wenn er sie küßt. Archie ist fünf Tage und vier Nächte fort gewesen.

Was soll sie sagen, wenn er aufwacht, grübelt Myrtle. Es hat hier nichts Neues gegeben, abgesehen von dem Tag, als die Waschmaschine verrückt spielte. Millionen von Fischschuppen aus seiner meeresfeuchten Kleidung hatten sie verstopft. Wasser war auf den Fußboden des kalten, kleinen Raums gelaufen, in dem die Maschine steht. Aber es war keine normale Seifenlauge. In ihrer Panik hatte Myrtle darin einen surrealen Wasserfall gesehen, voller lebendiger Augen, die ihr zwischen dem Schaum grausig zublinzelten. Als das Wasser ihre Füße überspülte, blieben Tausende winziger Schuppen am Saum ihres Rocks kleben. Der Geruch nach totem Fisch war ekelerregend, als das Wasser, stolz auf sein Glitzern, unbarmherzig in alle Richtungen schwappte. Mit nassen, hinderlichen Röcken war Myrtle aus dem Haus gerannt, um Alan zu holen, den Sohn der einäugigen Veronica, der im Dorf noch am ehesten so etwas wie ein Klempner war. Er war die Katastrophe schnell und freundlich angegangen und hatte ihr sogar beim Aufwischen geholfen. Nachdem sie die Wollsachen ein zweites Mal gewaschen und getrocknet hatte, brauchte sie Stunden, um die Schuppen aus der Wolle zu zupfen. Jetzt lagen die Sachen, adrett wie immer, gefaltet im Regal zum Lüften, als wäre das Drama nie geschehen. Es gab keinen Grund, Archie mit einem Unglück, das vorbei war, zu behelligen, es war unsinnig, ihm davon zu erzählen. Myrtle lag daran, ihren Mann nicht mit solchen Kleinigkeiten zu beunruhigen: Da sie so wenig Zeit miteinander hatten, sollten die Stunden mit wichtigeren Dingen verbracht werden – mit Plänen für die Sommerferien, der erneuten Bestätigung von Liebe und Wohlbefinden.

Wieder berührt Myrtle Archies Haar mit ihrer großen, sanften Hand. Salzkörner kratzen ihre Finger. Sie liebt diese Momente – wenn Archie hier und doch noch nicht hier ist; wenn er erschöpft ist, aber bald erwacht, das Abendbrot, das sie ihm gemacht hat, essen und sich wieder heimisch fühlen wird. Viele Fischer gehen vom Boot direkt in die Kneipe, kommen ohne Entschuldigung betrunken nach Hause, zu nichts zu gebrauchen. Archie Gott sei Dank nicht. Für ihn kommt seine Frau zuerst. Sobald er an Land ist, eilt er nach Hause. Am liebsten ist es ihm, wenn Myrtle allein ist. Annies ständige Anwesenheit ärgert ihn. Für diesen Abend wird Myrtle sich entschuldigen, erklären, wieso es ihr nicht gelungen ist, Annie heute rechtzeitig zu verabschieden – die Karten, das Geplauder. Mit einem stummen Kopfnicken wird Archie ihr zu verstehen geben, daß er begreift: Gerade er weiß nur zu gut, wie schwierig es ist, Annie loszuwerden. Er mag sie nicht, aber er tut sein Bestes, um sich seine Abneigung nicht anmerken zu lassen. Er begreift, daß Myrtle eine Freundin braucht, wenn er fort ist, und Annie ist in vieler Hinsicht eine gute Freundin, also unternimmt er nichts dagegen. Alles, was er verlangt, ist, daß Annie nicht bei ihnen rumhängt, wenn er zu Hause ist. So hat Myrtle die schwierige Aufgabe, ihren Ehemann und ihre Freundin voneinander fernzuhalten. Keiner der beiden ahnt, wie kompliziert das ist, wieviel Takt und Geschick es erfordert. Aber sie hat sich daran gewöhnt, und Zusammenstöße wie heute, als Archie seinen Ärger nicht verhehlen konnte, sind selten.

Jedesmal, wenn Archie zurückkehrt, dankt Myrtle Gott: Sie stellt sich vor, daß Ehefrauen von Piloten, Soldaten und Kriegskorrespondenten – Männern in gefährlichen Berufen – wohl dasselbe tun. Doch nie ist der Gedanke fern, daß es eines Tages Grund geben wird, Gott zu verfluchen, so wie ihre Mutter es tat, als Jock Stewart starb. Die Vorstellung von jenem Tag, an dem Archie nicht mehr heimkehren wird, gärt schon so lange in ihr, daß das Bild scharf und glänzend ist. In einer Woche mit schlechtem Wetter hat sie es Annie einmal beschrieben. Solche Gedanken seien krankhaft und böse, hatte Annie gesagt. Seitdem behält sie sie für sich, versucht, sie zu vertreiben, jedoch ohne Erfolg.

Ihr Vater ist auf See gestorben, allerdings nicht auf dem Fischkutter. Es passierte keinen Kilometer vom Ufer entfernt. An einem Samstag nachmittag, in seinem Ruderboot. Höchstwahrscheinlich rauchte er seine Pfeife, was Dot im Haus nicht erlaubte. Dot und Myrtle waren daran gewöhnt, daß er gelegentlich verschwand, wenn er zu Hause war. Er hielt es nie lange ohne das Meer oder wenigstens dessen Nähe aus. Und wenn er, wie Dot es für sich bezeichnete, sich in seinem Ruderboot »vergnügte«, hatte sie keine Angst. Ein Mann, der sein Leben auf dem Meer verbracht hat, respektiert und kennt das Wasser. Er hätte nie das kleine Boot genommen, wenn es auch nur die winzigsten Anzeichen für ein herannahendes Unwetter gegeben hätte. An dem Nachmittag, als er starb, schien eine kräftige Aprilsonne – spiegelglattes Meer, kaum ein Lüftchen.

Als er nicht zum Tee kam und die Dämmerung einsetzte, gab Dot nur zögernd Alarm. Sie fürchtete, dieser Unsinn könnte ihn verärgern. Sein Boot wurde schnell gefunden, leer. Die Ruder verquer. Eine Lachmöwe pickte an einem Päckchen halb gegessener Brote. Es war Archies Vater Ben, der das kleine Boot mit der abblätternden grünen Farbe, den Glücklichen Wanderer, zurück in den Hafen schleppte, wo Dot stand und wartete, das Kopftuch viel zu straff unter dem schmerzenden Kinn geknotet. Er kam ohne Leiche. Jedes Boot im Hafen hatte Quadratkilometer leeren Wassers abgesucht. Keine Leiche, keine treibenden Kleider – nichts.

Zwei Wochen später wurde Jock Stewarts Leiche zwei Kilometer weiter ans Ufer geschwemmt. Ben Duns erzählte Archie (der Jahre später die Beschreibung auf Myrtles Drängen hin Wort für Wort wiederholte), daß sie eine aufgequollene Glibbermasse war, grauenhaft. Die Augen standen immer noch offen. Sie schienen über ihre Ränder getreten zu sein, milchig wie Quallen. Obwohl Ben, wie er sagte, nur kurz hinsah, bevor er sich abwenden mußte, um sich zu übergeben, und deshalb nicht entscheiden konnte, ob es wirklich so war. Es war aber der Anblick von Jocks Füßen, der ihn zum Weinen brachte: Die Zehen waren schiefergrau, die Haut – als habe der Wind damit Ballon gespielt – so stramm aufgebläht, daß man den Weg jeder Ader verfolgen konnte. Der demütigende Anblick eines tüchtigen Fischers, seines Kapitäns, dem die Stiefel fehlten, war es, wie Archie bekannte, der seinen Vater gebrochen hatte. Und der hatte manchen Ertrunkenen gesehen.

Eine Obduktion ergab, daß Jock an einem Herzinfarkt gestorben war. Aber wie war er über Bord gegangen? Dot klammerte sich an die Vorstellung, daß Jock, in der Gewißheit, daß er sterben würde, beschlossen hatte, den Prozeß zu beschleunigen, indem er sich ins Wasser stürzte, das er so sehr liebte. Sie schaute auf ihren Ehemann, der im Leichenschauhaus lag, und war viel zu fassungslos, um Tränen zu vergießen. Die schwarze Farbe seiner geschundenen Haut schimmerte durch das mattrote Make-up, das der Leichenbestatter aufgetragen hatte, um die Wahrheit zu verbergen. Was es nur noch schlimmer machte. Myrtle, die damals elf war, erinnerte sich genau an den bitteren Regen bei der Beerdigung. Wangen, von Regen und Tränen bedeckt: Dots tapferes Gesicht war unter all dem Wasser kaum noch zu erkennen. Am besten erinnerte Myrtle sich an Annie, die sich bis ans offene Grab vorgekämpft hatte. Annie nahm ein Pfefferminz aus einer durchgeweichten Bonbontüte, hielt es vor

Myrtle hoch und fragte: »Soll ich es hineinfallen lassen?« In diesem Augenblick spürte Myrtle, wie auch auf ihren Wangen warme Tränen auf Regen trafen. Später versuchte Annie sich zu entschuldigen, sagte, sie habe es nur getan, damit Myrtle lächelte.

Archie ist wach, er ißt. Er quetscht Butterstückchen in eine riesige gebackene Kartoffel, schneidet seine Würstchen auseinander und füllt sie mit englischem Senf. Zwischen den Bissen lehnt er sich mit seinen Unterarmen schwer auf den Holztisch. An der Neigung seiner Schultern kann Myrtle erkennen, daß er froh ist, wieder zu Hause zu sein, und anfängt, sich zu entspannen. Einen halben Tag, bevor er wieder aufs Meer muß, wird er aufrechter, straffer. Er runzelt die Stirn. Der erste Abend zu Hause, nach einem kurzen Schläfchen, die wettergegerbte Stirn glättet sich.

»Wie war's?« Myrtle weiß, daß sie nur dürftigste Auskunft erwarten kann.

»Gar nicht so schlecht. Wir mußten weit raus für einen ordentlichen Fang. Wieder furchtbar kleine Fische. Immer die kleinen Fische jetzt. Ich weiß nicht ...«

Archie ist die Fischereipolitik mittlerweile so leid, daß er keine Lust hat, darüber zu diskutieren. Es gibt alte Fischer im Dorf, die über Zeiten sprechen, als die Fischerei noch einer der stolzesten Wirtschaftszweige war, als ein Mann hinausfuhr und wußte, daß es unbegrenzte Mengen Fisch gab und niemanden, gegen den man kämpfen mußte. Es war schon immer hart gewesen, aber man konnte recht ordentlich davon leben. Es heißt, der Kabeljaukrieg zu Beginn der achtziger Jahre sei der Anfang vom Ende gewesen. Und heute sind da der Krieg mit den Spaniern und ihren viel zu feinen Netzen, die Wissenschaftler, die Fangquoten vorschlagen, die Auseinandersetzungen über die Grenzen der Hoheitsgewässer, Politiker, die sich für unfehlbar halten und einen Schellfisch nicht von einem Hering unterscheiden können ... Unterdessen führt das Überfischen zu einem solch verheerenden Fischmangel, daß es Anfang des nächsten

Jahrhunderts womöglich überhaupt keinen Fischfang mehr geben wird. Was dann? Archie möchte lieber gar nicht daran denken. Es gibt eine unausgesprochene Regel unter den Männern auf seinem Boot: Niemand darf Spekulationen über die Zukunft anstellen. Früher haben solche Spekulationen oft die Stimmung an Bord verdüstert. Archie will keinen Trupp von niedergeschlagenen Männern – sie müssen einfach funktionieren, mit all dem Feuer, das sie in diesen Zeiten aufbringen können, um weit hinauszufahren, länger zu fischen und trotz der jämmerlich winzigen Fische einen anständigen Fang nach Hause zu bringen. Archie lächelt seine Frau an.

»Und, hast du wieder eine Menge Neues über die Mikrowelle erfahren?«

»Ja.« Myrtle lächelt zurück. »Du glaubst ja nicht, wie wunderbar diese Maschine ist. Sie hat ihrem Leben eine ganz neue Dimension verliehen.«

Archie studiert das Gesicht seiner Frau.

»Du kannst jederzeit eine haben, wenn du willst – das weißt du doch, oder? Wenn dir daran was liegt.«

»Auf gar keinen Fall.«

»Wir können uns eine Mikrowelle immer noch leisten.«

»Ich will keine, Archie. Was soll ich denn damit anfangen? Mir macht es nichts aus, wenn ich aufs Auftauen warten muß. Mir liegt nichts daran, daß das Essen im Nu fertig ist. Außerdem ist es nicht dasselbe. Aus der Mikrowelle würdest du nicht eine so knusprig gebackene Kartoffel kriegen ...« Sie lacht.

»Ich wollte mich nur vergewissern, daß ich dir nichts vorenthalte.«

»Niemals.« Myrtle steht auf, um den Brotpudding und zwei angewärmte Schalen aus dem Backofen zu holen. »Das mit Annie tut mir leid. Mein Gott, hat die ein Sitzfleisch.« Sie fühlt sich immer noch schuldig für das Zusammentreffen bei Archies Ankunft.

»Eines kann Annie nicht besonders gut: begreifen, wann sie unerwünscht ist.«

»Nein, aber sie hat ein gutes Herz.«

»Wie du weißt, war ich nie an ihrem guten Herzen oder an irgendwas sonst an ihr interessiert.« Sie lachen beide. »Der arme Ken. Hat er überhaupt eine Ahnung, was im Kopf seiner Frau vorgeht? Eine Ahnung, was sie so treibt? Sagt sie zu dir was darüber?«

»Nein, aber es ist nicht schwer zu erraten«, sagt Myrtle nach einer Weile.

Annie hat lange gebraucht, bis sie begriff, daß Myrtle und sie sich, wenn die Männer zu Hause sind, nicht so häufig treffen sollten. Sie tut weiterhin so, als existiere diese Übereinkunft nicht, dennoch achtet sie darauf, nicht bei Myrtle aufzukreuzen, wenn Archie vielleicht zu Hause sein könnte. Was sie bislang noch nicht getan hat – und ihr Stolz wird sie wohl immer daran hindern –, ist, ihre Tochter Janice auch dazu anzuhalten. Das Kind, findet sie, soll nichts über die vergangenen Ereignisse wissen, die zur gegenwärtigen Situation geführt haben. Und wenn Myrtle deshalb unangenehme Momente durchzustehen hat, wird sie sich als Annies älteste Freundin wohl damit abfinden müssen.

Es ist der Morgen nach Archies Rückkehr. Er steht in dem kleinen Badezimmer und rasiert sich. Die erste Rasur nach mehreren Tagen auf See braucht immer viel Zeit – vielleicht eine halbe Stunde zwischen Karbolseife und schönen sauberen Handtüchern. Archie duscht auch. Das Wasser – in der Dusche, die er selber vor einigen Jahren eingebaut hat – schießt nie so richtig in dem scharfen Strahl hervor, den er sich wünschen würde, aber es ist sehr heiß, und schnell ist der kleine Raum voll dichtem Dampf. Archie tut sich Shampoo ins Haar, wäscht das hartnäkkige Salz heraus und putzt sich mit der Zahnbürste, die er stets zu Hause liegen hat, die Zähne ausgiebiger als unterwegs auf dem Meer. Das alles gehört zu dem Ritual des ersten Morgens an Land, vor dem Frühstück mit Haferbrei und Speck und dem kräftigen, körnigen Brot, das Myrtle über Nacht aufgehen läßt und frühmorgens im Ofen bäckt.

Myrtle steht am Herd und rührt den Haferbrei um. Sie horcht

auf Archies Schritte. Sie wartet und spürt eine innere Wärme, die an den Morgen, wenn er fort ist, fehlt. Durchs Fenster sieht sie einen hellen, farblosen Himmel. An Tagen wie diesem hat auch das Meer seinen Schmuck abgeworfen, all das Blau und Grün und Purpur, und sich zu einer Strenge entschieden, die zum Himmel paßt. Später wird Myrtle mit Archie hinunter zum Hafen gehen.

Die Tür, die selten abgeschlossen wird, öffnet sich. Zögernd. Myrtle richtet sich auf, ist sofort alarmiert, will die freie Zeit ihres Mannes schützen. Wer ist gekommen, um ihn zu stören?

Da steht Janice. Janice Mcleoud. Sie hat die neugierigen Augen ihrer Mutter, schräg stehende Augen unter dichten Brauen. In der Hand hält sie die untere Hälfte einer Keksdose, gefüllt mit Heu oder getrocknetem Gras.

»Mrs. Duns? Meine Mutter hat gesagt ...«

Sie geht zum Tisch. Stellt die Dose ab. Holt einen braunen Hamster heraus, hält ihn in den Händen.

»Irgendwas stimmt nicht mit ihm. Er hat seit zwei Tagen nichts gefressen. Meine Mum hat gesagt –«

»Ich weiß nicht, wieso deine Mutter glaubt, daß ich mich besser mit Tieren auskenne als sie. Ich weiß nichts über Hamster.« Myrtle geht schnell vom Herd zum Tisch. »Laß mich mal sehen.«

Myrtle hebt Janices Hand hoch, so daß sie das Tier fast in Augenhöhe vor sich hat. Es rührt sich nicht, seine Nasenlöcher zucken lahm, seine Augen sind trüb.

»Das arme Würmchen«, sagt Myrtle. »Es sieht gar nicht gut aus.« Sie sieht, daß Janice kurz vorm Weinen steht. »Ich fürchte, ich weiß nicht, was der Hamster hat. Was hat er denn gefressen?«

»Was er immer kriegt«, sagt Janice. »Was soll ich bloß machen?«

»Zum Tierarzt gehen, würde ich vorschlagen.«

»Mum sagt, für einen Hamster gibt sie dem Tierarzt kein Geld.«

»Dann tu du für ihn, was du kannst. Halt ihn warm. Versuch

es mit ein bißchen lauwarmer Milch.« Das Kind tut Myrtle leid, aber sie will, daß es geht. Gleich wird Archie kommen. Janice setzt das Tier wieder in die Dose.

»Können *Sie* nicht was machen, Mrs. Duns?«

»Es tut mir leid, aber es geht wirklich nicht, Janice. Und wenn du nichts dagegen hast, ich muß jetzt –« Sie geht wieder zum Herd, nimmt den Holzlöffel, beginnt zu rühren und merkt, daß es mit ihrer Ruhe vorbei ist. Lästig, das Kind. Wo doch ihr eigener Vater zu Hause ist! Wieso bittet sie *ihn* nicht um Hilfe, wenn Annie selbst ihr nicht helfen kann?

»Irgend etwas können Sie doch sicher tun?« Nach dieser Abfuhr ist Janice ebenso verärgert wie betrübt.

»Nein. Nichts. Ich bin keine Expertin für Hamster. Janice, bitte –«

»Aber Mum hat gesagt, daß sie noch weiß, wie Sie als Kinder eine Möwe mit gebrochenem Bein gefunden haben, und da haben Sie so was wie eine Schiene gemacht und sie gepflegt, bis sie wieder heil war. Wenn Sie das für eine Möwe machen konnten, Mrs. Duns –«

»Das war leicht.« Er kommt jetzt. Archies Schritte im Flur sind schwer vor Erwartung. Myrtles Stimme wird lauter. »Archie ist jetzt da und möchte sein Frühstück. Geh nach Hause, Janice. Deine Mutter wird sich schon wundern.«

»Nein! Sie weiß, wo ich bin.« Janice dreht sich um und sieht Archie im Türrahmen stehen. Seine Miene entmutigt sie. Sie nimmt die Dose, schenkt ihm ihr schönstes Lächeln. Daß ihr falsches kleines Gesicht so außerordentlich hübsch ist, so sehr dem ihrer Mutter in jenem Alter gleicht, läßt Myrtles Miene hart werden. »Es tut mir leid, Mr. Duns, wenn ich zu früh hergekommen bin, aber mein Hamster ist sehr krank, und ich dachte, daß Mrs. Duns –«

»Scheiß auf deinen Hamster, ich bin gerade erst nach Hause gekommen«, sagt Archie sehr ruhig, und das Kind preßt die Dose an die Brust und rennt hinaus.

Myrtle wirbelt herum.

»Wieso mußtest du das sagen? Sie ist schon verstört genug.«

»Kleines Biest. Dickfellig wie ihre Mutter.«

»Janice ist schon in Ordnung, außer daß sie nicht weiß, wann sie unerwünscht ist.« Archie setzt sich an den Tisch. Myrtle bringt ihm seine Schale mit Haferbrei.

»Es tut mir leid«, sagt sie nun freundlicher, »aber ich konnte nicht so hart mit dem Kind sein. Das Tier wird noch vor heute abend sterben, und wie ich Annie kenne, wird es da nicht besonders viel Mitgefühl geben. So was gehört nicht gerade zu den Dingen, die ihr zu schaffen machen.«

»Da hast du recht, wie immer«, sagt Archie.

In all den Jahren ihrer Freundschaft hat es zwischen Myrtle und Annie viele Auseinandersetzungen gegeben, aber nur wenige, an die sie sich noch erinnern. Die erste geriet so heftig, daß Dot die Mädchen gewaltsam trennen mußte. Sie waren damals fünf oder sechs Jahre alt, und heute lachen sie über diese nie vergessene Geschichte. Aber keine der beiden spricht darüber, wie sich an jenem Tag die Unterschiede zwischen ihnen herauskristallisierten, obwohl sie beide noch zu jung waren, um zu verstehen, warum sie plötzlich so beunruhigende Gefühle hatten. Später deuteten sie sie als Eifersucht, Groll und auch Sehnsucht nach dem jeweiligen Lebensstil der anderen.

Dot hatte mit den Mädchen ein Picknick am Strand gemacht – ebendem Strand, wo Jahre später die Leiche ihres Mannes angetrieben wurde. Annies Mutter Mag wollte auch mitkommen. Aber, genau wie Dot erwartet hatte, überlegte sie es sich in letzter Minute anders. Sie ließ Annie ausrichten, daß sie sich nicht gut fühle. Mit ihren schwachen Nerven fühlte Mag sich selten so gut, daß sie irgend etwas tat, was ihr nicht paßte. Sie verbrachte den Tag hauptsächlich mit der Lektüre von Liebesromanen. Im Laufe der Jahre hatte sie von den Phantasiewelten in ihrem Kopf einen unbestimmten und zerstreuten Gesichtsausdruck bekommen. Man hatte kaum je das Gefühl, daß man ihre volle Aufmerksamkeit besaß: Annie hatte es schon in sehr jungen Jahren aufgegeben, und ihr Vater, ein Ire, der auf Arbeitssuche nach Schottland gekommen war, kehrte wenige Wochen nach Annies

Geburt in seine Heimat zurück. (Er schickte aber jeden Monat so viel Geld, wie er erübrigen konnte.) Nach Dots persönlicher Überzeugung litt Mag an Agoraphobie; das Leiden war damals allerdings noch nicht so genau definiert, und niemand wußte, wie ihr zu helfen war. Sie schaffte es nur mit Beruhigungsmitteln – etwas anderes fiel dem Arzt nicht ein – und der praktischen Hilfe freundlicher Nachbarn. Es war immer Dot, die Annie nach der Schule nach Hause brachte; sie und andere besorgten, wenn sie einkaufen gingen, immer auch das eine oder andere für Mag. Das Leben zu Hause – Mutters ewig über ein Buch gebeugter fettiger Kopf, wenig zu essen, kein Interesse an der Welt draußen – war für Annie ebenso düster wie langweilig. Es war kein Wunder, daß sie einen Großteil ihrer Kindheit bei den Stewarts verbrachte.

Aus irgendeinem Grund hatte Annie an jenem Tag geglaubt, daß ihre Mutter wirklich mit zum Picknick kommen würde. Sie war ganz aufgeregt wegen dieser Aussicht. Und als Mag dann wieder einmal in letzter Minute absagte, setzte sich jener vertraute Stein der Enttäuschung in ihrem Innern derart heftig in Bewegung, daß sie körperlichen Schmerz empfand und weinen mußte, auch wenn sie Myrtle und Dot ihre Tränen nicht erklären konnte. Doch für den Strand war es ein guter Tag: Sie hatten ihn ganz für sich. Denn der Wind war genauso kalt wie das Wasser am Rand, in dem sie herumplantschten – und als Annie erst mal hungrig Dots Bananenbrote gegessen und eine Flasche selbstgemachter Limonade getrunken hatte, wurde sie fröhlicher. Sie wanderte mit Myrtle am Strand entlang, um nach Muscheln zu suchen. Dot lehnte sich gegen einen kleinen Felsen, holte ihr Strickzeug aus einem uralten geräumigen Patchwork-Beutel. Eingelullt von den Bewegungen ihrer Finger, die keine kontrollierenden Augen brauchten, ließ sie den Blick zwischen dem leeren, grauen Meer und den zwei kleinen Mädchen hin und her wandern, die keine zwanzig Meter entfernt herumkrochen und juchzten. Sie hatte keine Ahnung, wieviel Zeit vergangen war, als sie plötzlich Schreie hörte – abgerissene Laute, die vom Wind und dem Rauschen der Brandung gedämpft wurden.

Ihre Dringlichkeit ließ Dot sofort aus ihrer Versunkenheit hochfahren. Sie schleuderte ihr Strickzeug in den Sand. Die Kinder prügelten sich – stießen, kratzten, zogen sich an den Haaren. Dot rannte.

Eigentlich wollte Myrtle die Muschel, die Annie gefunden hatte, gar nicht unbedingt haben: Es war keine besondere Muschel, obwohl sie groß war. Aber Annie war schon den ganzen Tag häßlich und gemein gewesen, und jetzt wollte Myrtle mehr als alles andere auf der Welt, daß Annie die Muschel *nicht* bekam.

»Die will ich haben! Du hast schon mehr als ich.«

»*Nein!* Kriegst du nicht! Ist meine –«

Myrtle griff nach der Muschel in Annies Hand. Annie fuhr mit ihrer kleinen Klaue über Myrtles Backe. Ihre Nägel, schärfer als Muscheln, rissen ihr die Haut auf. Myrtle packte ein Büschel von Annies windzerzaustem lockigem Haar und schubste sie auf den Boden. Annie kratzte, trat zu – wohin sie Myrtle nur treffen konnte. Sie biß sie in den Arm, schmeckte Salz. Vom Schmerz übermannt, stieß Myrtle einen Daumen in ein nasses rotes Auge. Annie schrie lauter. Myrtle fühlte das glitschige Fleisch des Augapfels, überlegte, ob er, wenn sie fest genug drücken würde, ganz in Annies Kopf reinfiel. Annie spuckte sie an. Der Rotz klatschte, vom Wind zerfetzt, auf Myrtles blutende Backe. Dann zerrten zwei große, feste Hände die beiden Körper auseinander. Dots wütende Stimme befahl ihnen, sofort aufzuhören: garstige kleine Dummköpfe seien sie.

Die Mädchen setzten sich rechts und links neben eine keuchende Dot. Sie wischte Gesichter, Augen, Hände mit einem viel zu kleinen Papiertaschentuch ab, knüllte den Mischmasch aus Blut, Sand und Tränen zusammen und stopfte ihn in ihre Tasche. Dann nahm sie den Saum ihres langen Rocks und bearbeitete die schniefenden Kinder nun kräftiger.

»Sie war schuld«, sagte Annie als erste.

»Nein, *sie*«, sagte Myrtle.

»Mich interessiert nicht, wer schuld war – aber merkt euch: Ihr habt uns einen schönen Tag verdorben.«

»Sie ist größer als ich: das ist ungerecht«, sagte Annie.

»Sie ist hübscher als ich«, sagte Myrtle. »Ihre Locken.«

»Das Leben ist ungerecht, und ich will jetzt nichts mehr von dem dummen Gerede hören«, sagte Dot.

Der Kampf war vorbei, ihnen war kalt. Aber sie blieben, wo sie waren, an Dot gekuschelt, die sie nicht in die Arme nahm: Körperliche Gesten des Trostes oder der Zuneigung hielt sie für unnötig. Sie hätten noch lange so dasitzen können, während Dot Kraft sammelte, um zwei unglückliche, erschöpfte Kinder nach Hause zu bringen. Aber dann kam ihnen, wie Dot es später Jock gegenüber formulierte, eine Fügung des Schicksals zu Hilfe. Das Strickzeug! Sie sahen es alle drei gleichzeitig – getrieben vom Wind, raste der lange Schal mit seinen raffinierten Farben und Mustern, in den Dot viele Stunden ihres Lebens hineingestrickt hatte, auf das Meer zu. Die Nadeln, die noch darin steckten, machten komische steifbeinige Gehbewegungen, die sie zum Lachen brachten. Als die Nadeln stolperten, mußten sie noch mehr lachen. Dann sprangen sie alle drei miteinander auf und rannten zum Wasser. Die Kinder erreichten das Ufer zuerst. Aber jetzt schlängelte sich der Schal schon auf den weißen Schaumkämmen. Ohne auf Dots Rufe zu achten, stapften die beiden hochbeinig darauf zu und hoben ihre Röckchen bis über den Po. Jede bekam ein Ende zu fassen, und so zogen sie ihn, in einer Haltung triumphierender Partnerschaft, wieder ans Ufer. Dot in ihren nassen Schuhen lachte und jubelte immer noch. Die Mädchen halfen, ganz verfroren, das Wasser aus der durchweichten Wolle zu wringen. Eine Nadel fehlte, aber Dot sagte, das sei nicht wichtig. Auf dem Weg zur Bushaltestelle trocknete der Wind ihre Kleider. Im Bus wollten sie dann nebeneinander sitzen, nackte Beine, müde auf dem kratzigen Sitz ausgestreckt, berührten sich. Die warme, stinkige Luft – Benzin, Meer, Essensreste – ließ sie im Nu einschlafen. Dot, die einen Sitz weiter saß, spürte die Schwere ihrer eigenen Lider.

Die Tage, die die Fischer zu Hause verbringen, sind stets vom Wissen beschwert, daß die Zeit kurz ist – zu kurz, um sie mit

Streit darüber, wie man sie füllen soll, zu vertun. Und dennoch: Da diese Pausen so regelmäßig und Teil des normalen Lebens sind, kann man sie auch nicht als Ferien begreifen, als Zeiten besonderer Vergnügungen und unnötiger Extravaganzen.

Myrtle versucht, ihre Gefühle möglichst verborgen zu halten. Es würde Archie nicht helfen, wenn er wüßte, wie sehr sie sich während seiner Ausfahrten ängstigt. Und wenn er zu Hause ist, will sie ihn auf keinen Fall mit dem Wunsch, er möge für immer an Land bleiben, stören. Am schönsten ist es, wenn er an irgend etwas im Haus bastelt. Wenn sie ihren häuslichen Beschäftigungen nachgeht, schenkt ihr das Klopfen des Hammers oder das Sägen von Holz – Zeichen seiner Anwesenheit im Nebenzimmer – die Art von Freude, die ihren Schritt und ihre Finger beflügelt.

In seinen Arbeitspausen kümmert Archie sich um seine Frau. Sie machen lange Spaziergänge, häufig am Strand entlang, unterhalb der Kirche von St. Monan, in der sie getraut wurden. Oder sie trinken etwas in einem Pub außerhalb ihres Dorfs: Archie sagt, er hat keine Lust, mit seiner Crew über die Arbeit zu reden – auf See hört er genug von ihren Ansichten. Myrtle ist heimlich überzeugt, daß er noch weniger Wert darauf legt, Ken und Annie zu begegnen, die einen Großteil jedes Landurlaubs im Pub verbringen. Gelegentlich schlägt Archie an einem schönen Tag auch einen richtigen Ausflug vor: mit dem Bus für einen Tag nach Edinburgh, wo Myrtle dann mit Muße durch die großen Buchhandlungen streift, während Archie an ihrer Seite sie zum Kaufen ermuntert. Es sei höchste Zeit, hat er einmal gesagt, daß er neue Bücherregale baut: Es macht ihn stolz, daß sie jedes Buch auf den von ihm gebauten Regalen gelesen hat. Im Sommer holen sie manchmal ihre alten Fahrräder heraus und radeln feierlich hinaus zu den Wiesen, deren hohes Gras mit Butterblumen übersät ist wie mit Sternen. Archie tritt dann das Gras nieder zu einem schützenden Nest, in dem sie ihre Brote essen, ihren Apfelwein trinken.

Es gab eine Stelle, die sie besonders liebten, wo das ebene Gelände hinter dem Dorf leicht anstieg, kaum steil genug, um Hügel genannt zu werden. Aber oben auf dieser Anhöhe stand eine Kirche, aus der das Leben gewichen war – bis auf seltene Gottesdienste für eine spärlich versammelte Gemeinde. Sie war umgeben von Gräbern, die schon längst nicht mehr gepflegt wurden und Tote beherbergten, die schon zu lange vergessen waren, um mit Blumen bedacht zu werden. Am liebsten mochten Archie und Myrtle diesen Ort im Mai, wenn der Bärenklau brusthoch stand und die tiefen Schatten der dunklen Bäume von einer warmen Brise verweht wurden. Es war, so hatten sie beschlossen, keine Entweihung, wenn sie ihre Mittagspause auf dem Friedhof machten, von dem aus sie auf die Weizenfelder hinunterschauen konnten, die in der Frühlingssonne silbrig leuchteten. In der Ferne gingen diese wogenden Felder in das dunkle Meer über. Von hier oben sah Bass Rock nicht größer als ein menschlicher Zahn aus, der aus dem Wasser ragt – trotz der Entfernung noch ein bedrohliches Bild. An klaren Tagen hoben sich die Lammemuirs am Horizont in einer Schlangenlinie von dem unendlichen Himmel ab. Dieser Ort, sagte Archie häufig, erinnere ihn an das nördliche Norfolk, wo er einmal als Kind Ferien mit den Eltern gemacht hatte, nachdem sie in Lowestoft fischen gewesen waren. Die sanfte Neigung des Lands hinter Brancaster, die Weite von Himmel und Meer ähnelten dem East Neuk of Fife: Dieser Teil der Küste war sehr untypisch für Schottland.

Einmal kamen Myrtle und Archie, als sie ihre Räder wieder zur Hauptstraße hinunterschoben, zum offenen Tor eines alten Steingebäudes, dem ehemaligen Pfarrhaus. Seine Architektur war schlicht wie eine Kinderzeichnung: vier große Fenster und eine hübsche Haustür, die die freundliche Fassade teilte. Während Archie die Dichte der Weißdornhecke bewunderte, die Garten und Weg trennte, begeisterte Myrtle sich am Anblick der prächtigen Vorhänge vor den Fenstern: Sogar das Futter, so vermutete sie, bestand aus edlem Material. Sie stellte sich vor, wie sie morgens aufwachte und aus einem dieser Fenster schaute und die großen weißen Kühe sah, die auf der Wiese hinter dem Garten weideten. Sie malte sich aus, wie die Gewohnheiten der Kühe, ihre Bewegungen auf der Wiese zu den verschiedenen Tageszeiten, ihr allmählich vertraut wurden. Wie leicht es wäre, sie ins Herz zu schließen, von einem trägen Glücksgefühl erfüllt, ihre schweren Schritte zu verfolgen, wenn sie sich auf dem kleinen Fleckchen Erde tummelten, mit Schwänzen, die, schwer wie Glockenstränge, hin und her schlugen und den Anblick rosahäutiger, fettgepolsterter Schenkel freigaben ... Wie leicht es wäre, die Zeit verstreichen zu lassen, an einem Fenster im ersten Stock zu stehen, das von gerafften Damastvorhängen eingerahmt war, auf diese würdevollen Geschöpfe hinabzublicken und auf die Welt dahinter, zu der ihnen der Zutritt verwehrt war, wo windgebeugte Bäume zum Meer hin immer kleiner wurden. Myrtle fragte sich, wer wohl das Glück hatte, an solch einem Ort zu leben – und liebten diese Leute ihn genausosehr, wie sie es in diesem Fall täte?

»Stell dir vor, wir würden hier leben«, war alles, was sie zu Archie sagte.

»Kann ich nicht«, sagte er und stieg so plötzlich auf sein Rad, daß Myrtle aus ihrer Träumerei hochschreckte.

»Ich kann mit meinen Träumen leben.«

»Ja, das kannst du.«

Myrtle hievte sich auf ihr Rad, schenkte Archie ein kleines mißbilligendes Lächeln, das er nicht sah. Er war schon ein Stück voraus, radelte so schnell, wie er es als Kind getan hatte. Er war in Gedanken woanders. Er pfiff. Myrtle konnte die wehmütige Melodie, die der Wind ihr zutrug, gerade noch hören.

Sie steht vor der Haustür, mit einem Farbtopf in der Hand. Archie ist wieder fort. Für weitere fünf Tage.

Die Farbe ist weihnachtsgrün wie Stechpalmenblätter. Im Dorfladen hatte es nichts gegeben, was Myrtles Vorstellung nahekam. So war sie mit dem Bus nach St. Andrews gefahren und hatte dort genau das Richtige gefunden – ein ganzer Nachmittag war darüber hingegangen. Sie mochte es, wenn ein einziges Vorhaben einen ganzen Vormittag oder Nachmittag in Anspruch nahm: Solch ein Raubbau an der Zeit ließ die Tage bis zu Archies Rückkehr schneller vergehen. Myrtles Perfektionismus erboste Archie manchmal, aber er war auch stolz darauf. Es war erstaunlich, wieviel konzentrierte Aufmerksamkeit sie Kleinigkeiten schenken konnte, die andere für unwichtig hielten. Aber da sie keine Kinder hatte, die sie mit Beschlag belegten, mußte die Zeit geschickt gestreckt werden. Er konnte sie nicht kritisieren. Es war gut, wie sie es machte, und trotz all seines sanften Spotts rührte es ihn auch auf eine seltsame, angenehme Weise.

Wie immer sind die Tage mit Archie schnell vergangen. Wenn die Zeit kostbar ist, können das Herumwerkeln und das Erledigen der Hausarbeit die Stunden überhaupt nicht dehnen. Einen Tag hatte Archie fast ausschließlich damit verbracht, die Eingangstür für den neuen Anstrich vorzubereiten: hatte sie geschmirgelt, gespachtelt, glattpoliert. Das Kratzen von Sandpapier und das gelegentliche Pochen und Hämmern von Werkzeug auf dickem Holz – lauter Zeichen seiner süßen Nähe – hatten Myrtle in ihrer Küche friedlich gestimmt. Archie hatte mehrere Pfund roten Fisch mitgebracht. (Selbst in den Tiefen ihres Unbewußten benutzte Myrtle, abergläubisch wie alles Fischervolk, nie den richtigen Namen: Das Wort *salmon*, »Lachs«, aussprechen heißt das Schicksal herausfordern. Man muß es vermeiden, so wie Schauspieler nie *Macbeth* spielen wollen.) Die Fische hatten drei Mahlzeiten ergeben – gegrillt, als Reisgericht und als Fischfrikadellen. Myrtle, die in ihrer kleinen Küche riesig wirkte, wischte die bemehlten Hände an ihrer Schürze ab, nur um sie erneut zu bepudern. Sie horchte auf das Kratzen und Schmirgeln, das sich mit dem Rauschen des fernen Meeres mischte, und spürte jenes vertraute Gefühl von Sicherheit, das sich jedesmal einstellte, wenn Archie zu Hause war, und in seiner Flüchtigkeit nur um so eindringlicher war.

An einem Nachmittag war sie mit Archie hinunter zum Boot gegangen – etwas, was sie nicht gerne tat, denn nur allzugut konnte sie sich ausmalen, was geschah, wenn so ein kleines Fahrzeug tobenden Wellen ausgeliefert war. Archie beruhigte sie stets und sagte, einen Sturm, der die Skyline II zum Kentern bringen könnte, habe er noch nicht erlebt. Aber Myrtle war nicht zu überzeugen. Vor noch gar nicht langer Zeit hatte Archie ihr gestanden, daß das Boot seines Vaters, die alte Skyline (die Ben Duns nach Jocks Tod Dot abgekauft hatte), einmal völlig durchgekentert war, sich aber von allein wieder aufgerichtet hatte. Die Skyline II, sagte er – ein viel besseres Boot, das er in der Zeit gekauft hatte, als der Fischfang noch profitabel war –, würde in dem Fall dasselbe tun.

Myrtle hatte auf dem Kai gestanden und versucht, diese Gedanken zu vertreiben. Sie teilte weder Archies Liebe zu dem Boot noch sein Vertrauen darein. Die Skyline II war nun wahrlich nicht das jüngste oder schönste Boot im Hafen: stupsnasig, breithüftig, die Farbe verwittert und zerkratzt wie bei einem alten Tisch. An Deck herrschte ein wüstes Durcheinander aus Trossen, Winschen und Netzen: Beeindruckt sah Myrtle zu, wie Archie in dem scheinbaren Chaos herumkroch und irgend etwas suchte. Er kannte das Deck der Skyline II besser als seine Sokkenschublade, dachte sie häufig. Irgendwie bekamen die Mannschaft und er es vor jeder Heimkehr hin, wieder klar Schiff zu machen. Für Myrtle sah das Boot müde aus, erledigt: Dummerweise hatte sie das einmal zu Archie gesagt und ihn damit verärgert. Von Schiffen habe sie nun einmal keine Ahnung, hatte er gesagt. Solche Ansichten solle sie lieber für sich behalten. Die Skyline II habe noch viele Jahre eines bewegten Lebens vor sich. Deshalb schwieg Myrtle jetzt, konnte den Gedanken aber nicht verscheuchen. Als Archie in der Kajüte verschwand, schloß sie voller Sorge die Augen. Das Boot bewegte sich kaum, als das braune Hafenwasser träge, wie es jetzt bei Ebbe war, gegen seine Wände schwappte. Es sah aus wie ein alter Kadaver, der auf die Aasgeier-Möwen wartete, die laut über ihm kreischten und ihn gleich zerreißen würden. Als Archie mit einem Pappkarton strahlend die Leiter hochgeeilt kam, sah er ihr verstörtes Gesicht. Er legte den Arm um sie. Mit großen, schnellen Schritten gingen sie die Kaimauer entlang, und Archie versuchte, sie mit einer Geschichte über Ken abzulenken. Ken war immer der erste, der die scheußlichsten Arbeiten tun wollte. Er war es, der oft freiwillig die Kombüse saubermachte oder den verstopften Abfluß reparierte. Im Nu hatte Archie seine Frau heiter gestimmt, und beide freuten sich still auf den langen, ruhigen Abend, der vor ihnen lag. Und am letzten Abend seines Landaufenthalts hatte er die Hand auf Myrtles Nacken gelegt, bevor sie die Treppe hochstiegen. Er zog sie mit all der beständigen Liebe an sich, die auszudrücken ihm so schwerfiel, die Myrtle aber mittlerweile aus dem komplizierten Labyrinth seiner Schüchternheit herauszulesen verstand.

Gegen Mittag ist der Voranstrich fertig. Myrtle tritt einen Schritt zurück und betrachtet ihr Werk. Mit ein wenig Glück wird die Farbe bis zum Nachmittag so weit getrocknet sein, daß sie mit dem Endanstrich beginnen kann. Archie hat ihr geraten, eine Pause von vierundzwanzig Stunden einzulegen, aber sie ist ungeduldig und will fertig werden, weshalb sie seinen Rat ignoriert. Archie wird es nicht erfahren – und falls doch, würde ihm diese Art von Untreue nichts ausmachen. Wenn dann morgen früh die Farbe richtig trocken ist, überlegt Myrtle weiter, kann sie Stunden mit dem Blankpolieren des alten Messingtürklopfers verbringen. Das würde sie den größten Teil des Dienstags beschäftigt halten.

Bis zu Dots Tod vor zwei Jahren war die Zeit von Archies Abwesenheit stets mit vielen Pflichten ausgefüllt, die halfen, daß die Tage schneller vergingen. Als Dot schließlich mehr fachmännische Pflege brauchte, als sich Myrtle leisten konnte, zog ihre Mutter ohne Protest in das Evergreen Home direkt hinter dem Dorf. Beim Organisieren des Umzugs fühlten Myrtle und Archie sich unendlich schuldig, aber soweit sie es beurteilen konnten, nahm Dots Seele dabei keinen Schaden.

»Ich werde euch nun nicht länger zur Last fallen«, sagte sie mit ihrem zahnlosen Lächeln. »Ich kann dann einfach immerzu dasitzen, ohne irgendwen zu belästigen.«

In dem Heim hatte sie innerhalb kürzester Zeit deutlich gemacht, daß ihre sitzende Lebensweise ohne die Gesellschaft anderer stattzufinden hatte. Bei ihrem ersten Besuch stellten Myrtle und Archie fest, daß sie die Schwestern dazu überredet hatte, ihren Sessel vor das Erkerfenster zu schieben, von dem aus sie das Meer sehen konnte. Sie wollte so weit wie möglich von der erstarrten Runde der anderen Fischerfrauen entfernt sitzen, die von morgens bis abends vor einem Fernseher dösten. Dots kleiner Körper, der in den plustrigen Sesselpolstern fast ganz verschwand, schien sich an diesem neuen Ort in sich selbst zurückgezogen zu haben – als versuchten seine zwei Enden vergeblich, zueinander zu kommen, wie eine halb auseinandergehebelte Muschel. Dots winziger Kopf, der auf die Brust gesunken war, versuchte sich mühsam aufzurichten, damit die Augen den Horizont sehen konnten. Sie sagte, sie halte Ausschau nach der Skyline, die zu ihr zurückkehren werde: Das sei Beschäftigung genug, bis sie sterbe. Sie überzeugte die Schwestern davon, daß das wirklich alles war, was sie wünschte, und sie gaben den Versuch, sie dazu zu überreden, bei den unwürdigen Beschäftigungen der anderen mitzumachen, bald auf. Die Gymnastikstunde – alte Arme, die sich mühsam in die Luft reckten, um »die Sorgen zu vertreiben« – sei schlimmer als alles, was sie in achtzig Jahren zu Lande und auf See gesehen habe, erzählte sie Myrtle. Es sei *unanständig*, erklärte sie, und sie wolle nicht daran teilnehmen. Aber Dot hatte im Grunde noch nie die Neigung verspürt, sich Menschen anzuschließen, und in den letzten zwei Jahren ihres Lebens im Heim brachte sie es mit der Kraft, die ihr geblieben war, zu manch überzeugender Geste der Unabhängigkeit. Von ihrer einsamen Position am Fenster aus sah sie mit Verachtung auf die wollenen Kleidungsstücke in blassem Rosa und Blau, die um die Schultern ihrer Altersgenossinnen schlotterten. Trotz der stickigen Zentralheizungsluft bestand Dot darauf, sich in den alten Shetlandschal ihrer Mutter zu hüllen, ein wollenes Kleidungsstück, das mit Naturfarben gefärbt war – »Heckensäfte« nannte sie sie – und, wie sie entschied, auch ihr Leichentuch sein sollte. »Düster« nannten die Schwestern den Schal. Warum möchten Sie dieses alte Ding tragen? Ihre Tochter könnte Ihnen eine hübsche helle Jacke bringen. Aber Dot wollte weder helle Jacken noch Pantoffeln. Sie bestand darauf, ihre hochgeschnürten Stiefelchen zu tragen, deren braunes Leder mittlerweile in einem silbrigen Bronzeton glänzte; sie hütete sie schon seit dreißig Jahren. Das war die Kleidung, die sie getragen hatte, wenn sie Jock am Hafen nachwinkte oder ihn begrüßte: und das war die Kleidung, die sie tragen wollte, wenn er wieder zu ihr kam.

»Wir nennen Ihre Mutter unsere kleine Bohemienne«, hatte eine Schwester einmal zu Myrtle gesagt. Sie würden sie nie verstehen.

In den zwei Jahren, die Dot im Heim lebte, besuchte Myrtle sie täglich. Wenn er nicht auf See war, kam Archie sonntags immer mit. Die Besuche gaben ihrem Leben eine Regelmäßigkeit, die Myrtle beruhigend fand, obwohl sie jedesmal wieder neue Zeichen des Verfalls entdeckte und von Mal zu Mal ihre Gewißheit wuchs, daß nicht mehr viel Zeit blieb. Myrtle saß immer auf dem Boden neben dem Sessel ihrer Mutter – so waren ihre Augen auf gleicher Höhe, auch wenn sie sich selten begegneten. Dots geduldiger Blick galt dem Meer. Ihre Hände lagen nebeneinander in ihrem Schoß, regungslos wie zwei kleine tote Fische, kurz bevor man sie ins Wasser zurückwirft. Manchmal machten die Finger unwillkürliche Bewegungen, als versuchten sie, an einer unsichtbaren Leine zu zupfen oder einen Köder an einem Haken zu befestigen. In solchen Momenten glaubte Myrtle, daß ihre Mutter sich erinnerte, aber meist täuschte sie sich.

»Woran denkst du, Mutter?« Schweigen. »Denkst du daran, wie du die Leinen mit Ködern versehen hast?«

»Nein«, sagte Dot nach einer langen Pause und immer noch, ohne die Augen zu bewegen. »Warum sollte ich?«

Sie sprachen nicht viel miteinander, Mutter und Tochter. Myrtle wußte wenig zu sagen. Die einzigen Neuigkeiten, die Dot interessierten – bevor sie gar nichts mehr aufnahm –, betrafen die Gezeiten und den Wind, aus denen sie das Vorankommen ihres toten Ehemannes errechnete. Das wußte Myrtle. Weder die aktuelle Fischereipolitik noch die mageren Fänge interessierten Dot. Neuigkeiten von Annie, deren unmögliches Benehmen sie früher in gewisser Weise erheitert hatte, weckten ihre Neugier auch nicht mehr. Nur der Tod einer der alten Witwen belebte sie für kurze Augenblicke.

»Sie fiel in ihrem Stuhl vornüber, das war Clarrie McFair, ihr

Andrew war ein oder zwei Jahre in Jocks Crew, aus ihrem Mund kam Speichel in großen Blasen, solche, wie unser Goldfisch Sammy sie immer machte. Erinnerst du dich an Sammy? Sie hat ihren ganzen Tee verschüttet, und ihr Gesicht bekam eine scheußliche Farbe. Na, so was, es ist aus mit ihr, sagt die Schwester. Und sie war ganz allein aus dem Eßsaal gegangen, ohne Hilfe, keine Stunde vorher.«

»Wie hast du all das sehen können, Mutter, wo du immer mit dem Rücken zu ihnen sitzt und aufs Meer schaust?«

»Wenn du was Ungewöhnliches hörst, dann drehst du dich doch um, oder? Das war ein Anblick. Ein paar von den Ältesten haben einfach die Augen zugemacht. Eine oder zwei haben geschrien, ein furchtbarer Krach, und versucht, Hilfe zu holen. Aber die Schwestern haben sie wieder in ihre Stühle gedrückt. Sie konnten nichts mehr tun – da kann man nichts machen, wenn sich ein Herz einfach so ausknipst. Ich habe mich wieder zum Meer hin gedreht. Arme alte Clarrie, dachte ich, obwohl ich sie jahrelang nicht gesehen hatte. Ich bin die nächste, die geht, dachte ich. Ich bin die nächste, die geht, aber nicht, bevor dein Vater zu mir gekommen ist.«

Als Dot starb, war Archie seit zwei Tagen auf dem Meer und sollte erst drei Tage später wieder heimkehren. Myrtle, die morgens zu ihrer üblichen Zeit ins Heim kam, erfuhr, daß ihre Mutter eine schlechte Nacht gehabt hatte, es ihr nun aber offenbar wieder besser ging. Dot saß an ihrem gewohnten Platz und starrte über das weiß zerzauste Meer zum Horizont. Ihre Hände waren unruhig gefaltet, als würden sie eine heimliche Aufregung verbergen. Als Myrtle sich neben ihr auf dem Boden niederließ, hob Dot eine Hand – die silbrigen Narben waren so verblaßt, daß sie kaum noch zu sehen waren –, aber sie bewegte ihre Augen nicht.

»Endlich ist er da«, sagte sie. »Sieh nur: Da ist die Skyline! Am Horizont.«

Myrtle blickte aufs Meer hinaus. Da war wirklich ein Schiff am Horizont, es sah allerdings hundertmal größer aus als das Fischerboot ihres Vaters. Eher wie ein Tanker.

»Das ist gut«, sagte sie.

»Er wird jetzt nicht mehr lange brauchen.« Dots Hände falteten sich auseinander, sanken wieder in ihren Schoß. Danach sagte sie nichts mehr. Als Myrtle sie eine Stunde später verließ, war ihr klar, daß Dot sich auf wichtigere Dinge konzentrieren mußte und keine Zeit hatte, auf Wiedersehen zu sagen. Myrtle ging an Clarries leerem Stuhl vorbei – der immer noch unbesetzt war, obwohl seit ihrem Tod schon drei Monate vergangen waren – und dachte, daß ihre Mutter, obwohl sie nun ganz den Verstand verloren hatte, zumindest glücklich schien. Sie jammerte und klagte nicht und rutschte auch nicht in ihrem Sessel herum. Sie war ganz in Anspruch genommen von dem langen, irrationalen Warten auf ihren Ehemann. Ihr außerordentlich fester Wille verlieh ihr Ruhe, Entschlossenheit und eine Art Frieden.

Myrtle war noch keine Stunde wieder zu Hause, als das Telefon klingelte. Dot war wenige Minuten, nachdem sie gegangen war, gestorben. Wie freundlich von der Zeit, mir die Erschütterung zu ersparen, dachte Myrtle. Sie setzte sich an den Küchentisch und machte sich an eine Liste mit all den Dingen, die getan werden mußten. Sie wünschte, Archie wäre zu Hause und sie könnte all die wirren Empfindungen herausweinen, die aufsteigen, wenn eine innig geliebte Mutter stirbt. Doch vorerst kamen keine Tränen, und schließlich rief sie den Pfarrer an und bat, er möge die Beerdigung auf den Tag nach Archies Rückkehr legen. Dot hatte sich gewünscht, neben ihrem Ehemann begraben zu werden, in einer Ecke des Friedhofs mit Blick auf das Meer.

Gegen Mitte des Nachmittags war die Haustür fertig. Myrtle trat einen Schritt zurück, um ihr Werk zu begutachten. Archie würde kaum etwas daran aussetzen können, dachte sie, auch wenn er das Grün ganz normal finden würde. Sie war sauber gestrichen, sah hübsch und glänzend aus und verlieh dem kleinen Steinhaus etwas Besonderes.

Das Dach war inzwischen auch wieder vollkommen in Ordnung, und Archie hatte erst vor einem Jahr ein Meisterwerk an den Fensterbänken und -rahmen vollbracht. Myrtle war hochzufrieden. Wartete geduldig auf Archies Anerkennung. Noch vier, vielleicht fünf Tage ...

Das Haus in der Arbroath Street 5 gehörte seit vielen Generationen den McGregors. Es war ein traditionelles dörfliches Ostküsten-Haus mit dicken Mauern, gestuftem Giebel, Schieferdach und Fenstern von edel-aristokratischen Proportionen, wie sie bei kleinen Dorfhäusern eher selten sind. Zwei Treppen, die oben in eine kleine Steinterrasse mündeten, führten zur Haustür im ersten Stock. Vor zweihundert Jahren war der Raum im Erdgeschoß, der die ganze Grundfläche einnahm, an eine Segelmacherwerkstatt vermietet worden. Als dann Anfang dieses Jahrhunderts Dampfschiffe kamen und die Segelmacher überflüssig wurden, hatte Myrtles Großvater die Idee, diesen Teil dem Wohnbereich zuzuschlagen und die beiden Stockwerke innen mit einer Treppe zu verbinden. Dieser Plan wurde nie verwirklicht: Hamish McGregor verbrachte fast sein ganzes Leben auf dem Meer, und wenn er zu Hause war, war Bauen das Letzte, wozu er Lust hatte. Schließlich verkam der Raum. Nachbarn benutzten ihn als Lagerraum, und bald war er mit alten Netzen, rostenden Maschinen und allen möglichen nutzlosen Gegenständen vollgestopft.

Nach ihrer Heirat wohnten Dot und Jock anfangs oben bei Dots Eltern. Das war wegen der großen Enge ein unglückliches Arrangement, und es wurde ihnen bald zuviel. Außer der Küche, in der sich tagsüber das gesamte Leben abspielte, gab es nur noch zwei kleine Schlafzimmer. Das eine war ursprünglich das Wohnzimmer gewesen und eilig umgebaut worden. Darin schlief das ältere Paar. Und Dot und Jock waren erstmal froh, daß sie das winzige andere Zimmer haben konnten, in das nur ein einzelnes Bett paßte. Doch nach einem Jahr der Unbequemlichkeit nahm Jock zwei Wochen Urlaub und brachte den alten Lagerraum wieder in Ordnung. Er war kalt, sonnenlos, feucht und alles andere als luxuriös – aber er gehörte nur ihnen. Wenn Jock zu Hause war, blieben sie unten in ihrer Wohnung, und das schwere Pochen elterlicher Füße über ihren Köpfen ließ sie die

Familienbesuche auf ein Minimum beschränken. In jenem Zimmer wurde Myrtle geboren, fünf Minuten bevor die Hebamme kam. Jock war auf See. Es war ein stürmischer Tag, aber Dot hatte oft erzählt, wie die Wolken verschwanden, kaum daß das Baby geboren war: Ein Sonnenstrahl bahnte sich den Weg ins Zimmer und erhellte die Dunkelheit.

Myrtle war zwei Jahre alt, als ihre Großeltern in eine kleine moderne Wohnung zogen. Die letzten zehn Jahre ihres Lebens genossen sie den Luxus von Elektroherd, Zentralheizung, Badezimmer und Innentoilette (jahrelang mußten sie die Außentreppe hinuntersteigen, in dunklen Nächten mit der Taschenlampe in der Hand, und zu dem Schuppen auf dem Fleckchen Erde gehen, das sie Garten nannten). Dot, Jock und ihre kleine Tochter zogen nach oben: Dort war es wärmer, gemütlicher, heller, und vom Küchenfenster aus konnten sie das Meer sehen. Erneut wurde der Raum unten vernachlässigt. Schimmel setzte sich in den Wänden fest, garstig aussehende Pilze sprossen zwischen den Dielenbrettern hervor. Als Archie und Myrtle heirateten, war er in einem so traurigen Zustand, daß sie trotz ihrer Armut gar nicht auf die Idee kamen, dort einzuziehen. Sie begannen ihr Eheleben in einer Sozialwohnung von allerdürftigsten Ausmaßen und haßten all das, was ihren Großeltern so gefallen hatte: die stickige Zentralheizungsluft, die billigen Fenster, den Mangel an Stauraum und die düstere, schäbige Küche, deren geometrische Resopaleinrichtung in Orange und Braun Myrtle jeden Tag Qualen bereitete. Als Dot dann krank wurde und ständige Hilfe benötigte, faßten sie deshalb schnell und froh den Entschluß, das Erdgeschoß in der Arbroath Street zu einer kleinen Wohnung umzubauen.

In den zwei Jahren nach Dots Tod hatten Myrtle und Archie nach und nach auch das übrige Haus verschönert. Sie schliefen in der oberen Etage, um mit dem Meeresblick aufzuwachen: Aus den zwei kleinen Schlafzimmern wurde eines, der alte Kamin wurde wieder funktionsfähig gemacht. An kalten Winterabenden zündeten sie dort manchmal ein Holzfeuer an. Bleiche Asche auf dem Rost und hier und da noch ein rotes Auge lebendiger Glut waren dann das erste, was sie beim Aufwachen sahen. In der Frühe genossen sie es beide, aus der Wärme des Betts in die bitterkalte Luft zu wechseln, während ihr Atem im Halbdunkel des Morgengrauens geisterhafte Schwaden formte. In der Küche war es jedoch immer warm: Der alte Herd, ein temperamentvolles altes Stück, das mancherlei Krisen durchlebte und ständig gehätschelt werden mußte, heizte sehr gut. Genau wie Myrtles Vorfahren verbrachten Archie und sie dort die meiste Zeit: Archies alter Sessel stand am Ofen, Myrtles Bücher steckten zwischen Porzellan und Gläsern in Archies schönen Regalen. In der Küche fühlten sie sich am wohlsten, sie war der Ort, wo Begrüßungen und Abschiede stattfanden: Das Fenster war Myrtles Aussichtspunkt, von dort deutete sie täglich das Meer. Keiner von beiden konnte sich vorstellen, jemals woanders so viel Zeit zu verbringen.

Zwischen Küche und Schlafzimmer hatten sie eine Wendeltreppe zum unteren Zimmer gebaut – und so am Ende Großvater McGregors Plan ausgeführt. Ihr alter Wohnraum wurde noch einmal verändert: Eine Tür führte in den »Garten«, der jetzt ein gepflasterter Hof war, wo Myrtle in ausrangierten Backformen Kräuter und Geranien zog. Das kleine Badezimmer, das sie damals, als sie hier eingezogen waren, eingebaut hatten, wurde mit einer schöneren Badewanne ausgestattet, und in eine abgetrennte Ecke kam die Waschmaschine. Sie strichen die Wände weiß, kauften ein großes, altes Sofa und einen Schreibtisch für Archies Abrechnungen. So wurde daraus das Wohnzimmer, das die neidische Annie einen »verflucht großen Ballsaal« nannte. Doch sie benutzten es nur selten. Manchmal saßen sie an Sommerabenden in der offenen Tür und schauten auf Myrtles blühende Töpfe, aber die hohen Mauern des Hofs bedrückten sie. Alles was sie von dort aus sehen konnten, waren ein paar Quadratmeter Himmel: kein Meer.

Die Arbroath Street, die früher für Armut hinter dicken Steinmauern bekannt war, galt mittlerweile als bessere Gegend. Die Nachbarn hatten schon vor den Duns mit Verschönerungen begonnen: Dächer wurden geflickt, Fensterrahmen lackiert, das

Holz alter Haustüren leuchtete jetzt gelb, rot und blau. Fremde mit Fotoapparaten und in Kleidung so bunt wie die Türen wanderten neuerdings durch die Straße. Ihre Augen blickten jedoch eher gleichgültig als erstaunt auf das, was einer von ihnen Myrtle gegenüber als »lebendige Geschichte« bezeichnete. Touristen waren aber nicht das einzige Problem: Männer mit Profitgier hatten ebenfalls die Ostküste Schottlands entdeckt.

Eines Tages öffnete Myrtle einem Mann die Tür, der einen Schlips mit Schottenmuster trug und dessen Miene verriet, daß er sicher war, willkommen zu sein. Er sagte, er hoffe, sie finde es nicht ungehörig, wenn er sie zu ihrem Haus beglückwünsche.

»Ein sehr bemerkenswertes Anwesen, wenn ich so sagen darf«, fuhr er dann etwas vorsichtiger fort, als er Myrtles Gesicht sah. »Es würde mich interessieren, ob Sie sich vorstellen können, Ihr ganz außergewöhnliches Heim – wenn ich das so kühn behaupten darf – zu vermieten?«

Myrtle wich in die Küche zurück. Ein derart absurder Gedanke machte sie einen Moment lang vollkommen sprachlos. Der Immobilienmakler – denn dafür hielt sie ihn – nahm sich die Freiheit, ebenfalls einzutreten, und seine Expertenaugen erfaßten im Nu die schöne Innenausstattung. Da Myrtle noch immer keine Worte fand, ergriff der Mann die Gelegenheit, ihr einen guten Rat zu geben.

»Für ein Haus wie dieses könnten Sie im Sommer eine hübsche runde Summe als Miete verlangen«, sagte er. »Natürlich wäre ein gewisses Maß an Investitionen erforderlich – wenn Sie mir diesen Vorschlag gestatten –, allerdings nichts, was Ihre Reserven angreifen würde.« Er schenkte ihr ein knappes, ermutigendes Lächeln und entblößte dabei Zähne von der Farbe junger Baumrinde. Myrtle, die von seinem Morningside-Tonfall ganz benommen war – der Mann tremolierte wie eine gurrende Waldtaube –, verschränkte die Arme und starrte auf seine gepflegte Frisur. »Andere Anwohner dieser Straße befinden sich schon im Stadium des *Überdenkens.* Ja, einige haben sich in der Tat schon mehr oder weniger fest entschlossen. Ich an Ihrer Stelle würde mein Geld so anlegen, Mrs. – äh?«

»Niemals«, sagte Myrtle.

»Aber bedenken Sie doch, wieviel Sie mit so wenig Aufwand verdienen könnten –«

»Ich sagte, niemals –«

»Nur die Umstellung vom – äh – so reizvoll *Historischen*« – hier schickte er ein finsteres Lächeln zum Herd – »zu den mehr zeitgenössischen Hilfsmitteln des modernen Lebens, welche die Wochenendurlauber, Gott segne sie, eher zu bevorzugen scheinen ...« An diesem Punkt wurde ein kleiner Schniefer mit einem rot-grün karierten Taschentuch flink und elegant weggetupft. Irgendwie gelang es ihm, sie wissen zu lassen, daß er, obwohl er selbst die Vulgarität moderner Errungenschaften nicht gutheißen konnte, natürlich verpflichtet war, den Geschmack seiner Kunden zu berücksichtigen. »Was ich sagen möchte, ist folgendes: Mit einem hübschen kleinen modernen Herd hier drinnen könnten Sie in der Tat eine sehr anständige Miete verlangen.«

»Sie verschwenden Ihre Zeit«, sagte Myrtle. Sie wünschte sich inständig, Archie wäre hier. Er hätte solchen Spaß an Mr. Morningside gehabt.

»Ich darf Ihnen versichern, daß unsere Agentur ein alteingesessenes Unternehmen mit bester Reputation ist.« Er blieb hartnäckig. »Wir machen Ihre Interessen zu unserem Geschäft. Wir vermieten die verschiedensten Anwesen an der Ostküste Schottlands und auch darüber hinaus ...« Er verstummte. Blickte zur abblätternden Farbe des Fensterrahmens, des einzigen, der noch auf Archies Einsatz wartete. Sammelte sich für einen letzten Versuch. »Sie können sich gar nicht vorstellen, Mrs. äh, wie viele zufriedene Kunden wir in unseren Büchern führen ...«

»Es tut mir leid, daß ich Ihnen nicht behilflich sein kann, indem ich mich dazugeselle, aber kein Geld der Welt könnte meinen Mann oder mich in die Versuchung bringen, unser Haus an Fremde zu vermieten. Und wenn es Ihnen nichts ausmacht, ich habe jetzt leider zu tun ...«

Myrtle beginnt, den Löwenkopf des Messingtürklopfers zu

polieren. Sie will die Arbeit unbedingt erledigt haben, möchte dabei nicht gestört werden.

»Myrtle? Ich muß schon sagen, deine Tür sieht großartig aus.« Als Myrtle Annie sieht, lächelt sie. Annie hat schon oft nur durch ihre Gegenwart Myrtles Erregung oder Ärger dämpfen können. Jetzt ist sie oben an der Treppe angelangt. Sie steht neben Myrtle auf der kleinen Steinterrasse und schaut auf die Tür. Schließlich streckt sie einen Finger aus, berührt den harten Lack. »Ich möchte mit dir reden.«

Myrtle seufzt. Sie spürt die plötzliche Abendkälte in den Schultern. Der Himmel ist mit purpurroten und grauen Wolken geschmückt.

»Laß uns hineingehen«, sagt sie.

In der Küche setzt Myrtle automatisch den Kessel auf, langt nach der Teebüchse. Annie läßt sich nicht auf ihrem gewohnten Stuhl nieder. Sie bleibt stehen. Myrtle bemerkt eine Angespanntheit in ihrem Gesicht, die Ärger verspricht. Sie erkennt sofort, wenn etwas mit Annie los ist. Sie überlegt, wie sie dem, was die Freundin ihr offenbar vortragen will, ausweichen kann. Am wenigsten will sie jetzt eine Auseinandersetzung.

»Warst du mit Ken in Edinburgh?« fragt sie.

»Nein. Ken war viel mit dem Lieferwagen unterwegs. Geschäfte.«

»Darüber will ich nicht reden.« Archie weiß schon seit einiger Zeit um Kens »Geschäfte«: Als Kapitän des Boots ist er nicht damit einverstanden, denn auf diese Weise sind die Landtage für Ken alles andere als erholsam. Er kehrt danach erschöpft aufs Boot zurück und schafft kaum seine Arbeit, obwohl er – vielleicht aus schlechtem Gewissen – nach wie vor sehr hilfsbereit ist. Archie hat Ken mehrmals gewarnt, daß er sich sein Doppelleben nicht mehr lange mit ansehen wird. Es hat Auseinandersetzungen gegeben, Streit. An einem bestimmten Punkt, das wissen beide Ehefrauen, wird es eine Entscheidung geben müssen. Archies Argwohn gegen Kens »Auslieferfahrten« ist stärker geworden. Er glaubt nicht, daß es sich nur um Möbeltransporte handelt. Er hat Grund zur Annahme, daß Kisten mit schwarzem

Fisch – Fisch, der die gesetzlichen Quoten übersteigt und ins Meer zurückgekippt werden muß – zwischen den Möbeln stehen und an einen der vielen Händler geliefert werden, die damit gegen das Gesetz verstoßen. Archie hat seinen Verdacht nur Myrtle gegenüber geäußert. Wenn er ärgerlich ist, droht er, daß er »Ken bloßstellen« wird. Myrtle hofft, daß er das nie tun wird.

»Du hast doch gefragt«, sagt Annie. »Aber ich möchte wissen, wie du das am Samstag morgen gemeint hast. Was du gemacht hast.«

»Samstag morgen?« Myrtle wandert in Gedanken zurück, sie ist verwirrt.

»Du hast Janice völlig vor den Kopf gestoßen. Sie kam in Tränen aufgelöst nach Hause.«

Ein gedämpftes Schnauben kommt aus Myrtles Nase. Annie hält es für Spott. Sie zieht mit zornigem Scharren einen Stuhl zurück – nicht ihren gewohnten Stuhl. Setzt sich.

»Ich wußte nicht, was man für den Hamster tun konnte«, sagt Myrtle.

»Darum geht es gar nicht so sehr. Es geht um das Gefühl, das du Janice gegeben hast, das Gefühl, nicht erwünscht zu sein. Nicht willkommen.«

»Das war auch so. Sie war wirklich nicht willkommen.« Myrtle knallt zwei Becher hin. »Was glaubst du denn? Archie ist gerade angekommen, möchte ein bißchen Ruhe und Frieden für sein Frühstück, und da kommt deine Tochter mit einem kranken Hamster angerannt. Es war nicht gerade ein guter Zeitpunkt.« Sie schenkt Tee ein. Annie schweigt, sie hat tiefrote Wangen: Genau solche Flecken – von den Augen bis zum Kinn – hat sie als Kind bekommen, wenn sie wütend war.

»Der Hamster ist gestorben«, sagt sie endlich.

»Das tut mir leid.«

»Ich dachte, du liebst Janice so, als wäre sie deine eigene Tochter.«

»So habe ich das nie gesagt.« Schwerfällig setzt sich Myrtle ans andere Ende des Tischs. »Aber es stimmt, daß ich Janice sehr mag.«

»Manchmal würde man das nicht glauben. Du bist oft streng mit ihr – zu streng für mein Gefühl.«

»Es gibt Augenblicke, da muß ein Kind die Wahrheit erfahren. Sie ist zu anmaßend, das Fräulein. Zu selbstgefällig. Es ist nicht meine Aufgabe, ihr zu sagen, wie sie sich im allgemeinen zu benehmen hat. Aber da sie offenbar fast genauso häufig in diesem Haus ist wie bei euch, habe ich jedes Recht, ihr zu sagen, wie sie sich hier zu benehmen hat. Sie sollte lernen, wann sie nicht erwünscht ist. Wenn Archie gerade nach Hause gekommen ist, dann ist das so ein Moment, wo sie nicht erwünscht ist. Das kommt mir nicht unvernünftig vor. Aber schuld daran ist nicht nur das Kind. *Du* solltest ihr sagen, daß sie nicht herkommen soll, wenn Archie da ist –«

»Das ist es also.« Annie stößt den leeren Becher weg. »Du weißt doch, was dein Problem ist, oder? Du bist einfach neidisch: neidisch auf Ken und mich und Janice. Neidisch auf jedes Paar mit einem Kind.« Sie sieht die Verachtung, die sich in Myrtles Gesicht abzeichnet. »So war es schon immer. Das erklärt dein Verhalten – jeder sagt das. Natürlich heißt das nicht, daß du nicht unser Mitgefühl hast. Du weißt das. Es gibt kaum etwas Schlimmeres als sich ein Kind zu wünschen und keines bekommen zu können. Aber wer war denn stets an deiner Seite, hat dich beim Tee getröstet, als du all diese schrecklichen Tests gemacht hast? Ich, wie du weißt. Und was glaubst du, wie ich mich gefühlt habe, als ich eine süße Tochter bekam, und du warst nicht –«

»Hör auf damit, Annie –«

»Was glaubst du, wie ich mich gefühlt habe? Was glaubst du, wie es mir heute noch dabei geht? Ich weiß noch genau, wie ich, kurz nachdem Janice geboren war, zu dir gesagt habe: Myrtle, habe ich gesagt, wenn du möchtest, sollst du sie auch ein bißchen als deine Tochter betrachten.«

»Hör auf! Das ist alles sinnlos.« Myrtle ist sehr blaß. In ihren großen Händen hält sie den Becher mit heißem Tee. Nach einer Weile sagt sie: »Ich habe dir schon gesagt: Wenn wir uns nicht streiten wollen, sollten wir dieses Thema meiden.

Außerdem hast du keine Ahnung, wie es in mir aussieht, wo ich kein –«

»Du kannst mir nicht weismachen, daß du nicht neidisch bist, daß es Janice gibt. Die Tatsache, daß ich eine Tochter habe und du nicht, gefällt dir nicht.«

»Es gefällt mir nicht, nein – nicht die Tatsache, daß du etwas hast, was ich nicht habe – darüber freue ich mich, das weißt du sehr genau. Sondern die Tatsache, daß *ich* es nie können werde, für Archie. Ich kann Archies Kind nicht bekommen. Begreifst du das nicht? Das führt aber nicht dazu, daß ich neidisch bin, weder auf dich noch auf irgend jemand sonst, der Kinder hat. Es führt zu etwas sehr viel Furchtbarerem: dem ständigen Gefühl des Versagens. Natürlich hat es viele Vorteile, wenn man keine Kinder hat, nicht gebunden ist. Wir können alle möglichen Dinge unternehmen, die ihr, Ken und du, nicht machen könnt – einfach einen Tag wegfahren, wenn wir Lust haben. Soweit ich weiß, seid ihr beiden neidisch auf unsere Freiheit. Und außerdem geht es uns finanziell besser als manchen anderen, weil wir keine Ausgaben für Kinder haben. Aber nichts ersetzt ... Daß man kein Kind bekommen kann, gärt immerfort in einem ... Ein Leben lang gibst du dir die Schuld. So, jetzt habe ich meinen Teil gesagt. Bitte, das war's. Thema beendet.«

Annie verschränkt die Arme, sieht zu Myrtle auf.

»Es tut mir leid«, sagt sie. »Mir platzt nicht oft der Kragen so wie eben, das weißt du. Wir hatten schwierige Zeiten miteinander, Ken und ich. Rauf und runter, immerzu – da er ständig mit dem verdammten Lieferwagen unterwegs ist, kommen wir nie richtig zur Ruhe. Und was mach ich, wenn er wieder mal weg ist? Ich laß alles an dir aus.«

Myrtle hat sich in Gedanken verfangen, die sie sonst meist in Schach halten kann, und schenkt ihr ein zerstreutes Lächeln.

»Das macht nichts«, sagt sie. Es folgt ein langes Schweigen zwischen den Frauen. Beide würden gern wieder die alte Harmonie zwischen sich herstellen, aber beide sind noch zu sehr mit sich selbst beschäftigt, um ihren guten Willen zum Ausdruck zu bringen. »Wenn ich neidisch auf dich sein wollte, Annie, dann gäbe es alle möglichen guten Gründe dafür, die nichts mit einem Kind zu tun haben. Du warst immer die Hübsche, die Lebhafte, die, für die die Jungs sich prügelten. Aber das hat mir alles nichts ausgemacht, als wir Kinder waren, als wir jung waren, weil du immer eine so treue Freundin warst, dich für mich eingesetzt hast, darauf bestanden hast, daß ich alles mit dir teile, außer den Jungs – na ja, die wollten mich auch nicht, also war das nicht dein Fehler.« Sie lächelt ein wenig. »Du hast alles getan, damit ich nicht neidisch sein mußte, und ich war stolz, daß du, das beliebteste Mädchen der Schule, meine Freundin warst.«

Der Zorn auf Annies Wangen, das längst verschwundene Rot, kehrt nun wieder, weniger eindeutig, als Erröten getarnt.

»Also, ich hätte auch nicht ohne dich sein können«, sagt sie. »Du warst mein Felsen. Bist es noch. Außerdem hast du alles falsch in Erinnerung. Ich konnte dich schrecklich ärgern. Tu ich immer noch.« Beide Frauen lachen. Annie geht zur Tür. »Soll ich morgen wieder zur üblichen Zeit zum Kartenspielen kommen?«

»Hm.«

»Ich muß jetzt gehen. Janice wird sich wundern, wo ich bleibe.« Myrtle nimmt eine Tafel Schokolade aus einem Regal.

»Gib ihr die von mir«, sagt sie.

Als Annie fort ist, bleibt Myrtle erstarrt im Halbdunkel zurück. Sie fühlt sich so trostlos, daß das Dasitzen das einzige ist, was sie noch schafft. Ihre Hände liegen regungslos auf dem Tisch. Sie fragt sich, ob eine von den beiden sich wohl irgendwann von allein bewegen und den Bann brechen wird. Sie spürt, wie sich die Felsbrocken in ihr verschoben haben und Schieferplatten in neu entstandene Abgründe stürzen. Gewöhnlich funktioniert die Methode, mit der sie ihre Freundschaft zu Annie frei von Zerreißproben hält. Monatelang kommen sie ohne Auseinandersetzung oder größere Spannung miteinander aus. Der Streit, der heute abend aufgeflammt ist, erscheint Myrtle ebenso selten wie beunruhigend. Annie, die viel flatterhafter ist als Myrtle, hat die häßliche Szene wahrscheinlich längst wieder vergessen und wärmt Janices Abendessen in der Mikrowelle auf, als sei nichts Besonderes geschehen. Glückliche Annie, denkt Myrtle: ihre Fähigkeit, die Dinge leicht zu nehmen – *das* ist der Bereich, wo Reste von Neid hausen. Myrtle registriert, wie ihre Hände – kein Gefühl in ihnen, abgetrennte Gegenstände – hochflattern und an ihre Schläfen fassen. Die Leere des Raums ist so greifbar, daß sie für eine Weile hinausgehen muß. Sie nimmt ihren Schal, schließt das Fenster. Seit Wochen schon hat sie nicht mehr das Grab ihrer Mutter besucht. Jetzt wird sie dorthin gehen, in der Gewißheit, dort Ruhe, und der Hoffnung, dort Frieden zu finden.

Wenn Annie als Kind nett zu Myrtle war, brachte ihr das manchmal auch Ärger ein. Da war zum Beispiel der Tag, als Ross Wyatt, der Annie schon seit Monaten belagerte, einen letzten Versuch machte und Annie sich für Myrtle entschieden hatte.

»Komm mit mir raus auf den Hof, Annie. Ich will dir was zeigen.«

»Nein danke, ich möchte nicht, Ross Wyatt.«

Myrtle erinnert sich, daß der Junge verzweifelt war. Er wußte nicht, wie er das hochnäsige Mädchen, das vor ihm stand, für sich gewinnen konnte. Er hatte die Hände in den Taschen seiner Shorts vergraben. Myrtle konnte sehen, wie seine Finger zuckten. Rote Flecken erschienen auf seinen Wangen.

»Ich meine nicht den Hof. Ich meine ... komm, wir gehen runter zum Hafen und holen Pommes.« Seine Stimme klang atemlos, seltsam. Plötzlich wandte er sich ab, warf den Kopf in den Nacken. Myrtle war alarmiert. War er krank? Sollte sie jemanden holen? Aber Annie fand sein Verhalten offenbar ganz normal. Sie war daran gewöhnt, daß Jungen, kopflos vor Liebe, sich gelegentlich abwenden mußten.

»Nein danke«, schrie Annie. »Ich will nirgendwo mit dir hingehen, niemals. Also hör auf, mich zu fragen. Stimmt doch, Myrtle?«

Myrtle war verwirrt. Es war keine drei Wochen her, da hatte Annie ihr erzählt, wie sehr Ross Wyatt ihr gefiel. Sie begreife nicht, wieso er so lange brauche, um die Initiative zu ergreifen, sagte sie. Es war doch sonnenklar, daß er sie auch mochte. Deshalb überraschte Myrtle dieser plötzliche Sinneswandel, jetzt, wo Ross Wyatt sich endlich an sie ranmachte. Was sollte sie tun? Annie gab Myrtle einen Stubs.

»Es stimmt«, sagte Myrtle ruhig. »Annie will wirklich nichts mit dir zu tun haben, Ross.«

»Siehst du! Was habe ich dir gesagt, Ross!« Annie war begeistert von Myrtles schneller Reaktion, ihrer Treue. »Myrtle weiß Bescheid. Myrtle ist meine Freundin. Komm, Myrtle. Wir gehen.«

Ross drehte sich zu ihnen um, rot im Gesicht. Er sah jetzt, trotz seiner Farbe, ganz normal aus, fand Myrtle. Der Anfall oder Krampf oder was auch immer in ihn gefahren war schien eindeutig vorüber. Er starrte Myrtle voller Verachtung an.

»Du! Eine Freundin? Du bist doch nur ein häßlicher Fettkloß, der Annie dauernd bewacht, weil du weißt, daß *du* nie einen Mann kriegst, der dir an die Wäsche will –«

»Du widerlicher Kerl! Wag bloß nicht, so von meiner Freundin zu sprechen«, schrie Annie und warf sich auf ihn. Myrtle versuchte sie zurückzuhalten, aber es war zu spät. Annie trat Ross heftig in den Unterleib. Er wurde weiß, stöhnte und krümmte sich. Myrtle zog Annie weg.

»Laß ihn in Ruhe, Annie«, rief sie, während Ross noch stöhnte, »laß diesen Haufen Dreck –«

»Ich bring ihn um!«

»Das wirst du büßen, du Flittchen.« Ross richtete sich mühsam wieder auf. Noch im Stehen hielt er sich mit einer Hand die Lenden. »Häng du dich ruhig an deine Freundin Myrtle. Ich sag dann meinem Freund Hamish, daß er, wenn er dich haben will, deine häßliche Freundin mit dazu nehmen muß!« Er lachte.

»Wehe, das tust du!« In Annies Stimme lag ein leichtes Zittern. Myrtle wußte sofort, daß Ross' Drohung Annie getroffen hatte. Hamish? Vielleicht hatte Annie keine Gelegenheit gehabt, ihr zu erzählen, was mit Hamish war.

»Ich sag Hamish, er soll die Finger von dir lassen – du interessierst dich eh nur für diesen Fettkloß Myrtle Stewart, die kein Junge anfassen würde, auch wenn sie das einzige Mädchen auf der Welt wäre –«

»Verschwinde«, schrie Annie wieder, »bevor ich Mrs. Williams hole.«

Ross drehte sich um und verließ den Klassenraum in einer Haltung, die besagen sollte, daß er keine weiteren Beleidigungen an so grauenhafte Mädchen verschwenden würde. Sein Rücken verriet, wie angeekelt er von der ganzen Sache war. Er knallte die Tür hinter sich zu.

Annie hatte Tränen in den Augen, als sie Myrtle ansah. Myrtle legte einen Arm um sie.

»Du hättest dich nicht so für mich einsetzen sollen«, sagte sie.

»Doch, natürlich. Ich will nicht, daß jemand so häßliche, unwahre Sachen über dich sagt. Das ist gemein.« Sie schniefte. »Ich bring ihn um, wenn er mir die Geschichte mit Hamish versaut.«

»Ich weiß ja nicht, was mit dir und Hamish ist«, sagte Myrtle und reichte Annie ihr Taschentuch. »Du wechselst die Jungen immer so schnell.« Annie kicherte plötzlich.

»Bevor Ross sich für mich interessierte, fand ich ihn ganz nett. Als er dann aber mit dieser ganzen Nerverei und den schmalzigen Briefchen anfing, dachte ich, mir wird schlecht. Und heute morgen in der Andacht hat Hamish mir zugeblinzelt – oder fast –, und ich fand, daß er ganz nett ist. Ich mag doch Locken.« Sie kicherte erneut. Myrtle lächelte verschwörerisch. Die turbulenten Fortschritte in Annies Liebesleben machten ihr immer Spaß. »Tut mir leid, ich habe noch gar keine Zeit zum Erzählen gehabt.«

»Aber wieso konnte Ross, wenn Hamish dir erst heute früh zugeblinzelt hat«, fragte Myrtle, »schon wissen, daß du –«

»Er hat es wohl erraten.« Sie lächelte ein wenig schief. »Wahrscheinlich hat dieser Blödmann Ross Wyatt eben einen guten Riecher. Und wenn er dich das nächste Mal beleidigt, dann trete ich ihn so doll, daß er nie mehr aufsteht.« Sie stieß mit der geballten Faust in die Luft, ihre hübschen Augen blitzten. »Niemand ist frech zu meiner Freundin.«

Das war einer ihrer stolzen Momente. Annies heftige Treuebekundung machte Myrtle glücklicher, als irgend so ein blöder Junge es vermocht hätte. Sie wußte, daß sie bei Jungen ohnehin keine Chancen hatte. Entweder übersahen sie sie, oder sie waren unverschämt. Doch all das zählte nicht, solange Annie sie liebte und für sie eintrat. Und noch Jahre später konnte sie sich nicht vorstellen, daß sie jemals einen Mann auch nur halb so sehr lieben könnte, wie sie Annie stets geliebt hatte. Die beiden Mädchen umarmten einander, und jede konnte den schwachen Honigduft der Tränen der anderen riechen. Dann wurden sie von der Glocke getrennt, die zur Sportstunde rief. Da waren sie zwölf Jahre alt.

Myrtle steht am Grab ihrer Mutter. Mittlerweile ist es dunkel. Die flockigen Wolken des frühen Abends sind einer weichen Dunkelheit gewichen, die um den Mond herum ganz ausgeblichen wirkt. Das Mondlicht legt eine breite Straße über das Meer. Es gibt kein Schiff, keine Wellen. Die Linie zwischen Himmel und Meer verschwindet in samtigem Schwarz. Was denken Menschen über die Toten, überlegt Myrtle.

Sie selbst findet es schwierig, sich ihre Mutter in voller Gestalt vorzustellen. Vor ihrem inneren Auge erscheinen stets nur einzelne Teile. Da sind die vernarbten Hände, die Augen mit den schweren Lidern, das vorsichtige Lächeln, eine kleine, fragende Neigung des Kopfes, die vom Alter gekrümmten Schultern. Sie weiß nicht mehr genau, wie sie im Stehen aussah. Manchmal – und das ist schrecklich – weiß sie nicht mehr, wie ihr Gesicht aussah. Dann mußte Myrtle rasch ein Foto zu Hilfe nehmen. Ihr Geruch kommt ihr häufiger in den Sinn: Fisch, der kräftige, beißende Geruch nach Salzwasser und der milde Duft von Lavendelwasser. An Sonntagen tupfte Dot sich stets ein wenig selbstgemachtes Lavendelwasser auf den Nacken, um den Fischgeruch zu überdecken. Als Kind durfte Myrtle ihrer Mutter nur einen ganz kurzen Gutenachtkuß geben, doch das reichte, um die vertraute Mischung von Fisch und Lavendel auf ihrer Haut in sich aufzunehmen. Der Geruch war selbst im Heim noch vorhanden: Im Laufe der Jahre hatte der Fischgestank sich in die Haut eingegraben, und Lavendel wurde jetzt täglich benutzt. Ein schrecklicher Luxus, hatte Dot einmal zu Myrtle gesagt. Doch sie fürchtete, daß der Fischgeruch ihr immer noch anhaftete, und wollte keinen Anstoß erregen.

Die Stimme war es, die am lebendigsten blieb. Dot hatte eine angenehme, melodiöse Stimme besessen. Ihr schottischer Akzent war spröde wie Glas, die Betonungen hüpften wie kleine Wellen auf einem windgepeitschten Meer.

»Myrtle, kommst du mal?«

»Myrtle, aus dir ist ein so hübsches großes Mädchen geworden – ganz der Vater.«

»Myrtle, sieh mal: Da hinten am Horizont ist die Skyline. Jetzt dauert es nicht mehr lange, bis er da ist.«

Unaufhörlich erklingt Dots Stimme in ihr, zu allen Tages- und Nachtzeiten. Diese Beharrlichkeit ist es, die Myrtle vermuten läßt, daß die Grenze zwischen Leben und Tod viel schmaler ist, als wir glauben. Vielleicht sterben die Stimmen der geliebten Menschen nie, denkt sie, und das ist ein kleiner Trost.

«Bist du das, Myrtle?«

Das ist keine Stimme aus dem Grab, sondern eine Männerstimme. Kanadisch. Myrtle dreht sich um.

Martin Ford steht da, eine Hand ruht auf einem Granitkreuz, das fast so groß ist wie er. Der Mond macht sein Haar blonder, sein Gesicht liegt in tiefem Schatten.

»Oh, Martin.«

»Hoffentlich habe ich dich nicht erschreckt.«

»Überhaupt nicht.«

»Ich hatte länger zu tun, bin spät weggekommen. Wollte nur mal sehen, wo ich morgen mit Graben anfangen muß. Rusty Burns. Dreiundneunzig, glaube ich.«

»Ich habe es gehört. Der armen Nancy geht es sehr schlecht.«

»Der letzte große Bäcker in dieser Gegend.«

Martin ist Steinmetz. Als Siebzehnjähriger ist er mit seinen

Eltern aus Kanada gekommen und hat seine Lehre im Süden gemacht. Aber er kam nach Schottland zurück, um in der Nähe seiner Eltern zu sein – sie teilen sich ein Doppelhaus kurz hinter dem Dorf. Martin hat sich den Ruf erworben, nicht nur der geschickteste, sondern auch der günstigste Steinmetz der Ostküste zu sein – so manches Mal hat er nur den Preis für den Stein berechnet. Mit Grabsteinen, gelegentlich einem Denkmal oder einer Gedenktafel für eine Kirche hat er ganz gut zu tun, aber jede Arbeit braucht ihre Zeit, ist mühsam, und sein Honorar entspricht nicht dem Wert seines handwerklichen Geschicks. Um sein dürftiges Einkommen aufzubessern, hebt er Grablöcher aus. Martin ist ein kräftiger, schneller Schaufler, und er ist verläßlich. Für diese Verläßlichkeit wird er geschätzt – immer ist er bereit, anderen zu helfen, und hat noch nie jemanden im Stich gelassen. Im Dorf mögen ihn alle, finden ihn in Ordnung, obwohl er doch aus Übersee stammt. Aber soweit Myrtle weiß, kennt ihn niemand näher oder ist gar in sein Privatleben eingeweiht.

Martin ändert seine Haltung.

»Deine Mutter – wie lange ist es jetzt her?«

»Fast genau zwei Jahre.«

»Sie war eine besondere Frau.«

»Das war sie.«

»Und du?«

»Mir geht es gut.«

»Wo Archie so viel weg ist. Muß schwer für euch Frauen sein.«

»Man gewöhnt sich dran.« Die Lüge fährt ihr durch die Wirbelsäule. Myrtle zupft an ihrem Schal.

»Ich muß mich auf den Weg machen. Darf ich dich nach Hause begleiten?«

Myrtle schüttelt den Kopf.

»Trotzdem vielen Dank«, sagt sie. Ihre Finger berühren sanft den Grabstein ihrer Mutter und fahren dann schnell wieder hoch. Dots Name und Lebensdaten sind neben denen ihres Mannes wunderschön von Martin eingemeißelt worden. Einen

Grabspruch gibt es nicht. Myrtle ist noch keiner eingefallen, den sie für geeignet hält.

»Bist du schon auf was gestoßen, was ich ergänzen könnte?« fragt Martin.

»Noch nicht. Aber ich bin auf der Suche.«

»Der arme alte Rusty. Nancy sagt, sie kann sich nur die Lebensdaten leisten. Ich habe gesagt, sie soll nicht albern sein, ich würde ihm eine Zeile umsonst machen.«

»Das war nett von dir«, sagt Myrtle.

»Er hat einen Grabspruch verdient, ein so prächtiger Bäcker.«

Irgendwie gehen sie nun doch nebeneinander den schmalen Pfad zwischen den Gräbern entlang, und ihre Füße knirschen auf dem Kies. Martin schließt das Friedhofstor hinter sich. Myrtle bleibt so lange stehen. Das ist ein winziger Hinweis darauf, daß sie nichts gegen seine Gesellschaft hat. Sie hat gesagt, daß sie nicht möchte, daß er sie nach Hause begleitet, aber wenn er auf der Straße weiter neben ihr her geht, wird sie keinen Einspruch erheben.

Im Dorf ist niemand zu sehen. Die Häuser, die am Tag so freundlich wirken, haben sich hinter eine hochmütig abweisende Front zurückgezogen, wie sie es abends immer tun. Die Vorhänge sind geschlossen. Das Licht, das durch die ungefütterten Stoffe dringt, täuscht dem Auge Dreidimensionalität vor: Die Fenster wirken wie leuchtende Backsteine, die in der Dunkelheit hängen.

Myrtle und Martin gehen schweigend nebeneinander her. Bald ist das Haus in der Arbroath Street erreicht. Myrtle, die gerade überlegt, ob sie den Rest des Abends mit einem Radiokonzert oder ihrem Buch verbringen soll, stolpert über die unterste Stufe.

»Vorsicht.« Martin holt schnell eine Taschenlampe aus seiner Jackentasche. Ein heller Lichtstrahl zerlegt die Steintreppe in Licht- und Schattenfelder. Die Wollstickerei am Saum von Myrtles Rock wird zu rubinroten Blumen.

»Was mach ich denn da!« sagt sie. Sie spürt Martins Hand unter ihrem Ellbogen, als sie erneut auf die unterste Stufe tritt, diesmal ohne Schwierigkeiten. Sie hält inne. Während ihre Hand auf dem Eisengeländer ruht, dreht sie sich zu ihm um.

»Einen Tee? Was zu essen?«

Martin überlegt einen Augenblick. Läßt ihren Ellbogen los.

»Sollte besser nach Hause«, sagt er schließlich. »Trotzdem vielen Dank. Aber morgen muß ich schon um vier Uhr hoch, damit ich Rustys Grab fertig habe, bevor ich los muß, um nach einem Marmorblock zu sehen.«

Myrtle stellt sich vor, wie er allein auf dem Friedhof ist; der Spaten sticht in gemähtes, tauiges Gras, der Morgenhimmel erhellt die dunkle Erde, während er schnell und tief gräbt. Sie fragt sich, wie sein Leben wohl aussieht. Etwas, was sie erst seit kurzem beschäftigt.

»Also gut«, sagt sie. »Es war nett, daß du mich nach Hause begleitet hast.«

Sie eilt jetzt die Treppe hoch, möchte schnell ins Haus. Martin leuchtet ihr noch mit der Taschenlampe. Er wartet, bis sie den Schlüssel in der frisch gestrichenen Tür umgedreht hat, bevor er sie ausknipst. Dann winkt er – doch zu spät: Myrtle hat die Tür geschlossen. Martin ist draußen ebenso allein, wie sie es drinnen ist.

Es ist fast Mitternacht. Myrtle ist unruhig, kann nicht schlafen. Wie immer stellt sie sich Archie draußen auf dem Meer vor – ein Bild, das sie haßt, aber eines, das jede Nacht wiederkehrt. Dann verwandelt sich das endlose schwarze Wasser in ihrem Kopf in ein Meer, das im Sonnenlicht tanzt, in einen ruhigen Tag im Hafen. Martin, wie er, noch neu im Dorf, mit den Händen in den Taschen den Kai entlangspaziert. Er hatte etwas Bescheidenes, so als wäre er am liebsten unsichtbar. Das war kaum möglich, da er über ein Meter achtzig groß ist und eine wilde blonde Mähne hat. Binnen kurzem war er der Schwarm aller Mädchen der Gegend: Da man ihn selten sah, häuften sich die Spekulationen darüber, was für ein Mensch er war und ob er noch zu haben war. Annie, die damals mit einem gewissen Roddy Fairburn ging, fand, daß die Zuneigung zu einem netten, aber langweiligen

Schottenjungen den aufregenden Möglichkeiten, die der Kanadier bot, nicht im Wege stehen sollte.

»Er ist toll«, flüsterte sie Myrtle zu. »Ich hätte nichts gegen ihn.« Myrtle konnte nicht leugnen, daß Martin begehrenswert war, behielt das aber für sich. Die Vorstellung, daß er sie überhaupt nur *wahrnahm*, war geradezu lächerlich.

Sie beobachteten aus der Ferne, wie er langsam den Kai entlangschlenderte, bei jedem festgemachten Fischerboot stehenblieb und es betrachtete.

»Das ist unsere Chance«, sagte Annie. »Laß uns doch einfach rübergehen und nett sein.«

»Ohne mich«, sagte Myrtle, die längst begriffen hatte, wie unangenehm es sein konnte, Annies Anstandsdame zu spielen. »Geh doch alleine. Aber er ist zu alt für dich, siebzehn.«

»Ich bin schon beinah sechzehn«, sagte Annie, deren fünfzehnter Geburtstag erst letzte Woche gewesen war, »und außerdem halten mich alle für siebzehn.« Sie klimperte mit den Wimpern, die ganz steif vor purpurroter Tusche waren. »Du bist einfach eine Spielverderberin, Myrtle. Nie riskierst du was.«

»Und Roddy?« fragte Myrtle. »Ich dachte, du gehst mit ihm.«

Annie lachte mit einer Verachtung, die zu affektiert für ihr Alter klang.

»Roddy? Was taugt der schon?«

Myrtle vermutete, daß Roddys Tage gezählt waren. Sie hatte dieses Lachen schon öfter gehört. Martin war am anderen Ende der Hafenmole angekommen, stand mit dem Rücken zu ihnen. Sein konzentrierter Blick galt nur dem Horizont.

»Nachdenklicher Typ, dieser Martin, wenn du mich fragst«, sagte Annie. Sie zuckte die Schultern, lachte dann netter. »Natürlich wäre er eigentlich eher was für dich.«. Sie lächelte bei dem Gedanken daran, wie unmöglich das war. »Von der Größe her, meine ich. Er ist so ziemlich der einzige Junge, der größer ist als du.«

»Sei nicht blöde, Annie.« Da Annie offenbar nicht mehr vorhatte, sich an Martin ranzumachen, beunruhigten ihre dummen Vorschläge Myrtle kaum noch.

»So blöd bin ich gar nicht. Du wirst sehen. Es ist nur eine Frage der Zeit.« Annie nahm Myrtles Arm. »Ich will bloß gerne die erste sein. Eigentlich gefällt er mir gar nicht so.«

»Mach, was du willst«, sagte Myrtle. »Ich *will* Martin nicht.« Aber jetzt liefen sie schon, sie würden zu spät zur Schule kommen. Annie hörte es nicht.

Nach der unerwarteten Begegnung mit Martin ist der schlaflosen Myrtle wieder jene lang vergangene Szene eingefallen. Sie wandert in Gedanken weiter zu Annies nächstem Schachzug und lächelt still vor sich hin. Dann endlich schläft sie ein.

Annie mischt die Karten an Myrtles Küchentisch und ist ungewöhnlich still. Sie hat einen kleinen Topf mit Krokuszwiebeln mitgebracht, die zu Weihnachten herauskommen werden, sagt sie. Auch das ist ungewöhnlich. Solche Gesten sind nicht eben üblich bei Annie. Sie stellt die Zwiebeln nicht als Friedensangebot dar, aber das sind sie, wie Myrtle wohl weiß, weswegen sie sich überschwenglich bedankt und freut.

Die Frauen spielen zwar eine ganze Weile, ohne zu reden, aber Myrtle merkt genau, daß Annie etwas im Kopf herumgeht. Sie kennt ihre Freundin durch und durch. Sie kennt die freche Kopfhaltung, die einem Annäherungsversuch vorausgeht. Sie kennt den Ausdruck mühsamer Beherrschung, der bedeutet, daß sie ihr Bestes tut, um ein Geheimnis zu wahren. Sie kennt die Finger, die schneller mit den Karten hantieren, wenn ein Gedanke oder eine Neuigkeit sie beschäftigen, die sie schlecht für sich behalten kann. Myrtle beobachtet sie geduldig, amüsiert. Manchmal mag sie die Freundin am liebsten, wenn sie kämpft. Ihr Unfähigkeit, etwas zu verbergen, und ihre Offenheit gehören zu den Dingen, um derentwillen Myrtle sie liebt. Annie weiß, daß sie beobachtet wird. Sie genießt es, Myrtle warten zu lassen. Sie tut so, als konzentriere sie sich auf ihr Blatt. Aber schließlich sagt sie: »Du hast also gestern abend einen Skandal verursacht.«

Myrtle begegnet Annies boshaftem Blick und lächelt unwirsch.

»Ich weiß nicht, was du meinst.«

Annie sieht sie mit Augen an, die sagen: Natürlich weißt du, was ich meine.

»Arm in Arm mit Martin, durchs ganze Dorf.« Myrtle lacht jetzt. »Im Schutze der Dunkelheit. Er begleitet dich hinein, bis ins Haus. Dann *knallt* offenbar die Tür zu! Und was passiert dann, Myrtle?« Hinter Annies spielerischem Ton lauert ein Verdacht. Myrtle lacht heftiger, jenes warme, kollernde, gurrende Lachen, das Archie hörbare heiße Schokolade nennt.

»Es war doch niemand draußen«, sagt sie. »Wer waren denn die Spione?«

»Hinter den Vorhängen sind immer Spione.«

Myrtle legt ihre Karten hin, faltet ihre großen Hände. Sie hört abrupt auf zu lachen, holt tief Atem.

»Dieses Dorf! Ich habe in meinem ganzen Leben noch nicht so etwas Lächerliches gehört. Der Tag, an dem Myrtle Duns einen Skandal verursachte ...« Das Lachen setzt wieder ein.

»Und die Wahrheit? Erzähl mir die Wahrheit.«

»Die ist völlig uninteressant. Nachdem du gegangen bist, war ich eine Zeitlang auf dem Friedhof. Martin war dort und schaute sich die Stelle an, wo er heute morgen ein Grab ausheben sollte. Ja, und dann sind wir zusammen nach Hause gegangen – nicht Arm in Arm, wie du dir vorstellen kannst. Er hat mir mit der Taschenlampe die Treppe ausgeleuchtet. Ich habe ihn zu einer Tasse Tee eingeladen – wir hatten ihn schon seit Wochen nicht mehr gesehen. Er hat nein gesagt. Ich habe die Tür zugemacht. Ziemlicher Skandal vermutlich.«

»Ziemlicher Skandal, aber wirklich.«

Auch Myrtle bemüht sich um einen spielerischen Ton.

»Das hoffe ich doch.«

»Er ist mir ein Rätsel, dieser Martin. Kein einziger von uns weiß etwas über sein Leben.«

»Du bist ihm am nächsten gekommen.« Jetzt ist Myrtle mit Sticheln dran, wobei ihr zu spät einfällt, daß dieses Thema wahrscheinlich noch immer keine Scherze verträgt.

»Bin ihm nicht sehr nahe gekommen, soweit ich mich erinnere. Er hatte doch immer diese andere Frau im Kopf, die er liebte.«

»Ich glaube, du warst damals richtig verknallt in Martin.«

»Stimmt. Du weißt es. Du kennst mich ja. Wenn man jemand nicht kriegt, macht ihn das nur attraktiver. Aber es war mehr als das, was mich zu Martin hinzog. Er verkörperte das Gute, Ehrliche, Starke: all das, wonach ich mich trotz all meiner Flirterei auch sehnte, was immer du damals gedacht haben magst. Als ich ihn das letzte Mal sah, schien er kräftig zugenommen zu haben. Er sah ziemlich traurig aus, fand ich. Am liebsten hätte ich ihm das Haar zerzaust und gesagt: Hör mal, Martin, ich bin immer noch deine Freundin. Aber ich habe es nicht gewagt. Ich weiß nicht, ob er mich jemals wieder mögen wird.«

»Unsinn.«

»Wäre ich noch jung und unbeschwert, dann könnte ich mich immer noch in ihn vergucken. So! Jetzt ist es raus, und du hast gleich deinen mißbilligenden Blick gekriegt.«

Myrtle lacht. »Du wirst dich in Männer vergucken – und sie sich in dich – bis zu stirbst«, sagt sie. »Ich sehe es schon vor mir: Wenn es so weit ist, daß du ins Heim mußt, dann machst du die alten Knaben verrückt. Du wirst sie über die Korridore jagen. Du wirst deinen Sessel durch den Fernsehraum ziehen, um auf jeden Fall neben dem –«

»Jetzt bist du blöd. Außerdem wird Ken auch da sein. Wir werden uns auf keinen Fall trennen, wenn wir alt und senil sind. Wenigstens war das ein Plan, den wir mal hatten.«

»Wie geht es Ken?« fragt Myrtle. Normalerweise erkundigen sie sich nicht oft nach ihren Ehemännern. Myrtle fragt eher gedankenlos, vielleicht um eine unangenehme Pause zu füllen. Annie mischt ihre Karten, hält die Augen gesenkt, ihre außergewöhnlich langen Wimpern werfen gezackte Schatten auf ihre Wangen.

»Es ist keine gute Zeit«, ist alles, was sie sagt.

Ein paar Jahre lang war Ken stolz darauf, daß er der Klassenclown war. Immer war er es, dem eine freche Antwort einfiel, der die anderen auf Kosten der Lehrer zum Lachen brachte; der am häufigsten bestraft wurde. Die Standardbestrafung bestand darin, daß man nach der Schule dableiben und hundert Zeilen auswendig lernen mußte. Entweder aus der Bibel oder von Robert Burns. Dank dieser Form der Rüge stellte Ken fest, daß er ein erstaunliches Gedächtnis besaß. Innerhalb kürzester Zeit konnte er auswendig, wozu andere vielleicht eine Stunde brauchten. Keine zehn Minuten nachdem er im leeren Klassenzimmer mit einer Passage aus den Paulusbriefen an die Korinther eingesperrt worden war, meldete er sich bei dem Lehrer mit der Nachricht, daß er »es intus« habe. Zur Verblüffung des Lehrers stimmte das. Er leierte das ganze Stück runter, ohne Rücksicht auf Satzzeichen und Betonung, aber wortgetreu. Und um seiner berüchtigten Frechheit gerecht zu werden, setzte er noch eins drauf und bot an, ein paar weitere Passagen zu lernen, falls es das sei, was gewünscht wurde. Aber nein: Er wurde immer fortgeschickt, beschuldigt, er habe ein fotografisches Gedächtnis, und gewarnt, er solle sich darauf ja nichts einbilden. Mit großem Vergnügen erzählte er all das den Klassenkameraden, die seine Frechheit ohnehin schon bewunderten und ihren Respekt nun verdoppelten. Damit er noch mehr Passagen zum Auswendiglernen bekam, mußte Ken sich weiter ungehörig benehmen, um bestraft zu werden. Bald schon fragte er, ob sich das Angebot über Bibel und Burns hinaus erweitern ließe. Man gab ihm das *Oxford Book of Verse* und sagte ihm, er könne lernen, was er wolle, wenn es nur mindestens hundert Zeilen lang sei. So lernte er die Dichter kennen und begann sie zu lieben.

Zwei glückliche Jahre verbrachte er mit diesem Spiel von Strafe und Lernen, Strafe und Lernen. Er hatte damit so viel zu tun, daß er, anders als die meisten anderen Jungen, gar nicht die Zeit fand, an Mädchen zu denken. Sie paßten nicht in sein Programm. Jede freie Minute verbrachte er mit Träumen von einem Schauspielerleben. Eines Tages gestand er Myrtle diesen Wunsch und bat sie, das Geheimnis für sich zu behalten. Wenn seine Familie, die seit Generationen mit Fisch zu tun hatte, von dieser

Idee erführe, würden sie glauben, in seinem Kopf sei etwas nicht richtig, und ihn zum Arzt schicken.

Damals interessierte Annie sich nicht für Ken. Sie war so benommen vom Schmachten und von den Komplimenten fast aller anderen Jungen der Klasse, daß es absurd gewesen wäre, sich an einen der wenigen Jungen heranzumachen, die sich nicht für sie interessierten. Wenn Ken, so wie Archie, einer der anerkannt hübschen Jungen gewesen wäre, hätte sie vielleicht ein paar Anstrengungen gemacht. Doch da sein spärlicher Charme eher im Kopf als im Körper lag, sah sie keinen Grund, ihre Zeit an ihn zu verschwenden. Allerdings lachte auch sie, wenn Ken eine seiner komischen, unmöglichen Fragen stellte, und teilte den Respekt der anderen vor dem so ungewöhnlichen Jungen. Ken seinerseits fand, daß Annie mit etwa einer Million Kilometer Abstand das hübscheste Mädchen der Klasse war und daß seine Altersgenossen – bis auf seinen schüchternen Freund Archie – sich täglich lächerlich machten, wenn sie ihr zu gefallen suchten.

In dem Sommer, als Ken sechzehn wurde, machten sie von der Schule aus zum Jahresabschluß einen Ausflug nach St. Andrews. Es sollte ein Picknick am Strand geben mit Schwimmen und Spielen. Ganz und gar nicht das, was Ken Spaß machte, aber er wußte, daß er sich nicht absetzen konnte. Er kam spät zu dem Sammelplatz und stellte fest, daß nur noch vorne im Bus zwei Plätze nebeneinander frei waren. Er setzte sich und holte seine *Hamlet*-Ausgabe heraus, die er aus Furcht vor Spott in einem Krimiumschlag versteckt hatte. Der Motor sprang an, der Bus sollte losfahren, als Myrtle plötzlich rief: »Annie!« Wo war Annie?

Fünf Minuten später stieg Annie ein, nicht ganz ohne Grund verspätet. Es war nicht zu übersehen, daß sie sich enorm ins Zeug gelegt hatte und den Ausflug ernster als die meisten nahm. Sie trug enge schwarze Jeans und ein scharlachrotes Stretch-Oberteil, das so dünn und eng war, daß es aussah wie die nackte Haut. Die Spitzen ihrer kleinen Brüste spielten zwischen den Klunkern, Perlen und Lederstreifen ihrer Ethno-Halsketten Verstecken. Sie mußte mindestens eine Stunde gebraucht haben, dachte Myrtle, um ihr Gesicht zu vervollkommnen: Augenlider, die durchsichtig violett schimmerten, Lippen cremig glänzend, Wangen in kupfrig leuchtendem Rosa und lange Ohrringe aus Silberfiligran, die zwischen ihren dunklen Locken wippten. Bei ihrem Anblick hielten alle den Atem an. Dann folgte Gejohle und Geheule, worauf Annie ein wohlwollendes Lächeln durch den Bus schickte – zu all ihren farbloseren Freundinnen. Da war kein Junge und kein Mädchen, die nicht gespürt hätten, daß sie einfach eine Klasse besser war ...

Wer war es, den Annie sich an jenem Tag in den Kopf gesetzt hatte, neben dem sie sitzen wollte? Myrtle konnte sich nicht erinnern. Doch wer immer es sein mochte – neben allen saß schon jemand. Der einzige freie Platz war, wie Annie nach einem raschen Blick durch den Bus feststellte, der neben Ken. Sie runzelte die Stirn. Dann lächelte sie, sie wollte nicht unfreundlich sein. Beides entging Ken, der so weit wie möglich ans Fenster rückte und sein Buch aufklappte.

Er mußte nicht befürchten, daß er gestört würde. Annie drehte sich mit dem Rücken zu ihm und fing an, mit den hinter ihr Sitzenden zu schwatzen. Die Fahrt war zum Glück nur kurz und verging mit einem Stimmengewirr, das Ken auszublenden versuchte, indem er sich auf sein Buch konzentrierte. Was er nicht ausblenden konnte, war Annies Duft: Er versuchte herauszubekommen, was es war – irgendwelche warmen, honigschweren Blumen vielleicht. Der Duft war das einzige an ihr, was nicht einschüchternd wirkte. Er löste vielmehr ein seltsames neues Gefühl in ihm aus. Vertrauen, war es das? Was auch immer – es lenkte ihn von seinem Buch ab. Er schaute hoch und sah, daß der Bus in die Stadt einfuhr. In dem Moment vollzog Annie einen ihrer blitzschnellen Schwenks – diesmal zu ihm hin. Für den Bruchteil einer Sekunde ließ sie eine Hand auf sein Knie sinken. Die Sekunde war auch eine Ewigkeit, während der Ken die kleinsten Einzelheiten von Form, Gewicht, Umriß dieser kleinen Hand studieren konnte – die Nägel, die wie scharlachrot polierte Marienkäfer aussahen, die glänzende Haut der Finger, fast ohne Fältchen an den Knöcheln ... Es war eine Hand, die ein sonderbares Gift barg, das sich mit einem erregenden Gefühl in seine Haut bohrte, seinen Schenkel erbeben ließ, ihm durch den ganzen Körper fuhr. Die Hand war gleichgültig fortgeflogen. Doch ihre Berührung vibrierte weiter in Ken, verwirrte ihn.

»Ken!« Er hörte ihre Stimme aus sehr weiter Ferne. »Du alter Bücherwurm. Du solltest dich mit Myrtle zusammentun.« Irgendwo lachte jemand, Annie hatte ihm wieder den Rücken zugewandt und amüsierte sich weiter. Als er wenige Minuten später aus dem Bus stieg, fühlte Ken sich merkwürdig schwach und müde, als hätte er gerade einen ungeheuren Kraftakt hinter sich gebracht.

Myrtle weiß noch, daß sie dachte, wie ungünstig jener Tag damals für ein Picknick war. Der Himmel war lückenlos grau, und ein frischer Wind peitschte das Wasser zu unruhigen Wellen auf. Doch die Schüler, die endlich die Prüfungen hinter sich hatten, machten das Beste daraus. Sie organisierten ein Ballspiel, um sich warmzuhalten, machten alberne Kinderspiele, wie Himmel und Hölle und Froschhüpfen. Sie kritzelten Graffiti in den unberührten Sand – der Lehrer beschloß, einfach wegzusehen – und veranstalteten chaotische Wettrennen, bei denen sie einander zu Boden warfen, sich im Sand kabbelten, wieder hochschossen und einem anderen hinterherrannten. Nach einem kurzen Schlagballspiel verließ Myrtle die Gruppe und setzte sich neben den einsamen Zuschauer Ken. Seine melancholische Stimmung umschloß ihn wie eine zweite Haut. Myrtle war allerdings die einzige, die es bemerkte. Er hielt seine nackten Gänsehaut-Knie umschlungen, blaß im Gesicht, als habe ihn eine plötzliche Krankheit überfallen. Ein Buch steckte hinten in seiner Tasche. Seine Augen ruhten auf Annie. Er wandte keinen Blick von ihr, während sie, von einem guten Dutzend Jungen verfolgt, herumrannte. Auf einmal gelang es Sandy Strachan, Annie zu erwischen. Er warf sie zu Boden. Applaus erscholl, als er sich rasch auf sie rollte, ihr seine Hand auf die Brust quetschte und seinen Mund in ihr Haar tauchte. Ken zuckte zusammen.

»Alles in Ordnung?« fragte Myrtle.

»Danke, ja.«

Er konzentrierte sich jetzt auf Annies Fluchtversuch. Sie rannte zum Ufer hinunter, war bald nur noch ein kleiner roter Punkt, mit einem Rattenschwanz von Klassenkameraden hinter sich. Plötzlich machte sie einen Schwenk zum Wasser. Von dort, wo Myrtle und Ken saßen, konnten sie die ferne Gruppe herumplantschen und Annie jagen sehen. Schaum flog durch die Luft, bildete kurze Bögen, die den Himmel sprenkelten, und das kreischende Gelächter drang dünn wie das Rufen ferner Seevögel zu ihnen. Myrtle wartete darauf, daß Ken irgendeinen Witz machte, aber er verharrte in quälendem Schweigen. O Gott, dachte Myrtle: noch einer.

Als die anderen später zur Picknickpause zurückkamen, hielt Ken sich immer noch abseits. Annie lud Myrtle ein, sich neben sie zu setzen, und machte so die Hoffnung von mindestens vier Jungen zunichte, die auf dieses Privileg gelauert hatten. Lehrer und Schüler saßen auf abgerundeten Steinen, die aus dem Sand ragten, sandige Hände hielten dick belegte Brote, Haare wehten ihnen in die Augen, ihre Lippen schmeckten nach Salz. Über ihnen sanken und stiegen Möwen wie an unsichtbaren Marionettenschnüren. Mit der Miene von jemand, dem Lärm und Geselligkeit unerträglich sind, stand Ken auf und wanderte am Strand entlang.

»Was ist los mit ihm?« fragte Annie gleichgültig. Hamish spielte auf eine Art, die sie für erotisch hielt, mit ihren Schuhbändern. Myrtle schüttelte den Kopf, antwortete nicht.

Auf dem Heimweg setzte Annie sich neben Hamish, während Myrtle den Platz neben Ken nahm. Er sah furchtbar aus, fand sie. Grau, erschüttert. Sobald der Motor angelassen war, fragte sie ihn, ob etwas nicht stimme. Nach einer langen Pause antwortete er so leise, daß Myrtle ihn kaum verstehen konnte.

»Ich komme mir vor, als hätte ich einen *Unfall* gehabt«, sagte er.

»Könnte es vielleicht irgendwas mit Annie zu tun haben?«

Ken nickte unglücklich.

»Deine Freundin«, sagte er, »ist sie eine Hexe oder was?«

»Sie ist eine Verführerin«, sagte Myrtle. »Aber sie ist auch nett. Sie würde nie jemand absichtlich verletzen. Es kann ihr eben kein Junge widerstehen – du siehst ja, wieso. Und wenn ihr der Junge dann nicht auch gefällt, fängt der Jammer an.«

»Ich hab mich nie groß um sie gekümmert. Sie nicht mal richtig angeschaut. Bis heute. Dann muß sie sich ausgerechnet neben mich setzen, und ich weiß nicht, wie mir geschieht ...« Ken seufzte. Myrtle hatte den Verdacht, daß ihm die ihr anvertraute Tragödie nicht nur unangenehm war. »Es gibt eine Ode von Keats«, sagte er, »eine meiner Strafen. ›Wenn Melancholie dich überfällt, so plötzlich wie ein Regenschauer, dann stille deinen Schmerz an einer Morgenrose ... ‹ Was für ein mordsdämlicher Vorschlag. Paßt gar nicht zu Keats.«

»Wohl wahr«, sagte Myrtle. »Du brauchst mehr als eine Morgenrose.« Sie schaute in sein unglückliches Gesicht. »Ich werde dir was über Annie sagen: Auch wenn es ihr schmeichelt, eigentlich erdrückt all die Bewunderung sie ziemlich. Was sie wirklich fasziniert, ist ein Junge, der sie nicht zu beachten scheint. Wenn du dich also eine Zeitlang zurückhältst, sie nicht merken läßt, daß du dich wegen ihr so ... elend fühlst, dann könnte ihr, wenn sie älter und weiser ist, vielleicht dämmern, daß Ken Mcleoud derjenige ist, der in Frage kommt.«

Ken zuckte ungläubig die Schultern, lächelte aber schwach.

»Danke für den Tip«, sagte er. Und eine ganze Weile später fragte er: »Kennst du diese melancholische Ode?«

»Ja, bei Gott, die kenn ich. Als ich sie damals zum ersten Mal las, dachte ich bei mir, ich würde gerne Lehrerin werden.« Ken schien aufmerksam zuzuhören. Sein Interesse machte ihr Mut, sich ihm weiter anzuvertrauen. »Eines Tages war ich in der Bücherei und zog dieses Buch von Keats' Gedichten aus dem Regal – ich hatte noch nie von ihm gehört. Ich begann zu lesen – und konnte nicht aufhören. Ich nahm das Buch mit nach Hause – so viel wie du könnte ich nicht auswendig lernen, aber ich kenne sie alle, sie haben mich tief berührt. Und ich dachte, wieso nehmen wir so was nicht in der Schule durch? Wieso glauben die, das sei zu schwer für uns, würde uns nicht gefallen? Und dann dachte ich, wenn mir das so viel gibt, müßte es anderen doch auch so gehen, wenn sie nur die Möglichkeit bekämen ... Deswegen hab ich gedacht, daß ich vielleicht Lehrerin werden sollte, um den Kindern Gedichte zu erklären und ihnen die Liebe zu Büchern beizubringen.« Mittlerweile waren Myrtles Backen knallrot. Sie wußte, daß sie zu weit gegangen war und diesen albernen Ausbruch vor einem Jungen, mit dem sie bis heute kaum ein Wort gewechselt hatte, bedauern würde. Doch er hörte ihr freundlich zu, während er mit einer Bleistiftspitze den Sand aus seinen Fingernägeln pulte.

»Wir haben eine Menge gemeinsam«, sagte er.

Es wurde ihr heiß vor Erleichterung. Er machte sich nicht lustig, wie Annie es täte, wenn sie ihr so etwas gestehen würde. Er schien sie zu verstehen. Aber dann lachte sie sich heimlich aus – eine Menge gemeinsam bedeutete sehr wenig, wenn man groß und plump war und allgemein als das unscheinbarste Mädchen der Klasse galt. Eine Menge gemeinsam – dafür konnte sie sich nichts kaufen, und die Trauer darüber würde ein weiteres Geheimnis in ihrem Herzen sein, denn ihr gefiel sein Einfühlungsvermögen, und sie mochte seine gutmütigen braunen Augen.

Nach diesem Gespräch im Bus erwähnte Ken Annie nicht mehr. Doch der Tag am Meer bedeutete einen entscheidenden Wendepunkt in seinem Leben. Seine Frechheit, seine Lebhaftigkeit verschwanden. Er unterhielt die Klasse nicht mehr, er provozierte keine Strafen mehr durch seine Streiche. Er wurde zu einem von denen, die Annie »niemand Besonderes« nannte. Myrtle beobachtete mit Sorge seine Verwirrung und seine Qual. Doch seine Reserviertheit war nicht leicht zu durchbrechen. Da er offenbar keine Freunde brauchte, wagte sie nicht, ihm Trost anzubieten. Sie stellte sich aber gern vor, daß er ihr vertraute und sie eines Tages wieder miteinander reden würden. Myrtle wartete geduldig, aber Ken hielt sich von ihr fern. Es war, als hätte das Gespräch im Bus nie stattgefunden. Sie empfand darüber ein gewisses heimliches Bedauern. Doch wenn es um Jungen ging, erlaubte Myrtle sich nie den Luxus großer Hoffnungen, und so schwand das Gefühl nach wenigen Monaten. Sie konnte wieder ruhigen Herzens darauf warten, daß er sich ihr anvertraute.

Myrtle ist ausnahmsweise einmal bei Annie. Hier spielen sie nicht Karten. Sie stehen ungemütlich in der engen Küche. Die Mikrowelle ist so plaziert, daß sie einem, kaum ist man eingetreten, sofort ins Auge springt. Andere vertraute Dinge mußten dafür weichen, stellt Myrtle fest. Eine hölzerne Salatschüssel mit Wachsfrüchten und ein Porzellankrug aus Portugal, beides Dinge, auf die Annie einmal stolz war, sind nun auf entfernte Regale verbannt. Um die Mikrowelle ist Platz gelassen, damit man dieses Symbol technologischen Fortschritts und erleichterten Lebens um so besser würdigen kann.

Eine helle Sonne läßt das Limonengrün der Resopalverkleidungen und der Plastikschränke glänzen, und grünliche Lichtreflexe spielen auf Annies Gesicht und ihren nackten Armen. Annie setzt den Kessel auf, ihre Miene verrät, daß sie dieses minderwertige Gerät nur widerwillig benutzt. Wenn Myrtle gerne Kaffee getrunken hätte, hätte Annie die Milch in der Mikrowelle erhitzt, nur um zu zeigen, wie wunderbar man darin Milch kochen kann. Myrtle lächelt heimlich. Sie findet Annies Begeisterung über ein Elektrogerät rührend. Sie hat es vor sechs Monaten gekauft und ist immer noch entzückt. Annies einfache Freuden sind so anders als die ihren, denkt Myrtle, und das war schon immer so. Annie findet Natur, Landschaft, Spaziergänge absolut öde. Das Glück eines Nachmittags allein besteht für sie darin, auf ihrem Lederimitat-Sofa zu liegen, einen Edelkatalog zu studieren, die Füße an den Gasofen gestreckt, der für sie wie ein echter Kamin aussieht, und ein Mikrowellen-Kuchen in greifbarer Nähe. Gesellig, wie sie ist, vermeidet sie das Alleinsein so weit wie möglich. Sie hat nie begreifen können, wie Myrtle einen ganzen Nachmittag allein in der Gegend herumstreifen kann: Ihr reicht das Erlebnis aus zweiter Hand. »In diesem Wetter bist du sieben Kilometer gelaufen?« fragt sie dann etwa. »Wunderbar! Ich kann mir genau vorstellen, wie du dich fühlst.«

An diesem Morgen hat die grüngetupfte Annie etwas auf dem Herzen, was nicht warten kann, bis beide sitzen.

»Jetzt bin ich es, die Skandale auslöst«, sagt sie.

Myrtle macht ein interessiertes Gesicht. Nichts bringt Annie so aus der Fassung wie eine ausdruckslose Miene, wenn sie eine wichtige Tatsache oder Meinung verkündet.

»Martin«, sagt sie und reicht Myrtle dünnen Tee. Er schwappt in einer Tasse, die mit einer orangeroten Blume unbekannter Art bedruckt ist. »Bin ihm vor einer Stunde begegnet. Wir sind gut hundert Meter gemeinsam die Straße entlanggegangen, jeder hat uns gesehen. Er war auf dem Weg zu Creele, um ein paar Krabben zum Tee zu kaufen. Er sagte, er habe dich oben auf dem Friedhof getroffen und es sei nett gewesen.« Sie lächelt.

»Ziemlicher Skandal«, sagt Myrtle und lächelt zurück. Indem sie auf den Scherz eingeht gibt sie Annie zu verstehen, daß ihr Zank von neulich vergessen ist.

Annie schüttelt verführerisch ihren hübschen Kopf, und das grünliche Licht tanzt auf ihrer Haut wie ein leuchtendes Mosaik.

»Wenn ich noch daran denke, wie ich mal in diesen Mann verknallt war.« Sie seufzt. »Jedenfalls, um ein Gespräch in Gang zu bringen, habe ich ihm die große Neuigkeit erzählt.«

»Welche Neuigkeit?«

»Ich hätte es dir zuerst erzählt, aber er war eben gerade da.« Annie genießt es, wenn sie Myrtle auf die Folter spannen kann. An der Haltung ihres Mundes kann Myrtle erkennen, daß es noch ein wenig dauern wird, bis sie ihr den Höhepunkt der Geschichte präsentiert. »Laß uns nach nebenan gehen und uns setzen«, sagt Annie.

Sie geht voraus. Beide tragen mit der einen Hand die Untertasse und halten mit der anderen die Tasse, die auf ihrer Porzellanunterlage unsicher zittert. Myrtle findet das ganze Tassen-und-Untertassen-Getue ermüdend. Es ist eine von Annies kleinen snobistischen Anwandlungen. Vor einigen Jahren, als es den Fischern noch besser ging, hat Annie ein Vermögen für lauter unnützen Schnickschnack ausgegeben – teures Porzellan, teure

Bestecke, teure Kristallgläser –, der nur dazu bestimmt war, ein nutzloses Leben hinter den Glastüren eines Stilmöbels zu fristen. Zum *Angeben*, hatte Myrtle einmal stichelnd bemerkt, und Annie hatte ihr zugestimmt. Während Kleider sie nicht interessierten, fand sie Statussymbole für den Haushalt unwiderstehlich. Ihr ständiges Bedürfnis, Geld auszugeben, war es, das Ken auf seine dubiosen Abwege geführt hatte.

Im Wohnzimmer, wie Annie es jetzt nennt (eine Aufwertung des Vorderzimmers), liegt der Teppich wie ein erstarrtes Meer aus blauen und grünen Wirbeln da. Ein Sofa und ein dazu passender Sessel sind mit betongrauem teurem Lederimitat bezogen. Sie stehen schräg vor dem aufwendigen Kamin, einer Mischung aus übermächtigem Mauerwerk und filigranem Gußeisen, beides viel zu erdrückend für den kleinen Gasofen. Über diesem irrwitzigen Ziegel- und Eisendekor hängt eine Sammlung von Pferdegeschirren, obwohl weder Annie noch Ken sich je für Pferde interessiert haben, soweit Myrtle weiß. Der einzige Hinweis auf Kens Leben ist das Zierstück auf dem Kaminsims – ein winziges Segelboot aus Streichhölzern, das in einer Flasche auf einem Stück blauem Stoff dahinsegelt.

Myrtle setzt sich. Der Sessel knarrt. Annie läßt sich mit hochgehaltener Tasse und Untertasse auf dem Sofa nieder. Es empfängt ihren leichten Körper mit einem anderen Ächzen als der Sessel Myrtle. Wenn man sich bei Annie und Ken hinsetzt, hat Archie einmal gesagt, klingt das wie ein stimmendes Orchester. Bei dem Gedanken lächelt Myrtle. Es ist jetzt schon einige Jahre her, daß Archie diese Bemerkung gemacht hat. In letzter Zeit besuchen die Männer einander nur selten.

Annie knibbelt an ihrem spitzen, kleinen Knöchel. Ein nördlicher Himmel voll träger, schläfriger Wolken dringt hell durch das Panoramafenster und beleuchtet ihr verräterisches Lächeln. Sie kann nicht länger an sich halten.

»Soll ich dir was sagen«, beginnt sie, »ich habe eine Arbeit angenommen.« Sie rutscht aufgeregt hin und her. Eine blasse Welle Tee schwappt über den Rand der vornehmen Tasse in die Untertasse. Das Sofa stöhnt leise.

»Mein Gott, Annie, Mädchen«, antwortet Myrtle schließlich und versucht einen Seufzer zu unterdrücken. »Was ist es denn diesmal?«

Annie hatte sich an so vielem versucht. Sie hatte schon überall an der Küste gearbeitet, für Lebensmittelhändler, Friseure, Metzger, Bäcker und Zeitungshändler. Sie hatte einen kurzen Auftritt – drei Tage etwa – in einem Laden mit gebackenen Kartoffeln, einer kurzlebigen Attraktion, die eines Sommers für die Touristen erdacht worden war. Die Einheimischen fanden es unvorstellbar und lächerlich, jemandem Geld dafür zu geben, daß er ihnen eine Kartoffel buk. Und so ging das Unternehmen gleich im ersten Winter ein. Von da stieg Annie – nach einer ihrer längeren Pausen, in denen sie darüber nachsann, ob Arbeiten überhaupt wünschenswert war – zum Breeks-a'-Serks-Laden auf, ging aber bald wieder wegen der muffigen Luft, von der sie Heuschnupfen bekam. Die letzte Anstellung, bei der sie »durchhielt« (so bezeichnete sie es, wenn sie irgendwo länger als eine Woche blieb), war bei Ladies' Fashions, einem altmodischen Geschäft in einem soliden alten Gebäude, das allzu nah am Hafen stand. Wenn der Wind vom Meer blies, mußten die Kunden beim Verlassen des Ladens befürchten, daß ihre Einkäufe ihnen aus den Händen gerissen wurden. Manchmal wurden blumige Röcke und zarte Schals einfach entführt und verschwanden auf Nimmerwiedersehen im Hafenwasser. Von ihrem Platz hinter dem Ladentisch aus genoß Annie den Anblick der Boote und das Gefühl, sich im Zentrum eines kleinen, aber wichtigen Teils des Lebens zu wissen. Der Kleiderverkauf erschien ihr würdiger als der von Brot oder Fleisch. Doch mit der Mode selber konnte sie sich nicht versöhnen. Ihre Chefin, eine gewisse Mrs. Helen Grundy, hatte eine klare Vorstellung davon, wie die gehobene Mode an der Ostküste Schottlands auszusehen hatte – daß ihre Ansichten nicht ganz auf dem Stand der aktuellen Mode in der übrigen Welt waren, wagte nur Annie anzudeuten. An einem kundenlosen Morgen nahm sie sich die Freiheit und erklärte, daß sie ihre Überzeugung auch belegen könne: Wenn die Sachen ein klein wenig modischer wären, würden die Kundinnen vielleicht eifriger strömen. Mrs. Grundy fühlte sich durch diese Kritik so beleidigt, daß sie während einiger wütender Augenblicke nur noch stumm die Hermelinpfotenspange (mit einer üppigen Fassung aus Silber) in ihrem Schoß streicheln konnte. Sie hätte sie, wie Annie Myrtle später erzählte, auf der Stelle gefeuert – aber da waren noch die zwei Dutzend Kartons mit bügelfreien Blusen, die ausgepackt werden mußten. Und Mrs. Grundys gehobene Position in der Modewelt verbot es geradezu, daß sie irgend etwas selbst auspackte. Die Stimmung zwischen Chefin und Angestellter blieb sehr gespannt und bescherte Annie noch manch schöne Geschichte, mit der sie Myrtle unterhalten konnte.

Das Ende kam im Frühsommer, als Mrs. Grundy Annie aufforderte, die Fenster mit großen Bögen von durchsichtigem gelben Papier zu bekleben, das, wie sie sagte, die Waren vorm Ausbleichen schützen würde. Annie wies darauf hin, daß die schlabbrigen Kleider und biederen Jacken in dem gelblichen Schimmer des Schutzpapiers noch unattraktiver aussehen würden. Mrs. Grundy wollte sich solche Unverschämtheiten nicht länger bieten lassen und forderte Annie auf, innerhalb einer Stunde zu gehen.

Schuld hatten immer die Chefs, die Annie zwangen, ihre diversen Arbeitsstellen aufzugeben: Keiner von ihnen kam mit den unregelmäßigen Zeiten zurecht, in denen sie arbeiten konnte. Kompromisse wurden zwar gelegentlich angestrebt, aber selten erreicht. Trotz all ihres Charmes und ihrer gewinnenden Art im Umgang mit den Kunden waren die Arbeitgeber am Ende stets über Annies eigenwillige Einstellung zu ihrem Job verärgert – sie tat ihnen einen Gefallen, nicht umgekehrt. Sie entließen sie, wenn auch mit gemischten Gefühlen. Mittlerweile war Annie unempfindlich gegen Entlassungen. Sie machten ihr nichts aus, waren gewiß keine Zeichen von Versagen, sondern der Beweis, wie unvernünftig Arbeitgeber sind. Sie könne immer eine andere Arbeit finden, sagte sie, sofern ihr danach sei. Und trotz des Arbeitsmangels in der Gegend und trotz Annies notorischer Unzuverlässigkeit gelang es ihr auch immer. Myrtle war das ständig wiederkehrende Muster von Annies Arbeitsleben sehr vertraut. Am Anfang stand stets die Begeisterung.

»Raus damit«, sagt Myrtle, »ich hab lange genug gewartet.«

Annie zittert fast unmerklich.

»Das neue Café drüben im Museum«, sagt sie. »Ich werde da Teilzeitkellnerin sein.«

»Kellnerin?« Myrtle ist überrascht. Annie, die andere bedient – das ist eine Rolle, die sie sich nur schwer vorstellen kann. »Tee kochen, Tabletts mit Sandwiches tragen ... das ist doch bestimmt nicht das, was dir gefällt?«

Annie beschließt, die Bemerkung der Freundin zu überhören, und stellt Tasse und Untertasse übertrieben vorsichtig hin, als gelte es, jede Plumpheit zu vermeiden.

»Es ist so hübsch da oben«, sagt sie, »Wie sie alles gemacht haben. Frische Tischtücher, hausgemachtes Teegebäck und Kuchen. Es ist immer voll bei ihnen. Da ist was los.« Sie schaut Myrtle an. »Du hast es ja nicht gerade eilig mit deinen Glückwünschen.«

»Herzlichen Glückwunsch«, sagt Myrtle. »Ich freue mich für dich. Wirklich. Obwohl ich es nicht begreife. Du brauchst das Geld doch nicht.«

»Und ob wir es brauchen. Ken muß diese ... Geschäfte aufgeben, sonst knallt es zwischen ihm und Archie –«

»Das kann ich mir vorstellen«, sagt Myrtle schnell.

»Außerdem möchte ich die große weite Welt sehen. Auf diese Weise könnte ich neue Menschen kennenlernen.«

Myrtle lacht.

»Die große weite Welt? Da siehst du doch nur Touristen. Viel Zeit zum Plaudern bleibt vermutlich auch nicht zwischen den Bestellungen. Du könntest enttäuscht sein über das bißchen große weite Welt, das es bis zum Museum schafft.«

»Denk, was du willst, ich freue mich schon darauf.« Annies leichte Verstimmung verrät sich in ihren hochgezogenen Schultern, dem Fuß, der plötzlich nicht mehr wippt. »Wir haben nicht oft die Gelegenheit, neue Gesichter zu sehen. Die Enge hier könnte einen manchmal wahnsinnig machen.« Sie schaut sehnsüchtig aus dem Panoramafenster auf eine imaginäre gesellige Szene, die Myrtle sich nicht vorstellen kann. Plötzlich steht sie auf. »Los, komm, laß uns raus gehen. Montag fange ich an. Danach gibt's keine freien Nachmittage mehr.«

»Wohin?« fragt Myrtle, die nur noch eine Stunde hat, bevor sie wieder zu ihrem Teilzeitjob im Heim muß.

Annie zuckt die Schultern.

»Warum nicht zum Hafen? Wer weiß, vielleicht laufen wir Martin über den Weg.«

Im Hafen steht das seidige Wasser der Ebbe, das genauso braun ist wie der Schlamm darunter. Die ausgemauerten Stahlträger des Hafenbeckens wirken wie ein solides Knochengerüst. Auf den nassen Steinstufen glitzern Entenmuscheln zwischen dem glitschigen Gewirr des Seetangs. Es sind keine Boote da. Die Leere verleiht dem Hafen einen trügerischen Hauch von Großartigkeit. Wenn die Boote drinnen sind, wirkt er klein, überfüllt, beschützend.

Manchmal benehmen Myrtle und Annie sich plötzlich wieder wie kleine Mädchen. Sie gehen dicht nebeneinander, die große und die kleine Frau, und halten Ausschau nach etwas zum Lachen: Ernsthafte Bemerkungen passen nicht in die vertraute Szenerie. Ein Arbeiter im grell orangeroten Plastikoverall wirft wenige Meter von ihnen entfernt seinen Hochdruckreiniger an. Er beginnt die leeren Fischkisten abzuspritzen. Der Wasserstrahl zischt wütend und erinnert sie irgendwie an einen Zahnbohrer. Eine feine Wasserwolke steigt auf und irritiert die tief fliegenden Möwen. Sie kreischen protestierend. Annie packt Myrtle beim Arm.

»Siehst du auch, was ich sehe?« fragt sie.

Myrtle folgt Annies Blick, sieht Mrs. Grundy, die sich wie eine Diebin aus ihrem Laden fortstiehlt. Mrs. Grundy schaut sich um, ob auch niemand ihre schändliche Vormittagspause bemerkt. Sie sieht nicht zum Meer, bemerkt also auch Myrtle und Annie nicht, sondern eilt, Hand in Hand mit der Hermelinpfote an ihrer Taille, zum Zeitungshändler.

»Blöde Kuh«, sagt Annie. »Du gehst und versteckst dich hinter der Ecke und paßt auf, daß sie dich nicht sieht, wenn sie zurückkommt. Ich werd ihr eins auswischen.«

Es ist einer jener Momente, in denen keine Zeit bleibt, Annies Anweisungen in Frage zu stellen: Myrtle gehorcht einfach. Schon rennt sie los, mit mächtig flatterndem Rock. Was hat Annie vor? Keuchend postiert Myrtle sich in einem Hauseingang. Wenn Mrs. Grundy zurückkommt, kann sie Myrtle nicht sehen, aber Myrtle kann Annies Territorium genau überblicken.

Annie tuschelt mit dem Mann im Overall. An der Art, wie ihre Freundin den Kopf hält und lächelt, kann Myrtle erkennen, daß sie ihn mit Hilfe ihres Charmes von etwas zu überzeugen sucht, was er eigentlich nicht will. Dann sieht sie, wie beide lachen. Annie berührt kurz seinen Plastikarm und verschwindet nun ihrerseits in einem Versteck. Kaum ist sie außer Reichweite, nimmt der Mann seinen Schlauch und spritzt einen Wasserbogen über die Möwen, die mit wütendem Kreischen auffliegen. Abertausende funkelnder Wassertropfen leuchten silbern in der blassen Sonne, bevor sie niederfallen. Myrtle weiß, daß Annie die Geste des Mannes, seinen wunderschönen Triumphbogen aus Wasser, als Kompliment begreift.

In ihrer smaragdgrünen Jacke tritt Mrs. Grundy aus dem Zeitungsladen. Unter ihrem Arm klemmt eine Illustrierte. Mit der freien Hand umklammert sie ihre Hermelinpfote. Den Blick auf den Boden gerichtet, schlingert sie unsicher über den unebenen Grund. Dämliche Schuhe für so einen Ort, denkt Myrtle. Geschieht der hochnäsigen Dame recht, wenn sie stürzt.

Der Mann mit dem Schlauch steht mit dem Rücken zu Mrs. Grundy und richtet seinen Strahl scheinbar ganz konzentriert auf die aufgestapelten Kisten, die nahe beim Wasser stehen. Wieso er ihre unsicheren Schritte hören kann, wird Myrtle nie begreifen. Doch ohne daß er sich umdreht, macht sein Arm einen Schwenk nach links – eine unwillkürliche Bewegung anscheinend – und nimmt dann schnell wieder seine alte Stellung ein. Ein funkelnder Wasserstrahl erwischt Mrs. Grundys hochmodische Jacke mit voller Wucht. Der schauerliche smaragdgrüne Stoff läuft sofort dunkel an, und ihr adretter Haarturm gerät in

Auflösung. Sie öffnet den pflaumenfarbenen Mund, aber ihr Schrei wird vom Lärm des Wasserstrahls erstickt. Die nasse Illustrierte fällt aufgeklappt zu Boden. Von unhörbaren Flüchen gebeugt, verschwindet sie humpelnd im Schutz ihres Ladens.

Annie und Myrtle kommen aus ihren Verstecken gelaufen, umarmen sich lachend. Tränen kullern aus Annies Augen, Wimperntusche läuft in Zickzacklinien über ihre Wangen. Sie macht einen kleinen Hopser, wie als Kind, wenn sie sich freute, und für einen Moment sind beider Augen fast auf gleicher Höhe. Myrtle taumelt vor Vergnügen; Freude über ihren albernen Streich erfüllt sie, macht sie schwach, sie muß sich fest an die Arme der kleinen Annie klammern. Die ganze Lust ihrer Kindheit kehrt wieder. Für einige Stunden sind der Schmerz, die Angst, die Sehnsucht nach Archie ausgeblendet und können sie nicht beunruhigen.

»Es ist schön zu wissen, daß wir manchmal noch so verrückt sein können«, sagt Myrtle mit vor Lachen erstickter Stimme.

»Zauberei«, sagt Annie.

Einen Augenblick später haben sie sich getrennt. Myrtle ist an der Ecke, wo sie zum Hügel abbiegen muß. Immer noch vergnügt über die fröhliche Begegnung, dreht sie sich um und will Annie ein letztes Mal zuwinken. Aber Annie hat ihr den Rücken zugekehrt und winkt woanders hin. Sie sieht Myrtle nicht. Myrtle kneift die Augen zusammen, seltsamerweise ganz aus der Fassung. In der Ferne erkennt sie die Gestalt eines Mannes, der eine schwere Kiste trägt. Es ist Martin. Myrtle glaubt, er nickt in Annies Richtung, aber aus der Ferne kann sie es nicht genau sagen.

Wenn Archie nicht da ist, wacht Myrtle jeden Morgen um halb fünf auf. Sie weiß, daß um diese Zeit seine erste Schicht beginnt, und sie möchte gern an ihn denken, wenn er aufwacht. Eine Weile liegt sie da und stellt sich vor, wie er widerwillig unter seiner Federdecke hervorkriecht – die die Unbequemlichkeit der Koje kaum verhüllt – und mit einem einzigen Schritt an dem scheußlichen kleinen Waschbecken ist, aus dessen Hahn nur ein dünner Wasserfaden kommt, mit dem er sich das Gesicht benetzt. Sie malt sich aus, wie er die Hose und den vor Salz starrenden Pullover anzieht, bevor er ein Ei in die Pfanne schlägt, die keiner von ihnen je sauber macht. Sie sieht, wie er ißt, schnell und geschickt das Eigelb mit einer Scheibe von dem Brot aufwischt, das die Mannschaft am liebsten mag, während sein Magen sich im Rhythmus des Bootes hebt und senkt. Myrtle kann sich das alles so genau vorstellen, daß sie manchmal das Gefühl hat, sie sei körperlos, gewichtslos. Sie wird aufs Meer hinausgetragen, sie ist ein blinder Passagier. Erst wenn sie mit dem Fuß über Archies Seite des Betts streift und das glatte, kühle Laken spürt, weiß sie, daß sie nicht dort draußen auf dem Meer bei Archie ist, sondern hier und allein. Das mächtige Gefühl hat sie wieder davongetragen. Diesen Trick ihres Verstandes, der so rätselhaft stark und, solange die Illusion währt, so tröstlich ist, betrachtet Myrtle als ihre Form von Zauberei. (Im Geiste hört sie, wie Annie *Zau-be-rei* sagt: Es klickert in ihrem Kopf wie kleine Perlen. Annies Zauberei unterscheidet sich allerdings stark von der ihren.)

Erst kräuselt eine leichte Brise die Vorhänge am offenen Fenster, dann blähen sich die gerafften Bahnen. Bald muß sie sie zurückziehen, mit dem Tag beginnen, ihre kleinen Aufgaben in eine Reihenfolge bringen, die die Zeit am schnellsten vergehen läßt. Ihre Hand wandert von ihrem einsamen eigenen zu Archies aufgeplustertem Kissen. Wenn sie ihn nicht bei sich hat, schmollt ihr Körper. Ihrem Blut fehlt die Kraft. Ohne ihn bewegt sie sich lustloser durch den Tag, liegt nachts schwerer im Bett.

Es ist fünf Uhr. Myrtle schließt die Augen, doch sie weiß, daß sie nicht wieder einschlafen wird. Archie steht jetzt am Kombüsenbecken und spült seinen fettigen Teller. Oder vielleicht steht er, in sein Ölzeug verpackt, an Deck und sieht prüfend auf das Meer, den Himmel, die Fische ... Sie wagt ihn nicht nach der genauen Abfolge seines Tages zu fragen, weil sie fürchtet, er könnte ihre Gründe erraten. Mit einer ungeheuren Willensanstrengung vertreibt sie Archie aus ihren Gedanken und wendet sich Annie zu.

Zauberei: Das Wort hallt in ihr wider – Annies Zauberei. Es gibt wenige Tage, an denen Myrtle nicht über Annies außergewöhnliche Kräfte nachdenkt. Jahrelang hat sie sie zu ergründen versucht, jahrelang ist sie daran gescheitert. Aber vielleicht sollte man die Gabe der Verzauberung, die nur wenigen verliehen ist, auch gar nicht ergründen wollen, sondern einfach als Geschenk annehmen. Trotzdem beschäftigt Myrtle sich ständig mit dieser Frage. Sie sucht fortwährend nach Anhaltspunkten, aber diese liefern auch keine erschöpfende Erklärung. Was hat Annie an sich, daß Menschen beiderlei Geschlechts und jeden Alters sich von ihr so angezogen fühlen, ihr zu gefallen suchen, in ihrer Nähe sein wollen? Ganz offensichtlich ist ihr außergewöhnlich hübsches Gesicht ein erstes Signal, aber längst nicht die ganze Lösung. Die Lösung – und nachdem sie es so lange Jahre versucht hat, glaubt Myrtle, daß sie jetzt anfängt zu begreifen – hat etwas mit dem Gefühl zu tun, das Annie unbewußt ausstrahlt: das Gefühl, sie sei ein wichtiger Teil des Universums und jeder in ihrer Nähe könne an dieser Position teilhaben. Myrtle kennt dieses (damals diffuse, unerklärliche) Gefühl so gut aus ihrer Kindheit: Mit Annie neben sich hatte sie die Gewißheit, daß sie sich im Zentrum des Lebens befand, an einem bedeutenden Ort, obwohl die Realität, das kleine schottische Fischerdorf, dem widersprach. In Annies Gesellschaft fühlte sie sich wichtig und mutig. Ohne sie war alles unbedeutender, langweiliger. Wo immer sie war, strahlte Annie etwas Fröhliches aus, und das färbte wie Goldstaub auf andere ab. Auch die Tatsache, daß sie ungeduldig, verwöhnt, manchmal unverschämt, häufig gedankenlos und immer egoistisch war, konnte daran nichts ändern. Annies geheimnisvolle Fähigkeit, das Leben zu verzaubern, war so ausgeprägt, daß man ihr ihre Fehler verzieh. Die Jungen, die von ihr brüskiert, lächerlich gemacht und im allgemeinen abgewiesen wurden, gaben nie die Hoffnung auf, daß sie eines Tages doch noch in Gnaden aufgenommen würden. Es gab immer noch verheiratete Fischer im Dorf, die zugaben, daß Annie ihre unerfüllte Jugendliebe war: Ken wurde für den glücklichsten Mann auf Erden gehalten. Lehrer und andere Erwachsene –

vor allem Dot Stewart, die Annies Einfluß auf Myrtle gar nicht gerne sah – behaupteten zwar, sie würden »sie durchschauen«. Aber wenn Annie ihnen Beachtung schenkte, waren sie meist ebenso bezaubert wie Annies Altersgenossen. Und obwohl Myrtle mit dem Verhalten ihrer Freundin nicht immer einverstanden war und ihre Egozentrik sie ärgerte, fühlte sie sich ohne Annie auch heute noch unendlich verloren. So war sie es auch, die nach jedem Streit und jeder Auseinandersetzung wenige Tage später schon wieder auf Annie zuging. Und diese nahm es nicht übel, wenn Myrtle sie ausschimpfte, und freute sich jedesmal über ihre Rückkehr. Als hätte es nie einen Bruch gegeben, nahmen sie schnell ihre alten Gewohnheiten wieder auf: spielten Karten, tranken Tee oder taten gelegentlich etwas Ungewöhnliches, wie zum Beispiel das Duschbad für Mrs. Grundy. Annie hörte nie auf, über Myrtles klugen Kopf zu spotten, und handelte sich ihrerseits Vorhaltungen ein, wenn sie zuviel über materielle Dinge redete – das Wunder der Mikrowelle oder den Preis von Janices neuen Stiefeln. Doch selbst in Augenblicken, da Annies banales Geplapper sie besonders ärgerte, verspürte Myrtle die Wärme ihrer Gegenwart, die von früher Kindheit an für sie lebenswichtig war: Ein Dasein ohne diese Nahrung konnte sie sich nicht vorstellen. Myrtle hoffte eigentlich – sicher war sie sich nicht –, daß Annie sich genauso beraubt fühlen würde, wenn sie Myrtles Zuneigung verlöre. Aber auf die konnte sie jederzeit zählen.

Myrtle bezog ihre Erfahrung mit Jungen so gut wie ausschließlich aus zweiter Hand. In den letzten beiden Schuljahren war sie immer noch so wenig attraktiv, daß kein Mädchen in ihr eine Konkurrenz sah, und Myrtle bekam die Rolle der Vertrauten und der Beraterin. (Letztere amüsierte sie – auf welche Erfahrung hätte sie ihren Rat gründen können?) Doch ihre Altersgenossen waren dankbar für ihr ruhiges Zuhören, ihre wohlüberlegte Meinung. Mit diesen Diensten erwarb sie sich ein gewisses Maß an Beliebtheit und war ihrerseits dankbar dafür.

Von all den wechselhaften Wegen junger Liebe, denen Myrtle

so aufmerksam lauschte, war keiner nur halb so interessant und so erstaunlich wie Annies. Es gab keinen Jungen in der Klasse, der nicht irgendwann einmal für sie entbrannte, sein Glück versuchte, abgewiesen wurde und trotzdem weiter hoffte. Bis zum Alter von siebzehn Jahren bekam Annie Liebesbriefe von den Jungen der ganzen Schule. Sie sammelte die Tagesausbeute: lauter zerknitterte Zettel, die aus Übungsheften gerissen und mit leidenschaftlichen Liebeserklärungen voller Rechtschreibfehler vollgekritzelt waren. Nach der Schule gingen Myrtle und Annie dann in ihr Versteck hinter einem Busch im Garten der Stewarts und lasen die Zettel. *Du bist der Kristal meines Herzens; ich werde dich lieben, bis die Erde aufhört und wir beide allein auf einem Meer der Ewichkeit sind; bitte komm mit mir zum Mond und wieder zurück, ich werde dir Rollschuhe kaufen, wenn ich ein reicher Mann bin; wenn ich dich in Mathe oder einer anderen Stunde ansehe, beginnt mein Herz zu klopfen, und meine Beine werden weich, und ich fühle mich krank, als wenn ich Fieber haben würde, ich liebe dich so sehr.* Anfangs machten Annie die Botschaften Spaß: Sie quietschte vergnügt und lachte. Doch als sie im Laufe der Jahre nicht weniger wurden, begannen die Zettel sie zu langweilen. Sie ließen sie kalt. Häufig knüllte sie eine ganze Sammlung zusammen, ohne sie zu lesen. »Wieder dasselbe alte Zeug«, sagte sie zu Myrtle. »Nicht sehr originell. Hier gibt es einfach keine richtige Romantik.«

Richtige Romantik aber war es, wie sie Myrtle sicher tausendmal verkündete, nach der sie sich sehnte. Und es enttäuschte sie, daß ihre Verehrer diesem Wunsch nicht nachkommen konnten. Alles was sie wollten, und zwar so schnell wie möglich, war Sex – kein Rumgetrödel. Annie, die das Flirten zu einer hohen Kunst entwickelt hatte, kam ihnen immer ein kleines bißchen entgegen. (Als sie sechzehn war, gestand sie Myrtle einmal, daß sie dreiundzwanzig Jungen aus der Schule schon einmal geküßt hatte. Aber nur geküßt.) Ihr Fehler war ihre Ungeduld. Sobald die Jungen ihren sorgfältig geplanten Annäherungsversuch machten, sie mit schwitzigen Händen packten, mit klammerbewehrten Zähnen bedrängten, ihre rastlosen Hüften an ihr rieben und ach so rührselig winselten, erstarb Annies Interesse. Sie stieß sie von sich, und dem lächerlichen Anblick enttäuschten Verlangens begegnete sie mit unverhohlener Verachtung. Einige Jungen brachen in Tränen aus, als sie begriffen, daß sie sie mit ihrem Ungestüm für immer verloren hatten. Annie hatte kein Mitleid mit ihnen. Statt dessen wuchs ihre Verachtung. Sie lief lachend davon und erzählte Myrtle in allen Einzelheiten von dem kläglichen jüngsten Verführungsversuch.

Es gab zwei Jungen in der Klasse, die Annie nie zu küssen versucht hatten: Archie Duns und Ken Mcleoud. Archie war als einziger Junge der ganzen Schule nicht von Annie angetan. Auf die Frage, wieso – sie wurde ihm häufig gestellt –, erklärte er, Annie sei zu klein, zu verwöhnt und zu kokett. Er gab zu, daß sie sehr gut aussah, aber Aussehen interessiere ihn nicht so wie Freundlichkeit und Gelassenheit. Seine Freunde hielten ihn deswegen für einen Dummkopf. Einmal bot die zwölfjährige Annie, durch seinen Widerstand herausgefordert, ihm hinter dem Kohlenschuppen ihren Mund. Doch diesmal wurde sie abgewiesen. Archie hatte keine Lust, eine weitere Nummer auf ihrer Liste verstoßener Verehrer zu werden, und sagte sehr ruhig, sie solle gehen. Annie war eher amüsiert als gedemütigt, aber sie brauchte drei Tage, bis sie es schaffte, Myrtle die Geschichte zu erzählen. Sie habe Archie nie *richtig toll* gefunden, sagte sie – zu streng. Es habe sie nur geärgert, daß er sie so rüde abgewiesen habe. Was sie jetzt brauche, sei eine schnelle kleine Knutscherei, um sich zu beweisen, daß sie jeden kriegen könne.

Was Ken betraf, so quälte ihn die Liebe zu Annie seit dem Ausflug nach St. Andrews so sehr, daß es ihm unmöglich war, mit ihr zu sprechen. Wenn er ihr zufällig begegnete, ging er schnell weg. Da sie ständig von ihren Bewunderern umgeben war, brauchte Annie einige Zeit, bis sie Kens Vermeidungsstrategie bemerkte. Dann aber spürte sie eine leichte Erregung. Wieso entzog er sich so? Daß er auch auf ihre kokettesten Annäherungsversuche nicht reagierte, wurde zu einer Art Herausforderung für sie – nur einer *kleinen* Herausforderung, teilte sie Myrtle mit. Ken sei nichts Besonderes, sagte sie. Nur zum Spaß machte sie ihm ein paar Avancen. Sie trafen stets auf stummes Erröten. Schließlich gab sie es auf, ließ ihn verdutzt in Ruhe. Myrtle sagte, es sei Unsinn, sich wegen eines schüchternen Jungen zu grämen, wo sie die Auswahl zwischen so vielen willigen hatte. Noch während sie diese kleine Predigt hielt, die Annie mit einem gewinnenden Lächeln zur Kenntnis nahm, zweifelte Myrtle an ihren Motiven. Sie merkte, daß sich, tief verborgen unter ihrer altruistischen Vernünftigkeit, eine kleine Hoffnung regte, die mit ihrem Bekenntnis im Bus und jenem kurzen Moment der Nähe zusammenhing. Sie wußte auch, daß sie aus Selbstschutz alles tun mußte, damit diese Hoffnung nicht wuchs.

Inzwischen ist es sieben Uhr. Myrtle sitzt allein am Tisch in der Küche. Archie hat nun schon drei Stunden Arbeit hinter sich. Vielleicht ist er gerade für einen Zehn-Minuten-Tee in der Kombüse. Vielleicht sitzt er jetzt gerade neben Ken. Wie kommen sie wohl auf See miteinander aus, fragte Myrtle sich häufig. Es ist merkwürdig, daß die beiden einzigen Männer in ihrem Leben auf demselben Boot gelandet sind. Nicht, daß Ken tatsächlich je *in* ihrem Leben war. Ja, bis heute weiß sie nicht einmal, ob er eigentlich die Verwirrung bemerkt hat, deren Grund er war. Ihre Liebe zu ihm war ein Geheimnis, das sie vor Annie hütete, vor allen. Sie wußte, wie demütigend das Geständnis hoffnungsloser Liebe sein konnte: Alle, die sich ihr anvertrauten, hatten ihr die jammervolle Verzweiflung lebhaft vor Augen geführt. Manchmal wunderte es sie, daß Annie nicht erriet, wie es in ihrem Herzen aussah. Doch Annie war so mit sich selbst beschäftigt, daß sie für anderer Leute Nöte kein Auge hatte. Außerdem wäre Annie nie auf die Idee gekommen, daß Myrtle, die von den Jungen so offensichtlich übersehen wurde, auch verliebt sein könnte. »Eines Tages wirst du einen guten, soliden Mann finden«, sagte sie einmal zu ihr. »Ältere Männer legen nicht so viel Wert aufs Aussehen. Was sie sich wünschen, ist eine treue Frau, die ihnen ihr Essen kocht und die Hemden stopft und mit einem ruhigen Leben zufrieden ist.« Myrtle wußte, daß das Annies

Vorstellung von Trost war. Sie rätselte darüber, was Annie durch ihre Panzerung hatte sehen können, daß sie solch eine Bemerkung machte. Natürlich hielt sie ihren Schmerz über solchen »Trost«, solche Gönnerhaftigkeit für sich.

Myrtle geht zum Fenster, wartet darauf, daß das Wasser kocht, daß das vertraute Geräusch des prustenden Dampfes die Stille im Raum unterbricht. Der Himmel draußen ist von jenem unschuldigen Grau, das für frühe Oktobermorgen typisch ist. Sehr hoch oben (Dot sagte immer, daß man sich die höchste Stelle des Himmels ansehen müsse, um zu wissen, wie der Tag würde) werden die Wolken gelblich und dünner und verkünden, daß später vielleicht die Sonne durchbricht. Myrtle kann das Meer riechen, aber nicht hören. Die Stille, die sie meist tröstlich findet, wird durch ihre Gedanken an Ken gestört. Denn die Wahrheit ist, daß sie ihn seit kurzem verachtet. Sie verachtet seinen Betrug, seinen Verrat an Archie. Als Ken als Matrose auf der Skyline II anheuerte, war er anfangs absolut loyal. Seit er aber mit seinem zweiten Job begonnen hat und »Umzüge und Auslieferungen« macht, ist seine Loyalität geteilt. Er kehrt als schwaches Glied in einer starken, willigen Mannschaft zum Boot zurück. Myrtle weiß, daß all dies nicht spurlos an Archie vorübergeht, auch wenn er sich nie genauer darüber äußert. Myrtle spürt auch, daß die Auseinandersetzungen zwischen den beiden Männern sich verschärfen – allerdings nie zu Hause –, und sie fürchtet den Moment, wo sie die Kontrolle verlieren und in der Erregung etwas Schreckliches tun könnten. Sie wird auch schlecht damit fertig, daß der einst stille und in sich gekehrte Junge zu einem schwachen und unaufrichtigen Mann geworden ist. Über die Art der »Auslieferungen« ist nie etwas gesagt worden, aber Myrtle hat einen Verdacht. Allerdings weiß sie nicht, welchem Freund Ken bei seinen illegalen Geschäften hilft. Nur um seiner Frau die albernen Statussymbole kaufen zu können, bringt er sich in Gefahr. Er ist ein Dummkopf. Er sollte Annie in ihrer Gier bremsen, statt dieser Vorschub zu leisten. Er sollte inzwischen wissen, daß Annie durchaus vernünftig reagiert, wenn ihre materiellen Wünsche einmal nicht erfüllt werden –

allerdings nur für kurze Zeit. Myrtle erinnert sich, daß Ken, bevor er sich in Annie verliebte, überhaupt keinen Respekt vor Autoritätspersonen hatte. Er war kühn und einfallsreich in seinen Streichen. Er genoß seine Bestrafung, er genoß die Zeit, als er für seine Altersgenossen der Held war. Jetzt gab es keine Bestrafung – noch. Und Annie war die einzige, die von seiner Dummheit profitierte. Myrtles Zeit der Liebe zu Ken fiel in seine stille Phase. Damals war er in sich gekehrt und melancholisch, und seine traurigen dunklen Augen hatten ihr das Herz gebrochen. Bald nach dem Ausflug nach St. Andrews hatte sie jedoch alle Hoffnung aufgegeben, daß er sich ihr je wieder anvertrauen würde, und der dumme kleine Hoffnungsfunke hatte sich in stilles Mitgefühl, in unausgesprochene Sympathie verwandelt.

Aber sie war immer wachsam geblieben, falls die Dinge sich eines Tages vielleicht doch ändern sollten. Lange Zeit hatte sie sich auch etwas schuldig gefühlt, weil sie Annie geraten hatte, es nicht mehr bei Ken zu versuchen. Doch im Grunde war Annies Interesse an ihm nur halbherzig und erlosch sehr schnell. Selbst seine verlegene Ablehnung ihrer Avancen ermunterten sie nicht zu weiteren Versuchen. Hätte Annie ihn, nur aus Spaß an der Herausforderung, tatsächlich herumgekriegt – nun, das war eine Situation, die Myrtle sich in jenen Tagen, als Ken ihre einzige Hoffnung war, nicht auszumalen wagte. Und als Annie ihr schließlich erklärte, daß sie nicht weiter an Ken interessiert war, spürte sie eine wärmende Welle der Erleichterung. Sie selbst würde zwar nie darauf hoffen können, daß Ken ihr die Aufmerksamkeit schenkte, nach der sie sich so sehr sehnte, aber es war wenigstens tröstlich, zu wissen, daß Annie (die immer noch keine Ahnung von seinen Qualen hatte, da Myrtle dieses Geheimnis für sich behielt) ihn in Ruhe lassen würde. Dieser Zustand komplikationsloser Unerfülltheit dauerte drei Jahre. Dann kam der Tag der Parade.

Noch die Erinnerung läßt Myrtle ihren Schal fester um sich ziehen und den Oberkörper leicht nach vorn neigen. Sie spreizt eine Hand und hält sie über die Rippen. Da sitzt immer noch ein

Rest des Schmerzes aus jener Zeit, ein Gespenst der Verletztheit, das sie um ihrer Freundschaft zu Annie willen längst begraben hat. Doch von Zeit zu Zeit erhebt es sich, um sie heimzusuchen, sie zu foppen – um Myrtle einzureden, daß man selbst seinen besten Freunden nicht immer ganz trauen kann.

Damals, an jenem Sommertag. Und später die dunklen Tage, die auf Annies unschuldiges, fröhliches Geständnis folgten: Die Vergangenheit kann in ihrer Deutlichkeit, ihrer Greifbarkeit so grausam sein. Myrtle, die um ihre eigene Dummheit weiß, streckt eine Hand aus. Sie kann Kens warmen, sehnigen jungen Arm unter dem aufgerollten Ärmel spüren – bis dahin haben ihre Finger sich vorgewagt. Sie kann die Mischung aus Furcht und Schuld in seinen Augen sehen, als er sich zu ihr neigt – sie wird sie auf ewig vor sich haben. Für sie war es das Ende der Nacht. Für ihn war es der Anfang.

Damals fanden die Paraden jedes Jahr statt. Als Kinder gingen Myrtle und Annie immer zum Hafen hinunter und schauten sich die Boote an, die für diesen Tag mit Fähnchen, Flaggen und Blumen geschmückt waren und in ihrem Phantasiekostüm aus dem Hafen ausliefen. Es war eine hübsche Flottille. Die angeschlagenen, abblätternden Schiffsrümpfe waren unter einem Vorhang aus Blumenketten, Grünzeug und Bändern verborgen, der bei jedem Wellenschlag wippte. Jedes Boot hatte sich ein »Fischermädel« erkoren, ein adrettes junges Mädchen in einem extravaganten Kleid, das das Ergebnis wochenlanger Unschlüssigkeit und Aufregung war (und vom Kapitän und seiner Mannschaft bereitwillig bezahlt wurde). Das Fischermädel saß im Bug des Bootes, starr wie ein Mastkorb, das strahlende, stolze Gesicht zum Horizont gerichtet, und kämpfte, wenn das Meer unruhig war, gegen die Übelkeit. Hinter ihr tranken und sangen ihre Familie und ihre Freunde. Bald schon hatten sie sich in den Bändern und Fahnen verfangen, beugten sich fröhlich über die Reling und kühlten ihre Gesichter an der Gischt. All das erfuhren Annie und Myrtle von Dot, die selbst einmal ein Fischermädel gewesen war und bis zum Tod ihres Mannes jedes Jahr mit auf der Skyline hinausfuhr. Wenn sie älter wären, versicherte sie den

Kindern, würde sie auch jemand auf sein Boot einladen. Die beiden Mädchen ließen die kleine hüpfende Reihe von Booten nicht aus den Augen, bis sie in der Ferne verschwunden war, worauf sie sehnsüchtig warteten.

Es kam der Sommer, in dem sie beide siebzehn wurden – Annie nur wenige Tage nach Myrtle. Archie Duns Vater Ben war ein guter Freund von Jock Stewart gewesen. Und Bens Frau, die sich in jenem Jahr das Bein gebrochen hatte, schlug vor, daß Dot an Bord für sie einsprang und bei den Essensvorbereitungen half. Sie lud auch die zwei Mädchen ein, die so lange auf diese Gelegenheit gewartet hatten. Als sie dann noch erfuhren, daß Annie zum Fischermädchen gewählt worden war, erreichte die Aufregung der beiden Freundinnen ihren Siedepunkt. Es folgten hektische Wochen mit Plänen für Kleid, Frisur, Make-up, Schuhe ... Annie traf keine Entscheidung ohne ihre Freundin. Myrtle fand es ein wenig ermüdend, daß Annie diese Vorbereitungen, die sie offenbar Tag und Nacht beschäftigten, so furchtbar wichtig nahm. Das endlose Gerede über Scharlachrot oder Grün oder Blau, über Seide oder Satin oder Musselin begann sie anzuöden. Doch es gelang ihr trotzdem, ein gewisses Interesse vorzutäuschen, und sie half, wo sie konnte. Ihr größter Beitrag zu Annies Glück betraf das Kleid: Myrtle konnte Dot, eine gelernte Näherin, dazu überreden, es für sie anzufertigen. Denn Annie hatte es längst aufgegeben, das Kleid, das sie so klar vor Augen hatte, in einem Laden zu finden. So bewahrte Myrtles Vorschlag sie vor einem Nervenzusammenbruch. Als es dann aber darum ging, Dot das imaginäre Kleid zu beschreiben, blieb Annie erstaunlich vage. Das Bild sei klar, aber verschwommen, sagte sie, und Myrtle war von all der Planerei schon viel zu mitgenommen, um die Freundin auf den Widerspruch hinzuweisen. Annie erklärte, sie würde den Stoff sofort erkennen, wenn sie ihn sähe, was bedeutete, daß sie in Begleitung der erschöpften Myrtle Dutzende von Stoffhändlern an der ganzen Küste abklapperte. Schließlich stieß sie auf einen Ballen blaßgrüner Spitze und behauptete, dieser Fund sei all die Mühe wert gewesen – das fände Myrtle doch auch?

Dot, die inzwischen schon etwas in Panik war, weil nur noch so wenig Zeit blieb, schob die Möbel im Zimmer beiseite und schnitt die Spitze auf dem Boden zu. Während das Kleid Gestalt annahm, kam die skeptische Annie immer öfter zur Anprobe, beanstandete jeden Saum, jede Falte, forderte, daß der Halsausschnitt eine Idee höher, einen Zentimeter tiefer sitzen sollte, und brachte Dot damit an den Rand der Verzweiflung. Während Myrtle auf einem Stuhl hockte und Annie mit immer neuem Staunen beobachtete, sprang diese unglücklich vor einem kleinen, fleckigen Spiegel hin und her, weil sie in dem angelaufenen Glas nur Gesicht und Hals sehen konnte. Eines Tages riß sie den Spiegel ungeduldig von der Wand und hielt ihn sich vor ihre verschiedenen Körperteile. Wenn sie sich nie, *nie* ganz sehen könne, jammerte sie, würde alles in einer Katastrophe enden. Myrtle sah mitfühlend zu und war unfairerweise wütend auf ihre Mutter, weil es keinen großen Spiegel im Haus gab. Endlich platzte Dot, deren Nerven wegen Annies ungnädigem Verhalten ohnehin zum Zerreißen gespannt waren, der Kragen: »Hör auf zu heulen, Mädel, sonst tu ich keinen Stich mehr. Und wenn du nicht sofort den Spiegel wieder an die Wand hängst, dann –«

Annies schnelles zerknirschtes Lächeln, ihre Entschuldigung für ihre Nervosität beschwichtigten Dot. Annie hängte den Spiegel wieder auf, ohne hineinzusehen. Sie ließ das Hüftwakkeln sein. Die knielangen Röcke – rosa Kunstseide unter der blaßgrünen Spitze – erstarrten wie stillgestellt. Ohne das Geraschel war es seltsam still im Zimmer. Es roch säuerlich nach Annies Schweiß. Wie schön, daß sie Annies Freundin war und all die Aufregung mitbekam, dachte Myrtle. Sie fragte sich, ob Annie überhaupt ahnte, wie schön sie war – in dem trüben Abendlicht bei der letzten Anprobe stellte Myrtle ehrfürchtig fest, daß Annies Niedlichkeit, an die sich so gewöhnt hatte, daß sie ihr kaum noch auffiel, einer unerhörten Schönheit Platz gemacht hatte. Diese Schönheit würde ihr ein Leben lang von Vorteil sein. Wehmütig, aber neidlos schaute Myrtle ihre eigenen Hände an. Dann sah sie zu ihrer Mutter, die auf dem Boden hockte und sich am Saum von Annies Kleid zu schaffen machte. Sie bemerkte, wie Dot ihren silbernen Fingerhut aufzusetzen versuchte. Aber während all der Jahre, in denen sie ihn nicht mehr benutzt hatte, waren ihre Finger angeschwollen, und er fiel immer wieder hinunter. Auch Dot hatte ihre Momente der Trauer. Doch dann schlüpfte Annie plötzlich ungeduldig aus dem Kleid und stand mit gespreizten dünnen Beinen kindlich in Hemd und Höschen da, und ihre nackten Füße verschwanden in einem See aus grüner Spitze, durch die das seidige Rosa des Petticoats wie Sonnenlicht blitzte.

Am Morgen der Parade kam Annie kurz nach sieben mit ihrer Mutter zu den Stewarts. Während Dot Brote machte und Annies Mutter ungeschickt eine Kanne Tee kochte, war Annie unfähig, auch nur eine Minute stillzusitzen, und sprang unruhig herum. Myrtle hatte sie noch nie so aufgeregt erlebt. Sie wollte nichts essen und behauptete, davon würde ihr schlecht. Sie befühlte immer wieder das Kleid, das über der Tür hing: Sie habe noch nie im Leben so etwas Schönes gesehen, sagte sie. Alle paar Minuten umarmte sie Dot und störte sie dadurch beim eiligen Broteschmieren. Sie bedankte sich sicher ein Dutzend Mal. Gegen acht Uhr hielt sie es nicht mehr aus. Sie schlüpfte in das Kleid und drehte sich darin, daß die Röcke nur so blitzten und flogen. Alle strahlten über ihr Glück. Plötzlich sah sie Myrtle an, blieb stehen und streckte die Arme aus.

»Und was ist mit dir, Myrtle? Was ziehst du an?«

In all der hektischen Vorbereitung für das Fischermädchen-Kostüm hatte Myrtle ihr eigenes Aussehen ganz vergessen. Nach Annies überraschender Frage war ihr erster Gedanke: Wen interessiert das schon, was ich anhabe? Ich bin doch nur Publikum.

»Mir wird schon was einfallen«, sagte sie. »Es ist noch früh.«

»Du ziehst deine Jacke an«, sagte Dot barsch. »Es weht ein scharfer Wind.«

»Dann wird Annie erfrieren.«

»Das Fischermädel«, sagte Dot streng, »wird die Kälte nicht spüren. Sie hat den Kopf viel zu voll.«

Annie hatte schon jetzt den Kopf viel zu voll, um sich auf andere zu konzentrieren: Silberne Schuhe mußten aus dem Seidenpapier genommen, Ohrringe gesucht, Haare glänzend gebürstet und so festgesteckt werden, daß die Frisur dem Wind standhielt – so viel Aufwand für so wenige Stunden des Ruhms, dachte Myrtle, während sie ihr reichliches Frühstück aß. Aber vielleicht war dies das eigentlich Schöne am Ruhm – die Vorfreude, die Vorbereitung. Wenn das Ereignis dann endlich stattfand, hatte man vielleicht plötzlich ein Gefühl der Leere. Sie würde Annie sehr genau beobachten.

Obwohl Annie so früh angefangen hatte, blieb ihr dann doch keine Zeit mehr für das sorgfältig geplante und extra gekaufte Make-up. Außerdem zitterten ihre Hände so stark, daß sie Augenlider und Lippen sicher verschmieren würde. Sie ließ das kleine Plastiktäschchen, das beinah überquoll von all den Farbtöpfen und Maskarastiften, auf dem Tisch zurück. Aber Annie braucht auch keine künstlichen Hilfsmittel für ihre Schönheit, dachte Myrtle, als die zwei Mütter und zwei Töchter zum Hafen wanderten. Als sähe sie sie zum ersten Mal, betrachtete sie jeden Zentimeter im Gesicht ihrer Freundin. Sie bestaunte den Schimmer von Annies Haut und die schwarzbewimperten Augen, deren unruhiges Hin und Her winzige Diamanten in der blauen Iris aufblitzen ließ. Sie staunte, wie einfach Schönheit war – der Schwung eines Mundes, den eine winzige Abweichung einzigartig machte, das Lächeln, das Grübchen in den Wangen schuf. Heute war der erste Tag, an dem ihre Freundin wirklich erwachsen war, dachte Myrtle. Sie war aufgeregt, aber selbstbewußt, sie war kühl, nahm aber den Beifall der anderen mit herzlichem Dank entgegen. Stärker denn je umgab sie die geheimnisvolle Aura, daß sie der Mittelpunkt des Lebens war, ein Gefühl, das alle wärmte, die um sie waren. Von nun an würden Annie Dinge widerfahren, die sie noch nie erlebt hatte, glaubte Myrtle. Und sie, Myrtle, bliebe weit zurück. Vielleicht würden ihr nicht einmal mehr die Erlebnisse aus zweiter Hand gestattet sein. Nun, da sie erwachsen waren, würden sie sich vielleicht in neu erwachter Scheu stärker voneinander zurückziehen, und ihre Wege würden sich trennen. Als sie an der Kaimauer ankamen, blieben sie stehen und sahen auf das wartende Boot hinunter. Annie lächelte über seine Ausschmückung – die Mannschaft hatte sich mit all den Wimpeln und Girlanden mächtig Mühe gegeben. Der Sitz am Bug hatte sich in einen prachtvollen Thron aus Laub und Blumen verwandelt: Annies Platz. Myrtle sah die Gänsehaut auf dem Oberarm ihrer Freundin und war froh über ihre eigene klobige Jacke. Und plötzlich überkam sie eine Furcht, die sie aber nicht benennen konnte. Sie stellte sich dichter neben Annie, um ihr Gesellschaft zu leisten, bis das Fischermädel auf seinen Thron gerufen würde.

Als sie die anderen Passagiere an Bord sah, nahmen Myrtles böse Vorahnungen zu: Es waren lauter Freunde von Archie – Ross Wyatt, Sandy, Roddy, Ken, Hamish. Annie winkte ihnen zu, rief ihre Namen und nahm ihre anerkennenden Pfiffe mit einer Reihe kleiner Verbeugungen entgegen. Ein Windstoß drückte den Spitzenrock gegen ihre Beine und zerzauste ihr Haar zu tausend Locken. Die Jungen schauten zu ihr hoch und johlten noch lauter. Dann bahnte sich Archies Vater Ben einen Weg durch die kleine, lärmende Menge, sprang über die Reling und eilte die Stufen zur Kaimauer hoch. Wie ein Raubvogel, der sich auf seine Beute stürzt, packte er Annie mit einer schnellen Bewegung, hob sie mit beiden Armen hoch und trug sie zum Boot hinunter. Das Gelächter und Gejauchze schwoll an. Myrtles Mund verkrampfte sich. Sie mußte sich anstrengen, um ein Lächeln zustande zu bringen.

Während Annie von den begeisterten Jungen zu ihrem Thron geleitet wurde, stiegen Myrtle und die beiden Mütter, mit Kisten und Körben beladen, ohne jede Hilfe die rutschigen Stufen hinunter. Archie war offenbar der einzige Junge, der nicht an Annies Inthronisierung interessiert war, und nahm sie in Empfang. Zuerst half er den beiden Frauen beim Tragen der Sachen, dann reichte er Myrtle seinen starken Arm, als sie an Deck kletterte. Inzwischen war ihr ganz schwindelig von all der Aufregung, doch tief in ihrem Innern rumorte ein Gedanke. Sie wußte, Annie würde trotz des ganzen Trubels merken, daß Archie sie ignorierte. Noch vor kurzem hatte sie zu ihr gesagt, daß Archie sie seit dem »blöden Vorfall« in ihrer Kindheit *nie* mehr beachtet habe, und das finde sie unverschämt. Irgendwann werde sie ihn aber aus der Reserve locken.

Myrtle sah ein, daß es unsinnig wäre, sich in Annies Nähe zu setzen. Annie war vorne im Bug von Bewunderern umringt, die sich nicht von der Stelle rühren würden. Für Myrtle war dort kein Platz. Sie ging nach hinten, wo Dot schon das Essen vorbereitete. Dot hatte die Beine gespreizt und so aus ihrem Schoß einen Tisch gemacht. Neben ihr saß Ken und hatte sein blasses Gesicht tief in der Kapuze seiner Plastikwindjacke vergraben. Er nickte Myrtle zu. Sie setzte sich neben ihn – es war der einzige freie Platz. Die unverhoffte Nähe zu Ken erregte sie auf eine irgendwie angenehme Weise. Sie würde es einfach genießen, neben ihm zu sitzen, und sein Schweigen nicht übelnehmen.

Endlich fuhren alle Boote los. Es waren insgesamt sieben in einer Reihe, und ihre Fähnchen flatterten im Wind. Die Fischermädel saßen mit erhobenem Kopf und steifem Lächeln aufrecht im Bug. Ihre leuchtend bunten Kleider strahlten im hellen Licht. Doch keines war so raffiniert, so elegant wie Annies, dachte Myrtle voll Stolz. Sobald die Boote den Hafen verlassen hatten, machten sie einen Schwenk, die Reihe lockerte sich, aber alle nahmen dieselbe Richtung.

Schnell wuchs die Entfernung zwischen ihnen. Die anderen Boote waren nicht mehr genau zu erkennen, doch die Fischermädel waren immer noch leuchtende Punkte. Kleine Möwenschwärme umkreisten jeden Mast. Die Wimpel verwirrten sie, und ihr Gekreische über Bens Boot mischte sich mit dem wüsten Gelärme von Annies Bewunderern.

Myrtle hatte das Meer nie gemocht. Als Jock und Dot sie als kleines Kind zum ersten Mal bei einem Ausflug auf der Skyline mitnahmen, hatte sie schreckliche Angst. Sie hatte auf die unruhige Wasseroberfläche gestarrt und heimlich zitternd überlegt, was wohl darunter lag. Sie glaubte fest, daß in jedem Moment ein Ungeheuer auftauchen, sie mit seiner Riesenschaumhand packen und in die schwarzen Tiefen ziehen würde, die so grausig waren, daß sie es sich lieber nicht ausmalen wollte. Später jedoch, als sie älter war und mit Annie dem Auslaufen der Boote bei der Parade zusah, wäre sie gern dabeigewesen. Das ist etwas anderes, dachte sie. Das ist ungefährlich.

Am Tag der Parade hatte Myrtle zwischen den Feiernden fast alle Angst vor dem Wasser verloren. Es beunruhigte sie nicht mehr, sie spürte nur noch eine gewisse Anspannung, die sich mit der Aufregung mischte. Es herrschte eine leichte Dünung, kleine Hahnenkammwellen brachen sich über größeren, aber alles wirkte eher spielerisch als bedrohlich. Das Boot hob und senkte sich rhythmisch, manchmal geriet es aber aus dem Takt und überrumpelte sie. Es kippte dann in eine unerwartete Lage, und die Passagiere verloren das Gleichgewicht. Mehrere Male wurde Myrtle gegen Ken geworfen. Jedesmal entschuldigte sie sich. Es schien ihm nichts auszumachen.

Doch er blieb stumm, und Myrtle konzentrierte sich auf die fernen Lammemuirs und auf den Bass Rock, der allmählich größer wurde. Am späten Vormittag stand die Sonne hoch am Himmel, aber der Wind war immer noch kalt. Hier draußen war das Meer von einem tiefen Marineblau – ganz anders als das tote braune Wasser im Hafen. (Wieso mischt sich dieses Blau nicht in das Braun, überlegte Myrtle.) Das Licht lag seltsam dünn auf dem Wasser, wie von einer Feder hingetuscht, um das Blau zu beleben, ohne es zu übermalen. Es legte ein breites Band auf die Wellen, dem die Boote zu folgen schienen.

Myrtle hatte nicht vor, ihre Beobachtungen mitzuteilen, aber plötzlich merkte sie, wie sie leise zu Ken sagte: »Ich glaub nicht, daß die Fischer, wo sie die ganze Zeit hier draußen sind, über so was noch staunen.« Sie wies mit dem Kopf auf das Lichtband. »Merken es wahrscheinlich nicht mal.«

Ken machte eine zögernde Bewegung mit den fest geschlossenen Lippen, und Myrtle nahm sie als zustimmendes Lächeln. Bevor ihm eine Antwort einfiel, wies Dot darauf hin, daß sie jetzt nach Hause zurückführen. Und tatsächlich sah Myrtle, daß alle sieben Boote einen Bogen fuhren, ihr Heck dem Felsen und der dunstigen Hügelkette zukehrten und wieder auf die Küste zuhielten.

Obwohl Myrtle sich während der Hinfahrt nicht besonders geängstigt hatte, war sie erleichtert, als es jetzt wieder nach Hause ging. Sie half Dot beim Auspacken der Brote und goß Limonade in Plastikbecher.

»Bring Annie auch was«, sagte Dot. »Sie ist bestimmt ausgehungert, wo sie die ganze Zeit steif wie ein Mastkorb dagesessen hat.«

Myrtle stakste über das Deck und spürte den Wind jetzt stärker. Die Jungen drängten sich immer noch um Annie auf ihrem Laubthron mit seinen funkelnden nassen Blättern. Sie machten ihr Platz.

»Sie ist völlig stumm, stumm wie eine verdammte Statue«, sagte Hamish.

»Wir kriegen kein Wort aus ihr raus«, sagte Ross.

»Sie ist jedenfalls das schweigsamste Fischermädel, das es je gegeben hat«, sagte Hamish, »und das ist ziemlich öde.«

Myrtle war jetzt bei Annies Platz angelangt. Sie sah sofort, was Hamish gemeint hatte. Annie saß starr und aufrecht da und schaute, den Kopf in den Nacken gelegt, zum Horizont. Sie nahm ihre Umgebung offenbar nicht wahr und blieb taub für die provozierenden Bemerkungen, die inzwischen die Komplimente ersetzt hatten. Einen Moment lang war Myrtle alarmiert von dem Ausdruck in den Augen ihrer Freundin. Sie schienen auf einen unsichtbaren Ort, eine andere Welt gerichtet zu sein. Ihre Wangen schimmerten von tausend Gischttränen, und ihr grünes Spitzenkleid war vorne ganz dunkel vor Nässe. Myrtle streckte eine Hand aus, berührte Annies Arm. Er war eiskalt, von Gänsehaut überzogen.

»Hier, Annie, ich hab dir was zu essen gebracht«, sagte sie. Annie antwortete nicht. Myrtle berührte sie noch einmal. »Du bist so kalt. Soll ich dir eine Jacke holen?« Immer noch kein Wort. »Komm, Annie. Was ist los? Möchtest du ein Brot mit Ei?« Nach einem langen Augenblick schüttelte Annie ganz leicht den Kopf. Hinter ihnen applaudierten die Jungen. Die Augen immer noch auf irgendeinen Punkt in der Ferne gerichtet, flüsterte Annie, Myrtle solle bitte gehen und sie in Ruhe lassen. Die Jungen hörten ihre Bitte nicht. Myrtle gab sich geschlagen und ging. Einer der Jungen griff nach den Broten und dem Getränk in ihren Händen. Alle lachten sie höhnisch aus, weil sie bei Fräulein Dornröschen nichts erreicht hatte. Annies endlos langes Schweigen reichte ihnen mittlerweile, und einer nach dem anderen ging nach hinten zum Schiffsheck und holte sich bei Dot etwas zu essen und zu trinken. Myrtle schloß sich ihnen nicht an, sondern blieb bei der Kajüte stehen und sah Ben beim Rudern zu. Archie stand hinter seinem Vater und rauchte. Seine Augen wanderten manchmal über Annies kleinen, geraden Rükken, aber ohne Neugier oder Interesse. Archie war vielleicht fünf Zentimeter größer als sein Vater: breit, stark und finster, mit wirrem blonden Haar, das ihm in die Stirn fiel. Er lächelte Myrtle kurz zu, zuckte die Schultern: eine Botschaft, die ihr durch die Fensterscheibe mitteilte, daß Annie ein hoffnungsloser Fall war, das lahmste Fischermädel, das er je erlebt hatte. Wie ein Blitz schoß Myrtle durch den Kopf, daß Archie der begehrenswerteste Junge der ganzen Küste war und daß sie sich vielleicht sogar in ihn verlieben könnte, wenn sie nicht das Mädchen wäre, das sie war. So wie die Dinge lagen, bestand jedoch nicht die geringste Chance, daß so ein besonderer Junge wie Archie Duns jemals auf die Idee kam, sich für sie zu interessieren. Er war völlig jenseits ihrer Möglichkeiten. Sie hatte allerdings keinen Zweifel, daß Annie ihn verführen könnte. Ken jedoch – der mürrische Ken mit seinen hübschen Augen, seiner Einsamkeit ... wenn sie geduldig wartete, nichts machte, was ihn verstören könnte, dann würde Ken sich eines Tages vielleicht ihr zuwenden.

Plötzlich sah Myrtle eine riesige Welle, die wie aus dem Nichts auf sie zugerollt kam, nur noch wenige Meter entfernt. Als sie das Boot auf die Seite warf, schrie Myrtle unwillkürlich auf. Sie wurde auf einen Haufen aufgerollter Taue geschleudert. Im nächsten Augenblick sah sie, wie Annies dünner, weißer, mit Wasser beperlter Arm in die Luft schoß, als sich das Boot wieder aufrichtete. Dann spürte sie eine starke Hand unter ihrem eigenen Arm und hatte plötzlich das scheußliche Blau von Kens Ölzeug vor dem Gesicht. Unbeholfen stellte er sie wieder auf die Füße. Sie wollte ihm danken, aber er war schon fort. Auch Annies Arm war wieder in die richtige Stellung gewandert. Annie saß ebenso starr wie vorher da, nur ihr Kopf lag noch tiefer im Nacken. Es kam Myrtle so vor, als würde Annie die Wolken auf ihrer Haut spüren, als wäre sie ein Teil vom Blau des Himmels geworden.

Als sie viele Monate später wieder einmal über die Bootsparade sprachen, erklärte Annie, sie habe die Fahrt auf dem Schiff ganz für sich haben wollen. Die kurzen Stunden sollten sich ihr so fest einprägen, daß sie sich in Notzeiten alles wieder ins Gedächtnis rufen konnte: Sonne, Gischt, Wolken; die Bewegung des Boots, den Lärm der Möwen und der Jungen. Sie sei in eine Art Trance gefallen, sagte sie, die keiner habe stören dürfen. Das war die ganze Wahrheit, auch wenn die Jungen sie für hochnäsig gehalten haben mochten. Jene Stunden der völligen Versunkenheit seien der Beginn eines der schönsten Tage ihres Lebens gewesen. Und um nichts in der Welt habe sie ihn sich durch ein Herumalbern mit den Jungs verderben wollen. Das kam später dran.

Am frühen Nachmittag erreichten sie einen Hafen wenige Kilometer weiter nördlich, in dem ein paar kleine Fahrzeuge von Hummer- und Krabbenfischern ankerten. Auf dem Hügel hinter dem Hafen drängten sich weißgestrichene Häuser aneinander. In vielen Fenstern standen scharlachrote Geranien, manche Haustüren waren gelb oder grün. Das Dorf war hübscher als das von Dot und Myrtle und schon von Touristen entdeckt. In einer kleinen Kate konnte man zu einem Spottpreis frische Krabben kaufen.

Wenige Meter hinter dem Bootsanleger war ein provisorisches Podium errichtet worden. Es stand inmitten eines Gewirrs von zerrissenen Netzen, Hummerfässern und geteerten Tauen und war eine etwas wackelige Angelegenheit, die mit einem nachlässig angebrachten lachsrosa Röckchen aus Kreppapier verziert war. Inzwischen hatte sich eine ansehnliche Zuschauermenge aus Touristen und Einheimischen eingefunden. Dot, die das

Fischermädel-Programm in allen Einzelheiten kannte, sicherte sich den Platz auf einem Hummerfaß in der Nähe des Podiums. Myrtle stellte sich neben sie.

Sie sah, daß Annie, die jetzt mit den sechs anderen Mädchen die klapprigen Stufen hochtrippelte, nervös war. Sie hatte die feuchten Röcke ihres Kleids gerafft – die rosa Seide schien nun matter durch die Spitze – und blickte mit einem unnatürlichen Lächeln wie abwesend um sich. Im hellen Sonnenlicht waren die Kleider der anderen Mädchen fast peinlich genau zu erkennen: meterweise Paillettengeflecht, greller roter Satin, von häßlichen Nähten zusammengehalten, schlabbriger Musselin, der eher zu Milchmädchen paßte. Falsche Diamantenketten glitzerten über tiefen Ausschnitten – ein Mädchen trug sogar eine Tiara. Annie war die einzige ohne Schmuck und ohne Make-up. Von der windigen Fahrt waren die Wangen der Mädchen rotbraun angelaufen, und das sorgfältig frisierte Haar hatte sich aus den diversen Kämmen und Bändern gelöst. Es waren hübsche, nette Gesichter, wie Dot bemerkte, aber nur eines war wirklich schön.

Eine Ewigkeit lang schienen sie dort zu stehen und verlegen von einem Fuß auf den anderen zu treten – Schuhe aus perlmuttfarbenem Leder mit Pfennigabsatz waren anscheinend das Gebot der Stunde –, jeden, den sie in der Menge erkannten, erwartungsvoll anlächelnd und zwischendurch immer wieder übertrieben ängstlich zitternd.

Für einen kurzen Moment sahen Annie und Myrtle sich in die Augen. Mit Annies Statuenhaltung war es vorbei. Etwas verfrüht fing sie an, mit den Hüften zu wackeln, um ihre Bewunderer, die jetzt stolz auf sie waren, weiter anzustacheln. Komplimente aus der Menge flogen ihr zu.

»Dieser Teil dauert immer zu lange«, sagte Dot. »Das Warten da oben ist schrecklich.«

»Glaubst du, daß Annie gewinnt?« Myrtles Herz klopfte heftig. Sie konnte sich so gut vorstellen, wie es Annie da oben auf der Bühne zumute war, mit all den prüfenden Blicken, die auf ihr ruhten.

»Man kann den Geschmack der Jury nie genau einschätzen.

Vielleicht finden sie Annie als Fischerkönigin zu klein. Ich habe schon erlebt, wie sichere Gewinnerinnen enttäuscht wurden.«

Bewegung kam in die Menge. Der Hafenmeister, ein weiterer Mann und zwei Frauen, die sich neben dem Krabbenstand mit wichtiger Miene beratschlagt hatten, gingen nun selbstsicher, als wären sie wirklich berühmt, zum Podium. Nur der Hafenmeister stieg die Stufen empor – das zusätzliche Gewicht seiner Mitjuroren hätte eine Katastrophe ausgelöst. Er genoß die Aufmerksamkeit, raschelte umständlich mit ein paar Zetteln, auf denen ganz offensichtlich nichts stand. Er ließ sich Zeit, kostete seinen kurzen Auftritt aus, weidete sich an der plötzlichen Stille und bebte vor Wichtigkeit: Er war es, der die Entscheidung verkünden würde. Los, mach, du alter Trottel, dachte Myrtle, und die anderen empfanden sicher ähnlich. Aber der Zeremonienmeister, der in seinem kleinen Hafen nur sehr wenig zu zelebrieren hatte, versuchte natürlich, die Situation auszuschlachten. Er hielt eine stockende kleine Rede über die Wichtigkeit der Tradition und die Wahrung alter Bräuche in dieser glanzlosen Zeit und so weiter. Myrtle dröhnten die Ohren, ungeduldig wartete sie auf den Höhepunkt seiner Erklärungen und verpaßte die bedeutsamen Worte, die die Verkündung der Siegerin einleiteten. Aber sie sah, wie der Hafenmeister sich bückte, von jemandem in der Menge die Schärpe entgegennahm und mit einem schlüpfrigen Lächeln auf Annie zuging. Rauschender Beifall übertönte das Kreischen der Möwen. Dot sprang von ihrem Hummerfaß auf, hüpfte so hoch wie seit Jahren nicht und rief wie wildgeworden Annies Namen. Myrtle blieb stumm, klatschte aber in die Hände. Sie sah, wie der Hafenmeister Annie die Schärpe über den Kopf zu ziehen versuchte, die sie sich dann ungeduldig selbst zurechtrückte. »Fischerkönigin 197–« stand nun breit auf ihrer Brust. Jetzt überreichte der Hafenmeister ihr eine Plakette, in deren silberne Oberseite später ihr Name eingraviert werden würde. Einen Moment lang hielt Annie sie sich in einigem Abstand vors Gesicht und lächelte ihr Spiegelbild an. Dann ging sie schnell an den Rand des Podiums, schloß die Augen und warf mit einer ekstatischen Geste die dünnen Arme in die Luft.

Sie öffnete den Mund zu einem Freudenschrei, aber der Schrei verhallte ungehört im Lärm des allgemeinen Begeisterungstaumels. Dann sprang sie, immer noch mit geschlossenen Augen, unglaublich hoch in die Luft. Ein Dutzend Arme schoß empor, um sie aufzufangen. Aber irgendwie verdrehte sich ihr Körper in der Luft und entzog sich allen. Annie fiel auf das nackte Kopfsteinpflaster neben dem Podium. Im Nu waren unzählige Bewunderer zur Stelle, um ihr zu helfen. Myrtle konnte kurz ihr entsetztes Gesicht und den böse aufgeschürften Arm sehen. Im Augenblick war ihre Hilfe überflüssig. Sie blickte über die aufgeregte Menge hinweg und sah, wie Archie sich mit seinem Vater zur Hafenmole hin entfernte. Und wie Ken, die schützende Plastikkapuze immer noch auf dem Kopf, neben dem Krabbenstand mit einem Fischer sprach. Ganz offensichtlich interessierte er sich weder für Annies Triumph noch für ihren Sturz.

Am Abend fand im Seafarer's Hotel der traditionelle Paradeball statt. Das Gebäude wimmelte vor Menschen – Freunde und Verwandte der Fischermädel, alle, die mit auf den Booten gewesen waren, und noch viele andere mehr. Die meisten Mädchen hatten den Nachmittag offensichtlich mit Feiern verbracht. Eine mußte beim Gang in den Speisesaal gestützt werden, plumpste auf ihren Stuhl und schlief sofort ein. Von den Lustbarkeiten des Abends bekam sie nichts mit, führte den anderen aber vor Augen, was einem übererregten Fischermädel widerfahren konnte. Es genügte ein Blick auf die zusammengesackte Gestalt in ihrem verrutschten rosa Kleid – das durch einen bösen Zufall genau zu den Gladiolen paßte, die hinter ihrem gesenkten Kopf einen riesigen Heiligenschein bildeten –, und schon tranken alle ihr Bier oder ihren Wein ein bißchen langsamer.

Annie hatte den ganzen Nachmittag nur Tee getrunken, auf dem Sofa der Stewarts gelegen (ihre eigene Mutter hatte mittlerweile die Nase voll von dem Fest und war nach Hause zu ihrer neuen Illustrierten gegangen) und gemeinsam mit der getreuen Myrtle alles noch einmal an sich vorüberziehen lassen. So fühlte sie sich am Abend wieder frisch. Sie war vollkommen nüchtern, nur angetrieben vom eigenen Adrenalin. Ihr Ziel heute abend sei es, den unzugänglichen Archie zu erobern, verkündete sie Myrtle. Als sie genau zum richtigen Zeitpunkt den Speisesaal betrat – alle anderen saßen schon – und zu ihrem Ehrenplatz am Kopfende des Tisches ging, erhob sich ein Raunen der Bewunderung. Applaus. Bevor Annie sich setzte, ließ sie ihre Augen über die Tische wandern, so als wolle sie sich ihres Publikums vergewissern. Myrtle wußte es besser. Sie wußte, wen Annie suchte. Schließlich blieb ihr Blick an Archies Rücken hängen – Myrtle hatte den Eindruck, daß er sich extra abseits gesetzt hatte. Aber heute abend zweifelte sie nicht an Annies Macht. Sie würde den Abend mit Archie beenden. Myrtle hätte ihr Leben darauf verwettet.

Nach dem Essen begann der Tanz. Annies Reserviertheit war inzwischen verschwunden. Sie genoß es in vollen Zügen, wie die Bewunderer sich um sie rissen. Gutmütig versuchte sie ihre Gunst gerecht zu verteilen. Während sie zwischen den Reihen herumwirbelte, schenkte sie ihr Lächeln Ross oder Harry und all den anderen, die mit ihr tanzten. Und jedem gab sie das Gefühl, daß er wieder eine echte Chance hatte, wie oft sie ihn in der Vergangenheit auch abgewiesen haben mochte. Aber Myrtle sah, daß Annies Augen auch auf einer heimlichen Jagd waren, die für alle anderen unsichtbar blieb. Wenn sie sich unbeobachtet glaubte, schoß ihr Blick schneller als eine Eidechsenzunge zu Archie hinüber. Jedesmal, wenn ein Tanz zu Ende war, führte Annie ihren Partner zu der Stelle, wo Archie gerade stand oder saß. Immer wieder signalisierte ihm ihre Nähe, daß sie mit ihm tanzen wollte, aber er weigerte sich, diese Aufforderung zur Kenntnis zu nehmen.

Myrtle beobachtete von einem Stuhl an der Wand aus, welchen Verlauf Annies Abend nahm. Sie wußte, daß ihre Rolle bei solchen Gelegenheiten die der Zuschauerin war, und sie akzeptierte sie ohne Bitterkeit.

Sie war sogar äußerst gespannt. Wie würde der Abend enden? Jedenfalls wünschte sie sich auf keinen Fall, daß Archies deutliche Ablehnung Annie verletzte. Sie hatte völliges Vertrauen in die Macht ihrer Freundin, aber gegen halb zwölf war nicht mehr zu übersehen, daß die Freundin ihrem Ziel um keinen Schritt näher gekommen war.

Dot erschien und setzte sich neben Myrtle. Sie hatte jetzt das Alter erreicht, wo ein Fest eher etwas zum eifrigen Zuschauen als zum Tanzen war. Trotzdem fiel es ihr schwer, nicht an frühere Zeiten zu denken.

»Du solltest dich ein wenig bewegen«, sagte sie. »Als ich so alt war wie du, war ich nicht von der Tanzfläche zu kriegen.«

»Ich tanze nicht gern«, sagte Myrtle mürrisch.

»Unsinn! Alle jungen Mädchen tanzen gern. Geh doch einfach mal rüber zur Bar. Da stehen all deine Freunde. Einer von ihnen fordert dich bestimmt zum Tanzen auf.«

Myrtle wurde rot vor Zorn. Sie ärgerte sich: nicht nur über Dots Kummer, daß sie keinen Partner hatte, sondern auch über ihre gutgemeinte Hilfe. Sie hatte Kopfschmerzen von den Dudelsäcken, die ihr durch und durch gingen. Sie fühlte sich plump und unbehaglich und wollte nach Hause. Doch sie wußte, daß sie nicht gehen durfte, bis Annie aus ihrer Not befreit war.

Archies Vater Ben gesellte sich zu ihnen.

»Ich kriege Myrtle nicht auf die Tanzfläche«, sagte Dot. Sie schaukelte in ihrem Stuhl hin und her und schlug mit den Füßen den Takt. Am liebsten wäre sie selbst aufgesprungen.

»Vielleicht tanzt sie ja genauso ungern wie Archie«, sagte Ben. Er lächelte Myrtle an. Mitfühlend. »Stimmt das?« Myrtle nickte und spürte ihr rotes Gesicht. »Wie wär's, wenn wir beiden es mal mit dem Achterpaartanz versuchen? Sie brauchen da hinten noch ein Paar...«

Er war ein freundlicher Mann. Myrtle konnte sein Angebot nicht ablehnen. Außerdem wollte sie so schnell wie möglich von Dot weg. Sie stand auf und merkte, daß sie größer als Ben war. Neben ihm fühlte sie sich in ihrer weißen Bluse und dem sandfarbenen Rock wie eine schäbige, linkische Riesin. Nun tat es ihr leid, daß sie sich nicht mehr Mühe gegeben hatte. Sie hatte geglaubt, die Demütigung des Nichtbegehrtseins sei leichter zu ertragen, wenn man sich nicht besonders hergerichtet hat.

Myrtle und Ben schlossen sich sechs Paaren an, darunter Annie und Sandy. Annie sah Myrtle stirnrunzelnd an. Und bevor Annie ein freundliches Lächeln aufsetzte, entdeckte Myrtle das Mitleid in den Augen ihrer Freundin. Myrtle, die mit Archies Vater tanzen mußte ... was für eine Schande. Diese Worte standen Annie ins Gesicht geschrieben.

In den siebzehn Jahren ihres Lebens hatte Myrtle nicht so etwas Furchtbares erlebt. Während Annies zarte kleine Füßchen geschickt durch die Schrittfolge flatterten und ihr schlanker Rücken, ihre schlanken Arme biegsam wie junge Bäume in den wirbelnden Armen der Jungen lagen, kämpften Myrtles riesige hölzerne Füße mit Raum und Zeit. Die Jungen, die jedesmal johlten, wenn Annie ihnen in die Arme flog, blieben stumm, wenn Myrtle an der Reihe war. Sie spürte, wie sie mühsam die Arme um ihre Taille zu legen versuchten. Sie spürte, wie sie sie schubsten, als wäre sie ein großes, klobiges Möbelstück. Nur Ben, der gute alte Ben, lächelte ihr ermutigend zu, als sie sich wieder einmal in die falsche Richtung drehte. Tränen brannten ihr in den Augen. Sie dachte, das Elend hätte nie ein Ende.

Als es dann soweit war, als die Dudelsäcke endlich mit ihrem schrecklichen Gejaule aufhörten und die Gruppe sich auflöste, dankte Myrtle Ben und verließ ihn, so schnell es ihr in aller Höflichkeit möglich war. Sie bahnte sich einen Weg durch die Menge an der Bar. Wenn sie sich ein Glas Wein bestellte, dachte sie, und einfach nur bewegungslos dastand, würde sie vielleicht niemandem auffallen. Und der Wein würde den Kummer dämpfen. Sie suchte sich einen Platz und trank schnell. Kurz darauf kam Archie vorbei.

»Hab gesehen, wie du meinem Alten eine Freude gemacht hast«, sagte er. Soweit Myrtle es beurteilen konnte, schien er sich nicht über sie lustig zu machen. »Das war nett von dir.«

»Es war nett von ihm«, sagte Myrtle. Beide lachten.

»Mir reicht das alles hier«, sagte Archie dann und trank sein Glas aus. »Ist nicht mein Fall. Ich hau ab. Soll ich dich nach Hause bringen?«

Eine Ewigkeit lang konnte Myrtle seine Frage nicht beantworten. Die Überraschung war zu groß, um auf der Stelle verdaut zu werden. Archie, der unnahbarste und begehrenswerteste Junge der Schule, des Dorfes, der halben Küste fragte sie, Myrtle … Während sie vor Fassungslosigkeit fast keine Luft bekam und ihre Backen wie wahnsinnig brannten, dachte Myrtle blitzschnell nach. Zwei Dinge waren ihr sofort klar: Archie fragte sie nur, weil er nett war. Es wäre keine Mühe für ihn, sie zu begleiten – auf dem Nachhauseweg mußte er sowieso bei ihr vorbei. Und wenn sie das außergewöhnliche Angebot annahm, würde Annie nie wieder ein Wort mit ihr sprechen. Während sie all dies noch in ihrem Kopf sortierte – sich die Argumente für eine deutliche Ablehnung zurechtlegte –, spürte sie, daß zwei Augen sie scharf beobachteten. Vielleicht spürte Archie sie auch, denn Myrtle und er drehten sich im selben Moment um, und Annies Blick schlug ihnen mit voller Wucht entgegen.

Annie befand sich am anderen Ende des Saals. Wütend starrte sie auf den Rand ihres Limonadenglases. Myrtle wußte, wie ihr zumute war, und es tat ihr körperlich weh. Wenn sie jetzt mit Archie nach Hause ginge, wäre das ein kleiner Glücksstrahl, auf den sie nie zu hoffen gewagt hätte. Sie würde nichts hineindeuten, weil sie wußte, daß es nur ein Akt der Freundlichkeit war. Doch Myrtle hätte alles hingegeben, damit Annie nicht unglücklich war. Sie sah Archie direkt ins Gesicht. Die rauhe Stimme verbarg ihre wahren Gefühle.

»Danke. Ich glaub, ich bleibe noch ein bißchen.« Sie zwang sich zu einem Lächeln. »Mein erster Fischermädel-Ball – das sollte ich auskosten.«

Archie zuckte die Schultern. Es war ihm egal, ob Myrtle mitkam oder nicht. Er wollte einfach nur so schnell wie möglich weg. »Also gut. Ich gehe dann.«

Myrtle sah, daß Annie ihn mit den Augen bis zum Ausgang verfolgte. Sie sah ihre Tränen. Aber in ihrem eigenen Kummer brachte sie es nicht über sich, zu ihr zu gehen, um sie zu trösten, ihr alles zu erklären. Plötzlich war sie vollkommen erschöpft von diesem Tag – Freude und Unglück, die man stellvertretend erlebt, sind viel ermüdender als eigene Gefühle. Wie Archie wollte auch sie nur noch nach Hause.

Als sie glaubte, Archie sei jetzt weit genug voraus, schlüpfte sie unbemerkt aus dem Raum – es wurde gerade wieder getanzt. Annie, die mit Sandy tanzte und dabei gequält lächelte, bemerkte Myrtles Aufbruch nicht.

Myrtle eilte durch die gewölbten Korridore. Unter ihren Füßen bewegte sich der gemusterte Teppich wie rote und blaue Fischschwärme. Obwohl sie den ganzen Abend über nur ein einziges Glas Wein getrunken hatte, fühlte sie sich unsicher. Gerade Linien taumelten, Wandlampen sahen verschwommen und gefährlich aus wie Quallen. Sie lief zur Drehtür. Gefangen zwischen zwei Glasflügeln, drehte sie die Tür so wild, daß ihr ganz schwindelig wurde und sie den Moment des Heraustretens verpaßte. Sie drehte eine weitere Runde, während Licht und Schatten in flatternden Streifen durch das Glas fielen und sich um sie schlangen wie Maibaumbänder. Und plötzlich sah sie zwischen zwei gegenüberliegenden Glasflügeln der Drehtür eine Gestalt, deren Gesicht durch die Spiegelungen wie zerrissen war.

In heller Panik gelang es Myrtle diesmal, auf den Bürgersteig zu springen. Sie bemerkte den Vollmond, spürte ihr Herz klopfen, roch das Meer im schwarzen Wind. Dann sprang auch die andere Gestalt heraus.

Es war Ken. Er lächelte.

»Macht mehr Spaß als die Tänze mit all ihrer Dreherei«, sagte er. »Ich mag solche Abende nicht.«

Myrtle lächelte zurück. Ganz allmählich ließ der Schwindel nach.

»Ich hatte auch genug«, sagte sie.

Sie setzten sich in Bewegung. Anfangs schwiegen sie. Die seltsame Wärme, die Myrtle in Kens Nähe auf dem Boot gespürt hatte, war immer noch vorhanden, aber sie schien tiefer gewandert zu sein. Darüber lagen, wie alberne Rüschen, verstörtere Gefühle, die Archie betrafen.

»Das war wirklich Annies Tag«, sagte Ken schließlich. Scheu nahm er Myrtles Arm, aber an der Art seiner Berührung merkte sie, daß er nicht an sie dachte.

»Und wie.« Myrtle seufzte. Sie schaute Ken kurz von der Seite an. Er biß sich auf die Lippen. »Liebst du sie immer noch?« Die Frage war ihr mit einer Schroffheit entfahren, die Myrtle sofort bedauerte. »Es tut mir leid. Ich hätte nicht fragen sollen. Es geht mich nichts an.« Aber Ken wirkte nicht verstört.

»Man hört doch nicht auf, jemanden zu lieben, nur weil es aussichtlos scheint. Man hofft immer weiter, daß es eines Tages vielleicht eine Möglichkeit gibt. Dieser Gedanke hält einen am Leben.«

Unterdessen hatten sie das Haus in der Arbroath Street erreicht. Sie blieben unten an der Treppe stehen. Im hellen Mondlicht konnte Myrtle in Kens Augen deutlich die Erschöpfung einer langen, hoffnungslosen Liebe sehen.

»Ich hab dir ja schon damals gesagt ... Annie lockt das, was sie nicht so einfach kriegen kann. Wenn du geduldig genug bist ...«

»Aber es sind so viele hinter ihr her. Die ganze Welt ist in Annie verliebt. Glaubst du, sie hat schon mal richtig ...?«

Sie fühlte sich sofort zu Loyalität gegenüber Annie verpflichtet: Solche Intimitäten durfte sie nicht mit Ken besprechen. Andererseits hatte er schon zu lange gelitten. Er verdiente ein wenig Trost. Die listige Schlange, die in den dunklen Winkeln jeder Freundschaft lauert, machte sich unangenehm bemerkbar. Wenn es Myrtle gelänge, ihn zu beruhigen, dann würde seine Dankbarkeit sich vielleicht in ... eine engere Freundschaft verwandeln.

»Wenn du das wissen willst, was ich glaube, daß du wissen willst«, sagte sie, »dann ist die Antwort: nein. Nein.«

Ken war die Erleichterung anzusehen. Er streckte sich, wurde größer. Sein Gesicht war nun auf gleicher Höhe mit Myrtles.

»Danke«, sagte er. »Du hast ein gutes Herz, Myrtle. Annie kann froh sein, daß sie so eine Freundin hat.« Er legte seine Hand auf Myrtles. Sie spürte seine innere Kraft, und sie freute sich darüber. Es war ein kleiner Trost für all die Qualen des Tages. Dann stolperte sie plötzlich rückwärts. Ken näherte sich ihrem Gesicht und küßte sie auf beide Wangen. Sie glaubte, daß ihre Münder sich leicht berührten. Kühner geworden, glitt Myrtle vorsichtig mit dem Finger über seinen nackten Arm bis unter den aufgerollten Ärmel: warme Muskeln unter fester Haut. Himmel, war das erregend! Ken entzog sich ihr schnell. Ihre neugierige Hand blieb allein.

Das war das erste Mal, daß Myrtle geküßt wurde, seit sie elf Jahre alt war. Damals hatte Ross Wyatt wegen einer Wette mit Jake Mackingtosh mit den Lippen kurz ihre Stirn berührt. Kens Kuß kam so schnell und unerwartet, daß Myrtle völlig hingerissen und fassungslos war. Als sie die Treppe zur Haustür hochging und Kens Schritte sich mit fröhlichem Klang entfernten, war sie nicht sicher, ob es wirklich geschehen war ... Noch vor einer Stunde hatte Archies Angebot eine vage Hoffnung in ihr geweckt. Die war nun gestorben. Auch wenn Ken sie vielleicht nur freundschaftlich geküßt hatte, kam das heimliche warme Gefühl, das sie so lange unterdrückt hatte, jetzt wieder zurück. Es war sogar mehr. Es war ein seltsam überschäumendes Brausen, das ihr die Luft nahm.

Ihr Atem ging hörbar, als sie den Schlüssel im Schloß drehte. Sie war so mit den Empfindungen ihres Körpers beschäftigt, daß sie sich nicht mehr nach Ken umblickte. Aus einem albernen Aberglauben heraus dachte sie, daß sie jetzt nichts analysieren sollte, daß es wichtig war, ihn heute abend nicht mehr anzuschauen. Deshalb sah sie nicht, in welche Richtung er gegangen war.

Oft hat sie sich bruchstückhaft an jenen Tag und jene Nacht erinnert – heute, an einem der drei Tage in der Woche, da Myrtle im Evergreen Home aushilft, fällt ihr alles wieder ein. Die Bilder schießen ihr durch den Kopf, während sie dünnen alten Armen in Jackenärmel aus filziger Wolle hilft und Löffel mit geschmolzener Eiscreme in eingefallene Münder führt. Den ganzen Tag lang leidet sie an Halluzinationen. Über die realen Pflichten, die sie zu erledigen hat, legt sich das Kaleidoskop der Parade. Die weißen Narben auf einem zerbrechlichen Bein werden zu Tupfern von Sonnenlicht auf dem Meerescorso. Das Rosa eines

Schals ist das Rosa der Gladiolen, das sie verfolgte, bevor Ken in der Drehtür erschien. Weil die Augen ihr solche Streiche spielen, glaubt Myrtle, daß sie womöglich eine Krankheit ausbrütet. Sie geht in die kleine Teeküche, setzt sich auf den einzigen Stuhl und wartet, daß das Wasser kocht. Es riecht stark nach Desinfektionsmittel. An einer Leine hängen sechs blaue Geschirrtücher. Bootswimpel. Myrtles Hand zittert. Eine der Pflegehelferinnen, ein nervöses junges Mädchen mit Schweiß auf der Oberlippe, stürzt herein. Mrs. Bruce geht es sehr schlecht, sagt sie. Hat einen Kollaps gehabt. Ob Myrtle wohl schnell kommen kann.

Clarrie Bruce ist die letzte von Dots alten Freundinnen. Während Myrtle ihr den Puls fühlt, fallen ihr die kandierten Äpfel ein, für die sie berühmt war. Sie brachte immer welche vorbei, einen für Dot und einen für sie. Manchmal kam sie sogar mit hausgemachten Krapfen, warm und mit Marmelade gefüllt. Leuchtend grüne Augen hatte Clarrie, und ständig lachten die beiden Frauen miteinander. Myrtle setzt sie bequemer in den Kissen zurecht, und schon spürt sie die Trauer über einen weiteren nahen Tod. Unerwartet mischt sich dieses Gefühl mit der Bitterkeit über das schreckliche Ende jenes Paradetages. Aber daran darf sie jetzt nicht denken, da der Krankenwagen gekommen ist und Clarrie Bruce sofort ärztlich versorgt werden muß.

Am Ende dieses langen, traurigen Tages beschließt Myrtle, nicht sofort nach Hause zu gehen. Trotz des metallgrauen Himmels nimmt sie die Straße, die vom Dorf in die Felder führt und sich hügelaufwärts zu der versteckten Kirche und dem alten Pfarrhaus schlängelt. Der Stechginster, der im Juni so leuchtet, hat jetzt nur hier und da vereinzelte Tupfer von verwelktem Gelb. In der Ferne ist ein schmaler Streifen mit Raps zu sehen, der zwischen dem matteren Grün der Wiesen hervorsticht.

Myrtle geht schnell. Vielleicht verschwinden dann die Bilder, denkt sie. Doch es ist zu spät. Sie haben sie in der Gewalt. Ihre vergiftende Wirkung wird nicht aufhören, bis die Geschichte an ihr Ende gekommen ist. Sie hält den Kopf gesenkt, läßt das hohe Gras an sich vorbeiziehen.

Was sie weder miterlebt noch erraten hatte, war das Ende jenes Festtages. Sie merkte, daß Annie nicht darüber sprechen mochte, was eigenartig war. Myrtle hatte erwartet, sie würde jeden einzelnen Augenblick tausendmal wiederkäuen. Doch alles, was sie über Archies verfrühten Aufbruch vom Ball sagte, war, daß sie sich einen Moment lang geärgert habe. Aber eigentlich sei es auch nicht so schlimm, versicherte sie Myrtle. Es würden sich schon noch genug Chancen ergeben. Das Tanzen sei schön gewesen, sagte sie. Die Kabbeleien zwischen ihren Tanzpartnern fand sie schmeichelhaft – wer täte das nicht? Aber das war alles. Vielleicht hatte sie die Bedeutung des Vorfalls falsch eingeschätzt, dachte Myrtle und fragte nicht weiter.

Drei Monate vergingen, ohne daß sie ein einziges Mal über die Parade sprachen. In ihrem vorletzten Schuljahr arbeitete Myrtle sehr fleißig für die Prüfungen. Sie verbrachte weniger Zeit mit Annie, deren Arbeitsmoral eher lässig war. Wenn sie einander trafen, wirkte Annie eigenartig verschlossen und gereizt. In der Schule flirtete sie nur noch verhalten. Sie war plötzlich erwachsen geworden, dachte Myrtle. Ruhiger, weniger achtlos gegenüber den Gefühlen anderer. Manchmal ertappte sie Annie allerdings bei einem verstohlenen Blickwechsel mit einem Jungen, und dann fragte sie sich, ob da etwas lief, was Annie in ihrer neuen Lebensphase lieber für sich behielt.

Doch Annie war viel zu sehr daran gewöhnt, Myrtle alles zu erzählen und sie nach ihrer Meinung zu fragen ... Zu Beginn der Sommerferien machten sie ein Picknick oben auf den Feldern – damals standen die Ginsterbüsche wie Flammen in der Landschaft –, und Annie beichtete ihr alles (ob absichtlich oder aus Versehen, war Myrtle nicht ganz klar).

»Ich habe es getan«, sagte sie.

»Was getan?«

»Sei doch nicht albern, du weißt es genau.« Sie strich drei Grashalme glatt. Ganz in Gedanken versunken.

»Mit wem? Mit Sandy? Ross? Harry?« Wenn sie jetzt darüber nachdachte – Annie hatte in letzter Zeit ziemlich viel mit Harry geredet.

»Mit Ken.«

»*Ken?*« Myrtle wollte gerade in ein Sandwich beißen, doch ihre Hand erstarrte. Sie ließ sie wieder sinken. Die Finger taten ihr weh. Sie waren aus Glas und würden jeden Moment zerspringen. Annie zuckte gleichgültig mit den Schultern.

»Ich fand die Idee damals gar nicht so schlecht.«

»Wann war das?«

»Nach dem Paradeball.«

»*Nach* –?« Myrtle konnte die Worte nicht wiederholen. Nadelscharfe Sonnenstrahlen stachen ihr in die Augen. Annie saß in einem hellen Lichtkreis, und ihre Konturen verschwammen darin.

»Gegen Ende des Abends hatte ich die Nase ziemlich voll. Wo Archie sich so mies benommen hatte und überhaupt ... Ich sah, wie Ken fortging – kurz nach dir, glaube ich. Aber dann kam er zurück.«

»Er kam zurück.« Das war keine Frage, sondern ein verblüfftes Echo. Annie ahnte nicht, was sie da sagte ... was sie ihrer Freundin antat.

»Alle stritten sich, wer mich nach Hause bringen durfte. Also machte ich dem ein Ende und sagte, ich würde mit Ken nach Hause gehen, weil er als einziger nicht gefragt hatte. Er sah ziemlich überrascht aus, muß ich sagen. Wurde knallrot.« Annie lachte. »Na, und die anderen haben ihn ganz schön aufgezogen, wie du dir vorstellen kannst. Irgendwann hatten sie aber genug davon und ließen uns in Ruhe. Wir machten uns auf den Nachhauseweg. Zuerst war es ziemlich unangenehm, Ken sagte nämlich kein Wort. Und ich dachte schon, ich hätte mir lieber jemand anders aussuchen sollen, obwohl Archie natürlich der einzige war, mit dem ich wirklich zusammensein wollte. Und der war einfach abgehauen, der Mistkerl. Ken war dann jedenfalls sehr nett. Er legte mir seine Jacke um. Erzählte was von einer Seemöwe, die er mit gebrochenem Bein in seinem Garten gefunden hatte: Er hat versucht, es mit einem Bleistift zu schienen.« Annie lachte wieder. »Das war nicht gerade die Unterhaltung, die Jungen einem sonst so liefern. Jedenfalls ging es dann ewig über die Seemöwe weiter, und irgendwie waren wir plötzlich auf dem Weg nach St. Monan. Ken sagte: Komm, wir gehen runter zum Strand, es ist so eine schöne Nacht. Wie er es sagte, klang es gar nicht wie ein schmutziger Vorschlag. Ich hab ihm geglaubt, daß er nur am Strand spazierengehen wollte. Also gingen wir hinunter. Inzwischen taten mir die Füße wahnsinnig weh – den ganzen Tag in den silbernen Schuhen! Darum zog ich sie aus, und wir wanderten am Wasser entlang. Es war wunderbar, wie der kalte Sand zwischen meinen Zehen rausquoll. Ich hatte keine Lust mehr, die Schuhe zu tragen, und schleuderte sie in die Wellen. Wieso ich das gemacht hab, weiß ich nicht. Es ist mir plötzlich so eingefallen. Solche teuren Schuhe einfach wegschmeißen! Jedenfalls mußte Ken lachen. Er lachte und lachte. Hat sich gekrümmt vor Lachen.«

In Erinnerung daran lächelte Annie, während Myrtle die Knie anzog, um das hörbare Klopfen ihres Herzens zu dämpfen. Sie schickte ein kleines Gebet zum Himmel. Lieber Gott, mach, daß ich erst zusammenbreche, wenn ich allein bin. Mach, daß Annie nicht merkt, wie es mir geht.

»Wir sind dann wieder zu den Steinen hochgegangen, du weißt schon, diese großen, flachen Steine, und haben uns hingesetzt. Der Mond schien so hell, daß man fast dachte, es ist Tag. Wenn ich mit jemand dagewesen wäre, in den ich wirklich verknallt war, hätte es richtig schön sein können. Ken lachte immer noch wegen meiner Schuhe. Oder vielleicht tat er auch nur so, und in Wirklichkeit war es etwas anderes. Keine Ahnung, was in Kens Kopf vorging. Da sitze ich also, der schönste Tag meines Lebens ist fast vorbei, und ich denke, hier sind Mond und Meer und das ganze Zeug – was für eine Verschwendung. Das kann man doch nicht mit Rumsitzen beenden ... Und schon sag ich zu Ken, er soll mich küssen. Und das tut er.«

Annie hielt inne, sah forschend in Myrtles Gesicht. Myrtle betete, daß Annie dachte, die Tränen in ihren Augen kämen von der Sonne.

»Und dann haben wir es gemacht.«

Myrtle fiel keine Antwort ein. Sie konnte nicht sprechen.

»Es war wirklich nicht doll. Bißchen enttäuschend. Ken hatte überhaupt keine Ahnung ... War überhaupt nicht, was ich mir vorgestellt hatte.« Wieder schwieg Annie. Hoch über ihnen unterbrach plötzlich der Gesang einer Lerche die Stille. Myrtle ließ den Blick schweifen, entdeckte den Vogel aber nicht.

»Na ja, und dann war es vorbei. Keine große Sache. Aber wenigstens wußte ich, daß Ken bei den anderen nicht über mich herziehen würde. Ich wußte, er würde kein Wort sagen. Wir sind aufgestanden und haben uns abgebürstet. Und dann passierte was Schreckliches.«

Annie biß sich auf die Lippen.

»Er fing an zu weinen. Schluchzte richtig. Ich hab dann gesagt: Komm, Ken, was ist los? Es war grauenhaft, das Geräusch, das er machte. Ich war froh, daß niemand in der Nähe war. Nur wir beide und das Meer. Es dauerte eine Ewigkeit, bis er sich beruhigt hatte. Dann sagte er, ich soll bitte nicht denken, er hätte nur die Gelegenheit genutzt. Es würde ihm mehr bedeuten, als er mir je sagen könne. Er war wohl ein bißchen außer sich – war ja sein erstes Mal. Und Jungen sind manchmal sentimentaler als Mädchen. Ich sagte, jetzt nimm dich zusammen, Ken, du mußt gar nichts sagen. Ich bin froh, daß das erste Mal mit dir war, was glatt gelogen war. Und dann sagte ich: Bilde dir aber bloß nichts ein, das war bloß der Abschluß von meinem Fischermädel-Tag und das heißt nicht, daß wir ab jetzt miteinander gehen oder so. Er sagte, das sei in Ordnung, und es täte ihm leid, daß er geweint hat, und dann sind wir nach Hause gegangen. Die Sonne ging schon auf.«

Annie ließ sich ins Gras fallen, schloß die Augen und bedeckte sie mit einem Arm. Myrtle glaubte, Gott habe ihr Gebet erhört und ihr Kraft verliehen. Sie sammelte sich. Ihre Stimme klang jetzt angespannt.

»Wieso hast du es mir nicht früher erzählt?«

»Es ging nicht. Ich hab es versucht, aber ich konnte mich nicht überwinden. Ich war nicht sicher, wie du es auffassen würdest. Du hast mich ja immer gewarnt, warst immer so streng mit mir, als wir jünger waren. Das weißt du doch noch.«

»Jetzt sind wir siebzehn.« Sie sagte es so leichthin, daß es fast wie ein Lachen klang.

»Stimmt genau. Und du bist nicht schockiert?«

»Natürlich nicht.«

Annie setzte sich wieder, zupfte trockenes Gras aus ihrem Haar. Ihre Augen begegneten sich.

»Und seitdem?« Myrtle konnte nicht widerstehen. Die Qual der Ungewißheit wäre unerträglich. »Du und Ken?«

Annie zuckte die Schultern.

»Am nächsten Tag hab ich ihn nach seiner Seemöwe gefragt. Er sagte, sie sei nachts gestorben. Ende der Geschichte. Ich hab nichts mehr mit Ken. Er war einfach der Abschluß dieser ganzen Fischermädel-Sache, genau wie ich gesagt habe. Er belästigt mich auch nicht weiter, das muß ich ihm zugute halten. Hat sich wohl wieder in seine Höhle verkrochen. Der gute Ken.«

»Das ist einer, auf den man sich verlassen kann«, sagte Myrtle.

»Mehr als auf alle anderen. Die meisten können doch ihren verdammten Mund nicht halten.«

»Wieso?«

Annie senkte die Augen und fing wieder an, Grashalme zu glattzustreichen. Ihr Verhalten sah fast nach Scham aus. So hatte Myrtle sie noch nie erlebt. Annie antwortete ruhig.

»Nach Ken ... irgendwie war es mir dann egal. Ross – der arme Ross, hatte so lange gewartet. Harry, Sandy ... Eigentlich weiß ich nicht, wieso. Sie waren alle so ungeduldig.«

Die Lerche war fort. Myrtles Schock flatterte in der Stille wie mit Flügeln.

»Archie?« fragte sie schließlich.

»Archie nicht. Noch nicht. Ich war viel zu beschäftigt, um es mit ihm zu versuchen. Irgendwann.«

»Die andern Jungen müssen ganz schön überrascht gewesen sein, wo du sie so oft hast abblitzen lassen.« Wenn sie es vermiede, über Ken zu reden, dachte Myrtle, würde sie es schaffen, ziemlich normal zu klingen.

»Das waren sie wohl. Vielleicht dachten sie auch, jetzt sei die richtige Zeit gekommen. Sandy sagte, ich hätte ihm grünes Licht gegeben. Das war mir neu.«

»Na ja«, sagte Myrtle.

»Du bist nicht schockiert?«

»Ein bißchen besorgt vielleicht. Ich würde nicht wollen, daß du ... ich würde nicht wollen, daß sie dich für eine halten, die ...«

»Die mit jedem ins Bett geht«, unterbrach Annie sie, die wußte, wie schwer Myrtle sich mit solcher Sprache tat. »Das mußt du halt riskieren, wenn du ein bißchen Spaß haben willst. Ich hoff nur, sie lachen nicht zu laut hinter meinem Rücken und tauschen Erfahrungen aus. Und wegen der anderen Sache – da mußt du keine Angst haben. Ich paß gut auf, daß nichts passiert.«

»Gut. Aber das hab ich eigentlich nicht gemeint.« Plötzlich überfiel Myrtle eine große Müdigkeit. Sie wollte jetzt gehen. Alleine sein. Über all das nachdenken, was Annie ihr so unschuldig gebeichtet hatte. Sie wollte endlich hemmungslos weinen, so wie Ken es zu Annies Ärger getan hatte. Damals in jener Nacht am Strand, nur eine Stunde nachdem er sie geküßt hatte ... Der Kuß, der einen unauslöschlichen Eindruck hinterlassen hatte. Während Annie die Tatsache, daß er mit ihr geschlafen hatte, nur für den passenden Abschluß eines gelungenen Tages hielt. Wie ungerecht –

»Im Augenblick steht Sandy ganz oben auf meiner Liste«, unterbrach Annie sie in ihren Gedanken. »Er ist ein süßer Junge, so witzig. Und er lernt schnell.« Sie kicherte. »Eines Abends sind wir hier hoch gekommen –«

Myrtle wollte es nicht wissen. Sie stand schnell auf. Unfähig, sich noch mehr anzuhören, lief sie davon und überließ Annie die ungewohnte Aufgabe, die Picknicksachen einzusammeln. Als sie schon eine ganze Strecke gerannt war, hörte sie Annies Stimme.

»Hab ich irgendwas gesagt?« schrie sie.

Ohne sich umzudrehen und ohne zu antworten, stürzte Myrtle nur noch schneller auf die stechende Sonne zu.

Annies Beichte und der Gedanke an Kens unschuldigen Verrat beschäftigten Myrtle die ganzen ersten Wochen jener Sommerferien. Wenn Annie nicht mit einem Jungen unterwegs war, schien es zwischen den Freundinnen wie immer zu sein. Myrtle gelang es, ihre verwirrten Gefühle zu verbergen. Annie sollte auf keinen Fall herausbekommen, daß Myrtle tatsächlich einmal vorsichtig auf eine ernsthafte Freundschaft mit Ken gehofft hatte. Mit dem Jungen also, den Annie nur als Krönung eines denkwürdigen Tages benutzt und dann ohne Rücksicht auf seine Gefühle abgeschoben hatte. Es war das erste Mal in der Freundschaft der beiden Mädchen, daß Myrtle ihre intimsten Regungen für sich behielt. Bisher hatte es niemals irgendwelche Interessenskollisionen gegeben. Myrtle, immer die fügsame Freundin und Vertraute, hätte nie gedacht, daß eines Tages ein Junge zwischen sie treten könnte. Sie hatte das Geheimnis, das Ken ihr im Bus anvertraut hatte, stets sicher verwahrt – genauso sicher wie ihre eigene Zuneigung. Weil er danach nie mehr mit ihr über Annie gesprochen hatte, glaubte sie, seine Besessenheit – konnte man es Liebe nennen? – habe sich gelegt. Seine Freundlichkeit nach dem Ball und der Kuß hatten Myrtle in dieser Hoffnung bestärkt. Sie konnte sich nicht vorstellen, daß ein Junge ein Mädchen küßt (wenn auch nur keusch) und wenige Stunden später mit einem anderen schläft. (Ach, welche Ahnungslosigkeit, denkt sie.) Dann rückte Annie mit der Neuigkeit heraus, Ken würde sie offenbar immer noch lieben, was Myrtles Pein nur noch vergrößerte. Sie hatte großes Mitleid mit Ken, und sie hatte Mitleid mit sich selbst. So viel Schmerz, und er mußte geheim bleiben. Nur nachts, wenn Dot schlief, konnte sie schluchzen. Eine Zeitlang war sie vollkommen erschöpft.

Doch dann kamen ihr die Gefühle für Ken unmerklich abhanden. Vielleicht, weil sie beschlossen hatte, ihren Qualen ein Ende zu machen. Eines Morgens erwachte sie, und sie hatten sich in Luft aufgelöst. Zuneigung und Sympathie verspürte sie noch immer. Doch die Vorstellung einer engeren Beziehung fand sie lächerlich. Beim Frühstück mußte sie zu Dots Überraschung sogar lachen. Ken mit seinem Mangel an Romantik und seinen unterentwickelten Muskeln würde nie als Mann für sie in Frage kommen. Und für Annie ebensowenig. Gewisse Charakterschwächen an ihm waren nicht zu übersehen, und irgendwann würde sie ihn dafür verachten. Ken! Wie war sie nur auf die Idee gekommen ...? Wieso hatte sich diese leichte Erregung so lange halten können? Vermutlich darum, weil die jugendliche Phantasie nun einmal Nahrung braucht, und so konnte Ken verständlicherweise, einfach weil er da war und sein Geständnis ihn ihr näher gebracht hatte, zum Objekt ihrer Wünsche werden. Sie lachte erneut. Dot sagte, sie habe sie seit Wochen nicht mehr so fröhlich gesehen.

Nun, da sie nicht mehr an Ken denken mußte, versuchte sie herauszubekommen, was das Wissen um Annies Liebesleben in ihr auslöste: Schrecken, Sorge und etwas, was vielleicht Neid war. Nicht, daß Myrtle sich nach solch einem Leben sehnte oder es gutheißen konnte, aber sie hätte doch auch gerne gewußt, wie es sich anfühlt, richtig begehrt zu werden. Und dann würde es ihr gefallen, nein zu sagen. Die Jungen, die jetzt Annies Liebhaber waren, waren auch ihre Freunde. Sie hatten das Lästern längst aufgegeben und behandelten sie jetzt freundlich – suchten immer noch ihren Rat, wenn auch nicht wegen Annie. Aber keinem kam es in den Sinn, sie als Mädchen zu betrachten, keiner hatte je auch nur die leiseste Andeutung gemacht, daß er in sie verliebt sei. Und damit mußte Myrtle leben. Was ihre Freundschaft mit Annie betraf, so war es eine schwierige Zeit. In ihrem täglichen wohl auch hormonell bedingten Überschwang mußte sie Myrtle immer alles haarklein erzählen – das war Teil der Erregung. Aber Myrtle hatte keine Lust, von den sexuellen Großtaten oder Fehlschlägen der Jungen zu hören, die sie seit jeher kannte. Sie bat Annie, diese Geschichten für sich zu behalten.

»Na gut«, sagte Annie schließlich. »Ich werde dir nichts mehr erzählen, nur noch die ganz schrecklichen Sachen und die wirklich komischen ...« Sie lachten über diese Vereinbarung.

Sie lachten immer noch viel. Aber ganz allmählich begannen ihre Wege sich zu trennen. Sie überlegten jetzt immer sehr genau, welches Geheimnis sie erzählen wollten und welches nicht.

Zur der Zeit fing Myrtle auch an, darüber nachzugrübeln, ob ihre Freundin in irgendeiner Hinsicht nicht ganz aufrichtig war. Sie verachtete sich für ihre Zweifel, aber im Gegensatz zu ihrem Leiden um Ken ließen diese sich nicht unterdrücken.

Selbst heute noch will ihr das nicht ganz gelingen. Meist quälen diese Zweifel sie heftiger, wenn Annie nicht da ist, als wenn sie zusammen sind.

Myrtle geht durchs Dorf nach Hause, sie ist erschöpft und beschämt von ihrem Ausflug in die Vergangenheit. Sie sieht, daß Annie aus der Tür des Museums tritt, kurz stehenbleibt und auf den Hafen schaut, in dem heute keine Boote liegen. Myrtle verflucht sich. Wenn sie nicht so sehr mit ihren eigenen sinnlosen Geschichten beschäftigt gewesen wäre, hätte sie daran gedacht, daß heute Annies erster Arbeitstag war. Sie wäre vorbeigegangen, um zu sehen, wie sie zurechtkam. Sie ruft. Annie dreht sich um. Sie laufen einander entgegen.

»Es war herrlich!« Annie strahlt übers ganze Gesicht.

»Du hast nichts fallenlassen und das Wechselgeld richtig herausgegeben?«

»Es war alles gut. Wunderbar. Ich werde dort glücklich sein.« Sie schaut auf die Uhr. »Wie ich dir gesagt hab, die ganze Welt erscheint im Museumscafé ...«

»Wirklich?« Myrtle weiß sehr wohl, daß Annies ganze Welt wahrscheinlich einen einzigen Namen hat.

»Da war zum Beispiel dieser Kerl aus dem Norden, Bruce. Hat mir ein Riesentrinkgeld gegeben, nur für eine unverschüttete Tasse Tee.« Wieder lacht sie ganz glücklich. »Wir kommen also ins Reden. Und er fragt mich, ob ich heute abend was mit ihm trinken gehe. Morgen muß er wieder weiter.«

»Was ist mit Janice?«

»Sie wird denken, daß ich am ersten Tag ein bißchen aufgehalten worden bin.« Annie sieht wieder auf die Uhr.

»Ich geh zu ihr und sag ihr Bescheid. Sag ihr, daß du aufgehalten worden bist, meine ich. Ich bleib bei ihr, bis du zu Hause bist.«

»Das wäre nett.« Annies Lippen kräuseln sich. Wie oft hat Myrtle sie schon so gesehen, hin und her gerissen zwischen Richtig und Falsch. Sie in die richtige Richtung drängen, bewirkt immer das Gegenteil. »Nur kurz was trinken«, wiederholt Annie plötzlich ungeduldig. »Kein Bedarf an dem Typ.«

Myrtle trifft Janice in Annies Küche an. Sie sitzt auf einem Hocker am Tisch, hat ihre Schulhefte zugeklappt vor sich liegen und guckt fern. Ihr Schulhemd steht einen Knopf zu weit offen. Sie hat die Ärmel hochgerollt, damit man ihre schmalen Handgelenke und die Unterarme sieht. Absicht oder nicht, dieses Lockern der Kleidung?

Myrtle weiß es nicht. Aber sie kann Zeichen erkennen. Janice sieht zu Myrtle auf und dann gleichgültig wieder auf den Bildschirm. Seit dem Tod des Hamsters hat sich ihr Verhältnis zu Myrtle deutlich abgekühlt.

»Mum hat sich verspätet«, sagt sie.

»Ich habe sie kurz getroffen. Ich soll dir ausrichten, daß es nicht mehr lange dauert.« Sie verstummt und denkt über die Unwahrheit nach, die sie gleich sagen wird. »Der erste Tag am neuen Arbeitsplatz – du weißt, wie das ist. Man muß sich erst mal zurechtfinden.«

»Hm.«

»Soll ich dir was zu essen machen?«

Janice schüttelt den Kopf.

»Kein Hunger«, sagt sie.

»Oder was zu trinken?«

»Ich bin schon eine Ewigkeit zu Hause«, sagt sie, »Aber ich warte, bis Mum da ist.«

Als kleines Kind versprach Janice eine große Schönheit zu werden. Das hat sich deutlich geändert. Janice ist jetzt elf und bei weitem nicht so hübsch wie Annie, als sie so alt war. Aber sie besitzt dieselben dicht bewimperten, weit auseinander stehenden Augen und ein träges Lächeln, das sie kaum jemandem schenkt. Mit diesem Lächeln wird sie, wenn sie älter ist, Erfolg haben. Was ihr fehlt, ist Annies Lebhaftigkeit, ihre Munterkeit. Sie leidet an Lethargie oder Langeweile und nimmt ihr Schicksal so ergeben hin, daß es Myrtle beunruhigt. Kein kindlicher Ehrgeiz scheint sie anzuspornen: Das einzige, wofür sie sich interessiert, sind ihre Hamster und Katzen. Den Avancen der Jungen schenkt sie wenig Beachtung, ihr natürliches Desinteresse hält diese auf Abstand.

Myrtle erkennt in Janice viel von Ken. Aber seit einiger Zeit entdeckt sie auch etwas von Annie in ihr. Janice gibt sich gern aufreizend. Selbst wenn sie allein in der Küche ist und nur auf ihre Mutter wartet, hat die nachlässige Haltung, in der sie am Tisch hockt, etwas Elegantes. Auch dies sieht Myrtle mit Sorge.

»Also gut. Dann gehe ich nach nebenan, ich will dich nicht bei deinen Hausaufgaben stören.«

Janice grinst, da Myrtle sie nicht direkt ermahnt hat. »Okay. Ich fang sofort an, wenn das hier vorbei ist.« Janice zieht sich am Tisch hoch – eine kindliche Geste, die die unangenehm erwachsene Pose vergessen macht.

Im Wohnzimmer läßt Myrtle sich auf dem Sofa nieder. Das Lederimitat quietscht wie üblich. Sie betrachtet den Stapel mit Frauenillustrierten auf dem Tisch, nimmt sich aber keine. Sie fragt sich, wann Annie wohl zurückkommt und wer dieser Bruce ist, mit dem sie unbedingt was trinken muß – und was machen die beiden überhaupt? Sie überlegt, wie es wohl wäre, wenn sie selbst ein Kind hätte, das am Küchentisch Hausaufgaben macht. Ob sie wohl eine gute Mutter wäre? Sehr wahrscheinlich eine bessere als Annie. Wenn es ihr paßt, gibt Annie sich allerdings manchmal auch große Mühe mit Janice und entlockt ihr sogar ein träges, leises Lachen. Durch das Panoramafenster sieht Myrtle, wie der Himmel sich verdunkelt – es ist eher die trübe Finsternis eines aufziehenden Sturms als die normale Abenddämmerung.

Das Stimmenrauschen hört auf. Offenbar hat Janice Wort gehalten und den Fernseher ausgemacht. Über was für Brocken von Geschichte, Literatur oder Biologie sie sich jetzt wohl den Kopf zerbricht? Myrtle hat Lust, selbst nachzusehen. Es wäre schön, wenn Janice die Hausaufgaben mit ihr besprechen würde. Aber sie möchte nicht stören. Myrtle bleibt regungslos auf dem feindlichen Sofa sitzen, während das bräunliche Licht im Zimmer immer schwächer wird. Dann klickt es an der Fensterscheibe. Myrtle dreht den Kopf, denkt, es sei ein Vogel, der das Glas nicht bemerkt hat. Doch nein: Es sind Regentropfen, von der kieselharten, ekelhaften Sorte. Sie schlängeln sich die Glasscheibe hinunter und hinterlassen lange Spuren, die das restliche Licht reflektieren und wie Lamettafäden glitzern. Ein lauter Donnerschlag läßt sie plötzlich schneller rollen. Das furchterregende Geräusch ist scharf und sauber wie ein Schuß. Es folgt eine Sekunde absoluter Stille. Dann setzt ein heftiges Krachen und Grollen ein (Wolken, die sich die Köpfe einschlagen und bersten, stellt Myrtle sich vor), und der Regen prasselt so heftig an die Fensterscheibe, daß Myrtle fürchtet, sie zerbricht. Sie springt auf, will in die Küche laufen: Janice hat bestimmt Angst. In dem Augenblick zuckt ein Blitz und taucht die düsteren Farben des Zimmers in eine silbern-milchige Flüssigkeit. Als sie vom Sofa in die Küche rennt, ertrinkt sie in dieser Woge seltsamen Lichts. Dann ist es dunkel, und Myrtle stolpert verwirrt und ängstlich durch den Flur. Noch mehr Donner. Es hat keine Unwetterwarnung gegeben – tobt es wohl auch draußen auf dem Meer? Janices Schreie klingen in dem Krach wie kleine, aus dem Takt geratene Glöckchen. Sie nimmt das Kind in die Arme.

Mittlerweile ist Janice fast hysterisch. Sie klammert sich mit heißen Armen an Myrtle. Ihre Tränen fallen auf Myrtles Pullover. Mit jedem neuen Donnerschlag wird Janices Griff fester. Wenn es blitzt, schreit sie, sie könne nichts mehr sehen.

Myrtle versucht sie zu beruhigen: Sie streichelt ihr den Kopf, flüstert, daß es bald vorbei sein wird. Janice hat sich wie ein Baby zusammengerollt, ihr Gesicht ist tränenüberströmt. Das Kind, das so oft erwachsen wirkt, scheint jetzt viel jünger, als es ist. Myrtle dankt Gott, daß sie hergekommen ist. Janice hat solche Angst vor Gewittern. Und wenn sie nun allein gewesen wäre, weil Annie mit diesem Bruce unterwegs ist ...? Und was mag Annie wohl in diesem Augenblick denken?

Eine halbe Stunde vergeht. Myrtle und Janice halten sich fest umschlungen, die Zeit kommt ihnen endlos vor. Zorn auf Annie und Mitleid mit dem Kind kämpfen in Myrtle. Sie wiegt das Kind, will Annie durch ihre eigene Willenskraft zur Rückkehr zwingen. Ganz allmählich läßt das Gewitter nach. Es hat sich verausgabt, und das Grollen wird zu einem schwächeren Murmeln. Die Blitze zucken nicht mehr so heftig, Regen rinnt unbeleuchtet über das Fenster.

»Ich hasse Gewitter«, sagt Janice zum vierten oder fünften Mal. »Ich denk immer, es will mich holen.«

»Das war wirklich ein gräßliches Unwetter, aber jetzt zieht es ab. Hör doch, kein Donner mehr.« Sie horchen auf den Regen. Myrtle trocknet das Gesicht des Kinds mit einem Taschentuch.

»Glaubst du, auf dem Schiff ist was passiert?« Janice kuschelt ihren Kopf an Myrtles breite Brust.

»Es ist bestimmt alles in Ordnung. Sie haben schon viel schlimmere Unwetter gehabt.« Myrtle versucht, überzeugend zu klingen.

»Hoffentlich.« Janice schnieft. »Jetzt hab ich Hunger.«

»Ich mach dir was.«

»Du bist sehr nett, Myrtle.«

»Unsinn.«

»Warst du traurig, als du gehört hast, daß mein Hamster gestorben ist?«

»Natürlich.«

»Ich hab so geweint. Mum sagte, hör auf zu heulen, Janice, es ist nur ein Hamster, wir kaufen einen neuen. Sie hat nicht verstanden, daß das nicht dasselbe ist.« Für einen Moment legt Janice ihren Arm um Myrtles Hals. Das rührt Myrtle. Janice ist ein Kind, das, genau wie der Vater, selten Gefühle zeigt. Myrtle weiß, sie muß jetzt barsch sein, um ihre Gefühle zu unterdrücken, um nicht an das Kind zu denken, das Archie und sie nie haben werden.

»Geh jetzt nach oben und wasch dir dein Gesicht. Ich mach dir ein Brot.«

Janice rutscht gehorsam von Myrtles Knien.

»Wir haben keine Butter«, sagt sie. »Uns geht immer die Butter aus.«

»Dann nehme ich eben Marmelade.«

»Marmelade ist, glaub ich, auch nicht da. Wenn Dad nicht da ist, denkt Mum nicht an solche Sachen.«

Zehn Minuten später – Janice ißt gerade einen trockenen warmen Toast, und Myrtle trinkt einen Tee – kommt Annie zurück. Ihre Kleider sind vom Regen durchweicht, nasse Locken kleben an den Wangen und heben ihren schön geformten Schädel hervor. Ihre Lider flattern vor schlechtem Gewissen – dazu haben sie auch allen Grund, denkt Myrtle. Wenn Janice nicht dabei wäre, würde sie Annie sagen, was sie von ihr als Mutter hält, so wütend ist sie. Doch sie sagt nichts.

»Es tut mir leid«, sagt Annie und schüttelt ihren Kopf. Wasser tropft auf den Boden.

»Wo warst du?« Janice steht vom Tisch auf.

»Mein erster Arbeitstag – ich bin aufgehalten worden, wollte nicht so schnell verschwinden –«

Janice verläßt den Raum. Sie hören sie die Treppe hochrennen. Eine Tür knallt.

Annie nimmt ein Geschirrtuch und beginnt, sich die Haare trockenzureiben.

»Sie war nicht allein. Du warst ja hier«, sagt sie.

»Es hätte auch anders sein können.«

»Du hast es mir aber versprochen. Ich wäre sonst sofort nach Hause gekommen. Immer machst du mir Vorwürfe wegen Janice, Myrtle Duns. Immer meckerst du. Was weißt du schon von Kindern?«

»Ich weiß, daß sie an erster Stelle kommen sollten, wenn man schon das Glück hat, welche zu haben. Und wie war dieser so wichtige Bruce?«

Annie nimmt ein paar Löffel und Gabeln aus dem Abtropfgestell, wirft sie in das Spülbecken, was einen fürchterlichen Krach macht.

»Das geht dich nichts an. Aber wenn du es genau wissen willst, er ist gar nicht aufgekreuzt. Blöder Mistkerl. Männer! Ich hab gewartet. Hab ihm eine halbe Stunde gegeben und bin dann so schnell wie möglich hergerannt.«

Myrtle steht auf.

»Wenn ich nicht hier gewesen wäre«, sagt sie, »hätte Janice Gott weiß was passieren können. Sie hat höllische Angst vor Gewittern, aber vielleicht wußtest du das ja nicht –«

»Halt die Klappe, Myrtle!« schreit Annie. »Ich hab genug von deinen Predigten! Deine *Güte*, deine *ständige* Rücksicht auf *andere*, all das, was bei dir *Vorrang* hat, macht mich krank. Vielleicht hast du tatsächlich mehr von einer Heiligen als ich. Aber von einer Sache verstehst du überhaupt nichts, und das ist *Mutterschaft.*« Sie hat hochrote Wangen, keucht wütend. Die feuchte Baumwollbluse klebt an ihrer wogenden Brust.

Myrtle schießt eine Antwort durch den Kopf, aber sie kämpft sie nieder. Sie haßt solche Auseinandersetzungen. Sie sind zwar selten, aber aufreibend. Es wäre nicht gut, Annie zu sagen, was sie von ihr als Mutter hält. Bemerkungen über Janice, die über das Normale hinausgehen, sind geradezu tabu. Sie nimmt sich ihren Ausbruch übel. Dieser Krach wird unangenehme Tage nach sich ziehen, in denen jede darauf wartet, daß die andere sich entschuldigt und der Freundin verzeiht.

»Ich gehe jetzt und überlasse Janice dir«, sagt Myrtle.

Als sie nach Hause kommt, klingelt gerade das Telefon. Über sein Bordtelefon will Archie ihr nur sagen, daß sie kaum etwas von dem Unwetter abbekommen haben, daß alles in Ordnung ist. Myrtle läßt sich schwer auf einen Stuhl fallen. Die gute Nachricht wird von der Szene mit Annie überschattet. Wut auf die, die man am meisten liebt, ist zerstörerischer als jede andere Wut, denkt sie. Sie fühlt sich müde und ausgelaugt wie seit Monaten nicht, sitzt nur da und hört dem Regen zu, der jetzt schwächer ist, wartet, daß der Tag endlich zu Ende ist. Wieder klingelt das Telefon. Es wird Annie sein – Annie, die sich entschuldigen möchte. Voller Erleichterung nimmt sie ab. Zuerst versteht sie nicht, erkennt die Stimme nicht. Ein Mann. Martin? Ja, Martin, sagt er. Gerade hat er einen prächtigen Hummer geschenkt bekommen. Würde sie sich freuen, wenn er vorbeikäme und sie ihn sich teilten?

»Das wäre wunderbar«, sagt Myrtle, ohne nachzudenken. Sie

ist immer noch verstört, benommen. Wie albern, zu glauben, Annie würde so schnell einlenken. Sie füllt einen großen Topf mit Wasser, stellt ihn auf den Herd. Es ist gut, daß sie heute abend nicht alleine ist, doch der Gedanke an eine höfliche Konversation mit Martin gefällt ihr weniger. Während sie wartet, daß das Wasser kocht, nimmt sie eher das Fehlen von Geräuschen wahr als eine echte Stille. Der Regen hat aufgehört. Durch das Fenster kann sie vereinzelte Sterne am plötzlich wieder klaren Himmel sehen. Etwas später klopft es an der Tür.

Martin tritt ein, er hat den Hummer in Zeitungspapier eingewickelt. Es macht ihn verlegen, daß Archie nicht zu Hause ist. Wenn er unten am Hafen gewesen wäre und gesehen hätte, daß die Boote weg sind, wäre er nicht gekommen, meint er. Myrtle erklärt, daß er morgen abend zurück sein wird. Sie muß lächeln, als er da mit seinem Päckchen steht und offenbar nicht so recht weiß, ob es in Ordnung ist, wenn er in Archies Abwesenheit mit seiner Frau zu Abend ißt.

»Vielleicht sollte ich lieber gehen«, sagt er. »Ich komme ein andermal, wenn Archie da ist.«

»Leg den Hummer hin«, sagt Myrtle. »Archie würde es mir nie verzeihen, wenn ich dich damit wieder abziehen lasse. Außerdem brauche ich heute abend Gesellschaft. Ich hatte einen schlechten Tag. Soll ich schnell einen Pfannkuchen machen, während der Hummer kocht? Du magst doch Pfannkuchen mit Sirup.« Wieso wußte sie das noch? Er muß es vor ewigen Zeiten mal erwähnt haben.

»Das wäre wunderbar, wenn es dir nicht zu viel Mühe macht.« Martin setzt sich an den Tisch und nimmt extra nicht Archies Stuhl. Während Myrtle das Essen zubereitet, unterhalten sie sich über Dinge, in denen beide sich auskennen: Mangel an Fisch, Schwierigkeiten bei der Lieferung von Marmor. Als sie mit Essen fertig sind, beglückwünscht Martin sie zu ihren Kochkünsten.

»Eine Frau wie dich könnte ich gebrauchen«, sagt er lachend. »Du solltest sehen, was für Zeug ich esse. Immer nur Fertiggerichte und ab und an mal einen gegrillten Hering. Manchmal male ich mir aus, ich komme nach Hause, das Essen steht auf dem Tisch, und eine nette Ehefrau wartet auf mich.«

Myrtle mag seinen kanadischen Akzent. Er ist jetzt zwar schwächer als bei seiner Ankunft, aber immer noch herauszuhören. Martin hat ein paar schottische Wörter übernommen, die mit seinem Akzent so komisch klingen, daß die Leute schmunzeln, wenn er sie benutzt. Myrtle lächelt und versucht, ihn sich als Ehemann vorzustellen. Er wäre sicher ein guter Mann, denn er ist treu, freundlich und würde seine Ehefrau bestimmt auf Händen tragen. Wäre Archie nicht gewesen, hätte Myrtle sich damals um Martin bemüht, wenn auch wohl ohne große Aussicht auf Erfolg. In ihrer kleinen Gemeinde gab es nicht viele Männer wie ihn: So manche Frau hätte ihn gern zum Ehemann.

»Du könntest eine Frau gebrauchen, das stimmt«, sagt sie. »An Angeboten hat es dir ja eigentlich nicht gefehlt, oder? Jedes Mädchen an der Küste war doch hinter dir her. Ein halbes Dutzend hättest du heiraten können, wenn du nur gewollt hättest ...«

Martin senkt den Blick, errötet. Myrtle sieht ihn, wie er früher war: blondes Haar, gebräunte Haut – manche dachten, er hätte norwegisches Blut. Und er hatte zaghaft, schüchtern, linkisch gewirkt zwischen all den jungen Männern, die zur See fuhren. Sie erinnert sich noch an die Aufregung unter den Mädchen, als plötzlich ein Fremder in ihrer Mitte auftauchte. Sie erinnert sich an Annies ungewohnte Zurückhaltung. »Er ist in Ordnung«, sagte sie damals zu Myrtle, »aber er ist nicht mein Typ. Und wenn er mich auf den Knien anflehen würde, ihn zu heiraten: Ich würde nein sagen. Du wirst nicht erleben, daß ich nach Kanada auswandere.« Es klang sehr überzeugend. Myrtle kann sich an diese Äußerung noch genau erinnern. Sie gießt gerade Sahne über Martins Pfannkuchen. Sie selbst hat ungewöhnlich viel gegessen, fühlt sich aber besser. Der Tag ist von ihr abgefallen.

»Keine von ihnen war die Richtige«, sagt Martin. »Ich hatte ein genaues Bild von meiner Frau im Kopf. Und keine ist diesem Bild auch nur nahegekommen. Mit zweiter Wahl hätte ich mich nie zufrieden gegeben. Und heute denke ich nicht mehr so viel daran. Meine Arbeit macht mir Spaß, ich habe zu tun. Wahrscheinlich habe ich es aufgegeben. Suche nicht mehr.«

»Das ist doch lächerlich«, sagt Myrtle heftiger, als sie will. »Es gibt durchaus nette Frauen. Eines Tages, wenn du am wenigsten darauf gefaßt bist, wirst du ihr begegnen.«

»Vielleicht«, sagt Martin, ohne sie anzusehen.

Als das Geschirr abgewaschen ist und die Lampen brennen, wechseln sie auf die Holzsessel (Myrtle setzt sich in den alten Schaukelstuhl ihrer Mutter) zu beiden Seiten des Herds. Martin möchte keinen Schluck von Archies Whisky, aber ein Bier nimmt er gern. Myrtle will nur einen Becher Tee. Das Gespräch kommt auf Annie.

»Ich sehe deine Freundin Annie ständig in der Gegend herumsausen. Scheint ein richtiger Wirbelwind zu sein. Die Ehe hat sie nicht sehr verändert, finde ich. Wie geht es ihr?«

»Gut.«

Es folgt ein langes, angenehmes Schweigen. Fast hätte Myrtle ihm von ihrem Krach mit Annie erzählt, doch sie bleibt loyal und sagt nichts. Die dunkle Haut von Martins Wangen wird noch dunkler. Er nickt. Myrtle fällt auf, daß er viel wettergegerbter aussieht als mancher Fischer. Das ist seltsam, da er die meiste Zeit in seiner Werkstatt arbeitet. Martin wischt sich mit dem Handrücken über den Mund.

»Ich hätte sie, glaube ich, heiraten können«, sagt er.

»Annie heiraten?«

»Du mußt nicht denken, daß ich angeben will. Aber es gab eine Zeit, da schien sie ziemlich wild darauf, wenn ich die Zeichen richtig gedeutet habe.«

»Das wußte ich nicht«, sagt Myrtle nach einer Weile. Ihr Herz schlägt heftig, fast so wie vorhin, als Annie sie angeschrien hat. Irrationale Eifersucht packt sie. Martin war immer *ihr* Freund gewesen – ihrer und Archies. Sie hat Annies Reserviertheit – fast eine Art Feindschaft –, wenn es um Martin ging, nie so ganz verstanden. Aber sie hat auch nie groß darüber nachgedacht.

»Sie wollte wohl nicht viel darüber reden ... es lief alles ziemlich schief damals. Ich war jung und unerfahren.« Er lächelt kurz. »Wußte nicht, wie ich mit all dem fertig werden sollte. Hatte keine Freunde damals, die ich um Rat fragen konnte.«

»Annie ist sehr ... nun, sie ist sehr anders als die anderen.« Myrtle dröhnt der Kopf vor lauter Fragen, die sie auf gar keinen Fall stellen will. Sie muß ihre Verwirrung irgendwie für sich behalten.

»Das ist wahr.« Martin begegnet jetzt ihrem Blick. »Das mit Archie hast du doch bestimmt gewußt. Das war nämlich damals, als sie so hinter Archie her war und ihn unbedingt auf ihrer Liste abhaken wollte.«

»Das wußte ich – bei Gott. Sie hat mich schrecklich genervt und wollte mir dauernd erzählen, wie sie den standhaften Archie belagerte.« Myrtle lacht, damit Martin sieht, wie lange das alles schon her ist und daß es ihr jetzt nichts mehr ausmacht.

»Was sie mir erzählt hat, war, daß Archie für sie so eine Art Herausforderung war. Eigentlich mochte sie ihn gar nicht unbedingt, war nicht verliebt in ihn, hat keine großen Gefühle vorgetäuscht. Sie sagte, er sei ihr zu ernsthaft, sie würde es nicht aushalten, daß er nie lacht. Aber trotzdem ... sie war hinter ihm her. Wahrscheinlich nur aus Prestigegründen, nur um sich zu beweisen, daß sie jeden, wirklich jeden, kriegen kann. Irgendwann hat sie Archie dann offenbar aufgegeben, keine Ahnung, wieso. Der Himmel weiß, warum. Und ich habe nichts getan, um sie zu ermutigen. Ich habe mich eher entzogen.«

»Genau das hat Annie immer angefeuert«, sagt Myrtle. Sie muß sich Mühe geben, damit sie leise und gelassen klingt. Sie sieht Martin an, daß er nicht merkt, was seine Sätze in ihr anrichten.

»Das Komische war, daß ich den Eindruck hatte, sie hätte sogar ein bißchen Angst vor mir. Sie wirkte nervös. Flirtete überhaupt nicht. Nichts von ihrer üblichen Anmacherei. Und dann kamen die Briefe. Seltsame, wilde, wunderschöne Briefe. Offenbar glaubte sie, sie habe sich in mich, na ja, verliebt. Heftig und hoffnungslos, sagte sie. Sie habe nichts empfunden für all die Jungen, denen sie einen Gefallen getan hatte – ich weiß noch, daß ich dachte, was für ein unpassender Ausdruck. Überhaupt nichts. Aber wegen mir gräme sie sich – aus irgendeinem verdammten Grund, den sie nicht kenne und ich sicher auch nicht – zu Tode. Dir hat sie nichts davon erzählt?«

Myrtle schüttelt den Kopf. Ihre Gedanken wandern zurück in jene Zeit: Annie, verrückt und vergnügt wie immer, halbherzig auf der Suche nach einem neuen Job, nachdem das Postamt sie wegen Unpünktlichkeit gefeuert hatte. Annie, die mit all ihren Kurzzeitliebhabern in der Kneipe saß. Manchmal vielleicht ein bißchen zu viel trank. Aber nicht unglücklich war. Und Martin selbstverständlich nie erwähnte.

Aber daß sie eine gute Briefschreiberin war – das übersteigt Myrtles Vorstellungsvermögen. Sie durchforstet ihr Gedächtnis nach irgendeinem Hinweis, einem Vorfall, der ihr damals nicht besonders aufgefallen ist, der ihr aber im nachhinein etwas klarmachen könnte. Doch es fällt ihr nichts ein. Nur daß Annie immer gesagt hat, daß sie, Myrtle, alle ihre Geheimnisse kenne. Und damit meinte sie damals, daß sie die Jungen beim Sex hoffnungslos unerfahren fand und sich einen älteren Mann suchen würde, wenn sie Archie nicht kriegen könnte. All das hatte sie leichthin erzählt. Nicht der kleinste Hinweis auf eine heimliche Liebe. Keine Andeutung, daß ihre Gefühle zum ersten Mal im Leben nicht erwidert wurden.

»Und was hast du dann gemacht?« Myrtle ist schrecklich gespannt auf das Ende von Martins Geschichte und findet, daß ihre Frage erlaubt ist.

»Ich muß gestehen, daß diese Briefe mich berührt haben. Das wäre jedem so gegangen. Sie waren wunderschön, fast poetisch und voller Gefühl.«

Annie, die wunderschöne Briefe schrieb? Das war schwer vorzustellen! Annie, die nie etwas schrieb, wenn sie nicht mußte! Annie, die in Englisch die Schlechteste war und sich über Myrtles Begeisterung für Keats lustig machte ... Myrtle begreift überhaupt nichts mehr. Sie rutscht plötzlich auf ihrem Schaukelstuhl nach vorn.

»Überrascht dich das?« fragt Martin.

»Ein bißchen schon.« Myrtle ist fassungslos und wundert sich, daß Martin es nicht merkt.

»Sie war regelrecht besessen, muß ich gestehen. Verfolgte mich, tauchte unerwartet irgendwo auf und überfiel mich mit einer Liebeserklärung. Ich brauche wohl nicht zu sagen, daß ich sie nie angerührt habe – darum ging es ihr anscheinend auch nicht – und sie in keiner Weise angestachelt habe. Ganz im Gegenteil. Ich habe ihr zu erklären versucht, daß sie sich in eine Phantasie verrannt habe. Sie brauche Zuneigung, sagte ich ihr, und dafür habe sie mich ausgesucht, obwohl sie mich überhaupt nicht kenne.« Martin hält inne, lächelt. »Ich bin kein Analytiker, aber ich glaube, ich hatte gar nicht so unrecht. Der Vater schon lange tot, keine Liebe oder Aufmerksamkeit von der Mutter – niemand, an dem sie sich orientieren konnte. Dann all diese Jungen – kurze Flirts, enttäuschender Sex. Dabei sehnte sie sich nach etwas Solidem, Echtem, auch wenn sie das vielleicht selber gar nicht wußte. Und deshalb hat sie sich vielleicht auf mich geworfen, einen der wenigen, mit denen sie nicht nur zur Schule gegangen war, und einen, den sie nicht schon ihr Leben lang kannte. Ich hatte den Eindruck, daß sie genug von all den Jungen hatte, die nur wegen dem Sex hinter ihr her waren. Im Grunde ist Annie romantisch. Was sie wollte, war Liebe. Aber die konnte ich ihr nicht geben.«

»Hast du denn gar nichts für sie empfunden?«

»Nur Mitleid. Bedauern, daß ich nicht helfen konnte. Natürlich fand ich, daß sie ein ungewöhnlich attraktives Mädchen war, wunderschön. Sie ist immer noch eine attraktive Frau. Aber nicht für mich.« Hier macht er eine so lange Pause, daß Myrtle schon fürchtet, er werde nicht weiter erzählen. Sie holt noch eine Flasche Bier aus dem Kühlschrank. Drängt ihn ein wenig.

»Und – wie hast du die Sache ... gelöst?«

Martin seufzt. Er öffnet die Flasche, füllt sein Glas und stellt es, ohne zu trinken, auf den Boden.

»Es mußte aufhören. Ich machte mir Sorgen um sie. Und natürlich war das Ende dann unschön. Sie stellte meine Geduld einmal zu oft auf die Probe ... Sie kam mitten in der Nacht und weckte mich, indem sie Steinchen gegen mein Fenster warf. Sie weinte und war verzweifelt. Ich mußte sie hereinlassen – wollte nicht, daß meine Eltern aufwachten. Sie wollte mir ihren neuen Entschluß mitteilen: sie werde auf mich warten, egal wie lange. Um Himmels willen, Annie, sagte ich, es geht doch nicht ums Warten. Begreifst du denn nicht? Ich liebe dich nicht und werde dich auch nie lieben, und dieser ganze Unsinn muß aufhören. Ich habe die Nase voll, es ödet mich an. Ich glaube, ich habe ein bißchen die Beherrschung verloren. Ich war nicht besonders nett. Ich wollte sie einfach loswerden. Sie sollte mich in Ruhe lassen. Wie gewöhnlich hatten meine Worte keine Wirkung. Deshalb beschloß ich, einen letzten Versuch zu machen und ihr einen Schock zu versetzen. Ich erzählte ihr, daß ich eine Frau liebte, die ganz anders sei als sie, ein ruhiges, freundliches Wesen, eine, die niemals flirtete. Du meinst also *langweilig*, sagte sie. Überhaupt nicht langweilig, sagte ich. Leider unerreichbar, aber so tief in mein Herz eingegraben, daß ich fürchte, ich kann sie nie vergessen ...« Er verstummt verlegen, weil er so offen gewesen ist.

»Das wußte ich nicht«, sagt Myrtle.

Martin greift nach seinem Glas, trinkt.

»Nein. Ich behalte die Dinge eben für mich.«

»Und wie hat sie es aufgenommen?«

»Sie sagte, das hätte ich mir ausgedacht, um sie loszuwerden. Sie sagte, es würde nicht das Geringste an ihren Gefühlen ändern – niemals. Arme Annie. Sie war so bleich. Ich sehe jetzt noch, wie sie an der Wand lehnte, die Fäuste geballt, und unglücklich zu mir aufsah. Dann ... jetzt schäme ich mich ein bißchen. Soll ich weiter erzählen?« Myrtle nickt. »Ich bedaure es, aber ich bedaure die ganze Geschichte. Sie sagte, ich mache ein Geschäft mit dir, Martin Ford. Gib mir einen freundlichen Kuß auf die Wange, und ich lasse dich in Ruhe. Ich werde dich nicht mehr belästigen, sagte sie. Ich sehe, daß es jetzt sinnlos ist. Aber eines Tages wirst du begreifen, wie dumm du warst, daß du mich hast gehen lassen – und ich werde immer noch da sein. Sie klang so ... pathetisch. Ich sagte, es täte mir leid, daß ich sie angeschrien hatte, aber ich hätte nicht gewußt, wie ich es ihr klarmachen sollte. Dann tat ich, was sie sich wünschte. Ich küßte sie sanft auf die Wange. Doch sobald mein Mund ihre Haut berührte, sackte sie weg, als hätte ich sie geschlagen. Plötzlich lag sie auf dem Boden – ohnmächtig, wie in einem schnulzigen Roman. Ich flößte ihr etwas Whisky ein, sie kam wieder zu sich. Sie entschuldigte sich, daß sie mir lästig gefallen sei. Ich begriff, daß ihre Phantasien für sie tatsächlich Realität waren – heutzutage fallen Mädchen nicht mehr in Ohnmacht, wenn sie auf die Wange geküßt werden. Ich hatte tiefes Mitleid mit ihr. Schließlich kannte ich unerwiderte Liebe nur allzu gut, auch wenn ich ihr das nicht erzählte. Jedenfalls hat sie Wort gehalten und mich danach nicht mehr verfolgt. Hat mich Gott sei Dank in Ruhe gelassen. Mich für eine Weile gemieden und sich dann so verhalten, als sei nichts geschehen. Allerdings hat sie mich nicht gebeten, ihre Briefe zu verbrennen.«

»Und – hast du es getan?« Martin schweigt wieder eine Weile.

»Ja. Aber nur widerstrebend, muß ich gestehen. Sie waren so merkwürdig – es ging gar nicht so sehr um sie und mich, sondern darum, was die Liebe im täglichen Leben anrichten kann ... ich glaube nicht, daß ich je wieder solche Briefe bekomme.« Zum dritten Mal an diesem Abend errötet er heftig. Die dunklere Haut seiner Stirn bildet einen starken Kontrast zu seinem blonden Haar. »Aber all das ist schon sehr lange her«, fährt er fort. »Ich kann nicht behaupten, daß wir enge Freunde sind, aber sie ist nicht unfreundlich. Ihr verrücktes Verhalten in jenen Monaten war wie eine Krankheit, sie litt an einer Illusion. Verwirrten, unglücklichen Menschen passiert das häufiger, denke ich. Aber es schien so schnell vorbei zu sein, wie es gekommen war. Ich glaube nicht, daß Annie heute überhaupt noch an mich denkt. Und wenn ja, dann wird sie eher lachen über ihre jugendliche Verrücktheit. Sie scheint mit Ken doch glücklich verheiratet zu sein, oder?«

»Ken ist ein guter Ehemann.«

Martin sieht auf die Uhr, steht auf.

»Mein Gott, habe ich viel geredet«, sagt er, »mir ist die Zunge durchgegangen. Tut mit leid. Es ist spät.«

Myrtle begleitet ihn zur Tür. »Und deine eigene ... ist unerwidert?« sagt sie, ohne wirklich etwas sagen zu wollen. Vor allem will sie Annie nicht mehr erwähnen. »Es tut mir leid –«

»Na ja, man gewöhnt sich daran, daß man etwas nicht verwinden kann. Man lernt, wie man sich wieder zurechtfindet. Auch wenn der Schatten – ist das das richtige Wort? – einen nie ganz verläßt. Ich danke dir jedenfalls ... fürs Zuhören. Ich habe die Geschichte noch nie erzählt. Dachte, als Annies Freundin wüßtest du Bescheid.« Er legt einen Moment lang eine Hand auf Myrtles Arm. Seine Berührung läßt ein Gefühl von Zuneigung – ist es tatsächlich nur Zuneigung? – in ihr aufflackern. Die Empfindung irritiert sie ein wenig.

»Danke, daß du vorbeigekommen bist«, sagt Myrtle. »Ich freue mich, wenn du mich besuchst. Danke für den Hummer.«

»Es war mir ein Vergnügen.« Martin verneigt sich leicht.

Myrtle lächelt über seine altmodische Höflichkeit. Sie sieht, daß sein Gesicht erneut glüht. Komisch, daß ihr noch nie aufgefallen ist, wie schnell er errötet. Aber in all den Jahren, die sie sich jetzt kennen, haben sie auch noch nie so miteinander gesprochen wie heute abend. Es ist nach Mitternacht, als Myrtle die Tür schließt.

An Schlaf ist nicht zu denken. Myrtle setzt sich wieder in ihren Sessel. In ihrer Verwirrung schwirren ihr Wörter wie *Verrat, Ernüchterung, Katastrophe* durch den Kopf. Nicht zum ersten Mal denkt Myrtle über Freundschaft und Verrat nach. Als Annie ihr damals von der Nacht mit Ken am Strand erzählte, war das verheerend gewesen. Doch von früh an hatte sie sich stets gezwungen, alles zu verstehen und zu verzeihen. Seitdem ist es ihr – dumm und naiv, wie sie wohl ist – nie in den Sinn gekommen, daß Annie, die sie nun so lange schon so lieb hat, ihr entscheidende Teile ihres Lebens vorenthalten könnte: Dinge, auf die Myrtle nie gekommen wäre. Die Tatsache, daß Annie Myrtle in ihrem damaligen Unglück nie um Hilfe oder Rat gebeten hat, trifft sie wie ein Schlag – so heftig, daß sie sich körperlich elend fühlt und keine Kraft mehr zum vernünftigen Nachdenken hat. Sie schließt die Augen und horcht auf die Fragen, die ihr im Kopf herumgehen. Wie viele andere Lieben, Ereignisse, Verluste hat Annie ihr verschwiegen? Wie hatte Annie sie so sehr enttäuschen können? Wie hatte sie so blind sein können, wo sie Annie doch jeden Tag sah. Wieso hatte sie nicht geahnt, daß es solche geheimen Leiden in Annies Leben gab? Als sie klein waren, hatten sie sich ewige Freundschaft geschworen und wollten sich immer alles erzählen. Ein kindlicher Pakt vielleicht. Aber einer, an den sie beide glaubten. Sehr lange war Myrtle fest überzeugt, daß Annie ihren Teil der Abmachung hielt. Sie vertraute ihr so vieles an (meist über Jungen, aber manchmal auch über ihre launische Mutter), daß Myrtle nie auf die Idee gekommen war, daß es darüber hinaus noch etwas gab, was sie für sich behielt. Myrtle selbst hielt sich peinlich genau an die Übereinkunft, allerdings hatte sie naturgemäß auch weniger Geheimnisse zu erzählen als Annie. Myrtles Leben war einfach langweiliger. Aber bis auf ihre Gefühle für Ken erfuhr Annie alles, was sie betraf. Manchmal gestand sie ihr sogar, mit etwas schlechtem Gewissen, daß die Verschrobenheit ihrer Mutter – zum Beispiel die Sache mit den abgezählten Wolldecken – sie deprimierte. Oder daß sie enttäuscht war, weil sie für einen Aufsatz keine bessere Note bekommen hatte. Ihr tiefstes Geheimnis war die Scham über ihre großen Hände und Füße. Aber sie hatte sich verpflichtet gefühlt, Annie sogar etwas derart Heikles anzuvertrauen, wobei sie sich auf Annies Mitgefühl verließ. Sie hatte zu Annie gesagt, sie wisse zwar, daß sie nie wirklich attraktiv für Männer sein werde, und habe sich auch damit abgefunden, aber sie wüßte gerne, ob ihr Körper sich vielleicht noch ein wenig zurechtwachse. Annie sagte, ja, natürlich, alle würden hübscher, wenn sie den Babyspeck verlieren. Sie sagte das ziemlich gleichgültig. Sie war nie eine große Trösterin mit Worten – kleine spontane Gesten waren mehr ihr Fall. Und in Wirklichkeit hatte Myrtle schon sehr früh begriffen, daß Annie an ihren kleinen Geheimnissen nicht besonders interessiert war. Sie waren weder überraschend noch aufregend. So wurde der Pakt bald eine ziemlich einseitige Angelegenheit. Annies stürmische Geschichten, die haarklein geschildert wurden, überwogen bei weitem Myrtles gewissenhafte Beiträge. Aber da sie nicht vorhatte, jemals ihr jugendliches Versprechen zu brechen, versorgte sie die Freundin weiter mit kleinen Geheimnissen, wie langweilig Annie sie auch finden mochte.

Völlig durcheinander bleibt Myrtle lange bewegungslos im Sessel sitzen. Sie hört, daß es wieder zu regnen begonnen hat, sanfter als vorher. Das Wasser rinnt über die Fensterscheiben. Und sie erinnert sich. Zuerst ist alles nebelhaft verschwommen, aber dann ist er da, der Tag mit dem sanften Regen. Annie und sie standen vor dem Schaufenster des Zeitungsladens. Annie hatte rot geschwollene Augen. Sie sagte, es sei eine Entzündung – sie waren schon wegen einer Salbe in der Apotheke gewesen. Vor dem Geschäft benahm Annie sich sehr eigenartig. Sie sprach die Namen der Illustrierten leise vor sich hin. Ihr Gesicht war sehr blaß. Myrtle fragte sie, was los sei. Nichts, sagte Annie. Jetzt nicht mehr. *Jetzt nicht mehr* sind die Worte, die zentnerschwer auf Myrtles nächtlichen Gedanken lasten. Damals bedeutete das nur, daß ihre Augen nun bald besser würden, wo sie die Salbe gekauft hatten. Heute, in ihrer nächtlichen Qual, wird die Bedeutung dieser Worte aber so offensichtlich, daß Myrtle ihr Bedauern laut herausschreien möchte. *Jetzt* hieß: *Jetzt, wo es passiert ist. Jetzt, wo es vorbei ist. Jetzt, wo ich alle Hoffnung auf Martins Liebe aufgegeben habe.* Wie konnte ... wie *konnte* Myrtle so dicht neben Annie stehen, ohne die leiseste Ahnung zu haben, was ihre Freundin durchmachte?

Ihre eigene Gefühllosigkeit schockiert sie, und viel zu spät verwünscht sie sich. Und noch eine Erinnerung kehrt wieder. Es ist etwas später, am selben Tag. Sie befinden sich offenbar draußen auf der Straße, denn Annies geschwollene Wangen und Augen glänzen feucht – Tränen, Regen? Myrtle wußte es nicht. Annie zupfte sie am Ärmel. In bemüht unbeschwertem Ton erklärte sie Myrtle, sie wolle noch einen Versuch machen, den unnahbaren Archie zu verführen. Damals gab Myrtle nicht viel auf diese Bemerkung, dachte, Annie meine, daß sie ihn irgendwann schon rumkriegen werde. Es gab keinen Grund, die Äußerung für mutig oder trotzig zu halten. Doch heute, fast zwei Jahrzehnte später, begreift Myrtle ihre Verwegenheit, und allmählich legt sich ihre Wut auf Annie, die seit Martins Erzählung wieder aufgeflammt ist. Langsam besinnt sie sich auf all das, was Annie seit ihrer Kindheit für sie gewesen ist: die überschäumende Anführerin, die fröhliche Mutmacherin. Immer war sie verschwenderisch in ihren überraschenden Gesten der Herzlichkeit. Die Freundschaft der beiden hat andere stets verwundert – niemand begreift, von welchem zarten Gleichgewicht sie lebt. Sie selber aber wissen darum: Myrtle ist der Fels, Annie der Funke. Selten ist dieses Gleichgewicht gestört worden, beide haben etwas davon. Und vielleicht, denkt Myrtle, sind kleine Täuschungen unter Freundinnen eine Form von Selbstschutz und müssen verziehen werden. Dieser Gedanke beruhigt sie. Sie weiß, nichts kann geschehen, das sie für immer auseinanderbringen wird. Ihre Liebe zu Annie wird alles überdauern.

Als Archie am nächsten Abend heimkehrt, merkt Myrtle sofort, daß er guter Dinge ist. Sie erkennt es eher an seinen Bewegungen als an seinem Gesichtsausdruck. Normalerweise hat er einen langsamen, bedächtigen Gang – wenn Archie besorgt ist, wird er sogar noch langsamer. Glück oder Erleichterung beflügeln seinen Schritt jedoch. An diesem Abend sind die Zeichen eindeutig: Er läßt zwei Bündel mit Fischen einfach auf den Tisch fallen, statt nach dem Blechteller zu suchen, auf dem der rohe Fisch aufbewahrt wird. Er wirft Myrtle seine nasse Jacke zu, statt sie über die Stuhllehne zu hängen.

»Was ist los, Archie?«

Archie lächelt. Die strenge Ernsthaftigkeit seines Gesichts verschwindet unter lauter ungewohnten Falten und Grübchen um Augen und Mund.

»Komm her, mein Frauchen«, sagt er. Sie geht zu ihm.

»Während des Unwetters gestern nachmittag mußte ich die ganze Zeit an dich denken. Ich wäre schrecklich gerne bei dir gewesen.« Archie lacht, und Myrtle ist glücklich. Sie wagt Archie nie zu fragen, ob er auf See an sie denkt. Sie schmeckt das Salz auf seinen Lippen. Sein rauhes Kinn kratzt an ihren Wangen. Seine Hände ruhen auf ihren Brüsten, umschließen sie. Myrtle fühlt sich stark. Die nächtliche Alptraumreise mag ihre Seele tief erschüttert haben, doch ihr Körper ist ungeduldig. Sehnt sich.

»Komm, wir essen später«, sagt Archie.

Sie gehen ins Schlafzimmer, legen sich in ihren Kleidern aufs Bett. Wie immer, wenn er nach Hause kommt, riecht Archie nach Schweiß und Fisch und kaltem Salzwasser. Myrtle lächelt still: Unwetter waren schon immer Aphrodisiaka für Archie. Sie erinnert sich an manche Nacht, wo sie beide in diesem Bett wie windgepeitschte Wellen auf und nieder wogten, während über ihnen ein Gewitter tobte. Archie preßt seinen Mund auf Myrtles Lächeln. Manchmal ist er nicht sehr sanft, und dann ist Myrtle dankbar für ihre Größe. Sie nimmt Archies Hand und legt sie auf ihren Nacken. Seine steifen, salzigen Finger zerren an kleinen Knöpfen. Vor Ungeduld ist er ganz ungeschickt und braucht lange zum Öffnen. Myrtle, mit anderen Vorbereitungen beschäftigt, hilft ihm nicht. Sie liebt Archies bebendes Drängen, sein schwerer Körper scheint dann leichter zu werden. Sie liebt es, wenn er unmelodisch zu summen oder zu stöhnen beginnt. Das Geräusch erinnert sie an den Wind in den Segeln, an den Ruf der Delphine, an die Tiefen des Meeres.

Im Bett wird Archie Myrtle jedoch nicht erzählen, was ihn – außer seinem sturmbeflügelten Verlangen – so fröhlich gemacht hat. Sie weiß, daß sie nicht fragen darf. Irgendwann wird er es von selbst sagen. Oder doch nicht? Während sie den Rock wieder anzieht und ihr zerzaustes Haar glattstreicht, überlegt Myrtle einen Moment lang, ob etwa auch Archie ihr Dinge verheimlicht ... Sie weiß, daß sie solche absurden Gedanken vertreiben muß, aber seit der letzten Nacht ist das nicht einfach.

Nach dem Abendessen sagt Archie, er will noch hinunter zum Boot, um seine große Taschenlampe zu holen. Er möchte das Dach untersuchen, weil er fürchtet, der Sturm hat einige Schindeln gelockert. Myrtle sagt, sie werde ihn begleiten.

Sie hakt sich bei ihm ein. Jetzt riecht er nach Karbolseife

und dem frisch gewaschenen Baumwollhemd. Myrtle spürt jene eigentümliche Mischung aus weicher Schwäche und neu erwachter Stärke, die man nach dem vollkommenen Liebesakt verspürt. Vielleicht ist das mit dem Ausdruck Einswerden gemeint, denkt sie. Ein flüchtiges Gefühl, aber solange es immer wiederkehrt, muß sie nichts befürchten. Sie gehen im Gleichschritt zum Hafen hinunter. In manchen Fenstern ist schon Licht, aber es ist noch nicht ganz dunkel.

»Wie geht es Annie?« fragt Archie jedesmal höflich, wenn er nach Hause kommt.

»Gut.« Myrtles Antwort kommt automatisch. Sie weiß, was Archie über Annie denkt, und will ihn nicht mit ihren Geschichten langweilen. Ein Grund, die Sache mit Annie für sich zu behalten, denkt sie mit ihrem neuen Sinn für Geheimnisse. Sie möchte ihn einfach vor Dingen schützen, die er belanglos fände.

»Heute abend wird sie nicht besonders begeistert von Ken sein. Er hat mir ein Versprechen gegeben. Wir haben alles beredet – sind es eines Nachts stundenlang in allen Einzelheiten durchgegangen und haben es mit einem Handschlag besiegelt. Jetzt ist Schluß mit diesen verdammten ›Auslieferungen‹. Er wird den Lieferwagen verkaufen. Wird von seinem Fischerlohn leben, wie wir anderen auch.«

»Das ist gut«, sagt Myrtle.

»Ich hab es ihm deutlich zu verstehen gegeben. Wenn er doch wieder damit anfängt und dann wieder schlecht arbeitet – dann war's das. Dann ist er raus aus dem Boot. Das wird Annie alles nicht gefallen, fürchte ich. Denn das bedeutet weniger Mikrowellen, weniger von all dem teuren Mist.«

»Sie hat eine neue Stelle«, sagt Myrtle. »Kellnert oben im Museumscafé. Das könnte doch ein kleiner Ersatz sein –«

»Es wird nicht lange dauern, wenn es so läuft wie bisher.« Archie lacht, kann sich den spöttischen Unterton jedoch nicht verkneifen.

»Wer weiß. Vielleicht hat sie ja diesmal das Richtige gefunden. Sie glaubt, sie wird da oben eine Menge toller Leute kennenlernen.«

»Noch eine ihrer Illusionen.«

Ein schwacher Mond kämpft sich durch die vorüberziehenden Wolken. Die Wolken spiegeln sich verschwommen im dunklen Wasser. Es ist Flut, und im Hafen liegen jetzt all die ramponierten, stämmigen, klobigen Boote. Myrtle und Archie schauen von oben auf das kaum zu erkennende Deck der Skyline II. Die Art, wie der Schornstein steht und der Bug sich wölbt, ist Myrtle so vertraut, daß sie glaubt, sie könnte das Schiff unter hundert ähnlichen sofort erkennen. Sie mag das Boot, so wie man Dinge mag, die einen schützen und versorgen.

Archie klettert die eiserne Leiter an der Kaimauer hinunter und springt an Deck. Myrtle kann ihn kaum noch sehen. Sie hört seine Schritte (er ist nun zufrieden und geht wieder langsamer), hört, wie er gegen Taue und Kisten stößt, die ihm im Weg sind. Plötzlich huscht ein Lichtstrahl über das Boot. Für den Bruchteil von Sekunden kann Myrtle all die Gegenstände erkennen, die Teil von Archies Leben sind – Leinen, Netze, leere Kisten. Und dazwischen er selbst, wie gefangen in dem Bild, das die Taschenlampe beleuchtet hat. Myrtle fühlt sich ihm so nahe wie vor einer Stunde im Bett.

Inzwischen ist es kalt geworden. Myrtle zieht den alten Schal ihrer Mutter fester um sich und verschränkt die Arme unter der Brust. Sie wartet geduldig.

Schließlich erscheint das Gesicht des Kapitäns wieder über der Mauer, und als wäre er sehr lange fortgewesen, jauchzt Myrtle in wortlosem Glück. Sie hakt sich wieder bei ihm ein. Mit der freien Hand läßt Archie den Strahl der Taschenlampe über das Hafenbecken gleiten. Das Spiel der Schatten, im Vordergrund scharf konturiert, wird in der Ferne schwächer. Keine Linie trennt die Bootswände und das Wasser, auf dem sie schwimmen: Das undurchdringlich schwarze Wasser weist auf eine Tiefe, die Myrtle stets erschauern und Gott danken läßt, daß sie auf festem Boden steht. Leere Boote haben sie stets geängstigt – das hat sie Archie einmal gestanden, ohne daß es ihn sonderlich rührte. Ihre Geisterhaftigkeit beunruhigt sie. Wie sie da fast reglos im glatten Wasser liegen und in der Stille ächzen, während ihre Last aus Maschinen und Netzen von Mond und Taschenlampe angestrahlt wird, wirken sie wie eine Geisterflotte, in deren Nähe Myrtle sich allein nie wagen würde. Doch mit Archie an ihrer Seite fühlt sie sich mutig und sicher. Sie muß über ihre Dummheit lächeln.

»Wie wäre es, wenn wir noch was trinken gehen?« fragt Archie. »Hast du Lust?«

Die Einladung ist so ungewöhnlich, daß Myrtle einen Moment lang schweigt, bevor sie sagt, ein kleiner Whisky wäre wunderbar. Sie friert mittlerweile, und der Gedanke an die Wärme und den Kneipenlärm erscheint ihr verlockend, obwohl sie öffentliche Menschenansammlungen sonst lieber meidet.

»Also gut. Auf ein Gläschen dann. Du weißt ja, morgen müssen wir zum Friedhof hoch.«

»Zum Friedhof?«

»Dad.«

»Ach ja, Ben ...« Hoffentlich merkt er nicht, daß sie Bens Todestag vergessen hat. Wie viele Jahre ist es her? Myrtle kann sich nicht erinnern und möchte nicht fragen. Viel Zeit ist inzwischen vergangen, und sie ist so schnell vergangen.

Ben Duns ist in einem Krankenhaus in St. Andrews an Krebs gestorben. Es war dasselbe Krankenhaus, in dem seine Frau zehn Jahre früher an der gleichen Krankheit gestorben war. Zum Glück hatte sie einen schnellen Tod – das Ende kam wenige Wochen, nachdem der Tumor entdeckt wurde. Bens Tod war ein langsamer, schrecklicher Prozeß gewesen, den Archie, der damals kaum über zwanzig war, mit wachsendem Entsetzen und großer Verzweiflung miterlebt hatte. So lange wie möglich war Ben zu Hause geblieben. Archie und eine Gemeindeschwester hatten ihn gepflegt. Sein Bett wurde ans Fenster geschoben, damit er den Hafen und die Boote beim Ein- und Auslaufen sehen konnte. Seine treue Mannschaft, mit der er so lange zusammengearbeitet hatte, besuchte ihn bei jedem Landgang. Die Männer erzählten ihm vom Fang, vom Wetter, von Problemen. Ihr sterbender Kapitän gab ihnen seine Befehle, als wäre er noch an

Bord. »Mach das Bündel Netze da klar, Billy«, sagte er zum Beispiel, und sein Blick ließ sie vergessen, daß sie in seinem Schlafzimmer saßen. Sie versicherten ihm, daß an Bord alles in Ordnung sei.

Den letzten Monat seines Lebens verbrachte Ben im Krankenhaus. Archie wich kaum von seiner Seite und sah, wie Gesicht, Brust und Arme seines Vaters sich immer mehr mit Geschwüren überzogen – der Rest war unter den Laken verborgen –, und er suchte eine Antwort auf die ständige Frage: »Warum geht es bloß nicht schneller mit dem Sterben?« An einem Oktobermorgen dann, als die Sonne hell auf das Krankenhauslaken und Bens furchtbare Haut fiel, richtete sein Vater sich mit plötzlicher Kraft in den Kissen auf und verkündete, heute würde es ein schöner Tag auf dem Meer werden. Er werde gleich zum Hafen hinuntergehen, sagte er. Er streichelte Archies Hand, sagte, er solle ein guter Kapitän sein, schloß die Augen und starb.

Äußerlich war Archies Verzweiflung nur an seinem noch tieferen Ernst, seiner größeren Distanziertheit zu erkennen. Nur sehr wenigen Menschen erzählte er von seinem Gefühl absoluter Verlorenheit. Anfangs beschäftigte er sich mit der Überholung des Boots, und er wechselte die Crew aus: für die Männer, die jetzt, wo Ben nicht mehr da war, in Pension gehen wollten, heuerte er jüngere an. Er verlängerte die Ausfahrzeiten, und die jungen Männer, alle unverheiratet und an schnellem Geld interessiert, hatten nichts dagegen. Wenn Archie nach Hause kam, fand er stets Blumensträuße und kleine nette Briefchen von Mädchen vor, die während der Schulzeit kurz in ihn verliebt gewesen waren. Als Teenager hatten sie nur mit ihm geflirtet, jetzt waren sie praktischer. Kann ich dir helfen? Soll ich dir deine Wäsche waschen? Ich schicke dir einen Auflauf, er muß nur noch aufgewärmt werden.

Ihre Nettigkeit rührte Archie, und das vorbereitete Essen nahm er gerne an, aber er bat nie um Hilfe. Nach einigen Monaten verbrachte er seinen Landurlaub immer seltener bei sich zu Hause, wo Bens Sachen immer noch unangerührt lagen, sondern mehr bei den Stewarts. Nach dem Tod ihrer Ehepartner hatten Dot und Ben sich angefreundet. Für Myrtle war Ben fast ein zweiter Vater gewesen, und Dot hatte Archie nach Sarah Duns Tod ein wenig bemuttert. Deshalb fühlte er sich in Dots Küche am wohlsten. Er aß ihre reichlichen Mahlzeiten und lauschte den bekannten Geschichten über Schiffe in Seenot. Er kannte Myrtles Zurückhaltung, ihr scheues Lächeln, ihr Bemühen, sich nicht aufzudrängen. In der Schule war Archie einer der wenigen gewesen, die sie nicht gehänselt hatten. Dafür war sie ihm noch über die Schulzeit hinaus dankbar und behandelte ihn mit der Zuneigung einer Schwester. Sie überlegte häufig, wo er wohl ein Mädchen finden könnte, das zu ihm paßte. Fest davon überzeugt, daß Archie nur eine treue Freundin in ihr sah, begegnete sie ihm mit einer Offenheit und Freimütigkeit, die ihr im Umgang mit anderen jungen Männern fehlten. In der Zeit nach Bens Tod, als Archie häufiger kam, linderte Myrtle seinen Schmerz einfach durch ihre warme, mitfühlende Gegenwart, während Dot das Plaudern übernahm. Und wenn er es wünschte, war sie stets bereit, mit ihm Karten zu spielen oder einen Spaziergang über die Felder hinter dem Dorf zu machen.

Etwa drei Monate nach Bens Tod ordnete Dot eines Tages an, daß Archie die Sachen seines Vaters durchgehen sollte – den Müll wegwerfen, seine Kleider zur Wohlfahrt bringen und überhaupt ein neues Leben in dem kleinen Haus anfangen. Archie deutete an, daß ihm diese Arbeit widerstrebte, aber Dots Befehlen hatte man zu gehorchen. »Los mit dir«, sagte sie, »irgendwann muß es sowieso sein. Myrtle wird dir dabei helfen.«

Das Haus, das zehn Jahre lang keine Frauenhand gesehen hatte, war in einem traurigen Zustand. Die stickige Luft roch nach Staub und Salz und nach der Wäsche, die zum Trocknen auf einer Leine in der Küche hing und sich seltsam spröde anfühlte. Archies Bemühungen um Häuslichkeit waren wenig überzeugend. Myrtle stand vor einem Berg dreckiger Töpfe und Bestecke; auf dem Tisch häuften sich geöffnete Konservendosen, noch halb voll mit schimmeligen Bohnen und schlecht gewordener Suppe. Kein Wunder, daß er so viel Zeit unter ihrem Dach verbrachte, dachte sie mitfühlend.

»Normalerweise sieht es nicht so schrecklich aus«, entschuldigte er sich. »Erst in letzter Zeit ist es mir über den Kopf gewachsen ... seit ich so viel auf See bin. Laß uns mit dem Schlimmsten anfangen.«

Über die kurze, schmale Treppe mit einem völlig zerschlissenen Läufer führte er sie in Bens Schlafzimmer. Es war ganz offensichtlich seit dem Tag, als der Krankenwagen Ben abgeholt hatte, nicht mehr betreten worden: Schweißfleckige Laken waren zu einem wüsten Haufen grober Baumwolle zusammengeknüllt; ein dicker Morgenmantel lag wie ein hingestreckter Körper auf dem Boden; in den fettigen, grünlichen Borsten einer Haarbürste klebten dichte graue Haarbüschel. Und über allem lag eine dicke Staubschicht.

»O Gott«, sagte Archie und hielt sich die Nase zu.

In dem ungelüfteten Raum hatte sich der schreckliche Geruch der Todesnähe gehalten.

»Mach das Fenster auf«, sagte Myrtle.

Archie kämpfte mit den kleinen Fensterflügeln. Frische Luft strömte herein, mischte sich mit dem abgestandenen Todesgeruch, konnte ihn aber nicht ganz beseitigen. Myrtle ging zu einem kleinen Schrank, zog die dünne Tür auf. Die Kleidung von Archies Eltern füllte kaum die kurze Garderobenstange. Da hing Bens Sonntagsanzug, braun, mit Nadelstreifen. Hinten am Kragen, wo sich zwei graue Haare geisterhaft zu bewegen schienen, waren die Streifen schmutzig und durchgescheuert. Dann gab es noch zwei schwere, steife, fleckige Jeans und eine leichte, ebenfalls sehr abgewetzte Jacke. Ganz außen und fast lebendig in seiner Isoliertheit hing ein Kleid aus schlaffem, zerknautschtem Samt, blaurosa wie altes Zahnfleisch. Uralte Schweißringe in einem dunkleren Rosa saßen wie Perlstickerei unter den Achseln. Eine Motte flatterte torkelnd zwischen den Röcken auf und flog zum Fenster. Archie drehte sich um, sah die Kleider.

»O Gott«, sagte er noch einmal, »Mutters Hochzeitskleid, Dad wollte es nie wegwerfen.«

Er ging einen Schritt rückwärts und ließ sich schwer aufs Bett fallen. Er streckte die Hände aus und legte sie ineinander, als empfinge er eine Kommunionsoblate. Langsam sank sein Kopf in das zitternde Gefäß seiner Hände, und er begann zu schluchzen. Zuerst nur stumm, wobei sein Körper hin und her schwankte. Tränen, dick wie Blut, quollen aus seinen geschlossenen Augen und fielen durch die Finger auf seine Knie. Dann begann er zu stöhnen, und das tiefe, jammervolle Geräusch erinnerte Myrtle an eine Grotte, in die sie sich einmal als Kind gewagt hatte. Zwischen den Felswänden hatte es ein merkwürdiges Echo gegeben.

Sie hatte noch nie einen Mann weinen sehen und war alarmiert. Sie überlegte, ob sie schnell Dot holen sollte. Sie würde wissen, was zu tun war. Dann begriff sie, daß sie Archie nicht seinem Elend überlassen durfte. Auch wenn sie keine tröstenden Worte wußte, sollte sie doch wenigstens in seiner Nähe bleiben.

Sie setzte sich neben ihn aufs Bett. Nach einer Weile legte sie eine Hand auf Archies bebende Schulter. Ein scharfer Schweißgeruch mischte sich mit den anderen beißenden Gerüchen im Zimmer. Manchmal brachte eine leichte Brise frische Luft herein, die aber schnell vom alles erstickenden Gestank aufgezehrt wurde.

Myrtle wußte nicht, wie lange sie so saßen. Vielleicht waren es Stunden. Endlich wurde sein Schluchzen schwächer. Archie hatte keine Tränen mehr. Er nahm eine Ecke vom dreckigen Laken und wischte sich Gesicht und Augen ab. Myrtle zog ihre Hand zurück. Er ließ das zerrissene Laken fallen, stand auf.

»Tut mir leid«, sagte er. »Das ist mir noch nie passiert. Wird auch nicht wieder vorkommen. Danke, daß du da warst.« Er griff nach einem Plastikmüllsack, schüttelte ihn auf. »Ich halte ihn. Du wirfst die Sachen hinein.«

»Nein«, sagte Myrtle, stand ebenfalls auf und nahm ihm den Sack weg, »das machen wir nicht. Das mache ich lieber mit meiner Mum. Nächste Woche, wenn du wieder auf See bist, bringen wir das ganze Haus für dich in Ordnung. Wir haben beide viel Zeit. Und in so was sind wir sehr gut.«

Archie zuckte die Schultern, versuchte mit seinen rot geschwollenen Augen zu lächeln. Er hatte nicht die Kraft zu protestieren. Myrtle lächelte zurück.

»Wenn du wiederkommst, blitzt alles«, sagte sie. »Mum und mir wird es Spaß machen. Komm, jetzt gehen wir. Es gibt Eintopf zum Abendessen. Du mußt doch hungrig sein.«

Archie folgte ihr die Treppe hinunter. Ein rosa Briefumschlag lag auf der Fußmatte. Myrtle hob ihn auf: Annies ungelenke Handschrift. Was bedeutete das? Sie reichte ihn Archie.

Archie erkannte die Schrift offenbar nicht. Müde und gleichgültig öffnete er ihn. Er las die eine Seite erst schnell allein, reichte sie dann Myrtle.

Lieber Archie, las sie, *es tut mir leid, daß es so lange gedauert hat, bis ich schreibe, aber ich dachte, Du würdest so viele Briefe auf einmal bekommen. Ich wollte Dir nur sagen, wie leid mir das mit Deinem Vater tut. Er war ein guter Mensch und hatte keinen einzigen Feind auf der Welt. Ich werde ihm nie vergessen, daß er mich für sein Boot als Fischermädel ausgesucht hat und daß er sagte, es sei seine Pflicht als Kapitän, mir das Kleid zu bezahlen. Ich fragte ihn, wieviel er denn ausgeben wollte, und er sagte, mach Du nur, Mädchen, und kauf alles, was Du brauchst. Ich fand das sehr nett von ihm, sehr großzügig. Ich hoffe, Du bist jetzt nicht mehr allzu niedergeschlagen. Alles Liebe, Annie.*

»Nett von deiner Freundin«, sagte Archie.

Was hatte Annie vor? überlegte Myrtle. Was hatte sie im Sinn? Vor einiger Zeit hatte sie eine letzte Attacke auf Archie angekündigt, aber den Plan dann wegen Bens Tod verschoben. Myrtle tadelte sich für ihre lieblosen Gedanken: Annie äußerte doch nur ihr Mitgefühl, genau wie alle anderen im Dorf. Es war ein freundlicher Brief und sicher nicht Teil einer Strategie. Archie vermutete nichts dahinter. Myrtle malte sich sein Entsetzen aus, wenn er wüßte, daß Annie noch immer hinter ihm her war. Als Junge hatte er ihre Annäherungsversuche so oft zurückgewiesen, sich immer entzogen. Erst in den letzten paar Jahren war er ein bißchen aufgetaut, hatte gelegentlich mit ihr geredet und schien zu glauben, daß es mit ihren jugendlichen Phantastereien vorbei war. Annie hatte Myrtle aber erzählt, daß ihr diese kurzen Begegnungen neue Hoffnung machten. Myrtle hatte versucht, sie davon abzubringen, doch Annie hoffte hartnäckig weiter.

Archie warf den Brief weg. Er kehrte mit Myrtle zu ihrem Haus und zu Dots Eintopf zurück, der schon lange köchelte. Myrtle fühle sich seltsam verwirrt. Sie wußte, es hatte nichts damit zu tun, daß Archie in ihrer Gegenwart zusammengebrochen war. Darüber würde sie stets Stillschweigen bewahren. Als sie dann am Tisch saßen – Dot verteilte das heiße Brot aus dem Ofen und die Gerstenlimonade –, merkte Myrtle, wie angenehm der Gedanke war, daß sie demnächst Archies Haus wieder herrichten würden. Anders als ihre Mutter war sie von Natur aus keine Sauberkeitsfanatikerin, aber plötzlich fand sie die Vorstellung eigenartig erregend, Archie damit zu überraschen, daß sein Haus sauber, ordentlich und durchgelüftet wäre, wenn er das nächste Mal vom Fischfang zurückkam ... und Bens Sachen wie durch Zauberhand verschwunden wären. Sie merkte, wie ruhig sie sich trotz all dieser Gedanken geben konnte: *Komm, Myrtle, Mädchen, iß auf. Ja, Mum, gleich. Ich hab nur keinen großen Hunger.* Sie wirkte wie immer, aber in ihr gärte eine merkwürdige Erregung, ein neues Gefühl, dem sie noch keinen Namen zu geben vermochte.

Dot und Myrtle schufteten mächtig in Archies Haus. Als er von der nächsten Fahrt zurückkam, fand er es in einen anheimelnden Ort verwandelt: Es strahlte sauber und duftete frisch. Myrtle hatte einen Krug mit Kornblumen auf den Küchentisch gestellt. Er stand auf der neuen Tischdecke, die Myrtle wegen des hübschen Fischerbootmotivs gekauft hatte. Einige der Boote sahen aus wie die Skyline II, die bald nach Jocks Tod die Skyline ersetzt hatte. Archie freute sich über sein verwandeltes Heim, aber große Worte machte er darum nicht. Er sagte nur, das Haus habe seit dem Tod seiner Mutter nicht mehr so sauber ausgesehen und so gut gerochen und er danke ihnen. Seine Freude wurde auch daran deutlich, daß er jetzt seltener zu den Stewarts kam. Er besuchte sie zwar noch, wurde zum Essen eingeladen und erledigte für Dot kleine Reparaturen im Haus, aber er verbrachte viel mehr Zeit zu Hause, weil er sich dort nicht mehr fremd vorkam. Nicht mehr einsam, dachte Myrtle.

Sie merkte, daß sie Annie genauer als sonst beobachtete. Annies Stimmungen wechselten so schnell wie immer: Sie wirkte rastlos, neigte zu melancholischen Phasen, die sie nicht erklären konnte. Sie ärgerte sich über Myrtles Teilzeitjob (mehrmals in der Woche übte sie Lesen mit Kindern, bekam eine Dose Kekse dafür oder auch mal ein Pfund), weil sie selbst keine Arbeit hatte. Um Annie abzulenken, schlug Myrtle ihr einen kleinen gemeinsamen Urlaub vor – beide waren sie noch nie lange von Zuhause fort gewesen. Sie verbrachten ein paar schöne Frühlingstage auf den Shetland-Inseln. Die meiste Zeit machten sie Spaziergänge über die baumlosen Hügel. Einmal nahmen sie ein Boot zu einer kleineren Insel und hörten den ganzen Tag dem Geschrei von Millionen Vögeln zu. Sie flogen in riesigen Schwärmen über ihre Köpfe hinweg, verdunkelten den Himmel einen Moment lang, um dann wie stürzendes Mauerwerk auseinanderzustieben. Selbst Annie schien diese zusätzliche Dosis Natur zu genießen und wurde sichtlich fröhlicher. Gelegentlich plauderten sie über gemeinsame Freunde. Archie wurde allerdings nur einmal erwähnt, als Annie Dot und Myrtle überraschend großherzig für all das lobte, was sie in seinem Haus geleistet hatten. An ihrem einzigen Regentag, während eines Nachmittagsspaziergangs durchs Heidekraut, meinte Annie, daß es wohl am besten wäre, wenn sie bald heirate. *Obwohl nur der Himmel weiß, wo ich in unserer Gegend einen guten Mann finden soll, Myrtle.* Myrtle sagte mit Nachdruck, es gebe eine Menge gute Männer: Annie solle sich lieber um eine Arbeit kümmern. Das sagte sie so streng, daß es Folgen hatte: Während der langen Zugfahrt fing Annie nicht mehr vom Heiraten an, sondern versprach, sich um eine Stelle bei der Post zu bewerben.

Annie bekam die Stelle und wartete ab. Eine Zeitlang ging sie mit einem Fischer aus Aberdeen. Aber weder seine sporadischen Besuche noch seine engstehenden Augen paßten ihr. Nach sechs Wochen gab sie ihm schließlich den Laufpaß, worüber sie Myrtle mit großem Vergnügen berichtete. Nachdem diesem glücklosen Menschen begreiflich gemacht worden war, daß er nicht mehr gebraucht wurde (ein Eimer Wasser über seinen Kopf war Annies letzte verzweifelte Geste, die unterstreichen sollte, daß sie es ernst meinte), war sie wieder ohne Mann und rastlos. Ihre früheren Freunde – Ross, Sandy, Hamish – heirateten Mädchen aus ihrer alten Klasse. Bei den wenigen Gelegenheiten, wo Annie Archie auf der Straße oder in der Post sah, wirkte er fröhlicher. Es sei Zeit, einen letzten leichtherzigen Versuch zu machen, teilte Annie Myrtle mit. Nichts Ernsthaftes, versicherte sie ihr. *Du weißt doch, daß ich nie einen so ernsthaften Menschen wie Archie heiraten würde. Archie wird irgendwann eine Frau heiraten, die genauso ernsthaft ist wie er, und sie werden miteinander glücklich sein bis an ihr Lebensende.* Sie lachte ihr verächtliches Lachen und wandte sich ab. Es war ein außergewöhnlich kalter Winter, und Ben war erst vor vier Monaten gestorben.

Etwa eine Woche später ging Myrtle frühmorgens zur Post, um Briefmarken zu besorgen. Annie saß am Schalter. Sie trug Angorahandschuhe. Ihr Anblick erinnerte Myrtle lebhaft an jene kalten Morgen in ihrer Kindheit, als sie, Annies kleine, pelzige, weiche Hand in ihrer großen, zur Schule gegangen waren. Bei der Vorstellung mußte sie lächeln. Doch die Antwort war ein frostiger Blick.

»Hat nicht geklappt«, sagte sie. »Blöder Kerl. Weiß nicht, was ihm entgeht. Wir hätten ein bißchen Spaß haben können, aber er ist so verdammt ernst.«

»Es war ein bißchen zu schnell nach Bens Tod«, sagte Myrtle vorsichtig. Sie spürte eine so ungeheure Erleichterung, war innerlich so froh, daß sie ihre Worte sehr genau abwägen mußte.

»Man kann doch nicht ewig trauern. Das Leben geht weiter. Eines Tages werde ich es dir erzählen. Es war auf jeden Fall ziemlich komisch, ziemlich amüsant.«

Noch am selben Tag kam Archie vorbei, der mit seinem Boot zu einer langen Fahrt aufbrechen wollte. Er war ruhig wie immer: hängte für Dot ein Bild auf, fragte Myrtle, ob sie ein bißchen auf die Blumen am Grab seiner Eltern achten könne. Er hatte dort immer gern frische Blumen. Kein Wort von Annie. Es war ihm nicht anzumerken, daß irgend etwas Ungewöhnliches passiert war. Doch dann überraschte er Myrtle mit der Frage, ob sie Lust hätte, mit ihm zum Boot hinunterzugehen: sie könne die Dose mit Dots Kuchen tragen, während er sich um die anderen Vorräte kümmere.

Es war ein eisiger, dunkler Abend, die Kaimauer hatte schon Reifränder. Archie wollte an Bord schlafen: Am nächsten Morgen sollte es ganz früh losgehen. Als pflichtbewußter Kapitän ging er als erster an Bord und verstaute den Proviant. Doch dann stieg er wieder hoch auf den Kai und meinte, Myrtle solle jetzt rasch nach Hause gehen. Er wolle nicht, daß sie sich erkälte, sagte er und strich ihr mit einem zerstreuten kleinen Stirnrunzeln über den Arm. Myrtle fügte sich, obwohl sie gern noch ein wenig geblieben wäre. Während sie durch die Straßen eilte, überlegte sie, ob ihre Einbildung ihr grausame Streiche spiele, aber sie verbot sich, zu genau darüber nachzudenken.

Nach Annies Beileidsbrief an Archie hatte Myrtle eine Zeitlang die Frage beschäftigt, ob die Freundin ihre Verführungsidee noch weiter verfolgte. Doch es hatte keine Hinweise auf irgendwelche Fortschritte gegeben, und Myrtle selbst mied das Thema. Sie wollte nicht, daß etwas, was Archie betraf, sich zwischen sie stellte. Und nach einer Weile schob sie den Gedanken beiseite.

Erst Jahre nach ihrer Heirat mit Archie erfuhr Myrtle die ganze Wahrheit. Archie war im Wald gewesen, um Feuerholz zu sammeln, und erzählte ihr anschließend, der Ort habe ihn wieder an die dumme Episode mit Annie erinnert. Er habe sie total vergessen, bis er zufällig wieder in dieses Waldstück geraten sei. Myrtle glaubte ihm. Mittlerweile fühlte sie sich sicher genug, um anzuhören, was immer auch geschehen sein mochte. Als Archie ihr dann alles erzählte, überfiel sie eine unendliche Traurigkeit, weil Annie ihr die Geschichte verschwiegen hatte.

Archie sagte, nach Annies rosa Brief habe er eine Zeitlang das Gefühl gehabt, daß sie ihm nachstellte, ihm ein wenig hinterherspionierte. Mehrere Male tauchte sie genau dort auf, wo er sich gerade befand, und das schien ihm kein Zufall. Beim ersten Mal – es war beim Bäcker – hatte er ihr für den Brief gedankt, und sie wechselten ein paar Worte. Die nächsten Male sprachen sie nicht miteinander, sondern nickten sich nur freundlich zu. Dann kam der Winterabend, an dem Archie einen Spaziergang in den Feldern machte. Er hatte sein Gewehr dabei und hoffte, ein Kaninchen fürs Abendessen zu erwischen. Vielleicht würde er es auch Dot zum Zubereiten geben. Doch bald war es für einen sicheren Schuß zu dunkel. Nach einer Woche auf dem Meer wollte er sich aber ein wenig die Beine vertreten, und so wanderte er weiter, als er ursprünglich vorhatte. Er nahm den Weg in den Wald, denn er hörte so gern den Tauben zu.

Er war noch nicht sehr weit gegangen, als plötzlich in der Nähe Zweige knackten und jemand seinen Namen rief – es war Annie. Ihre Stimme klang freudig überrascht. Archie drehte sich um. Annie stand einige Meter hinter ihm und sah aus wie Rotkäppchen, erzählte er Myrtle, so unschuldig und brav. Sie trug ein gestricktes Kapuzencape, schwarz mit weißen Tupfern, als wäre sie im Schnee spazierengegangen. Tatsächlich dachte Archie zunächst, es hätte womöglich zu schneien begonnen – kalt genug war es. Aber hier im Wald wären sie geschützt. Verdacht hatte er noch nicht geschöpft, obwohl er in Annies Gegenwart immer auf der Hut war.

Annie trug ein Bündel hastig gesammelter Zweige unter dem Arm. Da sie wußte, daß ihre Begegnung, ausgerechnet hier im Wald, etwas ungewöhnlich war, erklärte sie ihm, daß sie für ihren Nachbarn, einen gichtkranken alten Mann, Feuerholz suche.

Die Erklärung geriet ein bißchen sehr lang und gewunden, mit lauter Einzelheiten über den kürzlichen Sturz des Nachbarn und sein unglückliches Leben im allgemeinen. Ein Alarmglöckchen schrillte in Archie. Etwas war komisch hier, dachte er: Die Feuerholzgeschichte klang sehr unwahrscheinlich. Annie war keine große Spaziergängerin. Vom Hafen zum Pub und nach Hause – weiter ging sie nie. Hätte jemand im Dorf erzählt, daß

Annie an einem Winterabend im Wald Holz sammelte – niemand hätte ihm geglaubt.

Annie plauderte weiter, ohne sein Schweigen zu beachten: wie kalt es plötzlich geworden sei, wie schade, daß er kein Kaninchen erwischt habe, daß sie immer ein wenig Angst habe im Wald und wie erleichtert sie gewesen sei, als sie eine vertraute Gestalt vor sich sah. Als Annie nichts mehr zu sagen wußte und Archie immer noch schwieg, drängte sie sich plötzlich an ihm vorbei auf den Weg und rief ihm zu, sie gehe jetzt zur Straße zurück und in das andere Waldstück, es sei nett gewesen, ihn zu treffen. Im Nu war sie hinter einer Kurve verschwunden. Es war mittlerweile ziemlich dunkel.

Archie blieb, wo er war, und überlegte, was er machen sollte. Er stellte fest, daß Annies unerwartetes Auftauchen ihm den Abend verdorben hatte. Außerdem hatte er das ungute Gefühl, daß dies hier keine zufällige Begegnung war. Die Vorstellung, daß Annie ihm nachspionierte und ihn verfolgte, war ihm lästig. Wichtiger aber schien ihm der Gedanke, daß ein junges Mädchen an einem dunklen Abend nicht allein im Wald sein sollte. Er schaute besser nach, ob sie in Sicherheit war.

Er schulterte sein Gewehr, hielt die Augen in die dämmrige Ferne gerichtet und lief den Weg entlang. Er ging schnell und dachte, nach etwa hundert Metern müßte er Annie sehen. Aber da war nichts. Er blieb stehen und horchte. Rechts neben sich hörte er ein leises Lachen aus einem dichten Gebüsch. Wieder wurde sein Name gerufen. Annie wollte, daß er zu der kleinen Lichtung kam, die sie entdeckt hatte. Und ob er ein Streichholz hätte, rief sie. Sie habe Lust, ihr Bündel Holz anzustecken und ein kleines Feuer zu machen.

Ärgerlich bahnte Archie sich einen Weg durch das Brombeergestrüpp zu der Lichtung. Mitten darin lag ein umgestürzter toter Baum. Seine Wurzeln ragten wie eine knochige Riesenhand in die Luft. Annie hatte ihr Cape ausgebreitet und saß auf dem Baumstamm. Sie ließ die Beine baumeln und trommelte wie ein Kind mit ihren Fersen gegen die morsche Rinde. Ihre Zweige lagen überall auf dem Boden verstreut – es war sowieso kein sehr überzeugendes Bündel Holz gewesen. Annie grinste Archie an, lachte ihm in sein, wie sie es nannte, feierliches Gesicht.

An diesem Punkt seiner Geschichte machte Archie eine Pause, um Myrtle das seltsame Licht – oder besser: die seltsame Dunkelheit – zu beschreiben, die ihn verwirrt hatte. Auf dem Weg hatte es noch nach ganz normaler Winterabenddämmerung ausgesehen, mit bräunlichen Schatten zwischen Bäumen und Büschen. Aber dort in der kleinen Lichtung war das Licht plötzlich bläulichweiß, wie Meeresdunst. Die dicht beieinanderstehenden Bäume ringsum hatten die mattblaue Farbe von Gabardine. Und diese traumartigen, stumpfen Blautöne versuchte er Myrtle genau zu beschreiben, denn sie hatten ihn irritiert und verunsichert. Am verwirrendsten fand er, daß Annie ihr Cape ausgezogen hatte. Darunter trug sie eine Jacke, die genau ihre Augenfarbe hatte. Sie war aus weicher, flauschiger Wolle und bis oben hin mit lauter kleinen Perlmuttknöpfen geschlossen.

In diesem Meer von Dunkelblau schauten sie einander an. Die Waldtauben hatten zu gurren begonnen. In den Baumwipfeln flatterte ein Vogel auf. Um irgend etwas zu tun, legte Archie sein Gewehr ab. Er fragte Annie, ob sie nicht friere. Sie erwiderte, sie spüre die Kälte nicht mehr. Das einzige, was sie verspüre, sei ein romantisches Gefühl.

Während sie das sagte, legte sie den Kopf schief und klimperte mit den Augen, so wie sie es schon tausendmal bei Dutzenden von Jungen gemacht hatte. Gleichzeitig wanderte sie mit einer Hand an ihren Knöpfen hoch und öffnete sie. Die Jacke sprang auf – was Archies Verwirrung nur noch steigerte – und wurde auf den Boden geschleudert. Archie folgte dem stummen Flug mit den Augen. Dann wanderte sein Blick zögernd über den Waldboden bis zu Annies Füßen. Sie trommelte wieder mit den Fersen gegen den Baum. Seine unwilligen Augen kletterten höher und landeten bei ihren nackten Brüsten. *Da*, sagte Annie.

Archie war dreiundzwanzig und sah zum ersten Mal nackte Brüste. Er hatte wenig Erfahrung mit Mädchen. Bis jetzt war seine Kenntnis ihrer Körper auf das Gefühl der seltsamen, weichen Rundungen beschränkt, die er im Schutze der Dunkelheit erforscht hatte. Er war nie einem Mädchen begegnet, das sich mutig nackt vor ihn hingesetzt hätte. Annie kannte diese Scheu ganz offensichtlich nicht ... In dem indigoblauen Dunst waren die Umrisse ihrer Brüste verschwommen, aber deutlich genug, um Archie den Atem zu nehmen. In seinen Ohren brauste ein Wasserfall. Er spürte, wie unruhig seine Hände waren – eine schreckliche Sekunde lang wollte er die nackte Haut, die sicher eiskalt war, am liebsten bedecken. Es war wie ein Alptraum, sagte er zu Myrtle (der er unbedingt alles ganz genau schildern wollte). Plötzlich sei ihm der Ausdruck »Marmorbrüste« aus irgendeinem Text seiner Schulzeit eingefallen. Er hatte nie verstanden, was er bedeutete. Jetzt wußte er es: Dies hier waren Marmorbrüste – keine Ader war zu sehen, und die Brustwarzen waren kaum mehr als zarte Punkte auf der bläulichweißen Haut. Er ballte die Fäuste und hielt sie fest an den Körper gedrückt. Über seine Assoziation mußte er lächeln. Und leider verstand Annie sein Lächeln als Ermutigung. Sie rollte mit den Schultern. Ihre geisterhaft milchige Gestalt, die mit jeder Sekunde verschwommener wurde, bewegte sich einladend. *Ich bin hier für dich, Archie,* gurrte sie – ja, sie *gurrte*, stieß er jetzt wütend hervor. Sie hatte es sich in ihren albernen Kopf gesetzt, die Waldtauben nachzumachen – als ob das helfen würde.

Es war ihre Stimme, dieser jämmerliche kleine Satz, mit dem sie ihr Angebot unterstrich, die den Bann endlich brach. Archies Gefühlschaos, das er aus Scham nicht benennen mochte, legte sich, und er war nur noch zornig und peinlich berührt. Er schrie sie an, sie solle sich wieder anziehen und Vernunft annehmen. Er wolle sie nicht – er habe sie noch nie gewollt und werde sie nie wollen. Das müsse sie doch schon begriffen haben, als sie noch zur Schule gingen. Und wenn sie jetzt nicht sofort verschwinde, fuhr er wütend fort, werde es ihr noch leid tun. Sie sei doch nichts anderes als das Dorfflittchen – jeder konnte sie haben, niemand liebte sie, und das geschehe ihr recht, nachdem sie sich all die Jahre nur weggeworfen habe. Ja, sie sei wirklich sehr schön, aber auch eine gefühllose Schlampe, die keinen netten Mann verdiene. Und wenn sie noch irgendwelche Pläne für eine glückliche Zukunft habe, dann müsse sie sich schleunigst ändern. Ja, er war wirklich zu weit gegangen. Er war heftiger geworden, als er eigentlich wollte – vielleicht auch seines schlechten Gewissens wegen, da er kurz an etwas sehr Unwürdiges gedacht hatte.

Mittlerweile war es vollständig dunkel. Annie war nur noch ein bleicher Fleck, es schien so, als habe sie sich hingehockt und den Kopf auf die Knie gelegt. Archie hörte, daß sie schluchzte, aber es ließ ihn kalt. Er wußte, das kleinste Wort, die kleinste Geste des Mitleids würden ihm falsch ausgelegt. Er überließ sie ihrem Elend in der kalten Nacht und stolperte kopflos durch das Dickicht zum Weg zurück. Als er am Waldrand angekommen war, hatte er sich immer noch nicht beruhigt und schoß mit dem Gewehr in die Luft. Es kümmerte ihn nicht, daß der Knall die verlassene Annie wahrscheinlich ängstigte. Er wollte ihr mit diesem Knall einfach begreiflich machen, daß die Geschichte zu Ende war, daß beide diesen Abend so schnell wie möglich vergessen sollten. Danach mied Annie Archie ebenso geschickt, wie sie ihm vorher aufgelauert hatte. Monatelang sprachen sie nicht miteinander.

Es ist Archies letzter Nachmittag an Land. Myrtle und er haben eine besonders schöne Zeit miteinander verbracht, auch wenn sie es nicht nötig finden, darüber zu reden. Manche Landaufenthalte sind viel zu vollgepackt mit Arbeiten im Haus, mit Bankangelegenheiten, Terminen mit der Fischereibehörde und sonstigem Bürokram, als daß er wirklich zur Ruhe kommen und die Zeit genießen könnte. Diesmal war überraschenderweise so wenig zu erledigen, daß sie es sich richtig nett machen konnten. Nun sind die vier Tage vorbei.

Archie ist unten beim Boot. Myrtle erwartet ihn erst in einigen Stunden zurück. Sie merkt, daß die wenigen schönen Tage sie weicher gemacht haben. Sie fühlt sich schläfrig, obwohl sie nicht müde ist. Sie wandert ziellos in der Küche umher und rückt Porzellan auf den Regalen zurecht, ohne daß es nötig wäre. Aber es ist auch nichts Wichtiges zu tun, während sie auf das Brot im Herd wartet, das sie für Archie zum Tee gebacken hat. Wenn er dann fort ist, wird sie wieder in ihren normalen, schnelleren Rhythmus verfallen, möglichst viel erledigen. Doch im Augenblick genießt sie diesen traumartigen Zustand, genießt ihr Glück, das das feste Gefüge des Alltags zum Tanzen bringt.

Es klopft an die Tür. Ein Besucher würde diesen Zauber zerstören, den Myrtle sich doch als wärmenden Schutz erhalten möchte, bis Archie aufbricht. Sie sagt nur zögernd: »Herein.« Sie vermutet, es ist Annie – seit dem Unwetter haben sie nicht mehr miteinander gesprochen –, und sammelt sich.

Ken tritt ein. Sie sieht sofort, daß er ganz aufgeregt ist. Als hielte er ein unsichtbares Handtuch, reibt er sich über Mund und Kinn. Myrtle bittet ihn, Platz zu nehmen. Ohne es zu wissen, nimmt er sich Archies Stuhl am Tisch. Myrtle setzt automatisch den Wasserkessel auf.

»Annie will ein Auto«, sagt er.

»Was?«

»Ein *Auto* – kannst du dir so was vorstellen? Sie hat den Verstand verloren. Wir können uns doch gar kein Auto leisten!«

»Davon hat sie mir nichts erzählt.«

»Es ist ihr erst gestern abend eingefallen. Wir hatten uns über etwas ganz anderes gestritten. Und dann fing sie mit einem Mal von dem Auto an. Sagt, sie fühlt sich eingesperrt. Mit den Bussen sei es hoffnungslos. Was sie sich wünscht, ist, ins Auto zu steigen, wann sie Lust hat, und einfach loszufahren. Wohin denn, hab ich mir zu fragen erlaubt. Außerdem, sag ich zu ihr, bist du doch nach deiner Prüfung nur ein paar Monate gefahren. Du bist keine gute Fahrerin, Annie, sag ich. Der Gedanke, daß du allein unterwegs bist, gefällt mir nicht.«

Ken seufzt, fährt sich mit dünnen, nervösen Fingern durchs Haar.

»Vielleicht hat die Mikrowelle ihren Reiz verloren, und sie braucht etwas Neues, was sie beschäftigt hält. Du kennst doch unsere Annie.« Myrtle reicht ihm einen Becher Tee.

»Natürlich«, sagt Ken. Er klingt kläglich. »Wahrscheinlich hat Archie dir von unserer Abmachung erzählt«, fährt er fort.

»Freitag abend haben wir sie mit Handschlag besiegelt. Ich bin so erleichtert, das sage ich dir. Ich mach doch nicht freiwillig dunkle Geschäfte. Abgesehen von allem anderen merke ich auch den Mangel an Schlaf, die durchgearbeiteten Nächte, wenn ich an Land bin. Aber Annie ... Ich hab es nur für Annie gemacht. Sie hat sich so viele Sachen gewünscht, die ich ihr sonst nicht hätte kaufen können – Sachen für sie und für das Kind. Ich mach ihr gern eine Freude. Ich möchte, daß sie glücklich ist. Ich weiß ja, daß ihr Frauen ein hartes Leben habt – ständig sind wir fort, und ihr ängstigt euch, und die gemeinsame Zeit ist immer zu kurz.«

»Aber Annie muß doch froh sein, daß du mit Archie geredet hast und das Ganze jetzt vorbei ist. Eigentlich kann es sie doch nicht glücklich machen, daß ihr Ehemann auf einen sicheren Kollaps zusteuert mit all diesen Überstunden. Sie muß doch gesehen haben, daß es nicht mehr lange gutgeht mit dir, daß irgendwas passiert.«

Ken zuckt die Schultern.

»Ehrlich gesagt bin ich nicht sicher, ob sie das wirklich so beunruhigt.«

»Aber ganz bestimmt.«

»Du bist Annie wirklich eine treue Freundin, Myrtle. Ich weiß nicht, was sie ohne dich machen würde. Sie verläßt sich in so vielen Dingen auf dich. Und manchmal denke ich, was zum Teufel bekommst du eigentlich dafür. Das hat mich schon in der Schule beschäftigt. Du bist immer an ihrer Seite gewesen – sehr still warst du damals – und hast sie stets unterstützt. Du hast ihr bei den Hausaufgaben geholfen, sie in all ihren Jungensgeschichten beraten – und was hast du dafür gekriegt? Das wüßte ich wirklich gern!«

»Ich hab eine Menge bekommen«, sagt Myrtle, und ihre Augen nehmen einen abwehrenden Ausdruck an. »Ich hab Annie schon geliebt, als ich noch ganz klein war, und ich liebe sie immer noch, was auch geschehen mag. Bei all ihrem Unsinn besitzt sie ein gutes Herz, sie hat etwas an sich, was sich schlecht beschreiben läßt. Sie ist ungeduldig mit Menschen, läßt sie schnell fallen. Und sie ist manchmal zu schnell mit ihrem Urteil. Aber wem sie sich zuwendet, der fühlt sich wie ein König. Sie schenkt einem so etwas wie Hoffnung ... ich kann es nicht richtig ausdrücken, aber ich würde alles für Annie tun.«

»Ich weiß, was du meinst«, sagt Ken. »Genau in diesen verborgenen Teil von ihr habe ich mich schon als Junge verliebt.« Er schweigt. »Weißt du noch, der Tag ... Du warst damals da, und ich habe es dir erzählt. Ich mußte es jemandem erzählen. Konnte es nicht für mich behalten. Du warst sehr verständnisvoll, soweit ich mich erinnere.«

Während er redet, fällt Myrtle sein Gesicht am Strand von St. Andrews ein: jugendlich weich, aber doch verzerrt in plötzlicher Verwirrung und mit Augen, die vor Sehnsucht ganz dunkel waren. Das Bild mischt sich mit einem anderen, als sich, einige Jahre später beim Fischermädel-Ball, eine dumpfe alte Hoffnung in sein markanteres, härteres, schmaleres Gesicht eingegraben hatte. Sie schaut ihn mit dem absoluten Gleichmut einer Frau an, deren einstige Gefühle längst zerronnen sind. Und sie verspürt jene Verwunderung, die solchen Situationen eigen ist. Wieso hatte sie sich jemals von dem schwierigen, klugen, aber blutlosen Ken so angezogen gefühlt – wenn auch nur für kurze Zeit? Wie war sie bloß auf die Idee gekommen, daß das Liebe war? Sie erinnert sich noch an ihre Demütigung, an das quälende Gefühl, daß Ken sie verraten hatte. Damals, als Annie ihr beim Picknick in der Sonne erzählte, was in jener Fischermädel-Nacht passiert war. Bei dem Gedanken an ihre jugendliche Naivität muß sie lächeln, und plötzlich fühlt sie sich gestärkt, weil sie jetzt *nichts* mehr für den Mann empfindet, der ihr heute gegenübersitzt und sie einst so hat leiden lassen.

Beide sind stumm. Myrtle vermutet, daß auch Ken an jenen Tag denkt: an seinen Triumph und seine Niederlage – beides so grausam dicht beieinander, damals am kalten Strand. Ob er wohl ahnt, fragt Myrtle sich, daß sie wegen jener Nacht einmal genauso verzweifelt war wie er?

»Wie kann ich dir helfen?« fragt sie schließlich.

»Ich dachte, wenn sie dir was davon erzählt, könntest du sie vielleicht überzeugen, daß ihr Wunsch völlig blödsinnig ist. Sie wieder zur Vernunft bringen. Sie weiß, daß wir uns kein Auto leisten können. Sie weiß, daß ich keine Ratenzahlungen mehr will, die mich ständig belasten ... Es ist eine von ihren völlig absurden Ideen.« Er trinkt seinen Tee aus, steht auf: eine schmale, gebeugte Gestalt mit dünnen, sehnigen Armen. Archie sagt, Ken sei stärker, als man denkt. Und nicht so ungeschickt wie andere Männer der Crew. Er kann Netze schneller entwirren als jeder sonst an Bord und erledigt alles, was anliegt, gut und zügig. Erst seit er diese Sachen ausliefert, ist er so lahm geworden, macht Fehler vor lauter Müdigkeit. Erst vor zwei Wochen hatte er sich, wie Archie ihr erzählte, beim Radar-Ablesen vertan, so daß sie weit von ihrer Route abkamen. Archie hatte ihn beschimpft: Durch solche Fehlberechnungen verloren sie kostbare Zeit und viel Geld. Ken hatte sich entschuldigt und zugegeben, daß er nicht bei der Sache war. Myrtle hatte gespürt, daß die Spannungen zwischen Ken und Archie zunahmen. Doch sie wußte auch, daß Archie Ken nicht gern verlieren wollte.

»Ich werde tun, was ich kann, falls sie diesen Unsinn mit dem Auto erwähnt«, sagt Myrtle. »Ich versuche sie für was Billigeres zu interessieren.«

Sie lächeln: Beide wissen um ihre Liebe zu Annie und haben Verständnis für ihre Eigenheiten. Dann geht Ken zur Tür.

»Hast du Janice in letzter Zeit gesehen?« fragt er. Er hat ihr den Rücken zugekehrt, so daß sie sein Gesicht nicht sehen kann.

»Ich war während des Unwetters bei ihr. Sie hat Angst vor Gewittern. Aber sonst scheint doch alles in Ordnung. Sie ist ein hübsches Mädchen und wächst so schnell –«

»Wo war Annie denn?«

»Es war ihr erster Tag im Museum, und sie mußte länger bleiben.«

Ken nickt.

»Also dann vielen Dank. War schön, mit dir zu reden. Wäre nett, wenn du ein bißchen auf Mutter und Tochter aufpaßt.«

»Natürlich. Ich tu, was ich kann. Wenn es jetzt mit diesen ... Geschäften endlich vorbei ist, können wir vier uns ja vielleicht wieder öfter sehen. Das haben wir schon so lange nicht mehr gemacht.«

»Vielleicht«, sagt Ken.

Als er fort ist, nimmt Myrtle das Brot aus dem Ofen. Oben ist es ein bißchen verbrannt. Sie ärgert sich, daß sie es zu lange dringelassen hat, hält es wie einen Ziegel in den Händen und spürt seine Hitze durch ihre Küchenhandschuhe. In Kens Küche würde es nie nach frischem Brot duften, überlegt sie, aber diese Dinge sind ihm auch nicht besonders wichtig. Ken geht ihr nicht aus dem Kopf. Seine Sorgen haben auf sie abgefärbt. Es ist nicht zu übersehen, daß zwischen ihm und Annie nicht alles in Ordnung ist. Auch Annie hat das vor kurzem ja angedeutet. Und daß Ken zu ihr kommt, zeigt, daß es ernster ist, als sie vermutet hat. Ihr stockt der Atem vor Traurigkeit. Sie will sich nicht ausmalen, was passieren könnte, und flüchtet lieber in die Vergangenheit. Sie erinnert sich an einen kalten Nachmittag hier in der Küche, ungefähr eine Woche nachdem Annie ihr – allerdings ohne ins Detail zu gehen – gestanden hatte, daß ihr Anschlag auf Archie schiefgegangen sei. Sie erinnert sich, daß sie gerade Dots selbstgebackene *scones* aßen. Annie belud ihre dick mit hausgemachter Erdbeermarmelade.

»Du kommst nie darauf, was ich heute abend mache, Myrt«, sagte sie.

»Nein«, bestätigte Myrtle. Ihre Freundin konnte kaum stillsitzen. Sie kippelte vergnügt mit dem Stuhl und stippte mit dem Finger die Marmelade vom Teller. Ihre Heiterkeit wirkte kindlich und nicht wie die Vorfreude einer Frau auf ein romantisches Rendezvous.

»Ich gehe was trinken mit Ken.«

»*Ken*?«

»Er hat mich angesprochen. Und da dachte ich, warum nicht? So häufig werde ich ja auch nicht mehr gefragt. Ken ist immerhin ein alter Freund. Und er hat Wort gehalten, mich nie mehr belästigt seitdem ...« Sie senkte den Blick, wurde aber nicht rot. »Wie lang ist das schon her, war es beim Fischermädel-Tanz? Jedenfalls sagte ich: Gut, Ken. Aber keinen Quatsch, verstanden.

Wer würde sich auch schon in Ken verknallen! Ihm war es recht. Er war einverstanden. Darf ich das letzte Stück Kuchen haben?«

»Nimm's dir«, sagte Myrtle. Ihre tiefe Zuneigung zu Archie schützte sie davor, jetzt noch eifersüchtig zu werden. Aber da ihr klar war, daß Annie sich überhaupt nicht für Ken interessierte, fühlte sie sich doch seltsam irritiert: Annie hatte vor, mit einem freundlichen, unschuldigen Mann »rumzumachen«, der immer noch Myrtles Freund war.

»Tu ihm nicht weh«, sagte sie beiläufig.

»Natürlich nicht.«

»Ich weiß, du hast es nicht vor. Aber Ken hat dich so lange verehrt, und wenn du jetzt plötzlich mit ihm ausgehst, fängt er vielleicht wieder an zu hoffen. Außerdem ist es hart für Männer, wenn sie sich zurückhalten sollen, besonders wenn es früher einmal anders war.«

Annie seufzte ungeduldig.

»Du nimmst auch immer alles so ernst. Wir gehen doch nur was trinken. Vielleicht sehen wir uns danach gar nicht wieder. Je nachdem, wie er sich verhält. Du brauchst dir also keine Sorgen zu machen.«

So ungefähr war ihr Gespräch damals verlaufen. Am nächsten Tag berichtete Annie, daß Ken sich das alte Auto seines Vaters geliehen hatte. Sie waren damit zu einem Pub mehrere Kilometer landeinwärts gefahren. Es war nett gewesen. Ken hatte sich wie der perfekte Gentleman verhalten, keine Anspielungen gemacht. Sie hatten nicht mal Händchen gehalten, ihre Hände hatten sich selbst beim Zigarettenanzünden nicht gestreift. Nur gute Noten bekomme er für diesen Abend, sagte Annie. Als Belohnung nahm sie eine weitere Einladung an.

Damals begann Annies keusche Beziehung mit Ken (auch wenn sie noch mit ein oder zwei anderen ausging, mit denen sie, wie sie beteuerte, eine rein platonische Freundschaft verband). So werde es auch immer bleiben, sagte sie – was Myrtle , die Ken beobachtete, jedoch schon damals nicht glaubte.

Die Männer sind wieder auf See. Frühmorgens um fünf sind sie aufgebrochen. Jetzt ist es später Nachmittag, beinah schon dunkel. Myrtle hat einen harten Tag im Heim hinter sich und ist zu müde, um Archies Hemden zu bügeln. Sie will sich eine Tasse Tee machen und Annie anrufen. Das Unwetter liegt jetzt sechs Tage zurück. Seit sechs Tagen haben sie nicht mehr miteinander gesprochen. Zu lange. Ohne den gewohnten Umgang mit Annie fühlt Myrtle sich nicht wohl, auch wenn ein alberner Streit der Grund ist.

Die Tür geht auf. Myrtle dreht sich um, den Kessel noch in der Hand. Annie, die nie anklopft, steht da und lächelt.

»Janice ist über Nacht bei einer Freundin«, sagt sie. »Da dachte ich, ich komme mal vorbei. Wir haben schon lange nicht mehr Karten gespielt.«

Sie nimmt ein Päckchen aus der Papiertüte, die sie in der Hand hält, und legt es auf den Tisch. Ein neuer Satz Karten. Auf der Rückseite haben sie ein Muster aus Distelblüten auf Schottenkaro.

»Wie schön«, sagt Myrtle. »Wir brauchten neue.«

»Ich habe sie aus dem Museum. Vom Andenkenladen. Mit Angestelltenrabatt. Wenn sie mehr Sachen in dem Laden hätten, könnte ich viel Geld sparen.«

»Du gehst also noch gerne hin?«

»O ja. Es ist kein schlechter Job. Besser als mancher andere. Ich bleibe bestimmt noch eine Weile.«

Sie sitzen an ihren gewohnten Plätzen am Tisch, die Teekanne zwischen sich. Annie schiebt die Karten zu Myrtle hinüber. An den scharfen Kanten könnten sie sich glatt die Finger schneiden. Es wird etwas dauern, bis Myrtle sich daran gewöhnt hat – ehrlich gesagt, mag sie die alten, abgegriffenen Karten lieber. Aber sie nimmt die neuen und mischt sie ungelenk, ihre großen Hände sind vom Rückweg aus dem Heim noch ganz kalt.

»Weißt du, was ich gemacht hab?« fragt Annie. »Ich hab Ken gesagt, daß ich ein Auto möchte.«

»Was brauchst du denn ein Auto?«

»Ich will frei sein. Einfach losfahren, wenn ich Lust habe, und nicht ewig auf die blöden Busse angewiesen sein.«

»Wie wir anderen auch.« Myrtle schiebt die Karten zu Annie hinüber und sieht zu, wieviel geschickter ihre zarten Finger damit umgehen.

»Das wird mich aber nicht davon abhalten ...« Sie hält inne. »Hat Archie dir erzählt, daß er eine Abmachung mit Ken getroffen hat?«

»Ja.«

»Sie haben es mit Handschlag besiegelt.«

»Ich bin froh darüber.«

»Ich auch. Obwohl – Ken hat doch nur *Transporte* gemacht. Umzüge und so weiter.« Sie schaut Myrtle an. »Ich fand das gar nicht verkehrt, wo es den Männern der Crew so mies geht –«

»Dem Kapitän geht es auch nicht viel besser –«

»– daß man ihnen schlecht einen Vorwurf machen kann. Allein, was Kinderschuhe kosten – aber davon hast du ja keine Ahnung.«

Myrtle beschließt, die Bemerkung durchgehen zu lassen, obwohl Zorn in ihr aufwallt.

»Archie kennt deine Argumente, Annie. Aber jetzt ist ja Schluß mit der ganzen Geschichte. Laß uns nicht mehr darüber reden.«

»Du hast recht.« Annie mischt die Karten. Myrtle schenkt Annie noch einen Tee ein. Es kann nicht schaden, denkt sie, wenn sie noch einen letzten Versuch unternimmt, Annie zur Vernunft zu bringen.

»Willst du wirklich ein Auto?« fragt sie. »Es ist ja nicht nur der Kaufpreis, vor allem der Unterhalt ist doch so teuer. Treibst du es da nicht ein bißchen zu weit? Kaum hat Ken mit diesen Nebengeschäften aufgehört und es ist Schluß mit Mikrowellen und all den Kinkerlitzchen, da fängst du schon wieder mit etwas an, was völlig jenseits seiner Möglichkeiten liegt. Das ist unfair.«

Annie seufzt.

»Vielleicht. Er ist ziemlich bedrückt weggegangen.« Sie lacht kurz auf. »Ich hab zu ihm gesagt, Ken, wir können doch den Lieferwagen verkaufen und davon das Auto bezahlen. Worauf er sagt, wenn wir Glück haben, kriegen wir gerade mal hundert Pfund dafür. Vielleicht laß ich die Sache mit dem Auto erst mal ruhen und schlage einen besseren Fernseher vor ...«

Sie beginnen ihr Spiel, schweigen eine ganze Weile. Beide fahren, ohne es zu merken, mit den Fingern über die Ecken der Karten, um sich schneller an das neue Gefühl zu gewöhnen.

»Janice mag dich sehr gern«, sagt Annie etwas später. »Du warst letztens wirklich nett zu ihr.«

»Unsinn, du weißt doch, daß ich das Kind mag.«

»Ich glaube, ich hab mich noch gar nicht dafür bedankt. Als du fort warst, war ich sehr traurig.«

»Ich wollte dich heute abend anrufen, um dir zu sagen –«

»Solche dummen Streitereien haben uns doch nie wirklich auseinandergebracht. Wir sind nicht immer einer Meinung, und manchmal werden wir richtig sauer aufeinander. Aber das kommt bei den ältesten Freunden vor. An dem Abend vor einer Woche war es meine Schuld, Myrt. Das weiß ich wohl. Du bist sehr geduldig und verzeihst viel. Das vergesse ich dir nie. Ich war in letzter Zeit nicht ganz bei mir, und trotzdem erträgst du mich.«

»Ich finde eigentlich nicht, daß du anders als sonst warst.« Sie lächeln einander an, legen ihre Karten als Fächer auf den Tisch. »Sollen wir uns einen Whisky gönnen?«

Annie nickt. Myrtle holt Flasche und Gläser.

»Ich war ein bißchen nervös wegen der neuen Arbeit – bin ja nicht gerade eine *qualifizierte* Kellnerin. Und Ken ist auch sehr angespannt ...« Sie stoßen an. »Das würde Archie bestimmt nie glauben. Sein Frauchen trinkt hinter seinem Rücken.« Sie lacht erneut, etwas freier. Ihre Wangen sind schon nach dem ersten Schluck rosa angehaucht. »Ich möchte dich um einen Gefallen bitten ... es geht um Janice. Sie macht sich nicht besonders gut in der Schule. Du weißt ja, wie es ist: Sie haben heutzutage nicht mehr die Lehrer, die wir hatten. Niemand, der sie anspornt. Sie langweilt sich zu Tode, gibt sich keine Mühe, kriegt miserable Noten. Hättest du wohl etwas Zeit, um mit ihr zu üben? Ich bezahl dich auch ...«

»Sei doch nicht albern. Ich helfe Janice gern.« Die Idee gefällt ihr sofort. »Aber nur unter der Bedingung, daß nicht mehr von Geld die Rede ist. Ich werde keinen Pfennig für meine Hilfe nehmen.«

»Was täte ich bloß ohne dich! Du bist einfach toll!« Annie kichert. »Du warst schon immer toll. Mein ganzes Leben lang warst du die Allertollste. Aber das kann ich dir erst nach drei Schluck Whisky gestehen. Los, komm, du bist dran. Himmel, wie lange haben wir nicht mehr Karten gespielt.«

Warm und erhitzt von dem ungewohnten Getränk wenden die zwei Frauen sich wieder dem stummen Spiel zu. Vorerst denken sie nicht an ihre Männer auf See. Sie konzentrieren sich ganz auf die Karten, die sich schon ein bißchen vertrauter anfühlen. Die Stunden vergehen wie immer im Flug. Erst nach Mitternacht steht Annie auf und zieht ihren dicken Mantel an. Auch Myrtle legt ihren Schal um, weil sie Annie die Steinstufen hinunterbegleiten will.

Es ist eine mondlose, dunkle Nacht. In keinem anderen Haus der Straße brennt noch Licht. Myrtle nimmt Annies Arm. Annie hält sich am Eisengeländer fest. Vorsichtig tasten sie sich die Treppe hinunter, zwei gebeugte schwarze Schatten in der Dunkelheit. Unten angekommen, umarmen sie sich.

»Wie dumm von mir! Ich hatte doch die Taschenlampe mit.« Annie holt sie aus der Tasche. Sie schwenkt mit dem dünnen Lichtstrahl über die schlafenden Häuserfronten.

»Kannst du alleine nach Hause gehen?«

»Für wen hältst du mich? Für eine hilflose Frau?« Sie lachen beide fröhlich. »Weißt du was? Ken sagt, es schneit noch vor Weihnachten.«

Annie macht sich auf den Weg. Im Nu hat die Dunkelheit sie verschluckt. Der schräge Lichtstrahl ihrer Taschenlampe wirkt wie ein Gespenster-Spazierstock, der allein unterwegs ist. Mit einem leichten Schauder geht Myrtle wieder die Treppe hoch. Es liegt jener besondere Geruch in der schwarzen Luft, der häufig Schnee ankündigt – vielleicht hat Ken ja recht. Der Geruch verrät, daß der schwere Himmel bald bersten wird: Myrtle wird ihn ihr Leben lang mit einem ganz bestimmten Weihnachtsfest verbinden.

An jenem Weihnachtfest vor fast zwanzig Jahren war fast alles so wie jedes Jahr im Hause der Stewarts. Nur etwas sorgte für Aufregung: Archie sollte zum Essen kommen. Die Küche war ganz vernebelt vor Dampf, der Geruch nach warmem Brot und Gebäck war fast mit Händen zu greifen. Dot machte am Tisch *mince pies* und schälte Kastanien – die Mahlzeit würde für ein halbes Dutzend hungriger Mäuler reichen, dabei war Archie der einzige Gast. Myrtle öffnete das Fenster, um frische Luft hereinzulassen und einen klaren Kopf zu bekommen. Sie spürte den kühlen, frischen Geruch von nahendem Schnee, und Dot sagte, er würde morgen, am Weihnachtstag, herunterkommen.

Sie hatte recht. Um halb zwei erschien Archie und hatte Flocken auf den Schultern. Es schien schon Abend zu sein, draußen war es so dunkel, daß sie außer den Kerzen auch noch die Lampen anmachten. Nach dem Festmahl überreichten sie einander kleine Geschenke – von Archie bekam Myrtle einen Elfenbeinkamm, der bis heute unbenutzt auf der Schlafzimmerkommode liegt. Archie trank dann seine Flasche Rotwein und schaute zu, wie der dichter werdende Schnee stumm gegen das Fenster schlug und sich auf dem Fensterbrett türmte. Gebannt verfolgten alle drei das Schneetreiben, und keiner wollte die Vorhänge zuziehen. Der Baum mit seinen kleinen bunten Lichtern stand vor dem Fenster und sprenkelte den weißen Berg mit roten, blauen und grünen Tupfern. Drinnen saßen sie im Warmen und spielten Whist, bis es Zeit für den mit rotem Band geschmückten Weihnachtskuchen war. Myrtle wünschte, der Tag möge nie zu Ende gehen. Archie hatte schon lange nicht mehr so viel Zeit in ihrem Haus verbracht, und sie fürchtete seinen Aufbruch.

Doch er wollte nicht zum Abendessen bleiben, sondern ging kurz nach sieben. Myrtle blickte ihm nach, wie er gebeugt durch den dichten Schnee eilte, eine helle Gestalt, die bald schon in dem weißen Gewirbel verschwand, das die Dunkelheit milchig färbte. In Sekundenschnelle waren seine Fußstapfen zugeschneit. Keine Spuren mehr, dachte Myrtle mit schwerem Herzen. Er hatte nicht gesagt, wann er sie wieder besuchen käme. Es würde sicher lange dauern, bis sie sich wiedersahen. An jenem Weihnachtsabend konnte Myrtle eine plötzliche Traurigkeit nicht ganz verbergen. Sie spürte Dots forschende Blicke. Nachdem sie eine leichte Gemüsesuppe gegessen hatten, entschuldigte Myrtle sich bald und ging in ihr Zimmer. Dort schaute sie sich aus einiger Entfernung im Spiegel an. Gedankenversunken kämmte sie dann lange ihr Haar mit dem Elfenbeinkamm, bis sie schließlich die Vorhänge vor das Fenster zog. Draußen auf dem Fensterbrett hatte der Schnee schon fast den oberen Fensterrand erreicht.

Am nächsten Morgen wachte sie mit einem hohlen Gefühl auf. Es war der zweite Weihnachtstag, und sie spürte jetzt schon die Leere, die stets nach Festtagen folgt. Sie wußte nicht recht, was sie mit der Zeit anfangen sollte, würde Dot kaum ihre Erregung verheimlichen können. Sie war so unruhig, daß sie sich immer für nur wenige Minuten auf eine Sache konzentrieren konnte. Nach dem kurzen Frühstück sah sie aus dem Fenster.

»Was ist los mit dir?« Dot konnte es nie lassen, ihr bohrende Fragen zu stellen.

»Ich dachte gerade über das Wetter nach ...«

»Es taut.«

So war es. Die Sonne schien, und der Schnee schmolz schnell. Er verschwand auf der Straße, tropfte von den Fenstersimsen. Myrtle träumte von einem Spaziergang. Sie wäre gerne irgendwohin gewandert, möglichst weit weg von Dot, von der sie sich beobachtet fühlte. Aber sie konnte nicht fort, weil sie lästige Fragen befürchtete. Dot gab Myrtle etwas zu tun: Karotten schälen und kleinschneiden. Vor ihr türmte sich der Morgen wie ein Berg, den zu besteigen sie nicht die Kraft hatte. Lustlos nahm sie ein Messer. Da klopfte es.

Archie. »Was für ein schöner Morgen«, sagte er. Den müßte man doch nutzen. Ob Myrtle Lust hätte, sich ein wenig die Beine zu vertreten. Er wolle eine kleine Wanderung machen.

»Ich mache die Karotten«, sagte Dot, und ihre Stimme klang so, als hätte sie diese Arbeit von vornherein lieber selbst erledigt. »Laß mich nur machen, Kind. Und zieh deine warmen Stiefel an.«

Entnervt vom allzu wohlwollenden Blick ihrer Mutter, wurde Myrtle rot. Sie zog die Stiefel und die dicke Jacke an, und sofort war ihr zu heiß. Sie eilte mit Archie die Treppe hinunter. Das Dorf lag still und verlassen da, nur eine einsame Möwe kreischte. Sie gingen die Gasse zur Hauptstraße hoch. Das unberührte Weiß von gestern war verschwunden. Auf den Dächern lagen noch Reste von Schnee, Schmelzwasser rauschte in den Sielen.

»Wieviel Tage hast du frei?« fragte Myrtle. Sie hoffte, daß Archie ihre innere Unruhe nicht bemerkte.

»Wir haben uns, je nach Wetterlage, eine Woche oder etwas mehr gegeben.« Als sie die Straße überquerten, nahm er ihren Arm, das hatte er vorher noch nie getan.

Sie wanderten auf einem Trampelpfad an einem gepflügten Feld entlang. Zwischen übriggebliebenen Schneeinseln glänzte die dunkle Erde. Manchmal ging Archie voraus, manchmal Myrtle, und manchmal gingen sie auch beide nebeneinander. Eine Dornenhecke schützte sie vorm Südostwind, der Himmel war flachsblütenblau und wolkenlos.

»Auf den Postkarten kriegen sie es nie richtig hin«, sagte Myrtle.

»Was?«

»Das Blau.« Myrtle hob den Kopf, suchte den Himmel mit den Augen ab. Die alberne Bemerkung tat ihr sofort leid, und sie war froh, als Archie lachte.

»Du sagst wirklich die merkwürdigsten Dinge. Wer würde sich schon um das genaue Blau des Himmels Gedanken machen. Du bist wirklich eine sehr genaue Frau.«

Myrtle lächelte. Sie selber kam sich noch wie ein Mädchen vor. Sie brauchte eine Weile, um sich an den Ausdruck »Frau« zu gewöhnen.

»Ich dachte, daß Fischer jede Himmelsbewegung und jede kleinste Farbveränderung sehr genau wahrnehmen«, sagte sie.

»Nein. Für uns ist das Wetter entweder gut oder schlecht. Wir sind keine Dichter.« Archie war vor ihr stehengeblieben. Er drehte sich zu ihr um. »Aber was reden wir hier über den Himmel.«

Myrtle kam sich sehr dumm vor. Sie würde den weiten Himmel nicht mehr erwähnen und bedauerte ihre albernen Bemerkungen. Hinter Archie glitzerte ein Streifen Meer, der sich ganz in der Ferne bei den Lammemuirs verlor, unbestimmt wie Rauch. (Noch eine Beobachtung, die Myrtle für sich behalten würde.) Diesen Anblick hatte Myrtle fast täglich vor Augen, aber jetzt störte die Gestalt im Vordergrund, Archie mit seinen vorwurfsvollen Augen. Da die Sonne ihn von hinten beschien, konnte sie nicht sehen, daß er lächelte, und stand traurig da.

»Sollten wir nicht lieber vom Heiraten sprechen?« fragte er.

Myrtle trat einen Schritt zurück und stolperte gegen die Hecke. Sie spürte, wie die Dornen sich in ihre Jacke gruben und ihr die Hände zerkratzten (in ihrer Eile hatte sie die Handschuhe vergessen), als sie sich festzuhalten suchte.

»Soll ich dich erst aus der Hecke ziehen, bevor du mir antwortest?«

Archie packte sie bei den Händen und zog sie ungeduldig auf den Weg zurück. Myrtle mußte als erstes an die Löcher hinten in der Jacke denken. Was würde Dot bloß sagen! Archie zog sie an sich und vertrieb ihre dummen Gedanken, indem er seine Arme um sie legte. Ihre Köpfe waren auf gleicher Höhe. Er küßte sie auf beide Wangen – mit einer ironischen Förmlichkeit, die ihm zu gefallen schien, denn auf seinen Lippen lag ein Lächeln. Seine Bartstoppeln kratzten auf Myrtles kalter Haut. Das ist also ein Antrag, dachte sie und beobachtete sich selber wie aus weiter Ferne.

»Es ist also ja?«

»Natürlich, Archie. Tausendmal ja. Ja, ja, ja.«

»Du wirst wissen, daß ich noch nie einer Frau einen Heiratsantrag gemacht habe. Und deshalb klingt er nicht besonders gewählt.«

»Ach, ich weiß nicht. Ich habe auch keine Erfahrung mit Heiratsanträgen. Ich finde aber, du hast es wunderschön gemacht.« Sie lachten beide, plötzlich ganz schüchtern.

»Ich habe mich langsam vorgearbeitet. Am Weihnachtstag sollte es sein. Aber irgendwie ergab sich nicht die Gelegenheit.«

»Nein.« Sie wagte es, ihm sehr zart ihre Hand auf den Arm zu legen.

»So kam er verspätet, aber wenigstens spontan. Plötzlich sah ich das gepflügte Feld und dachte: Warum nicht hier?«

Es entstand ein langes Schweigen zwischen ihnen.

»Warum möchtest du mich heiraten?« fragte Myrtle schließlich.

»Ich wußte immer, daß du die beste Frau in East Neuk, ja, in der Welt bist. Hab dich immer geliebt.«

»*Mich immer geliebt?*«

»Ja, seit vielen Jahren schon. Seit der Schule.«

»Seit der *Schule?* Du hast mir nie den kleinsten Hinweis gegeben.«

»Natürlich nicht. Mußte erst sicher sein. Es braucht Zeit, wenn ein Mann sich eine Frau aussucht.«

»Aber ... all die anderen Mädchen, die hinter dir her waren. Ich wußte immer, daß du nicht für mich in Frage kamst – nur ein Held in der Ferne warst. Dann wurdest du zu einem Freund, und ich konnte mein Glück nicht fassen.«

»Und dann?«

»Und dann hat sich die Freundschaft vor kurzem in etwas anderes verwandelt. Ich mochte es nicht einmal mir selbst eingestehen. Ich dachte, ich würde meine Liebe zu Archie Duns mit ins Grab nehmen, und niemand würde je davon erfahren.«

Plötzlich wandte Archie sich von ihr ab. Er tat es mit der Würde eines Mannes, der sich von einem heruntergelassenen Sarg abwendet, um seine Gefühle zu verbergen.

»Gott sei Dank, daß es so ausgegangen ist«, sagte er.

»Ich liebe dich«, sagte Myrtle.

»Mehr wollte ich nicht hören. Ich hatte gehofft, daß es so ist. Ich bin ein glücklicher Mann, aber ich muß dich warnen: Ich bin kein Mann vieler Worte. Nun, das wirst du inzwischen selbst gemerkt haben.« Er streichelte Myrtles Hand, die noch auf seinem Arm ruhte. »Vielleicht ist dies das einzige Mal, daß wir einander diese Dinge sagen. Aber du sollst wissen, daß sie immer da ist, meine Liebe zu dir, und so Gott will, auf ewig. Ich werde dir ein treuer, liebevoller Ehemann sein, auch wenn ich dir kein vornehmes Leben versprechen kann.«

»Wir sind erwachsen«, sagte Myrtle. »Ich brauche keine Rosen. Nur Gewißheit.«

»Dann ist es gut.« Archie sah etwas abrupt auf die Uhr. »Eigentlich wollte ich ja einen langen Spaziergang machen, aber wir haben hier ziemlich rumgetrödelt. Vielleicht sollten wir lieber zu Dot zurück, einen Tee trinken und es ihr erzählen.«

»Es wird sie nicht überraschen», sagte Myrtle.

»Das ist wahr«, sagte Archie. »Deiner Mutter entgeht wirklich gar nichts.«

Sie wanderten auf demselben Weg zurück, und da er so schmal war, stießen sie öfter aneinander. Die blasse Sonne taute ihre Gesichter auf, und während sie rasch voranschritten, wurden schließlich sogar ihre bloßen Hände warm.

Sie verbrachten eine keusche Woche mit Pläneschmieden. In ihrer Freude bot Dot ihnen das Erdgeschoß ihres Hauses an. So könnten sie Archies Haus verkaufen und hätten Geld zum Einrichten. Archie gefiel der Plan. Er hatte das Haus seiner Eltern nie gemocht, und seit dem Tod seines Vaters barg es zu viele traurige Erinnerungen – trotz Dots und Myrtles Bemühungen, es sauber und wohnlich zu machen. Nun wollte er sich von all dem befreien und mit seiner Frau woanders neu anfangen. Archie annoncierte das Haus und fuhr Anfang des neues Jahres wieder aufs Meer hinaus. Er sagte, er wolle Ken die Neuigkeit mitteilen, sobald sie einige Kilometer von der Küste entfernt waren, und ihn bitten, sein Trauzeuge zu sein.

Erst nachdem Archie schon einige Tage fort war, erzählte Myrtle es Annie: Sie hatte es so genossen, das Geheimnis noch zu hüten. Bisher hatte sie Annie so wenig Aufregendes erzählen können. Aber nun wollte sie das Geheimnis lieber noch eine

Weile für sich behalten. Sie fürchtete Annie mit ihrer schnellen Begeisterung, ihrer Kritik, ihrer überschäumenden Art: Wenn sie es erführe, würde Myrtles kostbarer Schatz wie Glas zerspringen. Als Annie dann schließlich die Neuigkeit hörte, wurde sie so blaß, daß Myrtle dachte, ihre Freundin werde ohnmächtig. Trotz ihres Schocks und der Verärgerung darüber, daß sie es erst so spät erfuhr, brachte Annie aber doch einen angemessenen Glückwunsch zustande. Ihre Freude fiel allerdings weniger heftig aus, als Myrtle erwartet hatte. Dann faßte Annie sich und wurde wieder sie selbst: Auch die wichtige Veränderung im Leben ihrer Freundin hielt sie nicht davon ab, ganz selbstverständlich an sich zu denken.

»O Myrtle, wie wunderbar! Ich hätte nie gedacht, daß du es vor mir zum Altar schaffst.«

»Wahrscheinlich hast du gedacht, ich würde es nie zum Altar schaffen.«

Annie lachte und überhörte das leichte Sticheln in Myrtles Bemerkung. Dann umarmten sie sich mit glänzenden Augen.

»Unsinn. Du wirst die beste aller Ehefrauen sein. Mir wird das bestimmt nie gelingen.«

»Aber sicher.«

»Nie, das hab ich im Gefühl.«

»Ich hätte ehrlich gesagt nie geglaubt, daß ich einmal so glücklich sein würde. Ich kann es immer noch nicht fassen. Archie Duns! ... und *ich*!«

Annie wandte sich ab und nahm Myrtles Erstaunen gar nicht richtig wahr.

»Ich hoffe, du nimmst mir die dumme Geschichte während unserer Schulzeit nicht allzu übel«, sagte sie. »Daß ich angedroht habe, mich an Archie ranzumachen. Ein schlimmer Fehler. Wir hätten nie zueinander gepaßt. Aber du kennst mich ja: stets auf der Suche nach einer Herausforderung. Ich wußte immer, daß ich keinen Erfolg haben würde. Es war überhaupt nichts Ernsthaftes. Es tut mir leid.«

»Ich werde keinen Gedanken daran verschwenden. Es ist für immer vergessen.«

»Glaubst du, daß Archie mir verzeiht?«

»Er wird überhaupt nicht mehr daran denken. Außerdem weiß er, daß du meine Freundin bist und daß daran nichts etwas ändern kann.«

»Eine Ehe schon.« Einen Moment lang war Annie niedergeschlagen.

»Auch die nicht.«

»Jetzt muß ich mich auch nach einem Ehemann umschauen. Wo um Himmels willen soll ich bloß damit anfangen? Und – wie wird dein Hochzeitskleid aussehen? Weiß mit wallendem Rock?«

Myrtle lachte.

»Das wäre wohl eher für dich. Bei meiner Größe würde ich darin wie ein Kühlschrank aussehen.«

»Du wirst wunderschön aussehen – bestimmt.«

Sie lachten und umarmten sich erneut. Mit ihren zwanzig Jahren standen sie nun durch Myrtles Heirat vor einer neuen Etappe ihrer Freundschaft. Es war nicht einfach, sich dieser Tatsache zu stellen. Und um ihre Befürchtungen zu zerstreuen, wandten sie sich lieber weniger ernsthaften Dingen zu.

»Was stellst du dir also vor? O Myrt, ich bin so aufgeregt, so eifersüchtig!«

»Mum hat den Samt herausgeholt, den sie schon seit Jahren hütet. Sie hat ihn kurz nach ihrer Heirat im Ausverkauf erwischt und wollte Vorhänge daraus nähen, ist dann aber nie dazu gekommen.«

»Alte Vorhänge machen aber nicht gerade eine elegante Braut.« Annie sah entsetzt aus.

»Ich will auch keine elegante Braut sein. Das würde Archie zu Tode erschrecken.«

»Das glaube ich nicht, aber ich kenne Archie ja auch nicht.« Annie seufzte über Myrtles hoffnungslosen Mangel an Romantik. »Aber das kriegen wir schon hin. Hauptsache, ich darf am Hochzeitsmorgen ganz früh zu dir rüberkommen. Dann wird Carmen perfekt sein. Versprochen? Wenn ich fertig mit dir bin, wirst du dich nicht wiedererkennen.«

»Ich möchte Archie nicht zu sehr überraschen«, sagte Myrtle. »Er liebt mich, glaube ich, so wie ich bin, so erstaunlich das auch ist.«

Annie streckte den Arm aus und nahm eine dicke Strähne von Myrtles schwerem glatten Haar in die Hand.

»Verlaß dich auf mich«, sagte sie.

Dot war eine Woche lang damit beschäftigt, viele Meter muffig riechenden Samt (in der Farbe von Loganbeeren) zuzuschneiden und zu nähen. Anders als bei Annies Fischermädel-Kleid waren die Anproben diesmal eine stille, ernste Angelegenheit: Dot, die langsam und liebevoll an ihr zupfte und absteckte, und Myrtle, die sie mit verhaltener Ungeduld zur Eile trieb. Sie war aufgeregt wegen Archie, der auf See war. Zum ersten Mal spürte sie jene Sorge, die in den kommenden Jahren immer stärker und quälender werden sollte: jene chronische Angst, die das Leben der Fischerfrauen prägt. Es hatte Unwetter gegeben. Und das Bild, wie der Mann, den sie liebte, dem stürmischen Meer ausgeliefert war, verfolgte Myrtle. Eines Nachmittags, als sie Archies Rückkehr kaum noch erwarten konnte, unterbrach ein Klopfen an der Tür die ermüdende Anprobe.

Martin trat ein. Er trug eine kleine Schachtel.

Myrtle drehte sich so schnell um – einen verrückten Moment lang glaubte sie, Archie sei schon zurück –, daß Dot, die auf dem Boden kniete und mit dem Saum beschäftigt war, mit dem Samt herumgewirbelt wurde. Martin blieb stumm, als er die Braut in den düsteren Stoff gehüllt sah, der in dem schwachen violetten Licht des Fensters melancholische Schatten warf. Sie schauten einander an: Myrtle freundlich und Martin immer noch zu überrascht, um etwas sagen zu können. Auf diese Szene war er nicht gefaßt gewesen.

»Es tut mir leid«, sagte er schließlich. »Ich glaube, ich komme ungelegen. Mein Gott, Myrtle: Du siehst großartig aus.«

»Du störst überhaupt nicht«, sagte Dot, und die Stecknadeln in ihrem Mund zitterten dabei. »Komm, setz dich und erzähl uns, was es Neues gibt.«

»Ihr seid doch die mit den Neuigkeiten«, sagte Martin.

Myrtle spürte ein Zerren an ihrem abgesteckten Rock. Ihre Mutter richtete sich schwerfällig vom Boden auf. Sie ging und holte den Teekessel.

»Ich hab es schon gehört«, sagte Martin und wandte sich an Myrtle. »Du und Archie. Das ist gut.« Er hielt ihr die Schachtel hin. »Kleines Hochzeitsgeschenk.«

»Martin! Das war doch nicht nötig. Vielen Dank. Unser erstes Hochzeitsgeschenk.« (Wie seltsam, wie aufregend, unser zu sagen.)

»Ob ich mich wohl selbst zum ... offiziellen Fotografen ernennen darf?« Martin lächelte zögernd. Er war nicht sehr erfahren in der Kunst der Selbstanpreisung. »Ich habe mir gerade eine neue ...« Er holte eine kleine Sofortbildkamera aus seiner Tasche. »Ich dachte – nur draußen vor der Kirche. Ich würde auch nicht stören.«

»Archie hat bestimmt nichts dagegen«, sagte Myrtle. (Oh, welche Wonne, sich vorzustellen, was der Mann, den man liebt, wohl meint.) »Auch wenn wir keine Fotos geplant haben. Da ist doch gar nicht viel zu ... Es wird bestimmt keine sehr aufwendige Angelegenheit.«

»Trotzdem. Sie sollte festgehalten werden.« Er klang heiter. Aber sein umwölkter Blick – diese Mischung aus Freude und Bedauern – rührte Myrtle.

»Ganz unbedingt«, sagte Dot und blickte zu dem verblaßten Dokument ihrer eigenen Hochzeit mit Jock. Das kleine sepiabraune Bild steckte in einem breiten, auf Hochglanz polierten Messingrahmen.

»Also gut, in Ordnung.« Myrtle fiel es schwer, sich auf Martin zu konzentrieren: Dot malträtierte wieder die Falten ihres Rocks. Sie öffnete die Schachtel erst, als Martin gegangen war. Es war ein Bergkristall, dessen milchige Spitzen an diesem düsteren Nachmittag nur schwach schimmerten. Aber Myrtle konnte sich vorstellen, wie hell er an einem sonnigen Tag leuchten würde, und sie bückte sich, um ihn Dot zu zeigen, die sich beklagte, daß sie noch nie eine so zappelige Braut erlebt habe.

Die nicht sehr aufwendige Angelegenheit fand an einem bitterkalten Februarnachmittag in der Kirche von St. Monan statt. Es war so kalt, daß Myrtle über ihrem Samtkleid das alte Cape ihrer Großmutter tragen mußte, das dick wie eine Pferdedecke war. Doch selbst an ihrem Hochzeitstag blieb sie unangefochten von Eitelkeit und störte sich nicht an dieser unvorteilhaften Ergänzung ihrer Festtagsrobe. Auf keinen Fall sollte die Kälte sie ablenken.

Sie fuhr mit Dot und Annie in einem Taxi zur Kirche, das wie ein altes Schiff über die holprigen Straßen rumpelte. Ein Außenstehender hätte Annie für die Braut halten können, da ihr Kleid viel hochzeitsmäßiger wirkte als Myrtles. Außerdem trug sie einen kleinen Schneeglöckchenstrauß. Erst als sie aus dem Taxi in den heftigen Regen hinaustraten, fiel ihr ein, daß sie ihn Myrtle geben wollte.

Archie und Ken warteten vorm Kirchenportal, ganz verlegen in ihren ungewohnten Anzügen. Archie trug eine Krawatte mit kleinen Ankern. Zu Dots Ärger fehlte an seinem Hemd ein Knopf.

Die kleine Gruppe ging in die Kirche, wo der Pfarrer gerade die Altarkerzen anzündete. Ihr trüber Schein konnte die Düsternis kaum aufhellen. Es roch nach jener unausrottbaren Feuchtigkeit, die ein Gemäuer nach Jahrhunderten in feuchter Meeresluft durchdringt. Myrtle ließ ihre Augen über die weißgetünchten Wände wandern und fand, daß die Stellen, an denen die Feuchtigkeit durchgeschlagen war, wie Schweißflecken alter Männer aussahen.

Die Braut und die Hochzeitsgäste standen unter einem hübschen Segelschiffmodell, das von der Decke hing. Sie vermieden es, einander anzusehen. Keiner wußte, wie er sich zu verhalten hatte. Endlich hatte der Pfarrer die Seite in der Bibel gefunden und drehte sich zu ihnen um. Da sie so wenige seien, sagte er, sollten sie doch gemeinsam nach vorne kommen. Der rote Läufer – ein Hauch von Moderne, der schlecht zu dem uralten Gebäude paßte – war so schmal, daß nur drei nebeneinander gehen konnten. Ken und Archie nahmen die Braut in ihre Mitte. Dot und Annie folgten ihnen. Musik gab es nicht, da der Organist erkältet war, doch Regen trommelte laut gegen die Fenster.

Während sie durch das Kirchenschiff schritten, mußte Myrtle an die Geschichten denken, die ihr Vater ihr über die Kirche erzählt hatte, als sie klein war. Die Kirche war gegen Ende des elften Jahrhunderts erbaut worden, unter der Regentschaft König Davids I. von Schottland – in einer Zeit, die so weit zurücklag, daß Myrtle sie sich kaum vorstellen konnte. Welche anderen Bräute waren wohl vor neunhundert Jahren durch ebendieses Kirchenschiff geschritten? Und hatten sie dasselbe Gefühl von Kraft und Frieden und nervöser Vorfreude gehabt wie sie selbst in diesem Augenblick? Waren die Gedanken der Bräute in all diesen Jahrhunderten auch wie Schmetterlingsschwärme davongeflogen – noch in dem Augenblick, da das Ehegelöbnis bevorstand, mit Unwichtigem beschäftigt? Sie merkte, daß die kalten kleinen Schneeglöckchenstengel in ihren heißen Fingern ganz warm geworden waren: War das etwas Zeitloses, eine Erfahrung aller Menschen, durch die Jahrhunderte hindurch? Ihr Vater hatte sich immer so selbstverständlich zwischen Vergangenheit und Gegenwart bewegt: Ereignisse, die Hunderte von Jahren vor seiner Geburt stattgefunden hatten, waren ihm ebenso gegenwärtig wie etwas, was er vor einer Woche mit eigenen Augen gesehen hatte. Häufig hatte er von den schottischen Königen so gesprochen, als wären sie Freunde, Zeitgenossen.

»David I., das war ein guter Mann«, sagte er. »Die Legende erzählt, daß er an einer furchtbaren Speerverletzung litt und die Mönche von St. Monan ihn heilten. Aus Dank ließ der König ihnen diese Kirche erbauen.« Myrtle erinnert sich, wie ihr Vater ihre Hand nahm und sie eines der zwölf geweihten Kreuze betasten ließ, die recht plump aus den Wänden herausgemeißelt waren. Der Stein hatte sich unangenehm kühl und rauh angefühlt, aber sie hatte nichts gesagt, da sie ihn nicht kränken wollte.

So schritten sie langsam an den verzierten Wänden vorbei durch das Kirchenschiff. Ihre Finger, die die Schneeglöckchen umschlossen, erinnerten sich an die Steinvorsprünge, so wie Finger sich an die Tasten eines Klaviers erinnern mögen, auf dem sie lange nicht mehr gespielt haben. Es war König David II., hatte ihr Vater ihr mehr als einmal erzählt, der sich dann wieder für die inzwischen verfallene Kirche einsetzte. Der Ärmste war einst von einem heftigen Unwetter überrascht worden, als er von Leith nach Ardross segelte, das kaum zwei Kilometer von St. Monan entfernt liegt. Er schwor, er werde etwas für die Kirche tun, wenn er das sichere Land erreiche. Dieses Versprechen ließ er dann mit dem Wiederaufbau des Gotteshauses zwischen 1362 und 1369 in die Tat umsetzen. Der Bau hatte 750 Pfund gekostet. Warum fiel ihr dies ausgerechnet an ihrem Hochzeitstag ein? Und der Zimmermann hatte für seine Arbeiten genau 1 Pfund, 13 Schillinge und 4 Pence erhalten. Immer wenn ihr Vater das erzählte – und er neigte dazu, seine Lieblingsgeschichten zu wiederholen –, stieß er beim Nennen der Summe einen Pfiff aus, da sie selbst für damalige Zeiten sehr gering war. In dem Regen, der gegen die Fenster prasselte, konnte Myrtle diesen unreinen, spuckefeuchten Pfiff geradezu hören. Sie wünschte, ihr Vater wäre hier, würde sie, wie es Brauch war, zum Altar führen. Sie wünschte, er könnte sie sehen, könnte ihr Glück miterleben, das er immer für sie erhofft hatte, ohne wirklich daran zu glauben. »Du bist leider so groß«, sagte er so traurig, als würde das jedwedem Glück im Wege stehen. Und das hatte es viele Jahre lang ja auch getan. Myrtle hatte versucht, damit fertigzuwerden, indem sie sich an den Rat ihres Vaters hielt: *Hoff auf gar nichts, Mädel, dann wirst du eines Tages vielleicht überrascht.* Überrascht! Überrascht war wirklich kaum der richtige Ausdruck dafür, daß sie jetzt endlich am Altar stand, sich durch all die Schmetterlingsgedanken in die Gegenwart zurück kämpfte und sich davon zu überzeugen suchte, daß dies hier kein verrückter Traum war, sondern eine kaum faßbare Tatsache, die sie erst im nachhinein wirklich würde glauben können. Hier war er, Archie, der Unerreichbare, und roch nach Mottenkugeln und Zahnpasta und stand im Begriff, ihr Ehemann zu werden, »ohne viel Brimborium«, vor Gottes Angesicht.

Als die schlichte Zeremonie vorüber war, standen Braut und Bräutigam, der Pfarrer und die kleine Gemeinde in der Kirchentür und schauten in den Regen, der auf das Wasser niederging. Der schwere Himmel hing so tief, daß kaum zu erkennen war, woher das Licht kam, das auf den Bass Rock fiel – in diesem Wetter wirkte er wie ein fernes Geisterdenkmal. Die kleine Gruppe stand noch da und wartete einen günstigen Moment ab, um zu den Taxis zu eilen, als plötzlich eine völlig durchnäßte Gestalt hinter einem Grabstein hervorkam – Martin. Mit der Kamera in der Hand ging er auf sie zu. Zuerst fotografierte er, wie sie sich alle miteinander im Eingang drängten, dann lockte er sie auf den durchweichten, hügeligen Friedhof hinaus und stellte sie für weitere Fotos mit dem Rücken zum Meer auf. Eines davon wurde später vergrößert und gerahmt und steht nun schon ein Eheleben lang auf der Schlafzimmerkommode der Duns. Durch die Vergrößerung ging die ursprüngliche Leuchtkraft der Farben verloren, aber die Stimmung ist gut getroffen: schwarze Felsen, mit schlierigen Algen bedeckt, tobende Wellen, mannshohe Granitkreuze über Grabsteinen und die verwunderten, ungläubigen Gesichter der Hochzeitsgesellschaft – nur Annie hatte ein ordentliches Hochzeitslächeln aufgesetzt. Leider ist das Licht, das den Bass Rock so geheimnisvoll beschien, auf dem Bild nicht zu sehen. Manchmal glaubt Myrtle, sie habe es in all ihrer Aufregung damals nur phantasiert.

Nach dem Hochzeitsmahl in einer Wirtschaft fuhren Myrtle und Archie per Bus und Zug nach Mull. Dort verbrachten sie eine Woche in einer kleinen Pension mit Blick auf Iona. Myrtle war von den vielen Handtüchern in dem schlichten Badezimmer hingerissen – es gab einen ganzen Stapel unglaublich flauschiger Flanelltücher in den verschiedensten Farben. Archie beeindruckte vor allem das vorzügliche, reichhaltige Frühstück.

Das Wetter war in dieser Woche gnadenlos schlecht, die Landschaft verschwand vollkommen in dichtem Nebel. Sie wagten sich immer nur kurz hinaus. Die meiste Zeit blieben sie in ihrem Zimmer. Archie gestand ihr, daß die Mädchen zwar hinter ihm her gewesen seien (ein scheues Erröten begleitete die Bemerkung), daß er aber nie mit einer geschlafen habe. Myrtle mußte über sein feierliches Bekenntnis lächeln und war zutiefst erleichtert. Sie war froh, daß sie das unbekannte Reich der körperlichen Leidenschaft gemeinsam entdecken würden. So fühlte sie sich sicherer. In der ersten Nacht schritt sie nackt durchs Zimmer zum Bett, in dem Archie sie erwartete. Seine breiten Schultern sahen unter der Bettdecke hervor. Er flüsterte, sie sei wie ein Wunder für ihn.

In Mull lernte Archie seine Frau lieben, und Myrtle lernte ihn lieben. Die Seligkeit jener ersten Liebesstunden schien auch danach nie zu erlöschen. Vielleicht war es Archies häufige Abwesenheit, die sie stets wieder entzündete. An Dot hatte Myrtle erlebt, wie schlimm die chronische Angst sein kann, wenn der Mann zur See fährt. Nun, da Myrtle mit Archie verheiratet war, einem klugen und gewissenhaften Kapitän, der das Leben seiner Männer nie aufs Spiel setzen würde, war sie es, die mit der ewigen Angst fertig werden mußte. Sie begriff aber auch, daß diese ständige Lebensgefahr die Stunden, die sie gemeinsam verbrachten, noch kostbarer machte. Jede Heimkehr wurde zum Fest, war Anlaß für Dank. Bei jeder Ausfahrt beteten beide heimlich, die Skyline II möge sicher wiederkehren. Auch nach Jahren heil überstandener Stürme verließ das Gefühl der Dankbarkeit sie nie. Denn ihre ganze Ehe hindurch vergaßen Myrtle und Archie niemals den Schatten des Todes, der allem Glück und aller Liebe einen Hauch von Bitternis verleiht.

Im achtzehnten und selbst noch im neunzehnten Jahrhundert waren die Fischerboote denen ihrer Wikinger-Vorfahren in der Form noch sehr ähnlich, erklärt Myrtle Janice. Sie zeigt ihr das Bild von einer *sixern*, einem Sechser-Ruderboot, das vor einiger Zeit in ziemlich verrottetem Zustand auf den Shetland-Inseln entdeckt wurde. Sie sagt nicht, daß das Bild sie auch bedrückt. Myrtle mag verrottete Boote noch weniger als leere Fischkutter. Wracks, Rost, morsches Holz, alte lecke Boote, die sich gerade noch über Wasser halten – all das macht ihr besondere Angst. Stets hat sie sich von Schiffsruinen ferngehalten – sie wirken so beängstigend leblos. In verlassenen Häusern findet sie diese Leblosigkeit nicht bedrohlich. Als Kind stieß sie einmal auf ein gestrandetes Ruderboot, das umgekippt auf einem Kiesstrand lag. Im geborstenen Bug klaffte ein großes Leck, und die Farbe war in unzähligen blasigen Wunden abgeplatzt. Unerklärlicherweise brach sie in Tränen aus, traute sich nicht in seine Nähe. Annie wollte gern darunterkriechen und Mutter und Kind spielen, aber Myrtle weigerte sich. Annie hielt sie für bekloppt. »Du Oberbekloppte!« schrie sie, das Knirschen der Kieselsteine unter den Füßen der davonlaufenden Myrtle übertönend. Ja, selbst als Fischersfrau hatte sie immer noch ihre Probleme mit Booten.

Doch jetzt verrät sie nichts von diesen Gefühlen, sondern zeigt mit einem energischen Finger auf das Bild: das verblaßte stumpfe Graubraun der gestrandeten *sixern* in Vemmenty auf den Shetland-Inseln. Janice neben ihr ist begeistert.

»Das würde ich gerne sehen«, sagt sie.

»Ich glaube nicht, daß es noch da ist. Es ist wohl längst in irgendeinem Museum.«

»Ich würde gern einmal auf die Shetland-Inseln fahren.«

»Deine Mutter und ich waren mal da. Lange, bevor du geboren wurdest.«

»Da würde ich gerne hin.«

»Millionen von Vögeln! Und dieser Lärm!«

»Vielleicht fährst du ja eines Tages mit mir hin.«

Sie sitzen am Küchentisch – Janice auf dem Platz, den sonst Annie einnimmt. Zwischen ihnen liegen ein paar aufgeschlagene Bücher. Janice arbeitet an einem Aufsatz über die heimische Fischwirtschaft. Myrtle hat sich bereit erklärt, in einigen Fächern mit ihr zu üben. Der Aufsatz macht Janice inzwischen richtig Spaß. Zuerst hatte sie das Ganze absolut öde gefunden. Wer will schon was über Boote wissen, sagte sie. Der Hafen sei doch voll davon. Ihr Vater rede dauernd über Fisch. Alles was mit stinkendem Fisch zu tun habe, stehe ihr bis hier. Sie wolle gar nicht erst anfangen. Es interessiere sie nicht die Bohne.

Aber über Myrtle wird die Fischerei dann doch irgendwie interessant, sogar aufregend. Myrtle stellt die Dinge sehr anders dar als ihre langweilige alte Lehrerin Miss Simmons, die alles mit einer Stimme herunterleiert, die klingt, als habe sie den Mund voll Kuchen. Myrtle erzählt Geschichten und stellt Janice Fragen, die zu beantworten ihr Freude macht. Und Myrtle *hört zu*: Sie hört zu, als sei sie wirklich interessiert, weswegen Janice – ein wenig gefallsüchtig – plappert und plappert. Myrtle hat Janice auch überzeugen können, daß es Spaß macht, in die Museumsbücherei zu gehen, in alten Dokumenten und Akten nachzuschlagen und nach Fotos zu suchen, die man für die eigene Arbeit fotokopieren kann. Janice hat das gemacht und triumphierend die Früchte ihrer Ausgrabungen präsentiert. Dafür hat sie von Myrtle ein großes Lob und obendrein noch selbstgemachte Zimtkekse bekommen. Mittlerweile findet Janice sich nicht mehr so dumm, wie alle in der Schule behaupten. Ihre Zensuren bessern sich auffällig. Die Stunden mit Myrtle vergehen immer viel zu schnell. Sie freut sich jedesmal darauf, sie liebt sie richtig. Innerhalb von wenigen Wochen ist das Kind, wie Annie Myrtle gegenüber äußert, regelrecht aufgeblüht. Ihr gefallen sogar die Gedichte, die Myrtle jetzt mit ihr liest – sie kommt nach Hause und redet von Leuten, die Sorah und Rustum heißen. Erst gestern wollte Janice unbedingt *The Ancient Mariner* zu Ende lesen, bevor sie nach Hause ging.

»Du solltest eine richtige Lehrerin werden«, sagt Janice, »damit ganz viele Kinder so viel Spaß haben und nicht nur ich.«

»Vielleicht, eines Tages. Ich hab schon oft daran gedacht. Ich bin aber nicht ausgebildet.«

»Das macht doch nichts. Du wärst einfach toll.«

Myrtle sammelt die Fotokopien von Bildern alter Fischerboote ein. Für die Vorbereitung dieser Unterrichtsstunden ist sie selber stundenlang im Museum gewesen. So sind ihr die Vormittage wie im Flug vergangen. Manchmal hat sie eine Pause gemacht und Annie unten im Café besucht. Annie ist jetzt eine perfekte Kellnerin, sie bringt ihr dann rasch einen Kaffee und sagt, der »geht aufs Haus«. »Du die Lehrerin, ich die Kellnerin«, stellt sie fest und lacht. Aus ihrer Bemerkung ist sowohl Bewunderung als auch Neid herauszuhören. Sie würde ihrer Tochter gern selbst Mut machen, sie so zum Lernen anfeuern, wie Myrtle es in so kurzer Zeit vermocht hat. Aber sie weiß, daß sie das nicht kann. Und sie freut sich, daß ihre kinderlose Freundin wenigstens eine wichtige Rolle in Janices Leben spielt. Annie wärmt sich an dem Gedanken, daß Janice für Myrtle fast so etwas wie die eigene Tochter ist.

»Morgen kommt dann der Heringsfang dran«, sagt Myrtle. »Ich habe für dich Bilder mit Schiffen gefunden, wo die Fischer bis an die Knie in Heringen stehen. Ich erzähl dir dann auch alles über die Katastrophe von 1848, als hundert Boote mit Hunderten von Fischern untergingen.«

»Schön.«

»Aber jetzt wird es Zeit, daß du gehst.«

Janice rührt sich nicht. Sie schreibt HERINGE in kunstvollen Großbuchstaben in ihr Heft. Sie hält die Augen gesenkt, und ihre Wimpern, dicht und geschwungen wie Annies, werfen spitzige Schatten auf ihre Wangen. Ihr Haar ist in letzter Zeit lockiger, üppiger geworden. Das Braun hat einen rötlichen Schimmer bekommen. Ein paar Strähnen fallen ihr in die Stirn. Sie versucht nicht, sie aus dem Gesicht zu streichen. Annie war genauso in dem Alter: eigensinnig mit ihrem widerspenstigen Haar. »Bind es hinten zusammen, Annie, oder du kriegst eine Rüge«, drohten die Lehrer ständig. Annie handelte sich Dutzende von Rügen ein und machte sich nichts daraus. Gegenwart und Vergangenheit mischen sich auf verwirrende Weise. Für einen Augenblick ist Janice das Kind Annie. Janice schaut hoch, lächelt mit demselben Lächeln. Grübchen erscheinen in ihren Wangen, die runder sind als Annies je waren, und schon ist sie wieder sie selbst. Elf Jahre alt und so lebendig. Mit dem kräftigen Kinn ihres Vaters wird sie nie ganz so aussehen wie ihre Mutter. Dafür hat Janice etwas Aufsässiges, Tückisches an sich, das sie gefährlich und unberechenbar machen könnte, wenn sie erst erwachsen ist.

»Ich geh jetzt lieber«, sagt Janice. »Obwohl ich keine Lust hab.« Sie steht auf, sammelt ihre Sachen zusammen. Sie sieht sich in der Küche um, merkt sich den Raum, um das Bild mit nach Hause zu nehmen. Myrtle sieht, daß ihre Nägel völlig abgekaut sind. »In der Schule ist ein Junge, der Arthur Dilk heißt.

Der schreibt mir so blöde Briefchen.« Myrtle lächelt. Auch darin also wiederholt sich die Geschichte. »Ich hab es Mum nicht erzählt – sag ihr nichts.«

»Natürlich nicht.« Dutzende von Jungen, erinnert Myrtle sich, haben Annie blöde Briefchen geschrieben, als sie elf Jahre alt war.

Janice geht um den Tisch und küßt Myrtle rasch auf die Wange. Das hat sie zuletzt als ganz kleines Kind getan.

»Ich bin schon richtig neugierig auf diese Katastrophe«, sagt sie. »Ich wünschte, mein Dad und Archie und all die anderen müßten nicht immer aufs Meer hinaus. Ich will nie einen Fischer heiraten. Ich hasse Männer, die Fischer sind.«

»Die Auswahl ist hier nicht sehr groß«, sagt Myrtle.

»Dann zieh ich eben weg. Ich würde gern in den Süden. Nach Stratford-on-Avon oder Weston super Mare – ich hab was darüber gelesen. Vielleicht kannst du mir ja in der nächsten Erdkundestunde was über schöne Städte erzählen.«

»Vielleicht.« Myrtle begleitet Janice zur Tür, die große Hand leicht auf der schmalen Schulter. »Bis morgen nachmittag um fünf.«

»Noch dreiundzwanzig Stunden bis dahin.«

»Hm.«

»Hoffentlich vergehen sie schnell.«

Myrtle sieht ihr nach, wie sie langsam die Treppe hinuntergeht. Die schwere Schultasche läßt sie etwas schief gehen. Myrtle sorgt sich um das Kind. Sie liebt es sehr.

Die Erinnerung an die Zeit, in der Archie und Myrtle versuchten, auch ein Kind zu bekommen, haben beide tief in ihrem Innern vergraben. Sie denken nicht mehr an die Mühsal und die Enttäuschungen von damals: Es gibt zuviel anderes in ihrem Leben, worüber sie sich freuen können. Aber Trauer kann hartnäckig sein, und sie können nicht leugnen, daß sie sie von Zeit zu Zeit heimsucht – vor allem Myrtle. Geburtsanzeigen von Eltern aus dem Freundeskreis, der ständige Anblick von Babys in Kinderwagen, die gutgemeinten Bitten um Patenschaften – all das erinnerte sie immer wieder an ihr eigenes »Versagen«, wie Myrtle es im stillen nannte. Schon vor langer Zeit hatten sie und Archie sich mit diesem »Versagen« abgefunden. Sich mit etwas abfinden ist jedoch etwas anderes, als sich daran gewöhnen. Es gelang ihnen einfach nicht, sich an den Gedanken zu gewöhnen, daß es nicht sein sollte. Falls nicht ein Wunder geschah. Manchmal fragten sie sich, ob dieser Kummer sie wohl für den Rest ihres Lebens begleiten werde.

Fast fünf Jahre lang bemühte Myrtle sich, schwanger zu werden. Am Anfang stand die ganz normale Hoffnung. Myrtle malte sich aus, wie sie mit der frischen Nachricht ihrer Schwangerschaft zum Boot hinunterlief, weil sie vor lauter Aufregung nicht abwarten konnte, bis Archie zu Hause war. Als es dann keine Anzeichen gab, daß dieser Wunschtraum je Wirklichkeit würde, hegte Myrtle den Verdacht, daß irgend etwas nicht in Ordnung war. Sie war die erste, die Tests, Untersuchungen, unangenehm intime Fragen über sich ergehen ließ. Während Archie auf See war, verbrachte sie viele Stunden in Krankenhausfluren. Auf diesen Wegen begleitete Annie sie manchmal. Sie war inzwischen schwanger, während in Myrtle die Hoffnung wie ein jämmerlich sterbender Vogel verkümmerte.

»Also, wenn nichts passiert, dann kannst du dir mein Kind mit mir teilen – Himmel, wie es stößt! Fühl mal, wie es stößt, Myrtle.« Ohne ein Gespür für Myrtles Seelenlage klopfte Annie mit langen silbernen Fingernägeln auf ihren Bauch. Myrtle deutete letzteres als alarmierendes Zeichen, daß ihre Freundin vielleicht gar kein natürliches mütterliches Gefühl besaß. »Wie soll ich bloß je mit einem Kind fertig werden. Oh, es ist ungerecht. Aber du brauchst noch lange nicht aufzugeben. Gerade wenn du es am wenigsten erwartest ...« Annie tat in den schäbigen Wartezimmern ihr Bestes, um ihre Freundin aufzumuntern, ihr Hoffnung zu machen – und dabei merkte sie nie, wie wenig feinfühlig sie eigentlich war.

Als nach Monaten die scheußlichen Untersuchungen endlich vorüber waren, lautete das Ergebnis, alles scheine in Ordnung zu sein. Nun kam Archie an die Reihe. Vielleicht war er der

»Schuldige«, wie der Gynäkologe es ausdrückte. Seine Zweifel an den Tests behielt Archie für sich, auch wenn ihm schon beim Gedanken an die Sache schlecht wurde. Um des Kindes willen, um der Liebe zu seiner Frau willen würde er aber alles mit sich machen lassen. Und so fuhr er während eines Landurlaubs tapfer mit dem Bus zum Krankenhaus. Myrtles Begleitung hatte er abgelehnt. Entsetzt mußte er erleben, wie er morgens um neun in eine sterile Kabine geführt wurde, die mit einem Plastikgefäß und einigen uralten Illustrierten ausgestattet war. Wie viele andere hoffnungslose, verzweifelte Hände mochten diese zerfledderten Seiten voller obszöner Hintern und Brüste schon zitternd durchgeblättert haben? »Machen Sie einfach Ihr Zeug«, kommandierte eine steife kleine Schwester, deren Brüste fest in einer lusttötenden Uniform verpackt waren. In den wenigen schrecklichen Minuten ihrer Begegnung brachte sie es fertig, überheblich, mitleidig und spöttisch zugleich zu sein. Archie haßte sie. Mit einem blasierten, wissenden Blick schloß sie hinter sich die Tür. Als er dann in der Stille der weißen Zelle eingesperrt war, gab ihm nur der Gedanke an Myrtles letzte Hoffnung die Kraft, den unwürdigen Befehl auszuführen.

Wie sich herausstellte, gab es keine Probleme mit Archies Spermienzahl: Sie war völlig in Ordnung. Das Ganze sei ihm ein Rätsel, sagte der ärztliche Berater bei ihrem letzten Gespräch. Wie es denn mit der Fruchtbarkeitspille wäre. Einhellig lehnten Myrtle und Archie den Vorschlag ab. Dann liegt es allein in Gottes Hand, sagte der Mann, bemüht, ihnen zu helfen, doch zu beschäftigt, um viel Zeit daran zu verschwenden, dieses unnachgiebige Paar zu überzeugen. Ganz offensichtlich gab es gelegentlich psychische Barrieren, die eine Schwangerschaft verhinderten, aber durch eine längere Therapie könnten sie vielleicht ausgeräumt werden ... Dieser letzte wohlgemeinte Rat stieß auf dieselbe Ablehnung. Nein, vielen Dank, sagten Myrtle und Archie erneut. In dem Fall liegt es in Gottes Hand, wiederholte der Berater müde und schloß die Akte der Duns, die vor ihm lag. Er schaute auf die Uhr und deutete damit an, daß für seinen Geschmack selbst ein unfruchtbares Paar seine kostbare Zeit nicht zu lange in Anspruch nehmen sollte. Ja, Gott sei wahrscheinlich die beste – die einzige – Hoffnung, fuhr er fort und stand auf. Sein Vater, sagte er, sei Pfarrer und habe ihn die Kraft des Glaubens gelehrt. Er ahmte, die Mundwinkel verziehend, ein ermutigendes Lächeln nach und blickte auf seine Patienten hinunter. Archie und Myrtle erhoben sich ihrerseits. Nun konnten sie auf ihn hinuntersehen, auf diesen Mann, den sie ein wenig verachteten, weil er ihnen nicht weiterhelfen konnte. Der letzte Rat des Mannes lautete, sie sollten die Hoffnung nicht aufgeben – wer weiß, vielleicht würde der himmlische Vater sie mit einem Geschenk überaschen, wenn er die Zeit für gekommen hielt. Sie sollten nicht vergessen, Gottes Wege seien unergründlich, er lasse sich nicht drängen ... Dann konnte der Berater seine Ungeduld nicht länger zügeln, und er führte die Duns zur Tür.

Diese kleine Predigt war nicht sehr ermutigend gewesen: Jetzt konnten Myrtle und Archie nur noch auf Gottes Einlenken warten. Doch ein Baby sahen seine unergründlichen Wege für sie nicht vor. Unterdessen gebar Annie ein gesundes Mädchen – Janice. Die ersten beiden Jahre war Myrtle ständig um die Kleine herum und half Annie, wo sie nur konnte. Sie begann das Kind zu lieben, nicht wie ihr eigenes, das war nicht zu leugnen – aber ohne Vorbehalte. Archie beobachtete seine Frau. Er konnte sie verstehen und war froh, daß da ein Kind war, an dem Myrtle ihre mütterlichen Gefühle ausleben konnte. Doch er selbst verspürte eine vage Abneigung, die er lieber nicht genauer ergründen wollte. War da ein heimlicher Groll in ihm? Wieso wurde die nichtsnutzige Annie mit einem Kind beschenkt, während seiner eigenen, so viel besseren Frau diese Gabe verwehrt blieb? Janice war ein bezauberndes, hübsches Kind, kein Zweifel. Doch früh schon wirkte sie altklug und hatte etwas von der gereizten Art ihrer Mutter. Wenn Archie dem Kind begegnete (häufig kam er nach Hause, und Myrtle hielt es auf den Knien), benahm er sich durchaus so, wie man es hätte erwarten können – hätschelte und wiegte das Kind, erzählte ihm Geschichten von Meerjungfrauen und brachte es zum Lachen. Doch in Wahrheit entwickelte er nie eine große Zuneigung zu dem Kind. Als Janice elf Jahre alt war, war aus Archies Gleichgültigkeit regelrechte Feindseligkeit geworden. Er forderte, daß sie möglichst nicht ins Haus kam, wenn er da war. Es konnte Annie nicht entgehen, daß er ihr Kind mied. Und Myrtle war betrübt über seine heftige Reaktion, konnte ihm allerdings keinen wirklichen Vorwurf machen.

»Ich begreife einfach nicht, was du gegen sie hast, Archie.«

»Sie hat irgendwas an sich.«

»Um Himmels willen, sie ist doch ein unschuldiges kleines Ding.«

»So unschuldig auch nicht.«

»Was meinst du damit? Was erzählst du für einen Unsinn! Sie ist noch keine zwölf Jahre alt.«

»Sie ist hinterlistig wie ihre Mutter.«

»Das ist ungerecht. Ein blankes Vorurteil.«

»Laß uns nicht darüber streiten. Eines Tages wirst du sehen, daß ich recht habe.«

»Unsinn.«

Janice war der einzige Streitpunkt zwischen ihnen, obwohl diese Unstimmigkeit meist verdeckt blieb. Und selbst wenn es einmal zu einer offenen Auseinandersetzung kam, gelang es ihnen immer, den Streit schnell wieder beizulegen. Trotzdem waren beide danach verstimmt, wütend, verwirrt – einen Tag lang herrschte dicke Luft. »Verschwendung von kostbarer, glücklicher Zeit«, sagte Myrtle. Wenn Archie dann aber, nach stundenlanger Arbeit auf dem Boot, wieder ganz ausgeglichen nach Hause kam und seinen Kopf wie ein bockiges Kind, das um Verzeihung bittet, auf die Schulter seiner Frau legte, wurde auch Myrtle ruhiger. Während sie ihm über sein struppiges, sonnengebleichtes Haar strich, erwachte in ihr erneut die große Liebe zu ihrem Mann. Sie hielten sich in der Küche eng umschlungen und schalten sich für ihre Albernheit. Wie hatten sie es nur zulassen können, daß Annies Tochter zwischen sie trat?

Am Tag, nachdem Myrtle und Archie von ihrer Hochzeitsreise heimgekehrt waren, mußte Archie schon wieder aufs Meer hinaus. Und nur wenige Minuten nach seinem Aufbruch stand Annie in der Tür. Sie war aufgeregt, aber offenbar nicht wegen Myrtles Rückkehr. Nur flüchtig fragte sie, ob es schön gewesen sei, dann platzte sie schon mit ihrer Neuigkeit heraus.

»Ich bin verlobt«, stieß sie hervor und hielt ihre linke Hand hoch. Wie ein Glühwürmchen saß ein winziger roter Stein an ihrem Ringfinger.

»*Verlobt*? Mit wem?«

Annie warf den Kopf zurück, den zweiten Teil der Frage als unwichtig abtuend. Sie drehte den fast unsichtbaren Ring, vergewisserte sich seiner Bedeutsamkeit.

»Rubin«, sagte sie. »Oder vielleicht auch Granat. Ich hab es vergessen. Ich wollte auf jeden Fall was Rotes. Toll, nicht?« Sie wedelte mit dem Finger vor Myrtles Nase.

»Aber Annie – mit wem bist du denn verlobt?"

Annie klimperte mit den Wimpern, errötete, setzte ihr verschwörerischstes Gesicht auf. Sie liebte Überraschungen.

»Mit Ken«, sagte sie schließlich.

»Ken?« Myrtle mußte sich setzen, vollkommen verblüfft.

»Genau. Ken.« Sie senkte den Blick, rieb wieder das Glühwürmchen. Myrtles Fassungslosigkeit wurde schon peinlich.

»Wie um Himmels willen ist das denn passiert?«

»Na, er liebt mich doch schon seit ewigen Zeiten. Ich habe beschlossen, genau wie du zum Altar zu schreiten. Und ich dachte, warum nicht Ken? Er ist ein netter Mensch. Und ich mag ihn. Es muß ja nicht jeder vor Leidenschaft brennen, um eine gute Ehe zu führen.« Es schien etwas Spöttisches in ihrer Stimme zu liegen, doch Myrtle war nicht sicher, ob sie es sich nur einbildete. Sie blickte weg. Sie mochte ihrer Freundin nicht in die Augen sehen.

»Überrascht dich das?« Nun machte sie sich lustig.

»Ja, wirklich.«

»Ich dachte, du würdest dich *freuen*.« Myrtles wenig begeisterte Reaktion war nicht eben das, was Annie sich vorgestellt hatte. Sie schmollte verdrossen. »Es ist vielleicht nicht die Liebesheirat des Jahrhunderts so wie bei dir und Archie Duns, aber trotzdem liebt er mich, und das weißt du sehr genau. Du warst es doch, der er es gestanden hat. Er wird gut zu mir sein, und ich will versuchen, ihm eine gute Frau zu sein.« Sie lächelte fast unmerklich. »Wir werden schon miteinander auskommen.«

Myrtle seufzte. Sie beschloß, nur noch eine Frage zu stellen, um danach dann treu zu ihrer Freundin zu stehen.

»Aber du hast Ken doch so lange gemieden«, sagte sie. »Hast ihn sogar verspottet. Die Vorstellung, *ihn zu heiraten* ... vor wenigen Wochen hättest du noch darüber gelacht. Du hast ihn nie geliebt. Du liebst ihn auch jetzt nicht. Soweit ich weiß, gefällt er dir noch nicht mal. Findest du es fair, ihn zu heiraten?«

Myrtles Stimme klang weniger scharf als ihre Worte. Annie zuckte die Schultern.

»Wenn es ums Heiraten geht, muß man meiner Meinung nach ein bißchen praktisch denken«, sagte sie. »Hier in der Gegend ist die Auswahl doch gar nicht mehr so groß. Und wegziehen will ich nicht. Ich möchte hier leben. Ich hatte nie was Konkretes gegen Ken, außer daß es mir peinlich ist, daß ich mich ihm damals so blöde an den Hals geworfen habe. Aber was das angeht, da verhält er sich wirklich wie ein Gentleman – erwähnt es mit keinem Wort. Ich glaube, daß ich ihn mit der Zeit lieben werde. Wenn er kein guter Mensch wäre, könnte er doch nicht Archies Freund sein oder deiner. Ich achte ihn, und das ist wichtig in einer Ehe, die Achtung. Wenn die eine Hälfte liebt und die andere Achtung hat, dann ist das mehr, als man von vielen Ehen behaupten kann. Ich glaube fest daran, daß es gutgehen wird.«

»Das hoffe ich.«

»Wir wünschen uns beide einen Haufen Kinder. Wir wünschen uns überhaupt in vielen Dingen dasselbe – neulich abend haben wir eine Liste gemacht. Wirklich. Mach nicht so ein Gesicht. Wir haben eine Menge vor, das sag ich dir.« Sie kicherte. »So lange, wie er auf mich gewartet hat ... Soll ich dir was verraten: Ken ist ein großartiger Liebhaber. Ich kann kaum gehen.« Annie drehte eine kleine Runde, mit eingeknickten Beinen und humpelnd wie ein verletzter Vogel. Sie lachte über sich selbst, versuchte Myrtle auch zum Lachen zu bringen.

Aber Myrtle sah weg, heftigste Gefühle spiegelten sich in ihrem Gesicht. Sie riß sich zusammen, stand auf, ging zu ihrer Freundin und küßte sie auf die Stirn. Beide faßten sich kurz an den Händen.

»Dann ist ja alles gut, Annie«, sagte sie. »Ich freue mich für dich. Ich hoffe, ihr werdet sehr glücklich.«

»Das werden wir.« Annie lachte erneut. »Ich hab ihm einen ziemlichen Schock versetzt, als ich ihm den Heiratsantrag machte. Du hättest sein Gesicht sehen sollen!«

»*Du* hast ihm einen Heiratsantrag gemacht?« Mit ihrer mühsam errungenen Gelassenheit war es vorbei. Sie war schockiert.

»Keine Stunde, nachdem du mit Archie in den Zug nach Mull gestiegen warst, hat Ken mich nach Hause gebracht. Es blieben ja auch nicht mehr viele Hochzeitsgäste zur Auswahl, oder? Ich sagte: ›Wie wäre es, wenn wir auch heiraten, Ken?‹ Er sagte, ich hätte wohl zu viel getrunken. Ich sagte, nein, ich meinte es ernst. Er sagte: ›Wenn du es ernst meinst, und das bezweifle ich, dann bin ich dabei. Natürlich heirate ich dich‹, sagte er. ›Ich liebe dich seit Jahren. In meinen wildesten Träumen ...‹, sagte er. Dann packte er mich. Mein Gott, wie hat er mich gepackt. Und dann sind wir zum Strand runter gerannt und haben erst am nächsten Morgen aufgehört ... Bin klatschnaß vom Regen und eiskalt nach Hause gekommen, aber *verlobt* ...«

An diesem Punkt konnte Myrtle ihr Entsetzen nicht mehr verbergen. Annie suchte Myrtles Zweifel sofort zu zerstreuen.

»Ken hat dann etwas Kluges gesagt – und glaub mir, er ist ein kluger Mann –, er sagte, daß jede Ehe ein Risikounternehmen sei, und unsere vielleicht mehr als andere. Wenn ich mich aber bemühen würde, eine treue Ehefrau zu sein, dann sähe er keine Probleme.« Sie klimperte mit den Wimpern, hatte plötzlich rote Wangen.

»Und wann wird die Hochzeit sein?« fragte Myrtle förmlich, weil sie es nicht für sinnvoll hielt, über die mögliche eheliche Treue ihrer Freundin zu spekulieren.

»Ach, irgendwann demnächst, denke ich. Wir hatten ja noch gar keine Zeit, darüber zu reden. Hauptsache, wir sind *verlobt*,

Ken und ich.« Sie fing wieder an, den Glühwürmchenstein an ihrem Finger zu reiben. Genau wie ein echtes Glühwürmchen war er bei Tageslicht kaum zu erkennen. Myrtle merkte, daß ihre Mißbilligung so unverhohlen war, daß sie sich Annies Blicken lieber entziehen sollte. Sie ging zum Herd, setzte den Kessel auf.

»Dann haben wir Grund zu feiern«, sagte sie. »Ich mache uns einen Tee.«

Etwa eine Stunde ist es her, seit Janice fort ist. Myrtle bemerkt erst jetzt die Dunkelheit im Raum. Sie geht zum Fenster hinüber. Draußen hat Nebel, so dick wie Vanillesauce, alles vollständig verschluckt. Kein Möwenschrei durchbricht die Stille. Myrtle überlegt, ob der Nebel wohl auch dreißig Kilometer weiter nördlich über dem Meer liegt, dort, wo Archie jetzt seine Netze auswirft. Es ist Zeit fürs Abendessen. Sie will die gebackene Kartoffel aus dem Ofen nehmen, hat aber eigentlich keinen Hunger. Ein Gefühl von Einsamkeit hat sich wie eine Haube über sie gestülpt. »Archie«, sagt sie laut.

Dann zerreißt ein schriller Ton die wattige Lautlosigkeit des Dorfs – der Ton, den alle am meisten fürchten: die Sirene. Der Alarm bohrt sich durch die Hauswände, attackiert die Stille wie ein wildes Tier, fährt Myrtle in den Magen – alles in ihr wird heiß und flüssig. Sie zittert. Nicht Archie, denkt sie – hofft sie, betet sie. Er hätte sie über sein Bordtelefon angerufen, falls etwas passiert wäre. Aber irgendein Boot ist in Seenot.

Myrtle nimmt die große Taschenlampe, eilt ohne Mantel aus dem Haus. Inzwischen ist es nicht nur neblig, sondern auch stockdunkel. Undeutliche Rufe sind zu hören. Immer noch kreischt die Sirene, verstört unsichtbare Möwen, die mit ihrem Geschrei inzwischen ihr eigenes Alarmsystem ausgelöst haben.

Myrtle folgt den Lichtkegeln der anderen. Unten am Hafen versammeln sich die Lichter in unterschiedlicher Höhe. Sie sehen wie die Laternen der Weihnachtssänger aus. In dieser dichten Dunkelheit sind die Lichtstrahlen so nutzlos wie Holzschwerter. Stumpf. Myrtle kann kaum ihre eigenen Füße sehen, geschweige denn das Wasser im Hafen.

Bei den Felsen sei ein Boot in Seenot, sagt jemand. Die Swallow, sagt ein anderer. Ein Stich der Erleichterung fährt Myrtle durchs Herz. Die Angst ist immer noch da, aber wenn die Katastrophe nicht den Menschen betrifft, den man liebt, ist sie anders. Die Erleichterung wandelt sich sofort in Mitgefühl. Andere Gesichter um sie herum verraten dieselben Gefühle. Gott sei Dank ist kein Wellengang, sagt einer: Das ist wenigstens etwas. Das Rettungsboot ist vor zehn Minuten losgefahren. Jemand geht schon Brandy holen. Mary Tunnit, ruft eine Stimme, geht es nicht gut. Mary Tunnit, die Frau des Swallow-Kapitäns, ruft den Ehefrauen der Mannschaft zu, sie sollen sich beruhigen. Feucht und dunkel klebt ihr das Haar am schweißüberströmten Gesicht. Ihre Stimme stockt. Sie war noch nie eine gute Wortführerin. Aber jetzt, in der Not, muß sie das Vorbild sein, die Ruhige, die Vernünftige. Sonst würde Kapitän Duncan Tunnit, ihr Ehemann, ihr später Vorwürfe machen.

»Sie werden alle heil davonkommen«, ruft sie, »um Himmels willen also keine Panik.« Ihre Stimme ist jetzt fest, die Schüchternheit verschwunden. Sie wischt sich den Schweiß von der Stirn. Im Schein einer Taschenlampe sieht Myrtle, daß Marys Haut so bleich und stumpf wie Hafergrütze ist. Gesichtslose Stimmen wogen auf und ab. Myrtle spürt eine kalte Hand auf ihrer: Annie.

»Ich hab dich gesucht«, sagt sie.

»Ich hab dich auch gesucht.«

»Verdammte Sirenen, zerreißen dir das Herz.« Auch Annie zittert. Keine Frau dort unten bleibt unberührt. In der Dunkelheit ist ihre Unruhe am Schwanken der Lampen zu erkennen. Dann hört die Sirene endlich auf zu heulen.

Die anschließende Stille ist wie ein dickes Kissen, in das sich jetzt alle Frauen hineinfallen lassen. Ihre Gesichter sind immer noch konzentriert, aber nicht mehr verzweifelt. Schritte knirschen auf dem unsichtbaren Boden. Eine Männerstimme bringt gute Nachrichten: das Boot sei geortet, die Mannschaft mit dem Rettungsboot auf dem Rückweg. Wenig Schaden sei entstanden, und sie würden das Boot mit einer Leine freischleppen, sobald der Nebel sich gelichtet hat. Wahrscheinlich morgen früh. In dieser Suppe kann man nicht viel machen. Die Schritte verklingen.

Ein allgemeiner Seufzer der Erleichterung. Die Lampen hüpfen schneller, fast fröhlich. Mary Tunnit stößt einen lauten Jauchzer aus. Die Ehefrauen der Swallow-Fischer tasten sich durch die Dunkelheit, wollen einander umarmen, bekommen andere zu fassen. Annie, die noch in Myrtles Nähe steht, hakt sich bei ihr unter. Sie muß jetzt nach Hause, sagt sie: Janice sei allein.

Die beiden Frauen kämpfen sich durch die Menge. Wie eine brennende Zündschnur läuft die Erleichterung unter all den dunklen Gestalten um, die im Nebel und in ihrer dicken Vermummung kaum zu erkennen sind.

»Gott sei Dank«, sagt Annie und bekreuzigt sich – obwohl sie nicht gläubig ist, liebt sie die malerischen Gesten der Römisch-Katholischen Kirche. »Es hätte ja ...«

»Das ist doch schon so oft passiert«, sagt Myrtle. »Erst ist gutes Wetter, und du merkst, die ständige Angst wird ein bißchen kleiner, dann kommt so etwas wie jetzt, und du bist entsetzt ... Du weißt doch, man darf dem verdammten Meer nicht einen Tag trauen. Aber manchmal ist man einfach zermürbt, ganz erledigt vor lauter Mißtrauen. Letztlich sind uns nur dann ein paar kurze Momente des Friedens vergönnt, wenn unsere Männer an Land sind.«

»Und selbst die sind ja nicht immer Friede, Freude, Seligkeit«, sagt Annie säuerlich. »Verdammt noch mal: Wer ist schon gern mit einem Fischer verheiratet!«

Immer noch fest untergehakt, folgen sie dem Strahl ihrer Taschenlampen – diesen rührend kleinen Lichtstäbchen in der schweren, wirbelnden Düsternis.

Als Kinder hatten Myrtle und Annie – sie waren da vielleicht elf oder zwölf – sich einmal im Nebel verirrt. Dot hatte sie von der Schule abgeholt. Beim Bäcker machten sie halt. Dot befahl den Kindern, draußen zu warten und sich nicht von der Stelle zu rühren. Aber irgendein Teufel sei in sie gefahren, sagte Annie später zu Myrtle. Auf einmal habe sie unbedingt wissen wollen, wie es wäre, in den dichten Nebel hineinzulaufen. Sie habe sich vorgestellt, es wäre so, als ob man durch Wolken laufe, sagte sie. Oder vielleicht auch so, als ob man blind sei. Sie drehte sich um und rannte los, ohne ein Wort zu sagen.

Sobald Myrtle begriff, daß sie fort war, hatte sie instinktiv das Gefühl, sie müsse Annie folgen. Sie dachte nicht daran, Dot Bescheid zu sagen, sondern stürzte sich in den Nebel und rief nach Annie. Keine Reaktion, keine Antwort. Myrtle bekam Angst. Sie hatte jede Orientierung verloren. Zwar hatte sie keine Ahnung, wohin sie lief, doch sie lief immer weiter. Die tröstlichen Lichter der Geschäfte waren längst verschwunden. Irgendwie spürte sie, daß sie nicht mehr in einer engen Straße war, sondern auf einer Art freiem Feld.

Sie blieb stehen, horchte. Der dichte Nebel umhüllte sie wie ein feuchtes Laken. Plötzlich hörte sie Stimmen: Stimmen von Jungen, die Annies Namen riefen, und Gelächter. Wie konnten sie bloß lachen? Das war kein normales Versteckspiel. Es war unheimlich. Es war schrecklich. Myrtle erkannte Ross' Stimme, Kens, Sandys albernes Kichern. Sie konnte sie nicht sehen. Nur die Stimmen waren überall, mal weiter entfernt, mal ein wenig näher.

Dann hörte sie ihren eigenen Namen, und es war Annie, die rief. Annie, die sich nicht um die Jungen kümmerte: Annie, die nach ihr rief. Myrtle schluchzte beinah vor Glück. Sie rief zurück. Auf wundersame Weise führten ihre Stimmen sie blind zueinander. Beide streckten ihre kalten, feuchten Hände aus. Sie berührten sich. Auch Annie weinte, lauter als Myrtle, und sagte, wie blöd sie gewesen sei und was für Angst sie gehabt habe. Was würde Dot sagen? Was würde ihre Mutter tun, wenn sie es erführe? Myrtle flüsterte etwas Beruhigendes. Sie hielten sich an den Händen, stolperten vorwärts, versuchten den Weg zu erraten. Das rauhe Gelächter der Jungen wurde schwächer. Nach einer Ewigkeit fanden sie den Bäckerladen mit der besorgten Dot. In ihrer Erleichterung vergaß Dot das Schimpfen und schenkte den Mädchen statt dessen einen Pfannkuchen. Ihre Angst sei Strafe genug gewesen, meinte sie.

Der Vorfall hatte kaum zehn Minuten gedauert, den Mädchen war er jedoch unendlich lang vorgekommen. Auf dem Nachhauseweg hielten sich beide dicht an Dots Seite. Und als Myrtle Annie anschaute und die Mischung aus Zucker und Tränen um ihren Mund sah, fühlte sie sich seltsam zufrieden. Obwohl sie damals zu jung war, um es genau zu begreifen, ahnte sie doch, daß sie, Myrtle, es war, nach der Annie in einer Notsituation rief. Normalerweise hatte sie nur Jungs im Kopf, aber wenn etwas Schreckliches passierte, war Myrtle es, auf die Annie ihre Hoffnung setzte. Myrtle sollte kommen und sie aus dem Nebel retten. Nach Myrtle hatte sie gerufen, auf Myrtle vertraute sie.

Dieses kleine Ereignis, das schon so lange zurücklag und das Annie sicherlich längst vergessen hatte, galt Myrtle als wichtige Bestätigung dafür, daß ihre Freundin auf sie angewiesen war. Wenn Annie unachtsam, launisch oder unfreundlich war, mußte Myrtle häufig an jenen schrecklichen Nachmittag denken, und die Erinnerung daran beruhigte sie. In der Nacht, als die Swallow auf Grund läuft, fällt ihr die Geschichte wieder ein. Die Erinnerung ist so gegenwärtig, daß sie sich die Lippen leckt und beinah glaubt, sie schmeckten nach Zucker und salzigen Tränen. Immer wenn der Nebel niedersinkt, kehren das Salzige und das Süße zurück. Sie ist froh, daß sie Annie hat.

Nach einem Unglück auf See empfangen Fischerfrauen ihre Männer stets mit besonders dankbarer Freude. Als Archie, zwei Tage nachdem die Swallow frei geschleppt worden ist, nach Hause kommt, springt Myrtle beim Klang seiner Schritte von ihrem Stuhl hoch und läuft ihm entgegen.

Er sieht überrascht aus. Er nimmt sie in die Arme, küßt sie auf die Wange, doch seine Gedanken sind woanders. Myrtle folgt ihm die Stufen hoch, sie merkt, daß etwas nicht stimmt.

»Sie haben die Swallow frei gekriegt«, sagt sie. »Sie hat gar nicht so viel abbekommen.«

»Das habe ich gehört.« Er scheint nicht besonders interessiert.

Wenn einem der Boote aus dem Hafen etwas zugestoßen ist, ist Archie gewöhnlich der erste, der losgeht und Hilfe und Trost anbietet. Myrtle ist verwirrt. Die Angst, die sonst immer verfliegt, sobald er durch die Tür tritt, steigt wieder in ihr auf. Was ist geschehen? Sie wartet ab.

Archie setzt sich an den Tisch, ißt hungrig, völlig in sich gekehrt. Myrtle schweigt. Sie weiß, er liebt keine Fragen. Es ist Fischerglaube, daß die Frauen mit Horrorgeschichten vom Meer verschont bleiben sollten. Myrtles Vater wartete zehn Jahre, bis er Dot erzählte, wie die Skyline einmal völlig durchkenterte und die Männer nur durch ein Wunder nicht ertrunken waren. Archie hatte sogar noch länger gebraucht, bis er Myrtle, die von alldem nichts wußte, die Geschichte weitererzählte. Die Welt der Männer auf See ist ein abgeschottetes Reich, für niemanden vorstellbar, der nicht tagelang auf einer nach Fisch stinkenden Barke eingesperrt war, während sie einsam die Wellen durchpflügte. Eine Welt, in der Freistunden in schäbigen, engen Kojen verbracht werden müssen, wo es stets nach altem Fett riecht und wo man seine ungewaschenen Kumpel immer direkt neben sich hat.

Wenn die Männer nach Hause kommen, wollen sie all dies vergessen. Sie wollen die wütenden Unwetter aus ihrem Kopf vertreiben, die das Boot zerstören wollen, es erbarmungslos von einem Wellenkamm zum nächsten schleudern, Deck und Männer immer und immer wieder unter Wasser setzen, bis alle durchgefroren, erschöpft, wie betäubt sind, aber immer noch weitermachen müssen. Sie wollen nicht mehr an den Zank und die Wutausbrüche denken, irgendwo fern von Zuhause unter einem fremden Himmel, nicht an die elende Enttäuschung über einen schlechten Fang. Die Fischer wollen, daß all dies verborgen bleibt, auch vor ihren Frauen.

Deshalb akzeptiert Myrtle dieses ungewöhnlich lange Schweigen. Es lastet inzwischen so schwer, daß sie glaubt, die Erklärung müsse bald kommen. Wie immer auch die Regeln lauten, Archie kann sie nicht länger im Ungewissen lassen. Sie wischt den Herd ab, fährt mit dem Tuch wieder und wieder über dieselbe Stelle, die längst nicht mehr sauberer werden kann. Sie steht mit dem Rücken zu Archie.

Endlich hört sie, wie er sein leeres Glas abstellt, seinen Stuhl zurückschiebt.

»Es ist wegen Ken«, sagt er. »Er wird nicht mehr lange auf dem Boot sein, wenn er so weitermacht.«

Myrtle dreht sich um. Während sie am Herd stand, muß er sich mit der Hand durchs Haar gefahren sein. Es steht steif und komisch vom Kopf ab. Er sieht leicht verrückt aus. Und niedergeschlagen. »Wie meinst du das? Ich dachte, es sei alles geregelt. Was hat Ken denn jetzt wieder angestellt?«

Archie zuckt die Schultern. Myrtle sieht, daß er immer noch nicht weiß, ob er es ihr erzählen soll. Schließlich sagt er: »Dieselbe alte Geschichte. Ungefähr eine Woche lang war er wieder wie früher. Aber auf dieser Fahrt hat er sich nicht mit Ruhm bekleckert, wahrhaftig nicht. Hat uns mit seiner Jammerei halb verrückt gemacht. Ständig über Müdigkeit geklagt. Klar bist du müde, sag ich. Landurlaub ist für ein bißchen Ruhe da und nicht dafür, daß du dich abrackerst und mit diesem alten Lieferwagen Zeugs in ganz Schottland ausfährst – klar bist du kaputt, sag ich. Und wir hatten ja auch ausgemacht, daß er die Sache aufgibt. Wir haben uns die Hand darauf gegeben. Aber er hat sein Wort nicht gehalten. Und ich fürchte, es ist vor allem Annies Schuld – nörgel nörgel nörgel, wie üblich. Er sagt, sie verlangt jetzt kein Auto mehr, aber sie verachtet ihn, weil er ihr keins kaufen kann. Und nun will sie lauter anderes Zeug haben – neue Schuhe für das Kind, einen Wäschetrockner und so weiter. Sie macht ihn verrückt damit ... aber irgendwann muß er sich entscheiden. Ist er ein Fischer oder ein Spediteur? Und was fährt er eigentlich aus bei seinen Umzügen? Bis jetzt hab ich ihn noch nie direkt gefragt. Aber er weiß, daß ich eine ziemlich genaue Ahnung habe. Falls er Schwarzfisch für Charlie Roberts transportiert ... dann sind seine Tage gezählt. Mir reißt langsam die Geduld.«

Archie steht vom Stuhl auf, geht zum Fenster hinüber. Er ist rot vor Ärger. Er steht da, sieht hinaus, dann zu Myrtle. Seine breiten Schultern verdecken das Licht. Der Raum ist abendlich dunkel, dabei ist es erst früher Nachmittag. Myrtle ist sehr angespannt wegen der eigenartigen Atmosphäre, sie bleibt am Herd stehen, lehnt sich dagegen.

»Annie hat etwas angedeutet«, sagt sie vorsichtig, »aber ich hatte keine Ahnung, daß es zwischen Ken und dir ... so schlimm steht. Es ist noch gar nicht lange her, da hat sie mir erzählt, daß Ken seinen Lieferwagen verkaufen will. Von dem Geld würden sie sich einen Urlaub leisten.«

»Es stimmt, daß er sich anfangs Mühe gegeben hat, aber dann war es wieder vorbei damit. Bevor wir heute vormittag von Bord gegangen sind, habe ich ihn noch gewarnt. Ken, sagte ich, dies ist deine letzte Chance. Entweder du verkaufst den verdammten Lieferwagen, oder du bist runter vom Boot. Himmel, wie ich das alles hasse. Bevor Ken so auf den Hund gekommen ist, hättest du an der ganzen Küste keine bessere Mannschaft finden können. Und jetzt herrscht dicke Luft. Ich will endlich Klarheit. Ich will mich darauf verlassen können, daß Ken wieder Vernunft annimmt und nicht so verdammt blöde ist. Aber eigentlich will ich dich mit dem ganzen Kram nicht behelligen. Ich habe es nur erwähnt, weil ein Knall bevorsteht. Es wundert mich, daß Annie dir nicht damit in den Ohren gelegen hat. Sie weiß bestimmt, daß was in der Luft liegt, sie spürt die Spannungen. Sie ist nicht dumm, deine Freundin Annie. Nur rücksichtslos, wenn sie was haben will.«

»Manchmal«, sagt Myrtle und nimmt sich einen Augenblick Zeit, um all das sacken zu lassen, was Archie gesagt hat, »manchmal habe ich den Eindruck, daß ich nach all diesen Jahren immer noch nicht weiß, was in Annies Kopf vor sich geht. Sie tut so, als würde sie mir immer alles erzählen, aber ich glaube, das stimmt nicht.« In ihrer Loyalität wählt sie die Formulierung »ich glaube« anstatt »ich weiß.«

»Es würde mich nicht überraschen, wenn Annie dich eines Tages hintergeht.«

»Sie würde nie absichtlich etwas tun, was mich verletzt. Sie hat ein gutes Herz.«

»Da bin ich nicht so sicher.«

»Doch, ganz bestimmt hat sie das. Du hast sie nie gemocht, schon lange vor dieser blöden Geschichte im Wald.« Myrtle merkt, wie sie lauter wird. »Du hast nie richtig versucht, sie zu verstehen.«

»Und ob ich das habe. Aber ich sehe sie mit anderen Augen und hatte den Eindruck, die Mühe lohnt sich nicht.«

Myrtle stellt sich anders hin. Sie möchte, daß Archie ihr sein Gesicht zuwendet. Aber er blickt weiter gebannt aus ihrem kleinen Fenster auf das, was er doch so gut kennt.

»Nun«, sagt Myrtle und versucht, ihre Stimme leichter klingen zu lassen, »was du auch über Annie sagen oder denken magst, es ändert jedenfalls nichts an meinen Gefühlen für sie. Das weißt du. Ich kenne alle ihre Fehler, all ihre kleinen Tricks, aber das ändert nichts. Ich habe sie sehr lieb. Sie ist meine Freundin.«

Archie lacht fast unhörbar. Myrtle hört aber doch den verächtlichen Ton heraus.

»Tja, das ist sie wohl«, sagt er. »Um so schlimmer, manchmal.«

Erneut verfallen sie in Schweigen. Myrtle merkt, daß ihr Herz heftig klopft. Sie möchte, daß dieser unerfreuliche Wortwechsel rasch ein Ende hat, daß es wieder normal zwischen ihnen wird. Wie sind sie bloß in diese Auseinandersetzung über Annie geraten? Sie ist doch das eine Thema, das sie beide so geschickt zu umgehen gelernt haben ... Eine einzelne Möwe fliegt mit einem langgezogenen, klagenden Schrei am Fenster vorbei. Myrtle sieht, daß Archie leicht den Kopf bewegt, dem Flug des Vogels folgt.

Dann platzen laute Schritte in die Stille. Es wird heftig gegen die Tür geklopft. Bevor Myrtle »Herein!« rufen kann, fliegt die Tür auf. Annie kommt hereingestürmt. Ihr Gesicht ist hochrot, häßliche rote Flecken überziehen Hals und Brustansatz. Sie sieht Myrtle nicht an, sondern trommelt mit den Fäusten auf den Tisch – genau auf die Stelle, wo sie sonst ihre Karten ausbreitet –, und sie schreit.

»Archie Duns! Du bist mir eine Menge Erklärungen schuldig!

Was geht hier eigentlich vor? Was zum Teufel hast du zu Ken gesagt?«

Archie dreht sich sehr langsam um. Er schaut auf die wütende Frau hinunter, die auf seinen Küchentisch einhämmert. Myrtle tritt schnell zwischen sie, legt eine Hand auf Annies hüpfende Schulter.

»Laß das, Myrtle! Laß mich in Ruhe. Ich bin hier, um mit deinem Mann zu reden.«

»Worum geht es denn?« Archies gleichgültige Stimme macht sie nur noch wütender.

»Worum es geht? Was glaubst du wohl, worum es geht! Du hast wahrscheinlich keine Ahnung, wieso ich hier bin, oder?« Ein Speicheltropfen fliegt ihr aus dem Mund und landet auf der fuchtelnden Faust. »Ich bin hier, weil mein Mann Ken als ein gebrochener Mensch nach Hause kommt. Du hast ihn schon wieder angegriffen, obwohl euer Abkommen noch keinen Monat alt ist, und das läßt er sich nicht mehr gefallen. Und ich auch nicht. Ich will keinen gebrochenen Mann. Unter deinem – deinem todlangweiligen Äußeren, Archie Duns, bist du doch nur ein mieser alter Leuteschinder, und dafür hasse ich dich. Was hat Ken dir denn bloß getan, daß du ihn so runtergemacht hast?«

»Beruhige dich, Annie –«

»Halt die Klappe, Myrtle. Das geht nur Archie und mich an.« Annie geht schnell zum Fenster. Sie reckt sich und schlägt Archie mit ihren kleinen, immer noch zur Faust geballten Händen auf die Brust. »Ich verlange eine Erklärung!« schreit sie.

»Hör auf, Annie!« ruft Myrtle. In Sekundenschnelle ist Annies wütende Hand zu ihrer Kinderhand geworden, mit Nägeln, die Myrtle das Gesicht zerkratzen, während wütende Schreie durch den Wind am Strand dringen. »Hör auf, bitte. Um Himmels willen ... «

Sie sieht, wie Archie mit verächtlichem Lächeln auf Annie hinabschaut. Solange sie ihn kennt, hat sie diesen Ausdruck in seinem stets so freundlichen Gesicht noch nicht gesehen. Er berührt die Stelle auf seiner Brust, die Annie gerade getroffen hat. Ihre kleinen Fäuste haben auf seinen stahlharten Muskeln kaum mehr Spuren hinterlassen als zwei landende Schmetterlinge. Ihre klägliche Geste scheint ihn amüsiert zu haben.

»Man soll nicht einfach auf Leute einschlagen«, sagt er, »schon gar nicht, wenn sie viel größer sind.«

»Ich könnte dich ohne weiteres umbringen für das, was du Ken angetan hast.« Annie schreit jetzt nicht mehr. Ihre rasende Wut läßt nach.

»Was hast du getan, Archie?« fragt Myrtle. »Ich verstehe gar nichts mehr.«

Archies Augen wandern kurz zu seiner Frau, dann wieder zu Annie.

»Wenn du eine Erklärung willst, eine deutliche Erklärung, dann sollst du sie haben. Ken ist schon seit Monaten eine totale Niete auf dem Boot. Seine ganze Energie ist weg, sein ganzer Elan. Du kennst doch am besten den Grund dafür. Ich kann mich nicht mehr auf Ken verlassen. Und heute morgen hab ich ihm gesagt, ich würde ihm noch eine letzte Chance geben – er solle seinen Lieferwagen verkaufen und mit den Transporten aufhören, wie er es vor einem Monat versprochen hat, und wieder der alte werden. Der alte Ken. So wie es jetzt steht, können wir es uns nicht leisten, einen Mann wie ihn in der Crew durchzuschleppen. Er taugt nichts.«

»Das ist deine Version«, sagt Annie. »Du hast immer was gegen Ken gehabt. Immer nach Gelegenheiten gesucht, dich mit ihm anzulegen. Er war völlig in Ordnung, bis du angefangen hast, ihn fertigzumachen.« Sie macht einen Schritt von Archie weg und steht jetzt genau zwischen Ehemann und Ehefrau.

»Ich hab ihn schon seit Monaten gewarnt«, sagt Archie. »Ständig verspricht er, daß alles anders wird. Aber es bleibt, wie es ist. Wir haben eine Abmachung getroffen, die für mich endgültig war, und er hat sich nicht daran gehalten.«

»Ken hat nichts Schlimmes getan.« Jetzt schmollt Annie.

»Es tut mir leid, Annie, aber das stimmt nicht. Ich erzähle nicht gern Geschichten vom Meer, aber jetzt geht es nicht anders. Du mußt leider der Tatsache ins Auge sehen, daß Ken auf die schiefe Bahn geraten ist. Vorige Woche ist er nicht mal mehr mit den Netzen zurechtgekommen, was er sonst immer am besten konnte. Als Ross ihm helfen wollte, mußte er sich erst beleidigen lassen und kriegte dann noch einen Kinnhaken verpaßt. Ross hat ihn in die Koje geworfen, wo er dann drei Stunden geschlafen hat. Wacht auf und behauptet, er verträgt den Brandy nicht, hätte aber ein, zwei Schlückchen gebraucht, um sich aufzumöbeln. Und wir mußten uns so lange abrackern, weil zwei Hände fehlten. So kann es nicht weitergehen. Das mußt du begreifen. Er hat sich zu viel herausgenommen, hat die Arbeitsmoral an Bord kaputtgemacht.« Archie verstummt unglücklich. Annie zuckt die Schultern.

»Da kann ich nichts zu sagen. Das müßt ihr unter euch aushandeln.«

»Wir können an Bord keinen Mann gebrauchen, der nicht nur bei der Arbeit ausfällt, sondern auch noch zum Risiko werden könnte –«

Annie unterbricht ihn lachend.

»Sei doch nicht so pathetisch, Archie! So dramatisch. Das steht dir nicht. Wieso soll Ken denn ein Risiko sein? Wenn du aufhörst, an ihm herumzukritisieren, wird er auch wieder normal werden. Du bist es doch, der ihm auf den Geist geht. Und das sag ich dir, wenn du Ken rausschmeißt, dann kann ich nicht dafür garantieren, daß er es dir nicht heimzahlt.«

»Bitte, ihr beiden ...« sagt Myrtle. Sie fühlt sich ausgestoßen, knetet ihren Rock.

»Ich werde Ken nicht rausschmeißen, wenn es irgend geht«, sagt Archie. »Das ist das letzte, was ich möchte. Aber du solltest ihn warnen. Du solltest aufhören, ihn mit Sachen zu nerven, die ihr euch nicht leisten könnt. Ich denke, du weißt, daß du letztlich an dieser Sache schuld bist.« Sein Blick ist hart.

»*Ich?* Ich unterstütze ihn doch die ganze Zeit.«

»Du bist es doch, die ihn ständig drängt, die jeden Tag was anderes will, lauter Zeug, das ihr euch nicht leisten könnt. Du treibst ihn dahin, daß er sich als Schlappschwanz fühlt, weil er dir all die blöden Dinge nicht kaufen kann, die dich angeblich glücklich machen. Was tut Ken also? Weil er dich liebt, der dumme Kerl, braust er in seinem Landurlaub mit dem Lieferwagen durch die Gegend, auf der Jagd nach ein paar Scheinen, damit du dir deinen Mist kaufen kannst. Je mehr du kriegst, desto mehr willst du haben. Was das Faß dann zum Überlaufen brachte, war die Idee mit dem Auto. Wie zum Teufel soll Ken an ein Auto kommen? Du weißt sehr genau, wie es in letzter Zeit mit dem Fisch aussieht. Wir müssen alle den Gürtel enger schnallen –«

»Jetzt hab ich genug von diesem Unsinn!« Annie hält sich die Ohren zu. Das hat sie schon als Kind getan: sich die Ohren zugehalten, wenn ein Lehrer sie tadelte. Zorn flammt wieder in ihr auf. Sie schüttelt den Kopf – so hübsch in ihrer Wut –, und wie um sich zu stützen, verschränkt sie die Arme fest unter ihren Brüsten. »Ich bitte Ken um ein paar praktische Haushaltssachen, stimmt. Welche Frau täte das nicht? Wo der Mann auch noch die meiste Zeit weg ist? Das Geld ist knapp, stimmt auch. Es haben eben nicht alle so viel Glück und können das Haus von ihrem Vater verkaufen und Geld auf die Bank tragen.« Sie blickt von Myrtle zu Archie. »Aber behaupten, ich würde ihn drängen ... Das ist die gemeine Seite an dir, Archie Duns. Das ist die Seite, die Ken und ich nur allzu gut kennen.« Sie sieht Myrtle an.

»Gemein?« sagt Myrtle entsetzt. »Es gibt keinen freundlicheren Mann auf der Welt. Archie sagt nie etwas ohne Grund.«

Annie lacht kurz auf.

»Die brave, treue Ehefrau! Das perfekte Paar, so tapfer in ihrer Kinderlosigkeit –«

»Halt die Klappe.« Archie wird bleich. Annie wirft trotzig den Kopf zurück.

»Gut, ich gebe dir recht mit dem Auto. Aber zufällig bist du nicht auf dem laufenden – zufällig informieren wir euch nicht über *alle* unsere Meinungsverschiedenheiten. Ich gebe es ja zu, ich wollte tatsächlich eins. Aber ich hab meine Meinung geändert. Ich fand, ein besserer Fernseher wäre eher im Bereich seiner Möglichkeiten.« Sie lacht verächtlich. »Aber jetzt kommt etwas, was ihr Alleswisser nicht wißt – Ken *liebt* seine Schwarzarbeit, er verdient gern was dazu, um mir Sachen zu kaufen ... Deshalb hat er sein Versprechen nicht gehalten und den Lieferwagen schon verkauft. Und außerdem sind wir auch nicht die Sorte Paar, die Lust hat, die vier Tage Landurlaub nur am Kamin mit Händchenhalten zu verbringen. Wir können was Besseres mit unserer Zeit anfangen – und was wir machen, geht dich verdammt noch mal überhaupt nichts an, Kapitän Duns –«

»Doch, das tut es, wenn es sich nämlich auf Kens Arbeit als Crew-Mitglied auswirkt.«

»Du bist doch nur ein Leuteschinder. Alle sagen das. Ohne dich würde es Ken besser gehen. Eine Menge Leute würden ihn gern nehmen.«

»Dann soll er doch gehen.«

Annie ist alarmiert.

»Ich sag ja gar nicht, daß er gehen will.« Sie stellt sich neben Myrtle, mit dem Rücken zur Tür.

»Was ist denn hier los?« Kens Stimme hat sie alle erschreckt. Er steht in der Tür. Keiner hat ihn die Treppe hochkommen hören. Myrtle, die dicht neben Annie steht, spürt ihren Schock.

»Ich hab dir doch gesagt, du sollst nicht zu ihnen gehen, Annie«, sagt Ken. Er ist blaß und unrasiert – wie alle Männer, wenn sie von einer Schicht auf See zurückkommen. Aber von dem gebrochenen Mann, der laut Annie angeblich zu ihr nach Hause gekommen ist, ist keine Spur zu sehen.

»Ich hab es nicht mehr ausgehalten«, sagt Annie. »Wenn du dich nicht selbst gegen Archies Schikanen wehrst, dann muß ich es eben für dich tun.«

»Ich kann mich sehr gut selbst wehren, vielen Dank. Tut mir leid, Myrtle. Archie und ich werden das miteinander regeln. Es ist eine Privatangelegenheit und hat nichts mit den Frauen zu tun.« Er wendet sich an Archie. »Ich hätte es ihr nicht erzählen sollen: tut mir leid.«

Archie nickt kurz: Diese Entschuldigung nimmt er an. Trotzdem sieht er noch genauso finster aus. Myrtle setzt den Kessel auf. Kens junges Gesicht, blaß vom Mondlicht, fällt ihr wieder ein – sein flüchtiger, aufwühlender Kuß, während er doch immer nur die eine im Sinn hatte: Annie, die Fischerkönigin. Verrat zwischen Freunden ist genauso schmerzlich wie der Tod, denkt Myrtle. Sie seufzt. Von allen Seiten bricht Unglück über sie herein. Wie mag diese fürchterliche Szene nur enden?

»Tee?« fragt sie. Alle nicken.

Völlig erschöpft läßt Annie sich auf den Stuhl fallen, auf dem sie auch beim Kartenspielen immer sitzt. Seit Ken in ihre Auseinandersetzung geplatzt ist, ist ihre Streitlust verschwunden. Ken bebt vor Erregung. Annie sagt, er solle sich auch setzen. Aber Ken bleibt neben ihr stehen, sieht Archie argwöhnisch an. Myrtle gießt den Tee auf.

Dann geht Archie mit ausgestreckter Hand auf Ken zu.

»Hör zu, Ken«, sagt er, »es ist ein bißchen aus dem Ruder gelaufen. So weit hätte es nicht kommen dürfen.« Ken schaut mißtrauisch auf die Hand. »Und außerdem – was tun wir da bloß unseren Frauen an – ziehen sie in die Geschichte mit rein. Sollen wir es nicht erst mal genug sein lassen? Du weißt, was ich von dir verlange. Ich möchte dich nicht verlieren. Ich gebe dir noch eine Chance.«

»Los, Ken«, sagt Annie leise.

Die Männer schütteln sich die Hand. Ken blickt zur Seite, um Archie nicht in die Augen sehen zu müssen. Eine warme Woge des Stolzes auf die Großherzigkeit ihres Mannes wallt in Myrtle auf. Sie stellt Becher auf den Tisch. Ken lächelt schwach, setzt sich neben Annie, die die Nase rümpft. Sie verachtet diese zweite Absprache, die auch mit Handschlag besiegelt worden ist.

»Ich werde für euch beide mein möglichstes tun«, sagt Ken. »Aber ich bin ein zerrissener Mann.« Das soll ein kleiner Scherz sein, denkt Myrtle. Ken ist der einzige, der lächelt. Archie nimmt Myrtle die große Kanne aus der Hand und setzt sich neben Ken. Myrtle sieht, wie müde Archie aussieht. Und sie ahnt, daß er, trotz aller Nachsicht, um die er sich bemüht hat, entschlossen ist, seine Drohung wahrzumachen, falls Ken ihn wieder hintergeht. Es steht außer Zweifel, daß dies wirklich Kens letzte Chance ist. Myrtle betet, daß Ken wenigstens beim zweiten Mal so klug ist und Wort hält. Wenn es aber stimmt, was Annie gesagt hat, daß ihm seine Schwarzarbeit tatsächlich *gefällt*, dann könnte er leicht wieder schwach werden. Und dann ... aber Myrtle will an die Folgen lieber nicht denken.

Nun sitzen die beiden Paare schon eine ganze Weile am Tisch, und dieses ungeplante Beisammensein ist nicht eben einfach. Da sie alle verstört sind – jeder auf seine Weise –, versuchen sie das Unangenehme der Situation zu überspielen. Und da sie einander alle schon so lange kennen, ist es am einfachsten, auf alte Geschichten aus der Vergangenheit zurückzugreifen. Archie erzählt, wie er einmal als Kind mit dem Boot seines Onkels abgehauen ist, und alle bringen sogar ein Lachen zustande. Doch unter der papierdünnen Höflichkeit lauert die Gefahr. Jeder der vier fürchtet, daß der kleinste Fehler zu einer weiteren Explosion führen könnte. Sie trinken rasch ihren Tee aus.

Dann steht Archie auf und sagt, daß er mit Ken in den Pub gehen will: sie hätten einen Schluck verdient. Die Geste paßt so wenig zu ihm, daß Myrtle ihr Erstaunen nicht verbergen kann. Anders als die meisten Männer seines Alters geht Archie nicht sehr oft in den Pub, und wenn, dann nur aus Freundlichkeit den anderen gegenüber.

Jetzt tut er es für Ken, begreift Myrtle: Es ist der endgültige Beweis für sein ungewöhnlich nachsichtiges Verhalten in der vergangenen Stunde. Offenbar findet er es besser, mit Ken allein über die Zukunft zu reden. Und so Gott will, ist die Angelegenheit dann endlich ein für allemal erledigt.

Als die vier im dämmrigen Licht der Küche ihre Stühle zurückschieben, findet Myrtle, daß Archie vor Güte geradezu leuchtet. Auch wenn sie nicht in alle Einzelheiten eingeweiht ist, so weiß sie doch, daß Archie in den letzten Monaten sehr viel Ärger mit Ken hatte und daß Verzeihen nicht leicht ist. Aber Archie hat seinen Zorn auf Annies Beleidigungen und Anschuldigungen beiseite geschoben. Um seiner Frau willen hat er Nachsicht geübt, ihm Frieden und eine letzte Chance angeboten. Selten hat Archies Güte Myrtle so bewegt. Tränen treten ihr in die Augen. Mit verschleiertem Blick sieht sie, daß Ken, der hinter Archie aus der Tür geht, beschämt lächelt.

Die zwei Frauen bleiben allein zurück. Myrtle wendet sich ab, um ihre Augen mit einem Geschirrtuch abzutupfen. Nun hat sie Gelegenheit, Annie für all die häßlichen, unwahren Dinge, die sie über Archie gesagt hat, zur Rede zu stellen. Nun hat sie Gelegenheit, Annie zu fragen, was in all den Monaten eigentlich passiert ist, wovon offenbar nur sie nichts weiß.

Sie holt tief Luft, um sich zu sammeln. Doch dann regen sich, wie sie es schon geahnt hat, wieder ihr Mitgefühl, ihr Wille zu verzeihen. In ihrer Wut hat Annie sicher Dinge gesagt, die sie gar nicht so meinte. Es muß schlimme Auseinandersetzungen zwischen Ken und Annie gegeben haben, über die Myrtle nur Vermutungen anstellen kann – und daß sie ein wenig verletzt ist, weil Annie ihr nichts von alledem erzählt hat, darüber nachzugrübeln lohnt sich nicht. Mit einem Wort, sie hält es für weise, so zu tun, als habe dieses Unwetter nie stattgefunden. Annie braucht ihre Unterstützung.

Myrtle dreht sich um. Annie hat sich wieder gesetzt, schiebt das Geschirr auf dem Tisch beiseite, um Platz für ein Kartenspiel zu schaffen.

»Bin froh, daß es vorbei ist«, sagt sie munter, als hätte der ganze Vorfall nichts mit ihr zu tun.

»Das war für keinen schön.« Myrtle setzt sich ebenfalls.

»Archie war es jedenfalls, der Öl ins Feuer gegossen hat. Ken hätte nie vorbeikommen dürfen.« Sie schnieft, sucht irgend etwas in ihrer Tasche.

»Vielleicht war es gut, daß es mal zum Knall gekommen ist. Mit Gottes Hilfe kommt jetzt alles wieder in Ordnung.«

Annie schenkt Myrtle einen Blick, in dem immer noch ein Rest von Mißtrauen sitzt.

»Vielleicht. Hoffentlich. Sind schlimme Dinge gesagt worden.« Mehr an Entschuldigung wird Annie nicht zustande bringen, das weiß Myrtle. Annie zieht ein altes Päckchen Karten aus der Tasche. »Sollen wir?« sagt sie.

Myrtle nickt. Die Karten werden auf den Tisch geschmettert, die Freundinnen halten die Köpfe gesenkt, konzentrieren sich. Sie haben sich in eine Situation gerettet, die sie kennen. Diese

Küche hier und das vertraute Spiel sind wie ein Bollwerk gegen die Unannehmlichkeiten der Welt da draußen. Ruhe ist wieder eingekehrt, und sie spielen eine Weile schweigend. Dann sieht Myrtle auf die Uhr.

»Schon zwei Stunden vorbei«, sagt sie. »Sie müssen sich eine Menge zu erzählen haben.«

»Ken muß um neun Uhr los. Eine Lieferung muß morgen in aller Frühe da sein. Er wird die Nacht durchfahren müssen.«

Myrtle legt ihre Karten hin. »Aber ich dachte ...?«

»Nur noch ein letzter Job, und zwar für ein Bombengeld«, sagt Annie schnell. »Vielleicht redet Archie es ihm aus, aber das glaube ich eigentlich nicht. Vielleicht vereinbaren sie auch, daß das die *allerletzte* Lieferung ist, die er macht.«

»Um Himmels willen, Annie! Nach all dem. Ich fasse es nicht. Gerade eben noch haben wir darüber diskutiert, und dann verschweigt Ken, daß er für heute nacht noch bestellt ist. Archie wird ... ich will mir lieber nicht ausmalen, was Archie tun wird.«

Annie sieht ungeduldig aus.

»Was ihr beide nicht versteht – und das hab ich ja schon zu Archie gesagt –, ist, daß Ken diese Extraarbeit *liebt*. Er ist richtig beflügelt, wenn er von so einem Transport nach Hause kommt – eine schnelle Fahrt hoch nach Aberdeen und wieder zurück. Er ist richtig beflügelt, wenn er mir einen Stapel Scheine überreicht und sagt, ich soll mir was dafür kaufen.«

»Ich weiß nicht ... für mich klingt das ziemlich töricht, und außerdem lautet die Abmachung ja ...« Myrtle bemüht sich, gelassen zu klingen. Sie ist entschlossen, nichts zu sagen, was den Streit wieder aufflammen läßt. Aber die Furcht vor zukünftigem Ärger kehrt wieder. Wenn Annie Ken weiter anstachelt und er sein Versprechen Archie gegenüber nicht hält ... Gott weiß, was dann passiert. Annie zuckt die Schultern.

»Mach dir keine Sorgen, Myrt«, sagt sie. »Es wird alles gut werden.«

Myrtle schenkt dieser Behauptung wenig Glauben. Sie ist aufgewühlt, versucht mühsam, sich wieder auf die Karten zu konzentrieren. Sie spielen schweigend, bis sie Schritte hören. Beide sehen sich erleichtert an. Doch der Mann, der eintritt, ist weder Archie noch Ken, sondern Martin.

Wie so häufig, wenn er bei den Duns vorbeischaut, hat er ein in Zeitungspapier gewickeltes Mitbringsel dabei – gewöhnlich einen Hummer oder eine Tüte mit Krabben, alles immer von seinen Eltern. Dafür sitzt er dann vielleicht eine Stunde bei Myrtle und Archie, die sehr wohl wissen, daß sich hinter seinem freundlichen Äußeren ein einsamer Mann verbirgt.

Heute abend hat Martin sich verrechnet. Er hat geglaubt, er werde nur die beiden Duns antreffen, und sich auf einen ruhigen Abend mit ihnen gefreut. Annie ist er hier noch nie begegnet. Da er weiß, daß sie immer nachmittags kommt, um mit Myrtle Karten zu spielen, wenn die Männer auf See sind, hat er diese Zeiten stets sorgfältig gemieden. Als er sie am Tisch sitzen sieht, ist er verstört.

Myrtle, die genau weiß, wie es in ihm aussieht, gibt ihm stumm, aber deutlich zu verstehen, daß er willkommen ist. Während sie ein Bier aus dem Kühlschrank holt, überlegt er unsicher, welchen Stuhl er nehmen soll. Schließlich setzt er sich neben Annie.

Seine Wahl freut Annie. Im Nu ist ihre schlechte Laune verflogen, ihr Gesicht und ihr Hals überziehen sich mit einem rosigen Hauch. Mit gespieltem Ernst schlägt sie Martin leicht auf den Unterarm. Er kann sein Entsetzen über ihre langen, silbernen Fingernägel nicht ganz verbergen.

»Du bringst meiner Freundin also einen Hummer! Hab ich dich erwischt, Martin. Mir bringst du nie einen Hummer.« Annie schmollt wie ein Kind. Martin lächelt, zuckt die Schultern, streckt den Arm aus, um die Bierflasche von Myrtle entgegenzunehmen. Annie muß ihre Hand zurückziehen.

»Ich brauche Archies Rat«, sagt er zu Myrtle. »Mir ist ein Teilzeitjob angeboten worden, Fische filetieren. Die Zeit hätte ich. Und das Geld könnte ich auch gebrauchen.«

»*Sieh an!*« Annie klopft triumphierend mit der Hand auf den Tisch. Sie wirbelt zu Myrtle herum. »Wie findest du das? Noch einer, der keine Angst vor zwei Jobs hat! Scheint heutzutage ganz normal zu sein, meinst du nicht auch, Martin? Wenn dir diese Arbeit angeboten wird und du sie nicht annimmst, wärst du ein verdammter Trottel.«

Martin und Myrtle werfen sich einen Blick zu. Vor noch gar nicht langer Zeit haben sie über Kens und Annies Probleme gesprochen und über Archies Ärger mit Ken. Allerdings konnte Myrtle ihm nur das wenige erzählen, was sie selber wußte. Martin hat sichtlich keine Lust, sich in den Streit verwickeln zu lassen, dessen Nachwirkungen noch deutlich zu spüren sind.

»Teilzeitgrabschaufler, Teilzeitfiletierer, Teilzeitsteinmetz – und ich wäre immer noch nicht voll ausgelastet«, sagt er.

»Nun«, sagt Annie, etwas ernüchtert durch diese wenig hilfreiche Bemerkung, »ich muß schon sagen ...« Sie macht einen zweiten Anlauf. »Was hast du die ganze Zeit eigentlich *gemacht*? Wieso hab ich dich nie mehr gesehen?« Sie begleitet die Fragen mit ihrem charmantesten Blick, reißt die Augen verführerisch weit auf. Myrtle ist dieser Ausdruck nur allzu vertraut, sie wendet sich ab, sieht aber noch, daß Annies Unterlippe zittert wie bei einem Kind, das gleich weint. Vielleicht liebt Annie Martin immer noch oder glaubt, daß sie ihn noch liebt, denkt Myrtle. Vielleicht ist sie so blind vor Liebe, daß sie gar nicht merkt, wie jämmerlich ihre kleinen Verführungsversuche sind. Und weil es so wenig andere Aufregung in ihrem Leben gibt, wird sie sich womöglich noch jahrelang lächerlich machen. Aber noch während Myrtle diese wenig freundschaftlichen Gedanken durch den Kopf gehen, regt sich schon wieder ihr Mitgefühl. Obwohl Annie so außergewöhnlich attraktiv ist, hat sie mit Jungen und mit Männern nur Pech gehabt. Ken ist ein Kompromiß-Ehemann, nicht der Mann, den sie liebt oder auch nur zu lieben vorgibt – jedenfalls nicht so, daß sich eine Ehe darauf gründen ließe. Vielleicht ist Martin ihre eigentliche Liebe – oder es gilt ihm zumindest das stärkste Gefühl im Durcheinander ihrer Phantasien. Aber Martin hat wenig Achtung vor Annie – kein Interesse an ihr. Was sie auch tun mag, es ist unwahrscheinlich, daß sich seine Gefühle für sie ändern werden. Selbst wenn Ken und Annie sich nach irgendeiner Katastrophe trennen sollten, wäre Martin nicht der Mann, der herbeieilen würde, um sie zu trösten.

Myrtle ist so vertieft in ihre Gedanken, daß sie nicht auf Annies und Martins letzte Bemerkungen geachtet hat. Nun stellt sie fest, daß Annie ihre Taktik noch einmal geändert hat. Sie spricht jetzt normaler, und Martin hört ihr genauer zu. Sie erzählt von Janice und wie sehr ihr die Privatstunden gefallen. Martin ist eindeutig interessiert. Myrtle kümmert sich um den Hummer. Als sie vom Kühlschrank zurückkommt, sieht sie, daß Annie ihren Rock bis über die Knie hochgezogen hat. Sie hat die Beine übereinandergeschlagen, und das obere wippt sanft, während sie ihren niedlichen Fuß kreisen läßt, der sich wie ein gut geölter, nie stillstehender Mechanismus bewegt. Martin beachtet den kreisenden Fuß nur einen kleinen Moment: Als er Myrtles Blick spürt, schaut er schnell weg. Myrtle hat nicht die Absicht, sich an ihrer Unterhaltung zu beteiligen, obwohl vieles von dem, was Annie erzählt, nicht stimmt: Offensichtlich hat Janice ihrer Mutter nicht sehr genau berichtet, was Myrtle ihr beibringt. Martins Interesse scheint noch zu wachsen. Er lächelt Annie an, was er schon sehr lange nicht mehr getan hat. Sie wird rot, und der Fuß kreist schneller.

Myrtle muß unbedingt ihre Hände beschäftigen. Nach den Geschehnissen des Abends sind sie ganz zittrig. Sie setzt sich ans andere Ende des Tischs und legt das Zeitungspapier zusammen, in das der Hummer eingewickelt war. Das Papier ist feucht, die Ränder sind durchweicht, und es riecht nach Salzwasser. Myrtle faltet es in lauter kleine Quadrate, so sorgfältig, als wollte sie es aufbewahren. Martins Augen ruhen noch auf Annie – inzwischen eher höflich als interessiert, denkt sie. Myrtle fragt sich, wie dieser Abend wohl enden wird. Sie würde es zu gerne wissen – nicht aus Neugier, sondern aus Furcht. Ein neues beklemmendes Gefühl, das sie aber nicht genau benennen kann, ergreift von ihr Besitz. Sie fürchtet, daß etwas noch Schlimmeres als der Streit vorhin geschieht. Doch dann sagt sie sich, daß es wohl jener traumatische Streit war, der sie ganz konfus gemacht hat.

Mit heißen, geschwollenen, ungeschickten Fingern vollendet sie gerade ihre sinnlose Faltarbeit, als Martin ganz unvermittelt aufspringt und sich verabschiedet – mit der nichtssagenden Entschuldigung, er wolle sich nicht verspäten.

»Das war aber eine nette Überraschung«, sagt Annie, als er fort ist. Jetzt steht ihr Fuß endlich still. »Du hast Glück mit deinen Besuchern, das muß ich sagen.« Myrtle braucht darauf nicht zu antworten, denn Archie und Ken kommen zurück. Sie sieht sofort, daß Archie noch genauso aufrecht und nüchtern ist wie bei seinem Aufbruch, während Ken sich kaum auf den Beinen halten kann. Auf seinem Gesicht liegt ein mildes, aber dümmliches Grinsen. Archie wendet sich an Annie.

»Wie du siehst, muß Ken seinen Job verschieben. Er ist nicht mehr in der Lage, heute nacht den Lieferwagen zu fahren. Aber er wird morgen früh aufbrechen, und das ist dann das letzte Mal.« Er sagt das gutgelaunt, wirft Annie aber einen drohenden Blick zu. »Das ist unsere endgültige Abmachung, und ich habe guten Grund zu glauben, daß Ken sich daran hält.«

Die verschiedensten Reaktionen spiegeln sich in Annies Gesicht: ein finsterer Blick zu Archie, ein verächtlicher zu Ken. Aber was Myrtle jetzt am deutlichsten in ihrer Freundin aufsteigen sieht, ist die Verzweiflung einer Frau, die mit einem schwachen Mann verheiratet ist. Annie öffnet den Mund, will etwas sagen, überlegt es sich aber anders. Ken dreht ihr sein grinsendes Gesicht sehr langsam zu, wie ein Spielzeug, dessen Batterie zu Ende geht.

»Das ist unsere Abmachung«, nuschelt er und streckt eine Hand nach Annie aus. »Nach Hause.«

Er braucht Hilfe. Aber Annie, die von der neuesten Entwicklung der Dinge ganz verwirrt ist, hat keine Lust, ihm zu helfen. Sie schlüpft an Archie und Ken vorbei und verschwindet wortlos durch die Tür. Als Ken endlich den Kopf so weit gedreht hat, daß sein Blick ihr folgen kann, ist sie schon fort. Archie hat Mitleid mit seiner Hilflosigkeit. Er nimmt seinen Arm und führt ihn zur Tür.

Als Archie und Myrtle endlich alleine sind, haben beide das

dringende Bedürfnis, diesen schrecklichen Abend so schnell wie möglich zu vergessen.

»Hoffentlich ist das nun endgültig«, sagt Archie. Dann lacht er. »Was sagst du dazu, wie ich Kens Lieferfahrt auf morgen verschoben habe? Er hat den Whisky zum Glück nur so runtergeschüttet. Ohne nachzudenken!«

»Großartig«, sagt Myrtle.

Sie gehen zum Fenster. Myrtle öffnet es. Eisige Luft dringt rasch herein, als wollte sie die Wärme des Raums verschlingen. Es ist eine sternklare Nacht.

Mit der Demut eines Fischers, der sich dem Himmel anvertraut, wandern Archies Augen automatisch über das Himmelszelt – Myrtle liebt diesen Blick. Sie staunt noch immer über seine Kenntnis der Sterne. Sie weisen ihm den Weg übers Meer, und sie helfen ihm bei Unwettern. Für Myrtle sind sie nur ein wirrer Haufen blinkender Pünktchen, für Archie sind sie eine vielbenutzte Landkarte.

»Mal sehen, ob du den Großen Bären findest«, sagt er.

Das ist ein alter Scherz zwischen ihnen. Jahrelang hat Archie versucht, seiner Frau zu zeigen, wie man sich am Himmel orientiert, aber sie begreift es nicht. Er macht sich nie über sie lustig – sagt nur, das sei eben ein bestimmtes Talent, so wie sie das Talent besitzt, merkwürdige Dinge an Menschen zu beobachten, die ihm nie auffallen würden.

»Ich kann es nicht.« Myrtles Augen irren suchend zwischen den Millionen von glitzernden Punkten umher. Sie möchte ihm gern gefallen. Sie möchte ihn überraschen, was ihr manchmal gelingt, und triumphierend zum Großen Bären hochzeigen. Aber heute abend stehen zu viele blinkende Lichter am Himmel, und es friert sie an den nackten Armen.

»Dann den Polarstern. Der Polarstern ist doch so deutlich.«

»Wirklich, Archie. Ich versuche es ja, aber ich kann es nicht. Es ist kalt.«

Archie legt einen Arm um die Schulter seiner Frau und lacht.

»Eines Tages wirst du es können«, sagt er. »Eines Nachts wirst du dich plötzlich zwischen all den Sternbildern zurechtfinden, und du wirst nicht begreifen, wieso du sie früher nicht gesehen hast.«

Myrtle spürt das Gewicht von Archies Arm auf ihren Schultern und lehnt ihren Kopf an ihn. Sie staunt, wie man einander so nahe sein kann und doch in dem, was man weiß, so weit voneinander entfernt. Archie ist jemand, der sich in Winden und Strömungen auskennt, der Stürme erspäht, wenn sie noch kaum ihr fernes Versteck verlassen haben. Er kann die Zeichen der Wellen lesen und kann, ohne auf den Radarschirm zu sehen, über Hunderte von Quadratkilometern hinweg sagen, wo die verborgenen Felsen lauern. Besser als jeder Kapitän an der Küste weiß er, wo die Fische sich versammeln; sein Instinkt führt ihn wie ein Magnet dorthin, obwohl er jedesmal, wenn er auf sie stößt, wieder überrascht ist – das hat Ken ihr vor Jahren erzählt. Archies Wissen ist stets ein Geheimnis für sie gewesen, ein Geheimnis, das sie mit Ehrfurcht und Achtung erfüllt. Sie lernt so gerne von ihm, auch wenn die Zeit nie reicht, um mehr als nur ein paar Bruchstücke dessen, was er weiß, aufzusammeln. Doch der Gedanke an all die Dinge, die sie ihm noch entlocken möchte, beflügelt ihre Liebe ebenso wie seine stille Art und sein hartnäckiger Widerstand gegen romantische Schwärmereien.

Archie scheint die kalte Nachtluft nicht zu spüren, aber Myrtle friert jetzt wirklich, und so schließt sie das Fenster. Sie hat das Gefühl, daß ihre Küche nun wieder sauber ist, behält diesen Eindruck aber für sich. In ihrer langen Ehe hat sie gelernt, welche Gedanken sie Archie mitteilt und welche lieber nicht. Sie glaubt seit jeher, daß es zu den Grundlagen einer glücklichen Ehe gehört, daß man seinen Gefährten mit dem alltäglichen Gedankenwust verschont und es versteht, das auszuwählen, was ihn interessieren oder erfreuen könnte.

»Dir ist ja *wirklich* kalt«, sagt Archie. Sanft reibt er ihr die Arme, die Schultern, die Wangen mit seinen Daumen. Er schlägt vor, daß sie erst einmal den nächsten Morgen abwarten. Myrtles Blick fällt auf die aufgefächerten Karten, die Annie auf dem Tisch hat liegen lassen: das einzige sichtbare Zeichen des schrecklichen Abends, den Archie dann doch noch zu einem so guten Ende gebracht hat. Erleichtert, aber voller Sehnsucht nach weiterem Trost, folgt Myrtle ihrem Mann ins Schlafzimmer.

»Ist Ken denn nun zufriedener, nachdem sich alles geklärt hat?« fragt Myrtle Annie. Seit der Auseinandersetzung, die beide mit keinem Wort mehr erwähnt haben, sind drei Wochen vergangen. Myrtle weiß, daß ihre Frage gefährlich ist.

Annie blickt von ihren Karten auf.

»Ich bin nicht sicher, ob sich für ihn wirklich alles geklärt hat.« Sie kichert plötzlich. »Weißt du was? Diese letzte Fuhre hat er gar nicht mehr gemacht. Dafür hat Archie ja gesorgt. Ken hatte einen solchen Kopf am nächsten Morgen ... ist erst nachmittags um drei aufgestanden. Ken, hab ich gesagt, da hast du dich leider um hundert Pfund gebracht. Das war die letzte Möglichkeit, an etwas Geld für eine kleine Rücklage zu kommen. Es schien ihm egal zu sein – Ihm zersprang fast der Kopf. Rücklage! sagt er. Du hättest das ganze Geld doch an einem Nachmittag ausgegeben. Wofür hält er mich eigentlich!«

Myrtle lächelt freundlich, wie sie es immer tut, wenn Annie sich selbst einmal wieder völlig verkennt.

»Jedenfalls konnte ich ihn überzeugen, daß ich wirklich nur noch diese karierte Jacke wollte, die ich in einem Katalog gesehen hatte. Hundertfünfzig Pfund. Die würde ewig halten, sagte ich. Er meinte, das ließe sich vielleicht irgendwie machen, wenn ich noch ein, zwei Wochen abwarten könnte ...«

Jetzt seufzt Myrtle. Weil sie fürchtet, in eine jener Diskussionen über Annies Konsumwünsche verwickelt zu werden und auf gefährliches Gelände zu geraten, entschließt sie sich zu einem leider unklugen Themenwechsel.

»Archie denkt daran, ein wenig Land zu kaufen«, sagt sie. »Farmer Ricks verkauft seine Pferde, und so wird ein kleines Stück Wiese frei. Viel ist es nicht, kaum über viertausend Quadratmeter, aber es liegt günstig.«

Annie schnaubt verächtlich.

»Ihr als *Grundbesitzer*? Wofür braucht ihr denn den blöden Acker?«

Myrtle schweigt einen Moment, sie bedauert ihren Fehler. Sie hätte die Geschichte auf keinen Fall erwähnen dürfen. In ihrer augenblicklichen Stimmung wird Annie kein Ohr für die Idee haben, für die Archie und sie sich begeistert haben. Am Morgen nach dem Streit war Archie darauf gekommen, und seither haben sie bei jedem Landurlaub Pläne geschmiedet.

»Archie würde gern ein Wäldchen anpflanzen, ein kleines Gehölz.«

»Um Himmels willen, wofür das denn?« Annie legt verblüfft die Karten aus der Hand.

»Er hat Bäume schon immer geliebt. Es würde ihn reizen, herauszufinden, welche Baumsorten dem Wetter hier oben trotzen ...« Myrtle ist sich bewußt, daß Annie das nicht versteht, doch da sie sich nun schon so weit vorgewagt hat, entscheidet sie sich, noch einen Schritt weiterzugehen. »Außerdem«, sagt sie ruhig, »müssen wir nichts vererben. Ihr habt Janice. Wir haben niemand. Nur das Gefühl, daß wir gern etwas pflanzen würden.«

»Tja«. Annie beruhigt sich ein wenig. »Ich weiß nicht, was ich davon halten soll. Scheint mir eine komische Art, Geld auszugeben.«

Myrtle möchte so gerne, daß Annie es versteht, und macht einen weiteren Versuch.

»Stell dir vor: In zwanzig Jahren könnte da ein Wald stehen – für Vögel und andere Tiere und auch für Spaziergänger ... mit Glockenblumen ... Begreifst du nicht?«

»Nicht so richtig.« Eine ganze Weile scheint sie sich mit Gedanken herumzuschlagen, die Myrtle nicht erraten kann. »Es muß schön sein, wenn man reich ist«, sagt sie schließlich. »Da geht man einfach los und kauft eine Wiese, wenn man Lust hat.«

»Wir sind nicht reich«, sagt Myrtle schnell. Auch dieses Thema möchte sie lieber vermeiden.

»Ach nein? Ihr habt aber doch damals einen schönen Preis für das Haus deines Schwiegervaters bekommen.«

»Das meiste haben wir in das neue Boot gesteckt, das weißt du genau.«

»Und das Haus hier hast du von deiner Mutter. Du hast keine Ahnung, wie es ist, wenn man Miete zahlen muß.« Annie hat den Mund gereizt verzogen. Wieder überlegt sie stumm. »Das Komische an uns beiden«, sagt sie endlich, »ist, daß du reich bist und dir aus Geld nichts machst. Und wir sind arm, und mir ist Geld sehr wichtig.«

»Wir sind wirklich alles andere als reich. Ein paar Tausend auf der Bank. Wenn wir die Wiese und die Bäume kaufen, bleibt nicht mehr viel übrig.«

»Ein paar Tausend auf der Bank! Damit du es weißt: Wir haben unseren Dispo bis zum Anschlag ausgeschöpft. Ihr mit eurem hübschen kleinen Polster könnt euch natürlich nicht vorstellen, was das für uns bedeutet.«

»Selbstverständlich kann ich das, Annie. Und ich weiß auch, wie teuer ein Kind ist –«

»Du hast doch keine Ahnung, wie man sich fühlt, wenn man nichts hat, worauf man zurückgreifen kann. Tu bloß nicht so, als würdest du das verstehen.«

»Laß uns nicht mehr über Geld reden –«

»Geld war schon immer ein Streitpunkt zwischen uns. Meiner Meinung nach können Reiche und Arme nie wirklich befreundet sein.«

»Das ist doch Unsinn! Außerdem weißt du, daß wir nicht reich sind, Annie, auch wenn ich nicht abstreiten will, daß wir ein bißchen mehr haben als ihr. Wir geben aber auch nicht viel aus –«

»In meinen Augen seid ihr reich.«

»Was soll ich dazu sagen, außer daß Geld nicht das wichtigste ist –«

»Es ist verdammt wichtig, wenn es fehlt.«

»Und außerdem« – Myrtle ist jetzt nervös – »du weißt, daß du Archie oder mich jederzeit fragen kannst, wenn –«

»Vielen Dank. Niemals. Du weißt, das täten wir niemals.«

Beide Frauen sind erhitzt. Myrtle fühlt sich wegen ihrer bescheidenen Ersparnisse angegriffen. Annie neidet den Duns ihren Wohlstand und ist sehr erregt. Sie wünscht sich, Myrtle würde sie endlich einmal richtig anschreien, genauso wütend reagieren wie sie. Aber das ist nicht Myrtles Art. Myrtles Art ist es, geduldig Ratschläge zu geben.

»Wenn du demnächst vielleicht mal auf all die Extravaganzen verzichten könntest, die anscheinend so wichtig für dich sind«, sagt sie, »dann entspannt sich die Lage für euch vielleicht etwas.«

»Diese Kritik laß ich mir von dir nicht gefallen«, explodiert Annie. »Wer gibt dir das Recht, mir meine harmlosen Wünsche wie eine Mikrowelle oder eine Jacke vorzuwerfen?« Ihre Stimme überschlägt sich. »Immer hast du was an mir zu meckern, Myrtle. Und wenn du einmal nichts sagst, kann ich dir die Kritik an den Augen ablesen. Ich hab die Nase voll von deiner Nörgelei.«

Plötzlich schluchzt sie. Sie läßt den Kopf auf die Arme sinken, die Haare fallen ihr ins Gesicht, Lichtreflexe spielen darin. Myrtle ist besorgt.

»Annie, was ist mit dir? Wir können doch nicht in allem einer Meinung sein. Das wäre langweilig. Und so war es auch nie zwischen uns. Wir haben doch seit unserer Kindheit immer offen über alles gesprochen. Das gehört doch zu einer Freundschaft. Los komm, schau mich an. Sag mir, was wirklich los ist.« Sie streicht ihr das kastanienbraune Haar aus dem Gesicht. Annie sieht auf, ihre Wimperntusche ist ganz verschmiert.

»Ach verdammt – es hat gar nichts mit dir und mir zu tun, auch nicht mit dem Geld und deiner Meckerei.« Annie schnieft, wischt sich die Augen mit dem Ärmel. »Es liegt nur daran, daß Ken und ich eine schwierige Zeit haben. Seit jenem Abend bei euch, seit der Abmachung zwischen ihm und Archie ist Ken ... ich kenne ihn einfach nicht mehr wieder.« Sie richtet sich auf, tupft sich das Gesicht mit Küchenkrepp ab, ohne aber die schwarzen Streifen wegzubekommen. »Jetzt ist er ganz versessen darauf, Geld zu verdienen. Er ist versessen darauf, mir Sachen zu kaufen, von denen er glaubt, daß sie mir gefallen, daß sie unsere Ehe ... glücklicher machen.«

»Du meine Güte, Annie. Ich dachte, jetzt wäre alles in Ordnung. Archie hat kein Wort gesagt, nur daß es wieder gut läuft.«

»Archie weiß auch nichts davon. Ken hat sein Wort gehalten. Keine Transporte mehr. Der Lieferwagen steht zum Verkauf, obwohl ich keine Ahnung hab, wer uns diese alte Karre überhaupt abkaufen soll. Aber er grübelt und grübelt ... wie er es hinkriegt, mir dies und jenes zu kaufen. Wahrscheinlich ist alles meine Schuld, weil ich ständig was haben wollte. Ihm ständig in den Ohren gelegen habe. Aber jetzt denkt er, er wird mich nicht halten können, wenn er nicht ständig mit Sachen ankommt. Ich sag ihm dauernd, daß er mich völlig falsch verstanden hat. Daß ich alles habe, was ich mir wünsche – bis auf diese eine Jacke.« Sie lächelt kläglich.

»Und den Ehemann, den ich mir einst ausgemalt habe ... Ken hat sich inzwischen so in diese Idee verrannt, daß es wie ein richtiger Wahn ist. Kaum ist er hereingekommen, geht es schon los. Inzwischen bin ich jedesmal froh, wenn er wieder ausfährt. Ein paar Tage Ruhe. Selbst Janice ist erleichtert, wenn er weg ist. Und wenn sie jetzt morgen zurückkommen, geht alles wieder von vorne los. Ich weiß nicht mehr, was ich machen soll.«

»Es tut mir so leid. Ich wußte ja gar nicht, daß irgendwas ... da ich Ken so selten sehe, konnte ich ihm auch nichts anmerken.« Automatisch stellen sich Sorge und Mitgefühl ein, und dabei fühlt sie sich müde und hilflos. Ein Bild von Ken fällt ihr ein, damals vor vielen Jahren in dem Bus: Ken, der plötzlich ganz besessen war. Sie hatte ihm zugehört. Vielleicht hatte ihm das geholfen. »Sag ihm, er soll mich mal besuchen«, sagt sie. »Vielleicht könnte ich –«

»Das würde er nie tun«, sagt Annie. »Er ist keiner, der gerne beichtet. Er behält die Dinge lieber für sich – das hat er schon immer getan. Du weißt doch sicher noch, wie er in der Schule war. Jedenfalls danke ich dir für das Angebot.« Sie sieht auf die Uhr. »Ich muß los. Janice braucht mal wieder Schuhe.« Sie steht auf, ihr verschmiertes Gesicht wirkt jetzt ruhiger. »Tut mir leid, ich hab die Nerven verloren und viel Unsinn geredet.«

»Schon gut.«

Die beiden Frauen umarmen sich kurz. Nicht mehr so

überschwenglich wie als Kinder, aber die Geste verrät, daß Mißverständnisse und Differenzen erst einmal vergessen sind.

»Du ahnst ja nicht, wie sehr Janice ihre Stunden mit dir liebt«, sagt sie plötzlich fröhlich. »Wenn sie jetzt besser wird, hat sie das allein dir zu verdanken.«

»Janice ist ein liebes Mädchen«, sagt Myrtle. »Ich bin stolz auf sie.«

Obwohl sie Annie sehr gern hat, möchte Myrtle ihre Freundin manchmal unbedingt loswerden. Sie möchte dann nichts mehr von ihren Sorgen hören, nicht mehr zuhören, Mitgefühl zeigen, Trost spenden müssen. Sie möchte einen Monat Pause vom Kartenspielen, sie möchte Annie eine ganze Weile nicht mehr sehen. Für diese Anwandlungen fühlt sie sich dann schuldig. Trotzdem wird Myrtle manchmal ganz plötzlich und so heftig von ihnen überfallen, daß es sie in traurige Verwirrung stürzt. Dies ist so eine Situation. Sie ist froh, als Annie endlich fort ist.

Die Wochen nach dem Krach waren für Myrtle und Archie eine besonders glückliche Zeit. Während seines Landurlaubs haben sie sich jedesmal um die Verhandlungen wegen des Stücks Land gekümmert. (Was Myrtle Annie verheimlicht hat, ist, daß der Vertrag schon unterschriftsreif ist. Wenn Archie morgen nach Hause kommt, wird es soweit sein.) Myrtle hat sich mit dem Studium von Bäumen beschäftigt. Kataloge kommen ins Haus. Sie sieht sie sorgfältig durch, streicht an, was in Frage kommt, um es Archie zu zeigen. Sie zieht Nachschlagewerke in der Bücherei zu Rate, macht sich Notizen. Zum ersten Mal seit dem Tod ihrer Mutter sind ihre Tage – mit den Nachhilfestunden für Janice und dem Planen des Wäldchens – vollkommen ausgefüllt. Sie genießt diese Geschäftigkeit, und die Arbeit an einem gemeinsamen Projekt macht sie froh. Seit der Renovierung ihres Hauses, damals als Dot starb, hat es nichts mehr gegeben, was die beiden so stark verbunden, ihnen so viel Vorfreude beschert hat.

Am Tag vor Archies Heimkehr geht Myrtle mit dem Anwalt die Papiere durch. Es nimmt mehr Zeit in Anspruch als erwartet. Die Abende werden jetzt schon länger, aber als sie auf dem Rückweg an ihrer Wiese vorbeikommt, ist es schon dämmrig. Sie malt sich einen Abend in ihrem zukünftigen Wald aus – längere, dichtere Schatten, Äste, die nur noch eine undeutliche rötlichbraune Masse sind. Sie ist ganz aufgeregt und hofft ungeduldig, daß die Stunden bis zu Archies Rückkehr schnell vergehen. Er hat sich für morgens um sieben Uhr angekündigt. Sobald der Fang ausgeladen ist, wollen sie los und den Vertrag unterzeichnen und danach zu Hause Myrtles Liste mit den neuesten Bepflanzungsvorschlägen durchgehen. Während Myrtle im Geiste zwischen ihren Bäumen umherwandelt und gleichzeitig zum wirklichen Himmel blickt, dessen irgendwie lebendige Schwärze den nahenden Frühling verrät, sind Annie und ihre Sorgen ihr so fern gerückt, daß sie sich nicht einmal schuldig fühlt. Sie genießt es einfach, daß die kleinen Aufregungen in dem wenig ereignisreichen, stillen Leben, das Archie und sie führen, in ihrer Seltenheit nur um so wunderbarer sind. An diesem Abend wartet Myrtle ungeduldiger als sonst auf Archies Rückkehr. Unruhig geht sie in ihrem Zimmer auf und ab, blickt zu den Sternen auf, weiß, daß sie nicht zur gewohnten Stunde einschlafen wird.

Es ist drei Uhr morgens, als Myrtle zum letzten Mal auf die Uhr sieht. Eine Weile döst sie dann, träumt von abgebrochenen Ästen, die auf Wegen liegen und verrotten. Sie hört Vogelgesang, aber lauter noch den schrillen Schrei eines Fasans. Der Traum verstört sie ein wenig. Doch als sie aufwacht, ist er schnell vergessen, vertrieben von den Gedanken an den kommenden Tag.

Um halb sieben sitzt Myrtle am Tisch und trinkt eine Tasse Tee. Sie macht kein Licht, sondern beobachtet, wie sich das vom Fenster eingerahmte Stück Himmel ganz allmählich mit Licht füllt. In zehn Minuten wird sie ihre Jacke anziehen, da es ein frischer Morgen ist, und hinunter zum Hafen gehen. Sie freut sich auf den Augenblick, wenn die stupsnasige, mittlerweile ziemlich ramponierte Skyline II in den Hafen einfährt. Sie sieht gerne zu, wie Archie das Schiff geschickt an seinen Platz neben den anderen Booten manövriert, die an der Kaimauer vertäut sind. Wenn sie jedesmal unten am Hafen stünde, wäre die Heimkehr kein besonderes Ereignis mehr, nichts mehr zum Staunen, das weiß Myrtle. Doch sie empfängt Archie so selten schon unten am Boot, daß seine Ankunft für sie immer noch Anlaß für Stolz und Freude ist.

Sie nimmt ihren Becher, stellt ihn ins Spülbecken. Sie merkt, daß ihre Hand zittert. Unter ihrer Aufregung spürt sie Nervosität – sie weiß nicht, weswegen. Nur daß sie nicht an wichtige Ereignisse gewöhnt ist – und der Kauf von Land und das Planen ihres Waldstücks für die Nachwelt sind in der Tat nicht eben normal für sie. Kein Wunder, daß sie zittrig ist. Archie wird lachen, wenn sie ihm von ihren kindischen Gefühlen heute morgen erzählt, denkt sie. Vielleicht wird er ihr aber auch gestehen, daß er es heute besonders eilig hatte, nach Hause zu kommen. Wenn ich das nächste Mal am Herd stehe, denkt sie, wird der Vertrag unterschrieben sein. Wir sind dann vielleicht viel zu aufgeregt, um richtig zu frühstücken. Doch damit Archie nicht bemerkt, wie aufgeregt sie ist, nimmt sie schon jetzt zwei Teller vom Regal und stellt sie auf den Tisch.

Gerade als Myrtle ihre Jacke vom Haken hinter der Tür nehmen will, klingelt das Telefon. Sie verflucht es. Nun, da sie sich auf den Weg macht, möchte sie keine Sekunde mehr aufgehalten werden.

Sie nimmt ab, und das Knacken im Hörer verrät ihr, daß es sich um einen Anruf vom Schiff aus handelt. Die Stimme kann sie nicht sofort erkennen. Vielleicht Ross. Jemand schreit.

»Bestell einen Krankenwagen zum Hafen. Sofort! Schnell!«

»Was ist?«

»Es hat einen Unfall gegeben.«

»Wer?« Die Verbindung ist schlecht. Sie denkt sofort an Ken, an einen seiner Fehler ...

»Myrtle – ?«

Aber sie hat den Hörer schon auf die Gabel geknallt, ist die Stufen hinuntergerannt, hat die Tür offengelassen. Während sie läuft, fällt ihr ein Unfall kurz nach ihrer Heirat ein. Archie hatte sich auf See böse in den Daumen geschnitten. Er kam mit einer Hand zurück, die in ihren blutdurchtränkten Binden wie ein Ballon aussah. Er fuhr sofort ins Krankenhaus. Damals war kein Krankenwagen nötig. Wer immer es ist – diesmal muß die Verletzung schlimmer sein.

Myrtle ist so schnell gerannt, daß in ihrer Brust tausend Nadeln stechen. Mehrere Boote sind schon eingelaufen, laden ihren Fang aus. Die Skyline II noch nicht. Es ist nichts von ihr zu sehen. Etwas weiter entfernt reden ein paar Fischer miteinander. Einer dreht sich zu Myrtle um, schüttelt den Kopf. Was wissen sie? Was haben sie gehört? Soll sie nachfragen? Himmel, sie hat den Krankenwagen vergessen! In ihrer kopflosen Panik hat sie diese lebenswichtige Pflicht versäumt. Gerade will Myrtle zur Telefonzelle vorm Schiffsausrüster laufen, da sieht sie den Krankenwagen den Berg hinunterrumpeln. Ein betagtes, cremefarbenes Fahrzeug, das offenbar keine Eile hat. Ross oder wer immer es war, muß noch jemand anderen angerufen haben. Gott sei Dank. Und das Blaulicht des Krankenwagens ist nicht angeschaltet. Die Sirene ebensowenig. Das Auto hält an der Kaimauer. Man scheint zu wissen, daß es sich nicht um einen besonderen Notfall handelt.

Andere haben sich eingefunden. Einige der Ehefrauen. Gerüchte entstehen, wie immer, wenn etwas Ungewöhnliches passiert. Hochzeiten, Beerdigungen, Unfälle: Plötzlich sind die Dorfbewohner zur Stelle mit ihrer Mischung aus treuem Beistand und schlichter Neugier. Als Zeugen eines Ereignisses, über das man später reden kann, das sich aufblähen oder schmälern läßt. Bis es von der nächsten Sensation ersetzt wird.

Inzwischen hat sich eine ziemlich große Menge versammelt. Myrtle geht an der Kaimauer entlang. Sie möchte nicht, daß irgend jemand sie sieht. Sie schaut aufs Meer hinaus. Ein leichter Dunst liegt über dem Wasser. Wenn Archie sich um ein verletztes Crew-Mitglied kümmern muß, werden sie die Vertragsunterzeichnung wohl verschieben müssen. Nun, das macht nichts. Was sind schon ein paar Tage! Der Horizont ist nicht zu sehen.

Es ist einer jener Momente, da der Himmel – in dunklem Sturmblau – ein gewaltiger Bogen ist, der ohne jede Trennlinie ins Wasser übergeht, und aus den zwei Elementen ein einziges riesiges Gefäß wird. Es ist ein Wunder, denkt sie, daß die Fischerboote draußen auf dem Meer in solchen Momenten nicht von der Leere verschluckt werden. Dann denkt sie, wie albern sie ist: Es handelt sich doch nur um eine Illusion für den, der an Land steht, um eine Augentäuschung.

Endlich taucht aus diesem Dunst, der träge ihren Bug umlagert, die Skyline II auf. Ihre mittagsblaue Farbe sticht hell gegen das matte Grau des Wassers ab. Sie bewegt sich sehr langsam, wie in Zeitlupe, scheint zu fahren und doch stillzustehen. Myrtle rennt wieder zu der Stelle, wo das Boot anlegen wird. Andere sind schon vor ihr da, umringen den Krankenwagen. Auf dem Boden wartet eine Trage mit einer gefalteten scharlachroten Decke.

Myrtle preßt die Hände zusammen. Ihre rauhe Haut ist sehr kalt. Jemand bietet ihr eine Jacke an. Sie wundert sich darüber und schüttelt den Kopf. Jemand anders schreit: Die Skyline ist gleich da ... Myrtle senkt den Kopf, verfolgt aber mit den Augen, wie das so vertraute Fahrzeug ganz dicht an die Kaimauer heranfährt.

Zwei Sanitäter in leuchtend orangeroten Jacken gehen bis an den Rand des Kais. Myrtle stellt sich neben sie. Sie schaut auf das trübe braune Wasser, das gegen die algenüberwucherte Mauer schwappt. Sie schaut auf die Eisenleiter, die in die Mauer eingelassen ist – die Leiter, auf der Archie und seine Männer so mühelos auf und nieder eilen, als wäre es eine Haushaltsleiter.

»Gehst du zuerst runter, Jock? Oder soll ich?«

»Geh du. Du bist fixer mit den Beinen.« Die beiden Männer lachen. Bei all ihrer Panik entgeht Myrtle nicht, daß die beiden weniger aufgeregt sind.

Jetzt ist die Skyline II unter ihnen und liegt genau an ihrem Platz. Ein Schwall von Gerüchen steigt auf: Fisch, Salzwasser, Jod. Der Motor stottert, geht aus. Die Menge ist eigenartig still. Ross klettert rasch die Leiter hoch, hält die Leine in der Hand, um festzumachen. Die Haut unter seinen Bartstoppeln ist grünlichweiß. Als sein Gesicht über der Mauer auftaucht, fragt sie ihn mit den Augen. Aber er sieht sie nicht. Er sieht niemanden.

»Schnell«, flüstert er zu den Sanitätern. Einer der beiden läßt sich hinunter, tastet mit dem Fuß nach den obersten Sprossen der Leiter. Der andere nimmt die Trage. Myrtle zwingt sich, hinunterzuschauen.

Mitten in dem Durcheinander auf Deck liegt ein Körper, in blutdurchtränkte Decken gehüllt. Er sieht zu groß für Ken aus, und Annie war auch nirgends in der Menge zu sehen. Nur ein Büschel Haare guckt aus dem Bündel und eine Hand. Die Finger sind gespreizt: wie ein ausgeblichener Seestern. An den wenigen freien Stellen des Decks sind blutige Schlieren zu erkennen. Dutzende toter Fische liegen neben dem Körper. Sie sind aus einer Kiste gekippt, die als Stütze gedacht war. Ihre silbernen Schuppen sind blutbeschmiert. Sie liegen zwischen blutigen Fußspuren. Ketten und Netze sind blutbespritzt ... Der Mann muß ein Vulkan aus Blut gewesen sein. Es ist überall.

Myrtle hört sich plötzlich schwer und tief stöhnen, es klingt wie der Ruf eines Delphins in den Weiten des Meers. Sie glaubt, sie wird ohnmächtig, preßt aber ihre Hände fester zusammen und kann wieder deutlich sehen. Jemand hat den Arm um sie gelegt, sinnlose Wörter dringen an ihr Ohr. Beide Sanitäter sind jetzt an Bord, machen Platz für die Trage.

Auch die Crew ist offenbar an Deck: verzweifelt, alarmiert. Als der Körper jetzt vorsichtig auf die Trage gehoben wird, verrutscht die Decke, gibt den Blick auf einen Arm frei. Myrtle erkennt Archies Pullover, doch noch dringt diese Tatsache nicht bis in ihr Bewußtsein vor. Als der Körper auf der Trage liegt, stehen die Sanitäter etwas ratlos herum. Wie soll die Trage nun zum Kai hoch gelangen? Myrtle spürt, wie die Menschen um sie herum dasselbe denken.

Als es dann soweit ist, sieht sie nicht hin. Die Männer der Crew bringen die Trage an Land, und Myrtle muß sich abwenden. Denn jetzt hat sie den wahnsinnigen Zusammenhang zwischen Archies Pullover und dem verletzten Mann begriffen. Als sie wieder hinsieht – Sekunden, Minuten, Stunden später, sie weiß es nicht, die Zeit ist aus den Fugen –, schwebt das blutigrote Paket ihres Mannes über der Kaimauer. Einen Moment lang pendelt es gefährlich, dann fassen Ross und ein anderes Crew-Mitglied zu, beide schweißüberströmt, und halten die Trage an beiden Enden fest. Gleich dahinter erscheinen die Sanitäter, sichtlich dankbar für die Hilfe der Männer. Myrtle wird zu den offenen Türen des Krankenwagens geschoben. Ross nimmt Myrtles Ellbogen, hilft ihr die Stufen hoch.

Sie setzt sich, Archie liegt vor ihr auf der Pritsche. Seine Hand baumelt unter der besudelten Decke hervor: die große weiße Seesternhand, das einzige, was nicht blutverschmiert ist. Sie beugt sich darüber, berührt sie. Die Hand ist eiskalt. Einer der Sanitäter schiebt Myrtle sachte beiseite, er macht jetzt etwas mit Archie, was sie nicht sehen will.

Die Wagentüren werden zugeschlagen, und sie kann die Gesichter all der Fischer und ihrer Frauen nicht mehr sehen, die hergeeilt sind, um zu erfahren, was Archie Duns zugestoßen ist. Myrtle merkt, daß Ross bei ihr ist. Vage schießt ihr die Frage durch den Kopf, wo Ken wohl ist. Ken müßte doch hier bei Archie sein. Und wo ist Annie? Wieso ist Annie nicht hier?

Der Krankenwagen fährt los, die Sirene heult. Myrtle blickt aus dem beschlagenen Fenster. Dahinter sieht alles wässerig verschwommen und verwackelt aus. Plötzlich aber entdeckt sie Ken, der sich über der Kaimauer erbricht. Annie steht neben ihm. Etwas an ihrer gebeugten Gestalt verrät, daß Welten sie von ihrem Ehemann trennen, obwohl er so dicht bei ihr steht. Myrtle sieht Annies fassungsloses bleiches Gesicht mit dem schwarzen Loch ihres Mundes. Der Wagen fährt jetzt schneller. Während der Fahrt zum Krankenhaus tanzt das Bild von Annies Gesicht im Fenster: häßlich, häßlich.

Myrtle sitzt auf einem Plastikstuhl in einem kleinen Raum, der früher vielleicht einmal Teil des Krankenhauskorridors war. Die Wände sind bis zur halben Höhe gefliest: in der Farbe von roter Bete. Unwillkürlich fragt sie sich, wer um Himmels willen solche Farbe für einen Raum aussucht, in dem Menschen schlimme Nachrichten fürchten müssen. Sie würde ihre Augen gern auf sanftem Blau oder Grün ausruhen. Sie schließt sie. Von der roten Bete wird ihr schlecht. Kalter Schweiß läuft ihr den Rücken hinunter. Ross, der neben ihr sitzt, streicht ihr immerzu sanft übers Knie. Sie hat nicht die Kraft, ihn zu bitten, daß er aufhört. Wo ist Annie? Immer noch nicht hier.

Viel Zeit ist vergangen, seit jenes blutige Bündel hastig an ihr vorbei durch lautlose Schwingtüren geschoben wurde und dahinter verschwunden ist. Sie hat es fertiggebracht, den Arzt, dessen weißer Kittel von Archies Blut besudelt ist, zu fragen, ob noch Hoffnung bestehe.

»Ihr Mann ist sehr schwer verletzt, Mrs. Duns«, war alles, was er sagte, bevor er forteilte.

Eine Schwester hat Ross und Myrtle in die Rote-Bete-Zelle geführt. Tee wurde ihnen angeboten. Tee! Myrtle schüttelte den Kopf. Ihr ist die Kehle wie zugeschnürt, sie kann Ross keine einzige Frage stellen, kein einziges Wort sagen. Der kurze Dialog mit dem Arzt hat ihre ganze Energie aufgebraucht. So sitzen sie beide stumm in dem stickigen Raum – nur dann und wann zerreißt ein Möwenschrei hinter dem geschlossenen Fenster die Stille. Myrtle betrachtet den Stapel alter Illustrierter auf dem niedrigen Tisch. Das Papier ist zerfleddert und widerlich weich. Das Titelblatt des obersten Hefts schmückt die perfekte Ehefrau. Sie hat blondes Haar, das glänzt, als sei es lackiert. Sie lächelt wie eine Zahnpastareklame. Ihre Schürze ist mit orangeroten Rosen bedruckt. *Kochen Sie Ihrem Mann etwas aus Großmutters Kochbuch* lautet die Titelzeile, die über ihre adretten schmalen Hüften läuft. Und wenn es ihn gar nicht mehr gibt? Wie Hammerschläge hallen diese Worte in Myrtle wider.

Plötzlich geht die Tür auf. Die Schwester, deren konzentriertes Gesicht doch eine gewisse Besorgnis nicht verbergen kann, führt Annie und Jean, die Frau von Ross, herein. Jean ist sehr blaß. Ihr Gesicht ist schweißbedeckt. Annies Gesicht ist rot, ihre Augen sind tränenverquollen. Sie schluchzt geräuschvoll, stürzt auf Myrtle zu, wirft ihr die Arme um den Hals. Myrtle, die steif und aufrecht auf ihrem Plastikstuhl sitzt, reagiert nicht. Sie scheint kaum zu bemerken, daß Annie da ist.

»Hör auf, so laut zu schluchzen, Annie«, sagt Ross. »Das hilft keinem von uns.« Er hat den Arm um die Schultern seiner Frau gelegt. Der bittere Klang seiner Stimme läßt Annie sofort verstummen. Sie löst sich von Myrtle und setzt sich auf den leeren Stuhl neben ihr.

»Gibt es was Neues?« fragt sie.

Myrtle wendet sich ihr zu. Trotz ihres Kummers, trotz des verschmierten Gesichts und der verquollenen Augen sieht Annie wieder hübsch aus. Myrtle schüttelt den Kopf.

»Wir warten«, sagt sie. »Warten und warten.« Dann fragt sie: »Wo ist Ken?«

»Ken?« Ihre Frage klingt neutral – so völlig unbeteiligt, als hätte Annie noch nie von Ken gehört. »Keine Ahnung.«

Sie hören Schritte. Wieder wird die Tür geöffnet, zögernd diesmal. Ein Arzt, den Myrtle vorher noch nicht gesehen hat, tritt ein. Durch die dicken Brillengläser sehen seine Augen aus, als lägen sie ganz tief hinten in seinem Kopf. Ein Schweißfilm steht auf seiner Oberlippe wie ein durchsichtiger Schnurrbart. Er sieht Myrtle an.

Ross und seine Frau stehen auf. »Ich warte mit Jean draußen auf dich«, sagt er, und sie verlassen den Raum.

Annie legt ihre zitternde Hand auf Myrtles. Der Arzt schluckt. Er nimmt einen Kugelschreiber aus seiner Brusttasche und blickt auf sein Klemmbrett, als könnte er dort eine gute Nachricht finden.

»Ich muß Ihnen leider mitteilen, Mrs. Duns, daß Ihr Mann verschieden ist. Wir haben alles getan, was wir konnten.«

»Verschieden?« Für einen Moment verwirrt Myrtle dieses Wort. *Verschieden* – natürlich ist ihr Mann anders als die anderen und jetzt erst recht.

»Sie meinen, er ist gestorben?« fragt sie schließlich.

»Es tut mir leid. Er hatte keine Chance.«

Annies kalte Spinnenfinger umklammern Myrtles Hand. Sie versucht sie abzuschütteln. Annie wimmert.

»Es tut mir so leid«, sagt der Arzt erneut.

»Es muß schrecklich für Sie sein, so eine Nachricht zu überbringen«, hört Myrtle sich mit heller, gefaßter Stimme sagen.

»Wir gewöhnen uns nie daran. Man kann es nie auf die richtige Art sagen. Tja, wenn wir Ihnen irgendwie helfen können ... Wenn Sie möchten, könnten wir Ihnen weiter behilflich sein.«

»Vielen Dank, ich komme allein zurecht. Meine Freundin Annie wird mich nach Hause begleiten.« Myrtle hat das Gefühl, sie habe Alkohol im Blut. Sie ist so ruhig, daß es unheimlich ist. Der Arzt hüstelt.

»Ich weiß nicht, ob Sie Ihren Mann gerne sehen würden –«

»Nein, vielen Dank –«

»– um ihm die letzte Ehre zu erweisen?«

»Nein.«

»Komm«, sagt Annie. »Du mußt Archie auf Wiedersehen sagen.«

»Ich möchte ihn lebend in Erinnerung behalten, nicht tot«, sagt Myrtle scharf. Sie sieht zuerst Annie an, dann den Arzt. Ihre Augen sind hart und trocken wie Glas. Da sind keine Tränen, die sie weicher machen könnten.

»Selbstverständlich«, sagt der Arzt. »Wie Sie wünschen. Die Menschen sind verschieden. Sollten Sie aber Ihre Meinung ändern, lassen Sie es uns wissen. Mr. Duns wird in einer Stunde zurechtgemacht sein.«

Der Arzt scheint seine Unbeholfenheit zu bemerken. Er geht rückwärts aus der Tür, macht eine leichte Verneigung in Myrtles Richtung und murmelt weitere Worte des Bedauerns.

Als er fort ist, sagt Annie: »Wenn du willst, gehe ich zu ihm.«

»Nein.«

»Jemand sollte zu ihm gehen.«

»Warum?«

Annie zuckt die Schultern.

»Letzte Ehre«, sagt sie. »Obwohl das eigentlich auch keine Bedeutung hat.«

»Nein.«

»O Myrtle, wie konnte das geschehen?«

»Wie ist das geschehen? Das ist die Frage.« Myrtle steht sehr schnell auf. Ihre Hände hängen zentnerschwer an ihr herunter. Annie schüttelt den Kopf.

»Ich kann das alles nicht glauben«, sagt sie.

»Es ist aber so«, sagt Myrtle, »und jetzt möchte ich nach Hause.«

Annie holt Ross und Jean. Ross hat die Daumen fest auf seine geschlossenen Augen gedrückt, um die Tränen zurückzuhalten. Die drei begleiten Myrtle nach Hause. Nur noch wenige Menschen sind auf der Straße. Sie senken den Blick, als die kleine Gruppe vorübergeht, und murmeln Worte des Mitgefühls. Die Nachricht hat sich inzwischen offenbar im ganzen Dorf verbreitet. Myrtle hält sich sehr aufrecht und schweigt. Sie erinnert sich an das, was Dot sagte, als Jock starb: Du mußt Haltung bewahren, bis alle fort sind.

An ihrem Haus angekommen, eilt Myrtle die Treppe hoch. Die Eingangstür steht offen. Eine Sekunde lang fällt ihr nicht ein, wieso. Sie geht hinein, und immer noch wirkt die Küche genauso heimelig wie all die unendlich vielen anderen Male, wenn sie sie betreten hat. Mit dem einzigen Unterschied, daß auf dem Tisch der Kaufvertrag für die Wiese liegt und auf ihre Unterschrift wartet – auf die von ihr und Archie.

Zu Hause wird Myrtle mit Freundlichkeit und Mitgefühl überschüttet: Freunde bieten ihre Hilfe an, schenken Blumen, leisten ihr Gesellschaft. Man bringt ihr Suppe, *pies*, Kekse ... in der kläglichen Hoffnung, daß sie irgendwann hungrig wird. Den ganzen Tag lang kommen und gehen die Menschen – Archies Schulfreunde, die Männer der Crew, ihre Ehefrauen. Sie versuchen Worte zu finden, versuchen ihre Tränen zu verbergen, wundern sich über Myrtles scheinbare Ruhe. »Wenn sie es schließlich begreift«, hört sie eine flüstern, kaum daß sie aus der Tür ist, »wird sie zusammenbrechen.«

Aber Myrtle hat nicht vor zusammenzubrechen. Alles, was sie will, ist, daß sie in Ruhe gelassen wird. Annie weicht nicht von ihrer Seite, macht endlose Becher Tee und findet sich zwischen den Keksdosen verblüffend gut zurecht. Sie bietet an, daß sie über Nacht bei ihr bleibt, aber Myrtle beharrt darauf, daß sie allein sein möchte.

Schließlich gibt Annie ihrem Wunsch nach, bricht wieder in Tränen aus und umarmt ihre Freundin.

»Du bist so stark«, sagt sie. «Sie können es alle gar nicht glauben.«

»Wo ist Ken?« fragt Myrtle.

»Ich weiß es nicht. Soll ich ihn zu dir schicken, wenn er nach Hause kommt?«

»Hm. Sag ihm, ich will wissen, und zwar von ihm, was passiert ist.«

»Ich sag es ihm.«

»Ich will es von niemand anders erfahren.«

»Ich sorge dafür. Versprich mir, daß du anrufst, wenn ich nachts kommen soll.«

»Versprochen.«

»Und morgen bin ich ganz früh wieder bei dir. O Gott, Myrtle. Was hat Archie bloß gemacht –«

Myrtle kann ihre Ungeduld nicht mehr zügeln, obwohl sie versucht, freundlich zu bleiben.

»Gottes Wege sind unergründlich, das habe ich immer gewußt. Und nun vielen Dank, daß du hier warst ...«

Als Annie gegangen ist, macht Myrtle sich in der Leere zu schaffen. Sie wäscht die Becher ab, die die vielen Besucher neben dem Ausguß abgestellt haben. Wie aus weiter Ferne sieht sie sich selber bei ihrem Tun zu. Sie sieht, wie sie zu Archies alter Jacke geht, die an der Tür hängt. Sie sieht, wie sie einen Moment lang – dafür verachtet sie sich – ihren Kopf in der rauhen Wolle vergräbt, die noch nach ihm riecht. Gierig saugt sie den Geruch ein, dieses Gemisch aus Schweiß, Salzluft und Gischt, das sich im Gewebe festgesetzt hat.

Dann geht sie rasch zum Tisch, nimmt Archies Füller. Auf der Rückseite des nicht unterzeichneten Vertrags beginnt sie mit einer Liste all der Dinge, die für die Beerdigung erledigt werden müssen. Sie bleibt bis Mitternacht auf, aber Ken erscheint nicht.

Fünf Tage später, kurz bevor der Leichenwagen kommen soll, taucht Annie bei Myrtle auf. Sie trägt eine schwarze Baskenmütze aus Samt – offenbar extra für den Anlaß gekauft –, die verwegen auf ihren Locken balanciert. Ein Heidekrautzweig steckt vorne an ihrem Mantel. Sie hält einen zellophanverpackten leuchtend bunten Blumenstrauß in der Hand.

»So wie ich Archie kenne, dachte ich mir, er würde nichts zu Düsteres mögen«, sagte sie und läßt den Strauß auf den Tisch fallen.

So wie ich Archie kenne. Annie hat Archie überhaupt nicht gekannt. Ihre Behauptung ärgert Myrtle, aber sie bringt ein schwaches Lächeln zustande.

»Danke«, sagt sie. »Wunderschön. Möchtest du mit mir im Leichenwagen fahren? Es ist noch Platz.«

Annie nickt, sie freut sich über das Angebot. Sie fühlt sich geehrt. Und dabei macht es keinen Unterschied, ob es sich um einen Todesfall oder ein anderes wichtiges Ereignis im Dorf handelt, bei dem sie eine Rolle spielen darf. Sie setzt sich, legt den Mantel ab.

»Ken ist gestern abend wiedergekommen«, sagt sie.

»Hat er gesagt, wo er war?«

»Nein. Aber ich habe auch nicht richtig gefragt. Es ist mir im Grunde egal.«

»Ich fand es beunruhigend«, sagt Myrtle.

»Hm. Zu allem anderen auch das noch! Tut mir leid, diese zusätzliche –«

»Schon gut. Ich bin einfach froh, daß er wieder zurück ist. Es muß ihn sehr getroffen haben ... sein alter Freund, trotz all ihrer Verschiedenheit. Ich bin froh, daß sie ihren Streit noch beigelegt haben. Kommt er zur Beerdigung?«

»Er hat nichts gesagt. Ich glaube aber, er kommt. Er wird doch nicht bei Archies Beerdigung fehlen.« Sie blickt auf ihre Uhr. »Noch eine halbe Stunde. Sollen wir noch ein Spiel machen?«

Annie holt ein Päckchen Karten aus der Tasche ihres alten dunkelblauen Mantels und beginnt sie zu mischen. Myrtle zieht den Blumenstrauß näher zu sich heran, um die Karte zu lesen. Annies Schrift ist breit und unordentlich, genauso hat sie mit zehn Jahren geschrieben. *Lieber, lieber Archie,* steht da, *ich vermisse Dich schon jetzt und werde es immer tun. In Liebe, Annie.*

In Liebe? Die hat Annie nie für Archie gehabt und auch für sie nicht. Und was das Vermissen angeht: Das wird bei Annie eher die platte, oberflächliche Art von Vermissen sein. Wieder muß Myrtle gegen den Ärger ankämpfen. Sie weiß, daß jetzt nicht die Zeit ist, um gegen die kleinen Lügen im Angesicht des Todes zu wüten.

»Ist doch in Ordnung, oder? Ich hab eine Ewigkeit gebraucht, bis ich wußte, was ich schreiben soll.«

»Sehr lieb«, sagt Myrtle.

»Ken bringt einen eigenen Strauß, hoffe ich doch.«

Sie konzentrieren sich auf ihr Spiel, bis der Leichenwagen kommt. Annie sitzt auf der einen Seite des Sargs, der mit Frühlingsblumen bedeckt ist. Myrtle sitzt auf der anderen. Tränen laufen Annie über die Wangen, tropfen vom Kinn auf ihren Mantel. Myrtles Augen bleiben hart und kalt und liegen tief in den Höhlen. Und auf der ganzen Fahrt zur Kirche sieht sie nur die durchsichtige, lachsfarbene Haut der Ohren des Fahrers, die in Habachtstellung unter dem Rand seines würdigen schwarzen Huts hervorschauen.

Spät an diesem Abend, als alles vorüber ist, als die Beerdigung, die Zeit, die Wirklichkeit wie wirres Strandgut in ihrem Kopf treiben, geht Myrtle mechanisch zum Fenster, um es zu schließen. Ihre Erschöpfung – eine Müdigkeit, wie sie sie noch nie empfunden hat – scheint neben ihr her zu gehen: Myrtle möchte sich jetzt nur noch neben sie legen, sie wegschlafen. Aber für einen kurzen Moment sieht sie noch hinauf zum klaren Nachthimmel, der voller Sterne steht, genau wie bei jenem letzten Mal, als Archie und sie ihn betrachtet haben und Archie sie so heiter geneckt hat.

Mit einem einzigen Blick erkennt Myrtle den Großen Bären. Er leuchtet stärker als alle anderen Sternbilder, ist nicht zu verfehlen, nicht zu verwechseln. Die Trauer darüber, daß sie Archie nicht mit ihrer Entdeckung erfreuen kann, ist es schließlich, die sie in Tränen ausbrechen läßt, und sie weiß, daß die Zeit der Witwenschaft begonnen hat.

Teil II

Es ist früh am Morgen auf dem Fischmarkt, zwei Jahre nach Archies Tod. In dem großen Schuppen, wo Neonröhren verdrießlich gegen das Sonnenlicht ansummen, stehen überall Plastikkästen voller Fische. Unter der rauhen Schicht aus zerstoßenem Eis zeigen alle Köpfe in dieselbe Richtung. Myrtle, den Schal um den Kopf gebunden, wandert auf dem nassen Boden umher und betrachtet sie. Sie erkennt, daß im Tod jeder anders ist. Manche wirken resigniert. Manchen steht vor Empörung noch immer das Maul offen. Manche sehen matt und ergeben aus, als hätte die Katastrophe, ins Netz gegangen zu sein, keinerlei Bedeutung. Ihre Augen sind offen. Alle haben riesige schwarze Pupillen, die fast wie glänzende Lichter funkeln. Bei allen hat die Iris die Farbe von Mondsteinen. Innerhalb weniger Stunden wird jede dieser abertausend Kreaturen mit ein paar schnellen Messerschnitten in Fleisch und Gräten zerteilt sein. Morgen werden sie durch einen anderen Fang ersetzt, der genauso groß und dessen Schicksal dasselbe ist.

Eine Menge Leute sind hier. Männer in schmutzigen weißen Mänteln und gelben Gummistiefeln stapfen zwischen den Kisten umher, machen sich Notizen und rufen Preise aus. Das alles erweckt den Eindruck geschäftiger Eile und großer Dringlichkeit. Kaum haben sie ihren Fang abgeladen, wollen viele Fischer gleich wieder zu einer weiteren vierundzwanzigstündigen Schicht auf See hinaus, bevor sie sich ein paar Tage freinehmen.

Die politischen Probleme in der Fischwirtschaft fordern ihren Tribut. Heutzutage müssen sie viel weiter hinausfahren, um die Schwärme zu finden, und dann kommen sie mit viel geringerem Fang zurück. Die Zeit des unerschöpflichen Überflusses ist vorbei. Der Kampf ums Überleben wird für diejenigen, die nicht ganz aufgegeben haben und auf die Bohrinseln gegangen sind, von Woche zu Woche härter. Was hätte Archie von all dem gehalten? Er wäre genauso niedergeschlagen gewesen wie seine Kameraden. Wahrscheinlich hätte er die Skyline II sogar gegen ein kleineres Boot eingetauscht, wie es viele Männer entlang der Küste getan haben, und hätte oben in den nördlichen Gewässern gefischt.

Myrtle verläßt den Schuppen, um am Kai auf die behäbigen, schmutzigen Boote hinabzusehen, die von grindigem Rost überzogen sind. Aus einem werden noch immer Fische entladen. Von primitiven Kränen werden die Kisten hochgezogen, dann mit dem klirrenden Geräusch von splitterndem Eis auf dem Boden abgesetzt, auf einen Karren geladen und zum Verkauf in den Schuppen gebracht. Auf den Decks der Boote liegen große Ballen aus grünen Netzen, ordentlich zusammengerollt, darüber zusammengebundene Netzkorken aus Plastik, wie riesige Halsketten. Sie sind ein beliebter Platz für Seemöwen, um Ausschau zu halten. Ein paar von ihnen hocken gerade dort: riesige Vögel auf Stelzbeinen, Vögel mit gierigen Augen und grausamen Schnäbeln. Während am Kran eine Ladung Kisten an Land schwebt, fällt ein einzelner Plattfisch zu Boden. Die Möwe, deren wachsamer Blick zufällig in die richtige Richtung ging, stößt herab und fängt ihn. Der Fisch wird verschlungen, er ist zu groß für den Schlund, wird aber mit vielen ruckartigen Bewegungen des Kopfes hineingewürgt: Der Hals ist jetzt zu einem dicken Bausch aus Kropffedern aufgeplustert. Die anderen Möwen, die diese Chance verpaßt haben, setzen ihr Klagegeschrei fort. Unter den Vögeln, die ums Überleben kämpfen, wird nicht geteilt.

»Sie haben Hunger«, sagt eine Stimme hinter Myrtle. Sie dreht sich um und sieht Alastair Brown, den Hafenmeister, hinter sich. Auch er hat den kleinen Vorfall beobachtet. »Gott weiß, was mit ihnen geschehen wird.«

Alastair Brown ist neu im Dorf, er kam erst nach Archies Tod hierher. Er stammt aus Cornwall, erweckt aber gern den Anschein, mediterranes Blut in den Adern zu haben. Vielleicht trägt er deshalb eine Sonnenbrille, ganz gleich wie grau der Himmel oder wie trüb das Licht im Schuppen auch sein mag. Die Brille sitzt sehr bedeutungsvoll auf seiner Nase, die wie ein Papageienschnabel gebogen ist. Keiner hat je seine Augen gesehen. Sein dichtes schwarzes Haar wird von einer Menge Brillantine gebändigt, ein Trick, den er aus Videos von Vierziger-Jahre-Filmen hat. Sie sind seine große Leidenschaft und stehen hinter Fischfang und dem Meer gleich an zweiter Stelle. Unter einem makellosen marineblauen Guernsey-Pullover trägt er immer ein sauberes weißes Hemd und gestreifte Krawatten in Abendrotfarben, über die hinter seinem Rücken gelacht wird, weil sie als tuntig gelten. Alles in allem ist er eine eigentümliche Gestalt, auffällig in dieser Gesellschaft farbloser Männer, aber bei der Arbeit zeigt er sich umgänglich und tüchtig. Seine kleinen Eitelkeiten geben zu freundlichen Scherzen Anlaß, doch im allgemeinen ist er wohlgelitten.

Alastair Brown ist Junggeselle. Bei seiner Ankunft im Dorf wurde er von jeder unverheirateten Frau im passenden Alter genau unter die Lupe genommen. Einigen gefiel sein Haus am Hafen, das unbedingt einer weiblichen Hand bedurfte. Manche hoffte, ihr werde es als erster gelingen, ihm die Sonnenbrille abzunehmen, um tief in die lange verborgenen Augen zu blicken und dann den Dingen ihren Lauf zu lassen. Obwohl er zu all den Damen, die seine Gunst erringen wollten, höflich war, schien sich zu keiner eine wirkliche Beziehung anzubahnen. Ein gelegentlicher Drink im Pub war alles, was sie erreichten, und obwohl sie sich mit Prahlereien über seine ernsten Absichten überboten, gab es keinerlei Anzeichen für etwas Vielversprechenderes. Manchmal sieht man ihn am Freitagabend mit einem kleinen karierten Koffer das Haus verlassen. Es heißt, er fahre nach Dundee. Weiter heißt es, in Dundee müsse es eine Frau geben, die etwas habe, was die Einheimischen nicht hätten. Niemand wäre erstaunt, wenn Alastair Brown eines Tages mit einer Braut am Arm heimkäme. Sollte dies je geschehen, würde seiner Frau kein besonders warmherziger Empfang zuteil werden.

Es überraschte nicht, daß Annie zu den vielen gehörte, die

sich Hoffnungen machten und ein begehrliches Auge auf den zuvorkommenden Hafenmeister geworfen hatten. Kühner als die meisten anderen, lockte sie ihn anfänglich mit Gratiskaffee in ihr Lokal, den er bereitwillig und freudig annahm. Aber er machte keine Anstalten, ihre Gastfreundschaft zu erwidern. Annie wurde ungeduldig. Noch nie zuvor war sie einem Mann begegnet, der auch nur im entferntesten mit Alastair Brown vergleichbar gewesen wäre. Obwohl sie Myrtle gegenüber eingestand, daß sie mehr von seinem orignellen Wesen als von seinem Körper angezogen wurde, sah sie darin eine Herausforderung, der sie sich stellen mußte. Sie schmiedete Pläne und wurde zum Teil auch belohnt.

Die Belohnung bestand darin, daß sie in Alastairs Haus Einlaß fand. Das war noch keiner der anderen gelungen, die ihm nachstellten. Annie kam ans Ziel, indem sie eines Abends an seine Tür klopfte. Seine Höflichkeit behielt die Oberhand. Ohne zu fragen, warum sie gekommen war, lud er sie ein, mit ihm das Ende von *They Were Sisters* anzusehen, einem seiner Lieblingsfilme aus den vierziger Jahren. Er führte sie zu einem eher unbequemen Stuhl, gab ihr ein Glas Milch mit Whisky und ließ sich für den Rest des Films wieder in seinem Sessel nieder. Annie merkte bald, daß er von Margaret Lockwood so gefesselt war, daß sie sich ohne weiteres der Begutachtung seiner Wohnung widmen konnte, wie sie Myrtle später in aller Offenheit gestand.

Was sie sah, war ein spärlich möbliertes Junggesellenzimmer, obwohl es Bücherregale gab und eine Vitrine mit antiken Navigationsinstrumenten. Die Vorhänge waren schlicht gefüttert und mochten sogar aus einem Seidenmischgewebe sein. Daraus konnte Annie entnehmen, daß Alastair Brown, außerordentlicher Hafenmeister, ein Mann war, der über einige Mittel verfügte. Als der Film schließlich zu Ende war und der Abspann lief, hatte sich ihre Begierde, ihn näher kennenzulernen, noch verstärkt.

Sie reichte ihm eine kleine Papiertüte, die auf ihrem Schoß gelegen hatte, und erklärte, daß dies der Grund ihres unangemeldeten Besuchs sei. Sie hoffe, er würde sie nicht für … Annie fiel nicht gleich das richtige Wort ein, was Alastair entging, während er eine bunte Krawatte aus der Tüte zog. Da er die Krawatte etwas überrascht gemustert habe, könne sie beim besten Willen nicht sagen, erklärte sie Myrtle, ob sie ihm gefallen habe oder nicht, und hinter der dunklen Brille sei sein Gesichtsausdruck nicht erkennbar gewesen. Annie erklärte ihm, daß sie bei einem Ramschverkauf auf die Krawatte gestoßen sei und sich gedacht habe, daß sie genau das Richtige für seine Sammlung wäre. Auf diese Mitteilung reagierte er mit Schweigen. Annie, inzwischen am Ende ihrer Nervenkraft, fügte erklärend hinzu, daß er darin kein echtes Geschenk sehen dürfe, da es nur zehn Pence gekostet habe. Dem mußte Alastair Brown zustimmen. Ein breites Lächeln zeigte an, daß das Geschenk Anklang gefunden hatte. Er dankte ihr, steckte die Krawatte wieder in die Tüte und sagte, sie sei tatsächlich eine wertvolle Ergänzung für seine Sammlung. Dann trat wieder Schweigen ein.

Doch ermutigt durch die Anzeichen von Anteilnahme und geehrt durch seine Aufmerksamkeit, glaubte Annie, bei ihrer Mission noch einen Schritt weitergehen zu können, bevor sie sich verabschiedete – nachdem sie nun schon so weit gekommen und bis in sein Haus vorgedrungen war, was noch keine vor ihr geschafft hatte. Sie fragte ihn, ob er je seine Sonnenbrille abnehme: Das sei die Frage, die das ganze Dorf beschäftige, fügte sie hinzu, damit er nicht dachte, nur sie allein besitze die Unverschämtheit, das wissen zu wollen. Alastair Browns einzige Reaktion bestand darin, die Brille auf seiner Hakennase hochzuschieben. Schließlich sagte er, die Antwort auf die Frage laute: Nein. Außer im Bett natürlich.

Sie sei, sagte Annie, als sie Myrtle die Geschichte erzählte, noch nie so in Bedrängnis geraten, was das taktische Vorgehen betreffe. Sie habe sich entschlossen, einen Moment innezuhalten und dann den entscheidenden Vorstoß zu wagen: den Köder zu packen, den er ihr zugeworfen hatte – denn sie sei überzeugt gewesen, daß es sich um einen Köder gehandelt habe. Sie frage sich, gestand sie ihm, ob er ihr wohl die Ehre erweisen würde, als erste seine Augen sehen zu dürfen, und dabei klimperte sie auf eine Art mit den Wimpern, die noch nie ihre Wirkung verfehlt hatte. Alastair Brown verharrte reglos in verblüfftem Schweigen. Aber irgend etwas deutete darauf hin, daß er nicht beleidigt, sondern nur verwundert war. Um jeglicher Beunruhigung zuvorzukommen, die sie in ihm ausgelöst haben mochte, stieß Annie ein kurzes Lachen hervor und erklärte schnell, daß ihr natürlich nie in den Sinn gekommen wäre, daß das Bett der einzige Ort sei, an dem man ihn mit unbewehrten Augen antreffen könne. Auf solch einen ungehörigen Gedanken wäre sie nie verfallen. Aber wie wäre es mit einem Kompromiß? Wie wäre es, wenn er seine Brille einen Moment abnähme, und sie gäbe ihm als Gegenleistung einen Kuß? Annie lachte erneut und spürte plötzlich die Macht ihrer Einfallskraft. Sie spürte, wie gut die Sache lief. Aber sie lachte allein.

Alastair Brown stand plötzlich sehr hastig auf. Er legte die Hand an den Mund. In seinem schicken marineblauen Pullover erinnerte er Annie an einen Stationsvorsteher, der gleich zu pfeifen beginnt, damit der Zug endlich seinen Bahnhof verläßt. Die dunklen Brillengläser, in denen sie ein Miniaturporträt ihres eigenen verwirrten Gesichtes sah, waren starr auf sie gerichtet. *Das wäre höchst ungehörig*, sagte er. *Das wäre ganz und gar nicht angebracht. Und jetzt, wenn es Ihnen nichts ausmacht, Mrs. Mcleoud, werde ich Sie zur Tür bringen.* Seine Abweisung lastete schwer auf Annie, als er sie zur Tür begleitete, ihr die Hand schüttelte und höflich gute Nacht wünschte. Alastair Brown war der einzige Reinfall, den sie je erlebt hatte, seit dem Tag im Wald mit Archie.

Myrtle, die die Geschichte amüsant fand, hatte Annie das Versprechen abgenommen, sie niemand weiterzuerzählen, sowohl zu Annies eigenem wie zu Alastair Browns Bestem. Annie hatte Wort gehalten. Sie blieb die einzige, die sein Haus betreten hatte, aber selbst diesen kleinen Triumph vermochte sie für sich zu behalten. Auch in Zukunft stellten die Frauen aus den Dörfern entlang der Küste Alastair Brown nach – die Neuigkeit von einem verfügbaren Junggesellen mit Vermögen, einem Hafenmeister obendrein, hatte sich schnell verbreitet. Es gab allerdings keinerlei Hinweise, daß irgendeiner von ihnen mehr Erfolg beschieden gewesen wäre als Annie, obwohl neue Spekulationen die Runde machten, als man Alastair Brown seltener sah, und er mit seinem karierten Koffer für mehrere Wochenenden nach Dundee verschwand.

Während der heimliche Kampf um seine Gunst anhielt, kam allmählich die Geschichte in Umlauf, daß die Frau, auf die er tatsächlich warte, die Witwe Myrtle Duns sei. Wie allerdings nur Annie wußte, gehörte sie, die sich an überhaupt keinen Mann mehr binden wollte, zu den wenigen Frauen, die nie das geringste Interesse, nicht einmal Anteilnahme, für Alastair Brown gezeigt hatten. Sie waren lediglich Bekannte. Bei den seltenen Gelegenheiten, bei denen sie sich über den Weg liefen, beschränkte sich ihre Unterhaltung auf ein paar höfliche Worte. Annie zögerte nicht, Myrtle von dem Gerücht zu erzählen. Angesichts der Absurdität des Ganzen, mußte Myrtle lächeln. Sie konnte sich nicht vorstellen, wodurch ein solches Gerücht genährt wurde, aber es war wohl auf die Dummheit von Hohlköpfen zurückzuführen. Sie hoffte, Alastair Brown möge der Klatsch verborgen geblieben sein. Es wäre nur peinlich und sie würden sich bei ihren kurzen Begegnungen befangen fühlen.

An diesem Morgen auf dem Fischmarkt, als der Hafenmeister das Elend der Seemöwen beobachtete, war es erst das fünfte oder sechste Mal seit seinem Amtsantritt vor einem Jahr, daß er Myrtle gegenüber eine höfliche Bemerkung machte.

Myrtle ist bereit, auf seine Freundlichkeit einzugehen, da sie alle verachtet, die schon in der kleinsten Unterhaltung mit Alastair Brown den Beweis für etwas anderes als nachbarliche Höflichkeit wittern.

»Sie haben recht«, sagt sie. »Archie hat sich immer um die Möwen gesorgt.«

Alastair steht jetzt neben ihr. Er legt die bloße Hand auf einen Stapel Fischkisten. Einer seiner Finger ist nur ein paar Zentimeter von einem offenen Maul voller spitzer Zähne entfernt. Er nimmt eine Handvoll zerstoßenes Eis und sieht zu, wie es schmilzt und an seinem Daumen hinabrinnt. Seine Hand ist nicht die eines Fischers. Seine Haut ist wettergegerbt, aber makellos. Myrtle betrachtet sie mit Interesse. »Wird wieder ein schöner Tag«, sagt er schließlich.

»Das glaube ich auch, ja.«

»Und heiß«, sagt er. »Fast wie in Cornwall.«

Nachdem Myrtle darauf nicht antwortet, wendet sich Alastair Brown um und geht zum Eishaus hinüber. Sie folgt ein paar Schritte und bleibt dann stehen. Durch die bauchige, in der Luft schwebende Röhre wird Eis direkt von der Maschine in den Laderaum eines Boots gepumpt. Bei dem Vorgang ist ein lautes, knirschendes Geräusch zu hören, als trappelten Hunderte von Füße über Kies. Ken muß bei der Arbeit sein, denkt sie und bleibt stehen und will keinen Schritt weitergehen. Sie möchte Ken nicht über den Weg laufen. Nach Archies Tod ist er nie mehr zur See gefahren. Zwei Monate später wurde eine Stelle im Eishaus frei, und er nahm sie an. Was auf See passiert, erfährt er nun aus zweiter Hand, sein Leben ist langweiliger geworden. Aber Annie gefällt das regelmäßige Einkommen. Und Ken, sagt Annie, freut sich darüber, daß er mehr Zeit zum Lesen hat. Viele seiner freien Stunden verbringt er in der Bibliothek. Er erzählt Annie nicht, was er liest, aber sie vermutet: »Gedichte und solches Zeug.« In den letzten zwei Jahren ist er sehr ruhig geworden: Er ist zur Schweigsamkeit seiner Jugendjahre zurückgekehrt. Aber Myrtle ist das alles gleichgültig. Sie wünscht sich nur, ihn so wenig wie möglich zu Gesicht zu bekommen, nicht einmal aus der Entfernung.

Alastair Brown steht an der Tür zum Eishaus. Er dreht sich um und winkt ihr zu. Sie winkt zurück. Sie steht genau dort, wo sie als kleines Kind stand, Dots Hand hielt und zusah, wie die Männer Eissäcke von einem Lastwagen entluden, der aus Edinburgh kam. Sie erinnert sich an die Aufregung, als die Eismaschine eingebaut wurde. Die meisten Dorfbewohner kamen herunter, um sie das erste Mal in Betrieb zu sehen, und sie staunten über die Geschwindigkeit, mit der sich der Eisstrom in den Laderaum des ersten Bootes wälzte, das an vorderster Stelle angelegt hatte. Inzwischen flößt die moderne Maschine natürlich niemandem mehr Respekt ein. Wie alle Verbesserungen wurde auch sie zur Norm. Selbst die alten Männer, die die schweren Säcke vom Lastwagen zu den Booten schleppen mußten, sind nicht mehr beeindruckt. Das Wunder des Fortschritts ist eine kurzlebige Sache, denkt Myrtle.

Sie schaut zur Hafeneinfahrt und erwartet, wie eigentlich jedesmal, die Skyline II zu sehen. Aber das Schiff ist verkauft worden. Es fährt nun von Aberdeen aus. Es wird nicht mehr hierher zurückkommen. Ross und zwei andere aus Archies Mannschaft haben jetzt ein kleines Boot. Sie fischen oben an der Westküste in der Nähe von Inverness und sind immer für einige Wochen fort. Myrtle wendet den Blick ab von dem Ort, an dem die Skyline II früher angelegt hatte. Sie will das seltsame rote Schiff nicht sehen, das ihren Platz eingenommen hat. Sie blickt auf die Uhr. Acht Uhr. Noch eine Viertelstunde, bevor sie in der Schule sein muß. Zeit, die man sich vertreiben muß. Sie hat es geschafft, sich ihr Leben ganz gut einzurichten – die Teilzeitarbeit an der Schule, die Anpflanzung des Wäldchens, einen Tag in der Woche im Evergreen Home, ein paar Stunden in der Woche der Unterricht mit Janice: ja, sie ist beschäftigt. Aber es gibt immer noch unerwartete Momente, die wie scharfes, zerbrochenes Glas über sie hereinbrechen, schneidend und leer. Gerade wenn sie glaubt, sowohl Geist wie Körper seien beschäftigt, befällt sie das brennende Gefühl der Einsamkeit, und sie erinnert sich, daß sie nach dem Ende ihrer jeweiligen Tätigkeit in ein leeres Haus zurückkehren muß, in ein leeres Bett, in eine Leere, die weit über den Horizont hinausreicht.

In solchen Momenten wird Myrtle ungeduldig. Sie wendet sich jetzt schnell um, verläßt den Hafen und steigt den Hügel zu dem Schuppen hinauf, wo Martin am Morgen die Fische filetiert.

Martin arbeitet gerade emsig an seiner ersten Fischladung – mehrere Kisten müssen bis Mittag zur Abholung fertig sein. Er steht hinter dem Block und konzentriert sich auf den Fisch, den er zerlegt. Die dünne Schneide seines Messers gleitet durch das rohe Fleisch mit dem Geräusch von Seide, die zerreißt. Das einzige andere Geräusch an dem trübseligen Arbeitsplatz kommt von dem tropfenden Hahn über dem Abwaschbecken. Martin verbringt hier sechs Stunden am Tag. Myrtle wundert sich über seine stetige Fröhlichkeit. Sie stellt sich auf eine der wenigen trockenen Stellen auf dem Steinfußboden und sieht seinen Händen zu, die so geschickt, so schnell sind – obwohl sie gelernt haben, Stein zu meißeln, nicht Fische zu zerteilen.

»Myrtle! Einen Tee?«

»Nein danke.« Am Abwaschbecken steht eine einzelne Tasse. An der Decke, in den Neonröhren, blenden kleine Spiralen von solch intensivem Blau, daß Myrtle die Augen schmerzen. Sie kann sich nicht vorstellen, wie er unter solch widrigen Bedingungen arbeiten kann.

»Na, was machst du denn so früh hier oben?«

»Nach halb sechs scheint mich nichts mehr im Bett zu halten. Ich wache immer so munter auf. Ich bin zum Hafen hinuntergegangen.«

»Was ist los da unten?«

»Nicht viel. Ich bin zufällig Alastair Brown begegnet.«

Sie lächeln sich an. Martin weiß von dem Gerücht. Er wirft das Gerippe eines kleinen Schellfischs in eine Kiste auf dem Boden. Sie ist schon zur Hälfte mit glitschigen Häuten und milchweißen Gräten gefüllt. Nachdem das Fleisch abgeschält ist, sind sie gebogen wie die Blätter zarter Pflanzen. Er legt die Filets in einer Reihe nebeneinander – schillernde kleine silbrige Streifen, die alle gleich sauber aussehen.

»Macht er Fortschritte bei seinem Liebeswerben?«

»Sei nicht albern! Wir haben kaum ein Wort gewechselt, seit er hier ist.«

»Vielleicht geht er's langsam an. Obwohl ich sagen muß, daß ich ihn nicht unbedingt für den idealen Mann für dich halte, falls du je wieder heiraten willst.«

»Das will ich nie mehr.«

»Nein. Na schön. Das ist verständlich.« Schwisch, schwisch, macht das Messer. Ein Kopf fällt herunter. Die goldenen Augen, die nicht lange genug tot sind, um trüb geworden zu sein, sehen Myrtle an. »Hast du dir noch mal Gedanken über den Grabstein gemacht? Wie lange ist das jetzt her? Fast zwei Jahre inzwischen. Ich hab noch immer diesen schönen Marmorblock für dich, den ich dir gezeigt habe. Du mußt mir bloß Bescheid sagen.«

»Ich habe darüber nachgedacht, ja. Immer und immer wieder. ›Archie Duns, Ehemann und Fischer‹, habe ich mir gedacht. Wie findest du das? Und die Daten natürlich.«

Martins Daumen gleiten flink durch den Fisch, während er aufsieht und ihre Blicke sich treffen.

»Das finde ich gut«, sagt er. »Das klingt gut. Ich bin sicher, Gott zieht Untertreibungen vor. Ich meine, wenn man auf so vielen Friedhöfen herumkommt wie ich, könnte man glauben, alle Toten wären Heilige – den Grabsprüchen nach, meine ich. Also möchtest du nichts aus der Bibel hinzufügen?«

»Ich versuche immer noch, etwas zu finden. Aber ich bin ein bißchen langsam, ich weiß. Ich möchte es absolut richtig machen.« Martin nickt. »Ich muß los. In drei Minuten fängt der Unterricht an.«

»Dir gefällt deine Arbeit an der Schule?«

»O ja, es ist großartig. Das habe ich immer machen wollen, unterrichten. Ich bin für die Neun- und Zehnjährigen zuständig. Das ist ein wundervolles Alter.«

»Soll ich dir auf dem Heimweg ein Stück Schellfisch vorbeibringen?«

»Du bringst mir immer Fisch.«

»Und warum auch nicht?«

»Nun, das wäre nett.«

»Bis später dann.«

Myrtle zwängt sich durch die Türen aus durchsichtigem Plastik, atmet die fischfreie Luft ein und sieht einen bleichen Sonnenstreifen auf dem Meer. Sie freut sich auf die Wärme ihres Klassenzimmers – inzwischen ist das ein viel fröhlicherer und freundlicherer Ort als zu ihrer Schulzeit. Sie freut sich darauf, daß einer nach dem anderen Gedichte aufsagt. *Als Fische flogen und Wälder wanderten* ... Sie hat gute Schüler in ihrer Klasse.

Sie ist stolz auf sie. Die Schulglocke hallt durch die enge Gasse: Sie beeilt sich. Sie ist schon so lange auf den Beinen, daß sie fast den Eindruck hat, ein ganzer Tag sei vergangen. Heute abend gibt es Martins Schellfisch, auf den sie sich freuen kann, und am Nachmittag kommt Annie zum Kartenspielen vorbei. Darauf freut sie sich am meisten, denn sie haben seit einer Weile keine Gelegenheit gehabt, sich zu sehen.

Am Abend, nachdem Archie gestorben war, machte Martin einen Besuch bei Myrtle. Sie saß allein am Tisch, umgeben von einem Durcheinander aus Papieren und Listen. Ihren Augen war anzusehen, daß sie die vergangene Nacht geweint hatte, aber sie schien ruhig zu sein, froh, ihn zu sehen.

»Ich werde Archies Grab ausheben«, sagte er. »Es ist alles geregelt.«

»Danke. Das wäre das beste.«

»Und ... was den Grabstein anbelangt, wenn es dann soweit ist, sich Gedanken darüber zu machen, kannst du dich darauf verlassen, daß ich das schönste Stück Marmor finde.«

Myrtle, die dankbar war für einen Besucher, der keine wohlmeinenden Plattheiten offerierte, machte den Versuch zu lächeln. Die Sanftheit seines kanadischen Singsangs war so beruhigend wie Wolle auf der Haut.

»Du bist ein guter Mensch, Martin«, sagte sie und wandte die Augen zum Fenster. Sie stieß ein verächtliches Lachen aus. »Tja, ich habe noch nicht einmal für Mutter den richtigen Grabspruch gefunden. Ich bin Jahre im Verzug. Und jetzt für Archie. Ich tue mein Bestes, ich versuche mich zu konzentrieren, wenn sich alles ...«

»Es ist reichlich Zeit. Du mußt dich im Moment um so viel anderes kümmern und die Beerdigung organisieren. Gibt es irgend etwas, was ich tun könnte?«

»Ich glaube, daß alles getan ist. Ich habe den ganzen Tag mit Organisieren zugebracht.«

»Gibt's denn nichts, gar nichts ... du weißt, du mußt mich nur rufen.«

»Ich weiß.« Myrtle nickte. »Danke.«

Sie schwiegen eine Weile. Mehrmals reckte Myrtle den Kopf, als hätte sie draußen Schritte gehört. Einmal hob sie die Hand, als hätte sie erwartet, Archie greife ihr über die Schulter. Doch als sie ins Leere griff, stieß sie einen ungeduldigen Seufzer aus, verärgert über ihre eigene Torheit. Schließlich sagte sie: »Ich weiß nicht, wie es passiert ist. Ich weiß nicht, was es für ein Unfall war. Niemand hat es mir gesagt. Ich will nicht fragen. Ich erwarte, daß einer von ihnen zu mir kommt und es mir erklärt, wenn sie die Worte dafür finden. Ken hätte eigentlich kommen sollen. Annie bat ihn darum. Ich habe ihn erwartet. Aber bis jetzt war weit und breit nichts von ihm zu sehen.«

»Ich bin sicher, er wird kommen.« Martin rutschte unbehaglich auf seinem Stuhl herum. Er hatte üble Gerüchte gehört.

»Ich weiß auch nicht, wann er gestorben ist. War es auf dem Schiff, im Krankenwagen, im Krankenhaus? Ich weiß es nicht. Niemand hat es mir gesagt. Ich habe nicht gefragt. Ich konnte nicht fragen. Ich habe seine Hand gehalten – aber wußte er, daß ich sie hielt? Wußte er, daß ich da war? Das werde ich nie erfahren. Wie soll ich leben, ohne das zu wissen?«

»All diese Dinge ... Du mußt versuchen, dich in den nächsten Tagen nicht davon quälen zu lassen. Du brauchst deine Kraft für dich und andere.«

Myrtle sah ihn interessiert an. Plötzlich wurde sie lebhafter.

»Es ist ungewöhnlich, so etwas zu einer Frau zu sagen, deren Mann gerade gestorben ist ... Andere. Aber du hast natürlich recht. Meine Mutter sagte mir, sie habe, nachdem mein Vater gestorben war, alle Kraft gebraucht, um die Menschen in ihrer Umgebung zu trösten. Ich mußte auch schon jemand anderen beruhigen. Annie hat sich fast die Augen ausgeweint um Archie, um mich, um sich selbst. Mir selbst ist nicht sehr nach Weinen. Gestern abend hatte ich allerdings einen Tränenausbruch, nachdem alle gegangen waren und ich den Großen Bären gesehen habe, und kein Archie hier war, um mich zu beglückwünschen. Aber jetzt fühle ich mich ganz ausgetrocknet – knochentrocken, leer und verdorrt. Das Räderwerk, das meine Witwentränen antreiben sollte, ist zu schwach, um sie fließen zu lassen. Es ist keine Kraft in mir. Da ist nichts, nichts, nichts. Kein Archie. Nichts.«

»Das kann ich verstehen.« Martin mußte den Kopf abwenden, damit sie die Tränen nicht sah, die ihm in die Augen getreten waren.

»Aber wie kann es passiert sein, Martin? Der Unfall, oder was immer es war? Archie war in Sicherheitsfragen der gewissenhafteste Mensch, den es gab. Wenn einer von der Crew je unbedacht war und andere gefährdete, hat Archie ein unglaubliches Donnerwetter veranstaltet. Was kann passiert sein? Gütiger Gott, was kann passiert sein? Mein Onkel John kannte einen Mann, der enthauptet wurde, als eine Winde brach und die Seile rissen. Das kann es nicht gewesen sein ...«

»Es nützt nichts, sich diese Fragen zu stellen, wenn es noch keine Antworten gibt.« Martin stand auf, er war sich seiner Unbeholfenheit bewußt, empfand dieselbe Leere. »Ich bin sicher, Ken ist derjenige, der es dir sagen wird. Er war Archies ältester Freund, trotz der Differenzen in letzter Zeit. Er war dabei, er hat das Schreckliche gesehen, er weiß, daß er derjenige ist, der es dir sagen muß, wenn du soweit bist und er auch. Stell dir vor, wie er sich fühlen muß. Er braucht ein bißchen Zeit, um Kraft zu sammeln, bevor er zu dir kommt. Nach der Beerdigung vielleicht.«

»Ja, du hast recht. Ich werde warten.« Myrtle zuckte die Achseln und stand ebenfalls auf.

»Eigentlich will ich gar nicht wissen, *wie* es geschehen ist – in dieser Hinsicht bin ich ein Feigling. Auch nicht *wann*. Ich möchte bloß wissen, *warum*? Warum ist Archie gestorben? Warum?«

Martin schüttelte den Kopf, unfähig zu sprechen. Er wollte die Hand ausstrecken, ihr Haar berühren, ihre Wange, die geröteten Augen – irgendeine kleine Geste machen, um ihr zu zeigen, daß er das unendliche Ausmaß ihres Kummers verstand. Aber er spürte, daß das unpassend wäre. Zurückgehaltene Akte der Freundschaft sind oft wertvoller als solche, die unbeabsichtigt zum falschen Zeitpunkt erfolgen. Martin schüttelte bloß den Kopf, als er zur Tür ging und spürte, daß es an der Zeit war, Myrtle allein zu lassen. Er wußte, sie war eine Frau, der Einsamkeit Trost bedeutete, und er hatte nicht den Wunsch, allzusehr in ihre Abgeschiedenheit einzudringen. Mit dem Versprechen, am nächsten Tag wiederzukommen, verließ er sie ohne weiteres Zögern, was ihm Myrtle hoch anrechnete. Dann wandte sie sich wieder ihrer Liste von Dingen zu, die erledigt werden mußten, um sicherzustellen, daß Archies Begräbnis zu einer Feier wurde, die eines solchen Mannes würdig war.

Myrtle und Annie sitzen an ihrem gewohnten Platz und spielen Karten. Es ist ein strahlender Nachmittag. Die alte Wanduhr tickt – unnachgiebig, hohl und nervtötend. An der Tür hängt noch immer einer von Archies alten marineblauen Pullovern. Bei einem Ärmel ist an mehreren Stellen die Wolle durchgescheuert, kleine Löcher sind zu sehen, die Myrtle eines Tages stopfen will.

Annie hatte sich ein wenig verspätet zu dem Kartenspiel, außerdem war sie nervös. Kurz nach Archies Tod hatte sie ihren Job im Museumscafé aufgegeben, um als Empfangsdame bei einem Friseur zu arbeiten. Nach einer Woche hatte sie es satt, die wenigen Termine auszumachen und kündigte, um eine Reihe anderer, ähnlich unbefriedigender Jobs anzunehmen. Schließlich kehrte sie wieder in das Café zurück, wo sie mit Freuden aufgenommen und ihr eine bessere Position angeboten wurde. Sie hat jetzt drei Bedienungen unter sich und ist für die pünktliche Auslieferung der hausgemachten Kuchen verantwortlich. Sie arbeitet jetzt immer länger als eigentlich nötig, und wenn die letzten Gäste gegangen sind, vertrödelt sie noch mit irgend jemandem, der gerade Dienst hat, bei einer Tasse Kaffee die Zeit. Alles nur, wie Myrtle weiß, um den Moment des Heimgehens hinauszuzögern.

Myrtle hat sich angewöhnt, Annies Hände zu beobachten. Heute bemerkt sie, daß sie ein wenig zittern, während sie die Karten in der Hand sortiert. Das kündigt irgendeine Art von

Auseinandersetzung an: Ein kleiner angstvoller Stich durchfährt Myrtles Eingeweide. Seit Archies Tod hatte es schon zu viele Auseinandersetzungen mit Annie gegeben. Zu viele Streitigkeiten, Meinungsverschiedenheiten, Versprechen, sich nicht mehr so albern aufzuführen, Entschuldigungen ... Dann Frieden, etwa eine Woche lang – ungetrübte Freundschaft, fast wie in den alten Zeiten, bevor Annie – immer Annie – neue Mißhelligkeiten provozierte.

Myrtle weiß, daß sie heute nicht mit einem friedlichen, stillen Kartenspiel davonkommen wird. Irgendeine Beschuldigung, die sie nicht ergründen kann, brodelt in Annie, deren Augen gefährlich glitzern. Annie knallt die Karten auf den Tisch.

»Myrt: Ich kann das nicht immer wieder sagen. Ich finde, du solltest jemand aufsuchen. Alle finden das.«

»Alle?« Bei dem Gedanken, daß die Leute diskutieren könnten, was das beste für sie sei, wird Myrtle schlecht. Sie fröstelt. »Jemand aufsuchen?« sagt sie leichthin. »Was soll das heißen?«

»Du weißt schon: jemanden, der dir helfen kann. Einen Therapeuten.«

»Warum sollte ich so jemanden aufsuchen? Warum glaubst du, ich bräuchte Hilfe? Inwiefern sollte mir ein Therapeut deiner Meinung nach denn helfen?« Unbeabsichtigt, so bemerkt sie, klingt ihre Stimme verächtlich.

Annie seufzt. In ihrem Gesicht zeigt sich ein leidender Zug. Vor lauter wohlmeinender Ernsthaftigkeit, denkt Myrtle.

»Tatsache ist, daß Archie seit fast zwei Jahren tot ist, und soweit ich weiß, bist du nie zusammengebrochen, nie hysterisch geworden, hast dich nie so verhalten wie jede normale Frau, deren Mann bei einem scheußlichen Unfall umgekommen ist. Du hast nicht einmal beim Begräbnis geweint. Hast nur mit überlegenem Gesichtsausdruck zugesehen, wie wir alle geschnieft haben.«

»So hast du es also aufgefaßt?« Myrtle ringt um Fassung. »Ich schätze deine Anteilnahme«, sagt sie und ist sich ihrer formellen Ausdrucksweise bewußt, »aber ich habe nicht die Absicht, jemand aufzusuchen. Ich glaube nicht an diese Art von Hilfe. Ich will sie nicht, ich brauche sie nicht. Die Tatsache, daß ich keine Heulsuse bin, sollte dir keinen Anlaß zu der Sorge geben, ich verhielte mich nicht ›normal‹, wie du es nennst. Ich bin eben einfach so. Wir alle sind verschieden, also reagieren wir natürlicherweise auch auf verschiedene Art. Daran ist nichts Besonderes.«

»Du bist manchmal unmöglich«, sagt Annie. »So abweisend, sogar zu mir. So überzeugt von deiner eigenen Stärke, deiner Unabhängigkeit. Willst niemanden an dich heranlassen, seit Archie tot ist.«

Sie beginnt, an einer Kartenreihe herumzuschieben, und vermeidet es, Myrtle in die Augen zu sehen. »Tatsache ist, daß du dich seltsam verhalten hast. Du hast dich eingesperrt, fast eremitenhaft. Ich weiß, daß dir das Unterrichten gefällt, und du liebst deine Schüler und Janice. Und ich weiß, daß du viel Zeit darauf verwendest, deinen Wald anzupflanzen – den bisher ja noch niemand sehen durfte. Ich will nicht behaupten, daß du dich vollkommen verändert hast. Ich sitze hier: Kartenspielen wie üblich, Plaudereien, Teetrinken. Aber die Sache ist doch die, und das kannst du nicht abstreiten, daß du dich entfernt hast von uns. Du hast mich verlassen, deine Freunde, um irgendwohin zu gehen, wo offensichtlich keine menschliche Gesellschaft benötigt wird.«

»Tut mir leid«, sagt Myrtle, »wenn dir das so vorkommt.«

»Ich will ja nur sagen, daß es an der Zeit für dich ist, wieder ein weniger zurückgezogenes, einsames Leben zu beginnen. Um Himmels willen, Archie hätte doch nicht gewollt, daß du eine Art Nonne wirst, nur weil er gestorben ist. Er hätte gewollt, daß du so normal wie möglich weiterlebst.«

»Das tue ich«, sagt Myrtle. »Zumindest versuche ich es.«

»Und ganz abgesehen davon, erzählst du mir praktisch nie mehr, wie du dich fühlst – als würdest du mir nicht mehr trauen, mich nicht mehr als Freundin brauchen, mich nicht mehr wissen lassen wollen, was in deiner – nun, in deiner Seele vorgeht.«

»Das will ich tatsächlich nicht«, sagt Myrtle entschieden. »Es tut mir leid, wenn dich das traurig macht, aber das will ich nicht.

Zum einen könnte ich es gar nicht beschreiben. Und wenn ich es könnte, würde ich es nicht wollen. Nicht einmal dir.«

»Ich verstehe.« Annies verletzter Blick trifft jetzt den Myrtles. »Früher war das anders.«

»Vielleicht erinnerst du dich nicht mehr. Du bist immer diejenige gewesen, die ständig was zu bekennen hatte – nun, nicht alles, aber eine ganze Menge. Ich war diejenige, die weniger gesagt hat.«

Annies Kopf schnellt zurück. »Was habe ich dir nicht erzählt? Soweit ich mich erinnere, habe ich dir alles gesagt.«

Angesichts dieser Unwahrheit nimmt Myrtle nun keine Rücksicht mehr. Sie antwortet, bevor sie sich zügeln kann.

»Du hast nie ein Wort über deine Liebe zu Martin gesagt. Das heißt, du hast zugegeben, daß du ihn gern hast. Aber du hast nie einen Ton darüber verlauten lassen, wie ernst es dir mit deiner Liebe zu ihm ist.«

»Für Martin?« Das Blut schießt Annie ins Gesicht, und sie läuft vom Kinn bis zur Stirn rot an. So schnell wie es hochgeschossen ist, verschwindet es wieder, und läßt sie kreidebleich zurück. »Wer hat dir von Martin erzählt?«

»Das werde ich dir nicht sagen.«

»Der Mistkerl. Er muß es gewesen sein. Niemand sonst wußte davon.«

»Es ist lange her. Du kannst mir vertrauen.«

Ein langes Schweigen tritt ein. Dann sagt Annie: »Na schön, wenn du's schon weißt, kann ich ja zugeben, daß es stimmt. Ich habe Martin geliebt. Ich meine, ich habe ihn wirklich geliebt. Ich hätte ihn von der Stelle weg geheiratet, wenn er mich gefragt hätte. Aber er hat mich nicht geliebt. Wirklich komisch. Ich habe so viele Männer gehabt, in dieser Hinsicht hat mir nie was gefehlt. Wahrscheinlich wollte ich euch allen gegenüber meine *Niederlage* nicht eingestehen. Ich war immer so geschickt, wenn es darum ging, jeden Mann zu kriegen, den ich wollte. Obwohl *sie* immer nur das gleiche wollten, und es nie Liebe war – außer bei Ken.« Sie stößt ein kurzes verächtliches Lachen hervor. »Während du, die große, solide, schlichte Myrtle – du hast immer nur einen Mann angesehen, und dieser Mann hat sich umgedreht, dich gesehen und dich gleich von ganzem Herzen geliebt. Er mag früh gestorben sein, aber du hast wirklich Glück gehabt. Du weißt gar nicht, was für ein Glück du hattest.«

»Doch, das weiß ich«, sagt Myrtle. »Es vergeht kein Tag, an dem ich mich nicht daran erinnern würde. Aber du solltest Kens Liebe für dich nicht unterschätzen. Du hast einen hingebungsvollen Mann ...«

»Ach! Ken. Der liebevolle Ehemann. Wir reden im Moment kaum mehr miteinander.«

»Da haben wir's. Schon wieder eine Sache, die du mir nicht erzählt hast.«

»Es ist nichts, worüber ich reden oder nachdenken möchte.« Annie hört sich inzwischen verdrossen an. »Ich beschäftige mich so gut ich kann, damit ich nicht nachdenken muß. Es fällt mir schwer, diesem Mann je zu vergeben.«

»Aber das solltest du«, sagt Myrtle. »Ich meine, ich hab's getan. Und wenn Ken nicht gewesen wäre, wäre Archie heute hier.«

»Dann bist du eine gottverdammte Heilige. Eine verdammt *dumme* Heilige.« Die harschen Worte klingen verzweifelt. »Wie kann ich einem Mann vergeben, der am Tod deines Mannes *schuld* ist, Myrt? Er hat mich nicht mal mehr mit dem kleinen Finger berührt, seit Archie ...«

»Tut mir leid«, sagt Myrtle. »Vielleicht wird die Zeit ...«

»Die Zeit? Was hat denn die Zeit damit zu tun? Das müßtest du doch am besten wissen. Die Zeit macht keinen Unterschied, ist es nicht so?«

»Nicht, um ... nein«, stimmt Myrtle zu. Annie zieht ihren Mantel an.

»Ich weiß nicht, was uns das gebracht hat. Gar nichts, glaube ich. Ich bin hergekommen, um dir taktvoll nahezubringen, daß du Hilfe brauchst, und du gehst auf mich los. Du nutzt die Gelegenheit, um mir zu sagen, daß du mir nichts mehr erzählen willst, kannst es aber nicht lassen, mir zu verraten, daß du über meine frühere unglückliche Liebe zu Martin Bescheid weißt.

Und außerdem machst du mir noch Vorhaltungen, daß ich Ken nicht vergebe, weil er deinen Mann auf dem Gewissen hat – etwas, was du, die heilige Myrtle, offensichtlich getan hast. Ich weiß nicht, wohin uns das führen soll. Ich fühle mich völlig … und dann erzähle ich dir auch noch, daß Ken nichts mehr von mir wissen will – aber vielleicht ist das nur eine Impotenz, die aus Schuldgefühlen entstanden ist. Ich weiß es nicht. Ich bin nicht einmal sicher, ob es mich interessiert.« Tränen beginnen, über ihre Wangen zu rinnen. »Vielleicht bin ich diejenige, die Hilfe braucht, du bist die Starke. Nun, du bist eigentlich immer die Starke gewesen. Ich habe mich immer auf dich verlassen. Vielleicht habe ich gar nicht gewußt, was ich an dir habe. Ich hasse dein neue Distanziertheit.« Sie streckt die Arme aus. »Bitte komm zurück.«

Etwas zögernd streckt Myrtle die Arme aus und erlaubt Annie, den traurigen Kopf an ihre Schulter zu lehnen. Sie murmelt vage tröstende Worte, versichert Annie, daß sie nicht fortgegangen sei, sondern immer hierbleiben werde, aber seit Archies Tod gebe es viele Lebensbereiche, die sie lieber allein bewältigen wolle. Annie nickt und wischt die Tränen ab. Myrtle hat keine Ahnung, ob ihre Freundin sie verstanden hat oder sich getröstet fühlt. Auf seltsame, gefühllose Weise, die sie überrascht, interessiert sie das auch nicht besonders. Sie wird von einem selbstsüchtigen Verlangen nach Alleinsein verzehrt. Sie löst Annie aus ihren Armen und öffnet die Tür. Aber Annie rührt sich nicht. Myrtle erkennt an ihrem Gesichtsausdruck, daß ihr ein plötzlicher Gedanke gekommen ist, der die düstere Stimmung zwischen ihnen aufhellen könnte.

»Soll ich dir was sagen, Myrt?« fragt sie. Ihre rot unterlaufenen Augen sehen jetzt schelmisch aus. »Nachdem ich weiß, daß du über Martin Bescheid weißt, alles alte Geschichten … muß ich gestehen, daß ich ihm umwerfende Briefe geschrieben habe. Weißt du wie? Ich bin in die Bibliothek gegangen – ja, das habe ich getan – und habe mich in ein paar Bücher mit Liebesbriefen berühmter Leute vertieft. Nun, ich nahm ein bißchen von hier, ein bißchen von dort, nichts zu Hochgestochenes, und habe es mit eigenen Worten verbunden. Ich war stolz auf sie, das kann ich dir sagen. Es war ein Riesenspaß.« Jetzt lacht sie – und Myrtle auch. »Martin muß unglaublich erstaunt gewesen sein. Er hätte nie gedacht, daß ich so gut schreiben könnte.« Unbeweglich steht sie da. »Aber ich sage dir noch was: Er ist der einzige, für den ich mir solche Mühe gemacht habe. Sollte er je etwas über diese Briefe sagen, wirst du ihm doch nichts verraten, oder?«

»Natürlich nicht. Niemals.« Das Gelächter, das sie aufgemuntert hat, erstirbt. »Aber bitte Annie, sag nie wieder, daß Ken Archie umgebracht hat. Das hat er nicht. Es war ein Unfall. Das weißt du.«

»Der Kens Schuld war. Das weißt du auch.«

»Und bitte komm nicht mehr vorbei, um mich zum Therapeuten zu schicken.« Myrtle schafft es, dies leichthin zu sagen. »Du weißt, daß ich die Letzte auf der Welt wäre, der die lüsternen Fragen eines Fremden und irgendwelche vergeblichen Versuche, mich zu verstehen, angenehm wären. Wie um Himmels willen könnte das ein Trost sein? Ich fände das furchtbar aufdringlich ... Wenn ich von meiner Mutter etwas mitbekommen habe, dann das: mit meinen Problemen selbst fertig zu werden.« Ihr gelingt ein Lächeln, als Annie die Treppe hinuntergeht.

»Ich werd's nicht vergessen«, sagt Annie. Aber sie kann das Lächeln nicht erwidern.

Als Annie fort ist, kehrt das Bild von Kens Geständnis zurück, wie schon so oft seit Archies Tod. Sie drängt es zurück, aber es verschwindet nicht, weil es nie vollkommen klar ist. Ganz gleichgültig, wie intensiv sie sich Kens Erklärung auch vergegenwärtigen will, sie bleibt immer nebelhaft. Sie ist immer noch unfähig, sich vorzustellen, zu verstehen, wie diese schrecklichen Momente tatsächlich abgelaufen sind. Sie akzeptiert, daß es ihr vielleicht nie gelingen wird, aber sie weiß, daß sie den Versuch niemals aufgeben kann.

Ken kam schweigend, blaß und ohne Tränen zu dem Begräbnis. Er stand weit entfernt von Annie und machte keine Anstalten, mit Myrtle zu sprechen. Als sie dastand und eine Handvoll

Erde ins Grab warf, bemerkte sie, daß er sich heimlich fortstahl. Sein sonderbarer Abgang war nur noch ein weiteres Rätsel neben den schrecklichen Fragen des Tages: Warum war Archie tot? Wer von den Trauernden wußte Bescheid? War es nur Ken, der die ganze Wahrheit kannte? Doch diese Fragen überlagerten an diesem Tag nur Myrtles tiefer gehende Überlegungen und wurden rasch beiseite geschoben. Sie würde die Antworten schließlich finden, aber während sein Sarg im Schlund der frisch ausgehobenen Erde lag, schienen sie unbedeutend.

Zwei Wochen später besuchte Ken Myrtle. Er gestand, daß er nicht die richtigen Worte finde, um seine Anteilnahme und seinen Kummer auszudrücken – diese Reden wurden von Myrtle mit einer ungeduldigen, abwehrenden Handbewegung abgetan. Er könne nichts weiter tun, sagte er, als erklären, was geschehen sei.

»Es fällt mir schwer, das zu tun, Myrtle«, begann er, »aber wenn ich dir nicht die Wahrheit sage, finde ich keine Ruhe mehr.«

»Ich würde sagen, daß es für mich genauso schwer ist, die Wahrheit anzuhören, wie es dir schwerfällt, sie auszusprechen. Aber ich wäre dankbar, wenn du einfach fortfahren würdest.« Myrtle hatte sich noch nie so reden hören, mit solcher Grobheit.

Ken knetete die Hände, senkte die Augen und war noch mehr entmutigt.

»Da war dieser Streit. Zwischen Archie und mir.«

»Streit?«

»Ich fürchte, wir waren wieder bei diesem Herumgezanke angelangt. Auf See.«

»Ich dachte, ihr hattet alle eure Differenzen geregelt.«

»Das hatten wir. Ich wollte den Lastwagen verkaufen, wie du weißt. Keine Auslieferungen mehr. Ich habe mein Wort gehalten. Aber es ging mir einfach nicht aus dem Kopf, daß wir auf der Skyline II ein bißchen dämlich waren ... die einzigen sein sollten, die ehrlich waren. Mein Gott ... ich hab doch nichts *Furchtbares* getan. Bloß ein paar Fische verkauft, die wegen dieses blöden Gesetzes wieder ins Meer zurückgeworfen werden sollten. Nicht die von der Skyline II natürlich. Das hätte ich nie getan. Ich habe nur einem Freund geholfen und ein paar Kisten für ihn ausgeliefert. Alles, was ich zu Archie gesagt habe, war: Wenn die anderen es tun, warum tun wir es nicht auch? Das sollte aber nicht heißen, daß ich damit weitermachen wollte – ich hatte mein Wort gegeben. Ich wollte einfach nur wissen, warum wir zu der Minderheit gehören sollten in diesen schweren Zeiten ...«

»Du hast Kisten zwischen den Möbeln versteckt?« Ken nickte. »Du bist ein Narr, Ken.« Myrtles Stimme war ein Messerstich. »Ganz abgesehen davon wußtest du, daß Archie nichts auf der Welt dazu bringen konnte, etwas Unehrenhaftes zu tun.«

»Natürlich wußte ich das. Aber es war doch nichts wirklich Schlimmes. Nur gelegentlich die eine oder andere Kiste, wenn sie zufällig in die gleiche Richtung gebracht werden mußte. Ich glaube nicht, daß damit so viel Schaden angerichtet wurde.«

»Was für ein Freund war das denn?«

»Du kannst nicht erwarten, daß ich dir das sage. Aber das Geld war wieder mal knapp. Annie wollte immer mehr, als wir hatten. Dies sollte mein letzter Versuch sein, ihn zu überreden. Dann hätte ich aufgegeben – zum Teufel, ich bin kein Gauner, bloß völlig fertig, weil ich meine Frau immer enttäuschen muß. Wie auch immer, ich machte also meinen Vorschlag an diesem Tag – und erwartete nichts anderes, als daß er nein sagen würde, ich war fest entschlossen, den Lastwagen zu verkaufen, wenn wir an Land kämen, denn der Job auf dem Boot war mir wichtiger als alles andere ... und Archie ist der Geduldsfaden gerissen. Ich habe nie einen Mann so wütend gesehen, er hat mich angebrüllt. Nichts mehr hat ihn gekümmert, außer seine Wut auf mich. Nur einen Moment lang ist er unachtsam gewesen. Dann passierte das, was vielleicht einmal in einer Million von Fällen passiert: Die Winde bricht. Das Tau schnellt mit Lichtgeschwindigkeit zurück und trifft ihn am Hals ...« An dieser Stelle war Kens Stimme von einem aufkommenden Schluchzen so belegt, daß seine Worte kaum mehr zu verstehen waren. Aber Myrtle, die endlich die Fakten hörte, empfand kein Mitleid. Jetzt wollte sie die ganze grausige Geschichte erfahren. Lieber mit der Wahrheit leben, als sich ständig scheußliche Bilder vorzustellen.

»Und dann?«

»Ja, so war es: Er schlug in die Luft und verfluchte mich, und auf einmal krachte es – die Winde brach. Archie hörte auf zu schreien und wurde über Deck geschleudert.« Die Worte, die Ken schluchzend hervorstieß, waren jetzt deutlicher vernehmbar. »Blut strömte hervor. Nie habe ich so viel Blut gesehen. Die Halsschlagader war zerrissen. Er gab keinen Laut von sich. Keinen Schrei, nichts. Um ehrlich zu sein, Myrtle, es ist alles so schnell passiert, und alles war so schrecklich – das Furchtbarste, was ich je erlebt habe –, daß in meinem Kopf noch alles durcheinander geht.«

»Ja, ja.«

»Während des Tages, meine ich. Nachts – Alpträume – glasklar. Wenn ich dann aufwache, beginnt die Verwirrung wieder ...« Er brach ab, um sich zu schneuzen, und versuchte, sein Schluchzen zu unterdrücken.

Myrtles Hände lagen gefaltet in ihrem Schoß. Sie saß sehr aufrecht, die Augen auf etwas draußen vor dem Fenster gerichtet.

»Eines der vielen Dinge, von denen Archie immer überzeugt gewesen ist, war, daß ein Fischer beständig achtgeben muß. Paßt er einen Moment nicht auf, hat er immer gesagt, kann das Unheil zuschlagen.« Sie sprach mit hoher dünner Mädchenstimme. Ken blickte auf und erwartete fast, Myrtle als Kind vor sich zu sehen. »Wenn ihr keinen Streit gehabt hättet, und Gott weiß, was dich auf die wahnsinnige Idee gebracht hat, ihn so zu provozieren, wäre Archie nicht tot. Dann wäre er jetzt hier.«

»Wahrscheinlich«, sagte Ken. Sein Schluchzen verebbte. »Dennoch hätte er mit dem Rücken zur Winde stehen und vielleicht nicht rechtzeitig aus dem Weg gehen können ...«

Myrtle wandte sich ihm zu, starr vor Verachtung.

»Du weißt, daß das nicht wahr ist, Ken Mcleoud, also versuch nicht, dein Gewissen mit solchen Wahnideen zu beruhigen. Archies Reaktionen auf Gefahr waren schneller als die eines wilden Tieres. Er konnte ein Unheil auf eine Meile im voraus erspüren.

Es ist ganz unmöglich, daß ihn das Tau getroffen hätte, wenn er sich statt auf deinen verabscheuungswürdigen Vorschlag auf seine Arbeit konzentriert hätte –« Sie sprach jetzt wieder mit ihrer normalen Stimme, die tief und brüchig klang. Ken stand mit hochgezogenen Schultern auf, als schütze er sich vor Regen.

»Myrtle, bitte. Ich weiß, wie es für dich ist – für mich ist es auch schlimm. Wie soll ich bloß weiterleben?«

»Ich weiß nicht.«

»Ich kann wahrscheinlich nichts sagen, um dich –«

»Nein, nichts. Versuch's gar nicht.«

»Du wirst mir nie vergeben – wie soll ich damit zurechtkommen?«

»Ach, das ist es. Deswegen brauchst du dir keine Sorgen zu machen.« Myrtle lachte kurz auf. »Vergebung – wenn es das ist, was du willst. Ich vergebe dir. Du hast ja nicht die Absicht gehabt, Archie umzubringen, du wolltest ihn nur aufstacheln. Deine Dummheit, einen ehrlichen Mann überreden zu wollen, sich auf eine unehrenhafte Sache einzulassen – war einfach unglaublich. Aber darum geht es nicht. Vergebung wird ihn nicht zurückbringen. Worum du dich tatsächlich sorgen solltest, ist, mir aus dem Weg zu gehen. Wie du dir vorstellen kannst, möchte ich dir nie mehr begegnen, Ken. Ich möchte nichts mehr zu tun haben mit dem Mann, der ... Ich warne dich, komm mir nicht mehr unter die Augen. Was nicht einfach ist in einem Ort dieser Größe, aber möglich. Zwischen mir und Annie hat sich natürlich nichts geändert. Sie ist meine Freundin, was auch geschehen ist. Es ist nicht ihre Schuld, sondern deine –«

»Annie ist nicht ganz unschuldig daran. Ihr beständiges Drängen –«

»Ich möchte kein Wort gegen Annie hören, und im übrigen möchte ich, daß du jetzt gehst.«

»Na schön.« Ken zuckte die Achseln und wischte sich mit der Niedergeschlagenheit eines Mannes, dem die Worte ausgegangen sind, die Augen ab. Schweigend verließ er den Raum.

Nachdem er gegangen war, blieb Myrtle in der Stille der leeren Küche auf ihrem Stuhl sitzen. Bilder des Unfalls drängten sich vor ihr geistiges Auge, schlimmer als alles, was sie sich je vorgestellt hatte. Archies blutender, vom Körper fast abgetrennter Kopf, erschien vor ihr, wohin sie den Blick auch richten mochte. Sie hörte sich stöhnen, wie das leise Gurren einer strangulierten Taube. Archies Stimme erklang in ihrem Kopf, belanglose Dinge, die er im Lauf der Jahre gesagt hatte. Er war so gegenwärtig, daß sie überzeugt war, seine Abwesenheit sei eine Wahnvorstellung von *ihr*, und daß er bald zurückkäme, um sie zu trösten. In ihrer Reglosigkeit bemerkte sie, daß sie auf ihn wartete, und wußte zugleich um die Vergeblichkeit dieses Wartens. Es war das erste Mal, daß ihr die Absurdität ihrer Lage mit einem Gefühl äußerster Hilflosigkeit zu Bewußtsein kam. Sie sollte ihr in den kommenden Monaten immer und immer wieder bewußt werden.

Was Ken anbelangte, so hielt er sein Wort. Er ging Myrtle aus dem Weg: Es kam zu keiner Gelegenheit, bei der sie miteinander hätten sprechen müssen. Bis zu dem Nachmittag von Annies Ausbruch erwähnten die beiden Freundinnen Kens Namen nie mehr. Er wurde zu einem Gespenst für sie.

In den fünf Minuten bevor Martin eintrifft, fragt sich Myrtle, ob sie Annie zu hart angefaßt hat. Annie meinte es gut. Andere, die sich um sie sorgen, meinen es auch gut. Aber deren Mutmaßungen verärgern sie. Deren Sorge ist ein Eindringen in ihr Privatleben, das ihr lieb und teuer ist. Es ruft unerhörten Zorn in ihr hervor. Sie möchte in Ruhe gelassen werden, um auf ihre Art mit dem Alleinsein fertig zu werden. Sie möchte keine Zeugen für ihre Torheit, ihre Exzentrizität und die kleinen Anfälle irrationalen Verhaltens. Diese Dinge werden vorbeigehen, glaubt sie. Der Abgrund, der sie umgibt, wird sich nie schließen, aber die Stellen, an denen sie Halt findet, werden fester. Das wunde Gefühl von Haut und Seele wird nachlassen, und sie wird die Nähe der anderen weniger meiden. Die Gestalt ihrer verwitweten Mutter tritt ihr lebhaft vors Auge. Dot war würdevoll, stark, und hatte sich mit dem Tod ihres Mannes abgefunden: Ihre Methode bestand darin, weiterzuleben und sich treu an seine Regeln zu halten – ihrer beider Regeln – und seine Abwesenheit als eine zeitlich begrenzte Angelegenheit zu betrachten, die nicht mehr Bedeutung hatte als eine lange Fahrt in fremde Gewässer. Dots Glauben an die Wiedervereinigung mit ihrem Mann gab ihr Mut – ihre Fröhlichkeit, zumindest bei Tag, machte den Verlust für andere leichter. (Es kam ein paar Mal vor, daß Myrtle sie in der Nacht weinen hörte – wobei sie wußte, daß jedes Angebot des Trosts auf größten Widerwillen stoßen würden, weshalb sie ihre Mutter allein und ungestört mit sich kämpfen ließ.) Dot war während ihrer Witwenschaft zugänglicher gewesen als sie selbst, stellt Myrtle fest. Sie schwört sich, in Zukunft weniger distanziert und abweisend zu sein. Sie ist sich bewußt, daß ihr Bedürfnis nach stiller Trauer bei manchen Leuten Sorge auslöst, sogar beleidigend wirkt. Sie wünscht, sie könnte ihnen verständlich machen, daß sie nicht einsam ist, nur allein. Und Alleinsein, mit der richtigen Einstellung genossen, birgt ebenso viele Reichtümer in sich wie die von Menschen bewohnte Welt.

Myrtle steht vom Tisch auf und geht im Raum umher. Unter ihren langen Röcken versucht sie scheue, schleppende Tanzschritte zu machen. Ihr Körper schwankt. Ihre großen Hände streichen über die Hüften und umklammern den Stoff an ihrer Taille. Sie bewegt sich vorsichtig, wie ein Schiff, das in den Hafen fährt: vom Tisch zum Herd, zum Stuhl. Als sie an der Tür vorbeikommt, wird sie noch langsamer. Dort hängt noch immer der Geruch von Archies Pullover in der Luft. Ebenso wie seine Stimme in ihrem Kopf, hat auch er kein bißchen nachgelassen. *Hör auf herumzugehen, Myrtle, Frau. Setz dich doch nieder!*

Vielleicht ist es Wahnsinn, denkt sie. Aber sie hat festgestellt, daß diese Bewegungen kreuz und quer durch den Raum, daß dieses Vor- und Zurückgleiten, das an den Wollfaden beim Stopfen erinnert, tröstlich ist. Es füllt einen winzigen Teil der Leere aus, wie Netze die Tiefen der See. Und niemand hat sie je beim Tanzen erwischt: Keiner besitzt einen Beweis ihres gelegentlich exzentrischen Verhaltens. Warum glauben sie also, sie würde Hilfe brauchen? Mir geht's so gut, und ich bin so stark wie eine Frau eben ist, deren Mann seit fast zwei Jahren tot ist, sagt sie sich – obwohl ich vielleicht zu sehr in meiner Selbstdisziplin erstarrt bin. Vielleicht ist es an der Zeit, ein bißchen beweglicher zu werden ...

Als Martin mit seinem Fischpaket eintrifft, findet er eine Myrtle vor, die immer noch herumschwebt, und mit ziellosem Blick vor sich hin summt. Er bemerkt, daß es ein paar Momente dauert, bis sie sich aus ihrer Gedankenverlorenheit befreit hat. Dann sieht sie ihn fröhlich an, keineswegs verlegen, daß er sie bei dem heimlichen Tun überrascht hat, und schlägt einen Spaziergang vor, um nachzusehen, wie weit die Bäume gediehen sind.

Es ist das erste Mal, daß Myrtle jemand in das Wäldchen einlädt. Während sie die Straße hinaufgehen, verspürt sie ein irrationales Schuldgefühl. Der Wald war Archies Idee gewesen: Er hätte der erste sein sollen, der dessen Fortschritt begutachtete. Aber Martin spricht über andere Dinge – daß er sich gestern schlimm in die Hand geschnitten habe, weil er immer noch nicht besonders geschickt beim Filetieren sei. Er versucht zu erklären, daß Hände mit verschiedenen Materialien auf ganz verschiedene Weise umgehen. Es könne kaum einen größeren Unterschied geben als den zwischen dem gummiartigen Fleisch von Fischen und der unnachgiebigen Härte von Marmor, sagt er. Und dennoch hätten es seine Hände viel leichter gefunden, den Stein zu behauen, als mit dem Messer durch das Fleisch zu gleiten. Das sei seltsam. Es wäre ein Genuß, mit scharfen Scheren Seide zu durchschneiden, fügt er hinzu. Oder selbst feinen Tweed. Vielleicht hätte er Schneider werden sollen – ein Maßschneider für Herrenkleidung. Myrtles Augen sind geblendet von den Mohnblumen, die entlang der Hecken aufleuchten. Martins Stimme wirkt beruhigend, ganz gleichgültig, was er sagt. Es ist ein schöner warmer Abend. In der Ferne rattert ein Traktor am Rand eines Feldes mit schweren dunklen Schollen entlang. Es liegt nahe am Meer und ist in der Gegend als der »Goldene Saum« bekannt. Der Traktor ist sehr alt, er neigt sich auf eine Seite und wird von einem Schwarm Möwen umflattert. Myrtle schießt der absurde Gedanke durch den Kopf, daß er umkippen würde, wenn die Möwen nicht wären. Die Schuldgefühle, die sie am Beginn des Spaziergangs empfand, sind verschwunden.

Und als sie Martin schließlich durch den Wald zu führen beginnt, macht es ihr Freude. Die Freude rinnt prickelnd die Adern ihrer Arme hinauf, als wäre sie lebendig. Sie gehen die Pfade ab, die Myrtle nach monatelanger Überlegung zwischen den Bäumen hat anlegen lassen – zwischen den jungen Schößlingen hindurch, von denen jeder unter einer schützenden Hülle steckt und nur aus ein paar dünnen Ästchen und winzigen Blättchen besteht, die an der Spitze hervorsprießen.

»Stell dir das Ganze in zehn Jahren vor«, sagt Myrtle. »Bodenefeu, Moos, Glockenblumen, Primeln, nistende Vögel in den Ästen.«

Martin ist beeindruckt. Er streicht sich übers Kinn und nickt mit dem Kopf.

»Das hast du alles allein zustande gebracht? Die Bäume ausgesucht, die Anpflanzung geplant? Das ist keine Kleinigkeit.«

»Eine ganze Menge haben wir gemeinsam entschieden, es ist nicht nur mein Werk. Einmal, kurz nach Archies Tod, wollte ich die ganze Sache aufgeben. Aber dann dachte ich, nein, der ganze Plan hatte ihm so viel Freude gemacht. Er hatte sich so darauf gefreut, alles fertigzustellen. Ich dachte, zumindest kann ich weitermachen und das tun, was mir allein möglich ist. Und ich muß sagen, es hat viel Zeit in Anspruch genommen, was gut war.«

Sie erreichen die Mitte des Waldes, die Stelle, wo alle Wege enden.

»Das«, sagt Myrtle, »werde ich als Lichtung belassen. Vielleicht stelle ich hier eine Bank auf. Ein Ort, an dem ich im Alter grübeln kann.«

»Ich könnte dir eine Bank machen«, sagt Martin. »Ich habe seit Jahren nicht mehr mit Holz gearbeitet, aber ein bißchen Schreinern würde mir Spaß machen.«

Er ist nicht sicher, ob Myrtle seinen Vorschlag gehört hat, denn sie antwortet nicht, sondern geht zu der Stelle, die sie für die genaue Mitte der Lichtung hält. Sie dreht sich zu ihm um.

»Hier«, sagt sie, »möchte ich einen Felsblock haben. Meinst du, das wäre möglich? Ich möchte einen Felsblock als Gedenkstein für Archie.«

»Ich denke, das wäre möglich.«

»Könntest du einen für mich suchen? Könntest du mir helfen, den Transport zu organisieren? Das wird ziemlich schwierig, ich weiß.«

»Ich will sehen, was ich tun kann.«

»Er bräuchte eine Art ...«

»... einfache Inschrift. Name und Geburts- und Todesdatum. Auf der Felsoberfläche oder vielleicht auf einem separaten Stein. Ich würde das gern tun für Archie.«

»Wenn du das könntest, würde ich mich sehr freuen – obwohl du schon den Grabstein gemacht hast. Du hast eine Menge für Archie getan. Gefällt es dir hier? Kannst du dir vorstellen, wie es einmal aussehen wird?«

Martin nickt erneut. Er weiß, daß er der erste Mensch ist, der in den Wald eingeladen wurde, und ist gerührt über ihre Freude und Aufregung. Sie geht herum, lächelt ihn an und zeigt auf den einzigen Weg, den sie noch nicht entlanggegangen sind. Dann stolpert sie über einen versteckten Stein und stürzt. Es ist kein schlimmer Sturz, obwohl sie kurz aufstöhnt und ihr Fußgelenk umklammert. Im nächsten Moment ist Martin an ihrer Seite. Er kniet nieder und untersucht entschlossen, wie ein Arzt, das Fußgelenk.

»Es ist nur eine kleine Verstauchung«, sagt Myrtle. »Gib mir deine Hand.«

Martin ergreift die Hand, die sie ihm reicht, legt die andere unter ihren Ellbogen und hilft ihr auf die Füße. Einen Moment lang stehen sie so dicht nebeneinander wie nötig, damit Martin sie stützen kann, während Myrtle versucht, ihr Bein zu belasten. Sie verspürt einen stechenden Schmerz, aber nichts, was nicht erträglich wäre.

»Es ist gut«, sagt sie. »Danke.« Sie zieht Hand und Arm zurück, macht ein paar unbeholfene Schritte und wendet den Kopf ab, so daß er die purpurne Röte nicht sieht, die sich auf ihrem

Gesicht ausgebreitet hat. Es war das erste Mal seit Archies Tod, daß sie mit einem Mann körperlichen Kontakt hatte. Es ärgert sie, daß sie sich hat berühren lassen, wenn auch ganz unschuldig und hilfsbereit. Die Schuldgefühle kehren plötzlich zurück. Da bringt sie, noch vor allen anderen, einen Mann in Archies Wald, und dann läßt sie auch noch zu, daß er direkt am Gedenkplatz ihre Hand hält. Sie ganz fest hält. Ein angenehmes Gefühl. Das ist wahrhaftig Verrat.

»Laß uns diesen Weg zurückgehen«, sagt sie und humpelt den neuangelegten Pfad entlang.

»Bist du auch wirklich sicher, daß alles in Ordnung ist?«

»Ganz sicher. Es ist nur ein wenig verstaucht.«

Daß sie vor Martin hergeht, gibt ihr Gelegenheit, ihre Selbsteinschätzung zu überdenken, während ihr Gesicht abkühlt. Erstaunlich schnell ändert sie ihre Meinung. Archie wäre entzückt gewesen, sagt sie sich, daß ihr alter gemeinsamer Freund Martin der erste Besucher im Wald ist. Er hätte es auch für ganz natürlich und richtig gehalten, daß Martin Myrtle half, als sie gestolpert war.

Warum um Himmels willen war sie also so aufgebracht? Warum hat ein so harmloser Vorfall ihr solche Qualen bereitet? Vielleicht deswegen, weil Martins Händedruck so unerwartet tröstlich war? Als sie sich auf ihn stützte, hatte sie sich stark gefühlt, hoffnungsvoll – voller Zuversicht hinsichtlich dessen, was sie nicht aussprechen konnte: Es hatte damit zu tun, daß die Freundlichkeit eines guten Mannes immer noch die Macht besitzt, sie im Innersten zu berühren.

Sie und Martin gehen langsam die Straße zum Dorf zurück. Die Köpfe der Mohnblumen sind jetzt gesenkt, die Blütenblätter schließen sich. Der Traktor ist fort, der Möwenschwarm hat sich aufgelöst. Eine oder zwei schweben noch ziellos über den Himmel, in diesem Gewölbe aus dem zarten, silbrigen Gespinst der Abendwolken. Als sie bei Myrtles Haus angelangt sind, ist ihre Ruhe wiederhergestellt, und sie lädt Martin auf ein Glas Bier ein. Aber er lehnt ab.

»Ich habe Annie versprochen, ihr ein Stück Fisch fürs Abendessen vorbeizubringen. Sie ist nicht allzu glücklich, schätze ich. Wahrscheinlich macht sie eine schwere Zeit durch.«

»Ja, das tut sie, sie auch«, antwortet Myrtle schnell.

»Paß auf dein Fußgelenk auf«, sagt er. »Und danke, daß du mich in deinen Wald mitgenommen hast. Er ist großartig. Archie wäre stolz darauf, was du geschafft hast.«

Myrtle beginnt, die Stufen zur Haustür hinaufzusteigen.

»Würde es dir etwas ausmachen ...« sagt sie.

»... niemand davon zu erzählen? Du kannst dich auf mich verlassen. Ich werde kein Wort sagen.«

Während Myrtle die frischen Schellfischstücke brät, die Martin ihr geschenkt hat, fragt sie sich, ob Annie ihn zum Abendessen eingeladen hat. Der Gedanke verstimmt sie ein wenig. Um ihn zu verscheuchen nimmt sie ihr altes Exemplar von *Sorab und Rustum* heraus, um sich auf die morgige Lektion mit Janice vorzubereiten. Wie immer freut sie sich auf Janices Besuch. Das Kind liebt die Gedichte, die Myrtle zur Besprechung aussucht – sie hat eine besondere Vorliebe für Balladen. Morgen werden sie mit Matthew Arnold anfangen. Myrtle liest beim Essen – eine Angewohnheit, die sie kürzlich angenommen hat, obwohl sie oft so sehr gefesselt ist, daß das Essen kalt wird. Am heutigen Abend bleibt das meiste von Martins Schellfisch auf dem Teller liegen, schmeckt schließlich nicht mehr und muß weggeworfen werden.

Im Gegensatz zu vielen Witwen leidet Myrtle nicht an Alpträumen. Bald nachdem Archie beerdigt war, fand sie zu tiefem, traumlosem Schlaf zurück. Statt dessen sind es die Bilder am Tag, die sie bedrängen – aus dem Zusammenhang gerissene kleine Ausschnitte, die sich manchmal leicht verknüpfen lassen, aber manchmal fehlt ihr ein Stück Erinnerung, und sie gerät in Panik. Vor kurzem war sie nicht in der Lage, sich daran zu erinnen, wie sie nach der Hochzeit in Mull angekommen waren. Sie erinnert sich an das strenge Haus, die freundliche Vermieterin, das Schlafzimmer im Schweizer Stil, das köstliche Frühstück ... Aber die tatsächliche Ankunft in diesem Haus ist ihr entfallen. Nervös fragt sich Myrtle, welche Bedeutung dieses Vergessen hat. Heißt es, daß ihr Geist rebelliert, weil sie sich zu viel erinnert? Sollte sie versuchen, sich nicht mehr der Erinnerung an Vergangenes hinzugeben und ihr Denken statt dessen auf die nebelverschleierten Weiten der Zukunft richten? Das ist schwierig. Sie versucht es manchmal. Aber es gibt keine festen Anhaltspunkte in diesem Nebel. Nichts Klares, worauf man hinzielen könnte, keinen ersichtlichen Pfad. Keine bewußten Wünsche.

Und seit kurzem bedrängt sie ein neues und seltsames Phänomen: der Himmel. Aufgrund ihres vernünftigen Denkens weiß Myrtle, daß diese lästige Phobie eine Folge des Traumas von Archies Tod sein muß. Doch bevor sie Zeit hat, sich auf ihre Vernunft zu besinnen und über die unsinnigen Anwandlungen zu spotten, jagt ihr die Angst feuchtkalte Schauer über die Haut und bringt ihr Herz zum Rasen.

Die Bedrohung durch den Himmel begann eines Abends, als sie, einer Eingebung folgend, zum Hafen hinunterspazierte. Dazu zwang sie sich oft, um zu versuchen, die Abscheu vor dem Ort zu überwinden, an dem die Skyline II nicht mehr lag, wo aber noch immer Archies Freunde ankerten. Sie hatten sich vielleicht inzwischen an die Abwesenheit des Schiffs gewöhnt. An jenem bewußten Abend gab es einen herrlichen Sonnenuntergang: Dichte feurige Wolken spiegelten sich im Hafenwasser und verfärbten dessen Braun zu rostigem Rot. Es war ein Himmel wie an jenem Morgen, als Archie tödlich verwundet zum letzten Mal an Land kam. Während sie auf das Schiff wartete, so erinnert sich Myrtle, sah sie nach oben und dachte, jemand habe auf den Himmel geschossen. Blut sickerte aus den Wolken und strömte über klaffende, pfauenfederblaue Spalten. An jenem Abend hatte sie sich gezwungen, zum Hafen hinunterzugehen – Archies Tod lag ja nun immerhin schon fast zwei Jahre zurück –, und traf auf einen ähnlich mörderischen, bedrohlichen Himmel: Ein Kältegefühl überkam sie und eine Furcht, die ihr alle Kraft raubte. Sie eilte nach Hause und stolperte mehrere Male, wie eine Frau, die viel älter war als sie selbst. Erst in der Sicherheit ihrer Küche brachte sie das Gefühl der eigenen Lächerlichkeit zur Besinnung. Sie lachte laut auf in der Stille und machte sich eine Tasse Tee. Es half nichts, sie mußte lernen, mit den unerwünschten Überraschungen des Witwendaseins umzugehen, und zwar mit all der Geduld und Vernunft, die sie aufzubringen vermochte.

Aber seit jenem Abend schien es, als sei es nicht nur der Sonnenuntergang, der sie nervös machte. Der graue Himmel am nächsten Morgen war ebenso beunruhigend. Auf dem Weg zur Schule spürte sie, wie er sich über sie wölbte, bereit, zermalmend und vernichtend herabzustürzen. In der Sicherheit des Schulhauses vertrieb das Geschrei ihrer Klasse solch alberne Ängste, aber sie fürchtete sich vor dem Heimweg, wenn um drei die Glocke ertönen würde, und sie suchte sich kleine, unnötige Arbeiten, um ihren Rückweg aufzuschieben. Sie versuchte, sich zu beherrschen und ging um vier – *Versuch, dich zu beherrschen, wenn es hart auf hart kommt*, hatte Dot immer gesagt. Der Nachmittagshimmel war heller, fröhlicher, wolkenlos. Dennoch war er bedrückend, lastete schwer auf ihr und erfüllte sie mit Unbehagen. Schließlich mußte sie jedesmal, wenn sie vor die Tür trat, all ihre Kraft zusammennehmen. Sie durfte sich dieser seltsamen Form von Platzangst nicht hingeben, das wußte sie; sie konnte sich darauf verlassen, daß sie diese irrationale Angst aus eigener Kraft überwinden würde. Im Freien hielt sie die Augen gesenkt, unfähig, nach oben zu sehen, weil sie das Weiß der Wolken fürchtete. Sie konnte nicht mehr verstehen, wie sie sich je an den massiven Wolkenmassen, die sich über diesem Teil der schottischen Küste auftürmten, hatte erfreuen können. Sie konnte nur beten, daß ihre seltsame neue Angst nicht mehr war als eine vorübergehende Unannehmlichkeit, die sich aus der Witwenschaft ergab. Sie nahm sich vor, mit Entschlossenheit diese Sinnesverwirrung zu überwinden, und war überzeugt, daß sie allmählich ebenso geheimnisvoll verschwinden würde, wie sie gekommen war.

Janice kommt ein bißchen zu früh zu ihrer Stunde. Ihre klobigen Schuhe klappern auf dem Steinfußboden, während sie hereinwirbelt und der Ruhe ein Ende macht. Ihre Wangen sind rosig und ihre Augen leuchten, als sie die Büchertasche auf dem gescheuerten Tisch ausleert. Myrtle fühlt sich plötzlich in die Vergangenheit zurückversetzt. Sie kennt diese Ruhelosigkeit so gut: Janice ist wie Annie mit dreizehn, sie brennt vor freudiger Erwartung, sprüht fast sichtbare Funken. Janice ist jedoch eine ernsthaftere Schülerin, als Annie es je war. Doch Myrtle zweifelt, ob sie heute genügend Konzentration für das Gedicht aufbringen kann.

Sie setzen sich. Myrtle sieht Janice eindringlich an. Sie will sichergehen, daß das Mädchen weiß, was jetzt Vorrang hat. Sie ist hier, um mit ihr Arnold zu lesen. Was immer für ihre offensichtliche Erregung verantwortlich sein mag, muß jetzt beiseite geschoben werden.

Myrtle nimmt ihr offenes Buch. Sie beginnt zu lesen.

Für immer jung schien er zu sein, zärtlich erzogen;
Wie eine junge Zypresse, groß, stark und aufrecht,
Die im abgeschied'nen Garten einer Königin
Ihren flücht'gen Schatten auf den Rasen wirft,
Um Mitternacht, beim plätschernden Gesang des Brunnens –

»O Myrtle, es tut mir leid. Ich kann mich heute nicht konzentrieren. Es ist wirklich ein großartiges Gedicht, aber ich bin furchtbar aufgeregt.«

»Das kann ich sehen.« Myrtle sieht Janice mit einer Mischung aus Interesse und Ungeduld an. »Was ist los? Was nimmt dich denn so gefangen?«

»Gefangen?« Janice lacht. Unruhig spielt sie mit den Händen herum, verrückt Bleistifte und Radiergummis. Myrtle runzelt die Stirn über den leuchtend grünen Nagellack. Auch die Wimpern des Mädchens fallen ihr auf: Sie sind lang – aber nicht halb so lang wie die ihrer Mutter – und dick mit Wimperntusche verklebt, die aussieht, als wäre sie schon vor längerem aufgetragen worden. Myrtle spürt ein Unbehagen in sich aufsteigen, das ihr den Morgen verdirbt. Sie läßt ein paar Momente des Schweigens verstreichen, das Janice schließlich bricht.

»Ich bin verliebt«, sagt sie.

»Verliebt?« Myrtle spürt einen forschenden Blick auf ihrem Gesicht: Janice wartet begierig auf eine Reaktion. Myrtle versucht, sich an die Jungen in Janices Klasse zu erinnern: unfertige Burschen, genauso grundverschieden wie damals die Jungen ihrer eigenen Generation. Es muß solche wie Ross und Ken geben und ähnliche andere. Keinen Archie natürlich. Einen Archie würde es nie wieder geben.

»Frag mich nicht, wer es ist«, sagt Janice.

»Gut, das werde ich nicht. Es geht mich nichts an. Möchtest du eine Tasse Tee?«

»Ich würde nichts runterkriegen, danke. Scheiße, es schlägt auf den Magen, nicht wahr?«

»Das ist eine schreckliche Ausdrucksweise«, sagt Myrtle.

»Tut mir leid. Ist mir so rausgerutscht.« Janice kichert. »Solche Ausdrücke sind üblich unter meinen Freunden.«

»Schade. Sie sind nicht nötig.«

»Nein, aber alle benutzen sie. Ich würde auffallen, wenn ich es nicht täte, oder?«

»Du solltest den Mut haben, das zu tun und zu sagen, was du für richtig hältst. Sich den anderen anzupassen, nur um der Anpassung willen, ist ziemlich schäbig, würde ich sagen. Nicht bewundernswert.« Das Unbehagen läßt Myrtle heftiger reagieren, als sie wollte. Sie weiß nicht, warum Janices grobe Ausdrucksweise sie plötzlich so schwer trifft. Annie hat immer geflucht, es ist wohl kaum erstaunlich, daß Janice ihr nachgerät. Aber bis zu diesem Morgen hat Janice an diesem Tisch immer auf ihre Wortwahl geachtet. Vermutlich war sie von Annie vorgewarnt worden, daß Myrtle in dieser Hinsicht prüde sei. Und vielleicht bin ich das auch, denkt Myrtle. Warum sollte mich der plötzliche Ausrutscher des Kindes sonst so seltsam schockieren?

Janices Hände kommen schließlich auf dem offenen Gedichtband zur Ruhe. Sie ist betroffen über Myrtles Tadel – dergleichen kommt selten vor. Aber dennoch ist sie immer noch nicht in der Lage, sich auf die Geschichte von *Sorab und Rustum* zu konzentrieren, die sie noch vor einer Woche so spannend gefunden hat.

»Wie gesagt, diese Verliebtheit bringt einen ganz durcheinander.« Ein Schmollmund preßt diese Worte heraus. Sie legt eine Hand auf den Bauch. »Man kann nichts essen, nicht schlafen und an nichts anderes denken.«

»Noch was?«

»Na ja, du weißt, was ich meine. Man verbringt die ganze Zeit damit, nach ihm Ausschau zu halten. Alles, nur um einen kurzen Blick zu erhaschen.«

Unwillkürlich ist Myrtles Blick teilnahmsvoll. Sie entschließt sich, eine einzige Frage zu stellen.

»Wird diese Liebe erwidert?«

»Er – was?«

»Liebt er dich auch?« Myrtle ist besorgt, der ganze Unterricht könnte vergeudet werden. Sie möchte die kurze Stunde nicht mit Diskussionen über eine Teenagertändelei verschwenden, obwohl sie Janices dringendes Bedürfnis, darüber zu sprechen, versteht.

»Ob er mich auch liebt? Verknallt ist, meinst du? Ich glaube, er weiß noch nicht mal, daß es mich gibt.«

»Dann solltest du nicht zu viel Zeit auf ihn verschwenden.«

»Was kann ich dagegen machen? Wie kann ich aufhören zu fühlen, was ich fühle? Ich muß ihn bloß sehen und meine Beine werden wie Gummi, meine Knie zittern und mein Herz rast, als müßte ich gleich sterben – ist es dir nie so gegangen?«

Myrtle lächelt.

»Ich glaube, die meisten Leute haben irgendwann einmal diese Erfahrung gemacht.«

»Verdammt scheußlich.«

»Janice, bitte.«

»Tut mir leid.«

»Weiß deine Mutter davon?«

»Natürlich nicht. Über so was könnte ich mit ihr nicht reden. Bitte sag ihr nichts. Versprich mir, ihr nichts zu sagen.«

»Versprochen.«

»Was soll ich machen?«

»Solche Gefühle vergehen wieder. Dieser Aufruhr legt sich. Dieser fiebrige Zustand geht sicher bald vorbei.«

»Ich hoffe. Und trotzdem –«

»Ganz abgesehen davon kannst du dir in deinem Alter keine großen Hoffnungen machen, oder? Außer Freundschaft natürlich. Die Schwärmereien von Teenagern entwickeln sich selten zu irgendwas Dauerhafterem, Reiferem.«

»Das weiß ich doch alles.« Janice klingt gereizt. »Aber trotzdem kann ich nichts dagegen machen. Es ist, als hätte es mich *im Griff.* Es beherrscht mich völlig. Es ist viel mehr als nur die Schwärmerei eines Teenagers, wie du es nennst.«

»Janice, du bist noch keine dreizehneinhalb. Du bist ein Teenager. Es ist nur ein Teil des Prozesses, der zum Erwachsenwerden gehört, der dich aber ziemlich schwer und ziemlich früh getroffen hat. An deiner Stelle würde ich versuchen, mich auf diejenigen Dinge des Lebens zu konzentrieren, die dir bisher am meisten Freude gemacht haben. Unsere Stunden zum Beispiel.«

»Tut mir leid. Ich versuch's.«

»Möchtest du einen Keks?«

»Bitte. Ich habe schrecklichen Hunger, obwohl mir schlecht wird, wenn ich esse.« Sie sieht sehr jung aus.

Myrtle steht auf und geht zu der Dose hinüber. Während sie Janice den Rücken zuwendet, fragt sie: »Hat dir das schöne Stück Schellfisch gestern abend nicht geschmeckt?«

»Was für ein Schellfisch?«

»Ich dachte, Martin hätte ein Stück –«

»O ja, das hat er.«

Myrtle ficht einen schnellen Kampf mit sich aus und verliert. »Und hat deine Mutter ihn gebeten, zum Essen dazubleiben, als Dank für seine Mühe?« fragt sie und verachtet sich dafür.

Janice löst den Blick von irgend etwas in der Ferne und errötet, als wüßte sie, daß Myrtle ein Bild von dem Jungen, den sie liebt, im Kopf hat. Aber Myrtle hat kein solches Bild im Kopf, versucht nicht, sich vorzustellen, wie der Junge aussieht.

»Das hat sie, glaube ich«, sagt Janice, »aber er sagte, er müsse weg.« Traurigkeit umgibt sie jetzt, ihre Gedanken sind weit entfernt von Martin und seinem Fisch. »Ich konnte das Zeug nicht essen. Ich habe Fisch schon immer gehaßt. Außer Fischstäbchen. Mein Dad sagt, es sei eine Schande.«

Der kleinste Bezug auf Ken läßt Myrtle zusammenzucken, aber sie ist entschlossen, dem Kind keinerlei Hinweis auf ihre Gefühle zu liefern.

»Probier das«, sagt sie und reicht Janice ein Stück frischgebackenes Ingwerbrot. Unbestimmte Erleichterung breitet sich in ihr aus, nachdem sie von Martins Antwort gehört hat – ein Gefühl, das sie nicht näher untersuchen möchte, aus Angst vor dem, was es enthüllen könnte. Sie findet, daß sie das Kind in seinem aufgelösten Zustand zu hart behandelt hat, und tadelt sich dafür. Sie kehrt zu ihrem Stuhl zurück, beobachtet, wie Janice hungrig ißt, während ihre Augen mit den rührend verklebten Wimpern nie stillstehen und sie verwirrt und dankbar ansehen.

»Ach Myrtle, danke«, sagt sie.

»Das ist etwas, was die meisten Leute durchmachen«, sagt Myrtle. »Wenn es vorbei ist – und du wirst erstaunt sein, wie schnell das geschieht –, wirst du im nachhinein drüber lachen.«

»Nein, das werde ich nicht«, sagt Janice sehr ernsthaft, während sie die Brösel von den Fingern leckt. »Darüber werde ich nie lachen.«

»Nun, wie auch immer. Aber du wirst doch nichts Dummes anstellen, oder?«

»Wofür hältst du mich?« Sie kichert, zieht aber eine spöttische Miene. »Kannst du dich erinnern, wie es war, als es dir passiert ist? Als du in einen Jungen verknallt warst – zum ersten Mal *wirklich* verknallt warst?«

Myrtle spürt wieder die Wärme, die sie einst für Janices Vater empfand, erinnert sich an das unangenehme Bewußtsein, daß ihre Liebe nicht erwidert wurde, und daran, wie ihr Kens Betrug die letzten Hoffnungen raubte.

»Ich glaube schon, daß ich das kann«, sagt sie, »aber davon werden wir heute nicht reden. Wir haben nicht mehr viel Zeit und noch kaum etwas gelesen.« Sie schlägt das Buch auf, und Janice seufzt.

Später, nachdem Janice gegangen ist, hat Myrtle das Gefühl, daß sie es nicht vermocht hat, die Gedanken des Kindes abzulenken. Es war unmöglich gewesen, Janices Interesse, ihre Aufmerksamkeit, ihre Begeisterung wieder anzufachen. Sie erinnert sich, welch lebhaftes Interesse Ken als Junge an Gedichten hatte: und wie es dann verpuffte, nachdem er sich in Annie verliebt hatte und nie mehr las. Die Vorstellung, Janice könnte den gleichen Weg einschlagen wie ihr Vater, ist ihr unterträglich, und sie hofft, daß dieser kindische Zustand nur eine vorübergehende Phase ist.

Es ist Samstag morgen. Die Übungshefte, die Myrtle benoten wollte, hat sie am Abend zuvor korrigiert. Sie liegen ordentlich aufgestapelt auf dem Tisch. Sie wünschte, sie hätte sich die Arbeit, wie vorgesehen, für heute morgen aufgehoben.

Es gibt nichts zu tun. Da sie für niemand kochen muß und mit Annie keine Verabredung getroffen hat, erstrecken sich leere Stunden vor ihr. Es ist eines der wenigen Male seit Archies Tod, stellt Myrtle fest, daß sie nicht weiß, was sie tun soll. Sie ist dankbar, daß dies selten vorkommt. Aber womit soll sie jetzt die Stunden füllen? Der Samstagmorgen war früher immer so geschäftig gewesen, er verging so schnell in ihrem gemeinsamen Glück ...

Eigentlich hätte Myrtle Lust, in das Wäldchen hinaufzugehen und nachzusehen, wie sich die Bäume in den letzten Tagen entwickelt haben – ihr rasches Wachstum verblüfft sie immer wieder aufs neue. Sie würde sich gern darüber Gedanken machen, wo der Felsblock und die Bank aufgestellt werden sollen. Aber ihr Feind, der Himmel, verbietet ihr, die Sicherheit des Hauses zu verlassen. Durchs Fenster kann sie erkennen, daß er von hartem, gleichmäßigem Blau ist: eine strahlende Grellheit, der sie sich nicht ungeschützt aussetzen kann. Vielleicht ist er am Nachmittag weniger bedrohlich, denkt sie, vielleicht wird sie versuchen, sich ihm dann zu stellen.

Sie sitzt am Tisch – die großen Hände ruhen auf der vertrauten Holzplatte, und denkt über ihre Schwäche nach –, dabei ist sie angeblich doch so stark.

Die lange Stille wird durch ein Klopfen an der Tür unterbrochen. Inzwischen hatte sich Myrtle schon an den Gedanken eines einsamen Tages, frei von Pflichten, gewöhnt, und sogar ein wenig Vorfreude war aufgeglommen. Keine zehn Minuten zuvor wäre sie über einen Besucher entzückt gewesen. Jetzt ist sie sich nicht mehr so sicher.

Es ist Alastair Brown. Das schiefe Lächeln auf seinem Gesicht verrät, daß er die ungewohnte Dehnung der Lippen ein paarmal geübt hat. Sein marineblauer Blazer sieht verdächtig neu aus. Er hält einen Strauß gelber Rosen in der Hand, die in einer Hülle aus transparentem, gesprenkeltem Papier stecken, dessen Rand so bedruckt ist, daß er wie eine Seidenmanschette aussieht. Was werden sich die Floristen wohl als nächstes ausdenken, fragt sich Myrtle.

»Mr. Brown?«

»Mrs. Duns?«

»Dürfte ich einen Moment bei Ihnen eintreten? Darf ich hereinkommen?«

»Natürlich. Bitte kommen Sie.«

Myrtle schließt hinter ihm die Tür. Sie kann seine Augen nicht sehen, die wie immer hinter den dunklen Gläsern verborgen sind. Aber sein Kopf ist gebeugt. Er scheint sich intensiv auf die Rosen zu konzentrieren. Dann legt er sie mit einem leichten Zucken der makellos bekleideten Schultern schnell auf den Tisch – mit einer fast angewiderten Geste. Auf dem knirschenden Papier, an der Stelle, wo er sie gehalten hat, glänzen winzige Schweißflecken. Myrtle sieht, daß seine Hände zittern. Er steckt sie in die Taschen, da er ihren Blick bemerkt hat. Sein steifer Blazer ist jetzt von Ausbeulungen verunstaltet. Myrtle bietet ihm Kaffee an.

»Das wäre sehr freundlich«, sagt Alastair Brown.

Während das Wasser kocht, geht er langsam in der Küche umher. Sein harmloses Umhergehen läßt in Myrtle ein Gefühl von

Verrat aufkommen. Die Gegenwart eines Mannes in dieser Küche, die Archies Heim ist, erscheint ihr wie Treulosigkeit. Sie beobachtet, wie sich Alastair Browns dunkle Brillengläser auf verschiedene Objekte richten, und er wagt auch einen schnellen Blick aus dem Fenster. Was mag er denken? Warum ist er gekommen? Ganz offensichtlich fühlt er sich unbehaglich. Von dem Eindruck des kultivierten Mannes aus kultivierten südlichen Ländern, den er beim Herumstolzieren unten am Hafen erweckt, ist hier nichts mehr zu spüren. Sein ganzes Wesen drückt aus, daß er sich mit seinem Besuch bei Myrtle verschätzt hat. Nie hätte er sich auf diese Unternehmung einlassen dürfen, er ist vor Reue ganz geknickt. Er hat einen Fehler gemacht, aber es ist zu spät, um ohne irgendeine Erklärung zu entfliehen.

Myrtle reicht ihm einen Becher Kaffee. Er dankt ihr überschwenglich. Sie setzt sich auf ihren üblichen Platz am Tisch und deutet auf den gegenüberstehenden Stuhl – sie will nicht, daß er sich auf Archies Platz setzt. Er sitzt da und starrt in seinen starken Kaffee. Dann wagt er es – Myrtle kann seine Anstrengung sehen –, sie zu fragen, ob sie ihm ein Tröpfchen mehr Milch geben könne. Seine Vorliebe für Milchkaffee sei ungewöhnlich in diesen gesundheitsbewußten Zeiten, sagte er mit einem dünnen kurzen Lachen.

Er bekommt noch etwas Milch. Wieder lastet Schweigen auf ihnen. Myrtle, die immer neugieriger wird, den Grund seines Besuches zu erfahren, ist über diesen trotz ihres Unbehagens froh. Was immer Alastair Browns Anliegen auch sein mag, es vertreibt ihr die Zeit – die Unternehmungen, auf die sie sich schon halb gefreut hatte, wären wahrscheinlich nicht so interessant gewesen wie dieser seltsame Besuch. Er rührt seinen Kaffee um, vielleicht, um durch das leise klingelnde Geräusch des Löffels, der gegen das Porzellan schlägt, seine Worte abzumildern.

»Da ich zu der Zeit, als ihr Mann gestorben ist, nicht hier war«, beginnt er schließlich, »habe ich Ihnen nie mein Beileid ausgedrückt. Aber ich glaube, wenn ein Ehepartner stirbt, nimmt die Zeit, in der man Anteilnahme braucht, kein Ende.«

»Nein«, sagt Myrtle.

»Ich bin hierher gekommen, um Ihnen mein ... aber, wie Sie sich denken können, war ich nicht sicher, ob das passend wäre.«

»Es ist sehr freundlich von Ihnen ... danke.«

Alastair Brown schweigt erneut, während er sich die weiteren Worte zurechtlegt.

»Ich habe gehört – ich meine, in einem kleinen Ort wie diesem hört man alles, nicht wahr? –, daß Sie eine sehr mutige und tapfere Witwe sind, die sich an keiner Schulter ausweint und froh ist, so froh, wie man unter diesen Umständen eben sein kann, für sich allein zu sein. Ich hoffe, daß das der Fall ist.« Myrtle spürt, daß sich hinter den dunklen Gläsern Alastair Browns Augen vor Erleichterung schließen, nachdem dieser schlimmste Teil seiner kleinen Rede überstanden ist. Seine kräftigen Schultern straffen sich, und er fährt fort: »Wenn einem nach vielen Jahren glücklicher Ehe der Gefährte *vorzeitig* entrissen wird, wie in Ihrem Fall, kann ich verstehen, daß dadurch ein ganz anderes Licht auf die Genüsse der Einsamkeit fällt. Die Ehe erscheint einem dann wohl weniger erstrebenswert. Seltsam.«

Myrtle nickt. Sie bemerkt die wachsende Zuversicht ihres Besuchers. Sie bemerkt, daß die sorgfältig abgewogenen Worte ihm ein bestimmtes Vergnügen bereiten, nachdem er einmal in Fahrt gekommen ist. Sie lächelt, aber nicht, um ihn bewußt zu ermutigen. Mr. Brown jedoch faßt die kleine Bewegung ihrer Lippen als Ermunterung auf.

»Ich habe außerdem gehört«, sagt er, »und Sie wahrscheinlich auch, daß meine Zurückweisung all der freundlichen Hilfs- und Freundschaftsangebote von seiten hiesiger Damen – und tatsächlich, das muß gesagt werden, auch von auswärtigen – daran liege, wie das Gerücht behauptet, daß die Frau, auf die ich es angeblich tatsächlich abgesehen habe, die Witwe Duns sei, die allen ausweichende Myrtle. Sie, Mrs. Duns.«

Myrtle zieht die Augenbrauen hoch. Sie spürt, daß sie errötet und ihr keine Antwort einfällt.

»Aber keine Sorge. Das ist nicht der Fall. Es ist nichts anderes als ein dummes Gerücht, das außer Kontrolle geraten ist. Der Grund für mein Kommen heute morgen ist der, Ihnen zu versichern, Mrs. Duns, daß an diesem albernen Geschwätz kein wahres Wort ist. So etwas ist mir nie in den Sinn gekommen. Ich meine, wir sind uns kaum je begegnet. Aber ich wollte nicht, daß Sie unter irgendeiner Peinlichkeit zu leiden haben. Ich dachte, es wäre das beste, herzukommen und, nun ja, meine Karten auf den Tisch zu legen.«

Myrtle gestattet sich, eine ganze Weile zu überlegen, wie sie am besten antworten könnte.

»Das ist sehr freundlich«, sagt sie erneut. »Sehr aufmerksam. Ich habe zwar von diesen dummen Gerüchten gehört, aber natürlich habe ich nichts darauf gegeben. Dennoch ist es gut, von Ihnen persönlich zu hören, daß Ihnen die ganze Sache genauso absurd vorkommt wie mir selbst.«

Die Muskeln um Alastair Browns Mund entspannen sich. Myrtle erwärmt sich für den unbeholfenen Mann: Sie ist bemüht, seine Befürchtungen hinsichtlich ihres Mißbehagens zu zerstreuen. Sie würde ihn gern von aller Befangenheit befreien und fragt sich, wie sie der Unterhaltung eine neue Wendung geben und ihn von jener Sorge ablenken könnte, die ihm vielleicht wochenlangen Kummer bereitet hat. Aber bevor sie zu irgendeiner Entscheidung gelangt, steuert Alastair Brown unerschrokken schon auf den nächsten schwierigen Punkt zu.

»Aber es gibt etwas, das ich Ihnen sagen möchte, Mrs. Duns, nachdem wir nun das Problem bezüglich der Gerüchte ausgeräumt, die Luft geklärt haben. Ich hoffe, Sie finden mich nicht unverschämt. Aber – und bitte verstehen Sie mich nicht falsch – es gibt tatsächlich etwas, wonach ich suche, etwas sehr Kostbares, ganz Unschuldiges, das aber für einen Junggesellen in mittleren Jahren sehr schwer zu finden ist, wie sich herausgestellt hat.« Er wendet den Kopf zum Fenster. Winzige Vorhänge flattern in den schwarzen Brillengläsern. »Was ich suche, ist Gesellschaft.«

Myrtle, die von seiner formellen Redeweise und dem seltsamen Cornwall-Akzent, der darin mitschwingt, fasziniert und amüsiert ist, nimmt den Inhalt der Worte kaum wahr. Alastair Brown hält nur einen Moment inne, um eine unausgesprochene

Frage in ihren Augen zu lesen, die er sich sofort aufzuklären beeilt.

»Wie Sie ja selbst wissen müssen, Mrs. Duns, hat es seine Schattenseiten, in einer Gemeinschaft zu leben, die fast ausschließlich aus Paaren zu bestehen scheint. Es wird angenommen, man suche nach einem Partner, und zu diesem Zweck bekommt man von verschiedensten Seiten begeisterte Vorschläge – aber unglücklicherweise nicht für den Fall, daß man nur Gesellschaft sucht. Sie kennen das ja sicher. Selbst in den zwei Jahren ihren Witwenschaft haben Sie bestimmt zahlreiche Bewerber abweisen müssen, die begierig waren, ihr Leben mit Ihnen zu teilen.«

»Sie schmeicheln mir«, sagt Myrtle und spürt, daß sie wieder rot wird, »aber das ist tatsächlich nicht der Fall.«

»Wie auch immer. Was mich angeht – und verzeihen Sie mir, wenn dies eitel klingen sollte –, so wurde ich von einer ganzen Reihe von Damen sehr nachdrücklich umworben« – bei der bildlichen Vorstellung davon muß Myrtle ein Lächeln unterdrücken – »und ich mußte sie enttäuschen, weil ihre Ziele nicht mit den meinen übereinstimmten. Sie wollen Spaß, Romantik, eine sexuelle Beziehung, aber alles deutet auf die große Verpflichtung hin, die am Horizont erscheint – die Heirat. Nun, das will ich nicht, niemals. Ich habe nicht den Wunsch, ein verheirateter Mann zu sein, obwohl ich mir durchaus wünsche, ein geselliger Mann zu sein. Was ich anbieten kann, ist schlichte Hausmannskost an meinem Kamin, ein Glas Malt-Whisky, alte Filme im Fernsehen – wie Sie vielleicht von ihrer Freundin Mrs. Mcleoud gehört haben.« An dieser Stelle erlaubt er sich ein schiefes Lächeln. »Im Sommer kann ich mit Ausflügen in meinem kleinen Boot die Küste hinauf dienen – aber das ist eigentlich schon alles. Nichts Besonderes. Meine alte Mutter lebt in einem Heim in Dundee. Ich fühle mich verpflichtet, sie regelmäßig zu besuchen. Sie freut sich, wieder hier in dieser Gegend zu sein – sie ist in Dundee geboren und aufgewachsen. Cornwall hat sie nie gemocht.« Er bricht ab, um zu seufzen. »Was für ein trübseliges Leben, müssen Sie denken. Aber mehr habe ich nicht zu bieten. Als Gegenleistung würde ich mich ab und zu über angenehme weibliche Gesellschaft freuen, über jemand, der nichts sucht jenseits meines kärglichen –«

»Ich finde nicht, daß das ein trübseliges Leben ist«, unterbricht ihn Myrtle.

»Dann sind Sie die Ausnahme unter einer Million.«

»Nur jemand mit einfachen Vorlieben, genau wie Sie. Ich habe wenig mehr Ehrgeiz, als jeden Tag zu überstehen, so gut es mir eben möglich ist.«

»Komisch, so jemand bin ich auch.« Alastair Brown lächelt jetzt offener. Myrtles wenige Worte ermutigen ihn, mehr von sich zu erzählen.

»Wissen Sie, es ist eigentlich komisch, daß die Frauen überhaupt auf die Idee kommen, mir nachzustellen. Ich meine, ich führe nicht nur ein sehr ruhiges Leben und habe wenig Geld, kein Auto und keine anderen Attraktionen, ich bin auch entstellt ... Natürlich wissen sie das nicht. Eine dunkle Brille signalisiert etwas Geheimnisvolles, nicht wahr? Was für ein dummer Gedanke.« Er tippt mit dem Finger auf ein Brillenglas. »Viele finden es affektiert. Ich habe die spöttischen Bemerkungen gehört, glauben Sie mir. Aber eine dunkle Brille, die nie abgenommen wird, ist vermutlich eine Provokation. Nun, meine wird aus gutem Grund nie abgenommen.«

Ohne Vorwarnung reißt der Hafenmeister plötzlich die Brille herunter. Sie fällt auf den Tisch. Er wendet sich Myrtle zu.

»Diesen hier, Mrs. Duns. Sehen Sie genau hin und Sie verstehen, warum ich nie hoffen kann, einer Frau –«

Er bricht ab. Myrtle ist zu überrascht, um einen Laut des Erstaunens zurückzuhalten. Bei einem Auge hängt das Lid herunter. Das Weiße des Auges, das darunter sichtbar wird, ist bräunlich verfärbt, die Iris nicht zu sehen. Die unstete Iris des anderen Auges hat keine erkennbare Farbe; die Haut, die den Augapfel umgibt, besteht aus einem Gewirr von Narben und Runzeln. Das Ergebnis einer verpfuschten Operation vielleicht, denkt Myrtle, aber eigentlich nicht besonders schockierend. Sie starrt in die Augen, deren Blick trotzig auf sie gerichtet ist. Beschämt über ihre erste Reaktion, versucht sie nun, eine undurchdringliche Miene aufzusetzen.

»Ein Unfall«, sagt Alastair Brown.

»Tut mir leid«, sagt Myrtle.

»Jetzt verstehen Sie also.«

»Ich glaube nicht, daß Sie so sicher sein sollten, daß ein narbiges Gesicht die Leute abstößt.«

»Ich bin aber überzeugt davon. Ich bin mir sicher. Ich habe meine Erfahrungen gemacht. Ich habe Leute gesehen, die entsetzt zurückgewichen sind. Deswegen nehme ich die Brille nie ... Ich kann ganz gut sehen. Die Sehkraft ist glücklicherweise nicht beeinträchtigt. Aber Sie müssen zugeben, daß ich ziemlich monströs aussehe.«

Myrtle schüttelt den Kopf. Sie kann verstehen, daß seine entstellten Augen bei manchen Leuten Abscheu hervorrufen, aber für sie bleibt das narbige Gesicht mit der starken gebogenen Nase und dem gewinnenden Lächeln seltsamerweise dennoch schön.

Während sie darüber nachdenkt, vergißt sie, sich ein paar schnelle Worte des Trostes einfallen zu lassen. Alastair Brown setzt die dunkle Brille wieder auf, wiederum mit dem Gebaren eines Mannes, der einen Fehler gemacht hat, aber weiß, daß es zu spät ist, ihn ungeschehen zu machen. Die Metamorphose tritt, wie Myrtle zugeben muß, unverzüglich ein. Erneut sieht sie sich verstärkt seiner seltsamen Anziehungskraft ausgeliefert. Weit im Hinterkopf kommt ihr vage der Gedanke, daß eine tiefere Freundschaft mit diesem Mann für beide Seiten segensreich sein könnte. Aber im Moment beabsichtigt sie, vorsichtig zu sein. Zurückhaltung zu üben.

»Sie haben genug gesehen«, sagt er. »Tut mir leid. Ich wollte nicht ... Ich wäre Ihnen dankbar, wenn Sie das für sich behalten würden.«

»Natürlich.«

Inzwischen ist es an der Zeit für mehr Kaffee, mit der richtigen Menge an Milch. Myrtle hat ihre Fassung wiedergewonnen. Sie empfindet Mitleid für den Mann. Sie ist fasziniert von der

Mischung aus Eitelkeit und mangelndem Selbstvertrauen. Vielleicht kommt diese Verbindung oft vor, denkt sie.

Der Vormittag verrinnt seltsam schnell. Wann wird Alastair Brown gehen? Wird er noch einmal auf sein Bedürfnis nach Gesellschaft zurückkommen? Ganz so, als hätte er ihre Gedanken erraten, schiebt er den Rosenstrauß über den Tisch zu ihr hin.

»Ich bin gleich weg«, sagt er. »Die sind für Sie.«

»Danke.«

»Ich möchte nur noch einmal ganz kurz auf mein Bedürfnis nach Gesellschaft zurückkommen. Ich bin mit dem Gedanken zu Ihnen gekommen, daß Sie, als Witwe, vielleicht selbst nach etwas in der Art Ausschau halten. Nach nichts weiter sonst.«

»In der Form habe ich noch nicht darüber nachgedacht«, sagt Myrtle besorgt vor lauter Feingefühl, »aber ich treffe mich gern mit Freunden. Ich bin keine Einsiedlerin.«

»Dann könnten wir uns ab und zu treffen? Uns einen Hering teilen?«

»Warum nicht?« Myrtle lächelt. Alastair Brown erwidert ihr Lächeln.

»Mögen Sie alte Filme?«

»Ich habe noch nicht viele gesehen.« Der Gedanke, mit dem Hafenmeister, wenn auch nur gelegentlich, einen Abend vor seinem Fernseher zu verbringen, löst in Myrtle ein Unbehagen aus, das sie verbergen muß. Sie tut das, indem sie sich sehr gerade aufrichtet, wodurch sie Förmlichkeit, einen Anflug von Unnahbarkeit signalisiert.

»Ich könnte versuchen, Sie zu überzeugen. Stewart Granger, Margaret Lockwood ... eine andere Welt.«

Sein Eifer rührt Myrtle. Sie findet, ihre abweisende Haltung könnte zu streng wirken, dabei will sie nichts weniger als einen so sanftmütigen Mann beleidigen. Sie rutscht ein wenig nach vorn auf ihrem Stuhl und läßt ihn einen Hauch ihres natürlichen Mitgefühls verspüren. »Ich spiele gern Karten«, sagt sie.

»Ach, ich auch!« Sein Eifer ist fast mitleiderregend. »Obwohl ich seit vielen Jahren nur Patiencen gelegt habe.«

Myrtle bemerkt, daß die zweite Tasse Kaffee unberührt stehengeblieben ist. Sie entschließt sich zu einer kleinen Lüge, nur um sicherzustellen, daß der Besuch zu einer bestimmten Zeit beendet ist, denn sie spürt, daß Alastair Brown auch noch am Mittag an ihrem Tisch sitzen würde, wenn man ihm nur die geringste Ermunterung gäbe.

»Ich habe um zwölf eine Verabredung«, sagt sie, »aber wir könnten jetzt ein Spiel machen, wenn Sie möchten.«

Die Wirkung dieses Angebots auf Alastair Brown steht in keinem Verhältnis zu dem Vorschlag: Ein Strahlen geht über seine Züge angesichts dieser Aussicht, doch trotz seiner lebhaften Freude über die zusätzliche Zeit in Myrtles Gesellschaft, legt er sein wohlerzogenes Zögern nicht ab.

»Ich möchte Ihre Freundlichkeit nicht ausnutzen«, sagt er.

»Sie nutzen gar nichts aus«, sagt Myrtle ein bißchen ungeduldig und legt mit Schwung die Karten auf den Tisch.

»Jetzt machen Sie sich über meine Ausdrucksweise lustig.«

»Nun, sie ist sehr eindeutig«, antwortet Myrtle mit neckender Stimme. »Man merkt, daß Sie eine Menge alter Filme ansehen.«

»Unten im Hafen, mit den Männern, bediene ich mich dieser Sprache nicht, wie Sie sich vorstellen können.«

»Durchaus. Die hätten keine Ahnung, auf was Sie hinaus wollen. Sie sind einfach kein Mensch unserer Zeit.«

»Das will ich auch nicht sein«, sagt Alastair Brown und teilt den Kartenstoß mit einem eleganten Ruck des Handgelenks, der von einer plötzlich leichtfertigen und unbeschwerten Stimmung zeugt. Myrtle stellt fest, daß er zu dem Schluß gekommen ist, daß dieser Besuch schließlich ganz und gar kein Fehler gewesen sei, und anfängt, ihn zu genießen.

Zwei Stunden gehen vorbei. Myrtle und der Hafenmeister sitzen immer noch schweigend beim Kartenspiel. Myrtle scheint ihre Verabredung vergessen zu haben – ihr Besucher hat sie nicht daran erinnert. Eine Platte mit gebutterten *scones* steht neben ihnen auf dem Tisch, aber beide sind viel zu konzentriert, um sich mit Essen abzugeben. Alastair Brown stellt Myrtle auf eine harte Probe. Er ist ein guter Spieler, ein viel besserer als Annie.

Die Tür geht auf – kein Anklopfen –, und Annie stürmt herein. Sie sieht die beiden gesenkten Köpfe. Myrtle blickt auf und richtet mühsam die Aufmerksamkeit von dem guten Blatt in ihrer Hand auf das ungläubige Gesicht ihrer Freundin.

»Oh, Annie«, sagt sie, »Mr. Brown ist gerade vorbeigekommen –»

»Tut mir leid«, Alastair Brown springt sofort auf, starr vor Verwirrung. Mit entsetzlichem Quietschen scharren die Beine seines Stuhls über den Boden. Die Karten fallen ihm aus der Hand und flattern über den Tisch. »Ich bin nur auf einen Sprung vorbeigekommen –«

»Das sehe ich«, sagt sie. »Warum auch nicht?« Ihr Blick ruht auf den Rosen, die, immer noch in das Papier gehüllt, in einem Krug stecken. »Nun, laßt euch nicht stören. Ich bin auch nur auf einen Sprung vorbeigekommen, um zu sehen, ob es Myrtle gutgeht und sie vielleicht Lust auf ein Spielchen hätte. Aber ich sehe, daß man mir schon zuvorgekommen ist.«

»Setz dich«, sagt Myrtle, deren Aufregung sich gelegt hat. Das ist lächerlich, denkt sie: Warum sollten sie und Alastair Brown durch Annies Auftritt so außer Fassung geraten? »Nimm dir ein *scone.*«

»Nicht um alles in der Welt.« Ihre Worte klingen ruhig und wütend.

»Was mich anbelangt, so mache ich mich auf den Weg«, sagt Alastair Brown. Er zieht mit nervösen Fingern an seiner Papageienschnabelnase. »Danke für Ihre Gastfreundschaft, Mrs. Duns. Ich habe unser Kartenspiel genossen. Vielleicht können wir eines Tages wieder ein Spiel machen.« Das wird mit einer kleinen, trotzigen Wendung des Kopfes in Annies Richtung gesagt. »Mrs. Mcleoud, schön, Sie wiederzusehen –«

Und fort ist er. Annie sieht auf Myrtle hinab, die ruhig die Karten einsammelt. Dann setzt sie sich auf ihren gewohnten Platz.

»Also? Was hatte das alles zu bedeuten?« fragt sie.

»Annie!« Myrtle lacht kurz auf. Der Eintritt ihrer Freundin mochte einen Moment lang ein unbehagliches Gefühl in ihr ausgelöst haben (obwohl sie sich nicht vorstellen kann, warum), aber er hat ihr keineswegs die gute Laune verdorben. »Mr. Brown –« beginnt sie.

»Alastair, für mich –«

»Für dich vielleicht. Für mich Mr. Brown. Er ist ganz unerwartet vorbeigekommen. Er hat eine Tasse Kaffee getrunken, ließ die zweite stehen, hat meine *scones* abgelehnt und ein paar Runden Rommé mit mir gespielt. Er ist ein guter Spieler.« Sie lächelt. Annie schnaubt.

»Also stimmen sie doch, die Gerüchte? Der Hafenmeister will was von der Witwe Duns.«

»Mach dich nicht lächerlich. Ich halte ihn für einen einsamen Mann. Er hat hier oben keine Freunde.«

»Nicht aus Mangel an Gelegenheit. Einige sind ganz versessen darauf, sich mit ihm anzufreunden.« Annie besänftigt sich. Sie läßt ihren Blick zu den Rosen wandern – ein geistesabwesendes langsames Schweifenlassen der tiefblauen Augen, das Myrtle so gut kennt. Es bedeutet, daß ihr ein Gedanke gekommen ist.

»Nun, er gehört dir ganz allein. Ohnehin nicht mein Typ. Soll ihn doch kriegen, wer will.«

»Was meinst du damit?«

»Ach, mach dir nichts draus.« Annie lächelt. »Wie gefallen dir die Rosen?«

»Es gibt keine große Auswahl im Ort, oder?«

»Hast du ihn gefragt, warum er immer die Brille aufhat?«

»Nein.«

»Reiner Dünkel.«

»Vielleicht ist mit seinen Augen was nicht in Ordnung.«

»Das bezweifle ich. Aber du greifst immer nach der freundlichsten Erklärung, nicht wahr?« Annie beginnt, die Karten zu mischen. »Eigentlich bin ich rübergekommen, um dir was Komisches zu erzählen. Ich wollte dir sagen, daß Janice verliebt ist.«

Myrtle gefällt die triumphierende Art nicht, mit der Annie die Neuigkeit präsentiert, die sie schon kennt. Sie hebt kaum die Augenbrauen.

»Mit dreizehn«, fährt Annie fort, »stell dir vor. Nun, ich

glaube, ich war um einiges jünger, oder? Bei mir standen alle Jungs in der Klasse Schlange, um bei mir zu landen, stimmt's?«

»Das stimmt«, sagt Myrtle. »Wer ist der Junge?«

Annie zuckt die Achseln.

»Sie ist schwer zu durchschauen, meine Janice. Sie will's mir nicht sagen. Sie sagt nur, ich wäre überrascht. Eine Menge Jungs begleiten sie nach der Schule nach Hause. Manche kommen auf eine Tasse Tee herein, oder sie machen einen Spaziergang zusammen. Gott weiß, was sie tun. Manchmal kommt sie mit äußerst rosigen Bäckchen nach Hause.«

»Sie fangen heutzutage so früh an – was schade ist. Vielleicht solltest du dich darum kümmern, was sie im Schilde führt.«

»Nicht jünger als einige von uns, wenn man's recht bedenkt.« Annie lacht. »Ich soll herausfinden, was sie vorhat? Sie wird es uns nie sagen. Ich habe einen gewissen Gus Gowering im Verdacht – ich spitze die Ohren.«

»Was hast du ihr denn geraten?«

»Geraten?« Annie lacht erneut. »Welchen Rat kann eine Mutter heutzutage ihrer Tochter geben, auf den sie hören würde? Natürlich hab ich ihr gesagt, sie soll keine Dummheiten machen, aber nur zu, hab ich gesagt. Vergnüg dich.«

»Ich hoffe, die ganze Sache lenkt sie nicht von der Arbeit ab«, sagt Myrtle und zieht gouvernantenhaft die Schultern hoch. »Sie macht sich so gut.«

»Gütiger Himmel, Myrtle, man muß mit der Zeit gehen. Du bist zu ängstlich, übervorsichtig. Natürlich wird Janice wegen einer Schwärmerei für einen pickligen Jungen ihre Arbeit nicht vernachlässigen.«

»Du hast die deine jedenfalls vernachlässigt, wenn du dich recht erinnerst«, sagt Myrtle und sieht sie scharf an. Aber sie ist heute nicht in der Stimmung, sich mit Annie zu streiten.

»Hättest du Lust auf ein Spielchen?« Annie teilt die Karten aus. »Wie du weißt, war ich nicht halb so begabt wie Janice.« Dann, nachdem sie eine Weile schweigend darüber nachgedacht hat, fährt sie fort: »Du wirst mich nach dem romantischen Helden, dem Herrn Hafenmeister, ziemlich langweilig finden als

Spielpartnerin, schätze ich. Aber zumindest ist dir meine Spielweise vertraut.«

»Sei nicht albern, Annie.«

»Du weißt, daß du mich fast immer schlagen kannst, außer ich hab Dusel ...« Sie hebt die Karten ab.

Eine halbe Stunde später wird ein weißes Kuvert durch den Briefschlitz geworfen. Myrtle, die mit dem Rücken zur Tür sitzt, hört ihn nicht auf die Matte fallen. Erwartungsvoll legt Annie die Karten nieder und beeilt sich, ihn aufzuheben.

»Von Martin«, sagt sie.

»Woher weißt du das?«

»Er hat mir einmal eine Nachricht hinterlassen. Seine Schrift würdest du immer erkennen.« Sie sieht Myrtle mit solcher Neugier an, daß Myrtle gegen ihren Willen den Umschlag aufreißt und ein einzelnes Blatt herausnimmt. Sie liest es schnell durch.

Bank fertig. Bereits aufgestellt. Hoffe, Du faßt das nicht als Unverschämtheit auf. Bin um halb sechs im Wäldchen, um zu hören, ob sie Deine Zustimmung findet, wenn Dir das recht ist. Wenn nicht, ruf mich an, ich baue sie dann sofort wieder ab und entschuldige mich für mein übereiltes Handeln. Ich hab's getan, weil ich meiner Ansicht nach eine gute Idee hatte. Dein Martin.

»Etwas Dringendes?« Annies Stimme klingt ein wenig scharf.

Myrtle spürt, daß sie genauso tief errötet wie einige Stunden zuvor in Gegenwart des Hafenmeisters, und ärgert sich über so viel Unvernunft.

»Überhaupt nichts Dringendes«, sagt sie. »Martin kümmert sich um eine Art Gedenkplatz für Archie. Hier schreibt er mir, daß er das Richtige gefunden hat.«

»Ach? Und wo soll das hinkommen?«

Später wird Myrtle bewußt, daß sie der Wahrheit hätte ausweichen sollen, mit einem Geständnis, das ebenfalls der Wahrheit entspricht – sie hätte den Grabstein anführen sollen, der noch keine Inschrift hat. Aber in ihrer lächerlichen Verwirrung platzt sie mit der Sache heraus, die sie vor Annie geheimgehalten hatte.

»Oben in den Wald«, sagt sie.

»Oben in den *Wald*?« Annies Augen blitzen verärgert auf. »In den Wald, den keiner deiner Freude betreten darf? Nur Martin wurde mit hinaufgenommen? Martin, der Bevorzugte?«

»Was ist los?« Myrtle ist erstaunt über den Unmut, den sie ausgelöst zu haben scheint. »Du weißt ganz genau, was der Grund dafür ist. Ich habe es dir tausendmal gesagt. Ich will, daß du ihn siehst, wenn er ein *Wald* ist, wenn die Bäume gewachsen sind. Im Moment gibt's dort nicht viel zu sehen ...«

»Als deiner ältesten Freundin hätte es mir nichts ausgemacht, wenn du ihn mir gezeigt hättest, als noch gar nichts zu sehen war, nur der nackte Boden, noch bevor die Bäume gepflanzt waren. Es hätte mir nichts ausgemacht, wenn ich ganz von Anfang an dabeigewesen wäre. Aber nein – nur Martin –«

»Es tut mir leid.« Ihre Blicke treffen sich. Annies Blick ist feindselig, verletzt. Ihre Mundwinkel ziehen sich mißmutig nach unten. »Ich hätte nicht gedacht, daß du dich für diese Art von Dingen interessierst – ein Wald«, sagt Myrtle.

»Dann kennst du mich wohl nicht besonders gut, oder?« Annie ist eingeschnappt wie ein Kind. »Wie kommt es, daß Martin der Glückspilz ist?«

»Ich wollte, daß er mir eine Bank besorgt, um sie dort aufzustellen. Etwas, worauf ich sitzen und an Archie denken kann.« Sie seufzt nachsichtig und ist sich bewußt, daß solch ein Gedanke außerhalb von Annies Vorstellungsvermögen liegt.

»Ich finde, das ist eine ziemlich morbide Idee.«

»Meiner Ansicht nach nicht.«

»Archie hätte gewollt, daß du dein Leben weiterführst, ist es nicht so? Dich sogar wieder verheiratest. Gib dem Hafenmeister eine Chance.« Annie kann ein Lächeln nicht unterdrücken. Wie immer kehrt ihre gute Laune genau so schnell zurück, wie sie verschwunden ist.

»Sei nicht albern«, sagt Myrtle, ebenfalls lächelnd. So ist es oft zwischen ihr und Annie: Erst liegen sie sich in den Haaren, und auf einmal läßt eine locker, ergeht sich in Neckereien und gibt sich plötzlicher Heiterkeit hin, der sich die andere sofort anschließt. »Du bist schrecklich.«

»Er ist ein netter Mann, Martin, meine ich«, sagt Annie. »Das weiß jeder. Ich meine, er hat mein albernes Benehmen nicht übelgenommen. Er verliert kein Wort darüber. Ein wirklicher Gentleman!« Sie hält inne. »Er bringt mir heute abend einen kochfertigen Taschenkrebs. Wenn ich genügend Geduld habe, wer weiß? Vielleicht hat er mir eines Tages mehr zu bieten als nur Fisch.«

»Schon möglich«, stimmt Myrtle zu und hält die Augen fest auf die Karten gerichtet.

Als sie um genau halb sechs beim Wäldchen eintrifft, ist Martin schon da. Er sitzt an einem Ende der Bank, die Augen auf eine kreisende Schwalbe gerichtet.

Die Bank ist ein festes altes Möbel aus dunklem Holz: überhaupt nicht das, was Myrtle sich vorgestellt hat. Aber mit einem Blick erkennt sie, daß sie schöner ist als das, was ihr vorschwebte. Sie hat so etwas Beständiges: Es ist, als würden sich ihre Beine unter der Erde fortsetzen und sich mit den jungen Wurzeln der Bäume vereinigen. Sie sieht jetzt schon so aus, als hätte sie seit Jahren hier gestanden. Martin springt auf. Er wirkt nervös.

»Du hast also nichts einzuwenden gegen meine Wahl?«

»Natürlich nicht.« Myrtles fröhliches Lächeln verdankt sich zum Teil der Tatsache, daß sie in ihrer Eile, rechtzeitig herzukommen, keinen Gedanken auf den Himmel verschwendet hat, von dem tatsächlich auch keine Bedrohung ausgeht.

»Was hältst du davon?«

»Sie gefällt mir. Sie ist gut und fest.«

»Das Komische ist, daß sie, solange ich denken kann, vor meiner Werkstatt gestanden hat. Sie war schon da, als meine Eltern das Haus gekauft haben, aber ich habe noch nie auf ihr gesessen. Auf dem Heimweg gestern abend ist mir plötzlich der Gedanke gekommen – ja klar, sie ist genau das Richtige. Eine alte Bank. An einen Platz wie diesem sollte nichts allzu Neues stehen, nicht wahr? Hier, probier sie aus.«

Myrtle läßt sich an einem Ende nieder. Sie legt den Arm auf

die breite Holzlehne. Sie setzt sich zurecht, spürt die Festigkeit der dicken Planken unter ihrem Rock.

»O Martin«, sagt sie mit aufkommender Begeisterung, »sie ist wundervoll. Ich danke dir sehr.«

»Sie muß ein bißchen abgeschliffen werden. Braucht einen Schutzanstrich.« Er sieht erfreut und erleichtert aus. »Ich werde am Wochenende raufkommen. Es ist eine viel bessere Bank als alles, was ich hätte bauen können. Ich bin eigentlich kein so guter Schreiner.«

»Ich muß sie dir bezahlen.«

»Das kommt gar nicht in Frage. Ich bin einfach froh, daß sie einen guten Platz gefunden hat. Ich schätze, daß sie uns alle überdauern wird.«

Myrtle lächelt ihn an.

»Dank dir«, sagt sie erneut. Und dann: »Würde es dir etwas ausmachen, mich eine Weile allein hier sitzen zu lassen?«

»Mach das nur.« Martin wendet sich sofort ab und geht einen Pfad hinunter, der mit hüfthohen Setzlingen gesäumt ist. Myrtle sieht ihm nach, bis er verschwunden ist. Sie ist dankbar für sein Verständnis. Annie hätte sie getadelt, weil sie sich wieder morbiden Gedanken hingeben wolle.

Aber sobald Myrtle allein ist, denkt sie nicht an Archie. Sie blickt in den weiten lavendelblauen Abendhimmel hinauf, der von keinem Wölkchen getrübt ist, und bemerkt, daß die Angst verschwunden ist. Ja: Diese neue seltsame Angst ist nicht mehr da. Die Weite über ihr ist nicht mehr einschüchternd und nicht mehr bedrohlich. Die irrationale Furcht scheint besiegt zu sein. Ihr Verschwinden ist genauso geheimnisvoll wie ihr Auftreten, ganz so, wie sie gedacht hatte. Das mußte doch einen Schritt in eine neue Richtung bedeuten.

Myrtles Blick folgt dem winzigen Pfeil einer Schwalbe. Welch seltsame Rituale die Menschen doch veranstalten, denkt sie. Welch feinsinnige Verbindungen sie herstellen zwischen einem Abschnitt ihres Lebens und dem nächsten ... Sie steht auf, streckt sich, gähnt und sieht sich in ihrem Wald aus jungen gesunden Bäumen um, dann macht sie sich auf den Heimweg und weiß, daß in ihrem Innern ein Wandel stattgefunden hat, über den Archie froh wäre.

Auf der Straße vor dem Dorf sieht Myrtle Janice, die ihr entgegenläuft. Das Kind trägt ein helles Kleid, dessen Saum beim Laufen anmutig auf und ab wippt. Sie erreicht Myrtle: Ihre Wangen sind rosig, sie sprüht vor Lebhaftigkeit.

»Was ist los mit dir, Janice?«

»Ich bin einfach so *glücklich.*«

»Das ist gut. Hast du deine Hausaufgaben gemacht?«

»O Myrtle ... Das werde ich. Ich wollte gerade nach Hause gehen.«

»Das ist doch nicht dein Heimweg.« Myrtle hört, wie streng sie klingt. Janice zuckt die Achseln und hüpft kurz in die Höhe.

»Weißt du was? Ich hab's meiner Mum erzählt. Ich hab ihr erzählt, daß ich verliebt bin, daß es jemand gibt, den ich wirklich sehr mag.«

»Tatsächlich, und?«

»Sie hat gelacht. Sie hat gesagt: Vergnüg dich. Sie hat gesagt: Tu nichts, was ich nicht tun würde. Damit sind mir die Zügel ziemlich locker gelassen, nicht wahr?«

»Ich finde, du solltest nicht so über deine Mutter sprechen«, sagt Myrtle.

»Aber es ist die Wahrheit. Ich weiß, daß es die Wahrheit ist – meine Mum hat alles mögliche angestellt. Ich habe da Dinge gehört. Aber egal, ich bin stolz auf sie. Sie ist so hübsch. Als sie jung war, muß sie ... ein As gewesen sein, stimmt's nicht?« Janice sieht Myrtle prüfend an. Da sie keine Antwort erhält, wechselt sie das Thema. »Ich bin gerade Martin begegnet«, sagt sie. »Er sagte, er hätte in deinem Wald zu tun gehabt.«

»Er hat eine sehr schöne Bank aufgestellt«, sagt Myrtle. »Wir haben sie ausprobiert.«

»Du meinst«, sagt Janice ungläubig, »du und Martin, ihr habt einfach auf einer Bank gesessen und geredet? Probiert ihr so eine Bank aus? Mein Gott, Erwachsenen fallen die langweiligsten

Dinge auf der Welt ein. Einfach *auf einer Bank sitzen* – das soll Spaß machen? Ich glaub's nicht.«

Myrtle beginnt zu lachen, und sie erreichen das Dorf.

»Lauf zu, jetzt wird sich nicht mehr gedrückt«, sagt Myrtle und fährt dem Kind durchs Haar. »Ich möchte, daß du die ganze zweite Strophe auswendig lernst. Denkst du daran?«

»Kein Problem«, sagt Janice und wendet sich ab. Während sie davonläuft, sieht Janice genau wie Annie aus, damals an jenem frühen Sommerabend. Sie war zwölf und trug ein ähnliches Kleid mit wippendem Saum. Sie und Myrtle gingen zum Dorf zurück, als Annie plötzlich in Tränen ausbrach. Sie gestand Myrtle, daß sie nicht mehr weiterleben könne, wenn ihr ein bestimmter Junge keine Aufmerksamkeit schenke. Myrtle kann sich nicht mehr erinnern, wer von den vielen es war – Hamish vielleicht. Aber sie erinnert sich an Annies Verzweiflung, ihre Behauptung, noch nie in ihrem Leben einen Jungen so sehr gemocht zu haben. Dann gab sie zu, am Abend zuvor zu ihm nach Hause gegangen zu sein, da sie wußte, sein Vater war auf See und seine Mutter bei der Spätschicht im Pub. Sie war einfach kühn auf die Haustür zugegangen und hatte mit heftig pochendem Herzen geklopft. Hamish hatte sie hereingelassen, nicht allzu erfreut, daß er bei einem Puzzle gestört wurde, mit dem er gerade beschäftigt war. Sie folgte ihm ins vordere Zimmer, wo er mit seinem Puzzle weitermachte – dem Bild einer alten Dampflok, sagte Annie. Als er sie fragte, was sie wolle, wußte Annie nicht, was sie sagen sollte. Sie stellte sich neben dem Kamin in Pose und begann, die Knöpfe ihre Rocks zu öffnen, so, wie sie es bei irgendeiner Schauspielerin im Fernsehen gesehen hatte. Als Hamish sie ansah, hob sie den Rock übers Knie. Er wurde bleich, sagte sie. Ganz entsetzlich bleich. Dann begann er, sie anzubrüllen. Annie konnte sich nicht genau an die Worte erinnern, aber es waren nur Beleidigungen: Sie sei eine Schlampe, eine Hure, sie würde als Dorfflittchen enden und ziemliche Schwierigkeiten kriegen, wenn sie nicht gleich abhaue. Gerade als Annie mit tränenüberströmtem Gesicht hinauslaufen wollte, trat der feindselige Hamish auf sie zu und rammte sein Gesicht in das ihre. Er küßte sie und biß sie grob. Er drückte ihre Brüste, bis sie vor Schmerz aufschrie, und zwickte sie in den bloßen Oberarm. Dann zerrte er sie zur Haustür, stieß sie in die Nacht hinaus und rief, daß sie jetzt vielleicht ihre Lektion gelernt habe. Annies Mund blutete: Sie mußte das Blut mit ihrem Rocksaum abwischen und sich zu Hause nach oben schleichen, ohne daß ihre Mutter sie hörte – was allerdings nicht schwierig war, da ihre Mutter wie üblich von irgendeinem Liebesroman gefesselt wurde. Sie hatte sich in den Schlaf geweint, und am nächsten Tag in der Schule erklärte sie ihre geschwollene Lippe überzeugend damit, daß ein Nachbarhund sie gebissen habe.

Myrtle erinnert sich, wie Annie in ihren Armen gezittert hatte, als sie ihr diese Geschichte erzählte. Sie erinnert sich, daß ihnen die Insassen vorbeifahrender Autos seltsame Blicke zugeworfen hatten. Also gingen sie auf ein Feld und setzten sich außer Sichtweite hinter eine Hecke. Dort zeigte Annie Myrtle die blauen Flecken auf ihren Armen und auf der Brust, und Myrtle konnte vor Entsetzen keine Worte finden. Unendlich lange schmiegten sie sich aneinander. Schließlich bat Myrtle Annie, nie mehr etwas so Dummes zu tun. Sie versprach es: Sie habe ihre Lektion gelernt, sagte sie. Aber ein paar Wochen später klimperte sie mit ihren wundervollen Wimpern einen anderen Jungen an und schlug ungeduldig Myrtles Warnungen in den Wind. Jetzt, während sie Annies Tochter beobachtet, die mit irgendeinem verrückten Plan im Kopf in der Dämmerung davonhüpft, befällt sie eine böse Ahnung – ein Gefühl, das ihr aus ihrer Kindheit schrecklich vertraut ist, als sie hilflos Annies zwanghaftes Verhalten beobachtete.

»Janice«, ruft sie. Sie möchte etwas sagen – sie warnen, sie aufhalten, aber sie weiß nicht, wie sie es ausdrücken soll. Aber Janice ist verschwunden. Sie hört nichts. Myrtle seufzt. Sie weiß, daß sie etwas tun muß, bevor es zu spät ist. Aber was? Vielleicht hat Martin eine Idee, denkt sie. Martin, der so viel gesunden Menschenverstand besitzt, wird wissen, was zu tun ist, und ihm kann man vertrauen: Er wird es für sich behalten. Beruhigt von diesem Gedanken, macht sich Myrtle auf den Heimweg, furchtlos wirft sie den Kopf zurück, um sich dem Himmel auszusetzen, der inzwischen mit dunkler werdenden Wolken bezogen ist. Zum ersten Mal nach Archies Tod fühlt sie sich hungrig und freut sich auf die Gemüsesuppe, die auf dem Herd köchelt.

Das Leben, spürt Myrtle, beginnt sich zu beschleunigen. Sie verspürt ein Gefühl von Tempo und Betriebsamkeit, das sich schwer analysieren läßt. Aber ihre Tür scheint öfter aufzugehen. Leute scheinen häufiger bei ihr ein- und auszugehen als zu Archies Lebzeiten. Annie kommt wieder an mehreren Nachmittagen in der Woche zum Kartenspielen, andere Fischerfrauen laden sie ein, bei ihnen hereinzuschauen, Martin bringt regelmäßig ein Stück Fisch vorbei, und der Hafenmeister, auf seiner Suche nach Gesellschaft, bittet höflich, einmal die Woche zum Kartenspielen und Essen vorbeikommen zu dürfen. Er hat sie mehrmals zu einem Abend mit panierten Heringen und alten Filmen eingeladen, aber Myrtle ist es jedesmal gelungen, die Einladung auszuschlagen. Sie empfindet inzwischen eine gewisse Zuneigung für Alastair Brown, aber sie hat immer noch keine Lust, sein Territorium zu betreten. Sie verspricht, eines Tages zu kommen, aber nicht jetzt. Der Hafenmeister wartet geduldig, aus Angst, er könnte die zarte Freundschaft gefährden, wenn er sie zu sehr drängt.

Eines Abends ist das Gefühl von Geschäftigkeit besonders groß. Myrtle korrigiert gerade Hefte am Küchentisch, als Martin hereinkommt – obwohl er klopft, nimmt er sich in letzter Zeit auch die Freiheit, gleichzeitig die Tür zu öffnen. Die Vertraulichkeit dieser Handlung ist ein Hinweis auf ihre enger werdende Freundschaft, denkt Myrtle, obwohl ihr klar ist, daß Martin über diese Tatsache noch nicht nachgedacht hat. Dieses Mal jedoch ist Myrtle erstaunt. Sie hatte Martin heute abend nicht erwartet. Dienstags kommt er nie, weil er an diesem Tag Marmor aus einem Lager in der Nähe von Edinburgh holt. Ihr fällt auf, daß er zum ersten Mal keinen in Zeitungspapier eingewickelten Fisch dabei hat.

»Die Bank ist fertig«, sagt er. »Abgeschliffen und versiegelt, sieht großartig aus. Ich bin fast den ganzen Nachmittag dort oben gewesen.«

»Das ist wunderbar. Ich werde morgen raufgehen und sie mir ansehen. Ich weiß nicht, wie ich dir danken soll.«

»Um Himmels willen, ich will keinen Dank von dir. Ich hab's gern getan. Jetzt müssen wir uns nur noch über die Inschrift für Archies Grabstein einigen.«

»Ich weiß.« Beide lächeln. Seit Archies Tod sucht Myrtle nach einem passenden Spruch in der Bibel, konnte aber bislang nicht das Richtige finden. »Ich habe mich fast schon entschieden«, sagt sie.

Martin geht unruhig auf und ab. Er hat das Gebaren eines Menschen, der gerade etwas vollbracht hat und seine Freude darüber nicht ganz verheimlichen kann.

»Hör zu«, sagt er, »ich muß nächste Woche in den Norden rauf, um eine Ladung Marmor abzuholen. Irgendwo in der Nähe von Perth. Ich habe mich gefragt ... ob du mitkommen möchtest. Ich meine, es wäre nur ein kleiner Ausflug, aber ich dachte, es wäre an der Zeit, daß du mal irgendwohin fährst. Ein bißchen rauskommst. Seit Archies Tod hast du das Dorf kaum verlassen, nicht wahr?«

Myrtle legt die Hand auf den dicken schwarzen Griff des Kessels, dessen Emaille vom Gebrauch abgenutzt ist. Sie lehnt sich gegen den Herd, weil sie Halt braucht. Die möglichen Verwicklungen dieser harmlosen Einladung lassen den Boden unter ihren Füßen schwanken. Martin beobachtet sie genau. Er bemerkt, wie stark sie zögert.

»Es wäre keine großartige Einladung«, sagt er. »Nicht gerade ein historisches Ereignis. Aber der Lieferwagen ist recht bequem, und da oben in den Bergen ist die Landschaft sehr schön. Ich muß die Ladung um fünf abholen. Dann könnten wir irgendwo frühzeitig zu Abend essen – und kurz nach neun wieder hier sein.« Myrtle ist sehr blaß geworden. Ihr ist anzusehen, daß sie mit sich kämpft und die verschiedenen Gefühle gegeneinander abwägt. »Oder auch früher, wenn du willst«, sagt Martin sanft. »Wir könnten das Abendessen auch ganz ausfallen lassen.«

Das tiefe Grollen des Kessels ist für eine Weile das einzige Geräusch im Raum.

»Das ist sehr nett von dir, Martin«, sagt Myrtle schließlich. »Eine reizende Einladung, und ich bin versucht, sie anzunehmen.« Sie hält inne. »Aber ich glaube, ich bin noch nicht bereit dazu ...«

»Bereit wozu?«

»Bereit ... neben einem Mann zu sitzen, von jemand gefahren zu werden, der nicht Archie ist ...« Sie lacht kurz auf. »Es hört sich albern an, ich weiß.«

»Es tut mir leid«, sagt Martin. Er unterdrückt ein Seufzen. »Ich habe versucht, den richtigen Augenblick abzuwarten. Ich habe mich getäuscht.«

»Selbst für mich ist es schwer zu beurteilen. Im Moment erschiene mir alles jenseits dieser Wände, jenseits des Dorfes, des Waldes – und du bist der einzige, der dorthin darf – wie Untreue.« Martin lächelt. Bitter, enttäuscht.

»Es ist jetzt zwei Jahre her, Myrtle.«

»Ich weiß. Und die Dinge beginnen, sich zu verändern. Ich fange an, mich ein bißchen ... beschwingter zu fühlen. Weniger unsicher. Aber es liegt noch eine ziemliche Strecke vor mir.«

Martin tritt näher zu ihr heran. Sie bemerkt, daß er erwägt, ihr den Arm um die Schulter zu legen, aber er verkneift es sich, wofür sie dankbar ist.

»Ich verstehe«, sagt er. »Ich versuche, Geduld zu haben. Eines Tages werde ich vorschlagen, daß wir an irgendeinem weit entfernten Ort ein Glas zusammen trinken – mindestens zwei Meilen entfernt –, und du wirst ja sagen. Vielleicht wird es dir sogar Spaß machen, und ich glaube, es wäre genau das, was Archie gewollt hätte. Also hoffe ich, dich eines Tages überreden zu können.«

Sie lächeln beide über die scherzhafte Beschreibung seiner Hoffnungen. Und kurz danach, nachdem er eine Tasse Tee abgelehnt hat, geht er.

Trotz seiner freundlichen Miene weiß Myrtle, daß er enttäuscht ist. Sie läßt den kurzen Vorfall noch einmal vor ihrem geistigen Auge ablaufen und fragt sich, ob sie ihn nicht nur enttäuscht, sondern auch verletzt hat. Seine nette Einladung abzulehnen, war unsinnig und dumm gewesen, das weiß sie. Es wäre ein angenehmer Tag geworden, und – Martin hatte recht – sie mußte einmal aus dem Dorf heraus und eine weiträumigere Landschaft sehen. Sie vertraut ihm absolut: Er ist der beste Freund geworden, den sie hat. Er hat nie Anzeichen gezeigt, daß er in sie »verknallt« ist, wie Janice es bezeichnen würde: Das einzige Mal, als sie körperlichen Kontakt hatten, war damals bei ihrem Sturz in dem Wäldchen. Sie hegt keinerlei Befürchtungen, seine Haltung könnte sich plötzlich ändern und er würde sich die Freiheit einer unerwünschten körperlichen Annäherung herausnehmen. Warum hatte sie dann gezögert, sein Angebot anzunehmen? Myrtle kann sich diese Frage nicht beantworten. Sie ist sich nur einer unbestimmten Besorgnis bewußt, die sie zurückgehalten hat. Jetzt steht sie der quälenden Frage gegenüber: Hat ihre Entscheidung die gute Freundschaft gefährdet? Wird Martin, nachdem er einmal abgewiesen worden ist, sein Wort halten und geduldig auf einen günstigeren Zeitpunkt warten? Oder hat er das Gefühl, es würde sich nicht mehr lohnen, sich zu bemühen ...? Der Gedanke ist schmerzlich. Myrtle erwägt tatsächlich, ihm nachzulaufen, ihm zu sagen, wie albern sie gewesen sei und wie gern sie eigentlich mit ihm nach Perthshire kommen würde. Aber ein so rascher Umschwung im Denken und Handeln ist nicht Myrtles Art. Es wäre würdelos, eher die Tat eines wirren jungen Mädchens, nicht die einer Frau fast mittleren Alters, die wissen sollte, was sie will, und ihre Entschlüsse ernst nimmt. Nachdem sie ihre Jacke vom Haken genommen hat, hängt Myrtle sie wieder zurück.

Wieder klopft es an der Tür. Tief in Gedanken versponnen aufgrund ihres Dilemmas, steht Myrtle mit ruhelosem Herzen auf, um zu öffnen. Sie hofft, es ist Martin, der zurückkommt: Diesmal wäre sie nicht so dumm. Sie würde ja sagen. Ja, ich würde gern mitkommen. Und es gäbe diesen Ausflug nach

Perth, auf den sie sich freuen könnte, der wie ein heller Stern in ihr leuchten würde.

Es ist Ken. Sie stehen da und sehen sich an. Myrtle macht keinen Versuch, die Gedanken von Perth loszureißen und sich auf die unliebsame Realität einzulassen. Ken steht händeringend da.

»Was willst du hier?« fragt Myrtle schließlich. »Du weißt, daß ich dich nicht sehen will. Ich habe dir befohlen, nicht mehr hierherzukommen. Ich glaube nicht, daß wir uns sonst noch was zu sagen hätten ...«

»Bitte. Laß mich einen Moment eintreten. Es ist wichtig.«

Myrtle tritt zur Seite, um ihn einzulassen. Sie weiß nicht, warum sie das getan hat. Vielleicht weil sie immer noch mit Martins Besuch beschäftigt ist. Oder weil Kens verzweifeltes Aussehen sie rührt. Ken eilt zum Fenster hinüber.

»Danke«, sagt er. »Ich werde dich nicht lange aufhalten – ich habe mein Bestes getan, um dir aus dem Weg zu gehen.«

»Das stimmt«, gibt Myrtle zu. Seit seinem Besuch kurz nach Archies Begräbnis haben sie kaum ein Wort gewechselt. »Ist alles in Ordnung im Eishaus?«

»Wenig anregend, aber es geht«, sagt Ken. »Aber ich bin nicht gekommen, um darüber mit dir zu reden. Ich brauche deine Hilfe. Annie! Deine Freundin Annie ist völlig übergeschnappt. Sie sagt, sie würde gehen. Mich verlassen.«

Um ihre Überraschung zu verbergen, nimmt Myrtle Tassen aus dem Schrank. Sie hatte Annies Unzufriedenheit in den letzten Jahren bemerkt – ein Gefühl, dessen Intensität stark zugenommen hatte nach der Tragödie mit Archie. Aber in letzter Zeit hatte sie nichts davon gesagt, daß sich ihre Ehe in ernsten Schwierigkeiten befinde.

»Hat sie dir irgendwas gesagt?«

»Kein Wort.«

»Das ist komisch. Ich meine, ihr seid doch so enge Freundinnen.«

»Selbst die besten Freunde halten bestimmte Bereiche voreinander verschlossen«, sagt Myrtle. »Wo liegt das Problem?«

Ken verärgert Myrtle durch ein langes, geräuschvolles Seufzen.

»Schwer zu sagen. Ich habe mein Bestes getan. Geld verdient, versucht, ihr aus dem Weg zu gehen. Sie redet die ganze Zeit über Archie. Hört auf nichts, was ich sage. So was wie Vergebung scheint nicht ihre Sache zu sein. Das Wort Versöhnung ist ihr offensichtlich fremd. Ich weiß nicht, wie ich sie davon überzeugen soll, daß ich Vergangenes nicht ungeschehen machen kann – nichts auf der Welt kann Archie zurückbringen. Gott, ich wollte, es wäre anders. Reue bringt einen auch nicht weiter, verdammt, und anscheinend auch das Beichten nicht ... Und jetzt scheint sich sogar Janice gegen mich zu stellen. Sie ist plötzlich sehr eisig. Gott weiß, was Annie ihr gesagt hat.«

»Tut mir leid«, sagt Myrtle. Gegen ihren Willen hat sie Mitleid mit dem Mann. »Ich weiß von all dem nichts. Und warum will Annie plötzlich gehen?«

»Sie sagt bloß, sie könne es nicht länger unter einem Dach mit mir aushalten. Wenn du mich fragst, gibt es wahrscheinlich jemand anderen. Die Katze läßt das Mausen nicht. Und ich darf sie immer noch nicht anfassen, seit dem Tag, an dem Archie gestorben ist. Sie muß es sich irgendwo anders holen –«

»Ken –«

»Na ja, du kennst Annie ja. Wenn es aber einen anderen gibt, habe ich keine Ahnung, wer es ist. Martin ist der einzige, der vorbeikommt, wenn er seine wohltätigen Fischrationen abliefert – was er im ganzen Dorf herumerzählt, wie ich höre, weil er bei jedem gut angeschrieben sein will. Es kann nicht St. Martin sein, in den sie verknallt ist, nicht dieser Langweiler. Nein: Ich glaube, daß jemand sie oben im Café besucht, jemand aus St. Andrews. Ich habe gesehen, wie sie sich auf der Straße mit einem Mann in einem Kilt unterhalten hat, einem schmierigen Typen mit großem Wagen. Ich kann mich täuschen, aber ich weiß genau, daß Annie nicht abhauen würde, um allein zu leben. Niemals. Sie könnte keine Minute ohne einen Mann auskommen. Was mich angeht, so würde ich es ohne sie nicht lange durchhalten, das kann ich dir versichern. Sie mag ein Miststück sein, aber ich liebe sie. Würde es dir etwas ausmachen, wenn ich mich setze?«

Bevor Myrtle antworten kann, sitzt Ken bereits und reibt sich so heftig die Augen, daß Myrtle sich wundert, daß er nicht mit zerquetschen Augäpfeln zu ihr aufsieht.

»Was, meinst du, soll ich tun?« fragt sie.

»Ich weiß nicht. Find heraus, was los ist. Sag ihr, es sei am besten für sie zu bleiben – das heißt, wenn du das tatsächlich glaubst.«

»Natürlich glaube ich das, vorausgesetzt, du kannst die Dinge irgendwie regeln.«

»Du solltest ihr lieber nicht sagen, daß ich vorbeigekommen bin und irgendwas erzählt habe. Sie hat mir verboten, jemals hierherzukommen. Sie würde durchdrehen.«

»Nun, das müssen wir riskieren«, sagt Myrtle. »Ich habe keine Lust, mich auf krumme Touren einzulassen. Ich tue, was ich kann, aber sie muß wissen, daß du hier warst. Was sollte ich sonst für Gründe haben, sie plötzlich über ihr Privatleben auszufragen? In letzter Zeit reden wir nicht oft über solche Dinge. Annie will von meiner Mißbilligung nichts hören, und sie weiß, daß es in ihrem Leben eine Menge gibt, das ich nicht gutheißen kann.«

»Na schön. Du weißt, was am besten ist. Ich überlaß es dir.« Ken steht mit einem Anflug von Erleichterung auf. Myrtle sieht, daß unter der dünnen, fadenscheinigen Wolle seines Pullovers seine Schulterblätter scharf hervorstehen. Sein Gesicht wirkt fahl: Trockene Haut schimmert durch die dichten Stoppeln auf seinem Kinn. »Danke Myrtle. Du kannst dir vorstellen, wie dankbar ... mich so hereinzulassen. Ich habe Wochen gebraucht, mir zu überlegen, ob ich herkommen soll oder nicht. Erst ihr Ausbruch letzte Nacht hat mich dazu gebracht. Du bist eine gute – nun, ich denke, du bist keine Freundin mehr.« Er kratzt sich am Kopf. Das trockene Haar steht in lächerlichen Büscheln hoch.

»Es ist schwierig, je die Rolle zu vergessen, die du gespielt hast, das steht fest. Aber du weißt, daß ich in meinem Herzen keinen Haß gegen dich empfinde. Der Zorn nimmt eben seinen Lauf. Ich habe einfach ein bißchen Zeit gebraucht. Aber was das Aus-dem-Weg-Gehen betrifft – ich würde sagen, daß das nicht mehr von Bedeutung ist. Vielleicht hilft es dir bei Annie, wenn sie nicht nur weiß, daß ich dir vergeben habe, sondern das auch deutlich vor Augen geführt bekommt. Komm vorbei, wann immer du willst.«

Ken reibt sich wieder die Augen, ungläubig diesmal. Er geht zur Tür.

»Du bist eine Frau, wie man unter Millionen keine findet, Myrtle«, sagt er. »Kein Wunder, daß Archie ... Und wenn du mir die Frage gestattest, wie geht es dir nach all der Zeit?«

»Mir geht's gut.«

»Ich vermisse den Mann jeden Tag meines Lebens. Ich vermisse das Leben auf dem Schiff, die See. Ich könnte eine Woche Wind auf meinem Gesicht gebrauchen. Aber das ist nichts, verglichen damit ... nun, wir waren Freunde all die Jahre, bis zum Ende. Tatsächlich waren wir trotz unserer Streitigkeiten Freunde.« Ken spricht mit der leisen Eindringlichkeit eines Menschen, dem lange nicht zugehört wurde. Myrtle schenkt ihm ein anteilnehmendes Kopfnicken. »In diesem Raum hier kommt alles wieder zurück, mein Gott, und wie.« Ken öffnet die Tür. »Ich wußte nicht, daß man einen Menschen so sehr vermissen kann.«

»O, das kann man«, sagt Myrtle. »Ja, das kann man.«

Nachdem Ken gegangen ist, kommt Archie – dessen Gegenwart in letzter Zeit weniger lebhaft spürbar war – mit aller Macht zurück: Er scheint so leibhaftig vor ihr zu stehen, daß nur die Vernunft sie davon abhält, die Hand auszustrecken, um ihn zu berühren. Das ist normal, nimmt sie an. Es gibt so viele Erinnerungen an die gemeinsamen Zeiten von Archie und Ken – als Kinder spielten sie zusammen, als Erwachsene arbeiteten sie auf der Skyline II –, so daß es kaum verwundert, daß Kens Gegenwart die Bilder mit solch furchtbarer Deutlichkeit wiedererstehen läßt.

Archies Pullover hängt immer noch an der Rückseite der Tür, wie sie bemerkt. Das Blau der Wolle ist ganz matt vor Staub. Es war nicht sein Lieblingspullover. Das war der grüne gewesen, den Dot vor Jahren für ihn gestrickt hatte und den er trug, als er starb. Myrtle nimmt den Pullover herunter und klopft ihn mit einer Hand aus. Staubwolken fliegen auf, deren winzige Partikel in einem durchs Fenster fallenden Sonnenstrahl aufleuchten. Für den Bruchteil einer Sekunde verwandelt der Staub sich in Funken, als sprühten sie aus einem Lebensfeuer, das noch immer in der Wolle schwelt: Myrtle lächelt über die verrückten Gedanken, die ihr kommen. Dennoch rollt sie den Pullover entmutigt zusammen – sein alter Geruch nach Salz, See und Schweiß hängt leicht in der Luft – und stopft ihn in den Wäschekorb. Das hätte sie schon vor langem tun sollen, denkt sie, zufrieden mit sich. Aber plötzlich füllen ungewohnte Tränen ihre Augen. Archies Stimme ist so laut in ihrem Kopf – nichts Wichtiges, nur ein Gewirr aus üblichen Begrüßungen und Abschiedsworten. *Schön, wieder da zu sein, Myrtle, Frau* ... Es war immer schön, wenn er wieder da war, und traurig, wenn er ging. Myrtle bemerkt, daß die Momente seines Heimkommens und Wegfahrens während all der Jahre nun zu zwei Szenen verschmelzen, die so vertraut sind, daß sie ein brennendes Gefühl auf ihrer Haut auslösen: Archie, glattrasiert, sauber gekleidet, die Tasche in der Hand, ein kurzer Kuß, verhallende Schritte und die leere Woche vor ihr, die jedesmal wieder von einem dumpfen Gefühl begleitet war. Dann der zurückkehrende Archie: müde, unrasiert, schmutzig, naß, nach Fisch riechend, salzige Lippen – Archie ist *wieder da*, seine Gegenwart bewirkt einen magischen Wandel im Raum, er kippt und schwankt, so daß Myrtle anfangs am eigenen Leib zu spüren meint, wie es ist, auf einem Schiff zu sein, das von der See umhergeworfen wird.

»Aber Archie, du bist jetzt für immer fort«, sagt sie laut und barsch. (In letzter Zeit hat sie sich manchmal dabei erwischt, daß sie laut mit sich selbst spricht, was sie auf die Tücken des einsamen Lebens zurückführt.) »Und ich muß ...« Was sie tun muß, ist ihre altbewährte Methode anwenden, sich ablenken. An diesem Abend hat sie glücklicherweise definitiv etwas vor. Annie muß so bald wie möglich zur Rede gestellt werden. Ach, was für ein Tag, denkt sie, zieht den Mantel an und wendet den Blick von der nackten Tür ab, an der jetzt kein Pullover mehr hängt.

Myrtle ist seit längerem nicht mehr bei Annie gewesen. Während sie eilig auf das Haus zugeht, kann sie durchs Fenster erkennen, daß Annie auf dem Sofa liegt und fernsieht. Aus Janices offenem Fenster im oberen Stock dringt das hämmernde Dröhnen von Rockmusik. Myrtle tritt ohne zu klopfen ein. Sie fühlt sich beklommen. Sie haßt Konfrontationen, aber ihr Blut ist in Wallung.

Als Myrtle eintritt, dreht sich Annie mit der Bewegung einer trägen Katze genüßlich auf dem Kissen um, so daß im Dralonstoff dunkle Falten entstehen. Ihre bloßen Füße reiben sich aneinander, drehen sich auf eine sinnliche Weise, die Myrtle abstoßend findet. Die winzigen Zehennägel sind perfekt gemalte scharlachrote Punkte. Ihr Anblick macht Myrtle unsinnigerweise noch wütender. Annie blickt lächelnd zu dem kritischen Gesicht ihrer Freundin auf und genießt deren Mißbilligung.

»Das ist aber eine Überraschung«, sagt sie. »Ich habe mir gerade eine Quiz-Sendung angesehen. Wenn ich mir tatsächlich mal was ansehe, traut sich Ken nicht, zu seinem verdammten Fußball umzuschalten.« Sie betätigt die Fernbedienung, setzt sich mühsam auf und zieht die Beine unter den Rock. »Also, was führt dich her –?«

»Ken war bei mir«, sagt Myrtle. Sie setzt sich mit dem Rücken zum Fenster.

»Offensichtlich hat er etwas gesagt, was dich in eine seltsame Stimmung versetzt hat. Ich habe ihm gesagt, er solle nie wieder dein Haus betreten.«

»Ich bin froh, daß er's getan hat.«

Annie schnaubt auf unfeine Art. Sie streicht sich versonnen über den Hals.

»Also, was wollte er denn?«

»Er sagt, du hättest gedroht, ihn zu verlassen. Wenn dem so ist, dachte ich, sollten wir darüber reden.«

Annie beginnt zu lachen. Es ist ihr übliches betörendes Lachen, aber hinter dem Gurren spürt Myrtle einen Anflug von Verachtung.

»Könnte man das vielleicht als Einmischung bezeichnen, Myrtle? Deine Nase in Dinge zu stecken, die nur mich und Ken etwas angehen?« Sie krümmt sich nun vor Lachen, fährt sich dabei mit den Händen durch die Haare. Als sie den Kopf hebt, glänzen ihre Zähne so weiß wie damals, als sie ein Mädchen war. Myrtle starrt sie an, unsicher, wie sie weiter vorgehen soll.

»So könntest du es wahrscheinlich nennen«, sagt sie, als Annie schließlich zu lachen aufhört. »Aber wenn es sich um etwas so Wichtiges handelt, dann –«

»Du kennst mich«, wirft Annie ein, »ständig drohe ich, Ken zu verlassen. Er sollte sich inzwischen daran gewöhnt haben. Wir hatten gestern Abend einen besonders üblen Streit. Ich habe ihm ein paar peinliche Wahrheiten an den Kopf geworfen, das hat ihn vermutlich beunruhigt.«

»Du meinst, du hast nicht vor zu gehen?«

»Natürlich nicht. Eines Tages bin ich vielleicht soweit. Aber jetzt noch nicht. Wohin sollte ich gehen? Was wäre mit Janice? Ich muß an sie denken.«

Myrtle spürt, wie sie in ihrem Sessel zusammensinkt. Die Erleichterung läßt sie schwer und ruhig werden.

»Ich bin froh, das zu hören«, sagt sie.

»Er hätte damit nicht zu dir rennen sollen. Unsere Schwierigkeiten gehen dich nichts an.«

»Sei nicht albern, Annie. Ken ist in miserabler Verfassung. Er brauchte meine Hilfe – obwohl ich nicht viel tun kann. Man kann ja nicht hoffen, die Ehen anderer Leute zu kitten. Ich habe nur gesagt, daß ich mit dir reden, dir die Tatsachen vor Augen führen würde.«

»Kein Bedarf an guten Ratschlägen, vielen Dank. Wir waren immer verschiedener Ansicht, wenn es darum ging, was richtig oder falsch war, ist es nicht so? Unser ganzes Leben lang haben deine guten Ratschläge nur dazu geführt, daß ich mich wegen irgendwas verurteilt habe. Ich bin deine Mißbilligung leid, wenn du es genau wissen willst. Ich bin sehr wohl in der Lage, meine eigenen Entscheidungen zu treffen, weißt du. Wenn es dir irgendeine Befriedigung verschafft, will ich dir gern sagen, daß ich bei Ken bleibe, bis ich es nicht mehr aushalte, und das dauert sicher noch eine Weile. Aber du sollst auch wissen, daß das ein hoher Preis für ein Dach über dem Kopf ist. Ich kann diesen Blick von ihm nicht mehr ertragen, diese seelenvollen Augen, die um eine Vergebung bitten, die ich ihm nie gewähren werde – nie im Leben werde ich ihm diese Befriedigung gönnen, also verschwende deine Worte nicht mit Überredungsversuchen.«

Ein langes Schweigen tritt ein.

»Ich habe ihm gesagt, ich würde mich über seinen Besuch freuen, wann immer er Lust dazu hat«, sagt Myrtle schließlich. »Es ist sinnlos, mit diesem blödsinnigen Sich-aus-dem-Weg-Gehen weiterzumachen. Du weißt, daß ich ihm von Anfang an vergeben habe. Es ist an der Zeit zu zeigen, daß ich es ernst meine. Sich zwei Jahre nicht zu sehen reicht. Es ist unnatürlich. Er war Archies Freund. Ich möchte ihn von Zeit zu Zeit sehen: Archie hätte es so gewollt.«

»Das bleibt dir überlassen.« Ihre Blicke treffen sich.

»Um Himmels willen, Annie, vergiß nicht, daß es ein Unfall war. Ken ist genug gestraft.«

»Da spricht die heilige Myrtle. Nun, zumindest hat er *deine* Vergebung.«

»Das genügt nicht.«

»Mehr kann er nicht kriegen.«

»Ich wünschte, du wärst nicht so unnachgiebig.«

»Du wolltest immer, daß ich etwas sein sollte oder machte, wozu ich nicht die geringste Lust hatte ...« Sie stellt ein Bein auf den Boden. Streift mit gekrümmten Zehen durch den flauschigen Teppich. »Und ich nehme an, Ken hat nicht versäumt, einen bestimmten Herrn mit großem Wagen zu erwähnen?«

»Er sagte so etwas.«

Annie lacht, diesmal fröhlich.

»Dämlicher Mistkerl! Eifersucht ist sein Problem, schon immer gewesen. Er erträgt es nicht, daß mich jemand ansieht, kann mir aber selbst kaum in die Augen sehen. Der Typ, den er meint, hat mich eines Abends vom Café nach Hause gefahren – es hat wie aus Kübeln geschüttet. Ken verließ zufällig gerade das Haus, als wir ankamen. Er ist ausgerastet. Er hat gegen die Windschutzscheibe geschlagen, wüste Verwünschungen gebrüllt und mich am Genick den Weg hinaufgeschleift. ›Was soll das Ganze, Ken?‹ habe ich gesagt, als wir im Haus waren. ›Das ist ein langweiliger alter Geschäftsmann aus St. Andrews, dem eine Kette von Schreibwarenläden gehört, er kommt vorbei, wenn er in der Gegend ist, und gibt mir ein schönes fettes Trinkgeld‹, habe ich gesagt, ›aber er hat sich nie was herausgenommen, mich nie angerührt, und kannst du dir vorstellen, ich würde mich so weit herablassen, mit *dem* was anzufangen?‹ Aber Ken hat mir natürlich nicht geglaubt. Dann zeigte ich ihm die Flecken, die *er* auf meinem Arm hinterlassen hat. Er warf einen Blick darauf und brach dann schluchzend zusammen. Er ist ein eifersüchtiger *Schwächling*, wenn du die Wahrheit wissen willst. Das Dumme ist, daß ich ihn nie wirklich geliebt habe. Ich hätte ihn nicht heiraten sollen.«

»Sei es wie es will, ich freue mich zu hören, daß es keinen anderen gibt«, sagt Myrtle.

»Nein: Der Mann mit dem Jaguar ist seitdem nicht mehr vorbeigekommen, wie du dir vorstellen kannst. Er war zudem mein bester Kunde. Mir fehlen die Trinkgelder.« Sie lächelt und wirft einen matten Blick aus dem Fenster. »In letzter Zeit habe ich niemanden getroffen, der mich im geringsten interessiert hätte, also brauchst du dir keine Sorgen zu machen. Allmählich glaube ich schon, daß es vielleicht nie mehr einen gibt. Ein freudloses Leben von hier bis zum Grab.«

Nun ist Myrtle an der Reihe, ein wenig zu lächeln. Wenn Annie in Selbstmitleid verfällt, ist es an der Zeit, das Thema zu wechseln.

»Erinnerst du dich«, fragt sie, »wie wir es am Anfang unserer Ehen haßten, wenn unsere Männer fortgingen? Uns diese unausgefüllten Tagen bevorstanden? Wir allein mit den Sorgen fertig werden mußten?«

»Du hast das alles schwerer genommen als ich«, sagt Annie.

»Ich würde jetzt alles darum geben, wenn Ken eine Woche auf See ginge ... und ich einen Abend für mich hätte. Ein Ehemann, der jeden Abend nach Hause kommt, sein Essen auf dem Tisch haben will und sich über den Tag im Eishaus beklagt – als Fischersfrau weiß man gar nicht, was für ein Glück es ist, auch mal Zeit für sich zu haben ...« Sie sieht zufällig wieder in Myrtles Richtung, bemerkt die zusammengepreßten Lippen und die großen geballten Fäuste auf der Stuhllehne. Die Reue kommt zu spät. »O Gott, Myrtle«, ruft sie aus, »was rede ich da? Ich meine es nicht so! Wirklich nicht. Wie konnte ich das ausgerechnet zu dir sagen? Du hast ja keine andere Wahl, als den Rest deines Lebens allein ...« Sie springt auf und legt schnell den Arm um Myrtle. »Bitte glaub mir – was habe ich nur getan?«

»Einfach weitergeplappert in deiner üblichen, unbesonnenen Art«, sagt Myrtle. Sie steht auf und schiebt Annie von sich fort. »Du platzt einfach mit Dingen heraus, ohne an andere zu denken.«

»Tut mir leid.«

»Zu sagen, daß es einem leid tut, ist keine Kunst.«

»Aber es ist wirklich wahr. Keine leere Entschuldigung. Und ich hätte dir sagen sollen, wie die Dinge hier stehen. Ich habe oft daran gedacht, dann dachte ich, nein, es ist zu kompliziert. Ich wollte dich nicht mit hineinziehen. Außerdem erzählst du mir in letzter Zeit auch nicht viel. Es ist nicht mehr so wie früher. Deine ablehnende Haltung macht es schwer, sich zu entscheiden, wo man anfangen ... Nein, geh nicht. Bleib noch ein bißchen. Trink eine Tasse Tee.«

Aber Myrtle huscht zur Tür hinaus.

»Ich muß gehen«, sagt sie. »Ein andermal.«

Während sie schnellen Schritts heimgeht, fragt sich Myrtle, wie es wäre, wenn sie und Annie keine Freundinnen mehr wären. Eine derartige Situation ist unvorstellbar. Aber in der Sicherheit ihrer Küche hallt die Stimme ihrer Freundin in ihr nach. *Du hast ja keine andere Wahl, als den Rest deines Lebens allein* ... Wie seltsam, daß Annie in ihren grausamen Momenten der Wahrheit den Nagel so genau auf den Kopf trifft. Eigentlich hätte Myrtle über die Bemerkung verärgert sein sollen, obwohl sie deren Richtigkeit zu schätzen wußte. Aber tatsächlich war es ihr gleichgültig. Annie mochte denken, was sie wollte. Am Ende eines langen Tages hatte sie keine Lust auf weitere Streitigkeiten gehabt. Dennoch wünscht Myrtle, sie könnte ihr das Gegenteil beweisen. Aber das ist eine Möglichkeit, über die es sich im Moment nicht nachzudenken lohnt. Erschöpft vom Tag, läßt sich Myrtle am Tisch nieder und versucht, Archies Stimme zu hören. Aber wenn sie sie am nötigsten braucht, kommt sie nicht. Die Toten können sich genauso entziehen wie die Lebenden. Sie verlassen einen und kehren bedenkenlos dann zurück, wenn es ihnen paßt. Myrtle legt die Hände auf den Tisch und versucht, das Ganze zu verstehen. Wieder einmal dehnen sich die Stunden des Witwendaseins ins Unendliche. Dann erscheint der Vollmond im Fenster und unterbricht sie.

Fünf Tage sind vergangen, seit Myrtle Martins Einladung nach Perth abgelehnt hat. Seitdem hat sie ihn nicht gesehen. Aber es waren ausgefüllte Tage – das neue Gefühl der Geschäftigkeit hält an –, und sie hat sich über seine Abwesenheit nicht viel Gedanken gemacht. Ein Gefühl wie leichter Rauhreif hatte sich über ihr Denken gelegt, was sie aber nicht beunruhigte. Doch nun, am sechsten Tag, an dem sie nichts von ihm gehört hat, fängt sie an, sich Sorgen zu machen. Sie befürchtet, ihn beleidigt zu haben, bezweifelt jedoch, daß das möglich ist – bei einem Mann mit seinem Zartgefühl und Verständnis. Sie fragt sich, was sie tun soll, zögert aber, sich als erste an ihn zu wenden.

Am Nachmittag des sechsten Tages fegt ein starker Wind von der See über die Küste. Myrtle geht von der Schule nach Hause und hält Kragen, Schal und die flatternden Bücher in ihrem Korb fest. Ihr fällt ein, daß sie einen sehr guten Grund hat, um sich mit Martin in Verbindung zu setzen: Sie hat schließlich doch einen Spruch für Archies Grabstein gefunden. Martin hat seit Ewigkeiten auf ihre Entscheidung gewartet. Er wird sich freuen.

Der Wind fegt ihr über die Augen und läßt sie tränen. Sie hat keine freie Hand, um sie abzuwischen, also spürt sie, wie sie kitzelnd über ihre Wangen rinnen, bis sie trocknen. Der Weg verschwimmt vor ihren Augen. Aber in der Ferne, auf der anderen Seite der Straße, sieht sie Martin. Sic ist sich aber nicht ganz sicher ... Sie blinzelt kurz. In den paar Sekunden, in denen sie klar sehen kann, erkennt sie, daß er es ist. Einc Frau geht neben ihm her. Sie gehen Arm in Arm.

Zu schnell, um einen logischen Gedanken zu fassen, tritt Myrtle in den Eingang eines Zeitungsladens – damit sie die beiden beobachten kann, ohne selbst gesehen zu werden. Einen Moment erwägt sie, in den Laden zu treten, sich zu verstecken. Aber die Neugier übermannt sie. Sie beschließt, ein paar Augenblicke zu verweilen, um sich wieder zu fassen, und dann nach Hause zu gehen. Die beiden werden sie bestimmt entdecken. Was dann passiert, bleibt Martin überlassen.

Myrtle beobachtet, wie Martin und seine Begleiterin langsam die Straße heraufkommen. Wie alle, die heute draußen sind, kämpfen sie mit dem Wind. Keiner der beiden spricht, obwohl Martin lächelt. Das Haar der Frau, das von rötlicher Farbe ist, steht kerzengerade von ihrem Kopf ab, was sie wie eine böse Gestalt aus einem Kinderbuch wirken läßt. Sie ist viel kleiner als Martin, offensichtlich schlank unter dem aufgeblähten Stoff ihrer Windjacke. Sie trägt eine Plastiktüte aus einem Touristenladen, die verrät, daß sie keine Einheimische ist. Sie und Martin sind jetzt nur noch ein paar Meter entfernt. Myrtle schätzt, daß es an der Zeit ist, ihr Versteck zu verlassen.

Sie spürt das heftige Klopfen ihres Herzens und ist verwundert. Warum sollte sie so schockiert und erstaunt sein, Martin mit einer Frau zu sehen? Nie war ihr in den Sinn gekommen, er könnte eine Freundin haben, aber genauso wenig hat sie gedacht, daß es in seinem Leben niemand gebe – sie denkt ganz einfach nicht in solchen Begriffen über Martin. Er war ihr liebster Freund, und die meiste Zeit ließen sie in gegenseitigem, stillschweigendem Einverständnis ihr Privatleben aus dem Spiel. Einmal hatte er ihr gesagt, es gebe jemanden, den er liebe, aber das war lange her. Myrtle nahm an, daß er sich mit dem Leben als Junggeselle abgefunden hatte und ganz glücklich war. Zuweilen wird ihr bewußt, daß ihre mangelnde Neugier für diesen Teil seines Lebens auf die Furcht zurückgeht, sie könnte irgendeine unangenehme Wahrheit entdecken. Dann wieder sagt sie sich, daß Martins Geheimnisse sie nichts angehen und sie auch nicht berühren. Sie schätzt die Unbefangenheit ihrer Freundschaft und ist zufrieden mit ihrer gegenwärtigen Form.

Als sie wieder auf den Gehsteig tritt, setzt sie sich erneut den Attacken des Windes aus, der ihr wiederum Tränen in die Augen treibt. So hat sie den Eindruck, sie nähme durch einen Vorhang aus nasser Seide wahr, wie Martin winkt, lächelt und sich anschickt, die Straße zu überqueren. Sofort setzt sie ein freundliches Gesicht auf und spürt die salzigen Tränen, die sich in ihren Mundwinkeln sammeln. Sie ist entschlossen, diese Frau willkommen zu heißen, wer immer sie auch sein mag: Wie gut, wie außerordentlich gut, daß Martin jemanden gefunden hat, mit dem er vielleicht sein Leben teilen kann.

Sie stehen sich gegenüber, nur einen Schritt voneinander entfernt. Martin begrüßt Myrtle, schreiend versucht er, den Wind zu übertönen. Er legt einen Arm um die Schultern der Frau. Sie greift zu ihrem hochstehenden Haarschopf hinauf, aber es hilft nichts: Er bleibt aufrecht stehen und sieht lächerlich aus. Aber sie lächelt. Sie hat ein freundliches Gesicht, das ist nicht abzustreiten. Sommersprossen, die ineinander übergehen.

»Meine Schwester, Myrtle«, ruft Martin. »Gwen. Sie kam plötzlich aus Kanada rüber – ohne Vorwarnung. Tut mir leid, ich habe mich nicht gemeldet. Wir haben einen kurzen Ausflug nach Perth rauf gemacht ... Ich wollte ihr die Landschaft zeigen.« Gwen nickt, macht kurze, ruckartige Bewegungen und drückt die Hand auf ihr Haar. Sie und Myrtle lächeln sich an und versuchen, sich gegen die widrigen Elemente zu behaupten. Myrtles Herz klopft noch immer, nun aber voller Güte.

»Warum kommt ihr beide nicht auf eine Tasse Tee mit?« ruft sie. Martin tritt näher heran zu ihr. »Wir sind auf dem Weg zum Friedhof. Ich möchte meiner Schwester ein paar meiner Arbeiten zeigen. Könnten wir später vorbeikommen?«

»Zum Abendessen?« ruft Myrtle. Dann erinnert sie sich an etwas, was dem Abend bestimmt eine besondere Note geben wird. »Alastair Brown kommt rüber, aber ...«

»Ja, gern. Wir kommen.« Wieder nicken sie, lächeln, halten krampfhaft etwas fest und winken. Dann gehen sie in verschiedene Richtungen weiter.

Myrtle läuft jetzt vor dem Wind. Sie segelt nach Hause, als trüge sie eine lebhafte See, sie taucht ein und wird hochgeworfen wie ein kleines Boot. Durch die Tränen in ihren windgepeitschten Augen verlaufen die vertrauten Straßen wie verschmierte Wasserfarben.

Zu Hause gewinnt die praktische Seite ihres Wesens die Oberhand. Schnell geht sie im Geist den fast leeren Kühlschrank durch. Sie wird das Rehgulasch, das eigentlich für mehrere Tage hätte reichen sollen, mit Gemüse strecken müssen. Sie wird noch schnell eine Siruptorte (die Lieblingsnachspeise des Hafenmeisters) backen, die groben Baumwollservietten bügeln, die seit Archies Tod nicht benutzt wurden, und den Schrank aufsperren, in dem sie seinen Whisky zusammen mit ein paar Flaschen Wein verwahrt.

Es ist schon lange her, daß Myrtle mehr als einen Gast bewirtet hat, und sie ist ungewöhnlich aufgeregt. Ihre Hände zittern, als sie den Teig ausrollt. Sie muß zum Laden laufen, um einen Topf Sahne zu kaufen, dann noch einmal zurückgehen, weil sie die Kerzen vergessen hat. Der Wind pfeift durch die Ritzen im Rahmen des kleinen Fensters und bringt die Vorhänge zum Flattern. Die Zeit vergeht so schnell, daß Myrtle nicht dazu kommt, ihren alten Rock auszuziehen oder sich das Haar zu bürsten, das starr ist vor Salz. Als sie die Tür öffnet, ist sie sich dessen bewußt, daß sie mit ihrem geröteten Gesicht und den zerzausten Haaren wenig anziehend wirkt und gewiß nicht das Bild einer gelassenen Gastgeberin abgibt.

Aber der Abend – das spürt sie gleich zu Beginn – ist ein Erfolg. Alastair Brown, dessen neue gelbe Seidenkrawatte wie eine Tulpe unter seinem Kinn sitzt, ist überrascht, aber hocherfreut, an einer *Party* teilzunehmen, wie er den Abend nennt. Er und

Martin kennen sich flüchtig und scheinen begierig, ihre Bekanntschaft aufzufrischen. Es kommt zu einem amüsanten Vorfall, als jeder der beiden es übernehmen will, die Weinflasche zu öffnen – tatsächlich gibt es ein kleines Rennen, wer als erster den Korkenzieher erwischt. (Martin gewinnt, weil er weiß, daß er in der Schublade liegt. Der Hafenmeister verliert wertvolle Sekunden, weil er auf einem Regal in der Nähe des Herds sucht.) Doch nachdem er den kleinen Sieg errungen hat, besteht Martin darauf, daß der Hafenmeister die Flasche öffnet. Alastair Brown läßt sich nicht lange bitten. Er gesteht, als junger Mann in seiner Jugend in Paris als Weinkellner gearbeitet zu haben, daher komme er auch mit den widerspenstigsten Flaschen zurecht. All dies wird mit Gelächter und unbeschwerter Leichtigkeit vorgebracht. Aber Myrtle ist sich bewußt, daß ein fast unmerklicher Wettstreit begonnen hat – was die Männer selbst vielleicht gar nicht wahrnehmen –, der darum geht, wer in ihrer Küche die älteren Rechte hat. Myrtle weiß, daß es nicht ihre Gunst ist, um die sie kämpfen – jeder der beiden will nur deutlich machen, daß er weiß, wo das Porzellan und die Gläser stehen, welches der richtige Haken für die Mäntel ist und wo die Streichhölzer liegen. (Es kommt zu einem weiteren kleinen Wettkampf darum, wer die Kerzen anzünden darf.) All dies genießt Myrtle insgeheim.

Während sich die Männer in eine Unterhaltung über Fischereiangelegenheiten vertiefen, kann sie Martins Schwester einer genaueren Prüfung unterziehen. Gwen muß wohl ein paar Jahre jünger sein als sie: Eine gutaussehende Frau kommt zum Vorschein, als ihr Haar wieder ordentlich liegt – sie hat ein scharfes Kinn, wie Martin, und das gleiche zurückhaltende, einnehmende Lächeln. Sie beantwortet Myrtles Fragen über ihr Leben in Kanada: Sie ist geschieden, hat keine Kinder, unterrichtet Sport in der Dorfschule und schreibt in ihrer Freizeit Stücke, die gelegentlich im dortigen Theaterverein aufgeführt werden. Sie vermißt Martin und ihre Eltern – manchmal bedauert sie, daß sie sich überhaupt entschieden hat, nach Kanada zurückzukehren. Aber die Schule und ihre Schüler sind ihr Leben geworden, und sie könnte sich nicht vorstellen, das jetzt wieder aufzugeben. Myrtle hört interessiert zu, als Gwen das kanadische Erziehungssystem erklärt, und das Rehgulasch köchelt auf dem Herd, bis es fast neun Uhr ist.

Myrtles Kochkunst findet großen Anklang. Die Unterhaltung beim Essen ist allgemeiner, und Myrtle findet, daß sie den Hafenmeister nie in besserer Stimmung gesehen hat (er ist oft sehr schweigsam und melancholisch während ihres Kartenspiels), und sie freut sich, daß er sich so unbefangen vergnügt. Er erzählt fast allzu viele Anekdoten und bringt die anderen mit Geschichten, in denen er selbst nicht gut wegkommt, zum Lachen. Myrtle kann sehen, daß sich Martin, der anfangs wegen des Blazers und der angeberischen Krawatte Vorurteile hatte, für den seltsamen Mann erwärmt – und hier spürt Myrtle, daß sie einen kleinen Erfolg errungen hat. Zwei einsame Männer: Wenn sie Freunde werden könnten, wäre das zu ihrem beiderseitigen Vorteil. Zum dritten oder vierten Mal an diesem Abend spürt sie ein Gefühl von Wärme in sich aufsteigen – aus Überraschung über sich selbst, weil sie diesen spontanen Abend organisiert hat, wie auch aus Freude darüber, daß alles so gut gelingt.

Es ist nach Mitternacht, als Gwen und Martin gehen. Gwen muß am Wochenende nach Kanada zurück. Martin sagt, er komme vorbei, wenn sie fort sei. Seinen ungewohnten, überschwenglichen Dankesbezeugungen ist zu entnehmen, daß er den Abend sehr genossen hat.

Der Hafenmeister, der immer noch am Tisch sitzt, macht nicht den Eindruck eines Mannes, der gleich zu gehen beabsichtigt. Er hat sich erneut einen seiner sonderbaren Drinks gemischt – Whisky mit einem Hauch von Milch. Myrtle hat aufgegeben mitzuzählen, wie viele davon er seit seiner Ankunft getrunken hat. Er sieht zu ihr auf. Es ist verwirrend, in solch einem Moment den Ausdruck seiner Augen nicht sehen zu können: Alles, was Myrtle erkennen kann, ist ihr eigener Kopf, der sich winzig in seiner Brille widerspiegelt. Alastair Brown erhebt sich und beginnt, seinen Blazer aufzuknöpfen.

»Lassen Sie mich Ihnen beim Abwasch helfen«, sagt er.

»Nein, bitte. Das kann ich ganz schnell morgen früh erledigen.« Ein gewisser Nachdruck liegt in ihrer Stimme. Myrtle ist plötzlich nichts wichtiger, als daß der Blazer zugeknöpft bleibt: Sie hat nicht den Wunsch, den Hafenmeister in Hemdsärmeln zu sehen, ganz zu schweigen davon, daß er mit dem Geschirrtuch in der Hand Archies Platz an der Spüle einnehmen würde.

»Na schön. Ganz, wie Sie wollen.« Sein rasches Nachgeben erfüllt Myrtle mit Erleichterung. »Aber die Nacht ist noch jung. Sollen wir noch ein Spielchen machen, während ich mein letztes Glas leere?«

»So jung ist sie auch nicht mehr«, sagt Myrtle leichthin. »Es geht schon auf eins.« Sie will ihn nicht beleidigen, nur seinen Aufbruch ein wenig beschleunigen. Vage Ahnungen befallen sie, was ihr Besucher vorhaben könnte und was es zu vermeiden gilt. »Also ich glaube, es ist zu spät für mich. Ich kann mich nicht mehr konzentrieren.«

Alastair Brown springt wie von einer Wespe gestochen auf – die eine Hand knöpft den Blazer zu, die andere umklammert den kreischend gelben Knoten seiner Krawatte. Seine eigene Ungehörigkeit macht ihn betroffen, er schämt sich seines unangemessenen Verhaltens. Er hätte bemerken müssen, wie spät es ist, wie müde Myrtle sein muß. Myrtle sieht deutlich, was in ihm vorgeht, und versucht, erschrocken über sein hastiges Aufspringen, ein Lächeln zurückzuhalten. Sie stellt fest, daß die Whiskygläser zwar klein waren, der Hafenmeister jedoch genug davon getrunken hat, um sein Bedürfnis nach Gesellschaft über das normale Maß hinaus zu steigern. Er steht da und sieht auf sie hinab, ein wenig unsicher, leicht von einer Seite zur anderen schwankend, wie ein junger Baum in der ersten Brise.

»Ach, was ist bloß über mich gekommen, um Himmels willen? Vergeben Sie mir ein solch unbedachtes Ansinnen. Natürlich ist es viel zu spät für alles, außer fürs Bett –« Dabei macht er einen hasenartigen Satz zur Tür und stellt fest, daß er schon wieder etwas Falsches gesagt hat. »Ich bin schon auf dem Weg, verstehen Sie, auf dem Weg, auf dem ...«

Myrtle folgt ihm schnell zur Tür. Er hat Mühe mit der Klinke.

»Beruhigen Sie sich, Alastair.« Sie benutzt seinen Vornamen nicht oft. Das zeigt Wirkung. Es ermutigt den Hafenmeister zu einer letzten Geste. Er nimmt Myrtles Hände in die seinen, tritt dabei ein wenig zurück, um deutlich zu machen, daß er keine weitergehenden Absichten verfolgt – und reibt sie sanft, wie eine Frau, die einen Stoff zwischen den Fingern befühlt.

»Es war ein wundervoller Abend«, sagt er. Ihre Hände liegen noch immer zwischen den seinen. »Ich habe mich lange nicht mehr so vergnügt.«

»Gut.«

»Ich glaube, das gilt für uns alle, auch für Gwen und Ihren Freund Martin.«

Alastair Brown beugt den Kopf und drückt Myrtles Hände fester.

»Sie sind eine sehr hübsche Frau, Myrtle«, sagt er, die dunklen Gläser auf ihre Röcke gerichtet.

Es ist wohl am besten, darauf scherzhaft zu reagieren, denkt Myrtle schnell. Wenn sie versuchen würde, ihre Hände zu befreien, käme es zu einem erbitterten Ringen. Das will sie nicht. Vielleicht mahnt ihn die Erwähnung von Archie zur Vorsicht.

»Archie hat immer gesagt, daß er mein Lächeln mag«, sagt sie, »und meine Größe und mein Gewicht. Aber trotz all seiner Liebe hat er nie behauptet, ich sei eine Schönheit. Das wäre albern gewesen. Ich hatte das Glück, daß Archie aufs Aussehen nicht viel Wert gelegt hat.« Sie lacht ein wenig. Ihr Plan ist aufgegangen. Alastair läßt ihre Hände los. Aber die Richtung seiner Gedanken wird damit nicht abgelenkt.

»Gott weiß, Myrtle«, sagt er, »daß Sie sich unterschätzen. Sie haben auf Männer eine ganz bestimmte Wirkung. Ich weiß, ich habe nur um Gesellschaft gebeten, aber ich stelle fest, daß ich mehr will: Ihre Ruhe, Ihre Stärke.« Er hält inne. »Ihre Liebe sogar.« Myrtle ist beunruhigt durch die Ernsthaftigkeit seiner Erklärung, aber ganz gegen ihren Willen ist sie auch fasziniert.

»Sie sind wie ein ferner Berg in meinem Leben«, fährt Alastair fort, »den ich mehr als alles in der Welt –«

»Erklimmen will?« schlägt Myrtle vor. Sie versucht immer

noch, das Ganze ins Scherzhafte zu ziehen. Alastair lächelt zögernd. Dann liegt sein Mund auf dem ihren, kalt spürt sie die Brillengläser auf den Wangen. Er küßt sie. Auf seinen saugenden Lippen liegt kein Geschmack von Salz. Kein Hauch von Meer, von Fisch. Nichts erinnert an Archie. Statt dessen eine Spur von Tee, Whisky und Milch. Während die Zunge des Hafenmeisters sanft über ihre Zähne streicht, ist sie sowohl entrüstet über ihr Verhalten wie erregt. Sie verlagert das Gewicht. Alastair tritt sofort zurück, obwohl er noch immer ihre Hände festhält.

»Habe ich Sie beleidigt?«

»Nein.« Nein, er hatte sie nicht beleidigt, nicht direkt. Obwohl das seltsame Begehren in ihr von Scham durchsetzt war.

»Ich hatte nicht die Absicht ... Nicht um alles in der Welt würde ich etwas tun wollen, wodurch ich Sie erschrecken, ihre Freundschaft verlieren könnte. Ich wünsche mir nur so sehr, Sie zu berühren.« Er läßt ihre Hände los und wischt sich mit einem zusammengefalteten Taschentuch über den Mund. Er glättet sein Haar. Bringt sich wieder in Ordnung, eher wie nach einem heftigen Liebesakt als nach einem bloßen Kuß.

»Ist schon gut.« Merkwürdigerweise ist es jetzt wirklich gut. Myrtles Herz rast immer noch.

»Sie werden mir das nicht übelnehmen?«

»Natürlich nicht.«

»Dann leben Sie wohl, liebe Myrtle. Ich mache mich auf den Weg.«

Er geht. Rasch schließt Myrtle hinter ihm die Tür. Sie will nicht zusehen, wie er die Treppe hinuntersteigt. Sie will zum Tisch zurückkehren, die Überreste betrachten und sich den Ablauf des Abends noch einmal vergegenwärtigen. Der Erfolg des Ganzen und das unerwartete Ende haben sie mit prickelnder Energie erfüllt. Was Alastair Brown anbelangt ... ihre Bewunderung für die würdevolle und sanfte Art, die er an den Tag legte, als seine Gefühle ihn übermannten, haben die Wärme von Myrtles eigenen Gefühlen noch gesteigert. Er ist ein guter Mensch, dem man vertrauen kann. Sie ist froh, daß er ins Dorf gekommen ist: Archie hätte gewollt, daß sie neue Freunde findet. Eines Tages vielleicht ... sie kann sich vorstellen, daß sich die Sympathie, die sie für Alastair empfindet, in eine Art von Liebe verwandelt. Es könnte sogar zu einer Art von dauerhaftem Arrangement kommen – obwohl sie sich nicht vorstellen kann, das Haus zu verlassen oder es mit jemand anderem als Archie zu teilen. Dennoch passen sie gut zusammen, sie und der Hafenmeister. Wie aus der Ferne kann Myrtle folgendes sehen: eine Witwe in mittleren Jahren von entschiedenem Charakter, still und schlicht, die von den wenigen Fremden, die durchs Dorf kommen, wahrscheinlich nicht als anziehend empfunden wird. Und ein freundlicher, von Narben entstellter, scheuer, in gewisser Weise bemitleidenswerter Mann. Ja, sie könnten zusammenpassen. Es gibt eine endgültige Wahrheit, der sie sich stellen muß: Der Kuß erscheint ihr im Moment nicht als Verrat. Vielmehr hat es etwas Erleichterndes: Sie ist erleichtert, zu wissen, daß noch immer körperliches Begehren in ihr aufflammen kann. Der sensible Alastair Brown hat in Myrtle etwas angefacht, von dem sie glaubte, es würde nie mehr wiederkehren. Diese Erkenntnis verstärkt das Gefühl, daß ihr Leben sich auf merkwürdige Weise beschleunigt hat, und sie ist froh.

Gegen zwei Uhr morgens ist Myrtle mit dem Abwasch fertig. Alles ist wieder wie gewohnt. Sie geht zum Fenster und sieht zum Großen Bären hinauf. Der Wind hat sich gelegt, bläst aber immer noch stark genug, um den Geruch der See ins Zimmer zu tragen. Sie schließt die Fenster: Sie ist über alle Maßen verwundert.

Als sie am nächsten Nachmittag aus der Schule nach Hause kommt, wartet Alastair Brown am Fuß der Treppe auf sie. Er bietet an, ihr die Tüten und den Korb abzunehmen, aber sie lehnt ab. Sie hatte heute morgen während des Backens an ihn gedacht, ihn aber am Nachmittag während des Unterrichts aus ihren Gedanken verscheucht. Sein unerwartetes Auftauchen ist ihr ganz und gar nicht willkommen. Sie ist in Eile. Es gibt eine Menge Hefte zu korrigieren, dann möchte sie den Grabspruch für Archie aufschreiben – sie denkt, sie kann ihn besser beurteilen, wenn sie ihn einmal niedergeschrieben hat – und ihn mit einer Nachricht an Martin schicken. Myrtle bemerkt, daß sich der Hafenmeister in sichtlich aufgewühltem Zustand befindet. Ihre am Morgen noch wohlwollenden Gefühle sind plötzlich von Ärger überschattet. Aber sie lädt ihn ein, mit hineinzukommen, da sie genau weiß, daß ihre Gastfreundschaft alles Mißbehagen beseitigen wird, wenn sie bei einer Kanne Tee zusammensitzen.

Alastair Browns Wangen unter den dunklen Gläsern sind bleich. Sein glühender Auftritt am Abend zuvor hat offenbar tiefe Reue zur Folge und wahrscheinlich eine schlaflose Nacht verursacht. Er schreitet im Raum umher und bereitet mit händeringender Umständlichkeit seine Entschuldigung vor. Er legt seine wasserdichte Jacke nicht ab, ein Hinweis darauf, daß er nicht lange zu bleiben gedenkt. Myrtle findet, daß sie ihm besser steht als der Blazer. Er sieht kräftiger darin aus, robuster. Ansprechender, gewinnender ... attraktiv – ein Wort, das Myrtle gewöhnlich nur mit Vorsicht benutzt, das ihr aber jetzt einfällt. Als sie schließlich mit ihren Bechern am Tisch sitzen, ist ihr anfänglicher Ärger verflogen. Sympathie ist an seine Stelle getreten.

»Ich hoffe inständig, mein ungehöriges Benehmen letzten Abend hat Ihnen nicht die Seelenqualen verursacht, die es mir bereitet hat, Myrtle«, beginnt der Hafenmeister. »Ich kenne die Grenzen der Freundschaft, und ich weiß, daß sie nicht übertreten werden dürfen. Meine einzige Entschuldigung ist, daß ich aufgrund des vergnüglichen Abends den Kopf verloren habe. Ich bitte um Vergebung.«

»Das ist nicht nötig«, sagt Myrtle lächelnd. »Also hören Sie auf, sich zu quälen.« Sie hält einen Moment inne, um nachzurechnen, und fährt dann fort: »Wenn Sie mich fragen, würde ich sagen, daß Ihnen wegen der Whiskys, die Sie getrunken haben, wahrscheinlich die wahre Natur Ihres Verhaltens stark verzerrt erscheint. Soweit ich davon betroffen war, haben Sie sich als echter Gentleman gezeigt.«

»O, Mrs. Duns, Myrtle ...« Alastair Brown hält mitten im Trinken inne, setzt den Becher ab und legt die Hände um das heiße Porzellan. Er senkt den Kopf. In seiner Erleichterung ist er erneut versucht, die Grenzen zu übertreten, die er gerade erwähnt hat, und wieder muß er alle Kraft zusammennehmen, um der Verlockung, die er verspürt, zu widerstehen. »Sie haben keine Ahnung, wie gut es tut, das von Ihnen zu hören«, murmelt er. »Ihr Verständnis bedeutet mir mehr als ich –«

»Na schön, wir wollen den ganzen Vorfall vergessen, einverstanden?« Myrtle ist brüsk, um ihn von seinen festgefahrenen Gedanken abzubringen. »Und um Himmels willen, hören Sie auf, über etwas nachzubrüten, das von so geringer Bedeutung ist. Ich möchte nicht, daß Sie das tun.«

Als er aufsieht, kämpft Alastair Brown mit seiner Mimik und bringt ein zaghaftes Lächeln zustande. Der Kampf, den er mit sich austrägt und schließlich gewinnt, nötigt Myrtle Bewunderung ab.

»Von so geringer Bedeutung?« sagt er traurig. Dann fährt er rasch fort: »Ich weiß, daß es keinen Sinn hat, Sie zu einem Abend in meinem Haus einzuladen – ich weiß, daß Sie dazu noch nicht bereit sind, obwohl mir der Gedanke Freude macht, Sie eines Tages bewirten zu dürfen. Aber jetzt, nachdem das Wetter besser wird ... Ich habe mich einfach gefragt, ob ich Sie auf meinem Boot zu einem kleinen Ausflug die Küste hinauf überreden könnte? Wir könnten ein Picknick mitnehmen – nur für einen Nachmittag.« Seine Brille ist auf ihr Gesicht gerichtet. »Die Swift ist natürlich nichts Großartiges, aber ein hübsches kleines Boot. Meine Mutter, die das Meer haßt, hat mir immer vertraut. Ich glaube, sie hat unsere kleinen Ausflüge ziemlich genossen.«

Myrtle erinnert sich an die Dummheit, die sie vor kurzem begangen hatte, als sie Martins gleichermaßen harmlose Einladung nach Perth ausgeschlagen hatte.

»Natürlich: Ich würde gerne irgendwann einmal mitkommen«, sagt sie. »Wenn es wärmer ist. In ein paar Wochen ...«

Wie ein Mann, der ergattert hat, was er wollte, und spürt, daß er verschwinden muß, bevor es ihm wieder entrissen wird, macht der Hafenmeister einen seiner abrupten Sätze in Richtung Tür – die körperliche Behendigkeit, mit der er losspringt, ist ihr inzwischen vertraut. Er hat nicht einmal seinen Tee ausgetrunken.

»Dann gibt es also etwas, worauf man sich freuen kann«, sagt er und läuft aufgeregt zur Tür hinaus, die er offenläßt.

Als Myrtle sie einen Augenblick später schließen will, steht Annie davor.

»Bin gerade mit deinem Liebhaber zusammengestoßen«, sagt sie.

»Ach Annie, ich wollte mich gerade an meine Korrekturen setzen.«

»Also hast du Zeit für ihn, für mich aber nicht.«

»Sei nicht albern. Komm rein. Ich mach frischen Tee.«

Seit der Auseinandersetzung wegen Ken kommt Annie öfter zu Besuch als üblich. Die Tatsache, daß beide das Thema Ken vermeiden (Myrtle ist der Überzeugung, daß gute Freundschaften nur dann aufrechterhalten werden können, wenn konfliktträchtige Themen vermieden werden), wirft auf ihr Beisammensein kaum einen Schatten: Annie ist immer bester Stimmung, erzählt eine Menge Geschichten über seltsame Gäste im Café – ihre Nachahmungen bringen Myrtle immer zum Lachen – und über die giftige alte Hexe, die ihre neue Chefin ist.

Heute ist sie nicht weniger gut gelaunt, obwohl ihre Miene ernst wirkt. »Na komm, was ist los?« sagt sie und setzt sich auf ihren gewohnten Platz. »Du und der Hafenmeister. Da muß doch was sein. Er ist ja ständig hier.«

In der Zeitspanne, die Myrtle braucht, um zu antworten, schießen ihr ein Dutzend Ausreden durch den Kopf. Doch sie will nicht lügen: Obwohl es eine Menge Dinge gibt, die sie für sich behalten will, entscheidet sie, daß Annie es doch verdient, in ein paar Geheimnisse eingeweiht zu werden. Und bis jetzt ist das Thema Hafenmeister noch nicht so wichtig, obwohl eine eindeutige Faszination davon ausgeht.

»Nichts«, sagt sie. »Ehrlich. Er ist bloß ein Freund. Er weiß, daß das alles ist, was ich will. Ich glaube nicht, daß er die Grenze überschreiten wird.«

Annie lacht.

»Meiner Ansicht nach ist er ganz Feuer und Flamme«, sagt sie. »All diese Besuche. Bist du sicher, daß du nicht naiv bist? Wie auch immer, ich hab versucht, es mir vorzustellen: meine Freundin, verheiratet mit dem Hafenmeister. Muß ich sagen, daß mir das schwerfällt? Ist dir der Gedanke nie gekommen?«

»Nie.«

»Wahrscheinlich muß ich dir glauben.«

»Archie ist erst seit zwei Jahren tot.«

»Wie lange muß eine Witwe denn warten?«

»Hängt davon ab, was sie will.«

»Ich meine, wie lange dauert es, bis sie für einen anderen Mann etwas empfinden kann, wenn der Mann, den sie immer geliebt hat, gestorben ist?«

»Das weiß Gott. Es ist nichts, worüber ich nachdenke.« An dieser Stelle fragt sich Myrtle insgeheim, ob das wirklich stimmt.

Annie seufzt. »Weißt du was? Ich hab versucht, mir vorzustellen, wie es wäre, wie du zu sein.«

Myrtle lacht. Sie entschließt sich, Annie mit dem Gedanken zu konfrontieren, der ihr plötzlich durch den Kopf geht.

»Dann hast du deine Vorstellungskraft in letzter Zeit wahrscheinlich überstrapaziert, nicht wahr? Gewöhnlich ist es ja nicht deine Art, darüber nachzudenken, wie sich die Dinge für andere Leute darstellen.«

»Da hast du recht, wie immer«, stimmt Annie mit reizendem Lächeln zu. »Aber plötzlich hat mich die Neugier gepackt. Ich meine, ich habe mir vorgestellt, wie trostlos das Witwenleben sein muß: Du mußt dich entsetzlich leer fühlen.«

Myrtle gefällt die Richtung nicht, die die Unterhaltung nimmt, denn die Unmöglichkeit, einem anderen exakt ihre Verlustgefühle zu beschreiben, läßt solche Gespräche sinnlos erscheinen. Wie könnte Annie je die anhaltende Fremdheit dieses Raums verstehen, seitdem Archie nicht mehr hier lebt? Die physische Veränderung unbelebter Gegenstände, die nur für sie selbst sichtbar ist? Aber Annie ist heute in einer ungewohnt anteilnehmenden, fürsorglichen Stimmung.

Myrtle versucht, geduldig zu sein. »Ich fühle mich nicht leer«, sagt sie. »So habe ich mich nie gefühlt. Daß jemand sich leer fühlt, ist die platteste Vermutung, die man über einen Menschen anstellen kann, der durch einen Todesfall allein zurückgeblieben ist.« Sie hält inne und blickt in Annies ungläubige Augen – in diesem Moment spürt sie erneut Liebe für sie, die Art von Liebe, die sie als Kind empfand, wenn Annie voller Verwunderung und Ehrfurcht Myrtles Geschichten lauschte.

»Für mich hört sich das nach Prahlerei an«, sagt Annie.

Myrtle legt ihre große Hand auf ihr Herz. »Dann habe ich mich schlecht ausgedrückt«, sagt sie, »es sollte nicht selbstgerecht klingen. Was ich zu erklären versuche – und ich finde diese vergeblichen Erklärungsversuche sehr unangenehm –, ist, daß ich bis über den Rand mit neuen Dingen angefüllt bin. Der Trümmerhaufen in meinem Innern muß aufgeräumt werden – was wahrscheinlich ein langer Prozeß ist. Aber ich glaube, daß eine Menge gerettet werden kann. Also warte ich ganz geduldig.« Sie leidet unter der Mangelhaftigkeit ihrer Erklärung.

»Das ist ganz und gar nicht so, wie ich es mir vorgestellt habe«, sagt Annie nach kurzem Nachdenken. »Jetzt scheint mir, daß für dich noch Hoffnung besteht, daß es keinen Grund gibt, dich zu bemitleiden. Worüber ich froh bin: Mitleid zu zeigen ist nicht meine Stärke.« Sie nimmt eine andere Haltung ein und trinkt einen Schluck Tee. Myrtle hat sie nie so erwachsen gesehen. »Weißt du was? Ich habe darüber nachgedacht, was du gesagt hast ... wie sehr wir es gehaßt hätten, wenn unsere Männer wieder auf See gingen und das alles, und was für ein Glück ich hätte, daß diese Art von Leben jetzt für mich vorbei sei, und ich meinen Mann die ganze Zeit bei mir haben könnte, während du ...«

»Du hast dir aber eine Menge Gedanken gemacht!« Myrtle lächelt. Sie ist erleichtert, daß Annies Interesse an ihrem Witwendasein nachgelassen hat.

»Tja, vielleicht fange ich zwanzig Jahre zu spät an, erwachsen zu werden. Egal ...« Sie sieht ihre Freundin direkt an. »Ich hab's Ken gestern Nacht machen lassen. Zum ersten Mal seit langer Zeit.«

Myrtles Antwort besteht aus einem fast unmerklichen Heben einer Augenbraue. Obwohl sie sich für ihre Unfähigkeit verachtet, war sie noch nie in der Lage, genauso unverblümte Reden zu führen wie Annie.

»Es war schön«, fährt Annie fort, amüsiert von Myrtles prüdem Erröten. »Ich glaube nicht, daß jetzt sonst was passiert und ich mich Hals über Kopf in ihn verliebe, aber vielleicht macht es die Dinge einfacher. Als Janice heute morgen an der Tür stand, um sich auf den Schulweg zu machen, sagte sie zu mir: ›Mum, ist dir aufgefallen, daß es seit Monaten der erste Morgen ist, an dem du Dad beim Frühstück nicht angeschrien hast? Was ist denn in dich gefahren?‹ Also möglicherweise ...«

Beide lächeln. Aber Myrtle ist von der ungewohnten Unterhaltung mit Annie, der Entschuldigung des Hafenmeisters und der kurzen Nacht erschöpft. Sie möchte das jetzt alles beiseite schieben: sich an ihre Korrekturen machen. Annie ist immer noch unruhig und aufgeregt.

»Das Problem ist«, fährt sie fort, »wenn man nicht aufhören kann, an einen Mann zu denken, dann ist es schwer, sich auf einen Ehemann zu konzentrieren, den man nie wirklich geliebt hat.«

Myrtle kann es nicht mehr ertragen. Sie nimmt ein Paket Karten aus der Schublade.

»Wie wär's mit einem schnellen Spielchen? Nur einem, bevor ich mich an die Arbeit mache.«

Annie nickt. Sie hat den unsteten Blick eines Menschen, der von widerstreitenden Gefühlen zerrissen ist: der bitteren Süße einer geheimen, aber unerwiderten Liebe und der ebenso bitteren Süße eines physischen Liebeserlebnisses mit einem ungeliebten Ehemann. Myrtle sieht sie streng an und wehrt alle weiteren Vertraulichkeiten ab. Sie hat nicht den Wunsch, noch mehr über die beiden Männer in Annies ungeordnetem Leben zu erfahren.

Annie reagiert mit Schweigen auf den wohlvertrauten strengen Blick, der die Züge ihrer Freundin abweisend erscheinen läßt. Zerstreut nimmt sie den Stoß Karten auf und beginnt zu mischen.

Nachdem sie gegangen ist, will noch immer kein Frieden einkehren. Myrtle prüft den Grabspruch mehrere Male und findet ihn zufriedenstellend. Sie schreibt eine kurze Nachricht an Martin, die sie zur Post bringen will – sie hat nicht die Kraft, heute abend zu seinem Haus hinaufzugehen. Dann beginnt sie, die Übungshefte durchzusehen und ist wie immer über die Einzigartigkeit jeder ihrer Schüler erstaunt. Manche haben sich mit großer Begeisterung an das gestellte Aufsatzthema *Der Sturm* gemacht – bitte konzentriert euch auf die Geräusche, die Gerüche und die Farben, hatte sie gesagt –, während andere kaum in der Lage waren, ein paar Sätze hinzukritzeln. Aber ihre Konzentration auf die Arbeit der Schüler wird durch einen Anruf gestört. Es ist die Oberschwester des Evergreen Home, die sie verzweifelt um Hilfe bittet: Zwei Mitglieder des Personals sind krank. Myrtle ist in letzter Zeit nicht im Heim gewesen: Sie willigt ein zu kommen, sobald sie mit der Korrektur der Hefte fertig ist.

Es ist fast dunkel, als sie im Evergreen ankommt. Sobald sie durch die Tür getreten ist, schlagen ihr betäubend die Gerüche von Bohnerwachs und aufgewärmtem Eintopf entgegen, der Gestank von Urin, vermischt mit Desinfektionsmitteln, und der ekelerregende Geruch von trocknender Kleidung. Sie wird von der dankbaren, zermürbten Oberschwester begrüßt und schnell in den Aufenthaltsraum geführt. Jeder Stuhl im Halbkreis um den Fernseher ist besetzt. Die Köpfe hängen so tief auf die Brust herab, als wäre gerade ein unsichtbarer Schlächter hier durchgegangen und hätte allen das Genick gebrochen. Hände hängen von den Lehnen der mit Blumenstoff überzogenen Sessel herab, leblos wie alte Handschuhe. Harte Kniescheiben und Schienbeine zeichnen sich scharf unter nachlässig übergeworfenen Dekken ab. Bandagierte Füße, die plump in offenen Hausschuhen stecken, stehen absolut bewegungslos auf dem flauschigen Teppich. Vorsichtig läßt Myrtle den Blick von einem zum anderen gleiten: Ihre alte Fähigkeit, Situationen einzuschätzen, kehrt zurück. Sie konzentriert sich sehr stark, entschlossen, nicht aus dem Fenster zu sehen, wo wahrscheinlich gerade noch der Horizont sichtbar ist – der Horizont, der von Dots stetigem Blick ganz abgenutzt war, wenn sie ihn nach der Skyline absuchte, von deren Rückkehr sie überzeugt war.

»Alle hier müssen ins Bett«, sagt die Oberschwester. »Es ist schon weit über ihre Zeit. Wenn Sie sie auf die Beine bringen könnten, hole ich die Schlafgetränke. Seien Sie mit Mrs. Jackson dort vorsichtig. Sie fällt fast auseinander.«

Während der nächsten paar Stunden tut Myrtle, was sie kann. Sie löffelt Getränke, die ewig brauchen, bis sie abkühlen, in zitternde, zahnlose Münder. Sie versucht, das wirre Gemurmel zu verstehen – hauptsächlich Murren: Sie hilft Worte zu finden, die verkalkten Gehirnen nicht einfallen wollen. Sie zieht warme, zerdrückte Socken aus: sieht, daß ihre Hände mit trockenen Hautpartikeln bedeckt sind, die von fleischlosen Beinen rieseln. Sie bettet Patienten in schmale Betten, in schmalen Räumen, wo nur vereinzelt eine Fotografie oder ein Bild an ihr früheres Leben erinnern. Sie tätschelt knorpelige Schulterknochen unter Häkelschals, wünscht jedem der Alten eine gute Nacht und fragt sich, für wen es wohl die letzte sein wird. Dann eilt sie fort und lehnt es ab, Geld anzunehmen.

Auf dem Heimweg beschließt Myrtle, nie mehr in das Altenheim zu gehen. Sie gesteht sich ein, daß sie die Entscheidung aus schlechtem Gewissen eines Tages rückgängig machen könnte. Aber im Moment ist sie wütend und deprimiert: nicht so sehr über den traurigen Zustand des Heims als darüber, daß sie die Witwe ist, auf die man immer zählen kann, wenn eine Aushilfe gebraucht wird. Gegen diese Rolle will sie sich mit aller Kraft zur Wehr setzen, und sie hat absolut nicht die Absicht, nochmals einzuspringen. Während der eigene Mangel an Nächstenliebe ihre Wut noch vergrößert, kann sie im Moment nichts von ihrem Entschluß abbringen.

Inzwischen ist sie sehr müde und sehnt sich nach ihrem Bett. Aber sie hat ihre Taschenlampe vergessen und kann in der dunklen Nacht nicht schneller gehen. Sie sieht nach oben. Es ist kein Mond zu sehen, nur eine Masse kleiner, dichter schwarzer Wolken, als wäre der Inhalt eines Kohlebehälters über den Himmel verstreut worden. Myrtle ist froh, als sie bei den Häusern am Ende des Weges ankommt, der zum Altenheim hinaufführt. Sie verachtet sich, weil sie Angst gehabt hat, aber sie ist erleichtert beim Anblick der Lichter.

Sie biegt um die Ecke und sieht die Gestalt eines Mannes vor sich – er ist offensichtlich gerade aus dem Pub gekommen. Es ist Ken. Sie ruft ihn. Er dreht sich um und kommt sofort zu ihr her. Sie kann Whisky und Rauch riechen.

»Ja, Myrtle! Ich begleite dich nach Hause.« Er nimmt ihren Arm, viel fester als früher. Es ist nicht zu übersehen, daß er bester Stimmung ist.

»Du bist aus gewesen und hast dich vergnügt?« fragt er.

»Ich bin oben im Heim gewesen und habe ausgeholfen.«

»Du bist eine gute Frau, Myrtle. Eine gute Frau. Eine Frau, auf die man sich verlassen kann.« Seine Hochstimmung schließt ein weiteres Interesse für ihren Abend aus.

»Das bin ich nicht, weißt du. Ich hege alle möglichen Arten von unbarmherzigen Gedanken.«

»Nun«, sagt Ken, der nicht in der Lage ist, mit einer passenden Antwort auf diese überraschene Tatsache zu reagieren, »ich werde dir was sagen: Ich bin ein glücklicherer Mann, Myrtle. Ich bin eindeutig ein glücklicherer Mann.«

»Gut. Das freut mich.« Sie sind bei Myrtles Haus angelangt. Sie zieht ihren Arm aus dem seinen. »Danke, daß du mich begleitet hast.«

»Ich möchte beileibe nicht darauf schwören«, sagt Ken, »aber ich glaube, ein Umschwung liegt in der Luft. Gott weiß warum, aber ich glaube, Annie kommt zur Besinnung ...«

»Das hoffe ich«, sagt Myrtle. Sie ist halb die Treppe hinaufgegangen. »Gute Nacht.«

Ken geht den Weg zurück, den er gekommen ist. Er eilt mit

federnden Schritten, mit unbeschwertem Herzen davon und weiß, was ihn zu Hause erwartet. Als Myrtle sich die Nacht der beiden vorstellt, fährt ihr ein Stich durchs Herz, der sehr schmerzlich ist und den näher zu bezeichnen sie sich schämen würde. Der Schmerz ist so schneidend, daß sie sich zusammenkrümmt und das eiserne Geländer umklammert, um Halt zu suchen. Diese *Eifersucht* (denn darum handelt es sich unbestreitbar) prallt auf die vorhergehende Wut, die sich bei Kens Lob ihrer Gutherzigkeit noch gesteigert hatte. In dieser seltsamen Nacht, allein vor ihrer eigenen Haustür stehend, fragt sich Myrtle, wie in nur vierundzwanzig Stunden ein solcher Wandel der Gefühle möglich ist. Die Freude des gestrigen Abends liegt jetzt so fern wie die verborgenen Sterne. Ihr ist kalt, und sie haßt sich wegen ihrer schäbigen Gefühle. Wie ist es nur möglich, daß sie erst zwei Jahre nach Archies Tod eifersüchtig sein kann ... auf eine Sache wie das wiedergefundene körperliche Glück von Ken und Annie?

Das Bild des Hafenmeisters drängt sich ihr auf. Es wäre so leicht.

Dann: das Bild von Martin, der gestern abend mit seiner Schwester lachte. Das wäre schon schwieriger ... Myrtle braucht lange, um sich wieder aufzurichten, die Schlüssel zu finden und in das dunkle leere Haus zu treten.

Nachdem Martins Schwester nach Kanada zurückgekehrt ist, nimmt er die alte Gewohnheit wieder auf, alle paar Tage bei Myrtle vorbeizukommen und sie zu besuchen. Manchmal gehen sie ins Wäldchen hinauf, zeigen sich überrascht über das Wachstum der Bäume und *probieren*, wie Martin es ausdrückt, jeden der Wege aus, auf denen nun buschiges frisches Gras wächst. An dem Tag, an dem er Myrtles Nachricht über ihre endgültige Entscheidung für Archies Grabspruch erhält, kommt er nach dem morgendlichen Filetieren der Fische schnell vorbei, da er weiß, daß sie nicht vor zwei zur Schule geht.

»Das ist ein Anlaß zu feiern«, sagt er. »Sobald ich kann, mache ich mich an die Arbeit.«

Hinter seinem Lächeln entdeckt Myrtle einen ungewohnten Ausdruck von Müdigkeit. Unter einem Auge zuckt ein Muskel. Das Lächeln ist matt, um seinen Mund liegt im entspannten Zustand ein bitterer Zug. Er sitzt an seinem gewohnten Platz am Tisch. In der warmen Luft verströmt er einen intensiven Fischgeruch.

Myrtle holt eine Flasche Bier aus dem Kühlschrank und setzt sich ebenfalls. Sie beschließt, die Anzeichen von Problemen zu ignorieren. Wenn jemand darüber reden möchte, findet sie, dann wird er's schon tun. Man braucht nicht nachzubohren. Statt dessen fragt sie ihn, ob seine Schwester den Aufenthalt genossen habe.

»Ich glaube schon. Sie ist nie aus Kanada herausgekommen. Sie brauchte mal ein wenig Abwechslung – eine kleine Landwirtschaft allein zu führen ist viel für eine alleinstehende Frau.« Martin hält inne. »Der eigentliche Grund für ihren Besuch war der, daß sie mir sagen wollte, daß sie sich mit einem Mann zusammengetan hat. Er möchte, daß sie zu ihm nach Vancouver zieht. Sie überlegt sich das.« Er stürzt sein Bier hinunter, wirft den Kopf zurück und schließt einen Moment die Augen. »Ich habe beschlossen, Ende des Monats den Filetierjob aufzugeben«, sagt er. »Ich möchte meine Vormittage nicht so verbringen. Außerdem ist die Bezahlung ...« Er öffnet die Augen. »Gestern abend bin ich bei Annie gewesen. Ausnahmsweise war Ken mal zu Hause. Was mich sehr überrascht hat.« Er wirft ihr wieder ein kurzes Lächeln zu, das nichts verrät. »Die kleine Janice war da, in schrecklicher Stimmung. Gott weiß, was ihr über die Leber gelaufen ist. Als ich ankam, verschwand sie sofort in ihr Zimmer und kam nicht wieder herunter.«

»Teenager«, sagt Myrtle. »Sie hat mir gesagt, sie habe sich in einen Jungen verliebt. Vielleicht liegt da das Problem.«

»Annie sagte auch, daß das die Erklärung sei.«

»Ja, ich glaube, so ist es.« Myrtle ist sich ihrer Illoyalität bewußt.

»Aber du unterrichtest Janice doch, oder? Privatunterricht. Sie hat Glück.«

»Mir macht's Spaß. Sie ist ein intelligentes Mädchen und mag Gedichte. Ken war genauso in ihrem Alter. Er hätte gern versucht, nach Edinburgh zu kommen. Aber sein Vater hat ihn ausgelacht. Er stammte von einer langen Reihe von Fischern ab und konnte sich nicht vorstellen, daß sein Sohn die Familientradition nicht fortführen wollte. Ken machte ein paar Einwände, aber sein Vater war ein starker Mann, und schließlich gab er es auf und ging zur See. Er arbeitete auf dem Schiff meines Vaters und ist dann zu Archie gegangen. Ich glaube nicht, daß ihm das Fischen je wirklich Spaß gemacht hat. Im Eishaus ist er glücklicher. Was die Bildung anbelangt, so scheint sein Ehrgeiz erloschen zu sein. Er sagte, er habe keine Zeit mehr zum Lesen, obwohl ich glaube, daß er in letzter Zeit, seit Archie ... Ich habe ihn manchmal aus der Bibliothek kommen sehen. Dennoch ist er stolz, daß Janice so begabt ist. Ich glaube, daß sie einmal erreichen soll, was ihm selbst nicht gelungen ist.«

»Er ist kein umgänglicher Mann, so distanziert. Aber ich mag ihn. Ich würde sagen, sie sind nicht die idealen Eltern.«

»Das sind sie wirklich nicht«, sagt Myrtle. »Janice wird im einen Moment furchtbar verwöhnt, im nächsten links liegen gelassen. Und Annie scheint durch Janice ihre eigene Jugend wiedererleben zu wollen – sie drängt sie, sich zu vergnügen, was immer das auch heißen mag. Wenn Janice es schafft, irgendwelchen ernsten Schwierigkeiten zu entgehen, dann ist das nicht das Verdienst ihrer Mutter. Obwohl sie natürlich nie so begehrenswert sein wird. Entlang der ganzen Küste gab es in ihrer Jugend keine Hübschere. Janice ist nicht ganz so reich gesegnet – zum Glück vielleicht. Sie ist recht hübsch, kommt aber mehr nach ihrem Vater.«

»Sie ist hübsch genug, um den Jungen Probleme zu machen«, sagt Martin. »Ich habe den Ausdruck in ihren Augen gesehen. Man sollte sie warnen.«

»Ich versuche es«, sagt Myrtle, »aber ich bezweifle, daß sie sich dadurch beeindrucken läßt.«

Martin steht auf, um sich auf den Weg zu machen. Während der zehn Minuten mit Myrtle ist sein Ausdruck milder geworden. Sie vermutet, daß er sich wegen der Entscheidung gegen den Filetierjob Sorgen gemacht hat. Bei seinem nächsten Besuch will sie unbedingt stärker auf seine Arbeit eingehen: Sie wird ihn ermutigen, auch in größerer Entfernung nach einer Anstellung zu suchen, Inserate als Steinmetz aufzugeben.

»Du bist ein Wunder, Myrtle«, sagte er beim Gehen. »So viele von uns wüßten nicht, was sie ohne dich tun sollten.«

Als sie allein ist, denkt Myrtle nicht gleich über diese Bemerkung nach, sondern verschiebt das auf später. Halb tanzend, durchquert sie mit ausgreifenden Schritten den Raum und hat Spaß an der Nachahmung eines kleinen Bootes auf wogender See, an ihren albernen heimlichen Tanzereien. Draußen ist blauer Himmel. Es ist sehr warm. Sie freut sich auf den Weg zur Schule, wenn die Sonne auf ihre bloßen Arme scheinen wird. Dann erinnert sie sich: Nun, da gutes Wetter herrscht, gibt es keine weiteren Ausflüchte mehr, um die Einladung des Hafenmeisters zu einem Bootsausflug länger aufzuschieben. Darauf freut sie sich ebenso, wie sie sich davor fürchtet. Sie kann sich nicht erklären, warum sie von beiden Gefühlen so stark bedrängt wird, und ihr größter Wunsch ist jetzt, die ganze Sache hinter sich zu bringen. Sie ist überzeugt, daß das Picknick eine Art Wendepunkt sein wird, daß es die Dinge in ihrem Kopf klären wird – obwohl der tatsächliche Inhalt ihrer Gedanken nicht leicht zu definieren ist. Ich treibe auf einem Meer voll unbekannter Tiefen, denkt sie: Ich habe keine Ahnung, wohin ich treibe, was ich tun werde. Aber zumindest ertrinke ich nicht mehr: Ich bin stärker, aber das Gefühl des Verlusts ist unverändert, wird wohl nie verschwinden. Myrtle nimmt ihre Schultasche und eilt hinaus. Der Wechsel in die neue Gangart ihres Lebens geht zwar nur zögernd vor sich, ist aber dennoch aufregend, und bis vor kurzem glaubte sie noch nicht, daß sie jemals wieder solche Aufregung oder gar Freude würde empfinden können.

Mit Zartgefühl und Takt, die Alastair Brown zu seinen herausragendsten Eigenschaften zählt, schlägt er ein Datum für den

Ausflug vor und trifft die Vorbereitungen. Myrtle besteht darauf, daß die ganze Angelegenheit geheim bleiben muß. Sie ist verwundert über ihre Beharrlichkeit in diesem Punkt, aber der Instinkt sagt ihr, daß dies nötig ist. Sie findet keinen Geschmack an der Vorstellung, daß über sie geklatscht wird – und zudem wäre es ein Klatsch, in dem kein Fünkchen Wahrheit steckte.

Am Morgen des vereinbarten Tages macht sie sich fertig – ein Kopftuch, unter dem sie sich ein wenig verbergen kann, und eine Jacke, falls das Wetter umschlägt. Während sie das Tuch, das keinerlei Anspruch auf Eleganz erhebt, zu einem Knoten bindet, denkt sie amüsiert darüber nach, auf welch ganz andere Art Annie sich zurechtmachen würde – sich tatsächlich zurechtmacht, wenn sie zu einer Verabredung geht. Stunden kunstvoller Aufputzerei: Ein halbes Dutzend Kleider werden anprobiert, bis das Richtige gefunden ist, und in das vielmals hin und her geschüttelte Haar werden glitzernde Kämme gesteckt und wieder herausgenommen. Myrtle trägt ihren ältesten Sommerrock, kein Make-up und bindet sich die Haare zurück.

Mit einer gewissen hinterhältigen Freude schleicht sie sich aus dem Haus und macht sich auf den Weg zur Bushaltestelle. Sie genießt die fünf Meilen lange Fahrt entlang der Küste bis zum benachbarten Fischerdorf – obwohl es dort nur noch Boote für die Hummerfischerei gibt –, wo sie am Hafen Alastair Brown treffen soll. Die Sonne brennt heiß, das Meer ist eine straff gespannte blaue Fläche, einen Ton dunkler als der wolkenlose Himmel. Der leuchtende Felszacken von Bass Rock taucht ungewöhnlich klar in der Ferne auf. Zu beiden Seiten der Straße prangen Gänseblümchen unter dem reifenden Weizen, während ein wenig weiter im Landesinnern ein grellgelbes Rapsfeld zwischen den grünen Feldern aufleuchtet. Myrtle erinnert sich, daß sie, außer in das Wäldchen hinauf, lange nicht mehr aus dem Dorf herausgekommen ist. Die kurze Fahrt hat etwas von einem Abenteuer.

Am Hafen – genau dort, wo Annie mit der Schärpe der Fischerkönigin ausgezeichnet wurde – sitzt Alastair Brown an einem Holztisch für die Kunden des Standes, an dem Hummer und Krabben verkauft werden. Myrtle, die den Hügel herunterkommt, sieht ihn, bevor er sie sieht. Sie ist verwundert. Sicherlich nimmt er zu dieser Tageszeit kein Krabbenfrühstück zu sich? Nein: Beim Näherkommen entdeckt sie, daß er einen Becher Tee in der Hand hält, ein Privileg, da die Besitzer des kleinen Stands gewöhnlich keinen Tee ausschenken. Myrtle tippt ihm auf die Schulter.

»Die VIP-Behandlung, wie ich sehe?« sagt sie in dem Bewußtsein, daß die neckische Bemerkung gar nicht nach ihrer Art ist. Aber die vom Wasser herkommende Brise und die Sonne machen sie unbeschwert und leichtsinnig. Alastair Brown springt auf wie ein Mann, der überrascht wurde: vielleicht um die Tatsache zu verbergen, daß er lange gewartet und sich lange im voraus gefreut hat.

»Wie eben eine Majestät die andere behandelt«, erklärt er. »Mein Freund, Kapitän Travers, lebt dort oben in dem Haus, er sah mich hier sitzen und brachte mir ein zweites Frühstück. Machen Sie sich keine Sorgen: Er wird meinen geheimnisvollen Besuch für sich behalten. Wenn wir gleich zum Boot runtergehen, wird er Sie nicht einmal sehen.« Er strafft die Schultern und steht sehr aufrecht, wobei in seiner Haltung ein Anflug von Dünkelhaftigkeit erkennbar wird. Myrtle liest seine Gedanken. Die Tatsache, daß ein pensionierter Marinekapitän ihn mit Zuvorkommenheit behandelt, kommt ihm keineswegs ungelegen. Myrtle lächelt, um anzuzeigen, daß sie diese Tatsache zu schätzen weiß. Aber obwohl ihn die Geste des Kapitäns mit Stolz erfüllt, ist Alastair Brown nervös. Er zieht den Schirm seiner wasserabweisenden Mütze tiefer ins Gesicht: Die Sonne funkelt wie kleine Diamanten in den schwarzen Brillengläsern. Mehrmals fahren seine Hände in die tiefen Jackentaschen, bevor er es wagt, Myrtles Arm zu nehmen, und sie gehen zu den Stufen in der Kaimauer, die zum Wasser hinunterführen.

Wie zu erwarten, handelt es sich bei der Swift um ein makelloses kleines Boot. Unwillkürlich stellt Myrtle sich die Frage, ob es wohl erst vor kurzem neu gestrichen wurde: Seine scharlachroten Planken glänzen verblüffend. Vielleicht war es so geplant, daß der neue Anstrich rechtzeitig zu diesem Ausflug fertig war, denkt sie – wischt dann aber den eitlen Gedanken hastig beiseite. Es besteht kein Zweifel, daß der Hafenmeister sich große Mühe gegeben hat. Alles ist frisch geschrubbt und poliert, alles ist an seinem Platz. Auf einem der hölzernen Sitze liegt ein Kissen. Unter einem anderen ist ein Picknickkorb aus Weidengeflecht verstaut. Myrtle ist gerührt und erfreut, daß jemand sich ihretwegen solche Mühe gegeben hat ...

Sie nimmt ihren Platz auf dem Kissen ein. Alastair Brown zwängt sich in das winzige Ruderhaus, in dem sich nichts als ein Sitz und ein Steuerrad befinden. Langsam tuckert die Swift aus dem Hafen und nimmt auf offener See ein wenig Geschwindigkeit auf. Daß das Wasser vom Bus aus so glatt aussah, war eine Täuschung, stellt Myrtle fest. Hier draußen hebt und senkt es sich sehr lebhaft. Manchmal bricht sich eine kleine Welle am Boot, und einen Moment lang flattert ihre Gischt wie ein weißer Vogel vor ihr auf, bevor seine Federn wieder ins dunklere Wasser zurückgeschleudert werden.

Myrtles alte Angst vor dem Meer hat sie nicht ganz verlassen. Eine Spur von Furcht ist immer noch da, wenn auch weniger beunruhigend als an dem Tag der Wahl der Fischerkönigin. Aber in einem so kleinen Boot, das hüpfend durch die Wellen gleitet, kann sie sich nicht völlig entspannen und ist froh, daß Alastair Brown sich offenbar damit zufrieden gibt, nahe bei der Küste zu bleiben statt in Richtung der Lammemuirs hinauszusteuern. Zu ihrer Überraschung stellt sie fest, daß er das Gefühl des Unbehagens mit ihr teilt. Sie hatte ihn immer für einen Mann gehalten, der sich mit allen Arten von Booten auskennt. Vielleicht würde er sich auf einem größeren Gefährt heimischer fühlen. Als Kapitän der Swift wirkt er weitaus weniger gebieterisch als beim sicheren Gang entlang des Hafenbeckens. Außerdem scheint er mit der Handhabung des Bootes nicht sonderlich vertraut zu sein. Manchmal macht es einen überraschenden Satz nach vorn, um kurz darauf an Geschwindigkeit einzubüßen. Seine fahrigen Hände am Steuerrad und das ruckartige Herumwerfen des Kopfes lassen vermuten, daß ihn die Bewegungen des Bootes ebenfalls überraschen. Er macht nicht den Eindruck eines Mannes, der die See tatsächlich liebt. Vielleicht hätte er ein Frühstück auf irgendeinem Hügel vorgezogen, denkt Myrtle, ist dann aber zu dem Schluß gekommen, daß für einen Hafenmeister ein Bootsausflug passender wäre.

Die Sonne brennt inzwischen heiß, trotz der Brise. Drei oder vier Möwen fliegen leise schreiend im Konvoi hinter dem Boot her. Myrtle fühlt sich beruhigt von dem Schaukeln und der Hitze. Sie denkt an ihre viel längere Seefahrt zurück, an den Tag, als Annie das Fischermädel der Skyline war – ein viel stürmischerer Tag: an den Moment, als sie gegen Ken fiel, an den Augenblick, als er sie in die Arme nahm und ihr mühsam wieder auf die Beine half. Dann war er fort. Es gab keine Möglichkeit, sich an ihn zu klammern. Enttäuschung überkam sie, aber keine allzu heftige, denn in Wahrheit hatte Ken ihre Gefühle nur wenig in Wallung gebracht – oder hatte sie das falsch in Erinnerung? Jetzt, im Rückblick, scheint ihr, daß sie nur nach jemandem gesucht hatte, den sie lieben, an dem sie Gefallen finden konnte, und Ken, der nicht besonders begehrt war und auch nicht viel Begehren zeigte, schien die beste Wahl zu sein. Sie erinnert sich auch, daß sich an jenem Tag ihr seekranker Magen hob, als Archie sie anlächelte – nichts weiter als ein freundliches Lächeln, das bestätigte, daß er nicht die Art von jungem Mann war, den zu gewinnen sie sich je erhoffen durfte ... aber dennoch wurde ihre Übelkeit verschlimmert durch den Gedanken an Annie, die entschlossen war, ihn zu verführen, und dabei vielleicht Erfolg haben würde. Nicht in ihren kühnsten Träumen hätte sie an jenem Tag die Entwicklung der Dinge voraussehen und wissen können, welche Verheerungen und Überraschungen der Strudel der Zeit hervorzubringen vermochte.

Und jetzt, um so viel älter und weiser, sitzt sie da, sieht auf die Wellen und versucht, die Signale ihres Magens zu deuten, was ihr genauso schwierig erscheint wie damals in ihrer Jugend. Sie verspürt ein schneidendes Gefühl der Erregung, eine schwache Erwartungsfreude, ähnlich den Gefühlen, die sie für Ken empfand – nichts sehr Spezifisches, nichts Gewisses oder Beunruhigendes. Nur ein angenehmes Gefühl, das unter guten Freunden üblich ist. Kaum hat sie sich diesen Überlegungen hingegeben, taucht Archie auf – Archie! Wie würde er lachen bei dem bloßen Gedanken, daß sie mit dem Hafenmeister zu einem Picknick auf See fährt! Seine Stimme ist so laut, daß sie den Kopf herumwirft und erwartet, ihn neben sich zu finden. Aber er ist weder auf dem Boot noch auf dem Meer zu entdecken, was die Leere in ihrem Innern verschlimmert. Sie schließt die Augen, spürt die Wärme der Sonne auf den Lidern und ist sich ganz sicher, daß der Rest ihres Lebens, wie auch immer er aussehen mag, ein Doppelleben sein wird: Auf der einen Seite wird es die Realität geben, mit der sie sich auseinanderzusetzen hat – auf der anderen Archies Geist, der immer in ihrem realen Leben herumspuken wird.

Myrtle wird durch eine spürbare Verlangsamung des Bootes aus ihren Gedanken gerissen. Der Hafenmeister ruft, daß es seiner Ansicht nach Zeit zum Essen wäre. Myrtle stimmt zu. Sonne und Wind haben sie hungrig gemacht.

Sie fahren bis auf ein paar Meter an den Strand heran. Der schmale graue Strand ist menschenleer, es gibt nur Felsen, die von wehendem Tang umschlungen sind.

»Sollen wir an Land waten? Da wäre es windgeschützt, könnten wir es uns gemütlich machen.«

Myrtle stellt sich vor, wie sie ihre langen Röcke schürzt und mögliche Angebote von seiten Alastair Browns, sie an Land zu tragen, ablehnt. Sie betrachtet das Picknick in einer Felsennische vielleicht als das gleiche wie er: eine Möglichkeit ... Sie sieht einen zweiten Kuß. Und ahnt noch mehr. Ihre Sympathie und Zuneigung für den Hafenmeister, ihr neuer Wunsch nach Armen, die sie umfangen: das alles könnte sie hier unter der Sonne beim sanften Plätschern des Meeres dazu bewegen, ihre festen Grundsätze hinter sich zu lassen. Ist es das, was sie will? Sie hat keine Zeit, darüber nachzudenken.

»Ich würde lieber hierbleiben«, sagt sie.

»Na schön. Ganz, wie Sie wollen.« Falls der Hafenmeister enttäuscht sein sollte, verbirgt er das auf vornehme Weise. Er wirft den Anker aus und setzt sich gegenüber von Myrtle nieder – damit das Boot gut ausbalanciert ist. Er zieht den Weidenkorb hervor und beginnt, mit sichtlich zitternden Händen die Teller und die sorgfältig eingewickelten Päckchen auszupacken. Es gibt Sandwiches mit Krabben und Brunnenkresse, hausgemachte Zitronenplätzchen aus der Bäckerei, Pfirsiche und Trauben. Myrtle ist gerührt von der Mühe, die er sich gegeben hat. Es ist ein seltsames Gefühl, Dinge gereicht zu bekommen, bedient und wieder umsorgt zu werden. Angenehm. Sie nimmt ein Glas trockenen Apfelwein, der in einer speziellen Box gekühlt wurde. Für sich selbst hat der Hafenmeister eine Tüte Milch mitgebracht. Was für ein merkwürdiger Mann er doch ist. Eine Weile sitzen sie schweigend da, während das Boot sanft schaukelt.

Als Myrtles Gast, beim Kartenspiel, ist Alastair Brown kein eifriger Redner. Von Zeit zu Zeit bringt er einen Satz hervor und teilt zusammenhanglose Bruchstücke von Informationen mit, die Myrtle sich selbst zusammensetzen muß, aber sie hat noch immer kein umfassendes Bild von seinem Leben. Doch jetzt, bei diesem Picknick auf dem Meer – ein Moment, den er vielleicht mit Ungeduld und einiger Beklommenheit erwartet hat –, ergreift er die Gelegenheit, Myrtle seine Lebensgeschichte zu erzählen.

»Ich bin schon fast überall auf der Welt gewesen«, sagt er so unvermittelt wie jemand, der gewöhnlich keinen hat, mit dem er reden kann, »aber ich finde, daß nichts schöner ist als dieser Teil von Schottland – oder Cornwall.«

Er erzählt ihr, daß er in dem kleinen Dorf St. Germans bei Plymouth geboren wurde, daß die Familie nach Truro zog, als er sechs war, und dort ein Häuschen am Meer bewohnte. Mit achtzehn fand er Arbeit bei einer Firma, die Tiere in fremde Länder transportierte, daher seine Kenntnis der Welt. »Obwohl ich dabei meist in Gesellschaft eines Mulis oder eines Elefanten an einer Leine war«, sagt er. »In schrecklicher Hitze Rampen rauf und runter, aus Flugzeugen raus und wieder rein – eigentlich nicht so, wie ich mir das Leben vorgestellt hatte.«

Die Sonne und der Apfelwein haben Myrtle schläfrig gemacht. Sie schließt die Augen, behält aber ein kleines Lächeln bei, um anzuzeigen, daß sie zuhört. Tatsächlich erscheint ihr seine Geschichte ein wenig verschwommen – die vielen Jobs, der Tod seiner Eltern innerhalb einer Woche, seine Unfähigkeit, an irgendeiner Frau, die seinen Weg kreuzte, die notwendigen Eigenschaften einer Gattin zu entdecken; seine Vorliebe für Milch, die von einem einwöchigen Aufenthalt auf einer Farm mit Jersey-Kühen herrührt ... Wie war er darauf gekommen, Cornwall zu verlassen und hier herauf zu ziehen? Myrtle ist sich nicht sicher. Durch den Nebel ihrer Schläfrigkeit klingt das alles sehr sympathisch, aber verwirrend. Einschläfernd. Fast in Schlaf gesunken, spürt sie plötzlich eine Hand auf der ihren. Abrupt schlägt sie die Augen auf.

»Ich habe mich auf den heutigen Tag sehr gefreut«, sagt der Hafenmeister.

Myrtle verstärkt ihr Lächeln und rutscht auf ihrem Kissen nach oben. Sie hofft, damit auszudrücken, daß es ihr ebenso ging. Sie läßt ihre Hand unter der seinen, denn es würde unhöflich erscheinen, sie vor Ablauf einer Minute zurückzuziehen. Sie bemerkt, daß die Haut an ihrem Unterarm ein intensives Rosa angenommen hat. Ein wenig verbrannt ist. Annie hätte sich für eine solche Expedition mit Lotionen und Sonnencremes bewaffnet.

»Ich hoffe, ich habe Sie durch mein Geplapper nicht gelangweilt.«

»Keineswegs. Was für ein Leben Sie hatten! Ich bin kaum irgendwo hingekommen. Die Shetland-Inseln, Newcastle – weiter nach Norden oder Süden hab ich's nicht geschafft. Nicht einmal bis Perth bin ich gekommen, obwohl ich immer dorthin wollte. Archie und ich wollten eines Tages Urlaub in Italien machen. Aber jetzt ... ich kann mir gar nicht vorstellen zu reisen. Ich bin gern hier.«

»Ah! *La bella Italia!*« Der Hafenmeister wirkt aufgekratzt. »Ich mußte einmal eine Kiste Wildenten nach Rom fliegen. Irgendein steinreicher florentinischer Prinz wollte plötzlich englische Enten auf seinem Teich haben – auf seinem See. Er war bereit, der Firma, für die ich arbeitete, ein Vermögen zu bezahlen, wenn sofort jemand losgeschickt wurde – sehr ungeduldig, diese italienischen Prinzen. Darum sind vier Stunden Fahrt durch die italienische Landschaft in einem Mietwagen mit quakenden Enten auf dem Beifahrersitz meine einzige, ziemlich beschränkte Erfahrung von Italien, fürchte ich ... aber ich muß sagen, daß ich immer vorhatte, unter anderen Umständen dorthin zurückzukehren.« Myrtle lacht. Ihre Reaktion bewirkt, daß ihre Hand leicht gedrückt wird, die sie jetzt vorsichtig zurückzieht. Der Hafenmeister beginnt, die Picknick-Utensilien aufzuräumen. »Sie könnten hier ihr Kopftuch abnehmen«, sagt er, jetzt wieder ruhig.

Myrtle hat das Kopftuch ganz vergessen. Sie löst den Knoten. Ihre Haare fliegen im Wind. Er streicht wundervoll kühlend um ihren Hals. Eine Bö ergreift das Tuch und läßt es ins Wasser fallen. Sofort springt Alastair Brown auf Myrtles Seite hinüber, lehnt sich mit ausgestreckten Händen gefährlich weit hinaus und ruft dem im Wasser treibenden Baumwolltuch nach, als würde er eine Ente anlocken. Das Boot neigt sich gefährlich zur Seite. Myrtle, die glaubt, sie würden gleich kentern, zieht an der Jacke des Hafenmeisters. Das Boot kommt wieder ins Gleichgewicht. Schnell begibt er sich auf seinen alten Platz zurück und ärgert sich über sein Scheitern.

»Es tut mir leid, es tut mir so furchtbar leid«, sagt er. Der Vorfall hat ihn nervös gemacht. »Ich nehme ein Ruder. Mit einem Ruder werde ich es ganz leicht erwischen.«

»Bitte machen Sie sich keine Mühe.« Myrtle erträgt die Vorstellung eines weiteren Rettungsversuchs nicht. »Es ist überhaupt nicht wichtig. Ich habe noch eine Menge anderer Tücher.«

»Ach, meine liebe Myrtle: Ich bin nicht besonders tüchtig. Wie Sie sehen, bin ich kein sehr geschickter Mann.« Das Bedauern über seine Unfähigkeit rührt Myrtle, genauso wie seine Krabbensandwiches. Jetzt ist es an ihr, ihm mit einer Geste entgegenzukommen. Sie legt eine Hand auf seinen Arm.

»Es ist ein herrlicher Tag«, sagt sie. »Er macht mir solche

Freude. Was für ein Glück wir doch mit dem Wetter haben.« Sie ist überzeugt, daß seine Augen hinter den dunklen Gläsern ungläubig blicken. Sein Mund geht auf und zittert, während er nach Worten ringt.

»Liebe, liebe Myrtle«, sagt er, »ich habe mir Sorgen gemacht, daß alles hätte schiefgehen können – nun, wir hätten kentern können.« Er lacht kurz auf. »Ich habe mich so bemüht, Ihnen einen schönen Tag zu bereiten.« In diesem Moment zieht Myrtle ihre Hand wieder zurück. Er hält inne und sucht nach schon zurechtgelegten Worten. »Ich muß Ihnen gestehen – und vergeben Sie mir im voraus, wenn es Ihnen unangenehm ist – aber ich muß Ihnen gestehen, daß ich jeden Tag eine beträchtliche Anzahl von Stunden damit verbringe, mich zu fragen ... wie ich Ihnen eine Freude machen kann.« Wieder zögert er, und die beiden schwarzen Gläser sind forschend auf Myrtles Gesicht gerichtet. Gemeinsam lauschen sie dem sanften Schwappen kleiner Wellen, die gegen das Boot schlagen. »Ich stelle fest, daß sich mein Wunsch, nur ein Freund zu sein, vollkommen gewandelt hat. Ich weiß, daß jede mögliche Alternative zu Ihrem Ehemann, zu Archie, unvorstellbar ist, zumindest während der nächsten Jahre. Aber wenn Ihnen je der Sinn nach etwas steht, das über unsere beglückende Freundschaft – unsere Kartenspiele, weitere Tage auf See vielleicht – hinausgeht, dann sollen Sie wissen, daß ich alles andere als abgeneigt bin ... meine einsame Lebensweise aufzugeben.«

Es kommt vor, daß tiefernste Momente im Leben eines Menschen bei einem anderen ein Gefühl der Komik auslösen. Noch während der Hafenmeister sich mit seiner gewundenen Erklärung abmüht, stellt Myrtle fest, daß sie seine Sätze zu der Art von einfachem Englisch zusammenkürzt, zu der sie ihre Schüler ermuntert. Nachdem sie ihre stillschweigenden Kürzungsversuche aufgegeben hat, läßt sie sich Zeit, bevor sie antwortet.

»Was Sie gesagt haben, ist ein großer Trost«, beginnt sie schließlich. »Auch ich bin glücklich, Sie als Freund zu haben, und kann nur hoffen, daß irgendwelche ... Vorstellungen, die Sie über einen zukünftigen Wandel unserer Beziehung hegen, unsere gegenwärtige Freundschaft nicht stören.« Noch während sie spricht, kommt ihr schlagartig die Unzulänglichkeit ihrer Antwort zu Bewußtsein – wiederum etwas, was ihren Schülern keine guten Noten einbringen würde. Sie sieht, daß sie Enttäuschung hervorruft, Hoffnungen zerstört. Aber sie war auf solch ernsthafte Gefühle nicht gefaßt gewesen. Sie hat keine Zeit gehabt, eine zartfühlendere Antwort vorzubereiten. Sie kann nur versuchen, ihrem Freund, der sich zum Liebhaber gewandelt hat, zu versichern, daß sie seine Worte ernst nimmt, dankbar dafür ist. »Ich werde darüber nachdenken, was Sie gesagt haben. Ich werde es nicht vergessen.«

»Dafür wäre ich Ihnen sehr dankbar. Ja, nun, ich habe gesagt, was ich sagen wollte, und ich werde Sie mit der Angelegenheit nicht weiter behelligen. Wir werden weitermachen wie bisher.« Der Hafenmeister steht auf und sieht auf die Uhr. »Ich glaube, wir sollten uns lieber auf den Heimweg machen.«

Das Boot schwankt heftig hin und her, als er mit großer Würde zurückgeht, um den Motor zu starten. Myrtle glaubt, noch nie so große Bewunderung für diesen linkischen Mann empfunden zu haben. Die Bewunderung verkehrt sich in verstärkte Zuneigung, eine Zuneigung, die so lebhaft ist, daß sie sich hier, unter der hochstehenden Sonne, eingehüllt in das Blau des Himmels und des Meeres, erneut fragt, ob es möglich wäre, daß sich daraus etwas Tieferes entwickeln könnte ... ob sich der Traum des Hafenmeisters von einer gemeinsamen Zukunft tatsächlich eines Tages verwirklichen ließe.

Die unerwarteten Gedanken verwirren sich in ihrem Kopf: Sie streckt die Arme entlang dem Bootsrand aus. Sie fahren los, nehmen den gleichen Rückweg, den sie gekommen sind, halten sich aber noch näher an der Küste. Myrtle betrachtet Alastair Browns Papageienprofil. Er hebt seine Milchtüte zum Mund und trinkt. Und genauso schnell wie die neuen Gedanken über eine mögliche gemeinsame Zukunft gekommen sind, verflüchtigen sie sich wieder. Es ist sinnlos, sagt sich Myrtle – aber das Herz kann sehr launenhaft sein. Sie ist sich jetzt plötzlich ohne jeglichen Zweifel sicher, daß ein Leben mit dem milchtrinkenden Hafenmeister nichts ist, was sie will oder je haben möchte. Die Sonne und die Seeluft müssen ihren Verstand eingelullt haben, so daß in ihrem Kopf flüchtige Phantasien zu tanzen begannen. Aber jetzt sind sie wieder verschwunden – ein für allemal, wie es Gedanken, deren Absurdität man eingesehen hat, schnell wieder sind. Die Tatsache, daß sie auch nur für einen Moment ... ist so närrisch, daß sie ihre verrücktesten Einbildungen übersteigt. Aber so geht es, sagt sie sich, wenn man sich von einer vagen Sehnsucht nach Liebe in die Irre führen läßt. Wenn man verwirrt ist von den Gefühlen, die ein einziger Kuß hervorgerufen hat, nachdem man zwei Jahre lang keinen körperlichen Kontakt zu einem Mann hatte. Sie ist dankbar, wieder zur Besinnung gekommen zu sein.

Myrtle denkt so intensiv über diese Dinge nach, daß ihre Gedanken möglicherweise bis zum Hafenmeister hinübergewandert sind, der mit verbissen hochgezogenen Schultern dasitzt. Zurück im Hafen – die Rückfahrt dauert längst nicht so lang wie die Hinfahrt –, scheint er nämlich allen Schwung verloren zu haben. Er gibt vor zu lächeln, reicht Myrtle hilfreich die Hand, als sie aus dem Boot steigt, und dankt ihr höflich, daß sie ihm diesen Tag gewidmet hat. Myrtles eigener Dank, ihre offensichtliche Freude über den Ausflug scheinen ihn nicht zu berühren. Er sagt, er werde bald auf ein Kartenspiel vorbeikommen, und Myrtle geht, um sich auf den Heimweg zu machen. Im Bus ist Myrtle überzeugt, daß er auf der Rückfahrt den schnellen Umschwung ihrer Gedanken mitbekommen hat. Sie hofft, daß sie nicht eines Tages noch deutlicher werden muß, gezwungen wäre, all die Gründe auszubreiten, warum sie ihn abweisen muß ... Doch dann, ermattet von so viel ernstem Nachdenken, kommt ihr plötzlich ein ganz anderer Gedanke: Nach all den Jahren allein, denkt sie, ist es vielleicht an der Zeit, den Kauf eines Fernsehers in Erwägung zu ziehen ...

Archie war immer Radiohörer gewesen, begierig, nie den Seewetterbericht zu verpassen. Er hörte gern dreimal am Tag die Nachrichten und die Sendungen zum Thema Gartenbau. Sich einen Fernseher anzuschaffen wäre ihm nie in den Sinn gekommen. Seine Zeit zu Hause wollte er damit verbringen, sich mit seiner Frau zu unterhalten und kleine Arbeiten ums Haus herum zu verrichten. Die Gewohnheit, daß sich Leute Abend für Abend vor den Fernseher setzten, hielt er für eine Vergeudung von Lebenszeit. Da war es besser, die Sterne zu beobachten. Myrtle war seiner Meinung, aber manchmal hätte sie sich gern ein gutes Fernsehspiel oder eine Reportage angesehen. Ein paarmal, wenn Archie auf See war, ging sie zu Annie, um eine bestimmte Sendung zu sehen, was sie Archie später gestand. Er hatte gelacht, es ihr aber nicht übelgenommen. Aber natürlich hatte er nicht vorgeschlagen, sie sollten sich ebenfalls ein Gerät anschaffen. Begeistert von ihrem neuen Einfall, redet Myrtle sich ein, er würde es sicherlich verstehen, daß in ihrem einsamen Leben ein Fernseher – sparsam benutzt – Unterhaltung bieten konnte an den wenigen Abenden, wenn weder Martin noch Annie oder der Hafenmeister zu Besuch kamen.

Sie ist so gefangengenommen von diesem Gedanken – die Bootsfahrt mit all ihren Verwicklungen hat sie völlig vergessen –, daß es, als sie heimkommt, einen Moment dauert, bevor sie bemerkt, daß unten auf der Steintreppe ein Kind sitzt. Janice. Eine wütende und schmollende Janice, ihrem Gesichtsausdruck nach. Sie steht auf, als Myrtle näherkommt.

»Wo bist du gewesen? Ich warte schon seit einer halben Stunde«, sagt sie.

»Ich war weg.« Myrtle ist verwirrt, verärgert über die Feindseligkeit des Kindes.

»Was ist mit meiner Samstagsstunde?«

»Aber ich dachte ...? Ich meine, du bist die vergangenen drei Wochen nicht gekommen. Du hast gesagt, du möchtest dieses Schuljahr keine Samstagsstunden mehr, nur noch die am Dienstag.«

»Hab's mir anders überlegt.«

»Nun, das tut mir leid, aber du hast mir nicht Bescheid gegeben.«

»Ich hab Mum gesagt, sie soll's dir sagen, als sie gestern bei dir war.«

»Sie muß es vergessen haben.«

»Sie vergißt alles, außer ihre Friseurtermine.«

»Tut mir leid, daß du warten mußtest: Komm mit rein.«

Die Küche ist kühl – dank der dicken Steinmauern bleibt sie es selbst an den heißesten Tagen – und von nachmittäglichen Schatten erfüllt. Myrtle brennt die Haut im Gesicht und an den Armen. Sie öffnet das Fenster, macht Tee. Sie ist froh, zu Hause zu sein.

Janice knallt die Bücher auf den Tisch und setzt sich in ihrer linkischen Art nieder, die Knie zusammengepreßt, die Unterschenkel weit auseinandergespreizt, die klobigen, häßlich grünen Schuhe mit den Spitzen einander zugekehrt. Ihr Mißmut erfüllt den ganzen Raum. Der Tag auf dem Boot mit dem Hafenmeister haftet wie Spinnweben irgendwo weit hinten in Myrtles Gedächtnis. Weitaus brennender ist der Gedanke an den Fernseher: Sie freut sich darauf, eingehender darüber nachzudenken, nachdem Janice gegangen ist.

»Ich habe etwas geschrieben, was mir zu *Michael* eingefallen ist«, sagt Janice, »obwohl ich dir sagen muß, daß ich Wordsworth für verdammt düster halte.« Sie schiebt Myrtle ein offenes Heft zu.

»Janice, deine Ausdrucksweise«, sagt Myrtle unwillkürlich. Sie überfliegt den dargebotenen Absatz, der einen groben Angriff auf den Dichter darstellt, und mit nichts zu vergleichen ist, was Janice je geschieben hat. Janice beobachtet ihr Gesicht.

»Weißt du was? Gestern in der Schule habe ich zufällig Wordsworth erwähnt, und natürlich hatte keiner der anderen je von ihm gehört. Es stellte sich heraus, daß sie von dem ganzen Zeug, das ich mit dir lese, noch nie was gehört haben – weder von Arnold noch von Coleridge, Keats oder Shelley. Na ja, warum sollten sie auch? Uns wird dieser Scheiß in der Schule nicht beigebracht. Die einzige Lyrik, die wir vorgesetzt kriegen, ist John Hegley. Ich mag ihn, mußt du wissen. Sie dachten, ich sei völlig durchgeknallt, weil ich noch mehr Gedichte lesen will: Ich habe so getan, als hätte ich eine Sendung über Keats und all die anderen gesehen. Wenn sie wüßten, daß ich extra Stunden nehme, würden sie mich für eine verdammte Streberin halten, mich niedermachen. Du darfst es nie jemand sagen, versprochen?« Ihre Augen blicken hart, zeigen aber einen Anflug von Tränen.

»Janice, was ist passiert? Natürlich werde ich es keinem erzählen.«

»Was passiert ist? Es interessiert mich nicht mehr. Ich möchte keine Stunden mehr, vielen Dank. Ich hab die Dichtkunst aufgegeben. Ich hab andere Dinge im Kopf. Deswegen bin ich hergekommen, um dir das zu sagen.«

Myrtle seufzt und denkt schnell nach. Janice ist nicht in der Stimmung, sich überreden zu lassen.

»Nun, es tut mir leid, das zu hören. Mir haben unsere Stunden Spaß gemacht. Ich dachte, dir auch.«

»Oh, das haben sie.« Janice zuckt die Achseln. »Ich will bloß keine mehr nehmen.«

»Es täte mir sehr leid«, sagt Myrtle langsam, »wenn ich sehen müßte, daß dir dasselbe passiert wie deinem Vater. Er war ein kluger Junge, sehr an Literatur interessiert. Er wollte zur Universität gehen. Aber er ging zur See, und sein Interesse scheint sich verflüchtigt zu haben. Was schade ist.«

»Das höre ich zum ersten Mal. Aber egal, ich will nicht zur Universität gehen. Ich möchte Stewardeß werden. Reisen. Aus diesem Loch hier rauskommen.«

»Ich verstehe. Aber vergiß nicht, es besteht die Möglichkeit, daß du deine Meinung änderst. Alle möglichen Dinge, die mit vierzehn absolut eindeutig festzustehen scheinen, verändern sich durch die Ereignisse im Lauf des Erwachsenwerdens. Das mag jetzt unglaublich klingen ...«

»Ich sage dir, ich hab von den alten Dichtern genug.« Eine einzelne Träne rinnt über Janices Wange. Sie wischt sie, plötzlich ganz kindlich, mit dem Handrücken fort. »Ich sage dir, sie würden mich nicht mehr in Ruhe lassen, wenn das in der Schule bekannt würde.«

»Ich weiß, es ist schwierig«, sagt Myrtle zögernd, »den Mut aufzubringen, etwas zu tun, was einen von der Masse abhebt.

Aber es lohnt sich immer, an dem festzuhalten, was man *selbst* will, woran man *selbst* glaubt, egal, wieviel Spott es einem einträgt –«

Weitere Tränen rinnen inzwischen aus Janices Augen. Sie wischt sie verächtlich mit den Fäusten ab und stößt ein ersticktes Lachen aus.

»Bist du je von der ganzen Klasse verspottet worden? Verhöhnt worden? Sie haben sich fast totgelacht, als ich den verdammten Wordsworth erwähnt habe –«

Myrtle zieht ein sauberes, gefaltetes Taschentuch aus ihrer Tasche und reicht es Janice. Sie erinnert sich an ähnliche Erlebnisse. Ihre Klassenkameraden hatten immer gelacht und spöttische Bemerkungen gemacht. Bis zu den letzten beiden Schuljahren mußte sie sich immer bemühen, ihren Lerncifer zu verbergen.

»Manchmal«, sagt sie, »wenn du bei deiner Sache bleibst, dich nicht nach der Masse richtest, findest du schließlich Anerkennung ... einen anderen Menschen, der überzeugt ist, daß es sich lohnt, dir nachzustreben, und dann tun plötzlich alle dasselbe, wie Schafe ... und du siehst dich in der Position des Anführers.« Sie erinnert sich, daß sie einst gedacht hatte, das könnte ihr widerfahren, was aber nie geschah.

Myrtle weiß, daß sie ihre Sache nicht gut macht. Janice lacht lauter, gemeiner. Sie steht auf.

»Sehr komisch«, sagt sie. »Ich sehe meine Klasse direkt vor mir – ein Haufen von Mega-Schlägertypen, für den Fall, daß dir das nicht klar war –, die plötzlich alle glauben, Janice Mcleoud und ihre streberische Vorliebe für alte Dichter seien jetzt angesagt ... Und außerdem will ich von dir keine Moralpredigt hören«, sagt sie. »Eines zumindest hat mir hier immer gefallen: daß du mir keine Moralpredigt geliefert hast.«

Myrtle steht ebenfalls auf. Sie zwingt sich zu einem Lächeln, versucht einen leichten Tonfall anzuschlagen.

»Ich habe begriffen, daß ich nicht zu dir durchdringe. Ich werde es nicht länger versuchen. Wie geht's deinem Freund?«

Für den Bruchteil eines Moments fällt Janices Gesicht in sich zusammen, dann hebt sie das Kinn und gewinnt wieder Kontrolle über sich.

»Ich weiß nicht, ob du je in jemanden verliebt warst, der so gemein ist, daß es dich unentwegt verfolgt, daß du keine Minute an etwas anderes denken kannst, außer daß es ein verfluchter Alptraum ist.«

Sie springt auf Myrtle zu – ist wieder ganz das Kind –, wirft ihr die Arme um die Schultern und legt den Kopf auf Myrtles Brust. Myrtle spürt, wie mager sie ist. Sie nimmt das Taschentuch, wischt die Tränen ab und streichelt den Kopf des außer sich geratenen Kindes. Aber sie drückt es nicht an sich, aus Furcht vor weiteren Trotzreaktionen.

»Jedenfalls danke, Myrtle«, sagt Janice und reißt sich los.

»Besuch mich, wann immer du willst. Ich freue mich immer, dich zu sehen.«

Janice packt ihre Tasche, läuft zur Tür hinaus und läßt sie absichtlich hinter sich zuknallen. Sie hat ihr Übungsheft offen auf dem Tisch liegenlassen. Myrtle nimmt es auf und richtet den Blick auf den letzten Satz.

Wordsworth ist ein Riesenscheiß, liest sie, und spürt wie die Freude des Tages langsam aus ihrem Körper rinnt.

Ein paar Tage später macht Alastair Brown zur üblichen Zeit seinen Besuch. Sie lassen sich zu einem Kartenspiel nieder.

Es ist sehr warm in der Küche, trotz des geringen Luftzugs zwischen dem offenen Fenster und der offenen Tür. Nach vielen Sonnentagen haben die dicken Steinwände ihre kühlende Wirkung verloren. Eine Wespe fliegt an der Decke von einer Stelle zur anderen, ihr Summen klingt wie das leise Brutzeln von Bratfett. Der Hafenmeister bittet um die Erlaubnis, seine Jacke ablegen zu dürfen. Darunter trägt er ein Hemd, auf das kein anderer Mann im Dorf verfallen wäre – ein elegantes Kleidungsstück, blau, gelb und grün gestreift, aus teurer Baumwolle mit spitzem Kragen. Dazu Manschettenknöpfe aus Türkisen, die in Gold gefaßt sind.

Myrtle lächelt.

»Die sind sehr hübsch«, sagt sie. »Haben Sie die im Ausland bekommen?«

»Am Flughafen von Hongkong. Ich war dort, um einen Panda anzuliefern.« Seine Antwort klingt ausdruckslos. Myrtle sieht, daß er den alten Schwung noch immer nicht wiedergewonnen hat. Er verhält sich auf die übliche umgängliche Art und macht keinerlei Bemerkung über den Ausflug. Aber irgend etwas fehlt. Myrtle schenkt Gläser mit selbstgemachter Limonade ein. Eine Weile spielen sie schweigend. Dann verschiebt ein kleines Stirnrunzeln die Brille des Hafenmeisters. Er muß sie wieder zurechtrücken.

»Ich nehme an«, sagt er, die Augen auf den Kartenfächer gerichtet, »daß das Witwendasein für eine Fischersfrau in mancher Hinsicht leichter ist. Ich meine, sie muß ans Fernbleiben ihres Mannes, ans Alleinsein gewöhnt sein.« Die Mühe, die es ihn kostet, das zu sagen, verrät Myrtle, daß es sich dabei um etwas handelt, was ihn stark beschäftigt hat, um eine Überlegung, die er bestätigt haben möchte, vielleicht um ein seine Gefühle für Myrtle betreffendes Problem erträglicher zu machen.

Seine Feststellung läßt sie verstummen. Sie kann nicht glauben, daß ein Mann mit so viel Feingefühl so wenig Vorstellungskraft besitzt. Aber sie bemüht sich, ihn mit ihrer Antwort nicht vor den Kopf zu stoßen.

»Ja, das könnte man meinen«, sagt sie freundlich. »Ich kann gut verstehen, daß man das denkt. Aber es trifft nicht zu. In diesem Fall handelt es sich um ein Fernbleiben, das nie ein Ende nehmen wird, von dem man sich für den Rest seines Lebens nicht mehr befreien kann, an das man sich nie gewöhnen wird. Es gibt kein Entrinnen vor diesem Gefühl – es ist immer da, egal, was sonst geschieht. Und am schlimmsten ist die Gewißheit, daß es zuweilen nicht passiv bleibt: Es springt einen an, packt einen im Würgegriff und richtet erneut Verwüstungen an unter all den Dingen, die man einigermaßen in Ordnung gebracht zu haben glaubte ...« Sie spricht ruhig, wie zu sich selbst. »Aber da haben Sie's! Was rede ich da? Eigentlich erkläre ich solche Dinge nicht gern: Ich habe nur versucht, Ihre Frage zu beantworten. Als Fischersfrau – ich nehme an, daß wir alle das gleiche empfinden – gewöhnt man sich nie ganz an die beständige Abwesenheit des Mannes, an die Angst, die immer gegenwärtig ist. Aber zumindest besteht die Hoffnung, eine nicht geringe Chance, daß er zurückkehrt. Die immer wieder auftretenden Katastrophen machen zwar jegliches Gefühl der Sicherheit zunichte – aber die Männer kennen die See, sie sind keine Narren, sie gehen keine Risiken ein. Also entspringt die Angst, wenn sie fort sind, nur dem instinktiven Mißtrauen gegenüber der See, der Furcht vor einem plötzlichen Sturm. Aber tatsächlich besteht doch jedesmal sehr große Hoffnung, daß sie zurückkommen. Archies Tod bedeutet für mich das Ende dieser Hoffnung, aber ich muß für die anderen weiterhoffen.«

Alastair Brown legt die Karten ab und senkt den Kopf.

»Es tut mir leid, Myrtle«, sagt er, »ich scheine etwas sehr Dummes, sehr Unbesonnenes von mir gegeben zu haben, obwohl ich so viel darüber nachgedacht habe. Ich habe wieder einmal genau das Falsche gesagt.«

»O nein, das haben Sie nicht«, versichert ihm Myrtle schnell. Sein Kummer ist ihr unangenehm. »Eine Menge Leute fragen sich, wie es ist, verwitwet zu sein, genauso wie sie über andere Lebenszustände Bescheid wissen möchten. Sie fragen. Aber man kann es ihnen nicht erklären. Diese Empfindungen lassen sich genauso wenig erklären wie man einem Arzt einen körperlichen Schmerz beschreiben kann. Andere Menschen können nur Vermutungen anstellen.«

Der Hafenmeister mischt jetzt traurig die Karten.

»Es war taktlos von mir, damit anzufangen«, sagt er. »Aber ich fühle mich geehrt – glauben Sie mir, ich fühle mich geehrt –, daß Sie mir Dinge, die Sie sonst keinem Menschen erklären wollen, so gut beschrieben haben ...«

»Sie sind ein guter Freund für mich«, sagt Myrtle. »Sie haben gefragt. Es wäre feige gewesen, keine Antwort zu versuchen.« Erneut fühlt sie sich zu dem unbeholfenen Mann hingezogen, spürt aber dennoch Distanz. Nichts könnte sie heute zu einer beruhigenden Geste bewegen wie damals auf dem Boot, denn sie fürchtet, er könnte sie mißverstehen und neue Hoffnung schöpfen. Doch seine Not rührt sie zutiefst, und sie leidet darunter, daß sie ihm nicht helfen kann. Sie kann nur hoffen, daß er sie versteht.

Als sie sich wieder schweigend ihrem Spiel zuwenden, entdeckt Myrtle am Hafenmeister eine Melancholie, die ihr vertraut ist: Genauso hatte sie während vieler Jahre empfunden, bevor sie Archie kennenlernte – dieselbe bittere Resignation. Alastair Brown wirkt wie ein Mann, der zu hoffen gewagt hat, abgewiesen wurde und nun in die Leere zurückkehren muß, aus der sein Leben bestand, bevor die Hoffnung ihn betörte. Myrtle fühlt sich schuldig. Sie weiß, daß sie mit ein paar Worten sein Leben verändern könnte. Aber sie kann sie nicht sagen. Der Hafenmeister weiß, daß sie sie nicht sagen kann. Ihre Traurigkeit verbindet sie.

Doch ihre bedrückte Stimmung wird zerstreut, als Annie lachend und aufgeregt hereingestürzt kommt. Sie trägt ein Sommerkleid aus Musselin, das ihren Körper lose umhüllt, an den Knien und der Brust jedoch haftet. Sie spielt mit einem langen Seidenschal, der um ihren Hals geschlungen ist, und wirft die Haare zurück. In der dämmrigen Küche sieht sie aus wie damals mit achtzehn, wenn sie hereingerannt kam, um Myrtle mitzunehmen: Wie sehr hat sich Myrtle damals gefreut, wenn Annie sie tatsächlich an irgendeinem Plan teilhaben ließ, wie sehr hat sie sie dann geliebt! Jetzt erwacht diese Liebe erneut in ihr: Auf einmal überkommt sie ein vibrierendes, unterdrücktes Gefühl der Wärme, eine Freude über ihre Gegenwart, ihre Existenz. Sie hatte sich in letzter Zeit oft über Annie geärgert, daher ist sie erleichtert, daß dieses tiefe Gefühl der Verbundenheit aus ihren Kindertagen noch immer vorhanden ist. Gleichzeitig ist sie dankbar für den Besuch. Annie taucht genau zum richtigen Zeitpunkt auf. Jetzt bleiben Myrtle weitere Erklärungen erspart, wenn Alastair Brown sich zum Gehen entschließt.

Was er sofort tut. Die Gegenwart von Annie bereitet ihm immer Unbehagen: Er ist nicht in der Lage, die vergangenen Vorfälle mit Frauen zu vergessen, die ihm unbedingt näher kommen wollten als er ihnen. Er glaubt, daß Annie wegen seines Mangels an Begeisterung, seiner Unfähigkeit, die Gelegenheit beim Schopf zu packen, üble Geschichten im Dorf verbreitet hat. »Hier, nehmen Sie meine Karten«, schlägt er vor und steht auf.

»Gern, Alastair. Myrtle und ich haben seit Ewigkeiten nicht mehr zusammen gespielt. Ich glaube, daß jetzt ich mal an der Reihe bin.« Sie sieht mit einem bezaubernden Lächeln zu ihm auf, weshalb er sich erst recht beeilt, seine Jacke anzuziehen – so hastig versucht er, in die Ärmel hineinzukommen, daß er sich verheddert, was seinen ohnehin verwirrten Zustand nur noch verschlimmert. Annie läßt sich theatralisch auf seinen Stuhl fallen, als wäre sie erschöpft, aber durch irgendein geheimes Ereignis in Hochstimmung versetzt. Sie zieht den zerknitterten Rock über die braunen Knie hinauf und krümmt die Zehen – eine Angewohnheit aus der Kinderzeit, die sie nie abgelegt hat. Ein kurzer Blick auf die scharlachroten Nägel, die durch den Ausschnitt der pinkfarbenen Sandalen mit Stiletto-Absätzen blitzen, und der Hafenmeister macht einen seiner üblichen hasenartigen Sätze zur Tür. Myrtle begleitet ihn hinaus.

»Danke, daß Sie gekommen sind«, sagt sie. »Kommen Sie bald wieder.« Dann beugt sie sich vor und küßt ihn plötzlich auf die Wange. Die Geste löst bei beiden ähnliches Erstaunen aus: Alastair Brown kann das nicht wissen, aber Myrtle hat in ihrem ganzen Leben noch keinen Mann auf die Wange geküßt – bedeutungslose gesellschaftliche Gepflogenheiten sind nicht ihre Art. Sie ist verblüfft von ihrer eigenen Kühnheit, von der unüberlegten Tat, die in gewisser Weise noch erstaunlicher ist als ihre Nachgiebigkeit bei dem Kuß, den Alastair Brown ihr in jener Nacht gegeben hatte. Sie beobachtet, wie der Hafenmeister die Treppe hinuntereilt, seine Brille und seine Krawatte zurechtrückt. Unten angekommen, dreht er sich um, um sich mit einem kleinen, schüchternen Winken zu verabschieden – dem Winken eines Mannes, der dankbar ist für die bezeugte Freundlichkeit, aber gleichzeitig sehr genau weiß, daß es zwischen ihnen immer bestimmte Grenzen geben wird.

Myrtle kehrt in die Küche zurück. In dem schattigen, mit Lichtflecken durchsetzten Raum sitzt Annie noch immer zappelig auf ihrem Stuhl. Ein sonderbarer dünner Sonnenstrahl fällt auf ihren Arm und läßt winzige Lichtblitze durch das Blau ihrer Augen schießen.

Annie ist im Sommer immer am glücklichsten. Die Sonne spornt sie an. Ihre erwärmte Haut reibt sich an harten Oberflächen, schmiegt sich in Kissen oder Decken. Myrtle erkennt all die Zeichen: Annie gleicht heute jener Annie aus den vielen Sommern ihrer Jugend, als sie erklärte, in Liebe für einen Jungen entbrannt zu sein. Myrtle muß unwillkürlich lachen.

»Also!« Annie lacht ebenfalls. »Jetzt habe ich dich und den Hafenmeister doch noch erwischt. Ich finde, es ist eine verdammt großartige Idee. Wann soll's denn sein?«

»Sei nicht albern, Annie. Er ist ein lieber Mann, ein guter Freund, aber das ist alles.«

»Das hab ich schon mal gehört. Du könntest mir genauso gut die Wahrheit sagen, weißt du. Die ganzen Jahre schon.«

»Ich sag dir die Wahrheit.«

»Dann ist es schade.«

»Du bist so ungewöhnlich gut gelaunt.« Myrtle holt frische Gläser und Eis. Sie gießt Limonade ein. Annie schenkt ihr ein triumphierendes Lächeln.

»Ken hat den Nachmittag freigenommen. Wir müssen die Gelegenheit nutzen, wenn Janice in der Schule ist.«

»Also bist du glücklicher? Es läuft immer noch besser?«

»Ich würde sagen, es läuft keineswegs gut, aber ein paar Prozent besser. Wir streiten nicht mehr so viel, aber wir nehmen uns Zeit, um uns mit Janice und ihren Launen zu beschäftigen. Sie ist ständig unterwegs im Moment. Ich weiß nicht, was in sie gefahren ist. Ein verdammter Alptraum, wenn man damit leben muß, das kann ich dir sagen.«

»Sie fängt sich schon wieder. Sie hat mir gesagt, sie möchte keine Stunden mehr nehmen, aber wahrscheinlich ändert sie ihre Meinung wieder.«

»Sie hat's mir gesagt. Es tut mir leid. Sie hatte solchen Spaß an deinem Unterricht. Du hast sie inspiriert – so was braucht jeder. Ich hoffe, daß sie wieder zur Vernunft kommt. Schuld daran sind natürlich die Hormone. Aber ich war doch nie so, oder, Myrt? Wochenlang völlig niedergeschlagen, bloß weil irgendein grünschnäbliger Junge nicht reagiert?«

»Ich kann mich an keinen Jungen erinnern, der nicht auf dich reagiert hätte«, sagt Myrtle und Annie lacht erneut, entzückt über die Richtigkeit der Feststellung. Dann kehren ihre Gedanken wieder zu Janice zurück.

»Dennoch, in gewisser Weise hat sie uns einander näher gebracht. Das und ...« Annie wendet den Blick von Myrtle ab. »Ich weiß nicht, ich glaube, meine Wut hat sich totgelaufen. Man kann einen Menschen nicht ewig verantwortlich machen. Ich habe inzwischen eingesehen, daß Archies Tod genügend Strafe für Ken war. Wahrscheinlich bin ich zu hart mit ihm gewesen, deinetwegen, obwohl ich weiß, daß du ihm längst vergeben hast. Außerdem ist er sehr geduldig, das muß ich sagen. Ich schätze Geduld. Und er hat versucht, seine Verzweiflung nicht auf uns – auf Janice und mich – abzuladen. Das rechne ich ihm hoch an. Das hat mich freundlicher gestimmt. Es ist zwar nicht die Art von Liebe, die ich für Martin empfunden habe und immer noch empfinde – aber ein angenehmes, wohltuendes Gefühl alter Zuneigung. Wir sind aneinander gewöhnt. Und jetzt haben wir auch wieder Sex – das ist herrlich. Es ist großartig.«

»O Annie, ich kann dir gar nicht sagen, wie erleichtert ich bin. Wie ich mich freue«, sagt Myrtle schnell. »Darauf habe ich gehofft.« Mit keinem Wort geht sie auf den Teil der Mitteilung ein, der sie beunruhigt: Annies Geständnis, daß sie Martin noch immer liebt. Aber möglicherweise handelt es sich inzwischen bloß um eine alte Gewohnheit, die sie beibehalten hat, mehr eine Erinnerung als wirkliches Empfinden. Wie auch immer, Myrtle registriert ein Warnsignal in ihrem Kopf: Nie darf sie Annie gestehen, daß die Freundschaft mit Martin ihr immer mehr Wärme gibt. Annie unterbricht ihre Gedanken.

»Ich finde, du solltest Alastair Brown ernsthaft in Erwägung ziehen«, sagt sie. »Es stimmt: Natürlich könntest du ihn nicht so lieben wie du Archie geliebt hast, aber er könnte dein Leben erweitern. Er könnte dir die moderne Welt nahebringen – erst gestern abend habe ich zu Ken gesagt, Myrtle muß die einzige an der ganzen Küste sein, die immer noch keinen Fernseher hat, die noch nicht mal einen will.«

»All das wird sich vielleicht ändern, hat sich eigentlich schon geändert.«

»Was du nicht alles vor mir verbirgst! Das ist eine gute Neuigkeit. Wundervoll. Aber du bist auch nie irgendwo gewesen, du scheinst nicht die geringste Lust zu haben, andere Orte kennenzulernen, Ferien im Ausland zu machen. Ich habe zu Ken gesagt, laß uns nächstes Jahr nach Spanien fahren, nach Benidorm oder irgendwohin, die Welt sehen. Der Vorschlag hat ihm gefallen. Aber du! Keine zehn Pferde würden dich weiter in den Süden bringen als bis nach Edinburgh. Vergiß nicht: Du hast noch vierzig gute Jahre vor dir, und wenn du nie einen Fuß aus dem Dorf hinaussetzt, wirst du nie jemand kennenlernen. Meiner Ansicht nach wäre der Hafenmeister eine großartige Möglichkeit. Er könnte deine letzte Chance sein.«

Myrtle lächelt. Sie fühlt sich nicht im geringsten von Annies unbeschwerten Vorhaltungen verletzt und teilt keineswegs ihre Besorgnis. »Ich habe nicht den dringenden Wunsch, jemand kennenzulernen«, sagt sie. »Mir gefällt es hier. Ich kann mir nicht vorstellen, von hier wegzugehen.«

»Weißt du was? Du bist wirklich furchtbar altmodisch – wie die Leute in den alten Zeiten, die nie irgendwohin gefahren sind. Aber du hast die Möglichkeit, genügend Geld, und was machst du? Du bleibst hier und bist ganz froh dabei. Ich wette, Archie hätte gewollt, daß du ein bißchen was von der Welt siehst ... Bist du mir böse, weil ich das alles sage?«

»Nicht im geringsten. Du mußt verstehen, ich bin hier verwurzelt, glücklich. Ich fühle mich sicher an dem Ort, wo ich mit Archie gelebt habe. Natürlich könnte ich mich eines Tages ein Stückchen hinauswagen, mir ein bißchen was ansehen. Aber das eilt mir nicht. Ich gehöre zu denen, die in einer kleinen Welt mehr als genug finden.«

»Ich wünschte, mir ginge es genauso. Ich möchte ständig weg, Gott weiß wohin. Was soll ich machen. Ohne einen reichen Kerl im Hintergrund sind einem die Hände gebunden. Ken tut sein Bestes, das muß ich sagen. Er kriegt regelmäßigen Lohn, aber zu Reichtümern werden wir es nie bringen. Er sagt, wir gingen eines Tages vielleicht nach Australien. Ich weiß nicht, wie mir das gefallen würde – oder ob wir überhaupt noch lang genug zusammenbleiben, um solche Pläne schmieden zu können. Eines würde mich jedenfalls davon abhalten: Du würdest mir fehlen.«

»Du würdest dich daran gewöhnen. Ich würde eines Tages kommen und dich besuchen.«

»Ich wette, daß du das nicht tun würdest.«

»Nun, um ehrlich zu sein, wahrscheinlich nicht.«

»Ich glaube nicht, daß wir fortgehen. Es ist bloß so eine Idee.« Annies anfängliche Überschwenglichkeit hat sich gelegt. Sie nimmt die Karten auf. Myrtle sieht aus dem Fenster. Annie lacht. »Du siehst immer noch nach dem Wetter, obwohl das doch gar nicht mehr nötig ist. Das gefällt mir. Ein schöner ruhiger Tag. Keine Sorge.«

»Reine Gewohnheit«, sagt Myrtle. »Am Morgen sehe ich immer als erstes zum Himmel hinauf. Machmal kommt mir ganz unwillkürlich der Gedanke: Gott sei Dank, daß Archie nicht draußen ist bei diesem ... Dann denke ich an die anderen.«

»Du bist ein komischer Vogel, Myrt. Ziemlich fehl am Platz in unserer modernen Welt. Ich weiß manchmal nicht, was in deinem Kopf vorgeht. Hier: Heb ab.«

Myrtle nimmt die Hälfte der Karten ab. Sie spielen bis zum späten Nachmittag. Dämmerung hüllt sie ein. Der Glaskrug, der erneut mit Limonade gefüllt wurde, leuchtet zwischen ihnen wie eine schwache Lampe. Ihre Unterarme und Ellbogen ruhen auf dem seidigen Holz des Tisches – das Holz fühlt sich so vertraut an, als wäre der jetzige Abend die Quintessenz von Tausenden von Spielabenden, die über die Jahre hinweg hier stattgefunden haben. Annie sagt, Ken besorge das Essen für Janice heute auswärts, also habe sie den Abend frei. Myrtle sagt, im

Kühlschrank seien kaltes Fleisch und Tomaten. Sie lächeln sich an, genießen die Vorstellung eines späten Mahls, wenn das Spiel zu Ende ist.

Vielleicht sind es gerade die Stimmungsumschwünge, die eine gute Freundschaft am Leben erhalten. Heute abend sind all die Liebe, die Ehrfurcht und die Bewunderung, die sie je für Annie empfunden hat, in diesem dunkler werdenden Raum versammelt. Inmitten der Leere, die Archie hinterlassen hat, braucht sie dieses Gefühl des Friedens mit Annie, so flüchtig es manchmal auch sein mag. Die Bedeutung, die sie füreinander haben, darf bis an ihr Lebensende nicht verlorengehen.

Sie verbringen einen fröhlichen Abend. Sie reden über die alten Zeiten, lachen über alte Witze, bewegen sich auf sicherem Grund. Myrtle weiß, daß kein Tag vergehen wird, an dem sie sich nicht Sorgen machen wird wegen Annies allzu forscher und vorlauter Art, ihrer Gedankenlosigkeit und ihres fragwürdigen Moralgefühls. Aber seit Archies Tod und dem beunruhigenden Verhalten von Janice scheint Annie endlich etwas reifer geworden zu sein. Nachdem nun auch die zweijährige Eiszeit zwischen ihr und Ken beendet und Tauwetter eingetreten ist, hat Annie den gewohnten Elan und ihre Energie zurückgewonnen. Aber noch während Myrtle über diese Dinge nachdenkt, weiß sie, daß sie sich täuschen kann. So oft hat Annie in letzter Zeit Myrtles Gefühl von Liebe und Vertrauen mit einer einzigen dummen – oft lieblosen – Tat zerstört. So oft mußte Myrtle wieder ganz von vorn anfangen und sich die Zuneigung für ihre Freundin von neuem aufbauen. Was eine beschwerliche und deprimierende Aufgabe war, aber nie so schlimm wie der Gedanke, es ganz aufzugeben. Nun, nachdem ihre Eltern und Archie tot sind, ist Annie die wichtigste Person in Myrtles Leben, und an einem Abend wie diesem ist es unmöglich sich vorzustellen, sie könnten sich je wieder streiten.

Als Annie schließlich geht, ist es schon fast Mitternacht. Myrtle begleitet sie zur Tür hinaus und bleibt oben an der Treppe stehen, genauso wie sie es beim Hafenmeister getan hat. Die Frauen umarmen sich länger als sonst. Schwer legt sich die

Wärme der Nacht auf sie. Als sie sich voneinander lösen, nehmen sie sich nur undeutlich wahr – über ihnen steht ein umwölkter Mond. Die wenigen Sterne leuchten nur schwach an dem halbdunklen Himmel.

»Zum Teufel mit Australien«, sagt Annie, als sie die Treppe hinunterläuft.

Eine Woche später, an einem weiteren warmen Sommerabend, schickt sich Myrtle an, zum Friedhof zu gehen. Martin hat ihr mitgeteilt, er habe die Arbeit am Grabstein beendet und wolle ihre Meinung über ein paar letzte Einzelheiten der Inschrift wissen.

Myrtle geht unbeschwerten Schritts zum Friedhof. Das schöne Wetter scheint anzuhalten: Ein schöner Abend reiht sich an den anderen. Nachdem das Problem des Grabsteins gelöst ist, wird Martin mit ihr zurückkommen, um mit ihr den Rotbarsch zu essen, den er ihr am Morgen gebracht hat, und den sie mit ein wenig Butter grillen will. Sie werden zusammensitzen und sich auf die übliche ungezwungene Weise unterhalten. Myrtle wird ihn vielleicht nach seiner Meinung dazu fragen, daß sie sich im Herbst einen Fernseher anschaffen will. Sie sieht den ruhigen Ablauf ihres Lebens während der kommenden Jahre vor sich – die unerklärliche Ruhelosigkeit, die sie vor kurzem befallen hat, scheint sich verflüchtigt zu haben. Künftig wird es Kartenspiele mit Annie, gelegentliche Abendessen mit Martin und Besuche des Hafenmeisters geben – wenn auch keine heimlichen Ausflüge mehr. Außerdem die Freuden des Unterrichts in der Schule und genügend Zeit, all die Bücher zu lesen, die sie schon immer lesen wollte. Was kann eine Witwe, die für immer an den Geist ihres Mannes gefesselt ist, mehr verlangen?

Myrtle geht durch das Friedhofstor und macht es hinter sich zu. Sie beschließt, einen Moment in die Kirche zu treten, bevor sie Martin an Archies Grab trifft. Schnell geht sie den Kiesweg entlang, der so heiß ist, daß sie es durch die offenen Sandalen spürt. Im Innern der Kirche ist es fast winterlich kalt und feucht. Der Putz an den Wänden bröckelt und splittert ab –

neben der Bank, auf die sich Myrtle setzt, hat sich auf dem Boden ein kleines schneeweißes Häufchen gebildet. Sie sieht sich in dem kahlen Raum um. Auf dem Altar steht eine einzige Vase mit Blumen – Gladiolen und Margeriten, alle verwelkt. Die beiden Kerzen, deren elfenbeinfarbenes Wachs heruntergetropft und erstarrt ist, erinnern Myrtle an das Phänomen der Totenstarre. Auch die Lebenszeit der beiden Kerzen ist bald vorbei. Myrtle denkt an die vielen Dutzende von Kerzen, die bei Hochzeiten hier entzündet werden, aber vor allem bei den Begräbnissen von Fischern. Myrtle kann die Totenfeiern nicht mehr zählen, bei denen sie zugegen war: jedesmal eine bis zum letzten Platz gefüllte Kirche, Stimmen, die Gott anflehen, sich ihrer zu erbarmen: »Höre unser Flehen um die, die auf dem Meer in Not sind.« Ihr Vater, Archie ... sie sangen das Lied auch für Dot. Es war ihr Lieblingslied.

Myrtle ist gern hier, sie mag diese Momente des »Friedens und heiliger Ruhe«. Sie bedeckt das Gesicht mit den großen Händen und versucht, sich die leere goldene Weite vorzustellen, aus der der Himmel ihrer Meinung nach besteht. Sie versucht ein Gebet, in dem sie darum bittet, ihre verstorbene Familie möge vereint werden, aber sie kann sich weder vorstellen, auf welche Weise das geschehen soll, noch ihre Angehörigen bildhaft vor sich sehen. Gibt es Stühle im Himmel? Sie kann sich kein Bild machen, also verwandelt sie ihr Gebet in eine Danksagung für alle, die ihr geblieben sind. Dann kehrt sie zum Portal zurück.

Die Hitze des Abends bringt sie wieder ins Schwitzen. Sie hebt eine Hand, legt sie auf den warmen Stein. Dann blickt sie zum Meer: Das Familiengrab liegt nahe bei der Mauer, die den Friedhof von dem Küstenstreifen trennt. Sie kann nur die kniende Gestalt von Martin erkennen – in leuchtend blauem Hemd –, der ihr den Rücken zukehrt und mit dem Meißel arbeitet. Sie sieht ihn im Gegenlicht: Was die Illusion erzeugt, er sei von einem Heiligenschein bekränzt. Der Heiligenschein umrahmt auch eine zweite Gestalt, ein zartes junges Mädchen, wie es scheint, das gegen den Grabstein lehnt.

Myrtle geht über das kurzgeschorene Gras zwischen den Gräbern und nähert sich ihnen vorsichtig. Sie möchte zuerst mehr sehen, bevor sie selbst gesehen wird. Ein paar Meter von Archies Grab entfernt bleibt sie stehen und verbirgt sich hinter einem Grabmal aus bröckelndem, bemoostem Stein, einem Bauwerk, das etwa die Größe einer Strandhütte hat. Obwohl beide Gestalten noch immer im blendenden Sonnenlicht stehen, kann Myrtle sie jetzt genau erkennen. Das Mädchen ist Janice.

Janice lehnt gegen den Grabstein und streicht mit ihrem mageren Arm darüber. Sie trägt ein sehr kurzes Kleid aus demselben Musselinstoff wie Annies Kleid von letzter Woche. Es schmiegt sich eng um die Hüften und die kleinen Brüste, und sie trägt nichts als einen Schlüpfer darunter. Ihre freie Hand greift zu den Knöpfen am Hals hinauf: lasziv, wie die Karikatur einer Filmdiva, öffnet sie zwei davon. Die Geste, ebenso wie ihre Haltung, sind der Inbegriff von Provokation. Sie klimpert mit dem Wimpern, wie sie es schon tausendmal bei ihrer Mutter gesehen haben muß, und schürzt die Lippen zu einem lächerlichen Schmollmund.

»*Schau her*, Martin«, schreit sie plötzlich. »Schau mich doch verdammt noch mal an. Bitte!«

An der Geschwindigkeit, mit der Martin aufspringt, erkennt Myrtle, wie wütend er ist. Eine Sekunde lang sieht sie die beiden Gestalten – den Mann mit der Hand auf der Schulter des Mädchens, der sie schüttelt, sie anbrüllt, und das Mädchen mit dem offenen, schreienden Mund – in den flammenden Sonnenstrahlen, die sie aussehen lassen, als ob sie brennen. Sie rennt auf die beiden zu. Janice schreit lauter. Martin dreht sich um.

»Janice! Was fällt dir eigentlich ein –? Du kleines Flittchen, du –«

Myrtle ist zu entsetzt, zu wütend, um die richtigen Worte zu finden. Sie drängt sich an Martin vorbei, zerrt Janice von dem Grabstein fort – beim bloßen Gedanken, daß das Mädchen ihn berührt hat, dreht sich ihr vor Ekel der Magen um – und ohrfeigt das trotzige hochgereckte Gesicht.

Das Schreien hört auf. Stille: Dann protestiert eine Möwe über ihnen. Myrtle spürt Martins Arm, der sie fortzieht.

»Wie kannst du es wagen?« Janice sieht sie noch immer erhobenen Hauptes an, noch immer trotzig und höhnisch. »Das wirst du büßen.«

Myrtle nimmt außer ihrem hämmernden Herzschlag kaum etwas wahr. Martin zieht sie ein Stück weiter fort.

»Laß sie«, sagt er.

»Wenn du mich noch mal anfaßt, wirst du wegen Körperverletzung eingesperrt«, sagt Janice. Auf ihrer Wange sind rote Striemen, der Abdruck von Myrtles Fingern.

»Knöpf deine Bluse zu«, sagt Myrtle. Ihre Stimme kommt von weit her, hat nichts mit ihr zu tun, ist unfähig, die tausend Dinge zu sagen, die sie sagen will. »Was hast du dir bloß dabei gedacht?«

Janice lächelt, das bösartigste Lächeln, das Myrtle je bei einem Kind gesehen hat: ein Lächeln, das sie sich gewiß nicht von Annie oder Ken abgeschaut haben konnte.

»Was weißt denn du schon? Was weißt denn du von einer Verzweiflung, die sich in dich hineinfrißt, so daß du Tag und Nacht zu nichts fähig bist? Was weißt denn du schon von Leidenschaft, von Begierde, von all den Monaten, in denen ich mit ansehen muß, wie Martin zu Mum nett und zu dir freundlich ist, aber mich nicht einmal *bemerkt*?«

»Ich finde, du solltest jetzt schleunigst nach Hause gehen, Janice«, sagt Martin.

»Du bist erst vierzehn, Janice.« Myrtle, die zittert, beschämt von ihrem gewalttätigen Ausbruch, versucht, sich genauso sanftmütig zu geben wie Martin.

»Na und? Was hat denn das damit zu tun? Ich hab nichts Schlimmes getan. Nur versucht, Martin dazu zu bringen, daß er mich *bemerkt.* Etwas zu mir sagt. Daß ihm bewußt wird, daß ich existiere.«

»Geh schon«, sagt Martin wieder. »Geh heim. Ich denke, wir sollten das alles so schnell wie möglich vergessen.«

»Vergessen?« Janice lacht. Sie spielt an den Knöpfen ihres Kleides, macht sie aber nicht zu. Sie hebt einen Pullover vom Boden auf und schlingt ihn sich um die Schultern. »Na schön.

Ich gehe. Laß euch beide allein. Vielleicht – he, vielleicht ist es das, was du im Sinn hast, Myrtle. Vielleicht bist du selbst in Martin verknallt! Das wäre wirklich saukomisch! Na, über deine Chancen brauch ich mir ja keine Gedanken zu machen. Du bist alt und reizlos, und kein Mann, der bei Sinnen ist, würde dir einen zweiten –«

»Hau ab!« brüllt Martin jetzt, den alle Sanftmut verlassen hat. »Jetzt hau schon ab.«

Janice rennt auf bloßen Füßen zwischen den Grabsteinen hindurch zum Tor.

Myrtle setzt sich auf Archies Grab. Martin läßt sich neben ihr nieder. Er verbirgt den Kopf in den Händen. Myrtle sehnt sich danach, zu weinen, kann es aber nicht.

»Was habe ich nur getan?« fragt sie schließlich. »Anderer Leute Kinder zu schlagen ... Janice zu schlagen, die ich schon als Baby geliebt habe. Janice: drei Jahre Unterricht, die wir beide herrlich fanden. Was ist los mit mir? Was ist mit *ihr* los?«

Martin hebt den Kopf. Er legt einen Arm um Myrtle.

»Sie hat es verdient. Dieses Kind ist völlig durchgedreht. Gestört. Wahrscheinlich hätte ich dir sagen sollen, was vorgefallen ist. Tatsächlich hatte ich mich schon entschlossen, es dir zu erzählen ...« Er seufzt. »Sie verfolgt mich nun schon seit Monaten – nicht auf die Weise wie heute. Aber sie hat ständig anzügliche Bemerkungen gemacht und alles getan, um mich zu provozieren. Und ihre Briefe erst ... Seiten um Seiten, wie sehr sie mich liebt, an mich denkt, von mir träumt, immer auf mich warten wird – rührendes, kindliches Zeug. Ich habe aufgehört, sie zu öffnen. Ich habe ihr gesagt, daß ich sie nicht mehr lesen werde. Dann hat sie angefangen anzurufen ... und mich mit pornographischem Zeug geplagt. Was sie gern mit mir tun würde – bevor ich den Hörer aufgeknallt habe. Eigentlich wollte ich mich an Annie und Ken wenden, doch ich wollte das Kind nicht in Schwierigkeiten bringen. Aber sie braucht Hilfe. Sie ist auf eine furchtbare Weise ... Und jetzt das.«

»O Gott«, sagt Myrtle.

»Sie hat hier auf mich gewartet. Ich habe versucht, auf sie einzugehen, sie gebeten, nicht mehr so albern zu sein, wegzugehen. Aber es hat nichts genützt. Ich wagte nicht, wütend zu werden – weil sie mich sofort des Kindesmißbrauchs bezichtigt hätte. Ich konnte nur beten, daß du rechtzeitig kommen würdest.«

»Und ich war in der Kirche ... Was machen wir jetzt? Ich habe ein Kind geschlagen. Ich habe Janice geschlagen. Sie mag es verdient haben – aber das ist keine Entschuldigung. Das ist das Ende meines Jobs, damit hat sie recht. Und das ist noch das wenigste.«

»Nein«, sagt Martin. »So weit wird es nicht kommen. Wir klären das mit Annie und Ken, auf vernünftige Weise. Sie wissen, wie seltsam sich Janice in letzter Zeit aufgeführt hat. Sie werden es verstehen.«

»Das kann ich nur hoffen«, sagt Myrtle, »oder alles wird sehr schlimm. Gerade als ich gedacht habe ... zwischen mir und Annie sei alles wieder gut ...« Ihre Stimme bricht ab, aber sie weint immer noch nicht.

Lange bleiben sie auf dem Grab sitzen, lauschen gelegentlich einer Möwe oder hören das Schlagen der Kirchturmuhr. Die Sonne schwebt am Horizont, kurz vor dem Untergehen. Das Meer ist von goldenem Licht überstrahlt. Die Mohnblumen, die Myrtle gestern in einer Vase aufs Grab gestellt hat, sind wie ein Bündel kleiner Sonnen; ihre lichterfüllten Blütenblätter rollen sich zum Schutz vor der hereinbrechenden Nacht ein. Myrtle bemerkt den Fischgeruch von Martins Hand. Sie starrt auf den feingezeichneten Marmor von Archies Grabstein, den Martin so sorgfältig bearbeitet hat. Aber sie hat jetzt nicht die Kraft, darüber zu reden.

»Wäre es dir an einem anderen Abend recht?« sagt sie und steht mühsam auf. »Ich kann mich jetzt nicht auf den Grabstein konzentrieren. Aber er ist wunderschön.«

»Natürlich.« Martin hilft ihr auf.

»Und würde es dir etwas ausmachen, wenn ich ... den Fisch morgen braten würde? Heute abend würde ich lieber ... Nun, ich bin sicher, daß Annie vorbeikommt. Ich würde ihr lieber allein gegenübertreten.«

»Gut. Soll ich dich nach Hause begleiten?«

»Das schaff ich schon, danke.«

»Du siehst aus, als stündest du unter Schock ...«

»Du siehst selbst ziemlich geschockt aus.« Erst jetzt, als Martin steht, nimmt Myrtle die scharfen Falten zwischen seinen Brauen wahr und die tiefe Traurigkeit in seinen Augen. Sie halten sich einen Moment lang an den Händen, dann wendet sich Myrtle zum Gehen.

»Das arme kleine Mädchen«, sagt sie. »Was ist bloß mit ihr los? Was ist bloß in mich gefahren? Was habe ich getan?«

Sie geht an den Grabsteinen vorbei und an den langen Schatten, die sie werfen. Innerhalb nur einer Stunde, stellt sie fest, ist sie von äußerster Hochstimmung (von äußerster Selbstgefälligkeit vielleicht) in tiefste Niedergeschlagenheit gestürzt. Und sie hört Archies Stimme nicht, der ihr sagen würde, was sie tun soll.

Kaum hat Myrtle sich zu Hause hingesetzt, um ein paar Momente ruhig zu überlegen, kommt Annie mit hochroten Wangen und wütendem Blick hereingestürmt.

»Du hast mein Kind geschlagen«, sagt sie ruhig. Und schreit dann: »Du hast Janice geschlagen. Wie kannst du es wagen?«

»Sie hat es verdient«, sagt Myrtle.

»Nicht du hast zu entscheiden, was anderer Leute Kinder verdienen. Du weißt nichts von Janice, was über deine schlauen Bücher hinausginge. Du weißt nicht, was los war. Das Letzte, was das Kind brauchen kann, ist von dir geschlagen zu werden. Ich könnte dich wegen Körperverletzung anzeigen. Martin ist Zeuge: Aber mach dir keine Sorgen, das werde ich nicht. Ich werde dir auf eine Art meine Meinung sagen, die mir weitaus mehr Befriedigung verschafft –«

Sie stürzt auf Myrtle zu und holt mit harter offener Hand gegen ihr Gesicht aus. Mit der ganzen Kraft, die in ihrem erzürnten Körper steckt, schlägt sie zu. Der Schlag, dessen Wucht verblüffend ist, läßt Myrtle rückwärts gegen den Herd taumeln. Ihre Wange brennt wie Feuer. Einer von Annies Fingern muß sie am Augenwinkel erwischt haben, denn Tränen verschleiern ihr eines Auge. Ihr Herz klopft wie wild, aber sie verspürt kein Bedürfnis zurückzubrüllen. Eine schwere, fast schläfrige Ruhe scheint sie betäubt zu haben. Sie sieht Annie und sich selbst wie von einem weit entfernten Ort – als beobachte sie einen Kampf zwischen zwei unbekannten Personen.

Nach dem Schlag fährt Annie entsetzt zurück. Sie umfaßt die Hand, mit der sie zugeschlagen hat, mit der anderen, als wolle sie sie davor bewahren, weiteren Schaden anzurichten. Aber ihr Zorn ist nicht verraucht. Noch immer ist sie angriffslustig, reckt das Kinn empor, und ihre Blicke sind wie Peitschenhiebe.

»Das ist es, was du verdienst, Myrtle Duns, und ich bin verdammt froh, daß ich diejenige bin, die es getan hat. Vielleicht bringt dich das von deinem hohen Roß runter, von deiner Überheblichkeit, deiner arroganten Art, deiner ganzen ... *Selbstgefälligkeit.*« Ihr fehlen die Worte und sie wendet sich ab. »Weißt du, was ich oft denke, Sankt Myrtle? Oft denke ich, du bist einfach nur eine dumme Kuh. Eine dumme *Kuh*«, wiederholt sie, geht zu ihrem gewohnten Platz am Tisch zurück und setzt sich. »Und glaub bloß nicht, daß wir uns in ein paar Tagen wieder vertragen werden, wie sonst immer. Denn das werden wir nicht. Diesmal bist du zu weit gegangen. Es ist vorbei mit diesen ...« Sie nimmt die Karten vom Tisch, hebt die Hand über den Kopf und schleudert sie mit einer unkontrollierten Bewegung fort. Myrtles Blick folgt den Karten, während sie an verschiedenen Stellen des Raumes wie schwere Blätter zu Boden sinken. Sie hört das leise Aufklacken, das vereinzelten traurigen Tönen gleicht, mit dem sie auf Boden, Möbel und Eisenherd fallen. Als alle heruntergefallen sind, tritt wieder ein Moment absoluter Stille ein. Dann legt Annie das Gesicht in die Hände und beginnt zu schluchzen. Myrtle befühlt ihre Wange. Nach einer Weile sagt sie: »Natürlich hätte ich Janice nicht schlagen sollen. Es tut mir leid.«

»Das hättest du verdammt noch mal nicht tun sollen.« Annies Schultern beben. Sie verschmiert ihre Wimperntusche, als sie sich die Augen mit den geballten Fäusten abwischt.

»Es war spontane Wut. Ich konnte nicht glauben, was ich da

sah. Ich war wahnsinnig, das weiß ich. Ich habe keine Erklärung dafür, außer den Schock. Aber was soll's, du kannst dir vorstellen, wie ich mich fühle, nachdem ich so auf sie losgegangen bin. Du weißt, ich liebe Janice, als wäre sie –«

»Es schert mich einen Dreck, wie du dich fühlst. Geschieht dir recht, wenn du für immer und ewig von Schuldgefühlen geplagt wirst.« Annies Stimme klingt schrill, kindlich. Plötzlich sieht sie auf, ihre Blicke treffen sich. »Bist du ganz sicher«, fragt sie, »daß deine Wut nichts mit der Tatsache zu tun hat, daß der Mann, mit dem Janice herumgealbert hat, *Martin* war?«

Myrtles Mund öffnet sich. Ihre große Hand läßt von ihrer Wange ab und fällt schwer herab.

»Natürlich«, sagt sie. »Ich weiß nicht, was du meinst.«

»Dann bist du nicht so schlau, wie du behauptest. Erzähl mir nicht, Martin würde dir nichts bedeuten – ständig fragst du Janice, ob er uns ein Stück Fisch zum Abendessen gebracht hat. Martin ist der einzige, der in deinen blöden Wald hinauf durfte. Ich hab schließlich Augen im Kopf.«

Myrtle seufzt.

»Martin ist ein guter Freund, er hat sich wundervoll verhalten seit Archies Tod. Genauso ist es mit Alastair Brown in gewisser Hinsicht.« Annie stößt ein kurzes höhnisches Lachen aus. »Ich weiß nicht, was ich ohne ihn getan hätte«, fährt Myrtle stockend fort, »ohne dich.«

»Du hättest es schon geschafft. Du bist doch so verdammt tüchtig, wenn es darum geht, etwas zu schaffen, oder?«

»Martin und Alastair Brown sind nur Freunde, ganz egal, was du denkst. Jetzt ist nicht der Zeitpunkt für irgendwelche Veränderungen in meinem Leben.« Sie hebt den Kessel hoch und schätzt automatisch ab, wieviel Wasser darin ist. Sie stellt ihn aufs Feuer.

»Ich will keinen Tee von dir.« Annie steht tränenüberströmt auf. »Ich gehe.«

»Sollten wir nicht über Janice reden, bevor du gehst? Ich habe mir schon einige Zeit Sorgen um sie gemacht.«

»Janice geht dich nichts an. Spar dir deine Sorgen.«

»Um Himmels willen, ich kenne sie ihr ganzes Leben lang, ich hab sie unterrichtet, mich um sie gekümmert, ich liebe das Kind. Ich weiß nicht, was in letzter Zeit in sie gefahren ist, aber es ist etwas sehr Beunruhigendes.«

»Du kennst nicht mal die Hälfte der Geschichte«, sagt Annie. Ihre Feindseligkeit läßt nach. Myrtle schenkt zwei Tassen Tee ein. Annie schüttelt den Kopf, nimmt aber eine.

»Sie hat diesen Jungen erwähnt, in den sie sich verliebt hat, aber sie wollte mir den Namen nicht nennen«, sagt Myrtle.

»Den Jungen!« Annie lacht kurz auf. »Ein Wunder, daß du es nicht erraten hast: Es ist Martin. Wahrlich ein schöner Junge.«

Myrtle wendet sich hastig vom Herd ab, um Annie anzusehen. Ihr eines Auge ist immer noch von Tränen verschleiert.

»Martin! Darauf bin ich nicht gekommen. Er hat mir erst jetzt davon erzählt. Hast du Bescheid gewußt?«

Annie zuckt die Achseln. Ein langes Schweigen setzt ein.

»Nicht bis vor einer Stunde, als Janice schreiend hereingelaufen kam«, sagt sie. »Das muß ich zugeben. Aber das ist noch nicht alles.«

Sie geht zum Fenster. »Wie ich schon sagte, ich habe Martin einmal wirklich geliebt. Keiner der anderen konnte ihm meiner Meinung nach das Wasser reichen. Ich hatte keinen Erfolg. Aber ich habe nie aufgehört, ihn zu lieben.«

Myrtle spürt ein großes Bedürfnis zu sagen, daß ihr das leid tue, aber sie schweigt.

»Also kannst du dir vorstellen, wie es war, als Janice in Tränen aufgelöst nach Hause gerannt kam, um mir zu sagen, daß du sie geschlagen hast, weil sie ein bißchen Spaß hatte mit dem ... Mann, nach dem sie seit Monaten völlig verrückt ist, und dabei handelt es sich um den Mann, den ich auf der Welt am meisten liebe.«

In diesem eisigen Geständnis spürt Myrtle einen Kern von Härte. Annie wird Janice zweifellos auf ihre Art in die Mangel nehmen. Es besteht die Möglichkeit, daß Annie Martin am Ende für sich gewinnt, obwohl Gott weiß, was Janice damit angetan wird.

»Was für ein Jammer«, sind die einzigen Worte, die Myrtle dafür finden kann.

Annie wendet den Blick langsam vom Meer ab und seufzt tief. Seltsamerweise ist sie nach diesem Auftritt nicht völlig niedergeschlagen. Ihre Rechnung ist beglichen – lächelnd streift ihr Blick über Myrtles hochrote Wange –, sie scheint es nicht eilig zu haben, fortzukommen.

»Janice hat sich in letzter Zeit sicherlich verrückt aufgeführt«, sagt sie. »Ich wußte nicht, was ich tun sollte. Ken war mitfühlend, aber nicht sehr hilfreich: Er hat gesagt, er wolle sich nicht einmischen. Als er vorhin den hysterischen Ausbruch von Janice mitgekriegt hat, meinte er, er würde sich lieber zu seiner Mutter verziehen. Er hat's mir überlassen, die Sache zu regeln.«

»Warum hast du mir nie etwas davon erzählt?«

Annie zuckt die Achseln.

»Ich hab' nur dein Spiel gespielt«, sagt sie. »Die Dinge, die am wichtigsten sind, vor der besten Freundin zu verbergen. Das war doch immer deine Art, diese überhebliche Zurschaustellung von Stärke. Ich dachte, ich probier's mal.«

»Annie«, sagt Myrtle.

»Aber egal, sie hat nichts Schlimmes getan. Nur ein bißchen Spaß gehabt – etwas, wovon du ja nicht viel verstehst. Sie hat geflirtet – bloß versucht, ihn auf sich aufmerksam zu machen, ihm ein nettes Wort zu entlocken.«

»Das mag ihre Absicht gewesen sein. Aber so hat es nicht ausgesehen. Sie hat sich provozierend verhalten. Wie eine kleine Prostituierte –«

»Du verklemmtes altes Weib!« Annies Zorn flammt erneut auf. »Das war schon immer dein Problem! Wie kannst du es wagen, Janice eine –«

»Wir wollen aufhören, uns anzuschreien«, sagt Myrtle. »Es geht doch darum, daß etwas geschehen muß mit ihr, was immer sie heute Abend auch vorgehabt hat.«

»Ja, schön, vielen Dank für den Hinweis. Aber ich wäre dir dankbar, wenn du dich nicht einmischen würdest. Ich werde schon fertig damit. Sie wird ihre dumme Vernarrtheit schon überwinden. Wenn Martin raufkommt und den Fisch vorbeibringt, würdigt er sie nie eines Blicks. Sie wird bald lernen, wie hoffnungslos das Ganze ist, und es aufgeben. Aber eher soll mich der Teufel holen, als daß ich ihn davon abhalte vorbeizukommen. Sie wird bald einen Jungen ihres Alters finden und diese kindische Schwärmerei für Martin vergessen.«

Myrtle kann sich vorstellen, wie alles ablaufen wird: den Zorn, die Verletztheit, die darauf folgen werden. Sie sieht sich in dem sicheren Hafen ihrer Küche um, und all die alltäglichen Dinge darin scheinen nicht mehr am rechten Platz zu stehen. Die beklemmende Auseinandersetzung zwischen ihr und Annie hat die gleiche verstörende Wirkung wie immer – sie hat die Wände verrückt, die Behaglichkeit zerstört, alles zerschmettert, was vertraut war. Sie ist erstaunt und bekümmert über die Wirkung, die sowohl Hochgefühl wie tiefe Niedergeschlagenheit auf unbelebte Dinge haben.

Annie hat ihren Tee ausgetrunken und knallt den Becher auf den Tisch. Ihr Gesicht ist über und über von Wimperntusche verschmiert, ihr Haar ein wüstes Lockengewirr. Myrtle versucht, diesen Anblick gegen das Bild auszutauschen, das sie bei ihrer letzten, glücklichen Begegnung von ihr hatte. Eine Annie, die lachte, lächelte, liebevoll war. Aber es gelingt ihr nicht. In all ihrem Zorn und ihrer Verwirrung – und vielleicht ihrer Reue – ist diese Annie zu mächtig, um von dem anderen Wesen, das Myrtle liebt, verdrängt zu werden. »Ich hoffe, wir können das alles vergessen«, hört sie sich sagen.

»Das können wir nicht. Vergebung ist nicht gerade meine Stärke, wie du weißt. Meiner Meinung nach kann das Ende einer Freundschaft ganz genauso schrecklich sein wie das Ende einer Liebesgeschichte. Schade, aber so ist es. Zwischen uns steht jetzt zu viel, als daß wir einfach weitermachen könnten. Also ist es besser, wenn wir nichts mehr miteinander zu tun haben, oder? Sicherer. Jedenfalls will ich nicht, daß du Janice noch einmal nahekommst, auf gar keinen Fall. Ich werde mit ihr, mit Ken, mit der ganzen Bande fertig ... Schau mich nicht so an. Ich brauche deine mitleidsvollen Blicke nicht, nein, vielen

Dank. Wenn dir nicht gefällt, was passiert – dein Pech. Du kannst dir selbst die Schuld geben dafür. Janice ist ein unschuldiges Kind, über beide Ohren in einen Mann verknallt und hat sich einmal dumm verhalten, aber er hat keine Ahnung, was sie eigentlich wollte. Sie hat ihm bis dahin nie ihre wahren Gefühle gezeigt ...« Annie steht jetzt ganz nahe bei Myrtle und blickt eindringlich in ihr immer noch gerötetes Gesicht. »Das hat sie jedenfalls gesagt, und ich glaube ihr. Wenn sie Martin irgendwie verärgert hätte, hätte er mir das doch erzählt, oder?«

»Wahrscheinlich.« Myrtle wendet das Gesicht von dem funkelnden Blick ihrer Freundin ab und sieht auf den Horizont hinaus. Sogar der schwankt. Für sie steht fest, daß sie ihr Wissen für sich behalten muß. Zu sagen, was sie weiß, würde jetzt nichts nützen.

»Also gehe ich jetzt«, sagt Annie. »Ich bin schon weg. Unser Kartenspiel wird dir nicht fehlen. Der Hafenmeister ist ein viel besser Spieler.«

Sie geht rasch zur Tür. Alles in Myrtle schreit danach, Annie zurückzuhalten – zu sagen: Halt, das ist doch lächerlich, laß uns so nicht auseinandergehen. Aber keine Stimme dringt aus dem Chaos in ihrem Inneren nach draußen. Sie sieht Annie nicht nach, sondern bleibt mit verschränkten Armen, gegen den Herd gelehnt, stehen. Nach einer langen Zeit der Stille klingelt das Telefon: Martin. Er möchte wissen, wie es ihr geht, ob sie möchte, daß er vorbeikommt. Myrtle erklärt, daß Annie gegangen sei, und daß sie lieber allein sein will. Martin stellt keine weiteren Fragen, wofür Myrtle dankbar ist, doch sie versichert ihm, sie würden sich morgen sehen.

Nach einer Weile schaltet Myrtle die Lampen an, und die Motten, die auf dem Fenstersims gewartet haben, beginnen herumzuflattern und wagen sich immer näher an das Licht heran. Myrtle beachtet sie nicht, sondern bückt sich, um die Karten aufzusammeln.

Es war die trostloseste Woche seit Archies Tod. Myrtle hat viele Stunden mit Grübeleien verbracht und ihr unbeherrschtes Verhalten auf dem Friedhof verflucht, das diese Krise herbeigeführt hat – sie verdammt sich dafür, weil sie auf Janices offensichtlich wahnhafte Verliebtheit nicht eingegangen ist und ihr nicht geholfen hat. Sie sieht die Schuld auch bei Annie: eine eigensüchtige, unverantwortliche Mutter, die die Zuneigung ihres Kindes zu gewinnen sucht, indem sie allen seinen Wünschen nachgibt, wie unangemessen sie auch sein mögen. Aber sie weiß inzwischen, daß sie mit ihrer Kritik an Annies mütterlichen Fähigkeiten noch nie etwas erreicht hat. Was Janice anging, hatte sich Annie gegenüber allen konstruktiven Vorschlägen taub gestellt. In der Vergangenheit war es deswegen zu vielen unnützen Streitereien gekommen: Annie hatte immer behauptet, Myrtle könne nicht wissen, was es heiße, Mutter zu sein, daher könne sie auch keine Ratschläge geben. Bei größeren Wutausbrüchen behauptete sie sogar, Myrtles Kritik sei von Eifersucht angeheizt, von der Verbitterung über ihre eigene Kinderlosigkeit. Daher hatte Myrtle schon vor langem aufgegeben und stumm zugesehen, wie Janice sich nach den klar gezogenen Grenzen sehnte, auf die jedes Kind Anrecht hat, und sie war beunruhigt darüber gewesen, welche Freiräume ihr die Eltern gewährten.

Myrtle denkt auch über den letzten Streit noch einmal nach, über die verletzenden Worte. Trotz der Wunden, die sie hinterlassen haben, vermißt sie Annie. Sie vermißt Janice. Sie hat um beide Angst. Sie legt Patiencen und wartet, daß eine von ihnen vorbeikommt. Aber von Martin hat sie gehört, Ken habe einen Caravan gemietet und die ganze Familie sei fortgefahren. Das ist so ungewöhnlich, daß sie noch besorgter ist, denn soweit Myrtle weiß, sind die drei noch nie zusammen weggefahren. Die Tage sind sehr lang und trübselig. Ihr ist aufgefallen, daß sie jedesmal, wenn sie zum Einkaufen geht, böse Blicke erntet. Leute, die ihre Freunde und Bekannten sind, starren sie auf eine Weise an, die sie sich nicht erklären kann, aber sie spürt die Spannung, die Mißbilligung. Mit all der Würde, deren sie fähig ist, hält sie den Kopf erhoben und beachtet die anderen nicht, bis sie wieder in der Sicherheit ihrer Küche angelangt ist. Dort sinkt sie an dem leeren Tisch zusammen, spielt trübsinnig mit einem Stoß Karten und wundert sich über die Länge und Unerbittlichkeit der heißen Sommertage. Nie hat sie Archie so sehr vermißt. Der Schmerz, von dem sie vor kurzem noch dachte, er begänne nachzulassen, ist nun auf quälendere Weise zurückgekehrt als je zuvor. Und das aufregende Gefühl jener neuen Geschäftigkeit in ihrem Leben hat sich so schnell verflüchtigt, wie es gekommen ist. Vielleicht war alles nur Illusion, Wunschdenken. Aber jetzt gibt es keine Geschäftigkeit mehr, nichts, worauf sie sich freuen kann, außer dem Heranwachsen der Bäume.

Der Hafenmeister scheint ihr treu zu bleiben. An dem Tag, nachdem Annie hinausgestürzt war, erschien er mit einem Strauß Mohnblumen und Margeriten, in den lange Gräser eingeflochten waren. Myrtle war gerührt von dem Gedanken, daß er in seinem Blazer die Hecken entlanggekrochen war, um Blumen zu pflücken. Er sagte, er habe von den dummen Gerüchten gehört (hatten sie sich so schnell verbreitet?), aber sie könne sicher sein, daß er immer zu ihr stehen, immer dasein werde, wenn sie ihn brauche. Erneut stand Myrtle kurz davor, ihren Widerstand aufzugeben, sich ihm hinzugeben, um sich eine lebenslange Gemeinschaft zu sichern. Erneut hielt sie sich zurück. Alastair Brown war nicht der richtige Mann für sie. Als sie sich an die Momente ihrer Schwäche erinnert, huscht kurz ein verächtliches Lächeln über ihr Gesicht, und sie mischt die Karten. Sie ist diesem traurigen und liebenswerten Mann dankbar, weiß aber, daß Dankbarkeit keine Grundlage für eine Beziehung ist. Sie glaubt, daß er die Lage begriffen, aber die Hoffnung nicht aufgegeben hat.

Tatsächlich war der Hafenmeister während der bedrückenden Woche nach Annies Weggang dreimal vorbeigekommen: Er war sanft und voller lebhafter Anteilnahme, trotz seiner Schweigsamkeit. Er stellte keine Fragen, und Myrtle bemühte sich nicht um Erklärungen. Sie spielten einfach Karten und tranken kalte Limonade, jeder froh um die Gesellschaft des anderen. Inzwischen ist wieder jenes Gefühl der Unbefangenheit zwischen ihnen eingekehrt, das zwischen Menschen herrscht, die wissen, daß ihre Freundschaft nie wanken, nie vergehen wird. Das kleine Element der Spannung darin kommt von ihren unterschiedlichen Wünschen, aber es stört die Freude nicht, die jeder an der Gesellschaft des anderen hat.

Auch Martin kommt fast jeden Tag vorbei – auf einen kurzen Besuch, bei dem er immer kleine Fischfilets mitbringt, denn Myrtle sagt, sie habe keinen Appetit. Er hat ihr berichtet, daß er Annie nur ganz kurz gesehen hat, bevor sie wegfuhr. Sie habe ihn angeschrien und ihm die Tür vor der Nase zugeknallt. Von oben habe er Janice weinen und von irgendwoher Ken schreien hören. Alle im Haus hätten einen unglücklichen Eindruck gemacht, sagte er. Er sei schnell gegangen und habe nicht die Absicht, noch einmal hinzugehen.

»Sie müssen ihre Angelegenheiten selbst regeln«, sagte er.

Seitdem haben er und Myrtle nicht mehr über Annie gesprochen. Statt dessen berichtet Martin ihr – wobei es ihm ein wenig an Begeisterung fehlt, wie Myrtle findet – von den Fortschritten bei der Vollendung von Archies Grabinschrift. Sie würde schön werden, sagt er. Er hoffe, daß sie in ein paar Tagen fertiggestellt sei.

Während der langen Stunden zwischen den Besuchen ihrer beiden treuen Freunde, sitzt Myrtle da und denkt, daß man sich nur umzusehen brauche, um überall Menschen zu finden, die Angst vor dem Anfang und Angst vor dem Ende haben. Sie selbst macht dabei keine Ausnahme, und der gegenwärtige Zustand ist für sie sowohl eine Art Ende wie gleichzeitig ein Anfang, den sie sich allerdings nicht vorstellen kann. Sie hat ein bißchen Angst, aber sie hört Archies Stimme, die laut und fest zu ihr dringt – sie auf eine Weise ermutigt, die sie nicht gänzlich versteht, aber als tröstlich empfindet.

Eine Woche nach dem Tag, als Annie sie unter schrecklichen Drohungen verlassen hatte, kommt Martin vorbei, um ihr mitzuteilen, daß er mit der Inschrift fertig sei. Er hätte gern, daß sie mit ihm kommt, um das Werk zu begutachten.

Gemeinsam gehen sie durch die schmeichelnde, flauschig warme Luft des Spätsommerabends. Sie stehen vor dem Grabstein: Der Spruch ist wunderschön eingemeißelt. Martin hat sich selbst übertroffen. Aber Myrtle möchte nicht lange bleiben. Die Erinnerung an Janice, die sich in ungehöriger Pose gegen diesen Stein gelehnt hatte, ist immer noch zu frisch, zu verletzend. Also beschließen sie nach einer Weile und nachdem Myrtle ihm gedankt hat, zu dem Wäldchen hinaufzugehen. Sie waren seit einiger Zeit nicht mehr oben.

Die jungen Bäumchen sind kräftig und erglänzen in frischem Blattwerk – seit ihrem letzten Besuch sind sie merklich gewachsen. Ihr Anblick ist der erste wirkliche Freudenstrahl für Myrtle, seit Annie fortgegangen ist. Sie stößt einen Schrei des Entzükkens aus und läuft schnell die inzwischen mit Gras bewachsenen Wege auf und ab, so daß Martin sich beeilen muß, um mit ihr Schritt zu halten. Sie erreichen die Lichtung in der Mitte des Waldes. Sie setzen sich auf die schöne alte Bank, die Myrtles Gedenkplatz für Archie ist – zu der sie, wie Myrtle weiß, noch viele Jahre lang kommen wird, bis sie zu alt oder zu krank ist, um noch gehen zu können. Schweigend sehen sich die beiden um: betrachten die Bäume, das leuchtende Gras. Und sie sehen zum Gewölbe des wolkenlosen Himmels auf, wo Schwalben gemächlich ihre abgezirkelten Kreise ziehen. Eine schwache Brise trägt den Geruch des Meeres zu ihnen herüber.

»Und der Felsblock?« sagt Myrtle. »Ich würde hier immer noch gern einen Felsblock aufstellen. Hast du einen finden können?«

»Ich habe mich umgesehen«, sagt Martin. »Und ich freue mich, dir sagen zu können, daß ich wahrscheinlich den richtigen gefunden habe – ich wollte es dir gerade erzählen. Ich habe ihn an einem kleinen Strandabschnitt, einer Bucht, ein paar Meilen die Küste hinauf gefunden. Ich hatte nach Treibholz für einen befreundeten Künstler gesucht. Plötzlich entdeckt ich diesen hübschen Felsblock, der ganz vereinzelt, zum Meer hingewendet, dalag. Ich dachte: Das ist der richtige Stein für Myrtle. Das einzige Problem wird der Transport sein. Für einen Lieferwagen gibt es keine Zufahrt zu dem Strand. Aber irgendwie löse ich das schon. Ich werde ihn bald hier haben. Es sollte bald geschehen.«

»Das sind wundervolle Neuigkeiten«, sagt Myrtle. »Er wird so gut hierher passen. Ich freue mich darauf.« Sie hält inne. »Darauf freue ich mich jetzt am meisten.«

In dem Schweigen, das daraufhin eintritt, hört sie Martin seufzen. Er läßt noch ein paar Augenblicke verstreichen, bevor er zu sprechen beginnt.

»Ich habe Neuigkeiten für dich, Myrtle«, sagt er schließlich. »Ich fürchte, daß der Moment nicht günstig ist, aber die Zeit drängt. Ich hätte es dir letzte Woche gesagt, aber da war all dieser ... Aufruhr. Wie auch immer, ich gehe nach Kanada zurück.«

Myrtle dreht den Kopf und sieht ihn an.

»Ich fahre Ende des Monats, wenn bis dahin alles geregelt ist. Es war meine Schwester, die mich zu diesem Entschluß gebracht hat. Sie ist herübergekommen, um mir zu sagen, daß sie es mit der kleinen Landwirtschaft nicht mehr so recht schafft – mit dem Haus und dem Stück Land, wo wir als Kinder mit unseren Eltern gelebt haben. Es wird ihr alles zuviel. Außerdem hat sie diesen Mann kennengelernt. Er möchte, daß sie zu ihm zieht, irgendwo in die Nähe von Vancouver. Das wird gut für sie sein. Ich freue mich darüber. Ihre einzige Sorge war, das alte Haus und den Grund verkaufen zu müssen. Die Vorstellung gefiel ihr nicht, und sie hatte sich gefragt, ob ich wohl ...«

Während er spricht, sieht Myrtle die Tage, die Wochen, die Monate und Jahre vor sich. Ohne Martin, der Fische bringt, ohne seine liebevolle Freundschaft. Vielleicht für sehr lange Zeit auch ohne Annie – obwohl sich die Sache zwischen ihnen am Ende sicher wieder einrenken wird. Sie sieht die Stapel der Hefte, die korrigiert werden müssen, die Aussicht auf einen Fernseher. Sie sieht den Hafenmeister – sein schwarzes Haar ist inzwischen ergraut –, der sie in den vielen Jahren, die vor ihr liegen, beim Kartenspiel schlägt. Sie sieht ihre eigene Beerdigung: die Witwe Duns, zur letzten Ruhe gebettet, an der Seite des ehrbaren Fischers Archie, der viele Jahre vor ihr gestorben ist.

»Ich habe es mir lange überlegt«, fährt Martin fort, und sie hört seine Stimme wieder, »ich habe sehr intensiv nachgedacht.

Die Entscheidung war sehr schwierig. Aber ich glaube, daß sie richtig ist. Schließlich gibt es hier nicht viel, was mir ein befriedigendes Leben garantieren könnte. Ich mühe mich um Arbeit ab, verdiene sehr wenig und habe das Gefühl, nicht genügend zu schaffen. Ein Gefühl von Unausgefülltheit verfolgt mich. Und obwohl ich schon so lange hier bin, habe ich immer noch nicht das Gefühl, wirklich dazuzugehören, das hatte ich nie und werde es nie haben. Ich bin mit einer Menge von Fischern befreundet, aber ich bin keiner von ihnen. Mir fehlt ihre Kenntnis der See, ich mag sie noch nicht einmal. Ich hasse es, ihren Fisch zu zerteilen, nur um ein bißchen was dazuzuverdienen. Ich mag die tagelang anhaltende trübselige Stimmung im Dorf nicht, wenn die Männer fort sind. Ich werde meine Eltern vermissen, obwohl sie mir sagten, sie würden in ein paar Jahren zu mir in die alte Heimat herüberkommen. Ich werde diesen Ort vermissen, die Menschen, die Freunde ... Aber ich habe das Gefühl meiner eigenen Nutzlosigkeit hier satt. In Kanada könnte ich auf ein wirkliches Ziel hinarbeiten.«

Myrtle sieht sich während all der Jahre in ihrer Küche, wo sie auf Archies Stimme lauscht, mit seinem Geist lebt, aber ohne seinen Leib, und fragt sich, ob es wohl so sein soll, ob das alles wirklich so kommen mußte. Sie denkt an Annies Rückkehr: Natürlich werden sie einander vergeben. Aber sie sieht auch Jahre vor sich, in denen weitere quälende Streitigkeiten stärker wiegen werden als die Liebe. Vielleicht haben Freundschaften, genauso wie Liebesaffären, ihre festumrissene Zeit und sollten beendet werden, wenn sie durch zu viele Dinge erschüttert wurden ... Wie unvorstellbar das auch sein mochte.

»Außerdem«, sagt Martin, »gibt es da noch etwas.« Er hält inne. Dann spricht er so leise weiter, daß sich Myrtle bemühen muß, seine Worte zu verstehen. »Ich habe dir einmal gestanden, es gebe eine Frau, die ich liebe – seit Jahren geliebt hätte. Weil keine Aussicht bestand, daß ich ihr je ein Leben zu zweit würde bieten können, habe ich ihr meine Liebe nie gestanden. Sie hat einen anderen geheiratet. Sie wurde Witwe. Sie wurde meine beste Freundin, und ich habe nie aufgehört, sie zu lieben. Ich habe lange Zeit gewartet, mich gefragt, wie lange es wohl dauern würde, bis sie den Todesfall überwunden hat – bis ein neues Leben denkbar wäre. Ich habe meine Chancen sehr vorsichtig geprüft. Ich habe sie gebeten, einen kleinen Ausflug nach Perth mit mir zu machen.« An dieser Stelle gestattete er sich ein kleines, bitteres Lächeln. »Aber nein, sie sagte, sie sei noch nicht bereit, auch nur bis nach Perth mitzukommen. Ich habe das als ein endgültiges Nein aufgefaßt, denn sie mußte bemerkt haben, worauf ich hinaus wollte, und wollte mir Einhalt gebieten, bevor ich etwas tat, das unsere Freundschaft gefährdet hätte.«

»O Martin«, sagt Myrtle und wendet ihm das Gesicht zu, dessen Wangen feuerrot sind. »Glaub mir. Nie habe ich einen Moment lang angenommen ...« Sie sieht, daß seine Augen teilnahmslos sind vor Resignation.

»Und daher habe ich es aufgegeben, glaube ich«, sagt er. »Aber ich habe nie aufgehört, sie zu lieben, und das werde ich auch nie tun. Aber als meine Schwester mit ihrem Vorschlag kam ... Nun, ich dachte, es gibt nichts, was mich hier hält. Es gibt keine Hoffnung mehr. Am vernünftigsten ist es, nach Hause zurückzukehren, hart zu arbeiten und die Farm wieder so zum Florieren zu bringen, wie sie es einmal getan hat. Sie liegt an einem abgelegenen, einsamen Ort, aber Einsamkeit hat mir noch nie etwas ausgemacht. Im Gegenteil. Und wer weiß, womöglich finde ich eine, die mir dorthin folgen, vielleicht sogar meine Frau werden will.«

Myrtle sieht irgendeine gesichtslose kanadische Frau vor sich, die Martin begrüßt, als er durch die offene Tür in das Haus seiner Kindheit tritt. Draußen sind Berge, Fichten und ein Himmel von einem Blau, das in Schottland unbekannt ist. Kein Meer.

»Und deswegen gehe ich nach Kanada. Es bricht mir das Herz, aber es wäre dumm, nicht zu gehen.«

Myrtle erinnert sich an all die Male, als sie eifersüchtig war – ja, eifersüchtig –, weil Martin Annie Fisch brachte. Wie verwirrt sie deswegen war. Ihre heftige Reue darüber, seine Einladung nach Perth ausgeschlagen zu haben – auch sie war sehr verwirrend. Sie erinnert sich an das Gefühl, das wie ein Blitz einschlug, als Martin ihr damals, nur ein paar Meter von hier, auf die Füße half – ein Augenblick, den beide registrierten, aber nicht beachteten. Sie erinnert sich, wie beständig sie sich seit Archies Tod auf ihn verlassen hat. Aber aus ihren Bedenken heraus, aus Treue zu einem toten Mann hatte sie nicht einsehen wollen, welche Gefühle sie für den lebenden entwickelt hat.

Myrtle wendet sich von ihm ab und richtet den Blick wieder zum Abendhimmel hinauf. Wir könnten uns schreiben, denkt sie. Ich würde natürlich öfter schreiben als Annie, aber dennoch. Vielleicht könnte sie ihn eines Tages besuchen, schließlich hat sie schon immer die Welt sehen wollen. Myrtle sieht eine einzelne Schwalbe, die so schnell kreist, daß man sich schwer vorstellen kann, wie der Vogel wohl das Gleichgewicht wiederfinden will, wenn er auf dem Boden aufsetzt. Aber er schafft es: Und im nächsten Moment schwingt er sich wieder in unbeschwerter Lust in höchste Höhen hinauf. Sie folgt seinem Flug mit den Augen.

»Ich könnte ja mit dir kommen«, sagt sie.

Danach bleiben Martin und sie lange auf der Gedenkbank sitzen und sehen sich erstaunt und verwundert an.

SERIE PIPER

Judith Lennox

Das Winterhaus

Roman. Aus dem Englischen von Mechtild Sandberg. 541 Seiten. SP 2962

Die drei jungen Freundinnen Robin, Maia und Helen schwören, sich ein Leben lang alles anzuvertrauen – aber das Schicksal läßt sie ganz unterschiedliche Wege gehen. In der Tradition von Margaret Mitchell erzählt Judith Lennox diese große englische Saga: Die bewegte erste Hälfte unseres Jahrhunderts bildet den Hintergrund für diese drei spannenden Frauenschicksale, die immer wieder in ein idyllisches Gartenhaus der Fenlands zurückführen.

Der Gartenpavillon der Familie Summerhayes – genannt das »Winterhaus« – ist ein Ort der Zuflucht für drei Freundinnen, die zwischen den Weltkriegen in der idyllischen Umgebung von Cambridge aufwachsen. Da ist die idealistische, kluge Robin, die in der nahegelegenen Universitätsstadt studieren soll. Da ist Maia, die schönste und ehrgeizigste der drei, auf der Suche nach einem reichen Mann, und da ist die stille Helen, die von ihrem scheinbar gutherzigen Vater, dem Vikar der Gemeinde, mehr als vereinnahmt wird. Dramatisch, romantisch und voller Warmherzigkeit erzählt Judith Lennox, wie sich diese drei jungen Frauen in einer Welt behaupten lernen, die rauher und aufregender ist als das grüne Paradies der Kindheit.

»Judith Lennox' Winterhaus steht in bester Tradition des romantisch-realistischen Gesellschaftsromans.«
Brigitte

Tildas Geheimnis

Roman. Aus dem Englischen von Mechtild Sandberg. 552 Seiten. SP 3219

Angela Huth

Brombeertage

Roman. Aus dem Englischen von Renate Zeschitz. 382 Seiten. SP 2607

England im Kriegsjahr 1941: Drei junge Frauen haben sich als Landmädchen zur Arbeit auf einer abgelegenen Farm verpflichtet. Die Farmerfamilie steht den jungen Städterinnen zunächst skeptisch gegenüber: Mit Mistgabel, Melkeimer und Overall bieten sie ein eher komisches Bild. Doch die unternehmungslustige Prue, die in puncto Männer nichts anbrennen läßt, die ernste Cambridge-Studentin Agatha, die mit dem Farmersohn Joe nicht nur geistigen Gedankenaustausch sucht, und die verträumte, schöne Stella, die nur an ihren Verlobten Philipp denkt, erweisen sich bald als geschickte, zupackende Kräfte. Dabei sorgen allerlei amouröse Verwirrungen um den attraktiven Joe für Spannungen, für Liebe und für Leidenschaft zwischen Kornfeldern und Kuhställen.

Septembergold

Roman. Aus dem Englischen von Renate Zeschitz. 348 Seiten. SP 3617

Einen Tag und eine Nacht dauert die Party der Farthingoes auf ihrem viktorianischen Landsitz in England. Sie ist der gesellschaftliche Höhepunkt der Saison. Die geladenen Ehepaare und Junggsellen, die Söhne und Töchter kennen sich zum Teil flüchtig, zum Teil sehr gut. Für eine Nacht und einen Tag umkreisen sie die Gäste wie die Gestirne am Himmel der Liebe, alte Bindungen werden in Frage gestellt, geheime Lieben gestanden – natürlich alles unter der Norm der englischen Etikette. Angela Huth hat mit typisch britischem Humor einen feinsinnigen und liebenswerten Roman geschrieben, der um die Rituale des Ehelebens kreist und sie vielschichtig beleuchtet. Sie läßt den Leser als schmunzelnden Beobachter teilhaben an den Irrungen und Wirrungen ihrer Protagonisten.

SERIE PIPER

Miss Read

Winter auf dem Lande

Roman. Aus dem Englischen von Dorothee Asendorf. 218 Seiten. SP 2057

»Die Autorin ist Synonym für ein England, in dem die Werte wie Nachbarschaftshilfe, gegenseitige Rücksichtsnahme, Verständnis und Hilfsbereitschaft noch Geltung haben.«
Bücherreport

Gute Nachbarn und andere Freunde

Roman. Aus dem Englischen von Dorothee Asendorf. 231 Seiten. SP 2488

Sommerleid und Winterfreud

Roman. Aus dem Englischen von Dorothee Asendorf. 224 Seiten. SP 2486

Wieder einmal blüht der Klatsch in dem beschaulichen Dorf Thrush Green. Der gute Pfarrer Charles Henstock hat große Schwierigkeiten mit einigen Pfarrkindern seiner neuen, herrschaftlichen Gemeinde in Lulling. Vor allem die gräßliche Mrs. Thurgood und ihre kunstbeflissene Tochter Janet machen dem Pfarrer das Leben schwer. Und Albert Piggott leidet unter der Ankündigung seiner untreuen Frau Nelly, wieder zu ihm zurückzukehren. Doch eine Hochzeit, mit der niemand gerechnet hat, verändert das Leben einiger Dorfbewohner gründlich.

Lästermäuler und Klatschbasen

Roman. Aus dem Englischen von Dorothee Asendorf. 223 Seiten. SP 2487

Das friedliche englische Dorf Thrush Green erlebt dieses Mal eine Reihe von Erschütterungen: Als Pfarrer Henstock und seine Frau Dimity in Urlaub fahren, brennt das Pfarrhaus ab. Die Tierfreundin Dotty Harmer wird immer wunderlicher: Muß sie in ein Heim? Und während die Lästermäuler noch heftig klatschen, tauchen im Dorf merkwürdige junge Leute auf. Ein Krimi bahnt sich an …

Turbulenzen auf dem Lande

Roman. Aus dem Englischen von Dorothee Asendorf. 286 Seiten. SP2489

Angela Huth

Quartett für zwei

Roman. Aus dem Englischen von Regina Keller.
403 Seiten. Klappenbroschur

Seit Jahrzehnten sind der Geiger William und seine Frau Grace glücklich verheiratet, nichts kann die Harmonie und Vertrautheit der beiden stören. Bis zu dem Tag, als die unerhört attraktive Bonnie mit ihrer Bratsche auftaucht, die nicht nur ihrem Instrument Töne von seltener Schönheit entlockt, sondern auch William zu ungeahnter Leidenschaft inspiriert. Nur ein einziges Hindernis steht ihm im Weg... Erfolgsautorin Angela Huth legt eine spannende Kriminalkomödie mit britischem Humor vor, die als grandios geschriebene Milieustudie ebenso überzeugt wie als subtiles Porträt einer Ehe am Scheideweg.